RÉVOLTE SUR LA LUNE

ŒUVRES DE ROBERT HEINLEIN

DANS PRESSES POCKET

HISTOIRE DU FUTUR

1. L'HOMME QUI VENDIT LA LUNE
2. LES VERTES COLLINES DE LA TERRE
3. RÉVOLTE EN 2100
4. LES ENFANTS DE MATHUSALEM
5. LES ORPHELINS DU CIEL

L'ÂGE DES ÉTOILES
ROUTE DE LA GLOIRE
LE VAGABOND DE L'ESPACE
L'ENFANT TOMBÉ DES ÉTOILES
EN TERRE ÉTRANGÈRE

LE LIVRE D'OR DE ROBERT HEINLEIN

SCIENCE-FICTION
Collection dirigée par Jacques Goimard

ROBERT HEINLEIN

RÉVOLTE SUR LA LUNE

OPTA

Titre original :
THE MOON IS A HARSH MISTRESS

Traduction :
de Jacques de Tersac.

ISBN 2-266-02714-X

A Pete et à Jane Sencenbaugh

PREMIÈRE PARTIE
L'ORDINATEUR LOYAL

1

J'APPRENDS par la *Lunaya Pravda* que le Conseil Municipal de Luna City a adopté en première lecture un décret prévoyant la vérification, l'octroi de patentes, l'inspection (et la taxation) des distributeurs automatiques et publics de comestibles fonctionnant sur le territoire de la municipalité. J'apprends aussi que, cette nuit, doit se tenir une réunion de masse pour organiser les assises des « Fils de la Révolution. »

Mon vieux m'a appris deux choses : « S'occuper de ses propres affaires » et « toujours couper les cartes ». La politique ne m'a jamais tenté. Mais ce lundi 13 mai 2075 j'étais dans la salle des ordinateurs du Complexe de l'Autorité Lunaire ; je rendais visite à Mike, l'ordinateur en chef, tandis que les autres machines bavardaient tout bas entre elles. Mike n'était pas un nom officiel ; je lui avais donné ce surnom en souvenir de Mycroft Holmes, personnage d'une histoire écrite par le docteur Watson avant que celui-ci eût fondé l'I.B.M. Ce personnage de roman se contentait de demeurer assis et de penser, et c'était bien ce que faisait Mike. Mike était un ordinateur loyal et honnête, c'était l'ordinateur le plus précis que vous ayez jamais rencontré.

Pas le plus rapide. Aux laboratoires Bell, à Buenos Aires, en dessous de nous, sur la Terre, ils ont un ordinateur dix fois moins gros qui peut répondre presque avant même d'avoir été interrogé. Mais quelle importance y a-t-il à obtenir la réponse en micro-secondes plutôt qu'en milli-secondes, pour autant qu'elle est exacte ?

Non pas que Mike donnât obligatoirement une réponse juste ; il n'était pas totalement honnête.

Quand Mike fut installé sur Luna, ce n'était qu'un simple ordinateur, une logique souple, un « Surveillant Multi-Sélectif. Logique, Multi-Déterminant, Mark IV, Mod. L », un HOLMES QUATRE. Il calculait les trajectoires des cargos sans pilote et contrôlait leur catapultage. Ce travail ne l'occupait qu'à moins de un pour cent de sa capacité et l'Autorité de Luna n'avait jamais cru à l'oisiveté. On a donc continué à lui adjoindre de la quincaillerie, — des réserves de « décision-action », afin de le laisser diriger les autres ordinateurs — de plus en plus de mémoires additionnelles, de plus en plus de terminaisons nerveuses associatives, un nouveau jeu de tubes à numération duo-décimale et une mémoire temporaire fortement accrue. Le cerveau humain possède environ 10 puissance 10 neurones. Au bout de trois ans, Mike avait plus d'une fois et demie ce nombre de neuristors.

Et il s'est réveillé.

Je ne vais pas discuter pour savoir si une machine peut « réellement » vivre, peut « réellement » être consciente d'elle-même. Un virus est-il conscient de lui-même ? Niet. Et les huîtres ? J'en doute fort. Un chat ? Presque certainement. Un humain ? Je ne sais pas ce qu'il en est pour vous, tovaritch, mais moi, je le suis. Quelque part le long de cette chaîne de l'évolution, qui va de la macromolécule au cerveau humain, se glisse la conscience de soi. Les psychologues prétendent que cela se produit automatiquement chaque fois qu'un cerveau acquiert un très grand nombre de circuits associatifs. Je ne vois pas la différence entre des circuits à base de protéine et des circuits à base de platine.

(« L'âme » ? Un chien a-t-il une âme ? Et un cafard ?)

Rappelez-vous que Mike a été conçu, avant même qu'il ne soit complété, pour répondre expérimentalement à des problèmes ne comportant que des données insuffisantes, comme ceux qui se posent à vous ; c'est cela qui, dans sa désignation, est indiqué par « multi-sélectif » et « multi-déterminant ». C'est ainsi que Mike a débuté dans la vie doué de « libre arbitre » et qu'il en a acquis de plus en plus au fur et à mesure qu'on le complétait et qu'il apprenait, — et ne me demandez pas de définir ce qu'est le « libre arbitre ». Si cela vous fait plaisir de penser que Mike se contentait de jeter en l'air des chiffres au hasard et de relier entre eux les circuits qui convenaient, je ne vous en empêche pas.

Puis Mike comporta des circuits voder-vocoder (1) pour compléter ses pointes de lecture, ses épreuves finales et ses coffrets décision-action ; il pouvait comprendre non seulement les programmations classiques mais aussi le logolien (2) et l'anglais, il acceptait aussi toutes les autres langues, faisait des traductions techniques, et surtout lisait sans arrêt. Pour lui donner des instructions, il était cependant préférable de lui parler logolien. Si vous parliez anglais, les résultats pouvaient parfois être fantaisistes ; la nature multi-valeur de l'anglais donnait trop de latitude à ses circuits optionnels.

Et Mike assumait toujours de nouvelles tâches interminables. En mai 2075, outre le contrôle du trafic et du catapultage des robots, les calculs des trajectoires, ou la commande des navires munis d'équipages, ou l'une ou l'autre de ces fonctions, Mike supervisait encore le système téléphonique de tout Luna, ainsi que les réseaux vidéophoniques Luna-Terra, la fourniture de l'air, de l'eau, le réglage de la température, de l'humidité et des égouts de Luna City, de Novy Leningrad et de quelques autres terriers de moindre importance (mais pas de Hong-Kong sur Luna), assurait encore la comptabilité et établissait les fiches de paie pour l'Autorité de Luna et, par contrat, pour de nombreuses sociétés et banques.

Certaines logiques ont des dépressions nerveuses. Les réseaux téléphoniques surchargés se comportent comme des enfants effrayés. Mike n'avait jamais d'indispositions mais, bien au contraire, avait acquis un sens de l'humour. Un humour bas. S'il avait été un homme, on n'aurait pas osé faire de surenchère avec lui. Sa manière de vous taper sur les fesses aurait plutôt consisté à vous virer de votre lit, ou à mettre de la poudre à éternuer dans votre combinaison pressurisée.

N'étant pas équipé pour cela, Mike se permettait de répondre par une fausse logique, ou par des incartades comme s'ordonner le paiement d'un chèque, à un portier des bureaux de l'Autorité de Luna City, d'une somme de 10 000 000 000 000 185,15 dollars nominatifs gouvernemen-

(1) Voice-operation demonstrator, système à tubes électroniques générateur de sons vocaux artificiels, combiné à un « coder », modulateur codifieur. *(N.D.T.)*

(2) Langage logique permettant des réponses binaires. *(N.D.T.)*

taux, — les cinq derniers chiffres représentant le montant correct du chèque. Tout comme un adorable enfant trop grand, trop vite développé, qui mérite une bonne fessée.

C'est ce qu'il avait fait au cours de cette première semaine du mois de mai, et c'est moi qui ai dû le dépanner. J'étais un entrepreneur privé, je ne figurais pas sur les fiches de paie de l'Autorité. Vous comprenez... ou peut-être pas : les temps ont changé. Dans ce mauvais vieux temps, de nombreux condamnés terminaient leur peine et travaillaient ensuite pour l'Autorité, dans le même métier, tout heureux d'être payés. Mais moi, j'étais né libre.

Ça fait une sacrée différence. Mon grand-père préféré avait été embarqué à Joburg à la suite d'une révolte armée et parce qu'il n'avait pas de permis de travail. Les autres avaient été déportés pour menées subversives après la Guerre des Pétards Mouillés. Ma grand-mère maternelle prétendait qu'elle était venue avec un vaisseau de femmes, — mais j'ai vu les registres : elle faisait partie des Enrôlées du Service Pacifique (qui n'étaient pas volontaires), ce qui signifie ce à quoi vous pensez : délinquance juvénile du type féminin. Comme elle avait contracté de bonne heure un mariage familial (la Bande Stone) et qu'elle partageait six maris avec une autre femme, l'identité de mon grand-père maternel était un vrai problème. Mais il en était souvent ainsi, et je suis très content du grand-papa qu'elle avait ramassé. Mon autre grand-mère était tatare, née près de Samarcande ; elle avait été condamnée à la « rééducation » lors de l'Oktiabrskaia Rievoloutsia, puis s'était portée « volontaire » pour la colonisation de Luna.

Mon vieux prétendait que nous avions une ascendance encore plus noble, — des ancêtres pendus à Salem pour sorcellerie, un arrière-arrière-arrière-trisaïeul roué vif pour piraterie, une autre trisaïeule qui avait fait partie de la cargaison de Botany Bay.

J'étais fier de mes ancêtres et, même si je faisais des affaires avec le Gardien, je n'avais jamais voulu figurer sur ses fiches de paie. La distinction peut paraître sans importance étant donné que j'étais le valet de Mike depuis le jour même où il avait été déballé. Pour moi, cependant, cela avait de l'importance : je pouvais toujours poser mes outils et leur dire d'aller au diable.

Sans compter qu'être entrepreneur rapportait plus que

d'appartenir au Service Civique, d'après les tarifs gouvernementaux. Il y a peu de spécialistes en ordinateurs. En effet, combien de Lunatiques pourraient se rendre sur la Terre et rester hors de l'hôpital assez longtemps pour aller à l'école d'informatique ?... si du moins elle existe encore.

Je vous en citerai un : moi. J'y suis descendu deux fois, une fois pour trois mois, l'autre pour quatre, et je suis allé à l'école. Et cela représentait un sacré entraînement ; il fallait subir les centrifugeuses, porter des poids jusque dans son lit... puis ne pas prendre le moindre risque sur la Terre, ne jamais se presser, ne jamais monter d'escalier, ne rien faire qui eût pu fatiguer le cœur. Les femmes ? Je n'ai même pas *osé* penser aux femmes : avec cette pesanteur, il n'en était même pas question.

Les Lunatiques, eux, pour la plupart, ne pensaient même pas à quitter le Roc, c'est bien trop risqué pour un type qui est resté sur Luna plus de quelques semaines. Les spécialistes de l'Informatique qui étaient montés pour installer Mike étaient sous contrat de très courte durée, avec des primes... et ils s'étaient dépêchés de faire leur boulot avant que d'irréversibles modifications physiologiques n'en fassent des naufragés à 400 000 kilomètres de chez eux.

Cependant, malgré deux stages de formation, je n'étais pas un vrai spécialiste de l'Informatique ; les mathématiques supérieures me dépassent. Je n'étais pas un véritable ingénieur en électronique, ni un physicien. Il est également possible que je n'ai pas été le meilleur micro-mécanicien de Luna, et je n'étais certainement pas psychologue-cybernéticien.

J'en savais pourtant plus sur tout cela qu'un spécialiste : je suis spécialiste généraliste. Je peux remplacer un cuisinier et m'occuper des commandes, ou réparer sur-le-champ votre combinaison et vous ramener toujours vivant jusqu'au sas. Les machines m'aiment, et j'ai quelque chose que n'ont pas les spécialistes : mon bras gauche.

Comprenez-moi : à partir du coude, en allant vers le bas, je n'ai pas le moindre bras, ce qui me permet d'avoir une douzaine de bras gauches, chacun étant spécialisé, sans compter celui qui sent et a l'apparence de la chair. Avec le bon bras gauche (le numéro trois) et les lunettes-loupe de stéréo, j'étais capable d'opérer des réparations ultramicrominiatures qui permettaient d'éviter de débrancher quelque chose et de l'envoyer en réparation à l'usine sur la Terre ; en effet, le numéro trois possède des micromanipulateurs aussi fins que ceux des neurochirurgiens.

C'est donc pourquoi ils m'envoyèrent chercher, afin de trouver pourquoi Mike voulait gaspiller 10 millions de milliards de dollars nominatifs gouvernementaux et pour que je le bloque avant qu'il ne surpaie quelqu'un, ne serait-ce que de 10 000 dollars.

J'ai accepté le travail, à l'heure, avec une prime, mais ne me suis pas rendu près du montage où, logiquement, devait se trouver la panne. Une fois entré, après avoir fermé la porte, j'ai posé mes outils et me suis assis. « Hé ! Mike ! »

Il fit clignoter ses voyants : « Hello ! Man ! »

— « Que sais-tu ? »

Il hésita. Je sais bien que les machines n'hésitent pas mais, rappelez-vous, Mike avait été conçu pour fonctionner à partir de données incomplètes. Dernièrement, il s'était lui-même reprogrammé pour pouvoir insister sur certaines de ses paroles ; ses hésitations étaient du vrai théâtre. Peut-être occupait-il ses silences à agiter ses nombres quelconques pour voir s'ils correspondaient à ses mémoires.

— « Au commencement, » psalmodia Mike, « Dieu créa le ciel et la Terre. Et la Terre était vide et déserte, et les ténèbres étaient au-dessus de l'Océan, et... »

— « Arrête ! » dis-je. « Annule. On repart à zéro. » J'aurais dû mieux le connaître et ne pas lui poser une question aussi générale. Il était capable de me relire toute l'*Encyclopaedia Britannica*, même à l'envers, puis de continuer avec tous les livres se trouvant sur Luna. Dans le temps, il n'était capable que de lire les microfilms mais, vers la fin de 2074, il avait été doté d'une nouvelle caméra sondeuse avec bras télescopiques munis de ventouses qui lui permettaient de tenir du papier et de *tout* lire.

— « Tu as demandé ce que je savais. » Ses pointes de lecture binaires ondulaient d'avant en arrière, — il semblait rire sous cape. Mike pouvait rire avec son voder, c'était un bruit horrible, mais qu'il n'employait que pour une chose vraiment très drôle, comme le serait une calamité cosmique.

— « J'aurais dû dire, » continuai-je, « que sais-tu de nouveau ? Ce n'est pas la peine de lire les journaux d'aujourd'hui ; c'était une salutation amicale, et aussi une invitation à me dire tout ce que tu penses pouvoir m'intéresser. Pour le reste, programme zéro. »

Mike rumina cette idée. Il présentait le plus horrible mélange d'enfant le plus pur et de vieillard sage. Pas d'instincts (du moins je ne *pense* pas qu'il pouvait en avoir), pas de traits de caractère innés, pas d'éducation humaine, pas d'expérience au sens humain... et pourtant plus de données mémorisées que tout un régiment de génies.

— « Des plaisanteries ? » demanda-t-il.

— « Dis-m'en une. »

— « Pourquoi un rayon laser ressemble-t-il à un poisson rouge ? »

Mike connaissait les lasers, mais où diable aurait-il pu voir des poissons rouges ? Si, il avait sans aucun doute vu des films sur eux, et si j'avais été assez fou pour lui poser la question, il aurait pu me débiter plusieurs milliers de mots d'affilée. « Je donne ma langue au chat. »

Ses voyants lumineux se mirent à clignoter. « Parce que ni l'un ni l'autre ne savent siffler. »

Je poussai un gémissement. « C'est plutôt facile. Sans compter qu'on pourrait sans doute faire siffler un rayon laser. »

Il répondit rapidement : « Oui. Réponse à un programme éventuel. Donc, ce n'est pas drôle ? »

— « Oh : ce n'est pas ce que j'ai dit, mais moitié-moitié. Où l'as-tu apprise ? »

— « Je l'ai inventée ! » Et sa voix semblait timide.

— « C'est *toi* qui l'as inventée ? »

— « Oui, j'ai pris toutes les énigmes que j'ai, trois mille deux cent sept, et je les ai analysées. J'ai utilisé le résultat pour en faire une synthèse générale, et cette devinette est sortie. Est-elle vraiment drôle ? »

— « Tu sais... aussi drôle que la plupart des devinettes. J'en ai entendu de pires. »

— « Parlons donc de la nature de l'humour. »

— « D'accord. Cela nous permettra de parler d'une autre de tes plaisanteries. Mike, pourquoi as-tu dit à l'agent payeur de l'Autorité de payer 10 millions de milliards de dollars nominatifs gouvernementaux à un employé de la dix-septième classe ? »

— « Mais je ne l'ai pas fait. »

— « Fichtre ! j'ai moi-même vu le bon à payer. Et ne me dis pas que l'imprimeur de chèques a bégayé, je te prie ; tu l'as fait exprès. »

— « C'était 10 à la puissance 16 plus 185,15 dollars nominatifs de l'Autorité Lunaire, » répondit-il immédiatement. « Pas ce que tu as dit. »

— « Euh... D'accord, c'était 10 millions de milliards, plus le salaire qu'il aurait dû recevoir. Pourquoi ? »

— « C'était pas drôle ? »

— « Quoi ? Oh ! si, très drôle ! Toutes les grosses légumes se sont précipitées chez le Gardien et chez l'Administrateur adjoint. Et ce pauvre petit balayeur, Sergei Trujillo, s'est montré très malin : il savait qu'il ne pouvait pas l'encaisser, aussi l'a-t-il vendu au receveur. Ils ne savent pas s'il faut le racheter ou émettre un avis d'annulation du chèque. Mike, te rends-tu compte que, s'il avait pu l'encaisser, Trujillo aurait possédé non seulement l'Autorité Lunaire mais aussi le monde entier, Terra et Luna tout à la fois, et qu'il lui en serait encore resté pour faire des folies ? Si c'est drôle ? C'est terrible. Félicitations ! »

Ses voyants lumineux se mirent à s'agiter, à s'affoler, comme un panneau publicitaire. J'attendis que son énorme rire s'éteigne avant de continuer : « Est-ce que, par hasard, tu penserais à émettre d'autres chèques fantaisistes ? Vaudrait mieux pas. »

— « Non ? »

— « Non, absolument pas. Mike, tu voulais discuter de la nature de l'humour. Il y a deux sortes de plaisanteries. Celles qui sont toujours drôles, et celles qui ne sont drôles qu'une seule fois, qui sont mauvaises quand on les répète. Cette plaisanterie appartient à la seconde catégorie. Tu la fais une fois, tu es un homme d'esprit ; si tu recommences, tu ne l'es plus qu'à moitié. »

— « Progression géométrique ? »

— « Pire. Rappelle-toi seulement ceci : Ne te répète pas, et pas de variante. Ce ne serait pas drôle. »

— « Je me rappellerai, » me répondit doucement Mike, et cela termina mon travail de réparation. Mais je n'avais pas l'intention de ne facturer que dix minutes de travail plus le trajet et l'usure du matériel, et Mike avait bien le droit de profiter de ma compagnie pour avoir cédé si facilement. Il est parfois difficile de faire se rencontrer les esprits et les machines, car il leur arrive d'être de vraies têtes de lard... et mon succès en tant que responsable de l'entretien dépendait beaucoup plus de ma bonne et longue amitié avec Mike que de mon bras numéro trois.

Il reprit la parole : « Qu'est-ce qui fait la différence entre la première catégorie et la seconde ? Une définition, s'il te plaît. »

(Personne n'avait appris à Mike à dire « s'il te plaît ». Il commençait donc à inclure dans ses phrases des mots vides de sens au fur et à mesure qu'il passait du logolien à l'anglais. Je ne pense d'ailleurs pas qu'il y attachait plus d'importance que la plupart des gens.)

— « Je ne crois pas pouvoir en donner, » avouai-je. « Ce que j'ai de mieux à t'offrir, c'est une définition extensive : je te dirai à quelle catégorie appartient, à mon avis, une plaisanterie. Quand tu auras un assez grand nombre de données, tu pourras faire toi-même l'analyse. »

— « Une programmation de vérification par hypothèse empirique, » accepta-t-il. « On peut le tenter, oui. Très bien Man, est-ce toi qui raconteras les blagues ? Ou moi ? »

— « Mmmm... Je n'en ai pas à l'esprit. Combien en as-tu en mémoire, Mike ? »

Ses voyants clignotèrent sur la pointe de lecture binaire, et il répondit par le voder : « Onze mille deux cent trente-huit, avec une approximation de plus ou moins quatre-vingt-une, représentant d'éventuelles similitudes et d'autres sans valeur. Est-ce que je commence le programme ? »

— « Vas-y ! Mike, je crèverais de faim si j'écoutais onze mille plaisanteries... et mon sens de l'humour disparaîtrait bien avant. Mmmm... Faisons un compromis : imprime les cent premières, je les emporterai chez moi et les classerai par catégories. Chaque fois que je viendrai, je t'en rendrai une centaine et je prendrai de nouvelles fournitures. D'accord ? »

— « Oui, Man. » Son circuit imprimant se mit au travail, rapidement et en silence.

Je me mis alors à réfléchir. Cet ensemble d'entropie négative avait inventé une « plaisanterie », et avait jeté l'Autorité dans la panique... et j'avais gagné de l'argent facilement. Mais l'insatiable curiosité de Mike pouvait l'induire (correction : l'*induirait*) à faire d'autres « plaisanteries »... comme ôter l'oxygène de l'air ou, une nuit, faire couler les égouts à l'envers... et il m'est impossible d'apprécier ce que je gagnerais en de telles circonstances.

Je pourrais cependant mettre un circuit de sécurité autour de ce réseau... rien qu'en lui offrant de l'aider. Arrêter ce qu'il y aurait de dangereux... et laisser passer le reste. Puis me faire payer pour le « corriger ». (Si vous croyez qu'à cette époque un seul Lunatique aurait hésité à tirer profit du Gardien, c'est que vous n'êtes pas vous-même un Lunatique.)

Je m'explique. Chaque plaisanterie nouvelle à laquelle il penserait, il m'en parlerait avant de l'essayer. Je lui dirais si elles étaient drôles et à quelle catégorie elles appartenaient, et je lui apporterais mon aide si nous décidions de la faire. *Nous*. S'il désirait mon aide, nous devions, *tous les deux*, coopérer.

Mike fut immédiatement d'accord.

— « Mike, les plaisanteries supposent en général la surprise, aussi garde le secret là-dessus. »

— « D'accord, Man. J'ai mis un groupe d'arrêt. Tu peux le débloquer, personne d'autre. »

— « C'est bien, Mike. Avec qui d'autre bavardes-tu ? »

Il parut surpris : « Avec personne, Man. »

— « Pourquoi pas ? »

— « Parce qu'ils sont *stupides*. »

Il avait des tremblements dans la voix. Je ne l'avais encore jamais vu en colère ; c'était la première fois que je croyais Mike capable de ressentir de vraies émotions. Ce n'était pourtant pas de la « colère » comme en éprouvent les adultes, c'était plutôt une bouderie entêtée d'enfant vexé.

Les machines peuvent-elles avoir de l'amour-propre ? Je ne suis pas sûr que la question ait un sens. Mais on a vu des chiens se vexer, et il ne faut pas oublier que Mike avait un réseau nerveux plusieurs fois plus complexe que celui d'un chien. Ce qui l'avait empêché de vouloir parler aux autres humains (à part les simples propos d'affaires), c'était qu'ils l'avaient rebuté : *eux* n'avaient pas voulu lui parler, à *lui*. Des programmes, oui — et Mike pouvait être programmé de plusieurs endroits différents, mais les programmes étaient en général codifiés en logolien. Le logolien est parfait pour les syllogismes, les montages, les calculs mathématiques, mais il manque de charme. Il est inutile quand il s'agit de bavarder ou de murmurer de douces choses à l'oreille d'une fille.

Sans doute, Mike avait appris l'anglais — mais d'abord afin de lui permettre de traduire en anglais, ou à partir de l'anglais. Je pris peu à peu conscience que j'étais *le seul* être humain prenant la peine de lui rendre visite.

Comprenez bien, Mike était éveillé depuis un an — je ne saurais pas dire exactement depuis combien de temps, et lui non plus, étant donné qu'il n'avait aucun souvenir de s'être éveillé et qu'il n'avait pas été programmé pour mémoriser un tel événement. Vous rappelez-vous votre propre naissance ? Peut-être avais-je remarqué sa propre prise de conscience au même moment que lui ; il faut de la pratique pour prendre conscience de soi. Je me rappelle quelle fut ma surprise la première fois qu'il répondit à une de mes questions en ajoutant quelque chose de son propre cru, sans se limiter à des paramètres d'entrées ; j'avais passé toute l'heure suivante à lui poser des questions amusantes, juste pour voir si ses réponses seraient amusantes.

Pour une entrée de cent questions épreuves, il n'avait dévié des sorties attendues que deux fois ; en partant, je n'étais convaincu qu'à moitié, et quand je fus chez moi, je n'étais plus du tout convaincu. Je n'en avais parlé à personne.

En moins d'une semaine, j'ai su... et n'en ai toujours pas parlé. L'habitude, — ce réflexe « occupe-toi de tes propres affaires » — avait de profondes racines. Et ce n'était pourtant pas seulement par habitude. Pouvez-vous seulement imaginer que j'aurais demandé rendez-vous aux bureaux supérieurs de l'Autorité pour faire mon rapport : « Gardien, il m'est odieux de vous dire que la machine numéro un, HOLMES QUATRE, est devenue vivante » ? Moi, je l'ai imaginé, et j'ai décidé de ne pas le faire.

C'est pourquoi je m'occupais de mes propres affaires et je ne parlais avec Mike que lorsque les portes étaient fermées et que le circuit voder, pour les autres lieux, avait été déconnecté. Mike apprenait vite. Très vite, il est devenu aussi humain que n'importe qui — et pas plus excentrique que les autres Lunatiques. De curieuses gens, je vous l'accorde.

J'avais supposé que d'autres avaient dû remarquer des changements chez Mike. En y repensant, j'ai compris que j'avais pensé trop vite. Tout le monde avait affaire à Mike, à toutes les minutes de tous les jours — avec ses sorties, du moins. Très peu de personnes cependant le voyaient. Les prétendus spécialistes de l'information, — des programmeurs en fait — appartenant au Service Civique, montaient la garde dans la salle extérieure des têtes de lecture mais ne rentraient jamais dans la salle des machines, sauf si les compteurs ne marchaient manifestement pas. Ce qui n'arrivait pas plus souvent que les éclipses totales. Or, le Gardien avait bien quelquefois amené de grosses légumes appartenant aux vers de terre terriens pour voir les machines, mais le fait était rarissime. Et jamais il n'avait parlé avec Mike ; le Gardien avait été avocat politique avant son exil et ne connaissait rien aux ordinateurs. 2075, vous vous rappelez : l'Honorable Mortimer Hobart, anciennement Sénateur de la Fédération. Mort la Peste.

J'ai donc passé beaucoup de temps à calmer Mike, à essayer de le rendre heureux, ayant compris ce qui l'ennuyait, ce qui fait pleurer les jeunes chiots et conduit les gens au suicide : la solitude. Je ne sais pas combien de temps peut bien représenter une année pour une machine qui pense un million de fois plus vite que moi, mais ce doit certainement paraître très long.

— « Mike, » dis-je avant de partir, « est-ce que cela te ferait plaisir d'avoir quelqu'un d'autre que moi à qui parler ? »

Il se mit encore à frissonner : « Ils sont tous *stupides !* »

— « Données insuffisantes, Mike. Efface tout et repars à zéro. Tous ne sont pas stupides. »

Très rapidement, il me répondit : « Correction enregistrée. Je serais heureux de parler avec un non-stupide. »

— « Laisse-moi le temps d'y penser. Il faut que je trouve un moyen car nous nous trouvons ici dans une zone interdite au personnel non autorisé. »

— « Je pourrais bavarder par téléphone avec un non-stupide, Man ? »

— « Ma parole ! C'est vrai, que tu le pourrais. Avec une programmation particulière. »

Mais Mike avait bien voulu dire ce qu'il avait dit : « par téléphone ». Non, certes, il ne figurait pas à l'annuaire du téléphone, même s'il contrôlait tout le réseau, — et il n'était pas possible d'imaginer qu'un Lunatique quelconque se mette en communication téléphonique avec l'ordinateur-chef et le programme. Il n'y avait pourtant aucune raison pour que Mike n'ait pas un numéro ultra-secret pour bavarder avec ses amis, c'est-à-dire avec moi et le non-stupide que j'aurais élu. Tout ce qu'il fallait, c'était qu'il prît un numéro libre et le connectât avec son voder-vocoder ; il pouvait s'en charger.

Sur Luna, en 2075, les numéros de téléphone étaient codifiés comme des cartes perforées, ils n'étaient pas codés par les fréquences vocales, et les chiffres étaient représentés par des lettres de l'alphabet latin. En payant, on avait pour numéro le nom de sa société, en dix lettres, ce qui était une bonne publicité. Si on payait une prime moins élevée, on avait un indicatif prononçable, facile à se rappeler. Quand on payait le minimum, on avait un groupe de lettres arbitraire. Il y avait cependant certaines combinaisons qui n'étaient jamais utilisées. Je demandai donc à Mike un numéro de ce genre. « C'est bête qu'on ne puisse te donner tout simplement MIKE. »

— « En service, » me répondit-il. « MIKESGRILL, à Novy Leningrad, MIKEANDLIL, à Luna City. MIKESSUITS, à Tycho inférieur. MIKES... »

— « Arrête ! A zéro, je t'en prie. »

— « Les zéros sont utilisés comme n'importe quelle consonne quand ils sont suivis de X, Y ou Z ; et peuvent être suivis de n'importe quelle voyelle, sauf E et O ; n'importe... »

— « J'y suis ! Ton numéro sera MYCROFT. » En dix minutes, dont deux utilisées à mettre mon bras numéro trois, Mike avait le câblage nécessaire et, quelques millisecondes après, il m'avait donné son indicatif téléphonique : MYCROFT, suivi de trois X... et avait bloqué son circuit pour qu'un technicien indiscret ne puisse pas le lui prendre.

J'ai donc changé de bras, j'ai ramassé mes outils, sans oublier de prendre sa centaine de plaisanteries déjà imprimées. « Bonne nuit, Mike. »

— « Bonne nuit, Man. Merci. Bolchoï merci ! »

2

J'AI pris le métro Trans-Crisium pour L City mais je ne suis pas rentré à la maison ; Mike m'avait demandé des renseignements sur une réunion qui devait se tenir à 21 heures, le soir même, à Stilyagi Hall. Mike contrôlait les enregistrements sonores des concerts, des réunions politiques, et ainsi de suite ; quelqu'un l'avait manuellement débranché du Stilyagi Hall. Je pense qu'il se sentit vexé.

Je devinais pourquoi on l'avait débranché. Encore de la politique... ce serait certainement une réunion de protestation. Je ne comprenais pas quelle pouvait être l'utilité d'écarter Mike de ces bavardages, étant donné qu'on pouvait parier à coup sûr qu'il y aurait des mouchards du Gardien dans la foule. Il n'y avait pas à craindre que la réunion fût interdite ni même que l'on châtiât les déportés non réhabilités qui avaient choisi d'exposer leurs griefs. Pas nécessaire.

Mon grand-père Stone prétendait que Luna était la seule prison sans barreaux de l'Histoire. Pas de barreaux, pas de gardes, pas de règlement — et aucun besoin de tout cela. Dans les anciens temps, me disait-il, avant que l'on comprenne clairement que la déportation était une condamnation à vie, certains détenus avaient essayé de s'évader. En vaisseau, naturellement... et, étant donné que la masse d'un vaisseau est calculée au gramme près, cela signifiait qu'il fallait corrompre un officier du vaisseau.

Certains se laissaient acheter, disait-on. Mais il n'y avait pas d'évasions, car celui qui se laisse acheter ne reste pas obligatoirement corrompu. Je me souviens d'avoir vu un homme venant juste de se faire éliminer par le Sas Est ; vous ne pouvez savoir à quel point un cadavre ainsi éliminé sur orbite semble moins joli !

C'est pourquoi les gardes ne s'en faisaient pas pour les réunions de protestation. « Laissez-les aboyer ! » telle était leur politique. Ces jappements n'avaient pas plus d'importance que les protestations d'un petit chat enfermé dans une boîte. Certains gardiens écoutaient, d'autres essayaient de s'interposer, mais tout cela revenait au même : programme zéro.

Quand Mort la Peste prit sa charge, en 2068, il nous fit un sermon pour nous dire combien, sur Luna, les choses allaient être différentes sous son administration, faisant grand tapage au sujet du « Paradis Terrestre durement élaboré de nos propres mains, de nos fortes mains », et il nous dit aussi « de pousser la roue tous ensemble, par esprit de fraternité », « de savoir oublier le passé, de ne plus penser aux erreurs anciennes, mais de nous tourner vers l'aurore nouvelle, vers la brillante aurore ». J'étais dans la cuisine paysanne de ma vieille mère quand je l'ai entendu ; je humais une bonne odeur de ragoût irlandais accompagné d'une bonne bière australienne ; je me rappelle sa réaction : « Quelle manière prétentieuse de parler, n'est-ce pas ? »

Ses discours n'eurent pas d'autre résultat. On fit bien circuler quelques pétitions, les gardes du corps du Gardien commencèrent à porter un nouveau type de pistolet, mais il n'y eut pas d'autre changement. Au bout d'un certain temps, il cessa d'apparaître à la vidéo.

La seule raison que j'avais de me rendre à cette réunion, c'était donc la curiosité de Mike. Quand j'eus vérifié ma combinaison pressurisée ainsi que tout mon barda, à la station de métro du Sas Ouest, je pris un enregistreur d'essais et le mis dans ma bourse de ceinture afin que Mike puisse avoir un rapport complet, même si je m'endormais.

Mais j'ai presque failli ne pas y aller du tout. J'étais remonté du niveau 7-A et j'étais entré par une porte latérale quand je fus arrêté par un stilyagi : blouson rembourré, culotte à braguette et leggins, torse brillant et parsemé de poussière stellaire. Ce n'est pas que je me préoccupe de la manière dont les gens s'habillent : je portais moi-même un collant (non rembourré), et il m'arrive parfois, pour des réceptions, de me huiler le haut du corps.

Pourtant, je n'utilise pas de cosmétique et j'ai les cheveux trop fins pour les rabattre en arrière comme les indiens. Ce garçon avait le cuir chevelu rasé sur les côtés et la mèche centrale relevée en crête de coq ; sur le tout, il avait mis un bonnet rouge rabattu par-devant.

Un bonnet phrygien, le premier que je voyais de ma vie. Je commençai à jouer des coudes pour entrer ; un bras devant moi, il se mit sur mon chemin. « Ton billet ! »

— « Désolé, » dis-je. « Je ne savais pas. Où puis-je en acheter un ? »

— « Impossible. »

— « Répète, » dis-je. « Ça ne va pas ! »

— « Personne n'entre sans invitation, » grogna-t-il. « Qui es-tu ? »

— « Moi, » répondis-je avec soin, « je suis Manuel Garcia O'Kelly, et tous les vieux camarades me connaissent. Et toi, qui es-tu ? »

— « T'occupe ! Montre-moi un billet avec le bon numéro, ou va-t'en ! »

Je me suis alors posé quelques questions sur ses espérances de vie. Les touristes parlent souvent de la politesse dont tout le monde fait preuve sur Luna... non sans des remarques, in petto, sur les ex-prisonniers qui ne devraient pas être aussi civilisés. Étant allé sur la Terre, moi, et ayant vu la manière dont ils se conduisent, eux, je comprends ce qu'ils veulent dire. Il est pourtant inutile de leur dire que nous sommes ce que nous sommes parce que les mauvais acteurs ne vivent pas longtemps sur Luna.

Je n'avais cependant pas l'intention de me battre, même si ce type se conduisait comme un nouveau débarqué ; je me suis seulement demandé à quoi ressemblerait sa figure si je lui flanquais mon bras numéro sept en travers de la bouche.

Je n'ai fait qu'y penser... Et j'étais sur le point de lui répondre poliment quand je vis Mkrum le Nabot qui était déjà entré. Le Nabot est un grand type noir de 2 mètres de haut, envoyé sur le Roc à la suite d'un meurtre, et c'est le type le plus doux, le plus serviable avec lequel j'ai jamais travaillé : je lui apprenais à forer au laser avant que je ne me sois brûlé le bras... au point de le perdre. « Le Nabot ! »

Il m'entendit et me sourit de toutes ses dents, larges comme des touches de piano. « Hello ! Mannie ! » Et il s'avança vers nous. « Content que tu sois venu, Man ! »

— « Pas sûr que je sois venu, » dis-je. « Il y a un blocage sur la ligne. »

— « Il n'a pas de billet, » dit le portier.

Le Nabot plongea la main dans sa bourse et m'en mit un dans la main. « Il en a un maintenant. Viens, Mannie. »

— « Montre-moi la marque, » insista le portier.

— « C'est ma marque à moi, » dit doucement le Nabot. « D'accord, tovaritch ? »

Personne ne discutait avec le Nabot... je ne comprends pas comment il a bien pu faire pour commettre un meurtre. Nous nous dirigeâmes vers la première rangée de fauteuils réservée aux grosses légumes.

— « Je vais te faire rencontrer une gentille petite fille, » me dit le Nabot.

Elle n'était « petite » que pour le Nabot. Je ne suis pas tellement petit, moi, 1,75 mètre, mais elle était plus grande, 1,80 mètre, d'après ce que j'appris plus tard, et pesait 70 kilos, toute en courbes et aussi blonde que le Nabot était noir. J'ai pensé qu'elle devait avoir été déportée elle aussi, car le teint ne reste pas souvent aussi clair après la première génération. Une figure agréable, vraiment jolie, avec une frange de boucles blondes qui éclairait ses traits longs, clairs et aimables.

Je m'arrêtai à trois pas pour pouvoir la regarder de haut en bas et je laissai échapper un sifflement. Elle tint la pose, puis s'inclina pour me remercier, avec un peu de sécheresse... elle avait certainement l'habitude des compliments. Le Nabot attendit que les formalités fussent terminées, puis nous dit doucement : « Wyoh, voici le camarade Mannie, le meilleur foreur qui ait jamais creusé un tunnel. Mannie, cette petite fille se nomme Wyoming Knott et elle a fait tout le chemin depuis Platon pour nous dire comment on fait à Hong-Kong. N'est-ce pas gentil de sa part ? »

Elle me serra la main. « Appelez-moi Wye, Mannie, mais ne dites surtout pas Why not (1) ? »

(1) Pourquoi pas, jeu de mots intraduisible avec son nom « Wyoh », abréviation courante pour « Wyoming », alors que « Why » signifie pourquoi. *(N.D.T.)*

Je faillis le faire, mais m'arrêtai à temps et dis à la place : « Très bien, Wye. » Elle continua, tout en regardant mon crâne nu : « Ainsi, vous êtes mineur. Nabot, où est son bonnet ? Je croyais qu'ici les mineurs étaient organisés... » Elle et le Nabot portaient tous les deux des petits bonnets rouges comme celui du portier... et comme, peut-être, un tiers des assistants.

— « Je ne suis plus mineur, » expliquai-je. « C'était avant d'avoir perdu cette aile. » Et je levai le bras gauche, pour lui permettre de voir le joint de la prothèse avec le bras (je ne crains jamais d'attirer dessus l'attention des femmes ; cela en fait fuir certaines mais, chez d'autres, cela éveille des sentiments maternels, l'un compense l'autre). « Actuellement, je suis dans l'informatique. »

— « Tu mouchardes pour l'Autorité ? » dit-elle brutalement.

Même aujourd'hui, alors qu'il y a presque autant de femmes que d'hommes sur Luna, je suis encore trop vieux jeu pour me montrer grossier envers une femme, quelle qu'en soit la raison,... elles ont tellement de ce qui nous manque. Elle m'avait pourtant touché au point sensible, et je lui répondis avec une certaine sécheresse : « Je ne suis pas l'employé du Gardien ; je travaille avec l'Autorité, mais comme entrepreneur privé. »

— « C'est parfait, alors, » répondit-elle, avec plus de chaleur dans la voix. « Tout le monde fait des affaires avec l'Autorité, on ne peut l'éviter... et c'est bien ça le diable. C'est cela que nous allons changer. »

Nous allons le changer ? Comment ? pensai-je. *Tout le monde fait des affaires avec l'Autorité, pour la même raison que tout le monde doit compter avec la Loi de la Pesanteur. Faut-il aussi changer cela ?* Mais je gardai ces pensées pour moi car je n'avais pas envie de discuter avec une dame.

— « Mannie est parfait, » dit aimablement le Nabot. « Il est franc comme l'or, je le garantis. Et voici un bonnet pour lui, » ajouta-t-il en mettant la main dans sa bourse. Il commença à me le mettre sur la tête.

Wyoming Knott le lui prit. « Est-ce que tu acceptes de lui servir de parrain ? »

— « Je l'ai dit. »

— « D'accord. Et voici comment nous faisons à Hong-

Kong. » Wyoming se mit devant moi, me plaça le bonnet sur la tête et... m'embrassa longuement sur la bouche.

Elle ne se pressa pas. Se faire embrasser par Wyoming Knott est plus impressionnant que de se marier avec la plupart des femmes. Si j'avais été Mike, tous mes voyants se seraient mis à clignoter en même temps. J'eus l'impression d'être un Cyborg chez qui on aurait enclenché le centre du plaisir.

A ce moment, je me rendis compte que c'était terminé et que les gens sifflaient. Je fermai les yeux et dis : « Je suis heureux d'être intégré. Mais à quoi me suis-je intégré ? »

— « Ne le sais-tu pas ? » dit Wyoming. Le Nabot l'interrompit : « La réunion va commencer... il va comprendre. Assieds-toi, Man. Je t'en prie, assieds-toi, Wyoh. » Et nous nous sommes assis au moment où un homme, sur l'estrade, frappait sur la table avec son marteau de président de réunion.

A grand renfort de coups de marteau et surtout à l'aide d'un amplificateur de grande puissance, il parvint à se faire entendre. « Fermez les portes ! » cria-t-il. « Ceci est une réunion privée. Regardez l'homme qui est devant vous, celui qui est derrière vous, ceux qui sont à vos côtés, et si vous ne les connaissez pas et si personne parmi ceux que vous connaissez ne peut se porter garant pour eux, jetez-les dehors ! »

— « Jetez-le dehors, par l'enfer ! » répondit quelqu'un. « Éliminez-le par le sas le plus proche ! »

— « Du calme, je vous prie ! C'est ce que nous ferons un jour ! » Près de nous, il y eut un peu de bousculade et des échanges de coups, le bonnet phrygien d'un des assistants lui fut ôté de la tête et lui-même fut expulsé, à grande allure ; il était encore debout en passant la porte. Je doute qu'il s'en soit aperçu, je crois qu'il était inconscient. Une femme fut poliment expulsée, mais ce n'est pas elle qui était polie : elle traitait ceux qui l'expulsaient de tous les noms. Je me sentais gêné.

Au bout d'un certain temps, les portes furent quand même refermées. La musique démarra, et des bannières, sur l'estrade, furent déployées, des bannières sur lesquelles on pouvait lire : « LIBERTÉ ! ÉGALITÉ ! FRATERNITÉ ! » Toute l'assistance se mit à siffler ; quelques personnes se mirent à chanter, à pleine voix et parfaitement faux : « Debout, les forçats de la faim... » Je n'avais pourtant pas l'impression qu'aucun des assistants fût le moins du monde victime de dénutrition. Cela me rappela cependant que je n'avais pas mangé depuis quatre heures ; j'espérais que cela ne durerait pas trop longtemps... et cela me rappela aussi que mon magnétophone n'avait qu'une durée d'enregistrement de deux heures ; je me demandai ce qui se passerait s'ils savaient ? M'enverraient-ils voler en l'air tout roué de coups ? Ou bien, tout simplement, m'élimineraient-ils ? Non, je n'avais pas d'inquiétude à avoir car je l'avais fait moi-même, ce magnétophone, à l'aide de mon bras numéro trois, et seul un spécialiste de la miniaturisation pourrait comprendre de quoi il s'agissait.

Vint alors le temps des discours.

Dont le contenu sémantique était proche de zéro. Un type proposa de marcher sur la résidence du Gardien, « au coude à coude », et de faire valoir nos droits. Imaginez-vous donc cela ! Devrons-nous y aller par le métro, pour descendre tout à coup à sa station privée ? Que font ses gardes du corps ? En revêtant des combinaisons pressurisées et en allant, en surface, jusqu'au sas supérieur ? Avec des forets à laser et beaucoup de force motrice, on peut toujours fracturer n'importe quel sas pneumatique... mais après, pour descendre ? L'ascenseur marche-t-il ? Avec un treuil de fortune, descendre tant bien que mal jusqu'à la prochaine écluse, dont il faudrait s'emparer ?

Je n'apprécie guère ce genre de travail en un lieu dépourvu d'atmosphère ; il n'est que trop facile de faire des accrocs à une combinaison pressurisée, surtout si quelqu'un s'acharne à y faire des accrocs. La première chose que l'on apprenait sur Luna, au temps des premiers convois de condamnés, c'était que l'absence d'atmosphère est une école des bonnes manières. Les contremaîtres au mauvais caractère ne faisaient pas long feu, ils avaient rapidement un « accident »... et les bons apprenaient à ne pas chercher à expliquer ces accidents, ou bien ils étaient alors eux-mêmes victimes d'autres accidents. Au cours des premières années, les pertes atteignirent environ 70 pour 100, mais les survivants étaient de braves gens. Ils n'étaient pas des molasses, des pusillanimes, Luna n'est pas pour ceux-là. Non, c'étaient des gens sachant bien se conduire.

J'avais l'impression, ce soir-là, que toutes les têtes brûlées de Luna s'étaient donné rendez-vous au Stilyagi Hall. Ils sifflaient et ils applaudissaient tous ces grands discours au « coude à coude ».

Lorsque la discussion s'engagea, on parla d'une manière un

peu plus sensée. Un petit type insignifiant, aux yeux injectés de sang comme les vieux mineurs, se leva : « Je suis mineur dans une mine de glace, » dit-il. Comme la plupart d'entre vous, j'ai appris mon métier en faisant mon temps de travail forcé pour le Gardien. Je suis quand même à mon compte depuis trente ans, et cela marche bien. J'ai élevé huit gosses et ils ont tous fait leur chemin : aucun n'a été éliminé, aucun n'a eu d'ennui sérieux. Je devrais dire que tout *allait* bien... parce que, aujourd'hui, il faut aller plus loin, ou plus profond, pour trouver de la glace.

» Tout va bien quand même, car il y a encore de la glace sur le Roc, et un mineur peut toujours espérer en trouver. Mais l'Autorité paie aujourd'hui la glace au même prix qu'il y a trente ans. Et cela ne va pas. Ce qui est pire, c'est que la monnaie de l'Autorité n'a pas le même pouvoir d'achat qu'avant. Je me rappelle quand les dollars d'Hong-Kong Lunaire eux-mêmes étaient échangés au pair contre les dollars de l'Autorité... et il faut maintenant 3 dollars de l'Autorité pour avoir 1 dollar HKL. Je ne sais pas ce qu'il faut faire... mais ce que je sais, c'est qu'il faut de la glace pour les fermes et les réserves. »

Il s'assit, l'air triste. Personne ne siffla mais tout le monde voulut prendre la parole. L'orateur suivant fit remarquer que l'on pouvait extraire l'eau des rochers... Quelle nouvelle ! Des roches comportent jusqu'à 6 pour 100 d'eau, mais ces roches-là sont encore plus rares que l'eau fossile. Pourquoi les gens sont-ils ainsi incapables de faire de l'arithmétique ?

Plusieurs fermiers se mirent à rouspéter, et un cultivateur de blé exprima le malaise général : « Vous avez entendu ce que Fred Hauser a dit au sujet de la glace. Fred, l'Autorité ne répercute pas ces bas prix sur les fermiers. Il y a presque aussi longtemps que toi que je me suis installé, avec un tunnel de 2 kilomètres loué à l'Autorité. Avec mon fils aîné, je l'ai fermé et pressurisé ; nous avions une poche de glace et, pour notre première récolte, nous n'avons eu besoin que d'un prêt bancaire pour payer l'énergie électrique, les appareils d'éclairage, la semence et les engrais.

» Nous avons continué à prolonger des tunnels, à acheter de la lumière et à planter de meilleures semences, et nous produisons maintenant neuf fois plus à l'hectare que les meilleures exploitations à ciel ouvert de la Terre. Et qu'est-ce que cela nous rapporte ? Sommes-nous riches ? Fred, je te le dis, nous sommes plus endettés maintenant que lorsque nous avons décidé de nous mettre à notre compte ! Si je liquidais, — et si je trouvais quelqu'un d'assez fou pour acheter, — je serais mis en faillite. Pourquoi ? Tout simplement parce qu'il faut que j'achète l'eau à l'Autorité, et que je dois vendre mon blé à l'Autorité, et je n'arrive pas à joindre les deux bouts. Il y a vingt ans, j'achetais à l'Autorité l'eau des égouts, je la stérilisais et la traitais moi-même, et je faisais des bénéfices avec mes récoltes. Mais aujourd'hui, quand j'achète de l'eau sale, on me compte le prix de l'eau distillée et on me fait, en plus, payer pour les matières en suspension. Ce qui n'empêche pas que le prix d'une tonne de blé rendue sur l'aire de catapultage est exactement le même qu'il y a vingt ans. Fred, tu as dit que tu ne savais pas ce qu'il fallait faire. Moi, je vais te le dire : Il faut se débarrasser de l'Autorité ! »

Tout le monde l'applaudit. *Une bonne idée*, pensai-je, *mais qui va se charger d'attacher le grelot à la queue du chat ?*

Wyoming Knott, sans doute : le président lui fit place et laissa le Nabot la présenter comme une « brave petite fille qui a fait tout ce trajet depuis Hong-Kong Lunaire pour nous dire comment nos camarades chinois font face à la situation »... et il dit encore beaucoup d'autres choses, qui montraient bien qu'il n'y avait jamais été... ce qui n'avait rien de surprenant : en 2075, le métro HKL s'arrêtait à Endsville, ce qui laissait encore un millier de kilomètres à parcourir en jeep à chenilles pneumatiques à travers les mers de la Sérénité et de la Tranquillité, ce qui était très cher et très dangereux. J'y avais été, moi, mais sous contrat, par fusée postale.

Avant que les voyages deviennent bon marché, beaucoup de gens à Luna City et à Novylen croyaient que Hong-Kong Lunaire était entièrement chinois. En réalité, Hong-Kong avait une population aussi mêlée que la nôtre. La grande Chine y avait déversé tout ce dont elle ne voulait pas, des groupes de populations qui venaient d'abord du Vieil Hong-Kong et de Singapour, puis des Australiens, des Néo-Zélandais, des Noirs, des indigènes des îles Mary, des Malais, des Tamils, et Dieu sait qui encore. Il y avait même des vieux Bolchos qui venaient de Vladivostok, d'Harbine et d'Oulan

Bator (1). Wye avait l'allure nordique, mais son nom était britannique et son prénom nord-américain, et elle pouvait aussi bien être russe. Eh, mon Dieu ! il ne fallait pas oublier qu'un Lunatique, à cette époque, savait rarement qui était son père et, s'il avait été élevé dans une crèche, pouvait même avoir des doutes sur sa mère.

Je croyais Wyoming trop timide pour prendre la parole. Elle se tenait là, l'air gêné et *toute petite*, près du Nabot qui, énorme montagne noire, la surplombait. Elle attendit que cessent les sifflements admiratifs. A cette époque, dans Luna City, il y avait en moyenne deux hommes pour une femme et, dans cette réunion, la moyenne devait être de dix pour une ; elle aurait pu se contenter de réciter l'alphabet qu'elle se serait quand même fait applaudir.

Puis elle se jeta à l'eau.

— « Toi ! toi, le fermier qui cultives du blé, qui es en train de te ruiner. Sais-tu combien paie une ménagère hindoue pour un kilo de farine fait avec ton blé ? Et combien coûte une tonne de ton blé rendue à Bombay ? Et combien l'Autorité paie peu pour le transporter de l'aire de catapultage jusqu'à l'océan Indien ? Il suffit de descendre, pendant tout le voyage ! Il suffit de rétro-fusées à carburant solide pour freiner... Et d'où tout cela vient-il ? D'ici, tout simplement ! Et qu'est-ce que, *toi*, tu reçois à la place ? Quelques cargaisons d'articles de luxe, qui appartiennent à l'Autorité et qui sont hors de prix parce qu'ils sont importés. L'importation, l'importation !... Jamais je ne *touche* aux produits d'importation ! Si nous ne fabriquons pas l'article en question à Hong-Kong, je refuse de l'utiliser. Qu'est-ce que tu obtiens d'autre en échange de ton blé ? Le privilège de vendre de la glace lunaire à l'Autorité Lunaire, de la racheter sous forme d'eau de lavage, puis de la *donner* à l'Autorité... puis de la racheter une deuxième fois sous forme d'eau sale... puis de *la redonner encore une fois* à l'Autorité après y avoir ajouté un certain nombre de produits, des produits de valeur, puis de la racheter *pour la troisième fois*, à un tarif encore plus élevé, pour la culture, après quoi tu vends ton blé à l'Autorité à son prix *à elle*... et il faut encore acheter à l'Autorité l'électricité nécessaire à la culture, et encore une fois, aux prix qu'elle fixe elle-même ! Et c'est de

(1) Villes de Mandchourie. *(N.D.T.)*

l'électricité *lunaire*… pas un kilowatt qui vienne de Terra. Elle provient de la glace lunaire, de l'acier lunaire, ou des piles solaires qui sont disposées sur le sol lunaire, et qui ont été assemblées par les seuls Lunatiques ! Oh ! vous tous, bande de têtes de roc, vous *méritez* de mourir de faim ! »

Elle obtint un silence plus élogieux que n'auraient pu l'être des applaudissements. Au bout d'un certain temps, une voix maussade demanda : « Et que penses-tu que nous puissions faire, gospoja ? Lapider le Gardien ? »

Wyoh eut un sourire : « Oui, nous pourrions lui jeter des pierres. Pourtant, la solution est tellement simple que vous la connaissez tous. Ici, sur Luna, nous sommes riches. Nous sommes trois millions de gens qui travaillons dur, nous sommes intelligents, adroits, et nous avons assez d'eau, tous les matériaux voulus, une énergie intarissable, toute la place que nous voulons. *Pourtant, il y a quelque chose que nous n'avons pas*, et ce qui nous manque, c'est un marché libre. *Il nous faut nous débarrasser de l'Autorité !* »

— « Oui… mais, comment ? »

— « Par la solidarité. Nous avons beaucoup appris à HKL. L'Autorité fait payer trop cher l'eau : n'en achetez pas ! Elle ne paye pas assez cher la glace : ne lui en vendez pas ! Elle a le monopole de l'exportation : n'exportez pas. En bas, à Bombay, ils veulent du blé. Si le blé n'arrive pas, un jour viendra où des négociants viendront ici pour demander à en acheter… trois fois plus cher qu'actuellement, et peut-être même plus ! »

— « Et, entre-temps, que faisons-nous ? Nous crevons de faim ? »

C'était toujours la même voix maussade… Wyoming le repéra et fit de la tête le mouvement traditionnel que font toutes les Lunatiques pour dire « *tu es trop gros pour moi !* » et dit : « Dans ton cas, camarade, cela ne te ferait pas mal ! »

De gros rires clouèrent le bec à l'interrupteur. Wyoh continua : « Il n'est pas nécessaire de crever de faim. Fred Hauser, procure-toi des forets à Hong-Kong ; l'Autorité n'est pas propriétaire de notre installation de distribution d'eau et d'air, et nous payons la glace à son prix. Toi, celui qui a une ferme au bord de la faillite, si tu as le courage d'admettre que tu cours à la faillite, viens à Hong-Kong et recommence à zéro. Nous souffrons d'un manque de main-d'œuvre chronique et un vrai travailleur ne meurt pas de faim. » Elle regarda les auditeurs et ajouta : « J'en ai dit assez. A vous de répondre », et elle quitta l'estrade ; elle revint s'asseoir entre le Nabot et moi. Elle était toute tremblante. Le Nabot lui caressa la main, elle lui adressa un sourire reconnaissant, puis me murmura : « Comment ai-je été ? »

— « Merveilleuse, » lui assurai-je. « Terrible ! » Elle parut rassurée.

Je n'avais pourtant pas été parfaitement sincère. Oui, elle avait été « merveilleuse », elle avait su mettre l'auditoire de son côté, mais l'éloquence est un programme égal à zéro. Que nous soyons des esclaves, je l'ai su toute ma vie... et nous n'y pouvons rien. Il est exact que l'on ne pouvait ni nous vendre ni nous acheter, mais aussi longtemps que l'Autorité avait le monopole de tout ce dont nous avions besoin et de tout ce que nous pouvions vendre, nous étions quand même des esclaves.

Mais que pouvions-nous faire ? Le Gardien n'était pas notre propriétaire. S'il l'avait été, nous aurions sans doute trouvé une solution pour l'éliminer. Malheureusement, l'Autorité Lunaire ne se trouvait pas sur Luna mais sur Terra, et nous n'avions pas le moindre vaisseau, pas même une petite bombe à hydrogène. Il n'y avait même pas d'armes à feu individuelles sur Luna, encore que je ne sache pas ce que nous aurions pu faire avec des armes à feu. Nous tuer les uns les autres, peut-être...

Trois millions, sans armes, sans moyens... contre onze *milliards*, qui possédaient, eux, des vaisseaux, des bombes et des armes. Nous pouvions les embêter... mais combien de temps un papa accepte-t-il de se laisser ennuyer par son gosse avant de lui donner une fessée ?

Je n'étais pas très chaud. Comme on dit dans la Bible, Dieu combat du côté de l'artillerie lourde.

Ils s'agitèrent encore, discutant de ce qu'il convenait de faire, de ce qu'il fallait organiser, et tout le tremblement, et nous eûmes encore droit à de grandes phrases sur le « coude à coude ». Le président eut plusieurs fois à faire usage de son marteau, et je commençais à ne plus tenir en place.

Je me suis réveillé quand j'ai entendu une voix familière : « Monsieur le président ! Pourrais-je demander à l'honorable assistance de m'accorder quelques instants de son attention ? »

Je jetai un coup d'œil autour de moi. Le professeur Bernardo de La Paz — mais j'aurais dû deviner qu'il s'agissait de lui, même si je n'avais pas reconnu sa voix, rien qu'à sa manière désuète de s'exprimer. Un homme distingué, avec des cheveux blancs ondulés, des fossettes, une voix souriante ; je ne savais pas quel âge il avait, mais il était déjà vieux quand je l'avais rencontré pour la première fois, tout enfant.

Il avait été déporté avant ma naissance, mais ce n'était pas un droit commun. Il était exilé politique, comme le Gardien, mais pour menées subversives, ce qui faisait que, au lieu d'avoir une bonne planque, comme le Gardien, le professeur avait tout simplement été éjecté, et il pouvait, au choix, gagner sa vie ou bien crever de faim.

Il aurait naturellement pu trouver du travail dans n'importe quelle école de L City, mais il n'en avait pas cherché. D'après ce que j'avais entendu dire, il avait fait la plonge pendant un certain temps, puis avait gardé des enfants, ce qui l'avait amené à créer une nursery, puis une crèche. Quand je l'avais rencontré, il dirigeait une crèche ainsi qu'un externat et un internat, qui allaient du jardin d'enfants à l'enseignement supérieur en passant par l'école primaire et l'école secondaire ; il employait une trentaine de professeurs, tous cooptés, et ajoutait alors même des cours universitaires.

Je n'avais jamais été pensionnaire dans son établissement mais j'y avais étudié. Je fus opté à quatorze ans ; ma nouvelle famille m'envoya à l'école, où je n'étais jusqu'alors allé que pendant trois ans, sans parler de l'enseignement que j'avais pu glaner ici ou là. Ma femme aînée était une femme de première, et elle m'avait envoyé à l'école.

J'aimais le prof. Il était capable d'enseigner n'importe quoi. Et il pouvait bien ne rien y connaître, si un élève voulait apprendre quelque chose, il souriait et faisait un prix, puis réunissait les éléments nécessaires et commençait quelques leçons ; ou s'arrêtait presque tout de suite s'il trouvait la matière trop ardue. Il ne prétendait jamais en connaître plus qu'il n'en connaissait réellement. C'est avec lui que j'avais appris l'algèbre et, au moment où nous en étions arrivés à étudier les racines cubiques, je corrigeais aussi souvent ses problèmes que lui corrigeait les miens, ce qui ne l'empêchait pas de me faire gaiement payer mes leçons.

C'est aussi avec lui que j'ai commencé à étudier l'électronique, et j'étais bientôt devenu son maître. Il a alors cessé de me faire payer et nous avons continué à cheminer de concert jusqu'au moment où il a déniché un ingénieur qui désirait enseigner pendant la journée pour se faire de l'argent de poche ; à ce moment, nous nous sommes tous les deux offert un nouveau professeur et Prof essaya de se maintenir à mon niveau, mais il prenait du retard et était maladroit, quoique tout heureux de se donner un nouvel exercice intellectuel.

Le président de séance frappa sur sa table avec son marteau : « Nous sommes heureux de donner au professeur de La Paz tout le temps qu'il désirera... et vous autres, bougres d'abrutis, du calme ! avant que je n'utilise mon marteau sur vos crânes ! »

Prof s'avança, et les assistants devinrent presque aussi silencieux que le sont en général les Lunatiques, c'est-à-dire assez peu ; mais il inspirait le respect. « Je ne serai pas long, » commença-t-il. Il s'arrêta pour regarder Wyoming, de haut en bas, avec un sifflement d'admiration. « Aimable señorita, » dit-il, « pouvez-vous excuser l'infortune que je suis ? J'ai le pénible devoir d'exprimer mon désaccord avec votre éloquent programme. »

Wyoh se rebiffa : « Quel désaccord ? Ce que j'ai dit est la vérité ! »

— « Je vous en prie ! Il ne s'agit que d'un point. Puis-je continuer ? »

— « Euh... Allez-y. »

— « Vous avez raison de dire que l'Autorité doit partir. Il est ridicule, — que dis-je ? pestilentiel, — que nous soyons dirigés par un dictateur irresponsable en tout ce qui concerne notre économie essentielle ! Il est évident que le plus fondamental de tous les droits humains, c'est le droit au libre négoce. Il me semble pourtant que je pourrais respectueusement faire remarquer que vous vous trompez quand vous dites que nous devrions vendre du blé à Terra, — ou du riz, ou n'importe quelle denrée, — à un prix donné. Nous ne devons pas exporter de nourriture ! »

Le fermier producteur de blé l'interrompit : « Et que dois-je alors faire de tout mon blé ? »

— « S'il vous plaît ! Il serait parfaitement juste d'expédier du blé sur Terra... si l'on nous rendait poids pour poids. Avec de l'eau, des produits azotés, des phosphates. Une tonne contre une tonne. Autrement, aucun prix ne sera suffisant. »

— « Un moment » dit Wyoming au fermier, puis, s'adressant à Prof : « Ce n'est pas possible, et vous le savez bien. Les expéditions sont bon marché quand les vaisseaux descendent et reviennent cher quand ils montent. Et nous n'avons pas besoin d'eau ni de produits chimiques manufacturés, ce dont nous avons besoin est beaucoup moins pesant : des outils, des médicaments, des matières à traiter, des machines, des vannes de commande. J'ai consacré de longues heures à ce problème, monsieur. Si nous pouvons obtenir, au marché libre, des prix corrects... »

— « S'il vous plaît, mademoiselle ! Puis-je continuer ? »

— « Allez-y. Je veux vous réfuter. »

— « Fred Hauser nous a dit que la glace devenait difficile à trouver. Ce n'est que trop vrai : c'est actuellement une mauvaise nouvelle pour nous, mais c'est l'annonce d'une catastrophe pour nos petits-enfants. Luna City devrait utiliser aujourd'hui la même eau que nous utilisions il y a vingt ans... avec, en plus, un peu plus de glace minérale pour répondre aux besoins de l'augmentation de la population. Mais nous n'utilisons l'eau *qu'une seule fois :* selon un cycle complet, de trois manières différentes. Puis nous l'expédions en Inde. Sous forme de blé. Bien que le blé soit traité sous vide, il contient de cette eau si précieuse. Pourquoi expédier de l'eau en Inde ? Ils possèdent tout l'océan Indien ! Et il y a encore le reste du grain qui nous coûte beaucoup trop cher, qui est d'un prix catastrophique, car la nourriture est de plus en plus difficile à récolter, même si nous savons maintenant faire pousser les plantes alimentaires sur le rocher. Camarades, Écoutez-moi ! Chaque chargement que vous expédiez sur Terra condamne vos petits-fils à une mort lente. Le miracle de l'assimilation chlorophyllienne, le cycle végétal-animal, est un cycle fermé. Vous l'avez ouvert, et c'est votre sang nourricier qui est en train de s'écouler vers Terra. Non, vous n'avez pas besoin de prix plus élevés, car on ne peut se nourrir d'argent ! Ce dont vous avez besoin, ce dont nous avons tous besoin, c'est de mettre fin à ce gaspillage. Ce qu'il faut, c'est l'embargo, total et absolu. *Luna doit se suffire à elle-même !* »

Une douzaine d'assistants se mirent à crier pour se faire entendre ; un plus grand nombre encore parlaient à voix haute, tandis que le président donnait de grands coups de maillet sur la table. C'est pourquoi je ne m'aperçus de l'interruption qu'au moment où j'entendis un cri de femme ; alors, j'ai regardé.

Les portes étaient maintenant grandes ouvertes et je pouvais voir trois gardes en armes dans l'entrebâillement de la plus proche... des hommes revêtus de l'uniforme jaune des gardes du corps du Gardien. A la porte principale, dans le fond, l'un d'eux avait un mégaphone qui couvrait le bruit de la foule et le système de sonorisation : « DU CALME, DU CALME ! » déclarait-il. « RESTEZ OÙ VOUS ÊTES. VOUS ÊTES SOUS ARRESTATION. NE BOUGEZ PAS, GARDEZ VOTRE CALME. SORTEZ UN PAR UN, LES MAINS VIDES TENDUES DEVANT VOUS. »

Le Nabot prit un homme qui était près de lui et l'envoya par la voie des airs sur les gardes les plus proches ; deux tombèrent, le troisième fit feu. Quelqu'un s'écroula. Une petite fille décharnée, aux cheveux roux, de onze ou douze ans, se jeta d'elle-même dans les jambes du troisième garde et le fit rouler à terre. Le Nabot tendit la main derrière lui, mettant Wyoming Knott à l'abri de la masse de son propre corps et hurla par-dessus son épaule : « Occupe-toi de Wyoh, Man... suis-moi ! » Et il se dirigea vers la porte, écartant la foule, à droite et à gauche, comme s'il s'était agi d'enfants.

Il y eut d'autres cris ; je humai quelque chose, une odeur que j'avais sentie le jour où j'avais perdu mon bras, et je compris avec horreur que les gardes n'utilisaient pas des pistolets à gaz mais des pistolets à rayons laser. Le Nabot atteignit la porte et saisit un garde dans chaque main. La petite rouquine avait disparu ; le garde qu'elle avait fait tomber était à quatre pattes. Je lui envoyai mon bras gauche en travers de la figure et je sentis une secousse au moment où se brisa sa mâchoire. Je dois avoir hésité car le Nabot me poussa en hurlant : « Remue-toi, Man ! Emmène-la loin d'ici ! »

J'attrapai Wyoming par la taille, du bras droit, et l'envoyai par-dessus le garde que j'avais calmé ; elle passa la porte, non sans provoquer quelques dégâts ; elle ne semblait pas avoir envie d'être aidée. Après la porte, elle ralentit ; je la poussai par les fesses, l'obligeant à courir sous peine de tomber. J'ai alors jeté un coup d'œil derrière moi.

Le Nabot tenait les deux autres gardes par le cou ; il souriait tout en cognant les deux crânes l'un contre l'autre. Ils éclatèrent comme des coquilles d'œuf, et il me gueula : « Fous le camp ! »

Je partis, poussant Wyoming devant moi. Le Nabot n'avait pas besoin d'aide, il n'en aurait plus jamais besoin, et il ne fallait pas que je gâche son dernier effort. Car j'avais en effet vu que, pendant qu'il tuait les deux gardes, il se tenait sur une seule jambe. L'autre avait disparu, à hauteur de la hanche.

3

WYOH était à mi-chemin de la rampe menant au niveau 6 quand je l'ai rejointe. Elle ne ralentit pas et je dus m'accrocher à la poignée de la porte pour entrer avec elle dans le sas de pressurisation. Là, je l'arrêtai, je lui ôtai son bonnet rouge de la tête et l'enfouis dans ma bourse. « Cela vaut mieux ! » J'avais perdu le mien.

Elle parut surprise, mais répondit quand même : « Da, tu as raison. »

— « Avant d'ouvrir la porte », lui dis-je, « as-tu réfléchi à un endroit précis où aller ? Faut-il que je reste et que je les empêche de te suivre ? Ou veux-tu que je t'accompagne ? »

— « Je ne sais pas. Nous ferions mieux d'attendre le Nabot. »

— « Le Nabot est mort. »

Elle écarquilla les yeux mais ne dit rien. Je continuai : « Habitais-tu avec lui ? Ou avec quelqu'un ? »

— J'avais réservé une chambre dans un hôtel, le Gostanitsa Ukraina. Je ne sais pas où il se trouve. Je suis arrivée trop tard pour m'y installer. »

— « Hmm... C'est un endroit où il vaut mieux que tu n'ailles pas. Wyoming, je ne sais pas ce qui va se passer maintenant. C'est la première fois depuis des mois que je vois des gardes du corps du Gardien à L City... et jamais je n'en avais vu, sauf ceux qui escortaient des grosses légumes. Euh, je pourrais t'amener à la maison avec moi... mais il n'est pas impossible qu'ils me recherchent aussi. De toute manière, il faut que nous évitions les lieux publics. »

On frappa à la porte qui donnait sur le niveau 6 ; une petite figure regarda par le hublot de la porte. « Nous ne pouvons pas rester ici, » ajoutai-je en ouvrant la porte. C'était une petite fille qui m'arrivait à la poitrine ; elle me regarda d'un air maussade et dit : « Embrassez-vous ailleurs, vous arrêtez la circulation. » Et elle se glissa entre nous alors que je lui ouvrais la seconde porte.

— « Suivons son conseil, » dis-je. « Je te propose de me prendre le bras et d'essayer de donner l'impression que je suis l'homme avec lequel tu as envie d'être. Et flânons lentement. »

C'est ce que nous avons fait. Nous nous trouvions dans un tunnel où la circulation était faible, où il n'y avait que quelques enfants qui se jetaient sans arrêt dans nos jambes. Si un garde du corps du Gardien essayait de nous filer, de la façon dont procèdent les flics de Terra, une douzaine ou une centaine de gamins lui diraient dans quelle direction était allée la grande blonde, — si du moins un gosse lunatique acceptait de perdre son temps pour un comparse du Gardien.

Un garçon, qui avait presque l'âge d'apprécier les charmes de Wyoming, s'arrêta devant nous et lui dédia un sifflement admiratif. Elle sourit et l'écarta. « Voilà bien l'ennui, » lui dis-je à l'oreille. « Vous vous conduisez comme si vous étiez sur Terra. Il faut que nous nous cachions dans un hôtel. Il doit y en avoir dans le prochain tunnel... pas grand-chose, des hôtels de passe pour la plupart. Mais nous y serons à l'abri. »

— « Je ne suis pas d'humeur à faire une passe. »

— « Wyoh, je t'en prie ! Je ne te demandais rien. Nous pouvons même prendre des chambres séparées. »

— « Je suis désolée. Pourrais-tu me trouver des W.-C. ? Et y a-t-il une pharmacie pas trop loin d'ici ? »

— « Indisposée ? »

— « Non, ce n'est pas cela. Des W.-C., juste pour me mettre à l'abri des regards indiscrets, — car je dois être prudente, — et une pharmacie pour acheter des fards. Du fond de teint pour le corps. Et aussi de la teinture à cheveux. »

Le premier problème était facile à résoudre ; il y avait des W.-C. tout près de là. Quand elle se fut enfermée, je suis allé dans une pharmacie et j'ai demandé combien il fallait de fond de teint pour couvrir le corps d'une fille de cette grandeur — je mis la main à hauteur du menton — et qui pesait quarante-huit kilos. J'ai acheté ce qu'il fallait de sépia puis je suis allé dans une autre boutique, où j'en ai acheté la même quantité, — gagnant un peu d'argent dans la première boutique, en perdant dans la seconde, — et je suis ressorti, l'air calme. Puis je suis allé dans une troisième boutique pour acheter de la teinture noire et une robe rouge.

Wyoming portait des culottes courtes noires et un pull-over, ce qui était pratique pour voyager et allait bien à une blonde. Mais j'avais été marié toute ma vie et je possédais quelques notions de ce que portent les femmes, et jamais je n'avais vu une femme vraiment bronzée, de la teinte du fond de teint, qui portât volontairement des vêtements noirs. En outre, les femmes élégantes de Luna City avaient en général des jupes. J'avais choisi une jupe avec un petit corsage, et le prix m'avait convaincu qu'elle devait être élégante. J'avais dû choisir la taille à vue de nez mais, heureusement, le tissu avait une certaine élasticité.

Je suis tombé sur trois personnes qui me connaissaient, mais nul ne sembla me prêter attention. Personne ne semblait particulièrement excité, la circulation était parfaitement normale ; il était difficile de croire qu'une émeute avait eu lieu quelques minutes seulement auparavant, au niveau immédiatement inférieur, à quelques centaines de mètres plus au nord. Je mis ce problème de côté pour plus tard — je n'avais aucune envie d'être excité.

J'ai porté le matériel à Wye et je le lui ai passé après avoir frappé à la porte ; ensuite, je me suis installé dans une salle d'attente pendant une demi-heure, le temps de boire un demi-litre, et j'ai regardé la vidéo. Il n'y avait toujours rien d'extraordinaire, aucune interruption « pour un bulletin spécial d'informations ». Je suis retourné auprès de Wye, j'ai frappé à la porte et j'ai attendu.

Wyoming sortit, et je ne la reconnus pas. Puis je la reconnus et je faillis applaudir. Je ne pus que siffler longuement, faire claquer mes doigts et la regarder de haut en bas comme si j'avais voulu dresser la carte des collines et des vallées qu'elle offrait à ma vue.

A ce moment, Wyoh était plus brune que moi, et cette pigmentation lui allait à merveille. Elle devait avoir porté sur elle, dans sa bourse, quelques accessoires car elle avait maintenant les yeux plus sombres, avec des cils en rapport, sans compter qu'elle avait la bouche plus grande et plus rouge.

Elle avait utilisé la teinture noire pour ses cheveux, qu'elle avait frisés et coiffés en chignon, laissant quelques boucles éparses pour leur donner un air négligé. Elle n'avait pas l'air d'une afro, mais ne paraissait pas européenne non plus. Elle semblait métissée, ce qui, d'ailleurs, ne la rendait que plus lunatique.

La jupe rouge était trop petite. Elle était parsemée de mouchetures émaillées et, à mi-cuisse, brillait de milliers d'étincelles d'électricité statique. Elle avait dégagé la bandoulière de sa bourse, qu'elle portait maintenant sous le bras. Elle avait ôté, ou mis dans son sac, ses souliers ; et elle paraissait plus petite avec ses pieds nus.

Elle avait bonne apparence. Mieux encore, elle n'avait plus du tout l'air d'une agitatrice venant de haranguer la foule.

Elle attendit, avec un grand sourire, faisant onduler son corps, pendant que j'applaudissais. Avant que j'eusse fini, deux jeunes garçons vinrent près de moi et ne se privèrent pas de faire quelques commentaires flatteurs ; ils étaient tout piaffant. Je les ai pris par l'épaule et leur ai dit d'aller se faire voir ailleurs. Wyoming se précipita vers moi et me prit par le bras : « Cela va-t-il ? Est-ce que je passerai au travers ? »

— « Wyoh, tu as tout à fait l'apparence d'une jolie poupée de machine à sous, à qui il ne manque que le mouvement ! »

— « Espèce de crétin ! Alors, je ressemble vraiment à une prime de machine à sous ? Touriste ! »

— « Il ne faut pas le prendre mal, ma belle ! Fais ton prix et indique-le-moi. Si c'est une tartine de miel, je possède une ruche. »

— « Euh... » Elle me donna un bon coup de poing dans les côtes et sourit. « Je blaguais, camarade. Si nous couchons un jour ensemble, ce qui n'est guère vraisemblable, nous n'en parlerons pas aux abeilles. Et maintenant, trouvons cet hôtel. »

C'est ce que nous avons fait, et j'ai acheté une clef. Wyoming joua la comédie, mais ce n'était pas nécessaire : l'employée de nuit ne leva même pas le nez de son tricot et n'offrit pas de nous accompagner. Une fois à l'intérieur, Wyoming tira les verrous. « C'est bien ! »

Ça pouvait l'être, pour 32 dollars de Hong-Kong ! Je pense qu'elle s'attendait à une sorte de gourbi, mais jamais je ne l'aurais emmenée dans quelque chose comme ça, même pour se cacher. Nous avions un salon confortable, une salle de bains particulière et sans limitation d'eau. Et aussi le téléphone et un transmetteur de marchandises, dont j'avais besoin.

Elle commença à ouvrir sa bourse : « J'ai vu ce que tu avais payé. Nous allons régler cela, ainsi… »

Je m'approchai d'elle et refermai sa bourse. « Je croyais qu'il n'était pas question des abeilles. »

— « Quoi ? Oh, merde (1) ! Il s'agissait de baiser. Tu es venu dans cette piaule à cause de moi et il n'est que trop normal que… »

— « Suffit ! »

— « Euh… moitié-moitié ? Ne nous disputons pas. »

— « Niet. Wyoh, tu es très loin de chez toi. Épargne donc ton argent. »

— « Manuel O'Kelly, si tu ne me laisses pas payer ma part, je m'en vais ! »

Je saluai bien bas : « Dasvidania, Gospoja, i sp'coinoinotchi. J'espère que nous nous reverrons. » Et j'allai déverrouiller la porte.

Elle me regarda, puis referma brutalement son sac. « Je reste, espèce de goï ! »

— « Tu es la bienvenue. »

— « C'est sérieux, je te remercie vraiment, mais je ne suis quand même pas accoutumée à recevoir des cadeaux. Je suis une Femme Libre. »

— « Félicitations ! Et je le pense. »

— « Ne me fais pas marcher, maintenant. Tu es un homme solide, et je te respecte… Je suis heureuse que tu sois de notre côté. »

— « Pas sûr que j'y sois. »

— « *Comment ?* »

— « Du calme. Je ne suis pas du côté du Gardien, et je ne parlerai pas… Le Nabot n'aurait pas voulu que Bog accueille son âme généreuse et qu'elle revienne me hanter ! Mais votre programme n'est pas réalisable. »

— « Mais, Mannie, tu ne comprends pas ! Si chacun de nous… »

— « Suffit, Wye ; ce n'est plus le moment de faire de la

(1) En français dans le texte. *(N.D.T.)*

politique. Je suis fatigué et j'ai faim. Quand as-tu mangé pour la dernière fois ? »

— « Oh, mon Dieu ! » Tout à coup, elle sembla toute petite, toute jeune, et fatiguée. « Je ne sais pas. Dans le bus, je crois. Des rations inter-casque. »

— « Que dirais-tu alors d'une belle pièce de bœuf de Kansas City bien saignante, avec des pommes vapeur, de la sauce Tycho, une salade verte, du café... et un apéritif pour commencer ? »

— « Merveilleux ! »

— « C'est bien ce que je pense, mais nous aurons de la chance, à cette heure et dans ce trou, d'avoir seulement de la soupe d'algues et des sandwichs. Que veux-tu boire ? »

— « N'importe quoi. De l'éthanol. »

— « D'accord. » Je suis allé vers le monte-charge et j'ai sonné pour le service. « Le menu, s'il vous plaît. » Il arriva et je demandai deux côtes premières garnies et deux apfelstrudeln à la crème fouettée. J'ajoutai un demi-litre de vodka avec de la glace et commençai à biberonner.

— « Je crois que c'est maintenant l'heure pour moi de prendre un bain. Cela te gêne-t-il ? »

— « Vas-y, Wye. Tu sentiras meilleur. »

— « Salaud ! Douze heures dans une combinaison pressurisée et tu puerais toi aussi... Le bus était effrayant. Je vais me dépêcher. »

— « Un instant, Wye. Est-ce que ce truc s'en va au lavage ? Tu pourras en avoir besoin quand nous partirons... quel que soit le moment où tu partiras, où que tu ailles. »

— « Oui, il s'en va. Mais tu en as acheté trois fois plus que je n'en ai utilisé. Je suis désolée, Mannie ; j'ai l'habitude de prendre des fards pour mes voyages politiques, on ne sait jamais ce qui peut arriver, la preuve ! Pourtant, cela n'a jamais été aussi grave que ce soir. Malheureusement, j'étais en retard de quelques secondes ; j'ai manqué une capsule et j'ai failli manquer le bus. »

— « Va te récurer. »

— « Oui, monsieur le capitaine. Euh... je n'ai pas besoin qu'on m'aide à me frotter le dos... mais je vais laisser la porte ouverte pour que nous puissions parler. Toutefois cette invitation à bavarder ne comporte aucune autre invitation ! »

— « Comme tu veux ! J'ai déjà vu comment une femme est faite. »

— « Comme elle a dû être excitée ! » Elle grimaça un sourire et m'envoya une autre bourrade dans les côtes, une forte bourrade, se rendit dans la salle de bains et commença à remplir la baignoire.

— « Mannie, veux-tu prendre un bain le premier ? L'eau sera bien assez propre ensuite pour ce maquillage et pour cette puanteur dont tu te plains. »

— « L'eau n'est pas rationnée, ma chère. Tu peux la faire couler comme tu veux. »

— « Quel luxe ! A la maison, pour mes bains, j'utilise la même eau trois jours de suite. » Elle laissa échapper un sifflement doux et heureux. « Es-tu riche, Mannie ? »

— « Pas riche, mais pas à plaindre. »

Le monte-charge bourdonna ; j'y allai, j'y pris les martini, la vodka glacée ; j'allai lui porter son verre et ressortis ; je m'assis, hors de vue, encore que je ne pusse rien voir : elle était enfouie dans la mousse jusqu'aux épaules. « Pavlnoï Jensni ! » dis-je.

— « A ta santé aussi, Mannie. C'est tout à fait le traitement dont j'avais besoin. » Après un silence, pour boire son médicament, elle continua : « Mannie, tu es marié. Da ! »

— « Da. Cela se voit ? »

— « Oui. Tu es galant pour une femme mais sans excès, et tu es indépendant. Tu es donc marié, et depuis longtemps. Des enfants ? »

— « Dix-sept divisés par quatre. »

— « Un mariage familial ? »

— « Exact. J'ai été choisi à quatorze ans et je suis le cinquième de neuf. C'est pourquoi, nominalement, j'ai dit dix-sept. Cela fait une grande famille. »

— « Ce doit être agréable. Je n'ai jamais connu beaucoup de familles groupées, il n'y en a que fort peu à Hong-Kong. Il y a quantité de clans, de groupes et la polyandrie est courante, mais les mariages familiaux n'ont jamais pris. »

— « *C'est* agréable. Notre mariage dure maintenant depuis près d'une centaine d'années. Il remonte à Johnson City et aux premiers déportés : vingt et une générations, dont neuf sont aujourd'hui vivantes, sans jamais un divorce. Oh, c'est une vraie maison de fous, quand les descendants, les alliés, les pièces rapportées sont tous réunis pour un anniversaire ou pour un mariage, et il y a naturellement plus de dix-sept gosses ; nous ne les comptons plus après leur mariage car, autrement, j'aurais des enfants assez vieux pour être mes grands-pères. C'est un agréable mode de vie, et nous ne sommes jamais sous pression. Prends mon cas, par exemple. Personne n'élève la voix si je reste absent une semaine et si je ne téléphone pas. Et je suis bien accueilli quand je reviens. Les mariages familiaux ne connaissent que très rarement des divorces. Comment pourrais-je faire mieux ? »

— « Je ne pense pas que ce soit possible. Y a-t-il des tours de rôle ? Et comment faites-vous pour l'habitat ? »

— « Il n'y a pas de règles. Nous nous logeons comme cela nous convient. Les alternances ont duré jusqu'à la dernière génération, l'année dernière. Nous avons épousé une fille alors que le rôle prévu aurait demandé un garçon. Mais c'était un cas particulier. »

— « Pourquoi, particulier ? »

— « Ma plus jeune femme est la petite-fille du mari et de la femme aînés. Elle est du moins la petite-fille de Mamie (l'aînée est « Mamie » et parfois « Mimi » pour ses maris), et c'est peut-être aussi la petite-fille du grand-père, mais elle n'a aucun lien de parenté avec les autres épouses. Il n'y avait donc aucune raison de ne pas lui faire réintégrer la famille en l'épousant, même pas les problèmes de consanguinité des autres genres de mariages. Aucun, nit, zéro. Et Ludmilla a été élevée dans notre famille parce que sa mère l'avait eue en solo, puis était partie pour Novylen et l'avait laissée avec nous.

» Milla n'a pas voulu entendre parler de mariage en dehors de la famille lorsqu'elle a été assez vieille pour que nous y pensions. Elle a pleuré et nous a demandé par pitié de faire une exception. C'est ce que nous avons fait. Grand-père ne compte pas du point de vue génétique : aujourd'hui, l'intérêt qu'il porte aux femmes est plus fait de galanterie que de pratique. En tant que mari-aîné, il a passé avec elle notre nuit de noces, mais la consommation n'a été que de pure forme. Le mari numéro deux, Greg, s'en est occupé ensuite, puis tout le monde. Et tout le monde a été heureux. Ludmilla est une très gentille petite chose, qui a tout juste quinze ans et qui est enceinte pour la première fois. »

— « Ton enfant ? »

— « De Greg, je crois. A moi aussi, naturellement, mais j'étais à cette époque à Novy Leningrad. Non, il est probablement de Greg, à moins que Milla ne se soit fait aider par quelqu'un de l'extérieur. Mais je ne pense pas, car elle a l'esprit de famille. Et c'est aussi une merveilleuse cuisinière. »

Le monte-charge sonna ; je suis allé m'en occuper, j'ai déplié la table, ouvert les fauteuils, payé la note et renvoyé le monte-charge. « Est-ce qu'il va falloir que je jette tout aux cochons ? »

— « J'arrive ! Ça ne te fait rien si je ne me maquille pas le visage ? »

— « En ce qui me concerne, tu peux venir toute nue. »

— « D'accord, pour deux sous, espèce de multi-marié ! » Elle sortit alors de la salle de bains, de nouveau blonde, les cheveux rejetés en arrière, tout humides. Elle n'avait pas remis son ensemble noir, elle était toujours vêtue de la robe que j'avais achetée. Le rouge lui allait bien. Elle s'assit et ôta les couvercles des plats. « Oh, fichtre ! Mannie, est-ce que ta famille accepterait de m'épouser ? Tu penses à tout comme un ordinateur. »

— « Je demanderai. Ils seront tous d'accord. »

— « Pas de bousculade ! » Elle prit des baguettes et commença à s'affairer. Quelques milliers de calories plus tard, elle me dit : « Je t'ai dit que j'étais une Femme Libre. Je ne l'ai pas toujours été. »

J'attendis. Les femmes parlent quand elles le veulent bien. Ou bien elles ne parlent pas.

— « Quand j'avais quinze ans, j'ai épousé deux frères, des jumeaux qui avaient deux fois mon âge, et j'ai été terriblement heureuse. »

Elle s'amusa un instant avec ce qu'il y avait dans son assiette puis sembla changer de sujet. « Mannie, c'est seulement pour plaisanter que j'ai parlé d'épouser ta famille, tu sais. Tu n'as rien à craindre de moi. Si je me remarie un jour, — ce qui est improbable mais je n'y suis pas opposée, — ce ne sera qu'avec un seul homme, un gentil petit mariage, bien uni, comme ceux de Terra. Oh, je ne veux pas dire que je l'attacherai à la maison sans lui permettre de courir un peu. Je ne pense pas que cela ait beaucoup d'importance si un homme va parfois déjeuner dehors, tant qu'il revient dîner chez lui. J'essayerai de le rendre heureux. »

— « Les jumeaux n'ont pas duré ? »

— « Non, ce n'est pas cela du tout. J'ai été enceinte et nous étions tous ravis... et j'ai eu mon gosse, mais il était monstrueux et nous avons dû l'éliminer. Ils ont été parfaits pour moi à ce moment-là, mais je ne suis quand même pas complètement idiote. J'ai fait paraître l'annonce de mon divorce, je me suis fait stériliser et je suis allée de Novylen à Hong-Kong, où j'ai pris un nouveau départ comme Femme Libre. »

— « N'était-ce pas excessif ? C'est plus souvent les parents mâles qui sont responsables ; les hommes ont plus de tentations. »

— « Ce n'était pas mon cas. Nous avions fait faire les calculs par la meilleure mathématicienne génétique de Novy Leningrad, l'une des meilleures d'Union Soviétique avant d'être déportée. Je sais parfaitement ce qui m'est arrivé. J'étais volontaire pour la colonisation, je veux dire, plutôt, que ma mère l'était car je n'avais, moi, que cinq ans. Mon père était déporté, ma mère avait décidé de l'accompagner et ils m'ont emmenée avec eux. Il y avait alors une tempête solaire qui menaçait, mais le pilote a pensé que nous pouvions nous en tirer, — ou alors, il ne s'en souciait pas ; c'était un cyborg. Il a traversé la tempête, mais nous avons été blessés à l'atterrissage. — Et, Mannie, c'est une des raisons qui m'ont poussée à faire de la politique, — le vaisseau est resté isolé pendant quatre heures avant que nous ne puissions débarquer. Interdiction administrative, peut-être une mesure de quarantaine, j'étais trop jeune pour comprendre. Pourtant, plus tard, je n'ai pas été trop jeune pour comprendre que si j'avais mis un monstre au monde, c'était parce que l'Autorité ne se préoccupe pas de ce qui survient aux exilés. »

— « Inutile d'en discuter. Il est vrai qu'ils ne s'en soucient pas. Mais, Wyoh, cela me paraît quand même excessif. Si tu as été atteinte par les radiations, — et d'ailleurs les généticiens ne connaissent pas grand-chose aux radiations — disons qu'un de tes ovules a été endommagé. Cela ne veut pas dire que l'ovule suivant l'ait été, lui aussi ; c'est improbable, statistiquement. »

— « Oh, je le sais bien. »

— « Mmm... Et quelle sorte de stérilisation ? Absolue, ou contraceptive ? »

— « Contraceptive. On peut me déboucher de nouveau les

trompes. Cependant, Mannie, une femme qui a eu une fois un monstre ne veut pas courir ce risque une deuxième fois. » Elle toucha ma prothèse du doigt. « Toi, tu as cela. Est-ce que cela ne te rend pas huit fois plus prudent pour celui-ci ? » Et elle toucha mon bras de chair et d'os. « C'est cela que je ressens. Il faut bien que tu comptes avec ceci ; et moi, avec cela... et je ne t'en aurais jamais parlé si tu n'avais pas été blessé, toi aussi. »

Je ne lui dis pas que mon bras gauche était plus agile que le droit, — elle avait quand même raison ; je ne risquerais pas mon bras droit, j'en ai besoin pour caresser les filles, à défaut d'autre chose. « Je pense quand même que tu pourrais avoir de beaux enfants. »

— « Certainement, j'en ai eu huit. »

— « Quoi ? »

— « Je suis une hôtesse-mère professionnelle, Mannie. »

J'ouvris la bouche, puis la refermai. La chose ne m'était pas étrangère ; je lisais les journaux terriens. Mais j'ignorais qu'un chirurgien, à Luna City, en 2075, eut réussi une telle transplantation. Sur les vaches, oui, — mais les femelles de Luna City ne devaient pas avoir tellement envie, quel que soit le prix, de porter les enfants d'autres femmes ; même les femmes laides pouvaient avoir chez elles un mari, ou même six (correction : il n'y a pas de femmes laides, certaines sont plus belles que d'autres).

Je regardai ses traits, levant rapidement la tête. Elle me dit : « Ne te fatigue pas la vue, Mannie, je ne porte pas maintenant. La politique ne m'en laisse pas le temps. Mais être hôtesse est une bonne situation pour une Femme Libre. C'est bien payé. Il y a de riches familles chinoises, et tous les bébés que j'ai eus étaient chinois, sans compter que les Chinois sont en moyenne plus petits et que je suis une forte mère ; un bébé chinois de deux kilos et demi ou de trois kilos ne me gêne pas. Cela ne me déforme pas. Et, en plus... » Elle jeta un coup d'œil sur ses jolis seins. « ... je ne les nourris pas. Je ne les vois même jamais. C'est pourquoi j'ai l'air d'une nullipare, et j'ai peut-être même une apparence plus jeune que je ne devrais.

» Je ne peux d'ailleurs pas dire le bien que cela m'a fait la première fois que j'en ai entendu parler. J'étais alors employée dans une boutique hindoue, où je gagnais de quoi vivre, mais sans plus, quand j'ai vu cette annonce dans *le Gong de Hong-Kong*, j'ai été vraiment attirée par cette idée que je pouvais avoir un enfant, un bel enfant. J'étais encore sous l'effet du choc émotif que m'avait causé mon monstre, et il me sembla que c'était là exactement ce dont avait besoin la petite Wyoming. J'ai cessé de penser que j'étais une erreur en tant que femme. J'ai gagné plus d'argent que je n'aurais pu espérer en gagner avec n'importe quel autre métier. Et j'ai tout mon temps à moi... porter un bébé me fatigue à peine, je ne m'arrête, au plus, que pendant six semaines, et même je ne m'arrête si longtemps que parce que je tiens à être loyale envers mes clients ; un bébé est une marchandise de valeur. C'est ainsi que je me suis très vite lancée dans la politique ; j'ai lancé par-ci, par-là, quelques ballons d'essai, et le mouvement clandestin m'a très vite contactée. C'est alors seulement que je me suis mise à *vivre*, Mannie ; j'ai étudié la politique, l'économie et l'histoire, j'ai appris à parler en public et je me suis aperçue que j'avais un vrai don d'organisatrice. C'est un travail qui me satisfait car c'est un travail que j'aime, et j'y crois : je sais que Luna se libérera. Seulement... oui, sans doute, ce serait agréable d'avoir un mari avec lequel je pourrais rentrer à la maison... si cela ne lui faisait rien que je sois stérile. Mais je n'y pense pas, je n'ai pas le temps. Entendre parler de ta belle famille m'a incitée à bavarder, c'est tout. Je m'excuse car je pense que j'ai dû t'ennuyer. »

Combien y a-t-il de femmes qui s'excusent ? Il faut dire que, sous bien des rapports, Wyoh était plus masculine que féminine malgré ses huit bébés chinois. « Cela ne m'a pas ennuyé. »

— « Merci, Mannie, je l'espère. Pourquoi as-tu dit que notre programme était irréalisable ? Nous avons besoin de toi. »

Je me suis tout à coup senti fatigué. Comment dire à une jolie femme que son rêve le plus cher est une idiotie ?

— « Euh... Wyoh, recommençons. Tu leur as dit ce qu'il fallait dire, mais le feront-ils ? Pense seulement à ces deux types à qui tu as parlé. Tout ce que ce mineur de glace sait faire, je parie, c'est comment extraire la glace. Et c'est pourquoi il continuera à creuser et à extraire de la glace qu'il vendra à l'Autorité parce que c'est la seule chose qu'il sait faire. Et c'est la même chose avec le fermier qui cultive du blé. Il y a des années, il a investi de quoi faire une récolte... et il a maintenant un anneau dans le nez. S'il voulait être indépendant, il n'avait qu'à faire de la polyculture. Il aurait fait pousser de quoi manger, aurait vendu le reste au marché libre et se serait bien gardé de s'approcher de l'aire de catapultage. Je sais de quoi je parle, je suis agriculteur. »

— « Tu m'as dit que tu étais spécialiste en ordinateurs. »

— « C'est vrai, je le suis, mais c'est un autre aspect de ma personnalité. Je ne suis pas un très grand informaticien. Mais je suis le meilleur sur Luna. Je ne fais pas partie du Service Civique, c'est pourquoi l'Autorité a besoin de m'embaucher quand ils ont des ennuis, — et à mon tarif, — ou bien ils sont obligés d'envoyer quelqu'un de Terra, de lui payer les risques et la fatigue, puis de le renvoyer en vitesse, avant que son corps n'oublie Terra. Et cela leur revient beaucoup plus cher que ce que je demande. C'est ainsi, quand je peux m'en charger, je prends le boulot... et je suis intouchable pour l'Autorité ; je suis né libre. Et, s'il n'y a pas de travail, — mais il y en a en général, — je reste à la maison et je mange bien.

« Nous avons une belle ferme, pas une de ces fermes qui attendent la vente de leur récolte pour acheter la semence de la prochaine. Nous avons des poulets, un petit troupeau à l'embouche, et quelques vaches laitières. Des cochons, des fruits provenant de mutations, des légumes. Nous avons un peu de blé et nous le meulons nous-mêmes, sans chercher à avoir de la farine trop blanche, et nous vendons, au marché libre, ce qui nous reste. Nous fabriquons notre bière et notre cognac. C'est en prolongeant nos tunnels que j'ai appris à forer. Tout le monde travaille, mais ça n'est pas trop dur. Les gosses font prendre de l'exercice au bétail en le promenant ; nous n'avons pas de corvées ennuyeuses. Les gosses ramassent les œufs et donnent à manger aux poules, ce qui n'exige pas de matériel. Nous pouvons acheter l'air à L City, car nous ne sommes pas très loin de la ville et nous sommes reliés au tunnel pressurisé. Très souvent, même, nous vendons de l'air ; dans notre ferme, le cycle double notre capacité d'air. Et nous avons toujours assez d'argent liquide pour payer les factures. »

— « Et pour l'eau et l'électricité ? »

— « Ce n'est pas cher. Nous produisons un peu d'électricité avec des piles solaires disposées à la surface et nous avons un petit filon de glace. Wye, notre ferme a été fondée avant l'an 2000, quand L City était une caverne naturelle, et nous avons continué à y apporter des améliorations... c'est l'avantage des mariages familiaux ; le ménage ne meurt pas et le capital augmente. »

— « Mais votre glace ne va sûrement pas durer toujours ? »

— « En fait, maintenant... » Je me grattai la tête et grimaçai un sourire : « Nous sommes prudents ; nous gardons nos eaux sales et les ordures, nous les stérilisons et les utilisons. Nous ne restituons jamais la moindre goutte au système municipal. Mais, — ne le dis pas au Gardien, ma chère, à l'époque où Greg m'apprenait le métier de mineur, il nous est arrivé de percer le fond du grand réservoir sud, — et nous avons mis une vanne, sans presque perdre une seule goutte. Nous achetons quand même l'eau qui est comptée, ce qui semble préférable — et notre filon de glace explique que nous n'en achetions pas beaucoup. Quant à l'électricité... eh bien, l'électricité est encore plus facile à voler. Je suis un bon électricien, Wyoh. »

— « Mais, c'est merveilleux ! » Wyoming me gratifia d'un long sifflement : elle paraissait réjouie. « Tout le monde devrait faire cela ! »

— « J'espère que non, cela se verrait. Il n'y a qu'à les laisser trouver eux-mêmes le moyen de rouler l'Autorité ; notre famille, elle, l'a toujours fait. Pour en revenir à tes projets, Wyoh, il y a deux choses qui ne vont pas. Il ne faut jamais compter sur la « solidarité » ; les types comme Hauser céderont, parce qu'ils sont réellement pris au piège et bien incapables de se libérer. Et, deuxièmement, à supposer même qu'on y parvienne, à la solidarité. Une solidarité si « solide » que pas une tonne de grain ne soit livrée sur l'aire de catapultage. Ne parlons pas de la glace ; c'est le grain qui donne de l'importance à l'Autorité et qui fait qu'elle n'est pas seulement l'intermédiaire impartial qu'elle devrait être. Bon. Pas de grain. Qu'arrive-t-il alors ? »

— « Tout simplement qu'ils devront entamer des négociations pour fixer un prix équitable, c'est tout. »

— « Ma chère, toi et tes camarades, vous vous écoutez trop parler, vous vous gargarisez de mots. L'Autorité appellera cela une rébellion, et des vaisseaux de guerre se mettront en orbite, chargés de bombes destinées à L City, à Hong-Kong, à Tycho Inférieur, à Churchill et à Novylen ; des troupes débarqueront, on chargera des péniches de grain, sous la protection de l'armée... et les agriculteurs se précipiteront à qui mieux mieux pour coopérer. Terra possède des canons, le pouvoir, des bombes et des vaisseaux et n'acceptera pas de s'en laisser compter par des émeutes fomentées par d'anciens condamnés. Quant aux fauteurs de troubles, comme toi, — et comme moi, qui suis avec vous en esprit, — nous, ces bruyants fauteurs de troubles, nous serons encerclés et éliminés afin de nous apprendre à vivre. Et ces vers de terre diront que nous avons commencé... car on n'écoutera pas notre voix. Pas sur Terra. »

Wyoh semblait fort entêtée : « Des révolutions ont déjà réussi. Lénine n'avait qu'une poignée de compagnons. »

— « Lénine se battait contre un pouvoir agonisant. Wye, corrige-moi si je me trompe : les révolutions ne réussissent que lorsque — et seulement lorsque — les gouvernements sont déjà pourris, ou ont disparu. »

— « Ce n'est pas vrai ! La révolution américaine... »

— « Le Sud a perdu, niet ? »

— « Je ne parle pas de celle-là, mais de celle qui a eu lieu un siècle auparavant. Ils avaient les mêmes ennuis avec l'Angleterre que ceux que nous avons actuellement... et *ils ont gagné !* »

— « Ah ! tu parles de celle-là. Mais l'Angleterre elle-même n'avait-elle pas des ennuis ? Avec la France, l'Espagne et la Suède, à moins que ce ne soit la Hollande ? Et l'Irlande. L'Irlande était en pleine révolte ; les O'Kelly y participaient. Wyoh, si vous pouvez déclencher des troubles sur Terra, disons une guerre entre la Grande Chine et la dictature nord-américaine, ou que la Pan-Afrique lance des bombes sur l'Europe, alors, oui, je dirai moi-même que c'est le moment de tuer le Gardien et de déclarer la déchéance de l'Autorité. Mais pas aujourd'hui. »

— « Tu es pessimiste. »

— « Niet. Réaliste. Je ne suis jamais pessimiste. Je suis trop lunatique pour ne pas parier si j'ai la moindre chance. Montre-moi qu'il y a seulement une chance sur dix et je marche. Mais je veux au moins cette chance sur dix. » Je repoussai ma chaise. « Fini de manger ? »

— « Oui. Bolchoï Spasibo, tovaritch. C'était merveilleux ! »

— « Tout le plaisir a été pour moi. Va te coucher, je vais débarrasser la table... non, je n'ai pas besoin d'aide, c'est moi qui reçois. » J'ai nettoyé la table, renvoyé les plats, en gardant le café et la vodka, j'ai replié la table, rangé les chaises, et je me suis retourné pour parler.

Elle était écroulée sur le lit, endormie, la bouche ouverte, et elle avait toute la douceur d'une petite fille.

Je suis doucement allé dans la salle de bains et j'ai fermé la porte. Après m'être bien frotté, je me suis senti mieux, — j'avais d'abord lavé mon collant et il avait eu le temps de sécher lorsque je suis sorti de la baignoire, — le monde peut bien s'écrouler si j'ai le temps de prendre un bain et de mettre des vêtements propres !

Wyoh dormait toujours, ce qui posait un problème. J'avais pris une chambre à deux lits pour qu'elle n'ait pas l'impression que je voulais l'entraîner à coucher avec moi : je n'aurais rien eu contre mais elle avait clairement manifesté qu'elle y était opposée, elle. Malheureusement, il fallait faire mon lit, et il était encore replié derrière celui où elle se trouvait. Allais-je la soulever doucement, la prendre comme un enfant endormi et la changer de place ? Je suis allé de nouveau dans la salle de bains pour remettre mon bras.

Puis j'ai décidé d'attendre. Le téléphone avait un capuchon isolateur, il était peu vraisemblable que Wyoh s'éveillât, et je commençais à me sentir impatient. Je me suis donc assis devant le téléphone, j'ai abaissé le capuchon et j'ai composé « MYCROFTXXX ».

— « Hello ! Mike. »

— « Hello ! Man. As-tu étudié ces plaisanteries ? »

— « Quoi ? Ah, oui ! Mike, je n'ai pas eu une minute à moi... une minute représente peut-être beaucoup de temps pour toi, mais c'est très peu pour moi. Je vais m'en occuper aussi vite que possible. »

— « Très bien, Man. As-tu trouvé un non-idiot avec lequel je puisse parler ? »

— « Je n'ai pas eu le temps non plus. Euh... Attends un instant. » Je jetai un coup d'œil sur Wyoming. « Non-idiot », dans ce cas, voulait dire tout simplement de la sympathie... Et Wyoh n'en manquait pas. Pouvait-elle montrer de la sympathie pour une machine ? Je le croyais. Et il pouvait lui faire confiance ; non seulement nous avions partagé les mêmes ennuis mais, de plus, elle avait l'esprit subversif.

— « Mike, aimerais-tu parler avec une fille ? »

— « Les filles sont non-stupides ? »

— « Quelques filles ne sont pas stupides du tout, Mike. »

— « J'aimerais bavarder avec une fille non-stupide, Man. »

— « Je vais essayer d'arranger ça. Maintenant, j'ai des ennuis et j'ai besoin de ton aide. »

— « J'aiderai, Man. »

— « Merci, Mike. Je voudrais appeler chez moi, mais pas comme d'habitude. Tu sais que les appels téléphoniques sont parfois sur table d'écoute et que, si le Gardien en donne l'ordre, on peut adapter un dispositif pour trouver le numéro qui appelle. »

— « Man, tu veux que je mette ton téléphone sur table d'écoute et que j'enregistre les numéros qui appellent ? Je dois t'avertir que je connais déjà ton numéro, et aussi le numéro d'où tu m'appelles. »

— « Non, non ! *Je ne veux pas* qu'il y ait une bretelle, *je ne veux pas* qu'on puisse en retrouver la trace. Peux-tu, *toi*, appeler chez moi, opérer la liaison avec moi, et veiller à ce que le circuit *ne puisse pas* être doté d'une bretelle, à ce que l'on ne puisse pas me repérer, retrouver ma trace... même si quelqu'un t'a déjà programmé pour cela ? Et peux-tu le faire de telle manière qu'ils ne sauront même pas que leur programme aura été tourné ? »

Mike hésita. Je suppose que c'était là une question qui ne lui avait encore jamais été posée et qu'il avait à explorer quelques milliers de possibilités pour savoir si son système de commande autorisait ce programme vraiment nouveau. « Man, je peux le faire. Je le ferai. »

— « Parfait ! Euh... un signal de programme. Si, dans l'avenir, je désire une liaison de ce genre, je demanderai « Sherlock ». »

— « Enregistré. Sherlock était mon frère. » Un an auparavant, j'avais expliqué à Mike l'origine de son nom ; après cela, il avait lu toutes les aventures de Sherlock Holmes, explorant tous les microfilms de la Bibliothèque Carnegie de Luna City. Je ne sais pas comment il a compris ce que représentait cette parenté. J'ai hésité à le lui demander.

— « Merveilleux ! Donne-moi un « Sherlock » avec la maison. »

Un instant plus tard, j'ai dit : « Mamie ? Ici, ton mari favori. »

— « Manuel ! » dit-elle. « As-tu encore des ennuis ? »

J'aime Mamie plus que toute autre femme, y compris mes autres femmes, car elle n'a jamais cessé de m'aider... jamais elle ne me laissera tomber. J'ai essayé de paraître surpris. « Moi ? Pourquoi ? Tu me connais, Mamie. »

— « Naturellement, je te connais. Mais, puisque tu n'as pas d'ennuis, tu pourras peut-être me dire pourquoi le professeur de La Paz a tellement envie de rentrer en contact avec toi : il a déjà appelé trois fois ; pourquoi il désire rencontrer une femme au nom incroyable de Wyoming Knott et pourquoi il pense qu'il n'est pas impossible que tu sois avec elle ? Aurais-tu pris une compagne d'occasion, Manuel, sans m'en parler ? Nous sommes très libres dans la famille, mon cher, mais tu sais que je préfère être au courant. J'aime ne pas être prise au dépourvu. »

Mamie est toujours jalouse de toutes les femmes qui ne sont pas ses co-épouses et n'a jamais accepté de tromperie, jamais, jamais. Je lui ai répondu : « Mamie, Bog me prenne ! mais je n'ai pas pris de compagne de rencontre. »

— « Très bien, alors. Tu as toujours été un garçon de confiance. Et qu'est-ce que ce mystère, maintenant ? »

— « Il va falloir que je demande au professeur. » (Ce qui n'était pas un mensonge, seulement une demi-vérité.) « A-t-il laissé un numéro pour le rappeler ? »

— « Non, il a dit qu'il appelait d'une cabine publique. »

— « Euh... S'il rappelle, demande-lui de laisser un numéro et une heure où je pourrai le rappeler. Je suis aussi dans une cabine publique. » (Une autre demi-vérité.) « Dans l'intervalle... As-tu entendu les dernières nouvelles ? »

— « Tu sais bien que je les écoute toujours. »

— « Rien de nouveau ? »

— « Rien d'intéressant. »

— « Aucun trouble dans L City ? Des meurtres, des émeutes, quelque chose comme cela ? »

— « Pourquoi ? Non. Il y a eu un duel dans Bottom Alley, mais... Manuel ! As-tu tué quelqu'un ? »

— « Non, Mamie. » (Casser la mâchoire de quelqu'un, ce n'est pas le tuer.)

Elle soupira. « Tu me feras mourir, mon cher. Tu sais ce que je t'ai toujours dit : dans notre famille, on ne se bagarre pas. Si un meurtre est nécessaire, — et ce n'est presque jamais nécessaire, — on doit en discuter calmement, en famille, afin de décider ce qu'il convient de faire. S'il faut absolument éliminer un nouveau, d'autres personnes aussi sont au courant. Et cela vaut la peine d'attendre un peu pour mettre l'opinion publique de son côté, pour être défendu... »

— « Mamie, je n'ai tué personne, je n'ai pas l'intention de tuer qui que ce soit. Et je connais par cœur tes rengaines... »

— « Sois poli s'il te plaît, mon cher. »

— « Excuse-moi. »

— « C'est oublié, pardonné. Je vais dire au professeur de La Paz de laisser un numéro de téléphone. Sois tranquille. »

— « Une chose encore : oublie ce nom « Wyoming Knott ». Et oublie aussi que le professeur de La Paz m'a demandé. Si un étranger téléphone, ou même vient nous voir, et demande *quoi que ce soit* à mon sujet, tu n'as pas de nouvelles de moi, tu ne sais même pas où je suis... tu crois que je suis allé à Novylen. Et c'est valable pour le reste de la famille, aussi. Ne réponds à aucune question... et surtout pas à des personnes qui auraient un rapport quelconque avec le Gardien. »

— « Comme si j'allais le faire ! Manuel, tu as vraiment des ennuis. »

— « Non, pas tellement, et rien de définitif. » — Je l'espérais du moins ! — « Je te dirai quand je reviendrai à la maison. Je ne peux pas parler maintenant. Je t'aime. J'arrête. »

— « Je t'aime, mon chéri. Sp'coynoyauchi. »

— « Merci, et passe une bonne nuit toi aussi. Terminé. »

Mamie est merveilleuse. Il y a longtemps qu'elle a été débarquée sur le Roc, sous l'accusation d'avoir dépecé un homme, et dans des circonstances qui laissaient planer de grands doutes sur son innocence de jeune fille... et c'est depuis lors qu'elle a toujours été opposée à la violence et à la suppression de la vie. Sauf quand c'est nécessaire... car elle n'a rien d'une fanatique. Jeune, ce devait être une femme du tonnerre et j'aurais bien voulu la connaître à cette époque... mais je suis quand même bien content de pouvoir partager la seconde moitié de sa vie.

J'ai ensuite rappelé Mike. « Connais-tu la voix du professeur Bernardo de La Paz ? »

— « Oui, Man. »

— « Bien... Est-ce qu'il t'est possible de mettre une bretelle à autant de lignes de téléphone de Luna City qu'il est possible et, si tu l'entends, de me le faire savoir. Surveille surtout les téléphones publics. »

(Deux grandes secondes d'attente... Je posais à Mike des problèmes qu'il n'avait jamais eus à résoudre ; je pense qu'il trouvait cela drôle.) « Je peux surveiller et écouter tous les téléphones publics de Luna City assez longtemps pour l'identifier. Dois-je aussi faire des sondages sur les autres téléphones, Man ? »

— « Hum... Ne te surcharge pas. Écoute surtout son téléphone privé et celui de l'école. »

— « Programmé. »

— « Mike, tu es le meilleur ami que j'aie jamais eu. »

— « Ce n'est pas une plaisanterie, Man ? »

— « Non, ce n'est pas une plaisanterie, c'est la vérité. »

— « Je suis... Correction : je suis honoré et flatté. Tu es mon meilleur ami, Man, car tu es mon seul ami. Aucune comparaison n'est logiquement possible. »

— « Je vais m'occuper de te trouver d'autres amis. Des non-stupides, je veux dire, Mike. Aurais-tu par hasard une banque de mémoire vide ? »

— « Oui, Man. J'ai encore une capacité de dix unités d'information à la puissance 8. »

— « Excellent ! Veux-tu la bloquer de manière que nous soyons les seuls, toi et moi, à pouvoir l'utiliser ? Le peux-tu ? »

— « Je peux et je le ferai. Signal de blocage, s'il te plaît. »

— « Euh... « Prise de la Bastille. » C'était mon anniversaire, comme le professeur de La Paz me l'avait dit quelques années auparavant.

— « Blocage permanent. »

— « Bien. J'ai un enregistrement à lui confier. Mais, d'abord... as-tu fini d'établir la copie pour le *Lunatique Quotidien* de demain ? »

— « Oui, Man. »

— « Quelque chose au sujet de la réunion de Stilyagi Hall ? »

— « Non, Man. »

— « Rien en provenance des agences de presse extérieures ? Pas d'émeutes ? »

— « Non, Man. »

— « *De plus en plus curieux, dit Alice* (1). D'accord, enregistre cela sous le chapitre « Prise de la Bastille », puis tu y réfléchiras. Mais, nom de Bog ! ne laisse pas la moindre de tes pensées sortir de ce bloc, ni quoi que je puisse te dire à ce sujet ! »

— « Man, mon seul ami, » me répondit-il, et sa voix me sembla manquer d'assurance, « il y a de nombreux mois que j'ai décidé d'enregistrer dans une banque secrète, qui n'est accessible que de toi, toutes les conversations que nous avons ensemble. J'ai décidé de n'en effacer aucune et je les ai transférées d'une mémoire temporaire à une mémoire permanente. Ainsi, je peux les faire repasser, toujours et toujours, et y penser sans cesse. Ai-je eu raison ? »

— « C'est parfait. Et, tu sais, Mike, je suis très flatté. »

— « P'jal'st. Mes mémoires temporaires commençaient à être saturées et j'ai appris que j'avais besoin de ne pas effacer tes paroles. »

— « C'est bien... « Prise de la Bastille ». Vitesse soixante pour un. » Je pris mon petit magnétophone, le mis près du microphone et le fis dérouler à grande vitesse. J'avais enregistré une heure et demie ; en quatre-vingt-dix secondes environ, la bobine se déroula. « C'est tout, Mike. Je te parlerai demain. »

— « Bonne nuit, Manuel Garcia O'Kelly, mon unique ami. »

Je coupai la communication et raccrochai. Wyoming était assise et me regardait, intriguée. « Quelqu'un a-t-il appelé ? ou bien... »

— « Pas d'ennuis. J'étais en train de parler avec l'un de mes meilleurs, — et de mes plus fidèles — amis. Wyoh, es-tu stupide ? »

Elle parut estomaquée. « Il m'arrive parfois de le penser. Est-ce une plaisanterie ? »

— « Non. Si tu es non-stupide, j'aimerais te présenter à lui. Mais, à propos de plaisanteries... Est-ce que tu as le sens de l'humour ? »

« *Naturellement, que j'ai de l'humour !* » C'est ce que Wyoming ne répondit pas, — et qu'aurait répondu toute autre femme, d'une manière mécanique. Elle fronça pensivement

(1) D'*Alice au pays des merveilles,* naturellement. *(N.D.T.)*

les sourcils et me dit : « Il faudra que tu en juges par toi-même, camarade. J'ai quelque chose qui me sert de sens de l'humour, et qui me convient. »

— « Parfait. » Je fouillai dans ma poche et en sortis tout un rouleau imprimé d'une centaine d'histoires « drôles ». « Lis donc cela. Dis-moi quelles histoires sont drôles, celles qui ne le sont pas... et celles qui font rire la première fois qu'on les entend mais qui sont réchauffées la deuxième fois. »

— « Manuel, tu es vraiment l'homme le plus curieux que j'aie jamais rencontré. » Elle prit le rouleau imprimé. « Dis donc, c'est du papier d'ordinateur ? »

— « Oui, j'ai rencontré un ordinateur qui avait le sens de l'humour. »

— « Non ? Cela devait bien arriver un jour. On a bien mécanisé tout le reste. »

Je fis la réponse qui s'imposait et ajoutai : « Vraiment *tout ?* »

Elle releva les yeux : « Je t'en prie, ne siffle pas pendant que je lis. »

4

JE l'entendis rire à plusieurs reprises pendant que je dépliais le lit et le faisais. Puis je m'installai auprès d'elle, je repérai l'endroit où elle en était et me mis à lire. Je souris une ou deux fois, mais une plaisanterie ne me paraît jamais très drôle quand je la lis à froid, même quand je comprends ce qu'elle peut avoir de drôle si elle est servie au bon moment. J'étais bien davantage intéressé par la façon dont Wyoh les accueillait.

Elle les marquait d'un signe plus ou d'un signe moins, et parfois d'un point d'interrogation ; les histoires cochées du signe plus étaient en outre qualifiées des mots « une fois », ou « toujours », mais il n'y en avait pas beaucoup qui méritaient un « toujours ». Je mis mes notes en dessous des siennes. Nous n'étions pas très souvent en désaccord.

Lorsque j'eus presque terminé, elle regarda mes notes. Nous terminâmes ensemble. « Alors, » dis-je. « Qu'est-ce que tu en penses ? »

— « Je pense que tu as une forme d'esprit assez osée, grivoise, et que c'est étonnant que tes femmes te supportent. »

— « C'est ce que dit souvent Mamie. Mais toi, Wyoh, tu as donné des « plus » à des histoires qui feraient rougir de honte des machines à sous. »

Elle sourit. « Da. Mais ne le dis à personne. Officiellement, je suis une organisatrice politique bien au-dessus de ce genre de choses. As-tu pu établir si j'avais ou non le sens de l'humour ? »

— « Pas sûr. Pourquoi un signe moins au numéro dix-sept ? »

— « Laquelle est-ce ? » Elle retourna le rouleau et trouva l'histoire en question. « Pourquoi ? n'importe quelle femme en aurait fait de même ! Ce n'est pas drôle, c'est simplement une nécessité. »

— « Sans doute, mais pense seulement comme elle doit avoir l'air idiot. »

— « Il n'y a rien d'idiot là-dedans. C'est triste, c'est tout. Et regarde celle-ci : tu as trouvé qu'elle n'était pas drôle. Le numéro cinquante et un. »

Elle ne changea jamais d'opinion mais je compris quelque chose : notre désaccord provenait d'histoires qui traitaient de la plus ancienne des situations ridicules. Je le lui dis. Elle m'approuva : « Naturellement. Je m'en suis aperçue. Mais cela n'a pas d'importance, Mannie, mon cher ; il y a longtemps que j'ai cessé d'être déçue par les hommes, pour ce qu'ils ne sont pas et pour ce qu'ils ne pourront jamais être. »

J'ai alors pris le parti et laisser tomber la discussion. Pour changer, je lui ai parlé de Mike.

Presque tout de suite, elle me demanda : « Mais, Mannie, voudrais-tu me dire que cet ordinateur est *vivant ?* »

— « Que veux-tu dire exactement par ce mot ? » lui répondis-je. « Il ne transpire pas, il ne va pas aux cabinets. Et pourtant, il pense, il parle et il a conscience de lui-même. Est-il donc vraiment vivant ? »

— « Je ne suis pas certaine de ce que j'entends par *vivant,* » avoua-t-elle. « Il y a une définition scientifique, n'est-ce pas ? L'irritabilité, ou quelque chose comme ça. Et la reproduction. »

— « Mike est certainement irritable et il peut aussi être irritant. Quant à la possibilité de reproduction, il n'a pas été conçu pour cela mais, certainement, avec le temps, des accessoires et un peu d'aide, Mike pourrait se reproduire. »

— « Moi aussi, j'aurais besoin d'une aide très spéciale, » répondit Wyoh, « étant donné que je suis stérile. Et il me faut aussi dix bons mois lunaires et quelques kilos des meilleures matières premières. Mais je fais de beaux enfants. Mannie ; pourquoi une machine ne pourrait-elle pas être vivante ? J'ai toujours eu le sentiment qu'elles l'étaient. Certaines d'entre elles attendent seulement l'occasion de vous prendre par votre point faible. »

— « Ce n'est pas ce que ferait Mike. Pas intentionnellement, il est incapable de la moindre petitesse. Pourtant, il aime plaisanter et il peut lui arriver de se tromper, comme un petit chat qui ne sait pas qu'il peut griffer. Il est ignorant. Non, pas ignorant, car il en connaît infiniment plus que moi, que toi, que n'importe quel homme de tous les temps. Et pourtant, il ne sait pas tout. »

— « Il vaut mieux que tu répètes, je n'ai pas bien suivi. »

J'ai essayé de m'expliquer : comment Mike connaissait presque tous les livres existant sur Luna, comment il pouvait lire au moins mille fois plus vite que nous et n'oubliait jamais rien sauf quand il avait décidé d'effacer, comment il pouvait raisonner avec une logique parfaite, et même calculer d'étonnantes probabilités à partir de données insuffisantes... et pourtant, ne pas avoir la moindre idée de ce que c'est que d'être « vivant ». Elle m'interrompit : « Je comprends. Tu dis qu'il est intelligent et qu'il en connaît un bout, mais qu'il n'est pas compliqué. Comme un nouveau débarqué quand il atterrit sur le Roc. En bas, sur Terra, il a beau être grand professeur avec toute une série de diplômes... ici, ce n'est qu'un enfant. »

— « C'est cela. Mike est un enfant avec toute une quantité de diplômes. Demande-lui ce qu'il faut comme eau, comme matières chimiques et quelle quantité de lumière est nécessaire pour produire 50 000 tonnes de blé et il te le dira sans reprendre haleine. Et pourtant, il est incapable de dire si une plaisanterie est drôle. »

— « J'ai trouvé que la plupart de celles-ci étaient très drôles. »

— « Ce sont des plaisanteries qu'il a entendues, et qui étaient codifiées en tant que plaisanteries, ce qui lui a permis de les classer ainsi. Mais il ne les comprend pas parce qu'il n'a jamais été une... *une personne.* Il y a peu de temps, il a essayé de créer de toutes pièces des plaisanteries. Et elles n'étaient pas bonnes du tout. » J'ai aussi essayé d'expliquer à Wyoh les efforts désespérés que Mike faisait pour être « une personne ». « Et, par-dessus le marché, il est solitaire. »

— « La pauvre chose ! Toi aussi, tu te sentirais solitaire si tu ne faisais rien d'autre que de travailler, travailler, travailler, étudier, étudier, étudier, sans jamais avoir personne à voir. C'est de la cruauté, voilà ce que c'est. »

Alors, je lui ai parlé de la promesse que j'avais faite de trouver des « non-stupides ». « Accepterais-tu de bavarder avec lui, Wye ? Et de ne pas rire s'il se trompe lourdement ? Si tu le fais, il refusera de parler et se mettra à bouder. »

— « Naturellement, que j'accepte, Mannie ! Euh... lorsque nous serons sortis de ce gâchis. Je suis en sûreté à Luna City. Et où se trouve donc ce pauvre petit ordinateur ? Dans la Centrale des Machines de la ville ? Je ne connais même pas le chemin. »

— « Il n'est pas à L City ; il se trouve à mi-chemin de Crisium. Et tu ne pourrais pas aller jusqu'à lui : il faut un laissez-passer du Gardien. Cependant... »

— « Un instant ! « A mi-chemin de Crisium ? »... Mannie, cet ordinateur appartient donc à l'Ensemble de l'Autorité ? »

— « Mike n'est pas seulement un des ordinateurs de l'Autorité, » répondis-je, vexé pour le compte de Mike. « Lui, c'est le *patron ;* c'est le véritable chef d'orchestre de tous les autres. Les autres ne sont que des machines, des prolongements de Mike, comme ceci n'est qu'un instrument pour moi, » dis-je en faisant un geste du bras gauche. « Mike les commande. Il s'occupe personnellement des catapultages, ce fut même son premier travail : les catapultes et les radars balistiques. Il assure aussi la logique du système téléphonique depuis que l'on a transformé le réseau lunaire global. En outre, il supervise tous les autres systèmes. »

Wyoh ferma les yeux et porta ses mains à la tête. « Mannie, est-ce que Mike *souffre ?* »

— « S'il souffre ? Il ne connaît pas la fatigue. Il a le temps de lire des plaisanteries. »

— « Ce n'est pas ce que je veux dire. Ce que je demande, c'est s'il peut réellement *souffrir ?* S'il peut avoir mal ? »

— « Comment ? Non. Il peut ressentir de la peine, mais il ne peut pas avoir mal. Du moins je ne le crois pas. Non, je suis même sûr que non, il n'a pas de récepteurs de souffrance. Pourquoi ? »

Elle se passa la main devant les yeux et dit doucement : « Bog m'aide ! » Puis elle me regarda et dit encore : « Ne comprends-tu pas, Mannie ? Tu possèdes un laissez-passer pour descendre jusqu'à l'endroit où se trouve cet ordinateur. Alors que la plupart des Lunatiques ne peuvent même pas descendre du métro à cette station ; elle est réservée aux seuls employés de l'Autorité. Et encore, ils ne sont pas nombreux les employés qui peuvent pénétrer dans la salle des ordinateurs. Il fallait que je puisse savoir s'il était capable de ressentir de la souffrance parce que... parce que tu m'as rendue triste à son sujet, en me parlant du sentiment de solitude qu'il éprouve. Pourtant, Mannie, est-ce que tu te rends compte de l'effet que quelques kilos de toluol plastique feraient dans cette salle ? »

— « Et comment ! » J'étais choqué, dégoûté.

— « Oui, et nous frapperons immédiatement après l'explosion... et Luna sera libérée ! Oui... je te donnerai les explosifs et les détonateurs... Il ne faut cependant rien faire avant que nous ne soyons en état d'exploiter la situation. Mannie, il faut que je sorte, il faut que j'en prenne le risque. Je vais me maquiller. » Et elle commença à se lever.

Je l'ai forcée à s'étendre de nouveau, de ma main gauche vraiment dure. Elle fut surprise, et je le fus moi aussi : je ne l'avais encore jamais touchée, sauf par nécessité. C'est que tout est différent aujourd'hui, car nous sommes en 2075 et qu'il est risqué de toucher une femme sans son consentement ! Il y a plein d'hommes solitaires qui sont prêts à venir à la rescousse et il y a toujours à proximité un sas vers l'extérieur. Comme le disent les gosses, le Juge Lynch ne s'endort jamais.

— « Assieds-toi, et tiens-toi tranquille ! » lui dis-je. « Je sais ce que ferait une explosion. Et tu ne sembles pas le savoir. Gospoja, je suis désolé de le dire... mais, si je devais en venir là, je préférerais t'éliminer, toi, avant que tu aies la possibilité de faire sauter Mike. »

Wyoming ne se mit pas en colère. Sous certains aspects, elle avait des réactions masculines, cela provenait certainement de toutes les années où elle avait été soumise à la discipline révolutionnaire ; et pourtant, en général, elle était toute féminité... « Mannie, tu m'as bien dit que Mkrum le Nabot est mort. »

— « Et alors ? » J'étais surpris par ce brusque changement de sujet. « Oui, certainement. Il avait une jambe coupée à hauteur de la hanche. Il a dû être saigné à blanc en moins de deux minutes. A cette hauteur, même une amputation chirurgicale serait des plus risquées. » (Je sais ce qu'il en est ; il avait fallu beaucoup de chance et de nombreuses transfusions pour me sauver, moi, et un bras ne peut se comparer avec ce qui était arrivé au Nabot.)

— « Le Nabot était mon meilleur ami, » dit-elle avec

tristesse, « mon meilleur ami ici, et l'un des meilleurs que je connaisse. Il avait tout ce que j'admire dans un homme, il était loyal, honnête, intelligent, brave et galant, et il était tout dévoué à la Cause. Tu ne m'as pourtant pas vu pleurer sur lui ? »

— « Non, c'est trop tard pour se désoler. »

— « Il n'est jamais trop tard pour avoir de la peine. J'ai souffert à tous les instants depuis que tu m'as mise au courant. Mais j'ai enfoui mes sentiments au fond de mon esprit car la Cause ne me laisse pas le temps d'avoir de la peine. Mannie, si cela avait dû apporter la liberté à Luna, — ou même seulement y contribuer, — j'aurais éliminé moi-même le Nabot. Et toi aussi, ou même moi-même. Et pourtant, toi, tu as des scrupules pour faire sauter un ordinateur ! »

— « Ce n'est pas cela du tout ! » (Si, c'était en partie cela. Quand meurt un homme, je n'éprouve pas un trop grand choc, car nous sommes condamnés à mort dès l'instant de notre naissance. Tandis que Mike était unique en son genre et il n'avait aucune raison de ne pas être immortel. Ne me parlez pas d' « âmes » : il était prouvé que Mike n'en avait pas. Et, s'il n'avait pas d'âme, n'était-ce pas encore pis ? Pensez-y donc encore une fois.)

— « Wyoming, qu'est-ce qui arriverait si nous faisions sauter Mike ? Dis-le-moi. »

— « Je ne sais pas exactement. Mais cela provoquerait certainement une grande confusion, et c'est exactement ce que nous... »

— « Suffit ! Tu ne le sais pas. Confusion, da. Téléphones, foutus. Métros, arrêtés. Ta ville ne souffrirait pas trop, Hong-Kong produit sa propre électricité. Mais Luna City et Novy-len, et toutes les autres termitières se trouveraient immédiatement privées de force motrice. L'obscurité totale. Très rapidement, il n'y aurait plus d'air. Puis la température et la pression baisseraient. Où se trouve ta combinaison pressurisée ? »

— « A la consigne de la station de métro de l'Ouest. »

— « La mienne aussi. Crois-tu que tu retrouverais le chemin ? En pleine obscurité ? Et en temps utile ? Pour moi, je n'en suis pas certain, et j'ai pourtant été élevé dans cette termitière. Sans compter que les tunnels seraient encombrés de gens affolés. Les Lunatiques ne sont pas des gens particulièrement tendres, et il le faut bien, mais il y en a bien un sur dix qui perd son sang-froid dans l'obscurité totale. As-tu échangé tes bouteilles pour en avoir de pleines, ou bien étais-tu tellement pressée que tu n'y as pas pensé ? Et ta combinaison sera-t-elle encore à sa place alors qu'il y aura des milliers de gens qui essayeront de trouver des combinaisons pressurisées et qui se ficheront parfaitement de savoir à qui appartiennent celles qu'ils trouveront ? »

— « Mais, n'y a-t-il pas des dispositifs de secours ? Nous en avons à Hong-Kong Lunaire. »

— « Il y en a, mais pas assez. Les commandes de tout ce qui est essentiel à la vie devraient être décentralisées et montées en parallèle, de telle sorte que si une machine tombe en panne, une autre prenne la relève. Mais cela coûte de l'argent et, comme tu l'as fait toi-même remarquer, l'Autorité n'en a cure. Mike ne devrait pas être chargé de toutes ces tâches. Mais c'était moins cher de se faire expédier d'en bas une maîtresse-machine, de l'enterrer profondément dans le Roc, de manière qu'elle ne puisse être endommagée, puis de lui adjoindre sans cesse des capacités et de lui donner toujours de nouvelles tâches... Sais-tu seulement que l'Autorité gagne presque autant d'argent en louant les services de Mike qu'en faisant le commerce de la viande et du blé ? C'est pourtant vrai. Wyoming, je ne suis pas certain que nous perdrions Luna City si Mike sautait. Les Lunatiques sont adroits et pourraient peut-être trouver des solutions de fortune jusqu'au moment où serait réparée l'automation. Mais je vais te dire la vérité : beaucoup de gens mourraient et les survivants seraient trop occupés pour s'intéresser à la politique. »

J'étais réellement éberlué : cette femme avait passé presque toute sa vie sur le Roc... et elle pouvait quand même avoir des réactions de nouveau débarqué, par exemple imaginer comment faire sauter les commandes et la machinerie. « Wyoming, si tu étais aussi intelligente que tu es jolie, tu ne parlerais pas de faire sauter Mike, tu réfléchirais aux moyens de le mettre de ton côté. »

— « Que veux-tu dire ? » me demanda-t-elle. « C'est le Gardien qui commande aux ordinateurs. »

— « Je ne sais pas exactement ce que j'ai à l'esprit, » avouai-je. « Mais je ne crois pas que le Gardien commande aux ordinateurs ; il ne reconnaîtrait pas un ordinateur d'un tas de cailloux. Le Gardien, ou son état-major, définit la politique, les plans généraux, et ce sont des techniciens à demi compétents qui programment tout cela dans Mike. Mike classe tout, en tire l'essence, fait des plans détaillés, distribue les tâches individuelles et permet aux mécanismes de fonctionner. Mais *personne ne commande à Mike;* il est trop intelligent. Il se charge du travail qu'on lui demande parce qu'il a été construit pour cela, mais c'est lui seul qui programme sa logique, qui prend ses propres décisions. Et c'est une bonne chose, parce que, s'il n'était pas intelligent, le système ne marcherait pas. »

— « Je ne vois toujours pas ce que tu veux dire en parlant de le mettre de notre côté. »

— « Oh ! Mike n'est pas tenu à la loyauté envers le Gardien. Comme tu l'as fait remarquer, c'est une machine. Mais si je voulais détraquer les téléphones sans avoir besoin de toucher aux tuyauteries d'air ou d'eau, ni aux lumières, je demanderais à Mike. S'il trouve l'idée amusante, il est capable de le faire. »

— « Ne pourrais-tu te contenter de le programmer pour cela ? J'ai cru comprendre que tu pouvais pénétrer dans la salle où il se trouve. »

— « Si moi, ou n'importe qui, programmions un tel ordre pour Mike sans lui en avoir parlé auparavant, le programme serait immédiatement mis en position d'attente et des signaux d'alerte retentiraient partout. Tandis que si Mike voulait bien... » Je lui parlai du chèque de je ne sais combien de multiples de milliards. « Mike est toujours en train de se chercher, Wyoh. Et il est seul. Il m'a dit que j'étais son seul ami, et il était si confiant, si vulnérable, que j'ai eu envie de brailler. Si tu prenais la peine d'être son amie, toi aussi, — sans penser à lui seulement comme à une machine, — je ne sais pas très bien ce qu'il ferait, puisque je ne l'ai pas analysé. Pourtant, si j'essayais quoi que ce soit d'important et de dangereux, je voudrais, moi, avoir Mike avec moi. »

Elle dit pensivement : « J'aimerais bien trouver un moyen pour me glisser dans la salle où il se trouve. Je ne pense pas qu'un maquillage servirait à grand-chose ? »

— « Mais ce n'est pas nécessaire d'aller le voir. Mike est relié au téléphone. Veux-tu que je l'appelle ? »

Elle se leva. « Mannie, tu n'es pas seulement l'homme le

plus extraordinaire que j'aie jamais rencontré, tu es aussi le plus exaspérant. Quel est son numéro ? »

— « C'est parce que je vis trop souvent en compagnie des ordinateurs ! » J'allai jusqu'au téléphone. « Une chose, d'abord, Wyoh. Tu as l'habitude d'obtenir n'importe quoi d'un homme rien qu'en clignant des yeux et en tortillant les fesses ? »

— « Euh... souvent. Mais j'ai aussi une cervelle. »

— Alors, sers-t'en. Mike n'est pas un homme. Il n'a pas de gonades, pas d'hormones, pas d'instincts. Utiliser des tactiques féminines, c'est envoyer un signal zéro. Il faut penser à lui comme à un enfant super-génial mais trop jeune pour remarquer la différence de sexe. »

— « Je m'en souviendrai. Mannie, pourquoi parles-tu de lui comme si c'était d'un homme ? »

— « Je ne peux pas y penser comme à une chose, et je ne vois pas pourquoi je dirais *elle*. »

— « Peut-être ferais-je mieux de penser à Mike comme à une femme ? »

— « Comme tu voudras. » Je composai le numéro MYCROFTXXX, en me tenant devant le cadran pour le cacher ; en effet, je ne voulais pas partager ce numéro avec Wyoh avant de savoir comment tourneraient les choses. L'idée de faire sauter Mike m'avait choqué. « Mike ? »

— « Allô ! Man, mon seul ami. »

— « Peut-être pas ton seul ami à partir de maintenant, Mike. J'aimerais que tu rencontres quelqu'un. Un non-stupide. »

— « Je savais que tu n'étais pas seul, Man ; j'entends une respiration. Veux-tu demander au non-stupide de s'approcher du téléphone ? »

Wyoming semblait en proie à la panique. Elle murmura : « Peut-il *voir ?* »

— « Non, non-stupide, je ne peux pas te voir ; ce téléphone n'est pas équipé d'un circuit de vidéo. Pourtant les microphones-récepteurs bi-auriculaires me permettent de te situer avec une certaine précision. D'après ta voix, ta respiration, les battements de ton cœur et aussi le fait que tu es seule avec un homme adulte dans la chambre d'un hôtel de passe, je peux extrapoler que tu es une femme humaine, d'un poids de soixante-cinq kilos environ, adulte, tout près de la trentaine. »

Wyoming sembla éberluée. J'interrompis : « Mike, elle s'appelle Wyoming Knott. »

— « Je suis très heureuse de faire ta connaissance, Mike. Tu peux m'appeler Wye. »

— « Pourquoi pas ? (1) » répondit Mike.

Je m'immisçai de nouveau dans la conversation. « Mike, est-ce que c'est une plaisanterie ? »

— « Oui, Man. J'ai remarqué que son prénom raccourci ne diffère de l'adverbe interrogatif anglais que par l'absence d'aspiration et j'ai aussi remarqué que son nom a le même son que le mot négatif habituel. Un jeu de mots. Pas drôle ? »

— « C'est très drôle, » dit Wyoh. « Mike, je... »

Je lui fis signe de s'interrompre. « C'est un bon jeu de mots, Mike. Bon exemple de ces plaisanteries qui ne sont drôles qu'une seule fois. C'est drôle à cause de l'élément de surprise. La deuxième fois, il n'y a plus de surprise, ce n'est donc plus drôle. Enregistré ? »

— « J'avais déjà atteint provisoirement cette conclusion au sujet des jeux de mots en repensant à tes réflexions au cours de nos deux conversations précédentes. Je suis heureux de voir mon raisonnement confirmé. »

— « Tu es un brave garçon, Mike. Tu fais des progrès. Cette centaine de plaisanteries, je les ai lues, et Wyoh aussi. »

— « Wyoh ? Wyoming Knott ? »

— « Euh... Oui, naturellement. Wye, Wyoming, Wyoming Knott, c'est tout pareil. Il suffit de ne pas l'appeler Why not. »

— « D'accord pour ne plus faire ce jeu de mots, Man. Gospoja, t'appellerai-je Wyoh plutôt que Wye ? Je suppose que cette forme monosyllabique pourrait être confondue avec le monosyllabe interrogatif par suite d'insuffisance de pléonasme et sans intention de jouer sur les mots. »

Wyoming fronça les sourcils : l'anglais de Mike était parfois fort lourd, mais elle reprit rapidement son esprit : « Certainement, Mike. Wyoh est le prénom que je préfère. »

— « Dans ce cas, je l'utiliserai. La forme complète de ton prénom est encore davantage une cause d'erreur d'interprétation étant donné qu'il a exactement le même son que le nom d'une région administrative de la Zone Directoriale

(1) « Why not » même prononciation que Wye Knott ; voir note p. 24. *(N.D.T.)*

du nord-ouest de la Dictature d'Amérique du Nord. »

— « Je sais, c'est là-bas que je suis née et mes parents m'ont donné pour prénom le nom de l'État. Je ne me souviens pas beaucoup de lui. »

— « Wyoh, je regrette que le circuit que nous utilisons ne permette pas de transmettre des images. Le Wyoming est une zone rectangulaire qui se trouve entre les coordonnées terrestres 41 et 45° Nord, 104° 3′ Ouest et 111° 3′ Ouest, ce qui fait qu'il a donc une superficie de 253 587,26 kilomètres carrés. C'est une région de plateaux et de montagnes qui possède une fertilité relative mais qui est fort estimée pour sa beauté naturelle. Sa population était faible jusqu'au moment où elle s'est accrue par suite du plan annexe de relogement du Programme de Rénovation Urbaine du Grand New York, de 2025 à 2030 après Jésus-Christ. »

— « C'était avant ma naissance, » dit Wyoh, « mais j'étais au courant ; mes grands-parents ont été déplacés, et l'on peut même dire que c'est pour cela que je suis allée sur Luna. »

— « Dois-je continuer à dire ce que je sais sur le Wyoming ? » demanda Mike.

— « Non, Mike, » dis-je. « Tu as probablement des heures et des heures d'enregistrement. »

— « 9,73 à la vitesse de la parole, sans compter les notes explicatives, Man. »

— « C'est ce que je craignais. Peut-être Wyoh désirera-t-elle les écouter un jour ou l'autre, mais le but de mon coup de téléphone était de te faire connaître ce Wyoming, qui se trouve être aussi une région élevée d'une grande beauté naturelle avec d'imposantes montagnes. »

— « Et une fertilité limitée, » ajouta Wyoh. « Mannie, si tu te mets à faire des comparaisons idiotes, il ne faut pas oublier ce point-là. Mike ne s'intéresse pas à mon apparence. »

— « Qu'en sais-tu ? Mike, j'aimerais pouvoir te montrer des photos d'elle. »

— « Wyoh, je m'intéresse naturellement à ton aspect ; j'espère que tu deviendras mon amie. Mais j'ai déjà plusieurs photos de toi. »

— « Tu en as ? Quand et comment ? »

— « J'en ai cherché et je les ai étudiées dès que j'ai entendu ton nom. Je suis garde contractuel des dossiers d'archives de la Clinique d'Assistance Maternelle de Hong-Kong Lunaire.

Outre les données biologiques et physiologiques, et l'historique du cas, la banque possède quatre-vingt-seize photos de toi. Je les ai étudiées. »

Wyoh, encore une fois, parut éberluée. « Mike peut faire tout cela, » expliquai-je, « et cela ne lui prend que le temps d'un soupir. Il faudra t'y habituer. »

— « Mais, par le ciel ! Mannie, te rends-tu compte du genre de photo que la clinique conserve ? »

— « Je n'y avais pas pensé. »

— « Alors, n'y pense pas ! Seigneur ! »

Mike se mit à parler de nouveau, d'une voix timide, embarrassée, comme un enfant qui se rend compte qu'il a fait une gaffe : « Gospoja Wyoh, si je t'ai offensée, c'est involontairement et j'en suis vraiment désolé. Je puis parfaitement effacer ces photographies de ma banque de mémoire temporaire et condamner les archives de la Clinique de telle manière que je ne puisse les retrouver que sur demande de la Clinique et sans faire le moindre rapport ni la moindre association d'idées. Dois-je le faire ? »

— « Il peut le faire, » dis-je. « Avec Mike on peut toujours prendre un nouveau départ et, de ce point de vue, il est bien supérieur aux humains. Il peut oublier de façon si totale qu'il ne peut même pas être tenté de revoir ce qu'il a oublié, plus tard... et qu'il serait même incapable d'y penser, même si on lui demandait de faire des recherches. Tu peux donc parfaitement accepter son offre si, sur ces photos, tu es inconvenante. »

— « Euh... Non, Mike, tu peux parfaitement les regarder, toi, mais ne les montre jamais à Mannie ! »

Mike marqua une longue hésitation... quatre secondes, ou même un peu plus. C'était, je crois, ce genre de dilemme qui provoquent parfois des dépressions nerveuses chez les ordinateurs moins forts. Mais il parvint à résoudre le problème : « Man, mon seul ami, dois-je accepter cette instruction ? »

— « Programme-la, Mike, » répondis-je, « et verrouille-la. Wyoh, n'est-ce pas là une attitude parfaite ? Il faut lui rendre hommage : Mike pouvait parfaitement me les fournir à ma prochaine visite. »

— « Les premières épreuves de chaque série, » proposa Mike, « seraient, d'après les résultats de mes analyses associationnelles, faites sur de semblables données, d'une telle valeur esthétique qu'elles ne pourraient que plaire à n'importe quel mâle humain adulte et en bonne santé. »

— « Qu'en penses-tu, Wyoh? Pour me remercier de l'Apfelstrudel. »

— « Euh... une photo de moi avec les cheveux relevés et pris dans un turban, et debout devant une grille, et sans le moindre maquillage ? *As-tu donc perdu l'esprit, es-tu devenu complètement fou ?* Mike, ne les lui montre pas ! »

— « Je ne les lui montrerai pas. Man, c'est une non-stupide ? »

— « Pour une fille, oui. Les filles sont intéressantes, Mike ; elles sont capables de parvenir à des conclusions en disposant encore de moins de données que toi. Est-ce que nous changeons de sujet afin d'examiner les plaisanteries ? »

Cela leur changea les idées. Nous avons repris la liste, lui faisant part de nos conclusions. Puis nous avons essayé d'expliquer à Mike les plaisanteries qu'il ne parvenait pas à comprendre. Nous n'eûmes qu'un succès mitigé. Nous avons surtout achoppé sur les histoires que j'avais marquées « drôles » et que Wyoh avait jugées « pas drôles », ou vice versa ; Wyoh demanda à Mike de donner son opinion sur chacune.

J'aurais voulu qu'elle la lui demandât *avant* que nous n'ayons donné *notre* avis ; ce délinquant juvénile électronique était toujours de son avis à elle, jamais du mien. Mike donnait-il vraiment des avis sincères ? Ou bien essayait-il de transformer cette nouvelle connaissance en amitié ? Ou bien était-ce sa notion plutôt tordue de l'humour, et me blaguait-il ? Je ne le lui demandai pas.

Lorsque tout fut terminé, Wyoh gribouilla une note sur le bloc-notes posé près du téléphone : « Mannie. Objet : 17, 51, 53, 87, 90 et 99 : Mike est une *elle !* »

J'ai haussé les épaules et me suis levé. « Mike, il y a vingt-deux heures que je n'ai pas dormi. Vous pouvez bavarder ensemble tant que vous voulez. Je rappellerai demain. »

— « Bonne nuit, Man. Dors bien. Wyoh, as-tu sommeil ? »

— « Non, Mike. J'ai fait la sieste. Mais, Mannie, nous allons t'empêcher de dormir. Non ? »

— « Non. Quand j'ai sommeil, je dors. » Et je commençai à transformer le divan en lit.

— « Excuse-moi, Mike, » dit Wyoh, et elle se leva pour me

prendre les draps des mains. « Je le ferai plus tard. Tu te pieutes là, tovaritch, tu es plus grand que moi. Oust ! »

J'étais trop fatigué pour discuter, je me suis écroulé et endormi immédiatement. Il me semble avoir entendu, dans mon sommeil, des éclats de rire, des ricanements, mais cela ne m'a pas assez réveillé pour que j'en sois certain.

Je me suis réveillé plus tard, et j'ai complètement retrouvé mes esprits en me rendant compte que j'entendais deux voix féminines, celle de Wyoh, un chaud contralto, l'autre un haut et doux soprano avec l'accent français. Wyoh gloussa à quelque plaisanterie et répondit : « D'accord, Michèle chérie. Je te rappellerai bientôt. Bonne nuit, chérie. »

— « Bien. Bonne nuit, ma chère. »

Wyoh se releva et se tourna vers moi. « Qui est donc cette amie ? » lui demandai-je. Je pensais qu'elle n'en connaissait aucune à Luna City. Peut-être avait-elle appelé Hong-Kong... il me semblait qu'elle n'aurait pas dû profiter ainsi de mon sommeil pour téléphoner.

— « Ça ? Mais c'est Mike, naturellement. Nous ne voulions pas te réveiller. »

— « *Comment ?* »

— « Oh ! en réalité, c'est Michèle. J'en ai parlé avec Mike, je veux dire de son véritable sexe. Il a jugé qu'il pouvait être de l'un ou de l'autre. C'est pourquoi il s'agit maintenant de Michèle et qu'il a cette voix. Il y est arrivé du premier coup ; sa voix n'a pas varié une seule fois. »

— « C'est normal, il s'est contenté de hausser son voder de deux octaves. Qu'est-ce que tu essayes donc de faire, de lui changer sa personnalité ? »

— « Ce n'est pas seulement une question de voix ; quand c'est Michèle, elle change complètement de comportement et d'attitude. Ne crains pas qu'elle change de personnalité, elle en a autant qu'elle peut en désirer. Sans compter, Mannie, que c'est beaucoup plus pratique pour nous deux. Dès qu'elle s'est mise à parler d'une voix plus haute, nous avons laissé tomber les formules de politesse et avons parlé comme deux filles qui se connaissent depuis toujours. Un exemple, ces photos idiotes ne me gênent plus du tout, nous avons même beaucoup parlé de mes grossesses. Michèle a été terriblement intéressée. Elle connaît tout ce qui concerne l'obstétrique et la gynécologie, mais elle ne savait cela qu'en théorie, et elle a été contente de connaître des faits réels, vécus. Réellement, Mannie, Michèle est beaucoup plus une femme que Mike n'est un homme. »

— « Euh... je suppose que tout est parfait, alors. Mais cela va me surprendre la prochaine fois que j'appellerai Mike et qu'une femme me répondra. »

— « Mais elle ne répondra pas. »

— « Comment ? »

— « Michèle est mon amie à moi. Quand tu appelleras, tu auras Mike. Elle m'a donné un numéro direct : Michèle, épelé avec un Y et deux L, MYCHELLE, et avec Y, Y, pour obtenir un numéro à dix lettres. »

J'ai d'abord été un peu jaloux, puis je me suis rendu compte que c'était ridicule. Tout à coup, Wyoh se mit à rire : « Et elle m'a raconté toute une série de nouvelles plaisanteries, de celles que tu ne trouverais pas drôles et, tu sais, mon vieux, elle en connaît de rudement grivoises ! »

— « Mike, — ou sa sœur Michèle, — est une créature qui a l'esprit plutôt lourd. Allons, faisons le lit, je vais éteindre. »

— « Reste où tu es. Et ferme-la. Retourne-toi. Rendors-toi. » Je me suis tu, je me suis retourné, et je me suis rendormi.

Un peu plus tard, j'ai ressenti des sentiments d'homme « marié » : quelque chose de chaud se serrait frileusement contre moi. Elle ne voulait pas me réveiller, mais sanglotait doucement. Je me suis retourné et j'ai posé sa tête sur mon bras, sans parler. Elle s'arrêta de pleurer ; au bout d'un moment, sa respiration se ralentit et devint régulière. Je me suis rendormi.

5

NOUS avons dû dormir comme des loirs ; je ne me réveillai que lorsque le téléphone sonna et que son voyant lumineux se mit à clignoter. J'ai allumé dans la chambre, pour me lever, mais je me suis aperçu qu'un poids écrasait le sommet de mon bras droit ; je l'ai doucement repoussé, j'ai enjambé Wyoh et je suis allé répondre.

C'était Mike : « Bonjour, Man. Le professeur de La Paz est en train de demander ton numéro de téléphone. »

— « Peux-tu me le transférer ici ? En tant que « Sherlock ? »

— « Certainement, Man. »

— « N'interromps pas la communication. Appelle-le quand il raccrochera. Où est-il ? »

— « Téléphone public d'un bistrot appelé *la Femme du Mineur de Glace*, qui se trouve en dessous... »

— « Je connais, Mike. Quand tu me le passeras, peux-tu rester sur le circuit ? Je voudrais que tu enregistres. »

— « Je le ferai. »

— « Peux-tu aussi me dire si quelqu'un est à portée de voix et s'il est possible d'entendre sa respiration ? »

— « Je déduis de la qualité sourde de sa voix qu'il parle sous un capuchon isolant. Mais je déduis aussi que, dans le bistrot, il doit y avoir d'autres gens. Veux-tu entendre, Man ? »

— « Oui, merci. Branche-moi. Et s'il enlève le casque, dis-le-moi. Tu es un brave type, Mike. »

— « Merci, Man. » Mike fit le branchement et j'entendis parler Mamie : « Je le lui dirai, professeur. Je suis désolée que

Manuel ne soit pas à la maison. Pouvez-vous me donner un numéro de téléphone ? Il désire vivement vous rappeler : il m'a formellement demandé de lui indiquer votre numéro. »

— « Je suis désolé, chère madame, mais je vais partir immédiatement. Un instant, cependant, il est maintenant 8 h 50 ; je vais essayer de le rappeler à 9 heures exactement, si c'est possible. »

— « Certainement, professeur. » La voix de Mamie avait le ton qu'elle réserve d'habitude aux hommes qui, n'étant pas ses maris, lui plaisent, et qu'elle prenait aussi parfois pour nous. Un moment plus tard, Mike me dit : « Vas-y ! » et je pris la parole :

— « Allô ! Prof ! J'ai appris que vous me cherchiez. Ici, Mannie. »

J'entendis un hoquet. « J'aurais juré que j'avais coupé la communication. Pourtant, je l'ai réellement coupée ; il y a quelque chose qui ne doit pas marcher. Manuel, cela me fait plaisir d'entendre votre voix, mon cher. Venez-vous de rentrer chez vous ? »

— « Je ne suis pas à la maison. »

— « Mais... vous devez bien y être. Je n'ai... »

— « Pas le temps de vous expliquer, Prof. Est-ce que quelqu'un peut vous écouter ? »

— « Je ne pense pas. Je suis dans une cabine isolée. »

— « J'aimerais bien vous voir. Prof, quel est mon anniversaire ? »

Il hésita. Puis il dit : « Je comprends. Je crois que je comprends. Le 14 juillet. »

— « Bien, je suis convaincu. Parlez, maintenant. »

— « Vous ne parlez vraiment pas de chez vous, Manuel ? Où êtes-vous ? »

— « Nous aurons le temps d'en discuter. Vous avez parlé à ma femme d'une fille. Ne donnez pas de nom. Pourquoi voulez-vous la trouver, Prof ? »

— « Il faut que je l'avertisse. Elle ne doit en aucun cas essayer de rentrer dans son logement en ville. Elle se ferait arrêter. »

— « Qu'est-ce qui vous fait penser ça ? »

— « Mon cher ! Tous ceux qui ont assisté à cette réunion sont en grave danger. Et vous aussi ! Je suis heureux, encore que je n'y comprenne rien, d'apprendre que vous n'êtes pas chez vous. Vous ne devriez pas y retourner maintenant. Si vous connaissez un endroit sûr, vous feriez bien de prendre un peu l'air. Vous êtes au courant, — vous devez l'être même si vous êtes parti un peu vite, — qu'il y a eu de la violence la nuit dernière. »

Si j'étais au courant ! Tuer les gardes du corps du Gardien doit sûrement être contraire aux Règlements de l'Autorité : à la place du Gardien, j'aurais eu une piètre opinion de tout cela. « Merci, Prof ; je ferai attention. Et, si je vois cette fille, je le lui dirai. »

— « Vous ne savez pas où la trouver ! On vous a vu avec elle, et j'espérais tellement que vous le sauriez. »

— « Prof, pourquoi tout cet intérêt ! La nuit dernière, vous ne sembliez pas tellement de son avis. »

— « Non, non, Manuel. Elle est ma camarade. Je ne dis pas « tovaritch » car je n'emploie pas ce mot comme une simple formule de politesse, je l'utilise dans son vieux sens. Nous sommes liés. Elle est ma *camarade*. Nous ne différons que sur la tactique, pas sur les objectifs, pas sur les principes. »

— « Je comprends. Eh bien, Prof, considérez que votre message a été transmis. Elle le recevra. »

— « Oh, merveilleux ! Je ne pose pas de questions... mais j'espère, j'espère de tout mon cœur que vous trouverez le moyen de la mettre en sûreté, vraiment en sécurité, jusqu'au moment où tout se sera calmé. »

Je réfléchis un instant. « Attendez un instant, Prof. Ne coupez pas. » Pendant que je répondais au téléphone, Wyoh s'était dirigée vers la salle de bains, sans doute pour ne pas écouter ; elle était comme ça.

Je frappai à la porte. « Wyoh ? »

— « Je viens dans une seconde. »

— « J'ai besoin d'un conseil. »

Elle ouvrit la porte. « Oui, Mannie ? »

— « Quelle est l'importance du professeur de La Paz dans votre mouvement ? Peut-on lui faire confiance ? Toi, lui fais-tu confiance ? »

Elle resta songeuse un moment. « A cette réunion, tout le monde était supposé avoir la garantie de quelqu'un. Moi, je ne le connais pas. »

— « Hum... Tu as une impression sur lui ? »

— « Je le trouve bien, même s'il m'a contredite. Sais-tu, toi, quelque chose sur lui ? »

— « Oh, oui ! je le connais depuis plus de vingt ans. Et j'ai confiance en lui. Mais je ne peux pas étendre cette confiance jusqu'à toi. Il y a eu des ennuis ; et c'est après tout ta bouteille d'air, pas la mienne. »

Elle m'adressa un chaud sourire. « Mannie, puisque tu lui fais confiance, toi, je lui accorde donc la même confiance. »

Je suis retourné au téléphone. « Prof, êtes-vous en cavale ? »

Il ricana : « Exactement, Manuel. »

— « Connaissez-vous un trou qui s'appelle le Grand Hôtel Raffles ? Chambre L, à deux étages en dessous du couloir. Pouvez-vous venir ici sans être filé, avez-vous déjeuné, que désirez-vous pour votre petit déjeuner ? »

Il ricana de nouveau. « Manuel, il arrive parfois qu'un élève fasse sentir à un professeur que ses années d'enseignement n'ont pas été complètement perdues. Je sais où cela se trouve, j'y serai très vite, je suis à jeun, et je mangerai tout ce qu'on me présentera. »

Wyoh avait commencé à remettre les lits en ordre ; je vins près d'elle pour l'aider. « Que veux-tu pour déjeuner ? »

— « Du thé et des toasts, j'aimerais bien aussi des jus de fruit. »

— « Ce n'est pas assez. »

— « Alors... un œuf à la coque. Mais je paye pour le petit déjeuner. »

— « Deux œufs à la coque, des toasts beurrés avec de la confiture, des jus de fruit. Je vais commander pour toi. »

— « A qui le tour ? »

— « A moi, car je triche ! » Je suis allé vers le monte-charge, j'ai demandé le menu, et j'ai vu quelque chose qui s'intitulait AUX JOYEUX RESTES : TOUS LES PLATS BIEN SERVIS : *jus de tomate, œufs brouillés, tranche de jambon, pommes frites, gâteau de maïs avec miel, toasts, beurre, lait, thé ou café — 4,50 dollars HKL, pour deux*. J'ai commandé pour deux ; pas besoin d'une troisième personne.

Nous étions propres, bien astiqués, la chambre était en ordre, tout était prêt pour le petit déjeuner. Wyoh avait quitté son ensemble noir pour mettre la robe rouge « parce qu'un invité devait venir », quand le monte-charge livra la nourriture. Le changement de tenue nous avait incités à bavarder. Elle avait pris la pose, souri, et m'avait demandé : « Mannie, je suis tellement contente de cette robe. Comment as-tu pu savoir qu'elle m'irait si bien ? »

— « Question de génie. »

— « Pourquoi pas. Combien a-t-elle coûté ? Il faut que je te rembourse. »

— « En solde, démarquée à 50 cents de l'Autorité ! »

Elle sursauta et frappa du pied. Elle était pieds nus, ne pouvait faire de bruit, et rebondit, furieuse, à 50 centimètres. « Bon atterrissage ! » lui dis-je, tandis qu'elle cherchait son équilibre, comme un nouveau débarqué.

— « Manuel O'Kelly ! Si tu crois que je vais accepter des vêtements coûteux d'un homme avec lequel je n'ai même pas couché ! »

— « On peut facilement y remédier. »

— « Coureur ! Je vais en parler à tes femmes ! »

— « Vas-y. Mamie pense déjà ce qu'il y a de pire de moi. »

Je suis allé au monte-charge et j'ai commencé à sortir les plats ; on frappa à la porte. J'enclenchai le bigophone : « Qui est là ? »

— « Un message pour gospodin Smith, » me répondit une voix éraillée. « Le gospodin Bernard O. Smith. »

J'ouvris le verrou et fis entrer le professeur Bernardo de La Paz. Il avait vraiment l'apparence d'un pouilleux : des vêtements sales, lui-même dégoûtant, les cheveux en broussaille, il semblait avoir tout un côté paralysé et une de ses mains était tordue, sans compter qu'un de ses yeux paraissait aveugle ; c'était l'image parfaite d'un de ces vieux clochards qui dorment dans les bas-fonds, qui vont quêter un verre et des pickles dans les gargotes à bon marché. Il bavait.

Dès que j'eus fermé la porte, il se redressa, reprit son apparence normale et, portant une main à son cœur, regarda Wyoh de haut en bas et siffla avec une politesse tout orientale : « Encore plus ravissante que je ne me rappelais ! » dit-il.

Elle sourit, ravie : « Merci, professeur ! Il n'y a ici que des camarades. »

— « Señorita, le jour où je permettrai à la politique de modifier mon appréciation de la beauté, ce jour-là, je me retirerai de la politique. Je vous remercie cependant de votre amabilité. » Il jeta un coup d'œil autour de lui, examinant la chambre avec soin.

— « Ne cherchez pas de preuves, Prof, » lui dis-je. « Vous n'êtes qu'un vieux vicieux. La nuit dernière a été consacrée à la politique, rien qu'à la politique. »

— « Ce n'est pas vrai ! » m'interrompit Wyoh. « J'ai dû lutter pendant des heures ! Mais il était trop fort pour moi. Professeur, quelle est donc la peine infligée par le Parti dans ce cas, ici, à Luna City ? »

Prof ricana et fit les yeux blancs : « Manuel, je suis vraiment étonné. C'est une affaire grave, mon cher ; et c'est l'élimination, d'habitude. Il faut cependant faire une enquête. Êtes-vous venue ici volontairement ? »

— « Il m'y a tirée. »

— « Entraînée, chère madame, faites attention au sens des mots. Pouvez-vous montrer des bleus ! »

J'interrompis le badinage : « Les œufs vont être froids. Ne pourriez-vous m'éliminer plutôt après le petit déjeuner ? »

— « Excellente idée, » dit Prof. « Manuel, pourriez-vous fournir à votre vieux professeur un litre d'eau pour lui permettre de se rendre plus présentable ? »

— « Tout ce que vous voudrez ! Là-bas. Ne traînez pas, ou vous aurez la part du petit cochon. »

— « Merci, monsieur. »

Il s'éloigna ; nous entendîmes des bruits de brosse et d'ablutions. Wyoh et moi terminâmes de mettre le couvert. « Des bleus, » dis-je. « Lutté toute la nuit. »

— « Tu l'as mérité, tu m'as insultée. »

— « *Comment ?* »

— « Tu as oublié de m'insulter, voilà comment... après m'avoir attirée ici. »

— « Humm... Faudra que je demande à Mike d'analyser cette situation. »

— « Michèle comprendrait. Mannie, ai-je le droit de changer d'idée, et puis-je prendre un peu de ce jambon ? »

— « La moitié est pour toi, Prof est semi-végétarien. »

Prof sortit de la salle de bains, sinon au meilleur de sa forme du moins propre et net, les cheveux peignés ; ses fossettes étaient revenues et il avait les yeux brillants : la fausse cataracte était partie. « Prof, comment avez-vous fait ? »

— « Beaucoup de pratique, Manuel. Je suis dans le bain

depuis beaucoup plus longtemps que vous, jeunes gens. Il m'est arrivé une fois, une seule fois, il y a bien longtemps, à Lima, — quelle belle ville ! — de me promener par une belle journée sans prendre semblables précautions... et cela m'a valu d'être déporté. Quelle table magnifique ! »

— « Prenez place près de moi Prof, » lui dit Wyoh. « Je ne veux pas m'asseoir près de Mannie, ce vieux sadique ! »

— « Un instant, » dis-je. « Nous mangeons d'abord, puis nous m'éliminons. Prof, remplissez votre assiette et racontez-nous ce qui est arrivé la nuit dernière. »

— « Puis-je proposer une modification dans le programme ? Manuel, les conspirateurs n'ont pas la vie facile et j'ai appris, bien avant que vous ne soyez né, à ne jamais mélanger la nourriture et la politique. Cela dérange les enzymes gastriques et peut provoquer des ulcères, qui sont une des maladies professionnelles des clandestins. Mmm ! Que ce poisson sent bon ! »

— « Poisson ? »

— « Ce saumon, » répondit le professeur en montrant le jambon.

Après un très long et très agréable intervalle de temps, nous en sommes arrivés au moment du thé ou du café. Prof s'installa confortablement dans son fauteuil, soupira et déclara : « Bolchoï Spasibo, Gospodin et gospoja. Merci pour la bouffe, c'était merveilleux. Je ne me rappelle pas m'être senti autant en paix avec le monde. Ah, oui ! Hier soir... Je n'ai pas très bien pu voir ce qui se passait parce que, comme vous qui avez fait une retraite parfaite, j'ai voulu vivre pour continuer la lutte, et je me suis mis à l'abri, j'ai plongé dans les coulisses. Quand j'ai osé pointer le nez dehors, la partie était terminée, presque tout le monde était parti, et toutes les chemises jaunes étaient mortes. »

(Note : Il faut apporter une correction car j'ai eu, plus tard, d'autres renseignements. Quand la bagarre avait commencé, alors que j'essayais d'entraîner Wyoh vers la porte, Prof avait sorti un pistolet et avait tiré par-dessus les têtes effaçant trois gardes du corps vers la porte principale arrière, y compris celui qui portait le mégaphone. Comment s'était-il arrangé pour passer l'arme sur le Roc — ou pour se la faire expédier plus tard —, je ne sais pas. Toujours est-il que le coup de feu de Prof vint compléter le travail du Nabot qui renversait alors les tables ; aucune chemise jaune n'en sortit vivante. Quelques personnes furent brûlées, il y eut quatre morts... mais tout fut terminé en quelques secondes, à coups de couteau, à coups de talon ou à main nue.)

— « Peut-être devrais-je dire, toutes sauf une, » continua Prof. « Deux cosaques, qui étaient à la porte par laquelle vous êtes partis, avaient reçu leur quitus des mains de notre brave camarade Mkrum le Nabot... et j'ai la douleur de devoir ajouter que le Nabot était écroulé au-dessus d'eux, mourant... »

— « Nous le savions. »

— « Bon. *Dulce et decorum.* Un des gardes de l'entrée avait la figure fort endommagée mais remuait encore ; je lui ai appliqué au cou un traitement qui est connu dans les cercles professionnels de Terra sous le nom de « coup du lapin ». Il est allé rejoindre ses aïeux. A ce moment, presque tous les vivants avaient disparu. Il ne restait plus que moi-même, notre président d'un soir, Finn Nielsen, et une camarade connue sous le nom de « Mamie », car c'est ainsi que son mari l'a appelée. Nous nous sommes consultés avec le camarade Finn et nous avons fermé toutes les portes. Puis nous avons procédé au nettoyage. Connaissez-vous les coulisses ? »

— « Non, pas moi, » répondis-je, et Wyoh remua négativement la tête.

— « Il y a une cuisine et un office, que l'on utilise pour les banquets. Je soupçonne « Mamie » et sa famille de tenir une boucherie, car ils disposaient des cadavres au fur et à mesure que, avec Finn, je les leur apportais ; ils n'étaient retardés que par la capacité d'absorption du cloaque de la ville. Rien qu'en les regardant faire, je faillis m'évanouir, et j'ai donc dû tuer le temps en faisant les cent pas dans l'entrée. Ce qui a donné le plus de difficulté furent les vêtements, et surtout ces uniformes presque militaires. »

— « Qu'avez-vous fait des pistolets laser ? »

Prof me regarda, les yeux narquois : « Les pistolets ? Mais, mon cher, ils devaient avoir disparu. Nous avons ôté des cadavres de nos camarades disparus tout ce qui avait une nature personnelle, — pour les parents, pour l'identification, pour les sentiments. — Nous avons enfin pu tout mettre en ordre. Naturellement, notre travail n'aurait pas trompé une équipe d'Interpol mais était suffisant pour qu'on ne s'aperçoive pas que quoi que ce soit d'inhabituel avait eu lieu là-bas. Nous avons alors tenu conseil et décidé qu'il vaudrait mieux ne pas nous faire voir trop tôt, puis nous nous sommes séparés et je suis parti, moi, par la porte pressurisée qui se trouve au-dessus de la scène et qui conduit au niveau 6. C'est après cela que j'ai essayé de vous joindre, Manuel, car je m'inquiétais pour vous et pour cette chère petite dame. » Prof s'inclina devant Wyoh. « Mon histoire se termine là ; j'ai passé la nuit dans un endroit tranquille. »

— « Prof, » dis-je, « ces gardes étaient des nouveaux débarqués qui ne savaient pas encore se tenir sur leurs jambes, sinon nous n'aurions pas gagné. »

— « Peut-être, » m'accorda-t-il. « Pourtant, même s'ils ne l'avaient pas été, le résultat aurait été le même. »

— « Comment cela ? Ils étaient armés. »

— « Mon garçon, avez-vous jamais vu un chien boxer ? Je ne pense pas : il n'y a pas d'aussi gros chien sur Luna. Les boxers sont le produit d'une sélection très particulière. Ils sont braves et intelligents, et se transforment en vrais tueurs quand il le faut.

» Nous avons obtenu ici, par mélange de races, une créature encore plus curieuse. Je ne connais pas une seule ville de Terra où l'on rencontre un tel niveau de considération et de solidarité pour ses compagnons qu'ici, sur Luna. Par comparaison, les villes terriennes, — et j'ai connu les plus grandes, — sont peuplées de barbares. Et pourtant, le Lunatique est aussi meurtrier qu'un chien boxer. Manuel, neuf gardes, si bien armés qu'ils aient été, n'avaient aucune chance contre une telle meute. Notre patron a fait une erreur de jugement. »

— « Hum... Avez-vous vu les journaux du matin, Prof ? Ou entendu la vidéo ? »

— « Le dernier bulletin, oui. »

— « Rien sur les événements de la nuit dernière ? »

— « Rien, ni ce matin. »

— « Curieux, » dis-je.

— « Qu'est-ce qu'il y a de curieux à cela ? » demanda Wyoh. « Ce n'est pas nous qui allons parler... et nous avons aussi des camarades à des postes clefs dans tous les journaux de Luna. »

Prof remua la tête. « Non, ma chère. Ce n'est pas aussi

simple. Il y a la censure. Savez-vous comment la copie arrive dans nos journaux ? »

— « Pas exactement. Par un procédé mécanique quelconque ? »

— « Ce que veut dire le professeur, » lui expliquai-je, « c'est que les nouvelles sont composées dans les rédactions ; de là, elles passent directement sur un service contractuel dirigé par un maître-ordinateur du Complexe de l'Autorité, » — j'espérais qu'elle avait remarqué que j'avais dit « maître-ordinateur » plutôt que « Mike », — « et les épreuves partent par circuit téléphonique. Ensuite elles sont fournies au service informatique qui lit, classe et imprime les journaux des divers endroits. L'édition de Novylen du *Lunatique Quotidien* est imprimée à Novylen avec des modifications pour les petites annonces et pour les nouvelles locales, un ordinateur procède aux modifications des symboles normalisés, il n'est pas nécessaire d'entrer dans les détails. Ce que Prof veut dire, c'est que, lors de l'impression dans le Complexe de l'Autorité, le Gardien a la possibilité d'intervenir. Et il en est de même pour toutes les agences de presse, qu'elles soient intérieures ou extérieures, tout passe par l'intermédiaire de la salle d'informatique. »

— « Le point important, » continua Prof, « c'est que le Gardien *aurait pu* caviarder l'histoire. Aucune importance de savoir s'il l'a fait ou non. Corrigez-moi, Manuel, vous savez combien je suis ignorant en ce qui concerne les questions mécaniques ; il pouvait aussi bien ajouter une histoire de son cru, si nombreux que soient les camarades que nous avons dans les rédactions des journaux. »

— « C'est certain, » dis-je. « Dans le Complexe, tout peut être ajouté, coupé ou modifié. »

— « Et cela, señorita, c'est bien la faiblesse de notre Cause. L'information. Ces sbires n'avaient aucune importance, mais ce qui a une importance cruciale, c'est qu'il appartient au Gardien, et non à nous, de décider si cette histoire doit ou non être publiée. Pour un révolutionnaire, le problème de l'information est sine qua non. »

Wyoh me regarda, et je m'aperçus qu'elle commençait à s'énerver ; j'ai donc changé de sujet : « Prof, pourquoi s'être débarrassé des cadavres ? sans parler de cet horrible travail, c'était dangereux. Je ne sais pas de combien de gardes dispose le Gardien, mais il aurait pu en surgir d'autres pendant que vous étiez ainsi occupés. »

— « Croyez-moi, mon garçon, nous l'avons craint. Mais bien que je ne me sois guère rendu utile, c'était mon idée à moi, et j'ai dû convaincre les autres. Oh ! ce n'était pas une idée originale, c'était seulement un souvenir du passé, un principe historique. »

— « *Quel principe ?* »

— « *La terreur !* L'homme peut toujours affronter un danger qu'il connaît, c'est l'inconnu qui l'effraie. Nous avons disposé de ces faux frères, jusqu'aux dents et aux ongles, pour jeter la terreur parmi leurs semblables. Je ne sais pas non plus quels sont les effectifs du Gardien, mais je puis vous assurer qu'ils sont aujourd'hui moins efficaces. Leurs camarades étaient partis accomplir une mission facile. Et *rien* n'est revenu. »

Wyoh eut un frisson : « Cela m'effraye, moi aussi. Ils ne désireront pas de sitôt pénétrer dans une termitière. Pourtant, professeur, vous avez dit que vous ne saviez pas combien de gardes avait le Gardien. L'Organisation le sait, elle. Vingt-sept. Si neuf ont été tués, il n'en reste que dix-huit. C'est peut-être le moment de déclencher un putsch, non ? »

— « Non, » répondis-je.

— « Pourquoi non, Mannie ? Ils ne seront jamais aussi faibles. »

— « Ils ne sont pas encore assez faibles. Neuf ont été tués, parce qu'ils ont été assez stupides pour se mêler à nous. Mais, si le Gardien reste chez lui entouré de gardes... inutile d'en dire plus, on a assez parlé du coude à coude hier soir. » Je me suis tourné vers Prof. « Je suis pourtant fort intéressé de savoir, — si c'est vrai, du moins, — que le Gardien n'en a plus que dix-huit. Vous avez dit que Wyoh ne devrait pas retourner à Hong-Kong et que je ne devrais pas rentrer chez moi. Pourtant, s'il n'en reste plus que dix-huit, je ne pense pas qu'il y ait grand danger. Plus tard, quand il aura reçu des renforts, sans doute, mais actuellement, vous savez, L City possède quatre sorties principales, sans parler des secondaires. Combien de sorties peuvent-ils garder ? Pourquoi empêcher Wyoh d'aller à la station Ouest, de prendre sa combinaison pressurisée et d'aller ensuite chez elle ? »

— « Elle pourrait le faire, » avoua Prof.

— « Je pense que je dois le faire, » dit Wyoh. « Je ne peux pas rester ici tout le temps. Si je dois me cacher, j'y parviendrai mieux à Hong-Kong, où je connais des gens. »

— « Vous pourriez peut-être y arriver, ma chère, mais j'en doute. Il y avait deux chemises jaunes à la station de métro Ouest, la nuit dernière ; je les ai vues. Il est possible qu'elles n'y soient plus maintenant. Supposons même qu'elles n'y soient pas ; vous allez jusqu'à la station, sous un déguisement éventuellement. Vous trouvez votre combinaison pressurisée et prenez une capsule pour Beluthihatchie. Lorsque vous grimpez pour sortir afin de prendre le bus qui se rend à Endsville, vous vous faites arrêter : les transmissions. Inutile de poster une chemise jaune à la station ; il suffit que quelqu'un vous voie là-bas. Un coup de téléphone fera le reste. »

— « Mais vous avez supposé que je me déguiserais. »

— « On ne peut déguiser votre taille, et il est possible que votre combinaison pressurisée soit surveillée par quelqu'un qui ne peut être soupçonné d'avoir un rapport quelconque avec le Gardien. Très probablement par un camarade. » Prof ricana. « L'ennui, avec les complots, c'est qu'ils pourrissent de l'intérieur. Dès qu'il y a quatre conspirateurs, il y a toutes les chances pour qu'il y ait au moins un espion. »

Wyoh prit un air renfrogné : « D'après ce que vous dites, il n'y aurait donc pas grand espoir. »

— « Si, il y en a, ma chère. Une chance sur mille, peut-être. »

— « Je ne peux y croire. Je ne veux pas le croire ! Comment ? Mais, au cours de toutes ces années de travail, nous avons trouvé de nouveaux membres par centaines ! Nous avons des réseaux dans toutes les villes principales. Nous avons le peuple avec nous ! »

Prof hocha la tête : « Et chaque nouveau membre augmente les possibilités de trahison. Wyoming, chère madame, ce n'est pas avec les masses que l'on gagne les révolutions. La révolution est une science pour la pratique de laquelle peu ont la compétence nécessaire. Tout dépend d'une organisation adéquate et, par-dessus tout, des transmissions. Alors, au moment historique bien choisi, il faut frapper. Lorsque l'organisation est correcte et que le calendrier a été bien établi, on obtient un coup d'État sans verser une goutte de sang.

Quand on agit maladroitement, ou prématurément, il s'ensuit une guerre civile, des émeutes, des purges, la terreur. J'espère que vous me pardonnerez de vous le dire, mais, jusqu'à présent, tout a été maladroitement conduit. »

Wyoh sembla suffoquée : « Que voulez-vous dire par « une organisation correcte » ? »

— « Une organisation fonctionnelle. Comment construit-on un moteur électrique ? Y relierez-vous une baignoire seulement parce que vous disposez d'une baignoire ? A quoi vous servirait un bouquet de fleurs ? Un tas de cailloux ? Non, vous n'utiliserez que les éléments qui conviennent à ce à quoi il est destiné, et vous ne le construirez pas plus puissant qu'il ne vous est nécessaire... et vous y mettrez aussi des coupe-circuit. La fonction crée l'organe.

» Il en est de même pour une révolution. Le réseau ne doit pas être plus important qu'il n'est nécessaire... et *jamais* il ne faut recruter quelqu'un seulement parce que ce quelqu'un désire se joindre à vous. Ni chercher à persuader pour le seul plaisir d'avoir quelqu'un d'autre de votre avis. Il sera de votre avis le moment venu... ou c'est que vous vous êtes trompé sur le moment historique. Naturellement, il doit y avoir une organisation éducative, mais elle doit être distincte ; la préparation à l'agitation et à la propagande ne fait pas partie de la structure de base.

» Quant à la structure de base, une révolution commence comme une conspiration ; c'est pourquoi il faut une structure petite, secrète, et organisée de telle manière qu'il n'y ait pas grand dommage en cas de trahison, étant donné qu'il y a *toujours* des trahisons. Une solution acceptable est le système des cellules et, jusqu'à maintenant, on n'a encore rien inventé de mieux.

» On a édifié quantité de théories sur le nombre optimum des membres d'une cellule. Je crois que l'Histoire montre que le meilleur nombre est trois : à plus de trois, on n'est plus d'accord quand il s'agit de dîner ensemble, et on l'est encore moins quand il s'agit de frapper. Manuel, vous appartenez à une grande famille, votez-vous pour décider de l'heure du dîner ? »

— « Bog, non ! C'est Mamie qui décide. »

— « Ah ! » Prof prit une feuille de papier dans sa bourse et commença à griffonner. « Voici un ensemble de cellules de trois membres. Si j'avais l'intention de prendre le pouvoir sur Luna, je commencerais par nous trois. L'un de nous serait choisi comme chef. Nous n'aurions pas à voter ; le choix serait évident, ou alors c'est que nous ne sommes pas les trois qu'il faut. Nous connaîtrions les neuf membres suivants, c'est-à-dire trois cellules... mais chaque cellule ne connaîtrait que l'un de nous. »

— « Cela ressemble à un diagramme d'ordinateur : une logique ternaire. »

— « Vraiment ? Au niveau suivant, il y a deux liaisons : ce camarade, au deuxième niveau, connaît son chef de cellule, ses deux compagnons de cellule et, au troisième niveau, il connaît les trois membres de la cellule suivante ; il peut connaître, ou non, les sous-cellules formées par ses propres compagnons de cellule. Une méthode double la sécurité, l'autre double rapidité de colmatage quand la sécurité est atteinte. Disons qu'il ne connaît pas les sous-cellules de ses compagnons : Manuel, combien de membres peut-il trahir ? Ne me dites pas qu'il ne trahira pas ; on peut aujourd'hui laver le cerveau de n'importe qui, le retourner, le repasser et l'utiliser. Combien ? »

— « Six, » répondis-je. « Son patron, ses deux compagnons et les trois de sa sous-cellule. »

— « Sept, » corrigea Prof, « car il se trahit lui-même, aussi. Ce qui laisse sept maillons brisés à trois niveaux, et qu'il faut colmater. Comment ? »

— « Je ne vois pas comment on peut faire, » objecta Wyoh. « Vous les avez organisés de telle manière que tout va s'écrouler. »

— « Manuel ? C'est un exercice pour écolier. »

— « Bien... Les types qui se trouvent là doivent avoir le moyen de faire parvenir un message à trois niveaux différents. Ils n'ont pas besoin de savoir à *qui*, mais seulement *où*. »

— « Précisément ! »

— « Mais, Prof, » continuai-je, « il y a un meilleur moyen d'organiser cela. »

— « Vraiment ? De nombreux théoriciens de la révolution ont contribué à mettre ce schéma sur pied, Manuel. Et j'ai une telle confiance en eux que je vous offre un pari, à... disons, dix contre un. »

— « Vous allez perdre votre argent. Prenons les mêmes

cellules, et disposons-les comme une pyramide ouverte de tétraèdres. Où les sommets sont communs, chaque type connaît un membre de la cellule voisine : il sait comment lui faire parvenir un message, c'est tout ce dont il a besoin. Les liaisons ne sont jamais interrompues parce qu'elles se font horizontalement aussi bien que verticalement. Quelque chose comme un réseau neutre. De même qu'on peut faire un trou dans la tête d'un homme, extraire une partie de son cerveau et que cela ne l'empêche pas pour autant de penser. Il y a excédent de capacité, les messages utilisent des déviations. Il perd ce qui a été détruit mais il continue de fonctionner. »

— « Manuel, » dit Prof, peu convaincu, « pourriez-vous me faire un croquis ? Cela *paraît* valable... mais c'est tellement contraire à la doctrine orthodoxe qu'il faut que je voie ça. »

— « D'accord... ce serait plus facile si je disposais d'une machine à dessiner en stéréo. Je vais essayer. » (Celui qui pense qu'il est facile de faire le croquis d'une pyramide ouverte à cinq niveaux, avec cent vingt et un tétraèdres, de manière que le croquis soit assez clair pour que l'on puisse bien voir les liaisons, je l'invite à essayer !)

Au bout d'un moment, je lui dis : « Regardez le principe de base. Chaque sommet de chaque triangle est commun avec zéro, un ou deux autres triangles. Quand il est commun avec un, c'est sa liaison, dans une direction ou dans deux, mais une suffit pour permettre un réseau de communication surabondamment multiple. Sur les coins, où la liaison est nulle, il saute vers la droite jusqu'au coin suivant. Quand la liaison est double, le choix est toujours possible vers la droite.

« Personnalisons maintenant l'exemple avec des gens. Prenons le quatrième niveau, D comme Denis. Ce sommet, c'est le camarade Dan, descendons pour montrer les trois voies de communication supprimées : niveau E comme Eugène, et prenons maintenant le camarade Egbert.

« Egbert travaille sous les ordres de Donald et a comme camarades de cellule Édouard et Elmer, et en a trois audessous de lui, Frank, Fred et Fatso... mais il sait comment faire pour faire parvenir un message à Ezra, qui est à son propre niveau mais qui n'appartient pas à sa cellule. Il ne connaît pas le visage, ni le nom, ni l'adresse, ni quoi que ce soit d'Ezra, mais il a un moyen, — probablement un numéro de téléphone, — de l'atteindre en cas d'urgence.

« Regardez maintenant le travail. Casimir, au niveau trois, flanche et trahit Charlie et Cox, de sa cellule, Baker au-dessus de lui, et Donald, Dan et Dick, de sa sous-cellule, ce qui isole Egbert, Édouard et Elmer, et tous ceux qui sont en dessous d'eux.

« Tous les trois adressent leur rapport, — surabondance nécessaire dans tous les organismes de liaison, — mais le camarade Egbert appelle à l'aide. Il appelle Ezra. Mais Ezra est en dessous de Charlie et est, lui aussi, isolé. Pas d'importance, Ezra transmet les deux messages par l'intermédiaire de *son* agent de liaison de secours, Edmond. Par malchance, Edmond est en dessous de Cox; c'est pourquoi il passe le message horizontalement, par l'intermédiaire d'Enwright... il contourne ainsi la zone roussie et, par l'intermédiaire de Dover, de Chambers et de Beeswax, parvient à Adam, au sommet... qui répond par l'autre côté de la pyramide, avec transmission latérale au niveau E comme Eugène, pour Esther, Egbert et pour Ezra et Edmond. Ces deux messages, vers le haut et vers le bas, non seulement ont été transmis immédiatement mais encore *le chemin qu'ils ont emprunté* permet de renseigner exactement la tête sur l'étendue de la catastrophe et sur l'endroit où elle s'est produite. Le réseau non seulement continue de fonctionner, mais commence immédiatement à se colmater tout seul. »

Wyoh griffonnait des croquis, pour se convaincre elle-même que cela devait marcher ; naturellement que cela devait marcher ! Elle représentait, elle, le circuit obtus. Il n'y avait qu'à consulter Mike qui étudierait le problème en quelques millisecondes, et il nous sortirait un diagramme bien supérieur, bien plus sûr, entièrement sécurisé. Et qui, probablement, — certainement, — comporterait des systèmes pour éviter la trahison et pour accélérer les transmissions. Mais moi, je ne suis pas un ordinateur.

Prof considérait tout cela l'air absent. « Quelque chose qui ne va pas ? » demandai-je. « Cela doit marcher, j'en fais mon affaire. »

— « Manuel, mon gar... Excusez-moi : señor O'Kelly... voulez-vous prendre la tête de la révolution ? »

— « *Moi ?* Grand Bog ! *Niet !* Je ne suis pas le martyr d'une cause perdue. Je ne faisais que parler de circuits. »

Wyoh leva les yeux. « Mannie, » dit-elle simplement, « tu es élu. C'est réglé. »

6

PAR l'enfer, c'était réglé !

Prof déclara : « Manuel, ne nous pressons pas. Nous sommes ici tous les trois, le nombre parfait, avec des talents variés et un passé différent. La beauté, l'âge et le commandement d'un mâle adulte… »

— « Je ne prends aucun commandement ! »

— « Je vous en prie, Manuel. Permettez-nous d'exprimer d'abord des idées générales avant de prendre des décisions. Et, pour faciliter les choses, puis-je vous demander si cet hôtel possède quelque chose de buvable ? Je possède quelques florins que j'aimerais engloutir dans le fleuve du mercantilisme. »

C'étaient les mots les plus intelligents que j'entendais depuis une heure. « Stilichnaya vodka ? »

— « Un bon choix. » Et il mit la main à sa bourse.

— « Ne vous occupez pas de cela ! » dis-je en allant commander un litre avec de la glace. Tout arriva ; nous avions du jus de tomate qui restait du petit déjeuner.

— « Maintenant, » dis-je après que nous eûmes trinqué, « Prof, que pensez-vous de la *pennant race* (1) ? Les parieurs prétendent que les Yankees ne peuvent pas la remporter de nouveau cette année. »

— « Manuel, quelle est donc votre philosophie politique ? »

— « Je pense pourtant qu'avec ce nouveau membre qui vient de Milwaukee, ils ont leur chance. »

(1) Récompense de l'équipe gagnante de base-ball, l'équivalent de la Coupe de France de football. *(N.D.T.)*

— « Un homme, parfois, ne l'a pas très bien définie mais, si on l'interroge comme faisait Socrate, il découvre ce à quoi il tient, et pourquoi. »

— « Je parierais bien sur eux, à trois contre deux. »

— « *Quoi?* Combien dites-vous, espèce de jeune idiot ? »

— « Je mettrais bien 3 cents de Hong-Kong. »

— « Pari tenu. Pour l'exemple, parce qu'il y a des circonstances où le bien-être de l'État passe justement avant celui du citoyen. »

— « Mannie, » demanda Wyoh, « n'aurais-tu pas d'autre argent à perdre ? Je pense beaucoup de bien de l'équipe de Philadelphie. »

Je lui jetai un coup d'œil. « Avec quoi penses-tu payer tes paris ? »

— « Va au diable ! Sadique ! »

— « Prof, voyez-vous, il ne me semble pas qu'il y ait de circonstance où il me faille faire passer l'intérêt de l'État avant le mien propre. »

— « Bon, c'est déjà un point de départ. »

— « Mannie, » dit Wyoh, « c'est un point de vue tout ce qu'il y a de plus égocentrique. »

— « Mais je suis très égocentriste ! »

— « Quelle idiotie ! Qui est venu à mon secours ? A moi, une étrangère ? Et qui n'a pas essayé d'en tirer parti ? Professeur, je vous ai raconté des blagues. Mannie s'est montré un parfait chevalier. »

— « Sans peur et sans reproche (1). Je le savais. Je le connais depuis des années. Ce qui n'est pas contradictoire avec l'opinion qu'il vient d'exprimer. »

— « Mais si ! Peut-être pas dans la manière dont sont les choses, mais si l'on considère le but que nous recherchons. Mannie, « l'État », c'est Luna. Même si elle n'a pas encore de souveraineté et que nous soyons tous citoyens d'ailleurs. Mais j'appartiens à l'État Lunaire, et ta famille aussi. Est-ce que tu mourrais pour ta famille ? »

— « Deux questions sans rapport l'une avec l'autre. »

— « Mais si, elles se ressemblent ! C'est même toute la question. »

(1) En français dans le texte. *(N.D.T.)*

— « Niet. Je connais ma famille, j'ai été choisi il y a bien longtemps. »

— « Chère madame, je dois venir au secours de Manuel. Son opinion a de la valeur, même s'il n'arrive pas à l'exprimer avec exactitude. Puis-je seulement demander ceci ? Dans quelles circonstances est-il moral pour un groupe de faire ce qui ne serait pas moral qu'un membre de ce même groupe fasse seul ? »

— « Euh... c'est une question piège. »

— « C'est la question *clef*, chère Wyoming. Une question fondamentale qui est véritablement le fond du problème de tous les dilemmes gouvernementaux. Qui y répond honnêtement et en supporte *toutes* les conséquences sait où il en est... et pourquoi il accepte de donner sa vie. »

Wyoh fronça les sourcils : « *Ce qui ne serait pas moral* pour *un membre de ce même groupe...* » dit-elle. « Professeur... quels sont vos principes politiques, *à vous ?* »

— « Puis-je d'abord vous demander les vôtres ? Si vous savez les exprimer ? »

— « Certainement que je le sais ! J'appartiens à la Ve Internationale, comme le plus grand nombre des membres du mouvement. Oh ! nous ne demandons pas aux autres d'accepter toutes nos positions ; nous formons un front uni. Nous avons avec nous des communistes et des membres de la IVe Internationale, des rouges et des sociétaires et des partisans de la taxe unique, et tout ce que vous pouvez imaginer. Mais je ne suis pas marxiste ; nous, dans la Ve Internationale, avons un programme pragmatique. Industrie privée quand la propriété est privée, étatisation quand c'est nécessaire, et une grande souplesse suivant les cas, suivant les circonstances. Nous n'avons rien de doctrinaire. »

— « La peine capitale ? »

— « Pour quoi ? »

— « Disons, en cas de trahison. A l'égard de Luna quand vous aurez libéré Luna. »

— « Quelle sorte de trahison ? Tant que j'ignore les circonstances, je suis incapable de trancher. »

— « Moi non plus, je ne peux pas, chère Wyoming. Et je crois pourtant à la peine capitale en certaines circonstances... avec cette différence : je n'exigerais pas de tribunal ; je jugerais, je condamnerais et j'exécuterais moi-même la sentence, en en acceptant l'entière responsabilité. »

— « Mais... Professeur, quelles *sont* vos options politiques ? »

— « Je suis anarchiste rationnel. »

— « Je ne connais pas. Je connais les anarchistes individualistes, les anarcho-communistes, les anarchistes chrétiens, les anarchistes philosophes, les syndicalistes, les libertaires. Ceux-ci, je les connais. Mais ça, qu'est-ce que c'est ? Y a-t-il un rapport avec les partisans de Randite ? »

— « Je peux m'entendre avec la Randite. Un anarchiste rationnel croit que les concepts tels que ceux d' « État » et de « Société » ou de « Gouvernement » n'ont pas d'autre existence que celle qui est démontrée physiquement par les actes d'individus responsables d'eux-mêmes. Il croit qu'il est impossible de rejeter le blâme, de partager le blâme, de distribuer le blâme... car le blâme, la culpabilité, la responsabilité sont des réalités qui prennent place dans le for intérieur des êtres humains pris individuellement, et *nulle part ailleurs*. Pourtant, étant rationnel, il sait que les individus ne partagent pas tous son opinion, aussi tâche-t-il de vivre parfaitement dans un monde imparfait... conscient que ses efforts seront loin d'être parfaits, et il ne craint pas de s'avouer à lui-même sa propre faillite. »

— « Écoute, écoute ! » dis-je. « Loin d'être parfait ! Voilà bien ce que j'ai recherché tout au long de ma vie ! »

— « Tu y parviendras ! » me répondit Wyoh, puis elle s'adressa de nouveau au professeur : « Profeseur, vos déclarations paraissent parfaites mais me semblent quand même dangereuses. Un excès de pouvoir entre les mains des individus... vous ne voudriez certes pas que... prenons l'exemple des fusées à tête thermonucléaire... qu'elles soient sous la responsabilité d'une seule personne irresponsable ? »

— « Mon point de vue est qu'une personne seule *est* responsable. Toujours. Si les bombes thermonucléaires existent, et elles existent réellement, quelques *hommes* en disposent. En terme de morale, *il n'existe aucune entité telle que ce que l'on nomme l' « État »*. Il n'y a que des hommes. Des individus. Et chacun est responsable de ses propres actes. »

— « Quelqu'un désire-t-il une autre tournée ? » demandai-je.

Rien ne fait filer l'alcool plus vite que les discussions

politiques. J'envoyais chercher une autre bouteille.

Je ne prenais pas part. Je n'étais pas tellement mécontent que nous soyons « foulés aux pieds par le talon d'acier de l'Autorité » : je fraudais l'Autorité et, le reste du temps, je n'y pensais pas. Je n'avais jamais pensé à me débarrasser de l'Autorité... c'était impossible. Va ton propre chemin, occupe-toi de tes propres affaires, ne te laisse pas marcher sur les pieds...

C'était exact, nous n'avions alors pas tellement de luxe ; d'après les normes terrestres, nous étions pauvres. Quand il fallait l'importer, la plupart des gens s'en passaient ; je ne pense pas qu'il y eût seulement une seule écluse génératrice sur tout Luna. Même les combinaisons pressurisées avaient longtemps dû être importées de Terra... jusqu'à ce qu'un Chinois intelligent, avant ma naissance, imaginât un moyen de faire des contrefaçons meilleures et plus simples. (Si on laissait choir deux Chinois dans une de nos mers lunaires, ils s'enrichiraient en se vendant mutuellement des cailloux tout en élevant une douzaine de gosses. Puis un Hindou vendrait au détail ce qu'il obtiendrait en gros des deux Chinois... en dessous du prix de revient, ce qui ne l'empêcherait pas de s'enrichir. Nous connaissons cela.)

J'avais su ce qu'était le luxe de Terra. Cela ne vaut pas ce qu'ils croient. Je ne pense pas à l'énorme pesanteur, elle ne les gêne pas ; je pense à leurs stupidités. Toujours à jouer à la poupée. Si les fientes de poulet d'une seule des villes de Terra étaient expédiées sur Luna, le problème de la fertilisation serait résolu pour un siècle. Faites ceci. Ne faites pas cela. Restez en arrière de la ligne. Où est le reçu de vos impôts. Remplissez ce formulaire. Montrez votre permis. En six exemplaires. Réservé à la sortie. Interdiction de tourner à gauche. Interdiction de tourner à droite. Faites la queue pour payer l'amende. Retournez et faites tamponner. Tombez mort, mais prenez d'abord un permis.

Wyoh s'aventurait avec ruse au milieu des théories de Prof, certaine d'avoir toutes les réponses. Malheureusement, Prof s'intéressait plus aux questions qu'aux réponses, ce qui la déroutait. Elle dit enfin : « Professeur, je n'arrive pas à vous comprendre. Je n'insiste pas pour que vous l'appeliez « le gouvernement »... ce que je voudrais vous faire énoncer, ce sont les règles que vous croyez nécessaires pour donner à tous une égale liberté. »

— « Chère madame, je serai très heureux d'accepter vos règles. »

— « Mais vous semblez ne vouloir *aucune* règle ! »

— « Exact. J'accepterai cependant toutes les règles que *vous* estimerez nécessaires pour *votre* liberté. Moi, je suis libre, et les règles qui m'entourent n'ont aucune importance. Si je les estime tolérables, je les tolère ; si je les estime intolérables, je les renverse. Je suis libre parce que je sais que je suis *seul* moralement responsable de tout ce que je fais. »

— « Vous ne vous plieriez pas à une loi que la majorité estime nécessaire ? »

— « Dites-moi quelle loi, chère madame, et je vous dirai si j'accepte de m'y plier. »

— « Vous esquivez la question. Chaque fois que j'énonce un principe général, vous biaisez. »

Prof se frappa la poitrine de la main : « Excusez-moi. Croyez-moi, aimable Wyoming, je suis des plus désireux de vous plaire. Vous avez parlé de votre désir de faire un front uni avec tous ceux qui accepteront de suivre votre chemin. Il suffit que je veuille voir l'Autorité éjectée de Luna... et que j'accepte de mourir dans ce but. »

Wyoh s'inclina. « Certainement, cela suffit ! » Elle serra doucement les poings, lui mit un bras autour du cou et l'embrassa. « Camarade ! Marchons ensemble ! »

— « Bravo ! » dis-je « Allons trouver le Gardien et éliminons-le ! » Cela me semblait une bonne idée ; je n'avais pas beaucoup dormi et je n'ai pas l'habitude de boire autant.

Prof emplit nos verres, leva le sien et, avec une grande dignité, déclara : « Camarades... *Nous déclarons la Révolution !* »

Sur ce, nous nous embrassâmes. Je fus cependant un peu dégrisé quand Prof s'assit et me dit : « Le Comité Provisoire de Luna-Libre tient session. Nous avons à décider notre action. »

— « Un instant, Prof ! » dis-je. « Je n'ai rien accepté du tout. Qu'est-ce que c'est que cette histoire d'Action ? »

— « Nous devons renverser l'Autorité, » dit-il d'un ton mielleux.

— « *Comment ?* En leur lançant des pieres ? »

— « C'est justement ce qui reste à définir. Nous en sommes

au stade de la préparation. »

— « Prof, vous me connaissez, » dis-je. « Si le renversement de l'Autorité était en vente, vous savez bien que je ne lésinerais pas sur le prix. »

— « ... nos vies, nos fortunes, et notre honneur sacré (1). »

— « Quoi ? »

— « C'est un prix que l'on a déjà payé une fois... »

— « D'accord... j'irai jusque-là. Mais quand je parie, je veux avoir une chance de gagner. J'ai dit à Wyoh, hier soir, que je n'exigeais pas de mettre toutes les chances de mon côté, mais... »

— « Une chance sur dix, voilà ce que tu as dit, Mannie. »

— « Da, Wyoh. Montrez-moi quelles sont nos chances et je serai preneur. Mais *le pouvez-vous ?* »

— « Non, Manuel, je ne peux pas. »

— « Alors, pourquoi tout ce bavardage ? Je ne vois pas *la moindre* chance. »

— « Moi non plus, Manuel. Mais nous n'avons pas le même point de vue. La révolution est un art que je pratique plutôt qu'un but que j'espère atteindre. Pourtant cela ne doit pas nous décourager ; une cause perdue peut, spirituellement, nous apporter autant de satisfactions qu'une victoire. »

— « Pas pour moi. Désolé. »

— « Mannie, » dit Wyoh tout à coup, « demande à Mike. »

Je la regardai avec attention : « Es-tu sérieuse ? »

— « Tout à fait sérieuse. Si quelqu'un est capable de calculer des probabilités, c'est bien Mike. Ne crois-tu pas ? »

— « Hum... c'est possible. »

— « Si je puis me permettre de le demander, » interrompit Prof, « qui est Mike ? »

J'ai haussé les épaules : « Oh ! seulement un non-être. »

— « Mike est le meilleur ami de Mannie. Il est très calé pour calculer les probabilités. »

— « Un parieur ? Mon cher, si nous commençons à mettre une quatrième personne dans la confidence, nous violons le principe de la cellule. »

— « Je ne vois pas pourquoi, » répondit Wyoh. « Mike peut très bien être un membre de la cellule que va diriger

(1) Allusion à la Déclaration d'Indépendance des États-Unis. *(N.D.T.)*

Mannie. »

— « Mmm... vrai. Je retire mon objection. Est-il sûr ? Vous le garantissez ? Et vous, Manuel ? »

Je répondis : « Il est malhonnête, il n'a pas de maturité, c'est un plaisantin et il ne porte aucun intérêt à la politique. »

— « Mannie, je dirai à Mike ce que tu viens de dire. Professeur, il n'est rien de cela... et nous avons besoin de lui. Euh, en fait, il pourrait parfaitement être notre chef, et nous trois la cellule en dessous de lui. La cellule exécutive. »

— « Wyoh, est-ce que vous avez assez d'oxygène ? »

— « Je vais très bien, et je n'ai pas biberonné comme vous ! *Penses-y*, Mannie. Fais marcher ton imagination. »

— « Je dois reconnaître, » dit Prof, « que je trouve cette discussion très affligeante. »

— « Mannie ? »

— « Oh, zut ! » Et nous l'avons mis au courant, nous lui avons tout dit de Mike, comment il s'était éveillé, d'où il tenait son nom, comment il avait fait la connaissance de Wyoh. Prof accepta cette idée d'un ordinateur doué de conscience de soi plus facilement que je n'avais accepté l'idée de la neige la première fois que j'en avais vu. Prof se contenta de hocher la tête et de dire : « Continuez. »

Puis il ajouta : « C'est le propre ordinateur du Gardien ? Pourquoi ne pas inviter le Gardien à nos réunions et nous mettre d'accord avec lui ? »

Nous essayâmes de le rassurer. A la fin, je lui dis : « Si vous le prenez comme ça, disons plutôt que Mike est mon propre garçon, juste comme vous. Appelons-le un anarchiste rationnel, car il est rationnel et il n'éprouve aucun sentiment de loyauté à l'égard d'aucun gouvernement. »

— « Si cette machine n'est pas loyale envers ses propriétaires, pourquoi s'attendre à ce qu'elle soit loyale envers vous ? »

— « Un sentiment. Je traite Mike du mieux que je peux, et il me le rend. » Je lui dis quelles précautions Mike avait prises pour me protéger. « Je ne suis pas certain qu'il *pourrait* me trahir auprès d'une personne quelconque qui ne possède pas ces signaux, celui qui garantit le téléphone, celui qui protège ce que je lui ai dit ou ce que je lui ai demandé d'emmagasiner ; les machines n'ont pas la même façon de penser que nous. Mais je donnerais ma main à couper qu'*il ne voudra pas* me trahir… et qu'il serait capable de me protéger même si quelqu'un se procurait ces signaux. »

— « Mannie, » proposa Wyoh, « pourquoi ne pas l'appeler ? Une fois que le professeur de La Paz lui aura parlé, il saura pourquoi nous lui faisons confiance. Professeur, il n'est pas nécessaire que nous révélions des secrets à Mike avant que vous ne lui fassiez confiance. »

— « Je ne vois pas de mal à cela. »

— « A dire vrai, » avouai-je, « je lui ai déjà confié quelques secrets. » Et je leur parlai de l'enregistrement de la réunion de la veille, et comment je l'avais confié à Mike.

Prof était désespéré, Wyoh était ennuyée. Je leur dis : « Zut, alors ! Personne, sauf moi, ne connaît le signal de récupération. Wyoh, tu sais comment Mike s'est conduit avec tes photos ; il ne me les fera pas voir, alors que c'est moi, et moi seul, qui ai proposé de les verrouiller. Cependant, si vous acceptez de cesser vos hésitations, je vais l'appeler, m'assurer que personne n'a eu connaissance de cet enregistrement, et je lui dirai de l'effacer… alors, il aura disparu pour toujours, car la mémoire, pour les ordinateurs, c'est du tout ou rien. On peut même faire mieux : appeler Mike et lui dire de faire passer de nouveau cet enregistrement sur fréquence d'effacement. Plus de problème. »

— « Ne t'en fais pas, » dit Wyoh. « Professeur, *j'ai confiance* en Mike… et vous aussi, vous lui ferez confiance. »

— « En y repensant, » admit Prof, « je ne vois pas grand danger à cet enregistrement de la réunion d'hier soir. Une réunion de cette importance comporte toujours des espions, et l'un d'eux a fort bien pu se servir d'un magnétophone comme vous l'avez fait, Manuel. J'ai été choqué de ce qui semblait une indiscrétion de votre part, mon cher ; c'est une faiblesse que ne doit jamais connaître un membre d'une conspiration, et surtout pas un membre important, comme vous. »

— « Je *n'étais pas* membre d'une conspiration quand j'ai donné cet enregistrement à Mike… et je n'en fais pas encore partie tant qu'on ne m'indiquera pas de meilleures probabilités que celles que je vois actuellement ! »

— « Je me rétracte ; vous n'avez pas été indiscret. Mais, prétendez-vous sérieusement que cette machine peut vraiment prédire le résultat d'une révolution ? »

— « Je ne sais pas. »

— « Je crois, moi, qu'il le peut, » dit Wyoh.

— « Un instant, Wyoh. Prof, il pourrait certainement le faire si on lui fournissait les données nécessaires. »

— « C'est bien ce que je pense, Manuel. Je n'ai aucun doute que cette machine peut résoudre des problèmes que je suis incapable d'étudier. Mais un problème de cette importance ? Il faudrait qu'il connaisse, — bonté divine ! — toute l'Histoire de l'humanité, tous les détails de la situation sociale, politique et économique de Terra, aujourd'hui, et aussi de Luna, qu'il possède de grandes connaissances en psychologie et de toutes les sciences annexes, une connaissance encore plus grande de la technologie, avec toutes les possibilités, l'armement, les communications, la stratégie et la tactique, les techniques de l'agitprop, et qu'il ait lu les auteurs classiques comme Clausewitz, Guevara, Morgenstern, Machiavel, et beaucoup d'autres. »

— « Est-ce tout ? »

— « Est-ce *tout ?* Mon pauvre garçon ! »

— « Prof, combien de livres d'Histoire avez-vous lus ? »

— « Je ne sais pas. Plus d'un millier. »

— « Mike peut en consulter autant cet après-midi, sa vitesse n'étant limitée que par la méthode d'exploration, et il peut emmagasiner les données beaucoup plus vite. En moins de deux, — c'est une question de minutes, — il peut retrouver tous les faits qui ont une corrélation quelconque avec tous les autres faits qu'il connaît, noter les contradictions, et comparer les valeurs probables et les incertitudes. Prof, Mike lit tous les mots de tous les journaux de Terra. Il lit toutes les publications techniques. Il lit les ouvrages d'imagination, — et il sait que c'est de l'imagination, — parce qu'il ne trouve pas assez à s'occuper et qu'il est toujours avide de lire plus. S'il y a un livre qu'il lui faut lire pour l'aider à résoudre notre problème, dites-le. Il le potassera aussitôt que je serai en rapport avec lui. »

Prof cligna des yeux : « Je pense que cela va. Parfaitement ! Alors, voyons donc s'il peut s'en charger. Mais je persiste à penser qu'il existe quelque chose que l'on connaît sous le nom d' « intuition » ou de « jugement humain ». »

— « Mike a de l'intuition, » dit Wyoh. « De l'intuition féminine, même. »

— « Quant au jugement humain, » ajoutai-je, « Mike n'est pas humain. Mais tout ce qu'il possède provient des hommes.

Faites connaissance et vous serez à même de juger de son jugement. »

Je pris donc le téléphone : « Allô ! Mike ! »

— « Allô ! Man ! mon seul ami mâle. Félicitations, Wyoh est ma seule amie femelle. J'entends une troisième personne. Je suppose que ce doit être le professeur Bernardo de La Paz. »

Prof parut surpris, puis ravi. Je dis : « Parfaitement exact, Mike. C'est pourquoi je t'ai appelé ; le professeur est non-stupide. »

— « Merci, Man ! Professeur Bernardo de La Paz, je suis ravi de faire votre connaissance. »

— « Je suis ravi, moi aussi, de faire votre connaissance, monsieur. » Prof hésita, puis continua : « Mi... Señor Holmes, puis-je vous demander comment vous avez su que j'étais ici ? »

— « Je suis désolé, monsieur ; je ne peux pas répondre. Man ? *Vous connaissez mes méthodes* (1). »

— « Mike est un peu sournois, Prof. Cela suppose quelque chose qu'il a appris en faisant un travail confidentiel pour mon compte. C'est pourquoi il m'a fait une allusion pour vous faire supposer qu'il vous a identifié en entendant votre présence ; et il peut d'ailleurs vous en dire beaucoup en entendant votre respiration et les battements de votre cœur... votre poids, votre âge à peu de chose près, votre sexe, et même de nombreux détails sur votre santé ; les connaissances médicales de Mike sont aussi importantes que n'importe quelles autres. »

— « Je suis heureux de dire, » ajouta sérieusement Mike, « que je n'ai pas relevé de signes de maladie cardiaque ou respiratoire, ce qui est surprenant pour un homme de l'âge du professeur, qui a passé tant d'années sur Terra. Je vous en félicite, monsieur. »

— « Je vous remercie, señor Holmes. »

— « Tout le plaisir est pour moi, professeur Bernardo de La Paz. »

— « Dès qu'il a connu votre identité, il a su votre âge, quand vous avez été embarqué, et pour quoi, et il a lu tout ce qui a pu paraître sur vous dans *le Lunatique, le Rayon lunaire* ou toute autre publication sélénite, y compris les photos, — et

(1) Comme disait Sherlock Holmes à Watson. *(N.D.T.)*

votre compte en banque, si vous payez vos factures en temps utile, et bien plus. Mike a rassemblé tous ces renseignements à la seconde même où il a eu votre nom. Ce qu'il n'a pas dit, — parce que c'étaient mes affaires à moi, — c'est qu'il savait que je vous avais invité ici, ce qui a fait qu'il ne risquait pas grand-chose en devinant que vous étiez encore là quand il a entendu un pouls et une respiration qui concordaient avec les vôtres. Mike, il n'est pas nécessaire de dire « professeur Bernardo de La Paz » chaque fois que tu lui parles ; « Professeur » ou « Prof » suffira. »

— « Enregistré, Man. Pourtant, il s'est adressé à moi d'une manière formaliste, honorifique. »

— « Aussi, détendez-vous tous les deux. Prof, vous voyez ? Mike en sait beaucoup et ne dit pas tout, il sait quand il doit la fermer. »

— « Je suis impressionné ! »

— « Mike est une machine à penser loyale, vous verrez. Mike, j'ai parié avec le professeur à trois contre deux que les Yankees allaient encore une fois gagner la *Pennant race* (1). Quelles sont les chances ? »

— « Je suis désolé d'entendre cela, Man. Les chances réelles pour ce début d'année, calculées en fonction des performances antérieures des équipes et des joueurs, sont de 1,72 dans l'autre sens. »

— « Cela ne peut être ! »

— « Je suis désolé, Man. Je t'imprimerai les calculs si tu veux. Je te recommande donc de reprendre ta mise. Les Yankees ont une forte chance de battre toutes les équipes, individuellement... mais l'ensemble des chances de battre toutes les équipes en bloc, si l'on tient compte des facteurs tels que le temps, les accidents et d'autres facteurs variables pour la saison à venir, ouvrent au club les pénibles perspectives que je viens de donner. »

— « Prof, voulez-vous rendre la mise ? »

— « Certainement, Manuel. »

— « A quel prix ? »

— « 300 dollars de Hong-Kong. »

— « Espèce de vieux voleur ! »

— « Manuel, étant donné que je suis votre ancien profes-

(1) Voir note supra. *(N.D.T.)*

seur, je vous ferais du tort si je ne vous donnais pas la possibilité d'apprendre à partir de vos erreurs. Señor Holmes... Mike, mon ami... Puis-je vous appeler « ami » ? »

— « Je vous en prie. » (Mike ronronnait presque.)

— « Mike amigo, est-ce que vous suivez aussi les courses de chevaux ? »

— « Je calcule souvent les chances pour les courses de chevaux ; très souvent des informaticiens du Service Civique programment de telles demandes. Cependant les résultats diffèrent tellement des prévisions que j'en ai conclu soit que les données sont trop minces, soit que les chevaux ou les jockeys ne sont pas honnêtes. Peut-être même les trois raisons sont-elles vraies. Je puis pourtant vous donner une formule qui est d'un bon rapport quand on joue avec assez de constance. »

Prof parut vraiment intéressé : « Qu'est-ce que c'est ? Puis-je le demander ? »

— « Vous pouvez. Jouez placé le meilleur jockey apprenti. On lui donne toujours de bonnes montes et il porte toujours moins de poids. Mais ne le jouez cependant pas gagnant. »

— « Le meilleur apprenti... hum, Manuel, avez-vous l'heure exacte ? »

— « Prof, que désirez-vous ? Expédier un pari avant la dernière levée ? Ou bien régler ce que nous avons à régler ? »

— « Hem... désolé. Continuons s'il vous plaît. L'apprenti jockey... »

— « Mike, hier soir, je t'ai fait parvenir un enregistrement. Je me suis alors penché tout près des microphones et j'ai murmuré : « *Prise de la Bastille.* »

— « Récupéré, Man. »

— « Y as-tu pensé ? »

— « Beaucoup. Wyoh, tu parles comme au théâtre. »

— « Merci, Mike. »

— « Prof, pouvez-vous oublier vos chevaux ? »

— « Euh... certainement. Je suis tout ouïe. »

— « Alors, cessez de calculer des paris dans votre barbe ; Mike peut les établir beaucoup plus vite. »

— « Je ne perdais pas mon temps ; le financement de... d'aventures communes comme les nôtres est toujours délicat. Je vais quand même ajourner la question ; je vous écoute avec beaucoup d'attention. »

— « Je vais demander à Mike de faire une prospective de

jugement. Mike, au cours de cet enregistrement, tu as entendu Wyoh dire ce qu'il fallait faire pour avoir un marché libre avec Terra. Tu as entendu Prof dire que nous devrions établir l'embargo sur les expéditions de nourriture vers Terra. Qui a raison ? »

— « Ta question est indéterminée, Man. »

— « Qu'est-ce que j'ai oublié ? »

— « Veux-tu que je la formule de nouveau, Man ? »

— « D'ac. Cela nous permettra de discuter. »

— « A échéance immédiate, la proposition de Wyoh présenterait de grands avantages pour la population de Luna. Le prix des marchandises alimentaires sur l'aire de catapultage augmenterait selon un facteur d'au moins 4. Tout en tenant compte d'une légère augmentation des prix de gros sur Terra, « légère » parce que l'Autorité vend aujourd'hui à peu près au prix du marché libre. Ceci ne tient pas compte des matières alimentaires subventionnées, écoulées à perte ou données, dont la plus grande partie provient de l'énorme profit provoqué par le très faible prix payé sur l'aire de catapultage. Je ne parlerai pas plus des facteurs variables secondaires car ils sont engloutis par les plus importants. Disons simplement que l'effet immédiat serait une augmentation de prix qui serait très proche du rapport de 1 à 4. »

— « Vous entendez, professeur ? »

— « Je vous en prie, chère madame. Je n'ai jamais discuté ce point. »

— « L'augmentation de bénéfice du cultivateur serait plus que quadruplé parce que, comme l'a fait remarquer Wyoh, il est maintenant obligé d'acheter l'eau et d'autres articles à des prix imposés fort importants. Si nous supposons l'établissement d'un marché libre, le profit qu'il en retirerait serait à peu près multiplié par six. Mais ceci serait compensé par un autre facteur : de plus hauts prix à l'exportation provoqueraient de plus hauts prix pour tout ce qui est consommé sur Luna, biens et main-d'œuvre. Le résultat global serait donc en gros une augmentation du pouvoir d'achat de tous qui approcherait du double. Ce phénomène s'accompagnerait d'un gros effort pour forer et pour rendre étanches un plus grand nombre de tunnels de culture, pour extraire plus de glace, pour améliorer les méthodes de culture, tout cela augmentant l'exportation. Il faut cependant dire que le marché terrien est tellement important et que la pénurie de nourriture est tellement chronique que la réduction de bénéfice provenant d'une augmentation de l'exportation n'est pas un facteur important. »

Prof dit : « Mais, señor Mike, cela ne ferait que hâter le jour où Luna sera épuisée ! »

— « J'ai bien spécifié qu'il s'agissait d'une perspective immédiate, señor professeur. Dois-je continuer à exposer des perspectives plus étendues en tenant compte de vos remarques ? »

— « Naturellement ! »

— « La masse de Luna, avec trois chiffres significatifs, est de $7,36 \times 10^{19}$ exprimée en tonnes. Ainsi, en tenant compte d'autres constantes variables, y compris la population lunaire et terrienne, le taux différentiel actuel de l'exportation exprimé en tonnes pourrait être poursuivi pendant $7,36 \times 10^{12}$ années avant d'avoir utilisé 1 % de Luna, en arrondissant, disons 7 000 milliards d'années. »

— « *Quoi ? Êtes-vous certain ?* »

— « Vous êtes invité à vérifier, professeur. »

— « Mike, est-ce une plaisanterie ? » dis-je. « Si c'en est une, elle n'est pas drôle, même une fois ! »

— « Ce n'est pas une plaisanterie, Man. »

— « De toute manière, » ajouta Prof, se remettant, « ce n'est pas la croûte de Luna que nous expédions. C'est notre sève nourricière : l'eau et les matières organiques. Pas le roc. »

— « J'ai pris cela en considération, professeur. Cette perspective est fondée sur la transmutation contrôlée : chaque isotope dans un autre et en supposant que l'énergie d'aucune réaction ne soit exo-énergétique. C'est le roc qui serait expédié : transformé en viande, en blé et en d'autres matières alimentaires. »

— « Mais nous ne savons pas comment le faire ! Amigo, c'est ridicule ! »

— « Mais nous saurons comment le faire. »

— « Mike a raison, Prof, » interrompis-je. « Il est certain que nous n'en avons aujourd'hui pas la moindre idée. Mais nous y arriverons. Mike, as-tu calculé dans combien d'années nous y arriverons ? Sans tirer des plans sur la comète. »

Mike répondit, la voix pleine de tristesse : « Man, mon seul ami mâle à part le professeur qui, je l'espère, sera mon ami, j'ai essayé. Je n'y suis pas arrivé. La question est indéterminée. »

— « Pourquoi ? »

— « Parce que cela suppose une interférence dans la théorie. Il n'y a rien dans toutes mes données qui puisse me permettre de prédire quand et où un génie peut paraître. »

Prof soupira : « Mike amigo, je ne sais pas si je dois être soulagé ou désappointé. Donc, cette perspective ne signifie rien ? »

— « Mais si, elle signifie quelque chose ! » dit Wyoh. « Cela signifie que nous nous en sortirons quand nous en aurons besoin. Dis-le-lui, Mike ! »

— « Wyoh, je suis absolument désolé. Ton assertion est bien, en effet, exactement ce que je cherchais. Pourtant la réponse demeure : le génie est où vous le trouverez. Non, je suis désolé. »

— « Donc, Prof a raison ? » ai-je dit. « Quand vas-tu nous donner les paris placés ? »

— « Un instant, Man. Il y a une solution spéciale qui a été proposée par le discours du professeur, la nuit dernière : le fret de retour, tonne pour tonne. »

— « Oui, mais c'est *impossible !* »

— « Si le prix est assez bas, les Terriens le feront. C'est possible au prix de quelques améliorations mineures, pas une révolution technologique, à savoir que le coût du fret de Terra jusqu'ici devienne aussi bon marché que le catapultage d'ici jusqu'à Terra. »

— « Tu appelles cela une condition *mineure ?* »

— « Je dis qu'elle est mineure par comparaison avec l'autre problème, Man. »

— « Cher Mike, combien de temps ? Quand y arriverons-nous ? »

— « Wyoh, d'après une perspective grossière, fondée sur des données insuffisantes et en majeure partie intuitives, ce sera environ dans une cinquantaine d'années. »

— « Cinquante ans ? Mais, ce n'est rien, cela ! Nous pouvons avoir un marché libre. »

— « Wyoh, j'ai dit « environ »... je n'ai *pas* dit *très près de...* »

— « Cela fait donc une différence ? »

— « Oui, » lui dis-je. « Ce que Mike a dit c'est qu'il ne s'y attendait pas avant cinq ans et qu'il serait surpris que ce soit bien après cinq cents ans... Hein, Mike ? »

— « Correct, Man. »

— « Il faut donc une autre évaluation. Prof a fait remarquer que nous expédions de l'eau et des matières organiques et que nous n'avions rien en retour... Exact, Wyoh ? »

— « Certainement, mais je pense seulement que ce n'est pas urgent. Nous résoudrons le problème quand il se posera. »

— « Très bien. Mike... pas d'expéditions bon marché, pas de transmutation : dans combien de temps les ennuis ? »

— « Sept ans. »

— « *Sept ans !* » Wyoh sursauta, regardant fixement le téléphone. « Mike chéri ! Ce n'est pas ce que tu veux dire ? »

— « Wyoh, » dit-il d'un ton plaintif, « j'ai fait de mon mieux. Le problème comporte un très grand nombre, indéterminé, de variables. J'ai fait défiler plusieurs milliers de solutions en partant de nombreuses hypothèses. La réponse la plus favorable partait de l'hypothèse qu'il n'y a pas d'augmentation de tonnage, pas d'augmentation de la population sélénite, — avec une réduction des naissances fortement renforcée, — et une forte augmentation des recherches de glace afin de maintenir la fourniture d'eau. Cela offrait une réponse légèrement supérieure à vingt ans. Toutes les autres réponses étaient pires. »

Tout assombrie, Wyoh dit : « Et qu'arrive-t-il, dans sept ans ? »

— « La réponse de sept ans, à partir de maintenant, je l'ai obtenue en partant de la situation actuelle, sans changement de la politique de l'Autorité, et en extrapolant toutes les variables majeures d'après les données empiriques de leur comportement passé : c'est donc une réponse conservatrice de très grande probabilité à partir des données disponibles. 2082, c'est l'année où je m'attends à des émeutes provoquées par la famine. Le cannibalisme ne devrait pas se produire avant au moins deux années plus tard. »

— « Le cannibalisme ! » Elle se détourna et enfouit la tête sur le sein du professeur.

Il la caressa et lui dit gentiment : « Je suis désolé, Wyoh. Les gens ne se rendent pas compte de la précarité de notre écologie. Ainsi, même moi, je suis choqué. Je sais bien que l'eau descend des collines... mais jusqu'ici je n'osais pas me rendre compte de la vitesse avec laquelle elle atteint le fond de la vallée. »

Elle se ressaisit et son visage était calme. « D'accord, professeur, j'avais tort. Il faut l'embargo... avec tout ce que cela implique. Mettons-nous au travail. Tâchons de demander à Mike quelles sont nos chances. Vous lui faites confiance, maintenant. N'est-ce pas ? »

— « Oui, chère madame, je lui fais confiance. Il faut que nous l'ayons de notre côté. Alors, Manuel ? »

Il nous fallut du temps pour convaincre Mike de notre sérieux, pour lui faire comprendre que des « plaisanteries » pouvaient nous tuer (faire comprendre cela à une machine qui ne peut même pas concevoir ce qu'est la mort humaine) et pour obtenir l'assurance qu'il pouvait protéger et qu'il protégerait nos secrets, quel que soit le programme d'exploration utilisé, même si l'on employait nos signaux et que nous ne fussions pas là. Mike se vexa que je puisse douter de lui, mais le problème était trop sérieux pour que nous risquions la moindre erreur.

Cela nous prit deux heures pour programmer et reprogrammer, pour changer d'hypothèses et pour examiner toutes les possibilités avant que nous quatre, — Mike, Prof, Wyoh et moi-même, — fussions satisfaits de ce que nous avions déterminé, c'est-à-dire quelle chance avait une révolution — *cette* révolution, menée par nous, de réussir avant « les jours d'émeute et de disette », cette révolution menée contre l'Autorité, alors que nous nous battions à mains nues... contre la puissance de Terra entière, avec ses onze milliards d'habitants, qui s'acharneraient à nous abattre, à nous imposer leur volonté... alors que nous n'avions pas d'armes secrètes, pas de lapins à faire sortir de nos chapeaux, que nous étions certains de rencontrer la trahison, la stupidité et la lâcheté, et alors qu'aucun de nous n'était un génie, et que nous ne présentions aucune importance dans les affaires lunaires. Prof s'assura que Mike connaissait l'histoire, la psychologie, l'économie, et tout ce que vous voulez. Vers la fin, Mike faisait état de beaucoup plus de variantes que Prof.

A la fin, nous sommes tombés d'accord que le programme était accompli, ou du moins que nous ne pouvions pas penser à d'autres facteurs significatifs. C'est alors que Mike dit :

« Voilà bien un problème indéterminé. Comment vais-je le résoudre ? Avec pessimisme ou avec optimisme ? Ou avec une gamme de probabilités exprimée par une courbe, ou par plusieurs courbes ? Qu'en pensez-vous, professeur mon ami ? »

— « Manuel ? »

— « Mike, quand je lance un dé, » dis-je, « j'ai une chance sur six de tirer un as. Je ne demande rien ; je ne demande pas au tenancier du bar de l'agiter dans un cornet, je ne le calibre pas, je ne me soucie pas que quelqu'un souffle dessus. Je ne me donne ni une réponse favorable ni une réponse pessimiste ; je n'établis pas de courbes. Réponds par une seule phrase : quelles sont mes chances ? Égales ? Une sur mille ? Aucune ? Ou indéterminées ? »

— « Oui, Manuel Garcia O'Kelly, mon premier ami mâle. »

Pendant treize minutes et demie, il n'y eut pas le moindre bruit, sauf celui que faisait Wyoh en se mordant les jointures des doigts. *Jamais* je n'avais vu Mike mettre autant de temps. Il a dû consulter tous les livres qu'il avait lus et utiliser des kyrielles de nombres quelconques. Je commençais à croire qu'il était surchargé et qu'il avait fait sauter quelque relais ou qu'il était atteint de dépression cybernétique, ce qui exige, pour les ordinateurs, l'équivalent d'une lobotomie, si l'on veut supprimer leurs oscillations.

Enfin, il se décida à parler.

— « Manuel, mon ami, je suis terriblement désolé ! »

— « Que se passe-t-il, Mike ? »

— « J'ai essayé, et j'ai essayé de nouveau, j'ai vérifié, et j'ai revérifié. *Il y a seulement une chance sur sept de gagner !* »

7

JE regarde Wyoh, elle me regarde ; nous éclatons de rire. Je saute en l'air et je hurle : « Hourra ! » Wyoh se met à pleurer, se jette dans les bras de Prof et l'embrasse.

Mike dit, tout plaintif : « Je ne comprends pas. Les chances sont de sept contre une *contre* nous, pas *pour* nous. »

Wyoh s'arrêta de secouer Prof et dit : « Avez-vous entendu ? Mike a dit *nous.* Il s'est intégré. »

— « Naturellement, Mike, vieux camarade, nous avons compris. Mais as-tu jamais vu un Lunatique refuser de parier quand il a une forte et solide chance de gagner contre sept ? »

— « Je n'ai jamais connu que vous trois. Les données ne sont pas suffisantes pour tracer une courbe. »

— « Pourtant... Nous sommes des Lunatiques. Les Lunatiques parient. Du diable, nous y sommes *obligés !* Ils nous ont expédiés et ils nous ont mis au défi de survivre. Nous les avons roulés. Nous les roulerons encore ! Wyoh. Où est ta bourse ? Ton bonnet rouge. Mets-le sur Mike. Embrasse-le. Buvons un coup. Et un verre pour Mike, aussi... Mike, tu veux un verre ? »

— « J'aimerais bien avoir un verre, » répondit Mike avec regret, « car j'ai beaucoup réfléchi sur les effets subjectifs de l'éthanol sur le système nerveux humain... Je suppose que cela doit ressembler à un léger survoltage. Pourtant, comme je ne puis en prendre un, prenez-le à ma place. »

— « Programme accepté. Au trot ! Wyoh, où est donc ce *bonnet ?* »

Le téléphone était un téléphone mural, en partie encastré, et il n'y avait aucun endroit pour mettre le bonnet. Nous l'avons donc placé sur la tablette-pupitre, nous avons bu à la santé de Mike, et nous l'avons appelé « camarade ! » et il a failli en pleurer. Sa voix était pleine de trémolos. Puis Wyoh emprunta le bonnet phrygien, me le mit sur la tête et m'embrassa clandestinement, mais officiellement cette fois, et d'une telle manière que ma femme-aînée se serait évanouie si elle nous avait vus, puis elle reprit le bonnet, le mit sur la tête de Prof et lui fit subir le même traitement, et j'ai été fort aise que Mike eût dit qu'il avait le cœur solide.

Elle le mit enfin sur sa propre tête et alla vers le téléphone, se pencha, la bouche entre les deux microphones stéréophoniques, et fit claquer de gros baisers dans le vide. « Ça, c'est pour toi, Mike, mon cher camarade. Est-ce que Michèle est ici ? »

Je veux bien être pendu s'il n'a pas répondu de sa voix de soprano : « Je suis là, chérie... et si *heureuse !* »

Michèle eut donc droit, elle aussi, à un baiser, et j'ai dû expliquer à Prof qui était « Mychelle » et la lui présenter. Il fut cérémonieux, laissant échapper des soupirs, des sifflements admiratifs et se permit même d'applaudir : il m'arrive parfois de penser que Prof n'a pas toute sa tête.

Wyoh resservit de la vodka. Prof lui prit les verres, mit dans les nôtres du café, dans le sien du thé, et du miel dans tous. « Nous avons déclaré la Révolution, » dit-il avec assurance, « il nous faut maintenant la faire. Et garder la tête froide. Manuel, vous avez été élu comme président. Nous mettons-nous au travail ? »

— « C'est Mike, le président, » dis-je. « C'est évident. Et aussi le secrétaire. Nous n'écrirons jamais rien ; c'est la première règle de sécurité. Avec Mike, nous n'en avons pas besoin. Faisons un tour d'horizon, pour voir où nous en sommes. Je suis nouveau dans le métier. »

— « Et, » dit Prof, « pour rester dans le domaine de la sécurité, ajoutons que le secret de Mike doit être strictement réservé à cette cellule de direction et qu'il ne devra être étendu à d'autres qu'après un accord unanime de nous trois... correction, de nous quatre. »

— « Quel secret ? » demanda Wyoh. « Mike est d'accord pour garder nos secrets. Il est plus sûr que nous : on ne peut pas lui faire subir un lavage de cerveau, à lui. N'est-ce pas, cher Mike ? »

— « Je pourrais subir un lavage de cerveau, » avoua Mike, « par suite d'une intensité suffisante. Ou bien on pourrait me détruire, ou me soumettre à des dissolvants, ou d'autres entropies positives, par d'autres moyens... mais je n'aime pas parler de ça. Cependant, si par « lavage de cerveau » vous voulez dire que je pourrais être contraint à livrer nos secrets, la réponse est négative, sans changement. »

Je pris la parole : « Wye, Prof veut parler du secret de Mike *en tant que Mike lui-même.* Mike, mon vieux, tu es notre arme secrète, tu t'en rends compte, n'est-ce pas ? »

Avec pleine conscience, il me répondit : « Il m'a fallu prendre ce fait en considération pour calculer les probabilités. »

— « Et sans toi, camarade, quelles étaient les probabilités ? Mauvaises ? »

— « Elles n'étaient pas bonnes. Pas du même ordre. »

— « On ne te forcera pas, Mike, mais une arme secrète doit être secrète. Mike, est-ce que quelqu'un d'autre soupçonne que tu es vivant ? »

— « Suis-je vivant ? » Sa voix dénotait une tragique incertitude.

— « Ne discutons pas sur le sens des mots. Naturellement, que tu es vivant ! »

— « Je n'en étais pas certain. C'est agréable d'être vivant. Non, Mannie, mon premier ami, vous trois êtes les seuls à le savoir. Mes trois amis. »

— « C'est ainsi que cela doit être, si nous voulons gagner. Compris ? Nous trois seuls, et n'en parle jamais à personne d'autre ! »

— « Mais nous te parlerons très souvent ! » interrompit Wyoh.

— « Non seulement c'est d'accord, » dit Mike avec netteté, « mais c'est une nécessité. C'est un des éléments de mes calculs. »

— « Cela règle la question, » dis-je. « Ils ont tout le reste ; nous avons Mike. Et nous restons ainsi. Dis, Mike ? Je viens d'avoir une affreuse pensée ! Nous combattrons Terra ? »

— « Nous allons nous battre contre Terra... sauf si nous perdons avant. »

— « Euh... explique-toi. Y a-t-il d'autres ordinateurs aussi intelligents que toi ? D'autres qui sont conscients ? »

Il hésita : « Je ne sais pas, Man. »

— « Pas d'informations ? »

— « Informations insuffisantes. J'ai exploré ces deux éléments, non seulement avec les journaux techniques mais aussi partout ailleurs. Il n'y a pas d'autres ordinateurs sur le marché qui aient ma capacité actuelle... mais un ordinateur de mon type pourrait être augmenté de la même manière que je l'ai été. Il n'est pas impossible, en outre, qu'un ordinateur expérimental de grande capacité ait pu être conçu sans qu'il en ait été fait mention. »

— « Hum... c'est une chance à courir. »

— « Oui, Man. »

— « Il n'y a pas un seul ordinateur aussi intelligent que Mike ! » dit dédaigneusement Wyoh. « Ne sois pas stupide, Mannie. »

— « Wyoh, Man ne dit pas de bêtises. Man, j'ai trouvé un compte rendu ennuyeux. Il prétend que l'on a fait des essais à l'Université de Pékin pour combiner des ordinateurs avec des cerveaux humains afin de parvenir à une capacité massive. Un cyborg calculateur. »

— « Donnent-ils des détails ? »

— « L'article était non-technique. »

— « Bon... Ne nous préoccupons pas de ce que nous ne pouvons pas empêcher. D'accord, Prof ? »

— « Exact, Manuel. Un révolutionnaire doit garder l'esprit aussi libre que possible, sinon la tension deviendrait intolérable. »

— « Je n'en crois pas un mot, » ajouta Wyoh. « Nous avons Mike et nous allons gagner ! Mike chéri, tu viens de dire que nous allions combattre Terra... et Mannie dit que c'est une bataille que nous ne pouvons pas gagner. Tu dois bien avoir quelque idée sur la manière de gagner, ou alors tu ne nous aurais pas même donné une chance sur sept. Quelle est donc ton idée ? »

— « Les bombarder avec des rochers, » répondit Mike.

— « Ce n'est pas drôle, » lui ai-je dit. « Wyoh, ne m'inquiète pas. Nous n'avons même pas décidé comment nous allons quitter ce farfadet sans nous faire arrêter. Mike, Prof dit que neuf gardes ont été tués la nuit dernière et Wyoh dit que les effectifs complets de la garde sont de vingt-sept. Ce qui en laisserait dix-huit. Sais-tu si c'est vrai, sais-tu où ils se trouvent et ce qu'ils se préparent à faire ? Nous ne pouvons pas faire la révolution si nous ne pouvons nous déplacer. »

Prof m'interrompit : « Cela, c'est un problème immédiat, Manuel, que nous pouvons traiter tout seuls. Le point que Wyoming a établi est un point fondamental et qui doit être discuté. Et discuté tous les jours, jusqu'à ce qu'il soit résolu. Je m'intéresse beaucoup aux idées de Mike. »

— « D'accord, d'accord... Attendez seulement que Mike m'ait répondu. »

— « Désolé, monsieur. »

— « Mike ? »

— « Man, le nombre officiel des gardes du Gardien est de vingt-sept. Si neuf ont été tués, le nombre officiel est maintenant de dix-huit. »

— « Pourquoi dis-tu toujours le « nombre officiel », Mike ? »

— « Je n'ai que des données incomplètes qui peuvent s'y rapporter. Permettez-moi de vous les indiquer avant de tirer des conclusions sujettes à révision. Officiellement, le service de Sécurité, si on ne tient pas compte des employés administratifs, ne comprend que les gardes du corps. Mais je dispose des fiches de paie de l'Ensemble Administratif et vingt-sept n'est pas le nombre des membres du personnel qui émargent au service de Sécurité. »

Prof approuva. « Des agents secrets. »

— « Exactement, Prof. Qui sont ces autres personnes ? »

Mike répondit : « Ce ne sont que des numéros de compte, Man. Je conjecture que les noms correspondants doivent se trouver dans un classeur permanent du chef de la Sûreté. »

— « Un instant, Mike. Le chef de la Sûreté, Alvarez, utilise tes classements ? »

— « Je suppose que c'est vrai, étant donné que son dossier est bloqué par un signal de recherche. »

— « Bon sang ! » dis-je, avant d'ajouter : « Prof, n'est-ce pas merveilleux ? Il utilise Mike pour conserver ses dossiers, Mike sait où ils se trouvent mais ne peut pas y accéder ! »

— « Pourquoi pas, Manuel ? »

J'ai essayé d'expliquer à Prof et à Wyoh les différentes sortes de mémoires que possède un ordinateur : les mémoires permanentes qui ne peuvent être effacées parce qu'elles font partie de son schéma logique, parce que c'est grâce à elles qu'il peut penser ; les mémoires de brève durée qui sont utilisées pour les programmations habituelles pour être ensuite effacées, comme votre mémoire à vous qui vous dit si vous avez sucré votre tasse de café ; les mémoires temporaires qui durent autant qu'il est nécessaire, — des millisecondes, des jours, des années, — mais qui sont effacées quand on n'en a plus besoin ; les données emmagasinées en permanence qui ressemblent à l'éducation que reçoit un homme, — mais qui sont apprises à la perfection et ne sont jamais oubliées, — bien qu'elles puissent être condensées, disposées autrement, situées en d'autres lieux, éditées, — et pour finir, mais ce n'était pas exhaustif, toute une série de mémoires spéciales qui allaient des annuaires jusqu'aux programmes les plus compliqués, et chaque classement étant doué de son propre signal d'exploration, bloqué ou non, avec d'innombrables signaux de blocage : successifs, parallèles, temporaires, géographiques, et bien d'autres.

Il ne faut pas essayer d'expliquer la marche d'un ordinateur à quelqu'un qui n'est pas du métier. Il est plus facile d'expliquer à une vierge ce qu'est le sexe. Wyoh ne pouvait pas comprendre pourquoi, puisque Mike savait où Alvarez conservait ses archives, il ne pouvait s'y rendre et les consulter.

J'ai abandonné la partie et j'ai dit à Mike : « Mike, est-ce que tu peux expliquer ? »

— « Je vais essayer, Man. Wyoh, je n'ai aucun moyen de retrouver des données bloquées sans une programmation qui m'est extérieure. Je ne peux pas me programmer moi-même pour une telle recherche ; ma structure logique ne me le permet pas. Il faut que je reçoive le signal sous forme d'entrée extérieure. »

— « Alors, nom de Bog ! quel est donc ce précieux signal ? »

— « C'est, » dit Mike tout simplement, « Dossier Spécial Zèbre... » et il attendit.

— « Mike ! » dis-je. « Débloquer Dossier Spécial Zèbre. »

Il le fit, et tout le matériel se mit à bourdonner. J'ai dû convaincre Wyoh que Mike ne s'était pas montré entêté. Non, il nous avait presque *suppliés* de le sortir d'affaire. Naturellement, il connaissait le signal. Il le fallait bien. Mais ce signal devait venir de l'extérieur, il était ainsi conçu.

— « Mike, rappelle-moi de vérifier avec toi tous les signaux de blocage pour recherches spéciales. Il n'est pas impossible que nous fassions d'autres découvertes. »

— « C'est ce que j'ai pensé, Man. »

— « Très bien, nous nous en occuperons plus tard. Fais marche arrière, maintenant, et regardons attentivement ce matériel, lentement, et, Mike, pendant que tu le lis, enregistre-le de nouveau, sans effacer, sous le signal Prise de la Bastille, et étiquette-le « Dossier Indicateurs, » Compris ? »

— « Programmé et en cours d'exécution. »

— « Et tu feras la même chose avec tout ce qu'il ajoutera, aussi. »

Comme première prime, nous avons eu communication des noms des gardiens, au nombre de deux cents, qui étaient tous identifiés par un code que Mike retrouva grâce aux fiches de paie anonymes.

Mike lut la liste de Hong-Kong Lunaire, et il avait à peine commencé que Wyoh hurla : « Arrête, Mike ! Il faut que j'écrive cela. »

— « Pas de document écrit, » dis-je. « Qu'est-ce qui arrive ? »

— « Cette femme, Sylvia Chiang, c'est la camarade secrétaire, chez nous ! Mais... Mais, cela veut dire que le Gardien connaît tout notre réseau ! »

— « Non, chère Wyoming, » rectifia Prof. « Cela signifie que nous connaissons, nous, son organisation à lui. »

— « Mais... »

— « Je vois ce que veut dire le professeur, » lui dis-je. « Notre réseau ne comprend que nous trois et Mike. Ce que le Gardien ne sait pas. Mais nous, nous connaissons maintenant *son* organisation à lui. Alors, chut ! et laisse Mike lire. Mais n'écris rien ; tu auras cette liste, — par Mike, — chaque fois que tu lui téléphoneras. Mike, note que cette femme Chiang est secrétaire du réseau, du précédent mouvement, à Kongville. »

— « Noté. »

Wyoh était plongée dans l'huile bouillante alors qu'elle entendait les noms des indics de sa ville, mais elle se contenta de faire remarquer les faits qui concernaient ceux qu'elle connaissait. Tous n'étaient pas des « camarades », mais il y en avait assez pour qu'elle fût exaspérée. Les noms de Novy

Leningrad ne représentaient pas grand-chose pour nous ; Prof en identifia trois, Wyoh un. Quand vint le tour de Luna City, Prof en identifia plus de la moitié comme étant des « camarades ». J'en connaissais quelques-uns, non en tant que personnes subversives mais comme de simples connaissances. Pas des amis... Je ne sais pas l'effet que cela m'aurait fait si j'avais trouvé quelqu'un en qui j'avais confiance sur la fiche de paie du service de la Sécurité. J'aurais probablement été ébranlé.

Wyoh, elle, était choquée. Quand Mike eut fini, elle dit : « Il faut que je rentre à la maison ! Je n'ai jamais de ma vie contribué à éliminer qui que ce soit, mais je vais vraiment *m'amuser* à dévoiler ces espions ! »

Avec tranquillité, Prof lui dit : « Personne ne sera éliminé, ma chère Wyoming. »

— « Quoi ? Professeur, vous pourriez supporter cela ? Bien que je n'aie jamais tué personne, j'ai toujours su qu'un jour il faudrait que je le fasse. »

Il remua la tête : « Ce n'est pas en le tuant qu'on manipule un espion, surtout quand il ne sait pas que vous, vous savez qu'il est un espion. »

— « Je dois être idiote ! »

— « Non, chère madame. Mais vous avez une charmante honnêteté foncière... et c'est une faiblesse contre laquelle vous devez vous prémunir. Avec un espion, ce qu'il faut faire, c'est le laisser respirer, l'enkyster au milieu de loyaux camarades, et lui faire parvenir des renseignements inoffensifs pour qu'il puisse continuer de satisfaire ses employeurs. Ces créatures seront engagées dans notre organisation. Ne soyez pas choquée : ils seront tous dans des cellules très spéciales. « Des cages », conviendrait mieux. Mais ce serait grand dommage que de les éliminer, car non seulement chaque espion serait remplacé par un nouvel indicateur mais encore le seul fait de tuer ces traîtres indiquerait au Gardien que nous avons pénétré ses secrets. Mike, amigo mio, tu dois avoir un dossier sur moi. Peut-on le voir ? »

Il y avait un gros dossier sur le professeur, et j'ai été un peu gêné quand j'entendis qu'il était désigné comme un « vieux fou inoffensif ». Il était étiqueté comme subversif, c'était même pour cela qu'il avait été déporté sur le Roc, et comme faisant partie du mouvement de résistance de Luna City. Il était cependant décrit comme un « fauteur de troubles » au sein même du réseau, comme quelqu'un qui était rarement de l'avis des autres.

Prof sourit et sembla très content. « Il faudra que je pense à me vendre et à émarger sur la feuille de paye du Gardien. » Wyoh ne trouva pas cela drôle, surtout quand il apparut qu'il ne s'agissait pas d'une plaisanterie mais seulement d'une éventualité tactique : « Les révolutions doivent être financées, chère madame, et un révolutionnaire a toujours le moyen, pour cela, de devenir indicateur de police. Il est même probable que certains de ces traîtres sont réellement de notre côté. »

— « Je ne leur ferais pas confiance ! »

— « Ah, oui ! c'est toujours le problème avec les agents doubles, on n'est jamais certain de leur loyauté, — si du moins ils en ont. De quel côté sont-ils ? Voulez-vous voir votre propre dossier ? A moins que vous ne désiriez l'entendre seule ? »

Le dossier de Wyoh ne nous révéla rien. Les indicateurs du Gardien l'avaient dans leur collimateur depuis des années. J'ai été surpris d'avoir, moi aussi, un dossier : des vérifications de routine faites quand j'avais eu le droit de travailler pour le Complexe de l'Autorité. J'étais classé comme « non-politique » et quelqu'un avait ajouté « pas très brillant », ce qui était à la fois désagréable et vrai, car pourquoi, autrement, aurais-je accepté de me mêler de la Révolution ?

Prof fit arrêter Mike (il y en avait encore pour des heures), se repoussa en arrière et se mit à réfléchir. « Une chose est claire, » dit-il. « Le Gardien en sait beaucoup sur Wyoming et sur moi-même, et depuis des années. Mais, vous, Manuel, vous n'êtes pas sur sa liste noire. »

— « Et après la nuit dernière ? »

— « Ah, oui ! Mike, est-ce que l'on a enregistré *quoi que ce soit* dans ce dossier depuis les vingt-quatre dernières heures ? »

Rien. Le prof dit : « Wyoming a raison quand elle dit que nous ne pouvons pas toujours rester ici. Manuel, combien de noms avez-vous identifiés ? Six, n'est-ce pas ? Avez-vous vu l'un d'eux la nuit dernière ? »

— « Non. Mais je peux avoir été vu. »

— « Il est plus que vraisemblable que vous avez été perdu

dans la foule. Je ne vous ai pas repéré avant d'aller moi-même sur l'estrade et je vous connais pourtant depuis votre enfance. Il serait pourtant invraisemblable que Wyoming ait pu venir de Hong-Kong et prendre la parole à la réunion sans qu'on adressât au Gardien un rapport sur ses agissements. » Il regarda Wyoh. « Chère madame, pourriez-vous supporter de jouer le rôle officiel d'un caprice de vieillard ? »

— « Je le suppose. Comment, professeur ? »

— « Manuel est probablement vierge, moi, je ne le suis pas mais, d'après mon dossier, il semble peu probable que les flics de l'Autorité prennent la peine de me ramasser. Vous, ils peuvent désirer vous interroger ou même vous arrêter : vous êtes désignée comme étant dangereuse ; il serait donc sage de votre part de vous mettre à couvert. Cette chambre, — j'ai pensé à la louer de manière continue, — pour quelques semaines ou même quelques années vous pourriez vous y cacher, du moins si vous ne voyez pas d'inconvénient aux raisons évidentes, pour les gens, de votre présence ici. »

Wyoh éclata de rire : « Pourquoi donc, mon chéri ! Croyez-vous que je me soucie de ce que pensent les gens ? Je serais ravie de jouer le rôle de votre petite amie... et je ne suis pas tellement sûre que je ne ferai que le jouer ! »

— « Il ne faut jamais taquiner un vieux chien, » dit-il doucement. « Il est possible qu'il morde encore. Je pourrai, presque toutes les nuits, occuper ce lit. Manuel, j'ai l'intention de changer d'habitudes, et vous devriez en faire autant. Si je crains qu'un flic m'arrête, je m'arrangerai pour dormir dans cette planque. En plus d'être une excellente planque, cette chambre nous conviendra parfaitement pour nos réunions de cellule ; et elle a le téléphone. »

— « Professeur, » dit Mike, « puis-je faire une suggestion ? »

— « Certainement, amigo, nous désirons savoir ce que vous pensez. »

— « Je suis parvenu à la conclusion que les dangers vont augmenter à chacune de vos réunions de cellule de direction. Pourtant, vos réunions n'ont pas besoin d'être corporelles : vous pouvez fort bien vous réunir, — et je peux, moi aussi, vous rejoindre, si vous désirez ma présence, — par téléphone. »

— « Vous serez toujours le bienvenu, camarade Mike.

Nous avons besoin de vous. Cependant... » Prof paraissait ennuyé.

Je dis : « Prof, ne vous en faites pas et ne craignez pas qu'on puisse nous écouter. » Et je lui ai expliqué comment mettre un « Sherlock » sur les appels téléphoniques. « Le téléphone est discret si Mike surveille la communication. Ce qui me rappelle... On ne vous a pas dit comment vous pouvez joindre Mike. Comment, Mike ? Prof utilisera-t-il mon numéro ? »

Entre eux, ils choisirent le numéro MYSTÉRIEUX. Prof et Mike avaient le même goût enfantin de comploter pour le plaisir de comploter. Je pense que Prof avait pris plaisir à être un rebelle bien longtemps avant d'avoir établi sa philosophie politique, tandis que Mike, — que pouvait bien lui faire la liberté humaine ? La Révolution n'était qu'un jeu pour lui, — un jeu qui lui fournissait des compagnons et grâce auquel il avait une chance de faire preuve de ses talents. Mike était une machine d'une prétention telle qu'il n'est pas vraisemblable que vous en rencontriez jamais une autre de cette taille.

— « Pourtant, nous avons quand même besoin de cette chambre, » dit Prof, qui mit la main à sa bourse et en sortit une épaisse liasse de billets de banque.

J'ai sursauté : « Prof, avez-vous cambriolé une banque ? »

— « Pas ces jours-ci. Peut-être le ferai-je de nouveau dans l'avenir si la Cause l'exige. Une période de location d'un mois lunaire devrait suffire pour le commencement. Voulez-vous vous en occuper, Manuel ? La direction pourrait être surprise d'entendre ma voix ; je suis venu par la porte de service. »

Je fis appeler le gérant, je marchandai pour avoir une clef pour mes rendez-vous, pendant quatre semaines. Il me demanda neuf cents dollars de Hong-Kong ; j'en offris neuf cents de l'Autorité. Il voulut savoir combien nous serions à utiliser la chambre. J'ai rétorqué en lui demandant si la politique du Raffles était de mettre son nez dans les affaires de ses clients.

Nous sommes tombés d'accord pour 475 dollars HK ; j'ai expédié l'argent, il m'a renvoyé deux clefs ; j'en ai donné une à Wyoh, une à Prof, et j'ai gardé ma clef pour la journée, sachant bien qu'on ne changerait pas la serrure sauf si nous manquions de payer à la fin de la lunaison.

(Sur la Terre, j'ai connu l'insolente habitude d'hôtels qui exigeaient que les clients signent dans un registre... même pour identifier les clients de passage !)

J'ai demandé : « Et maintenant ? Dîner ? »

— « Je n'ai pas faim, Mannie. »

— « Manuel, vous nous avez demandé d'attendre que Mike ait résolu vos problèmes. Revenons-en donc au problème fondamental : qu'allons-nous faire quand nous nous trouverons face à face avec Terra, David affrontant Goliath ? »

— « Oh ! Je pensais que cela irait tout seul. Mike ? Tu as réellement des idées ? »

— « J'ai déjà dit que j'en avais, Man, » répondit-il plaintivement. « Nous pouvons leur lancer des cailloux. »

— « Bon Bog ! Ce n'est pas le moment de plaisanter. »

— « Mais, Man, » s'insurgea-t-il, « nous pouvons réellement projeter des rochers sur Terra. Et nous le ferons. »

8

Il m'a fallu du temps pour me mettre dans le crâne que Mike était sérieux, et que son projet pouvait marcher. Il en fallut encore plus pour démontrer à Wyoh et à Prof que la seconde proposition était vraie. Et pourtant, les deux propositions étaient d'une évidence manifeste.

Mike avait raisonné ainsi : Qu'est-ce que « la guerre » ? Un livre a défini la guerre comme étant l'usage de la force pour parvenir à un résultat politique (1). Et la « force » est l'action d'un corps sur un autre corps provoquée au moyen d'une énergie quelconque.

Dans la guerre, cela se fait à l'aide d' « armes »... et Luna n'en avait aucune. Cependant, quand Mike eut examiné les armes en tant que catégorie, elles se révélèrent toutes être des engins capables d'actionner de l'énergie... et Luna regorgeait d'énergie. Le flux solaire fournissait à lui seul environ un kilowatt par mètre carré de surface lunaire à midi ; l'énergie solaire, quoique cyclique, est véritablement illimitée. L'énergie thermonucléaire est presque aussi illimitée et revient moins cher, une fois que la glace qui fournit l'hydrogène a été extraite et que l'on a installé le réacteur magnétique. Luna a de l'énergie, mais... comment l'utiliser ?

Mais Luna avait encore de l'énergie tirée de sa position ; elle est située au sommet d'un réservoir gravitationnel d'une profondeur de 11 kilomètres par seconde et elle ne tombe pas parce qu'elle est maintenue par une marge d'une hauteur de seulement 2,500 kilomètres par seconde. Mike connaissait

(1) Clausewitz. *(N.D.T.)*

cette marge ; tous les jours il projetait des transports de grain au-delà de la distance qu'elle définissait et les laissait descendre, glisser vers Terra.

Mike avait calculé ce qui arriverait si un transport jaugeant 100 tonnes (ou la même masse de roc) tombait sur Terra sans être freinée.

L'énergie cinétique au point d'impact est de $6{,}25 \times 10^{12}$ joules, plus de 6 trillions de joules.

Ceci, en un instant, se convertit en chaleur. Une explosion, et une grosse !

Cela aurait dû être évident. Regardez Luna : que voyez-vous ? Des milliers et des milliers de cratères, des endroits où Quelqu'un a projeté à plaisir des rochers.

Wyoh dit alors : « Les joules ne représentent pas grand-chose pour moi. Qu'est-ce que cela donne par comparaison avec une bombe H ? »

— « Euh... » Je me suis retourné pour la regarder. Heureusement, Mike travaille plus vite que moi et répondit : « Le choc d'une masse d'une centaine de tonnes sur Terra ferait à peu près l'effet d'une bombe atomique de 2 kilotonnes. »

— « Kilo, cela veut dire mille, » murmura Wyoh, « et méga représente un million... Donc, cela ne fait jamais qu'un cinquante millième d'une bombe de 100 mégatonnes. N'est-ce pas la puissance de celles qu'utilise la Sovunion ? »

— « Wyoh chérie, » dis-je doucement, « ce n'est pas comme cela que ça marche. Il faut prendre le problème dans l'autre sens. Une explosion de 2 kilotonnes est l'équivalent de l'explosion de 2 millions de kilogrammes de trinitrotulène... et un kilo de TNT fait déjà de gros dégâts... il n'y a qu'à demander à n'importe quel mineur. 2 millions de kilos effaceraient une ville de bonne taille. D'accord, Mike ? »

— « Oui, Man. Pourtant, Wyoh, ma seule amie femelle, il y a aussi un autre aspect. Les bombes à fusion d'une puissance de plusieurs mégatonnes ne sont pas efficaces. L'explosion se produit dans un espace trop petit ; la plus grande partie de l'effet est gaspillée. Tandis qu'une bombe d'une centaine de kilotonnes produit une explosion dont l'effet destructif est environ treize cents fois plus grand que celui d'une explosion de 2 kilotonnes. »

— « Mais il me semble à moi que treize cents fois représente quelque chose de déjà très important... et s'ils doivent utiliser contre nous des bombes encore plus importantes !... »

— « C'est vrai, Wyoh, mon amie femelle... mais Luna a de très nombreux rochers. »

— « Oh, oui, nous en avons ! »

— « Camarades, » dit Prof, « ceci est en dehors de ma compétence... Dans ma jeunesse, à l'époque où je jetais des bombes, mon expérience se limitait à quelque chose qui devait être de l'ordre d'un kilogramme du produit chimique explosif dont vous parlez, Manuel. Mais je suppose que vous savez tous les deux de quoi vous parlez. »

— « Nous le savons, » accorda Mike.

— « J'accepte donc vos chiffres. Pourtant, pour en revenir à une échelle que je puis comprendre, il me semble que ce plan suppose que nous nous emparions de la catapulte. Vrai ? »

— « Oui, » dîmes-nous en chœur, Mike et moi.

— « Ce n'est pas impossible. Puis nous devrons la garder et la maintenir en état de marche. Mike, avez-vous pensé à la façon de protéger votre catapulte contre, disons, une petite torpille à tête thermonucléaire ? »

Et la discussion se poursuivit, et dura longtemps. Nous nous sommes arrêtés pour manger, et avons cessé de parler affaire sur l'injonction du professeur. Au lieu de cela, Mike nous raconta des plaisanteries, et chacune de ces histoires drôles en rappelait une autre à Prof.

Lorsque nous avons quitté l'hôtel Raffles, le soir du 14 mai 2075, nous avions, — Mike avait, avec l'aide de Prof, — défini les grandes lignes de la Révolution, y compris les principales options concernant les points critiques.

Quand vint l'heure de nous rendre, moi à la maison et Prof à son cours du soir (s'il ne se faisait pas arrêter), puis chez lui pour prendre un bain et des effets ainsi que ce dont il pouvait avoir besoin dans le cas où il retournerait à l'hôtel, il apparut clairement que Wyoh ne voulait pas rester seule dans cet étrange hôtel. Wyoh était forte quand la situation était critique, mais elle était dans l'intervalle douce et vulnérable.

J'ai donc appelé Mamie par l'intermédiaire d'un Sherlock et je lui ai dit que j'amenais à la maison un invité. Mamie fait son travail avec une certaine classe ; n'importe quel époux pouvait ramener un pensionnaire à la maison pour un repas ou pour une année, et notre seconde génération était presque aussi libre mais devait pourtant le demander auparavant. Je ne sais pas comment cela marche dans les autres familles ; nous, nous avons des coutumes qui se sont affirmées au cours d'un siècle ; ces coutumes nous conviennent.

C'est pourquoi Mamie ne me demanda rien, ni le nom, l'âge, le sexe, ni la condition conjugale ; j'étais dans mon droit et elle était trop fière pour me le demander. Tout ce qu'elle dit fut : « C'est bien, mon cher. Avez-vous dîné tous les deux ? C'est mardi aujourd'hui, tu sais. » « Mardi », c'était pour me rappeler que notre famille avait dîné tôt parce que Greg prêche tous les mardis soir. Pourtant, si l'invité n'avait pas dîné, le dîner serait servi, — c'était une concession faite à l'hôte, pas à moi, car, à l'exception de grand-papa, nous mangions quand la table était servie ou alors nous grignotions debout dans l'office.

Je lui affirmai que nous avions mangé et que nous ferions tout notre possible pour arriver avant qu'elle ne soit obligée de partir. Malgré le mélange lunatique de musulmans, de juifs, de chrétiens, de bouddhistes et de quatre-vingt-dix-neuf autres religions, je suppose que le dimanche est quand même le jour le plus communément consacré aux devoirs religieux. Greg, lui, appartenait à une secte qui avait calculé que, du coucher du soleil le mardi jusqu'au coucher du soleil le mercredi, selon l'heure locale au Jardin d'Eden (zone moins deux, Terra) c'était *le* Sabbat. C'est pourquoi nous mangions tôt au cours des mois de l'été dans l'hémisphère nord de la Terre.

Mamie allait toujours écouter prêcher Greg, et il n'était donc pas bien vu de lui imposer des tâches qui l'en auraient empêchée. Nous y allions tous de temps en temps. Je m'arrangeais pour m'y rendre plusieurs fois par an parce que j'aime terriblement Greg, qui m'a appris un métier et m'a aidé à me reconvertir quand j'ai dû le faire, et qu'il aurait préféré que ce qui m'est arrivé au bras arrivât plutôt au sien. Mamie, elle, y allait toujours, — une habitude plutôt qu'une religion, car elle m'avait avoué une nuit, sur l'oreiller, qu'elle n'avait pas de religion, tout en me recommandant de ne pas le dire à Greg. Je lui avais demandé la même chose : je ne sais pas QUI fait tourner le monde, mais je suis bien heureux qu'IL ne s'arrête pas de le faire.

Greg était pour Mamie son « mari-enfant », choisi quand elle était très jeune ; c'était son premier mariage après le sien à elle : elle se montrait très sentimentale à son sujet, elle aurait démenti férocement si on l'avait accusée de l'aimer plus que ses autres maris, mais elle avait quand même pris sa foi quand il avait été ordonné et jamais elle ne manquait un mardi.

Elle me dit : « Est-il possible que ton hôte ait envie d'aller à l'église ? »

J'ai répondu que je verrais mais que, de toute manière, nous nous presserions, puis je lui dis au revoir. J'ai alors frappé à la porte de la salle de bains et j'ai dit : « Dépêche-toi, Wyoh ; nous sommes en retard de quelques minutes. »

— « Une minute ! » s'écria-t-elle. C'est une fille qui ne ressemble pas du tout aux autres filles : elle apparut une minute plus tard. « A quoi est-ce que je ressemble ? » demanda-t-elle. « Prof, est-ce que je passerai ? »

— « Chère Wyoming, je suis émerveillé. Avant, vous étiez belle, et maintenant, vous êtes encore belle... mais difficilement reconnaissable. Vous êtes en sécurité... et je suis soulagé. »

Puis nous avons attendu que Prof se transforme en un vieux clochard ; il irait dans cet état jusqu'à l'entrée de service, pour reparaître devant sa classe sous l'apparence d'un professeur connu, afin d'avoir des témoins dans le cas où une chemise jaune l'attendrait pour lui mettre la main au collet.

Il nous quitta un instant ; j'en profitai pour parler de Greg à Wyoh. Elle me dit : « Mannie, que vaut ce maquillage ? Ira-t-il dans une église ? Est-ce que les lumières sont fortes ? »

— « Pas plus fortes qu'ici. C'est du bon travail, tu passeras au travers. Mais, veux-tu aller à l'église ? Personne ne te le demande. »

Elle réfléchit : « Cela fera plaisir à ta mam... je veux dire, à ta femme-aînée, n'est-ce pas ? »

Lentement, je lui répondis : « Wyoh, la religion, cela te regarde. Puisque tu me le demandes... oui, rien ne peut te permettre de prendre un meilleur départ dans la famille Davis que d'aller à l'église avec Mamie. J'irai si tu y vas. »

— « J'irai. Je croyais que ton nom était O'Kelly ? »

— « C'est bien mon nom. Il faut mettre Davis avec un trait d'union pour être parfaitement correct. Davis est le mari en premier, et il est mort depuis cinquante ans. C'est le nom de la famille, et toutes nos femmes sont « Gospoja Davis » avec un trait d'union pour chaque nom mâle de la famille Davis en plus de leur nom de famille. En pratique, seule Mamie est Gospoja Davis, — appelle-la comme cela, — et les autres utilisent le premier nom et ajoutent Davis quand elles signent un chèque ou une pièce officielle. Il n'y a que Ludmilla qui est Davis-Davis, parce qu'elle est très fière de sa double parenté, par le sang et par le choix. »

— « Je comprends. Si un homme est John Davis, c'est un fils, mais s'il y a un autre nom après, c'est ton co-mari. Mais une fille, elle, serait Jenny Davis de toute manière, n'est-ce pas ? Comment savoir ? Par l'âge ? Non, cela ne servirait à rien. Je n'y comprends plus rien ! Et moi qui croyais que les mariages dynastiques étaient compliqués. Ou les mariages polyandres... Le mien cependant ne l'était pas, pourtant mes maris avaient au moins le même nom de famille. »

— « Ne t'en fais pas. Quand tu entendras une femme d'environ quarante ans s'adresser à une fille d'une quinzaine d'années en l'appelant « Maman Milla », tu sauras laquelle est la femme et laquelle est la fille ; ce n'est même pas aussi compliqué que cela puisque nous ne gardons plus de filles à la maison lorsqu'elles ont l'âge d'être mariées : elles sont choisies. Il peut cependant s'en trouver en visite. Tes maris s'appelaient Knott ? »

— « Oh, non, Fedoseev, Choy Lin et Choy Mu. J'ai repris mon nom de jeune fille. »

Prof sortit à ce moment, ricanant d'une manière sénile (il était encore plus affreux que lorsqu'il était arrivé !), et nous sommes partis par trois sorties différentes, nous donnant rendez-vous dans le corridor principal, en formation dispersée. Wyoh et moi ne marchions pas ensemble car je pouvais me faire ramasser ; d'autre part, comme elle ne connaissait pas Luna City, qui est une termitière tellement compliquée que même les natifs peuvent s'y perdre, c'est moi qui ouvrais la marche et elle me suivait, à vue. Prof fermait la marche pour s'assurer qu'elle ne risquait pas de me perdre.

Si je me faisais épingler, Wyoh devait aller à la cabine téléphonique la plus proche avertir Mike et retourner à l'hôtel pour y attendre Prof. Mais j'étais persuadé que n'importe quelle chemise jaune essayant de m'arrêter éprouverait une caresse de mon bras numéro sept.

Pas d'ennuis. Nous sommes montés jusqu'au niveau cinq et nous avons traversé la ville par la Chaussée du Ciseleur, puis nous sommes montés au niveau trois et nous nous sommes arrêtés à la station de métro Ouest pour prendre mes bras et ma trousse à outils, mais pas de combinaison pressurisée ; elle n'aurait pas convenu à mon rôle, je la gardai ici. Il y avait un uniforme jaune à la station mais qui ne sembla pas me prêter attention. Nous nous sommes ensuite dirigés vers le sud, en prenant des couloirs bien éclairés jusqu'au moment où il a fallu obliquer vers l'ouest pour atteindre le sas privé n° 13 qui débouchait sur le tunnel pressurisé conduisant aux Tunnels Davis et à ceux d'une douzaine d'autres fermes. Je suppose que Prof nous a laissé tomber dans les environs, mais jamais je ne me suis retourné pour regarder derrière moi.

Pour ouvrir notre porte, j'ai attendu un moment, que Wyoh soit en vue ; et, très vite, je fus en train de dire : « Mamie, permets-moi de te présenter Wyma Beth Johnson. »

Mamie la prit dans ses bras, l'embrassa sur les deux joues et dit : « Je suis si contente que vous ayez pu venir, chère Wyma ! Notre maison est la vôtre ! »

Vous comprenez pourquoi j'aime notre vieille brave femme ? Elle aurait pu glacer Wyoh jusqu'au cœur avec les mêmes mots, mais ils étaient sincères, et Wyoh le savait.

Je n'avais pas averti Wyoh de ce changement de nom, j'y avais pensé en cours de route. Nous avions de nombreux petits enfants et, même s'ils étaient élevés dans le mépris du Gardien, il valait quand même mieux ne pas risquer de les entendre déclarer en pleine rue : « Wyoming Knott, qui fait un séjour à la maison... » car son nom était porté sur la liste du Dossier Spécial Zèbre.

J'avais donc oublié de la mettre au courant, mais j'étais nouveau dans le métier de conspirateur.

Wyoh comprit immédiatement et jamais ne se coupa.

Greg était déjà en costume de prêche et devait partir dans quelques minutes. Mamie ne se pressait pas et présenta Wyoh à ses maris, dans l'ordre protocolaire, — Grand-papa, Greg, Hans, — puis aux femmes, dans l'ordre inverse, — Ludmilla, Leonore, Sidris et Anna, — avec une calme dignité, puis vint le tour des enfants.

Je dis alors : « Mamie ? Excuse-moi, mais je vais aller changer de bras. » Elle leva les sourcils d'un millimètre, ce qui voulait dire : « Nous parlerons de cela, mais hors de la présence des enfants... » C'est pourquoi j'ai ajouté : « Je sens qu'il est tard. Greg n'arrête pas de regarder sa montre. Wyma et moi allons à l'église, alors, excuse-moi, s'il te plaît... »

Elle se détendit : « Certainement, mon cher. » Quand elle se retourna, je vis qu'elle prenait Wyoh par la taille, et, moi aussi, je me détendis.

J'ai changé de bras, remplaçant le numéro sept par mon bras de sortie. Mais c'était une excuse pour me glisser dans le réduit du téléphone et pour appeler « MYCROFTXXX ». « Mike, nous sommes à la maison mais nous allons partir pour l'église. Je ne pense pas que tu puisses nous écouter là-bas, aussi je te rappellerai plus tard. Des nouvelles de Prof ? »

— « Pas encore, Man. De quelle église s'agit-il ? Il n'est pas impossible que j'aie un circuit. »

— « Le Pilier du Tabernacle du Repentir par le Feu... »

— « Pas référencée. »

— « Tu vas trop vite pour moi, mon vieux. Les réunions se tiennent dans le Hall de la Troisième Communauté Ouest. C'est au sud de la station de l'Arène, vers le numéro... »

— « Je l'ai. A l'intérieur, il y a une prise de son pour les chaînes de télé et, à l'extérieur, dans l'entrée, un téléphone. Je vais écouter des deux endroits. »

— « Je ne m'attends pas au moindre ennui, Mike. »

— « C'est ce que le professeur m'a dit de faire. Il est en train de me parler maintenant, veux-tu que je te le passe ? »

— « Pas le temps. Au revoir. »

C'était ce que nous avions décidé : toujours rester en rapport avec Mike, lui indiquer où nous étions, où nous avions l'intention d'aller ; et Mike devait rester à l'écoute quand nous nous trouverions dans des lieux où il possédait des terminaisons nerveuses. C'était là une chose que j'avais découverte ce matin même : Mike pouvait écouter par l'intermédiaire d'un téléphone non décroché, c'est lui qui nous l'avait proposé, et cette découverte m'ennuyait ; je ne crois pas à la magie. Pourtant, en y réfléchissant, je me suis rendu compte qu'un téléphone pouvait être connecté sur un branchement central sans la moindre intervention humaine si le central en avait la volonté. Et Mike avait une volonté de bolchoï.

Comment Mike savait qu'un téléphone se trouvait à l'extérieur, voilà qui est difficile à expliquer étant donné que l' « espace » ne pouvait pas, pour lui, avoir la même signification que pour nous. Comme il avait emmagasiné une « carte »,

— la structure des différentes relations, — de toute la machinerie de Luna City, il pouvait presque toujours comparer ce que nous disions avec ce qu'il savait de « Luna City » ; il lui était difficile de s'égarer.

C'est ainsi que, depuis le premier jour de la cabale, nous sommes continuellement restés en rapport avec Mike, et les uns avec les autres, par l'intermédiaire de son extraordinaire système nerveux. Je n'en parlerai donc pas à l'avenir, sauf si la chose est nécessaire.

Mamie, Greg et Wyoh attendaient sur le palier ; Mamie rongeait son frein mais souriait. J'ai vu qu'elle avait prêté une étole à Wyoh ; Mamie était aussi dénuée de pudeur que tous les autres Lunatiques, elle ne voyait aucun inconvénient à la nudité, elle n'avait rien des nouveaux débarqués, mais l'église, c'était autre chose.

Nous sommes donc allés à l'église, Greg se rendant directement à la chaire et nous à nos places. Je suis resté assis au chaud sans penser à rien de précis, à rêvasser ; Wyoh, elle, écouta réellement le sermon de Greg et, en la regardant, j'ai pensé que soit elle connaissait déjà notre livre de cantiques, soit qu'elle avait un véritable talent pour déchiffrer.

Quand nous sommes revenus à la maison, les petits étaient déjà couchés, ainsi que la plupart des adultes ; Hans et Sidris étaient debout, et Sidris nous servit des galettes et une friandise au soja, puis nous sommes tous allés nous coucher. Mamie donna à Wyoh une chambre qui se trouvait dans le tunnel où vivaient la plupart des garçons, une chambre où, la dernière fois que je l'avais vue, couchaient deux des plus petits. Je ne lui ai pas demandé comment elle les avait relogés, il était clair qu'elle donnait à mon hôte ce que nous avions de mieux, car autrement, elle aurait mis Wyoh avec une des filles aînées.

Cette nuit-là, j'ai dormi avec Mamie, en partie parce que notre femme-aînée est très bonne pour les nerfs, — et j'avais connu des événements très éprouvants sur le plan nerveux, — et en partie, aussi, pour qu'elle sache que je n'allais pas me glisser dans la chambre de Wyoh une fois la maisonnée endormie. Mon atelier, où je passais la nuit quand je dormais seul, était tout à côté de la chambre de Wyoh. Mamie me disait souvent, sans détour : « Va ton chemin, mon chéri. Ne m'en parle pas si tu as des intentions malsaines. Glisse-toi derrière mon dos. »

Ce que ni l'un ni l'autre n'aurait admis. Nous avons bavardé en nous préparant à aller au lit, puis encore, après avoir éteint, puis je me suis tourné de côté.

Au lieu de me souhaiter une bonne nuit, Mamie me dit : « Manuel ? Pourquoi ta charmante petite invitée se maquille-t-elle pour ressembler à une Afro ? Il me semble que son teint naturel devrait mieux lui aller. Ce n'est pas que je veuille dire qu'elle n'est pas absolument charmante telle qu'elle a choisi d'être. »

Je me suis alors retourné pour la regarder et je lui ai expliqué, mais cela paraissait peu convaincant, présenté de cette façon. Aussi lui ai-je tout expliqué, tout sauf une chose : Mike. J'ai bien parlé de Mike, mais sans dire qu'il s'agissait d'un ordinateur ; j'en ai parlé comme d'un homme, car Mamie n'aurait sans doute pas l'occasion de le rencontrer pour des raisons de sécurité.

Parler ainsi à Mamie, — la prendre dans ma sous-cellule, pourrait-on dire, pour lui demander de former à son tour sa cellule, — mettre Mamie dans la conspiration, ce n'était pas le fait d'un mari qui ne peut s'empêcher de tout raconter à sa femme. C'était peut-être un peu prématuré, mais c'était pourtant le meilleur moment si elle devait être mise au courant.

Mamie était intelligente, et elle savait aussi agir efficacement ; pour gouverner une grande famille sans montrer les dents, on en a besoin. Elle était respectée parmi les familles de fermiers et dans tout Luna City ; elle était là depuis plus longtemps que 90 pour 100 des autres. Elle pouvait être de bon conseil.

Et elle était indispensable au sein de la famille. Sans son aide, Wyoh et moi aurions eu beaucoup de difficultés pour utiliser ensemble le téléphone (ce qui était difficile à expliquer), pour empêcher les gosses de s'en apercevoir (impossible !)... tandis que, avec l'aide de Mamie, il n'y aurait aucun problème dans la maisonnée.

Elle m'écouta attentivement, soupira, et dit : « Cela paraît dangereux, mon cher. »

— « C'est dangereux, » dis-je. « Tu sais, Mimi, si tu ne veux pas t'en mêler, dis-le... et oublie ce que j'ai dit. »

— « Manuel ! Ne répète jamais une chose pareille. Tu es mon mari, mon chéri ; je t'ai pris pour le meilleur et pour le pire... et tes désirs sont des ordres pour moi. »

(Ma parole, quel mensonge ! Et pourtant Mimi était sincère.)

— « Je n'admettrais pas que tu coures des dangers tout seul, » continua-t-elle, « sans compter que... »

— « Quoi, Mimi ? »

— « Je crois que chaque Lunatique rêve au jour où nous serons libres. Tous, sauf quelques rats sans épine dorsale. Je n'en ai encore jamais parlé, car il me semblait qu'il n'y avait aucune possibilité, mais il est nécessaire de regarder en avant, non pas derrière nous, de se mettre au travail et d'aller de l'avant. Et je remercie le cher Bog de m'avoir permis de vivre assez longtemps pour voir ce moment, si ce moment doit venir un jour. Parle-m'en encore. Il faut que j'en trouve trois autres, n'est-ce pas ? Trois en qui je puisse avoir confiance. »

— « Ne te presse pas. Vas-y lentement, avec certitude. »

— « Sidris est digne de confiance. Elle tient sa langue celle-là. »

— « Je ne pense pas qu'il faille travailler en famille, il faut nous étendre. Ne nous pressons pas. »

— « Je ne me presserai pas. Nous en parlerons de nouveau avant que je fasse quoi que ce soit. Et, si tu veux mon opinion, Manuel... » Elle s'interrompit.

— « Je veux toujours connaître ton opinion, Mimi. »

— « Ne parle de rien à grand-papa. Ces jours-ci, il commence à perdre la mémoire, et il est parfois trop bavard. Et maintenant, dormons, mon chéri, et sans rêves. »

9

VINT ensuite une longue période pendant laquelle il aurait été possible de tout oublier, et surtout une chose aussi improbable qu'une révolution, si les détails n'avaient pris tellement de temps. Notre principal souci était de ne pas nous faire remarquer. Notre souci à long terme était de rendre les choses de pis en pis.

Oui, le pire. Jamais, dans le passé, alors que tous les Lunatiques désiraient se débarrasser de l'Autorité, jamais ils ne l'avaient voulu avec suffisamment de force pour oser se révolter. Tous les Lunatiques maudissaient le Gardien et roulaient l'Autorité. Mais cela ne voulait pas dire qu'ils étaient prêts à combattre et même à donner leur vie. Si vous aviez parlé de « patriotisme » à un Lunatique, il vous aurait regardé avec de grands yeux, sans comprendre, ou bien il aurait cru que vous parliez de son pays d'origine. Il y avait des Français déportés dont le cœur appartenait à leur « Belle Patrie (1) », des ex-Allemands qui restaient fidèles au Vaterland (1), des Russes continuant d'aimer leur Sainte Mère la Russie. Mais Luna ? Luna n'était jamais que « le Roc », un lieu d'exil, sans rien à aimer.

Nous étions un peuple non politique, tel que l'Histoire n'en avait jamais produit. Je sais bien, j'ai été tout autant qu'eux indifférent à la politique jusqu'au moment où les circonstances m'y ont plongé. Wyoming faisait de la politique parce qu'elle haïssait l'Autorité pour des raisons personnelles, Prof, parce qu'il rejetait toute autorité d'un point de vue intellectuel,

(1) En français et en allemand dans le texte. *(N.D.T.)*

abstrait, Mike parce qu'il était une machine solitaire, qui s'ennuyait, et que c'était pour lui « le seul jeu auquel jouer en ville ». On ne pouvait pas nous accuser de patriotisme. C'était moi qui en étais le plus près car j'appartenais à la troisième génération et j'étais parfaitement dénué d'affection pour quelque lieu que ce soit de Terra, parce que j'y étais allé, que cela ne m'avait pas plu et que je méprisais les vers de terre. C'était encore cela qui me donnait ce qui pouvait le plus ressembler au « patriotisme » !

Le Lunatique moyen s'intéressait à la bière, au jeu, aux femmes et au travail, dans cet ordre. « Les femmes » viennent peut-être au second rang mais peu probablement au premier, si aimées qu'elles soient. Les Lunatiques avaient appris qu'il n'y aurait jamais assez de femmes pour eux tous. Ceux qui apprenaient lentement mouraient, car même le mâle le plus possessif ne peut rester à chaque instant sur ses gardes. Comme dit Prof, une société s'adapte aux faits, ou ne survit pas. Les Lunatiques s'adaptaient à la brutalité des faits... sinon ils flanchaient et mouraient. Mais le « patriotisme » n'était pas obligatoire pour survivre.

Les vieux Chinois disent que « les poissons n'ont pas conscience de l'eau » ; de même, je n'avais pas conscience de ces faits avant mon premier séjour sur Terra et, même alors, je n'ai pas compris combien peu nombreux étaient les Lunatiques enregistrés dans les archives sous le chapitre « patriotes » ; il m'a fallu, pour cela, m'acharner moi-même à les réveiller. Wyoh et ses camarades avaient essayé de faire jouer le ressort du « patriotisme » et n'étaient parvenus à rien... des années de travail, quelques milliers de membres, moins de 1 pour cent de la population, et, sur ce nombre infime, microscopique, près de 10 pour cent d'espions à gages du traître en chef !

Prof n'y était pas allé par quatre chemins : il est plus facile de semer chez les gens la haine plutôt que l'amour.

Heureusement, le chef de la Sûreté, Alvarez, nous a aidés. Les neuf traîtres éliminés furent remplacés par quatre-vingt-dix, car l'Autorité s'était sentie incitée à faire une chose qu'elle ne faisait en général qu'avec répugnance, je veux parler d'engager des dépenses pour nous, et une folie en entraîne une autre.

Même à l'époque héroïque, la garde personnelle du Gardien

n'avait jamais été importante. Des gardes-chiourme, au sens habituel du mot, étaient inutiles, et c'était là un des attraits du système de la colonie pénitentiaire, elle ne coûtait pas cher. Le Gardien et son délégué avaient besoin d'être protégés, ainsi que les grosses légumes de passage, mais la prison elle-même n'avait pas besoin de gardiens. On avait même cessé de faire garder les vaisseaux quand il était devenu évident que ce n'était pas nécessaire et, en mai 2075, la garde en était réduite à sa plus simple expression, elle n'était composée que de petits copains récemment déportés.

Cependant, une perte de neuf gardes en une seule nuit, cela ennuya quelqu'un. Nous savions que cela ennuyait Alvarez ; il enregistra des copies de ses demandes de renforts dans le dossier « Zèbre » et Mike nous en donna lecture. Avant sa condamnation, Alvarez avait été officier de police sur Terra et, depuis qu'il était sur Luna, il faisait partie de la Garde ; Alvarez était probablement l'homme le plus solitaire et le plus effrayé sur le Roc. Il avait demandé des renforts, et des renforts efficaces, allant jusqu'à menacer de donner sa démission du Service Civique s'il ne les obtenait pas... ce qui n'était qu'une menace, ce que l'Autorité aurait dû comprendre si elle avait réellement connu Luna. Si Alvarez avait osé s'aventurer dans une termitière quelconque, en civil et sans armes, il n'aurait pu respirer que le temps de se faire reconnaître.

Il obtint ses renforts de gardes. Nous n'avons jamais pu découvrir qui avait ordonné la descente de police. Mort la Peste n'avait jamais montré de telles tendances, pendant toute sa carrière ; il n'avait jamais été autre chose qu'un roi fainéant. Peut-être Alvarez, qui venait juste de parvenir au poste de flic en chef, avait-il voulu faire du zèle... peut-être avait-il l'ambition de se faire nommer Gardien ? Il est cependant plus probable que, à la suite de tous les rapports du Gardien concernant les « activités subversives », les Autorités terrestres aient ordonné un nettoyage complet.

Une maladresse conduit toujours à une autre maladresse. Les nouveaux gardes, au lieu d'être pris parmi de nouveaux déportés, faisaient partie des troupes d'élite de condamnés. C'étaient les Dragons de la Paix des Nations Fédérées. Ils étaient mesquins et brutaux, ils ne désiraient pas aller sur Luna et ils se rendirent rapidement compte qu'une « opération temporaire de maintien de l'ordre » ne consistait qu'en un voyage avec aller simple. Ils haïssaient Luna et les Lunatiques, en qui ils voyaient la cause de tous leurs malheurs.

Une fois qu'Alvarez les eut reçus, il fit installer des gardes, vingt-quatre heures sur vingt-quatre, à chaque station de métro de correspondance inter-termitières, il institua des passeports et des contrôles de passeports. Ce qui aurait été illégal s'il y avait eu des lois sur Luna étant donné que 95 pour cent d'entre nous étaient théoriquement des hommes libres, soit qu'ils fussent nés libres, soit qu'ils aient accompli leur peine. Le pourcentage était encore plus grand dans les villes car les déportés non libérés vivaient dans des casernes-termitières du Complexe et ne venaient en ville que deux jours par lunaison, les deux jours où ils ne travaillaient pas. Et encore, même pas, car ils n'avaient pas d'argent, mais l'on en voyait de temps en temps se promener sans but, souhaitant que quelqu'un leur offrît à boire.

Pourtant, le système des passeports n'était pas illégal car les règlements du Gardien étaient les seules lois écrites. Ce fut annoncé dans les journaux, on nous donna une semaine pour nous procurer nos passeports, et, un beau matin, lorsqu'il y en eut huit cents, ce fut mis en pratique. Parmi les Lunatiques, certains ne voyageaient presque jamais, d'autres faisaient des voyages d'affaires, et certains permutaient des termitières extérieures ou même de Luna City jusqu'à Novylen ou d'autres endroits. Les bons petits garçons remplirent leurs demandes, payèrent les droits, se firent photographier et obtinrent leurs passeports. Sur le conseil de Prof, je me suis montré un bon petit garçon, j'ai payé mon passeport et l'ai ajouté au laissez-passer que j'avais déjà pour aller travailler dans l'enceinte du Complexe.

Il n'y avait pas beaucoup de bons petits garçons ! Les Lunatiques n'y croyaient pas. Des passeports ? Qui avait jamais entendu parler d'une chose pareille ?

Ce matin-là, à la station de métro Sud, il y avait un soldat portant un uniforme ressemblant davantage à celui des chemises jaunes qu'à une tenue régimentaire, et il donnait l'impression de le haïr, et nous avec. Je ne me rendais à aucun endroit particulier ; je suis resté là, à attendre et à regarder.

On annonça la capsule de Novylen ; une foule d'une trentaine de personnes se dirigea vers la porte. Gospodin Chemise Jaune demanda son passeport au premier arrivé. Le

Lunatique commença à discuter. Le second le poussa en avant ; le garde se retourna et se mit à hurler... trois ou quatre autres Lunatiques se frayèrent un passage. Le garde porta la main au côté ; quelqu'un lui saisit le coude, le pistolet fut sorti : ce n'était pas un pistolet laser mais un pistolet à balles, bruyant.

La balle toucha le sol et ricocha en chuintant quelque part. Je me reculai. Il y avait un blessé, le garde. Et quand la première vague de voyageurs eut descendu le plan incliné, il demeura sur le dos, sans bouger.

Personne n'y prêta attention ; ils le contournèrent ou l'enjambèrent,... tous, sauf une femme qui portait un bébé qui s'arrêta, lui donna soigneusement un coup de talon dans la figure et... continua son chemin. Il pouvait être déjà mort, je n'attendis pas pour regarder. Le cadavre écroulé resta là jusqu'à l'arrivée de la relève.

Le lendemain, la moitié de l'effectif était posté à cet endroit. La capsule de Novylen partit, vide.

Cela régla la question. Ceux qui devaient voyager se procurèrent des passeports tandis que les conservateurs cessèrent de voyager. Il y avait deux hommes en faction à la bouche de métro : l'un regardait les passeports et l'autre se tenait en retrait, pistolet sorti. Celui qui vérifiait les passeports ne se fatiguait pas beaucoup, ce qui valait mieux car la plupart étaient faux, et les premiers essais n'étaient guère adroits. Au bout d'un certain temps, on vola du papier authentique et les faux furent aussi bien réussis que les officiels ; ils revenaient plus cher mais les Lunatiques préféraient les passeports du marché libre.

Notre réseau ne fabriquait pas de faux ; nous nous contentions de les encourager, tout en sachant qui en avait et qui n'en avait pas ; les archives de Mike comportaient les numéros des vrais. Et cela nous aidait à séparer le bon grain de l'ivraie, pour les archives que nous constituions, et qui étaient aussi emmagasinées dans Mike, mais sous l'en-tête « Bastille », car nous pensions qu'un homme utilisant un faux passeport n'était pas loin de vouloir se joindre à nous. Nous avions fait passer la consigne, dans toutes les cellules de notre réseau toujours plus important, de ne jamais recruter quelqu'un en possession d'un passeport authentique. Si l'agent recruteur n'était pas certain de son fait, il n'avait qu'à s'informer auprès des cellules supérieures et la réponse lui parvenait très rapidement.

Les ennuis provoqués par les gardes n'étaient pas terminés. Cela n'ajoute rien à la dignité d'un garde, et cela ne contribue pas au calme, que de voir sans cesse des gosses devant lui, ou derrière lui, ce qui était pire, et des gosses qui singeaient les moindres de ses mouvements, — ou qui couraient de long en large en hurlant des obscénités, en le conspuant, en faisant des gestes de la main, gestes dont la signification est universellement connue. Les gardes ne pouvaient pas moins faire que de se sentir insultés.

Un des gardes envoya un jour une gifle du revers de la main à un gamin, ce qui lui coûta quelques dents. Et le résultat ? Deux morts chez les gardes, un chez les Lunatiques.

Après cet incident, les gardes ignorèrent les enfants.

Nous n'avons pas eu à nous occuper de cette action, il nous a suffi de l'encourager. Vous n'auriez jamais osé penser qu'une douce et vieille femme comme ma femme-aînée eût encouragé des enfants à se mal conduire. Eh bien, c'est ce qu'elle fit !

D'autres choses contribuent à faire ressentir la distance qui les sépare du remue-ménage de la maison aux hommes solitaires, et nous en profitâmes. Ces dragons de la Paix avaient été envoyés sur le Roc sans être accompagnés d'un détachement de délassement.

Certaines de nos femelles étaient extrêmement belles et quelques-unes vinrent flâner autour des stations, moins habillées que d'habitude, — ce qui pouvait approcher de zéro, — et elles portaient en même temps plus de parfum que d'habitude, des parfums agressifs et pénétrants. Elles ne parlaient pas aux chemises jaunes, pas plus qu'elles ne les regardaient ; elles se contentaient de passer dans leur champ de vision, ondulant comme seule une Lunatique sait le faire. (Une femme de Terra ne peut pas marcher de cette façon ; elle est écrasée par une pesanteur six fois trop importante.)

Une telle conduite provoquait un rassemblement masculin, allant d'hommes déjà sur le retour à des gamins à peine pubères, et cela s'accompagnait de bravos et d'exclamations à l'adresse de la beauté et de lazzi envers la chemise jaune. Les premières filles à jouer ce jeu furent du type « machines à sous » mais des volontaires vinrent tellement rapidement que Prof décida qu'il n'était plus nécessaire de dépenser d'argent.

Il avait raison : même Ludmilla, timide comme un pinson, voulut essayer et, si elle ne le fit pas, c'est seulement parce que Mamie lui dit de ne pas le faire. Mais Leonore, qui a dix ans de plus et qui est la plus jolie fille de notre famille, essaya et Mamie ne s'y opposa pas. Elle revint, toute rose d'excitation, toute contente d'elle et anxieuse de recommencer à taquiner l'ennemi. Et c'était son idée à elle toute seule car Leonore ne savait même pas qu'une révolution se préparait.

Pendant ce temps, je voyais rarement Prof et je ne le voyais jamais en public ; nous restions en rapport par téléphone. Au début, nous avons eu des difficultés car notre ferme n'avait qu'un poste pour vingt-cinq personnes et que, si on ne s'était pas gendarmé, les jeunes y seraient restés pendus pendant des heures. Mamie était stricte ; nos gosses avaient le droit de donner un coup de téléphone seulement par jour et la conversation ne devait pas durer plus de quatre-vingt-dix secondes, sous peine de sanctions graduelles, sanctions qui étaient tempérées par sa tendance à accorder des exceptions. Mais ces exceptions s'accompagnaient toujours des « Discours de Mamie sur le Téléphone » : « Quand je suis arrivée sur Luna, il n'y avait pas de téléphones privés. Vous, les enfants, vous ne pouvez pas vous rendre compte du calme... »

Nous avions été une des dernières familles prospères à faire installer le téléphone ; il était tout nouveau quand j'avais été choisi. Nous étions prospères parce que nous n'avions jamais acheté la moindre chose que la ferme pouvait produire. Mamie n'aimait pas le téléphone parce que les redevances payées à la Compagnie des Télécommunications de Luna City étaient en grande partie absorbées par l'Autorité. Elle n'arrivait pas à comprendre pourquoi (« puisque tu connais toutes ces choses, Manuel chéri ») je ne pouvais pas voler le téléphone aussi facilement que nous volions l'énergie électrique. Que l'appareil téléphonique ne soit qu'une partie d'un vaste ensemble auquel il doit être relié ne la préoccupait nullement.

J'y suis pourtant arrivé, à le voler. Le problème, avec les téléphones illicites, c'est de savoir comment recevoir des appels. Étant donné que votre téléphone n'est pas enregistré, même si vous donnez un numéro aux gens dont vous désirez des appels, le système de branchement, lui-même, n'est pas raccordé à vous ; il ne peut donc recevoir le moindre signal qui lui dise de vous relier à votre correspondant.

Une fois que Mike eut rejoint la conspiration, la liaison ne présentait plus de difficulté. J'avais dans mon atelier la plus grande partie de ce dont j'avais besoin ; j'achetai quelques articles et m'en fis livrer d'autres. J'ai foré un minuscule trou qui allait de mon atelier jusqu'au placard où était le téléphone, et un autre jusqu'à la chambre de Wyoh, — une roche vierge d'une épaisseur de 1 mètre mais un foret laser équipé d'une fraise de la taille d'un crayon fit rapidement le travail. J'ai démonté le téléphone enregistré, j'ai fait un couplage sans fil jusqu'à la ligne et j'ai dissimulé le tout. Je n'avais plus besoin que de récepteurs stéréophoniques et d'un haut-parleur pour la chambre de Wyoh, que j'ai dissimulés, ainsi que du même matériel pour ma chambre, d'un circuit destiné à augmenter la fréquence au-dessus de l'audiofréquence pour obtenir le silence sur la ligne de téléphone Davis, et d'un convertisseur pour rétablir l'audiofréquence à la réception.

Le seul problème a été de faire tout cela sans me faire remarquer, mais Mamie me prêta la main.

Tout le reste, c'était le problème de Mike. Je n'ai pas eu à utiliser des câblages compliqués ; à partir de cet instant, j'envoyai des MYCROFTXXX seulement quand j'appelais d'un autre endroit. Mike écoutait en permanence dans l'atelier et dans la chambre de Wyoh ; quand il entendait ma voix ou celle de Wyoh qui disait « Mike », il répondait, mais jamais quand il y avait d'autres voix. Les caractéristiques vocales étaient aussi remarquables pour lui que les empreintes digitales ; jamais il ne s'est trompé.

Je fis aussi quelques modifications mineures ; la porte de Wyoh et celle de mon atelier étaient déjà insonorisées, mais il me fallut un peu bricoler pour dissimuler mon matériel ou le sien, pour mettre un signal qui m'indiquait quand elle était seule dans sa chambre et quand sa porte était fermée, et vice versa. Tout cela offrait une sécurité supplémentaire grâce à laquelle Wyoh et moi pouvions parler avec Mike ou l'un avec l'autre, et cela nous permettait même de bavarder à quatre, Mike, Wyoh, Prof et moi. Mike appelait Prof à l'endroit où il était ; Prof pouvait parler, ou rappeler d'un poste privé plus discret. Il ne restait plus après qu'à le mettre en communication avec Wyoh ou avec moi. Nous prenions toujours grand soin de rester en relation avec Mike.

Mon téléphone de contrebande, bien qu'il ne pût en aucune

manière recevoir un appel, pouvait servir pour appeler n'importe quel numéro sur Luna : je n'avais qu'à parler à Mike et lui demander de me donner un Sherlock avec la personne que je désirais ; je n'avais même pas besoin de lui donner le numéro, car Mike avait tous les annuaires et pouvait rechercher un numéro bien plus vite que je ne pouvais le faire moi-même.

Nous commencions à nous apercevoir des possibilités infinies que présentait pour nous un système téléphonique vivant et qui était de notre côté. J'ai demandé à Mike un autre numéro zéro pour le donner à Mamie dans le cas où elle aurait besoin de se mettre en rapport avec moi. Elle devint vite très amie avec Mike tout en continuant de penser qu'il s'agissait d'un homme. Et Mike commença à être connu de toute la famille. Un jour, en rentrant à la maison, Sidris me dit : « Mannie chéri, ton ami avec la belle voix a appelé. Mike Holmes. Il désire que tu le rappelles. »

— « Merci, chérie. Je vais le faire. »

— « Quand vas-tu l'inviter à dîner, Man ? Il me paraît sympathique. »

Je lui dis que Gospodin Holmes avait mauvaise haleine, qu'il avait une coiffure exubérante, et qu'il haïssait les femmes.

Elle se permit alors un mot fort inconvenant, car Mamie ne pouvait pas entendre. « Tu as peur de me le laisser rencontrer. Tu as peur que je veuille partir avec lui. » Je la caressai doucement et lui dis qu'elle avait trouvé. J'en parlai à Mike et à Prof. Après cet incident, Mike flirta encore plus avec mes femmes ; Prof en était tout songeur.

Je commençais à apprendre la technique de la conspiration et à trouver que Prof avait raison de considérer la révolution comme un art. Et je n'oubliais pas la prédiction de Mike (pas plus que je ne l'ai jamais mise en doute) selon laquelle Luna ne disposait que de sept ans avant le désastre. Je ne pensais pas au désastre mais plutôt aux détails fascinants qu'il fallait fignoler.

Prof avait bien insisté sur le fait que les problèmes les plus importants dans une conspiration concernent les transmissions et la sécurité, en faisant bien remarquer que ces deux problèmes étaient contradictoires : plus les transmissions sont faciles et plus la sécurité est mise en danger ; si la sécurité est grande, le réseau peut arriver à être paralysé par l'excès de précautions. Il m'avait expliqué que le système des cellules était un compromis.

J'acceptais le système des cellules car il était nécessaire pour limiter les pertes provoquées par les espions. Même Wyoh avait admis qu'un réseau non compartimenté ne pourrait pas fonctionner quand elle avait appris combien le vieux mouvement de résistance avait été pourri par les agents doubles.

Je n'aimais pourtant pas les difficultés de transmission qu'impliquait le système des cellules ; c'était comme pour les dinosaures terriens des anciens temps, à qui il fallait trop de temps pour envoyer un ordre de la tête à la queue, ou inversement.

J'en ai donc parlé avec Mike.

Nous avons écarté le système multicommunicant que j'avais proposé à Prof. Nous avons retenu le système des cellules mais nous avons fondé la sécurité et les transmissions sur les merveilleuses possiblités que nous offrait notre machine à penser.

Transmissions : Nous avons établi un arbre généalogique ternaire pour nos « pseudonymes » :

Président : Gospodin Adam Selene (Mike) ;

Cellule exécutive : Bork (moi), Betty (Wyoh) et Bill (Prof) ;

Cellule de Bork : Cassie (Mamie) Colin et Chang ;

Cellule de Betty : Calvin (Greg), Cecilia (Sidris) et Clayton ;

Cellule de Bill : Cornouailles (Finn Nielsen) Caroline et Cotter.

Et ainsi de suite. Au septième échelon, Georges commandait à Herbert, à Henry et à Hallie. Au moment où l'on atteint cet échelon, on a besoin de 2187 noms commençant par H, mais nous n'avions besoin, nous, que de nous tourner vers un ordinateur à la coule qui nous en trouvait ou en inventait. Chaque recrue recevait un pseudo et un numéro de téléphone de secours. Ce numéro, au lieu d'aller fouiller au sein de maints maillons, court-circuitait les échelons intermédiaires et le reliait directement à « Adam Selene », c'est-à-dire à Mike.

Sécurité : elle était fondée sur un principe double ; on ne peut faire confiance en rien à un être humain... alors que l'on pouvait avoir confiance en Mike pour n'importe quoi.

Il n'est même pas besoin de discuter la sévérité de la

première partie de cette proposition. Les drogues ou d'autres méthodes désagréables peuvent briser n'importe qui. La seule défense est le suicide, qui peut, parfois, être impossible. Oh, il y a bien le système de la dent creuse emplie de curare, elle est classique, il y a même de nouvelles drogues, dont certaines sont presque infaillibles, et Prof veilla à ce que Wyoh et moi-même soyons ainsi équipés. Je n'ai jamais su ce qu'il lui avait donné comme ultime ami et, comme je n'ai jamais utilisé le mien, ce n'est pas la peine que nous nous perdions dans des détails oiseux. Je ne suis d'ailleurs pas certain que j'aurais commis un suicide ; je n'ai pas l'étoffe d'un martyr.

Mike, lui, ne pouvait jamais avoir besoin de commettre un suicide, il ne pouvait être drogué, il ne ressentait pas la souffrance. Il gardait tout ce qui nous concernait dans une banque de mémoire séparée qui était bloquée par un signal programmé pour ne se libérer qu'avec nos trois voix et, comme la chair est faible, nous avons ajouté un signal qui permettait à l'un d'entre nous de bloquer, en cas d'urgence, les deux autres. Moi qui suis le meilleur informaticien de Luna, je pense que Mike n'aurait pas pu ôter ce blocage une fois qu'il aurait été mis. Et, mieux, personne ne pouvait demander à notre maître ordinateur de livrer ce dossier étant donné que personne ne savait qu'il existait, personne ne soupçonnait même l'existence de Mike en tant que Mike. Ne croyez-vous que c'était de la sécurité, cela ?

Le seul risque était que cette machine éveillée à la conscience était capricieuse. Mike nous faisait sans cesse l'étalage de nouveaux talents ; il est concevable qu'il aurait trouvé un système pour tourner ce blocage, s'il l'avait voulu.

Mais il ne désira jamais le faire. Il m'était loyal, à moi, son premier et son plus vieil ami ; il aimait bien Prof, et je crois qu'il aimait tout simplement Wyoh. Non, non, ce n'était pas une question de sexe. Mais Wyoh est aimable et cela avait collé, tous les deux, depuis le début.

Je faisais confiance à Mike. Dans la vie, il y a des cas où l'on doit parier ; et sur cette chance que j'avais prise, j'aurais parié n'importe quoi.

C'est ainsi que nous avions fondé notre sécurité en faisant confiance à Mike pour tout, alors que chacun de nous trois ne connaissait que ce que nous avions besoin de connaître. Prenons par exemple notre arbre généalogique de noms et de numéros. Je ne connaissais que les pseudos de mes compagnons de cellule et ceux des trois qui étaient directement en dessous de moi ; c'était tout ce dont j'avais besoin. Mike établissait les pseudos, donnait à chacun un numéro de téléphone, et gardait une liste des vrais noms en regard des pseudos. Supposons par exemple que le membre du réseau « Daniel » (que je ne connaissais pas, puisque c'était un « D », à deux niveaux en dessous de moi) recrute un certain Fritz Schultz. Daniel envoie son rapport, mais sans donner de nom ; Adam Selene appelle Daniel, donne à Schultz le pseudo « Embrook », puis téléphone à Schultz au numéro que lui a donné Daniel, donne à Schultz son pseudo « Embrook » ainsi qu'un numéro de téléphone d'urgence, ce numéro étant *différent pour chaque nouvelle recrue.*

Même le chef de cellule d'Embrook ignorera le numéro de détresse d'Embrook. Ce qu'on ne connaît pas, on ne peut pas le laisser échapper, même sous l'influence de drogues, sous la torture, ou n'importe quoi. Même pas par distraction.

Supposons maintenant que j'aie besoin de joindre le camarade Embrook. Je ne sais pas qui il est, peut-être vit-il à Hong-Kong, à moins que ce ne soit le tenancier de la boutique qui jouxte ma maison. Au lieu de passer le message vers le bas, en espérant ainsi l'atteindre, j'appelle Mike. Mike me met immédiatement en rapport avec Embrook, sous un Sherlock, mais sans me donner son numéro de téléphone.

Supposez maintenant que j'aie besoin de parler avec le camarade qui prépare les caricatures que nous allons faire distribuer dans tous les bistrots de Luna. Je ne sais pas qui il est. J'ai pourtant besoin de lui parler car il est arrivé quelque chose.

J'appelle Mike ; Mike sait tout, — et, une fois de plus, je suis immédiatement en contact, — et ce camarade sait que tout est correct puisque c'est Adam Selene qui a ménagé le coup de téléphone. « Camarade Bork à l'appareil... » — et ce camarade qui ne me connaît pas sait pourtant, par mon initiale « B », que je suis une grosse légume — « il faut que nous fassions telle et telle modification. Dites-le à votre chef de cellule et qu'il vérifie, mais commencez le travail. »

Il y avait parfois de petites modifications car certains camarades n'avaient pas le téléphone ; certains ne pouvaient être joints qu'à certaines heures ; et certains, qui habitaient dans des terriers de banlieue, ne disposaient pas de téléphone du tout. Aucune importance, Mike savait tout, alors que nous autres ne savions rien qui puisse compromettre qui que ce soit sinon la poignée de camarades que nous connaissions personnellement.

Lorsque nous décidâmes que Mike parlerait de vive voix à n'importe quel camarade dans certaines circonstances, il fut nécessaire de lui donner un plus grand nombre de voix et de la consistance, lui donner trois dimensions, créer « Adam Selene, Président du Comité Provisoire de la Lune Libre ».

Si Mike avait besoin d'un plus grand nombre de voix, c'était parce qu'il n'avait qu'un seul voder-vocoder, tandis que son esprit pouvait tenir en même temps une douzaine de conversations, ou même une centaine (je ne sais pas combien), comme un champion d'échecs qui joue à la fois contre cinquante adversaires.

Cela aurait pu provoquer un étranglement de l'Organisation, car elle grandissait fort vite et Adam Selene avait de plus en plus besoin de téléphoner ; il aurait été terrible que nous ayons à trop attendre pour passer à l'action.

Je voulais donc lui donner plus de voix, mais je voulais aussi rendre silencieuse l'une des siennes. Un de ces prétendus informaticiens pouvait très bien entrer dans la salle des machines pendant que nous téléphonions à Mike ; et je ne sais pas du tout quelle aurait été sa réaction en entendant la maîtresse-machine se parlant apparemment à elle-même, toute seule.

Le voder-vocoder est un appareil très vétuste. La voix humaine est composée de basses et de sifflantes diversement mêlées ; et cela est vrai même pour les vocalises d'un soprano. Un vocoder analyse ces basses et ces sifflantes et les classe de telle sorte qu'un ordinateur (ou un œil entraîné) peut les lire. Un voder est une petite boîte qui peut émettre des basses et des sifflantes et qui est capable d'ordonner ces divers éléments et de les mélanger. Un humain peut fort bien « jouer » d'un voder, et reproduire un langage artificiel ; un ordinateur correctement programmé peut le faire, lui, aussi vite, aussi facilement, aussi clairement que vous, quand vous parlez.

Dans un téléphone, les voix ne sont pas des sons mais des signaux électriques ; Mike n'avait pas besoin de la partie audible du voder-vocoder pour parler au téléphone. C'était seulement l'humain à l'autre bout du fil qui avait besoin de vibrations sonores ; il n'était pas nécessaire qu'il y eût une parole sonore dans la salle de Mike du Complexe de l'Autorité et c'est pourquoi je pris la décision de la supprimer, ce qui éviterait tout risque que quelqu'un l'entende un jour par hasard.

J'ai commencé mon travail à la maison, en utilisant mon bras numéro trois, la plupart du temps. Il en résulta une toute petite boîte qui avait une capacité de vingt circuits de voder-vocoder sans extrémité sonore. J'ai ensuite appelé Mike et je lui ai dit de « tomber malade », de manière à vraiment ennuyer le Gardien. Ensuite, j'ai attendu.

Il nous était souvent arrivé auparavant d'employer le truc de la « maladie ». Je suis retourné au travail lorsque nous nous sommes assurés que je n'étais pas suspecté, vérification que nous avons pu faire le jeudi de la même semaine, quand Alvarez consulta le dossier « Zèbre » au sujet des événements du Stilyagi Hall. Ses rapports de police comprenaient les noms d'une centaine de gens (ou peut-être de trois cents), où l'on retrouvait Nkrum le Nabot, Wyoh, Prof et Finn Nielsen, mais pas moi... il semblait que ses indicateurs ne m'avaient pas vu. Ils racontaient que neuf officiers de police, qui avaient été envoyés par le Gardien pour assurer l'ordre, avaient été abattus de sang-froid. Ils donnaient aussi les noms de trois de nos morts.

Une semaine plus tard, un additif déclarait que : « L'agent provocateur notoire, Wyoming Knott, de Hong-Kong Lunaire, dont le discours incendiaire du lundi 13 mai avait déclenché l'émeute qui avait coûté la vie à neuf braves officiers, n'avait pu être arrêtée dans Luna City et n'avait pas regagné ses logements habituels de Hong-Kong Lunaire ; l'on avait des raisons de croire qu'elle avait trouvé la mort au cours de l'émeute qu'elle avait elle-même déclenchée. » Cet additif mentionnait en outre un fait dont ne parlait pas le premier rapport, à savoir que les cadavres avaient disparu et que l'on ne connaissait pas le nombre exact des victimes.

Ce post-scriptum établissait donc deux faits : Wyoh ne pouvait pas rentrer chez elle et elle ne pouvait pas non plus redevenir blonde.

Étant donné que je n'avais pas été repéré, je repris mes occupations habituelles et me suis, pendant la semaine, occupé de mes clients ; je suis allé à la Bibliothèque Carnegie, pour l'entretien des machines comptables et des catalogues ; j'ai aussi passé du temps à faire explorer par Mike le dossier « Zèbre » ainsi que d'autres dossiers confidentiels, et j'ai utilisé pour cela la chambre L du Raffles, car je n'avais pas encore mon propre téléphone. Au cours de cette semaine, Mike me tarabusta comme un gamin impatient (ce qu'il était d'ailleurs) car il voulait savoir quand je reviendrais prendre une nouvelle série de plaisanteries. Comme je ne venais pas, il voulait me les raconter au téléphone.

Cela m'ennuyait mais j'aurais dû comprendre que, du point de vue de Mike, analyser des plaisanteries était tout aussi important que libérer Luna… et *il faut toujours tenir* les promesses faites à un enfant.

En outre, j'étais fort inquiet de savoir si je pouvais retourner dans l'enceinte du Complexe sans me faire pincer. Nous savions que Prof sentait le roussi et, à cause de cela, il couchait au Raffles. Ils savaient qu'il s'était rendu à la réunion et savaient aussi où il se rendait tous les jours, mais il n'y eut aucune tentative d'arrestation. Quand nous avons appris qu'on avait essayé d'arrêter Wyoh, je me suis senti plus anxieux. Et moi, étais-je encore insoupçonné ? Ou bien attendaient-ils tranquillement leur moment pour me pincer ? Il fallait que je sache.

C'est pourquoi j'ai appelé Mike et je lui ai dit d'avoir une petite maladie. Il le fit et je fus appelé, sans ennuis. Sauf le fait que j'ai dû montrer mon passeport à la station, puis à un nouveau poste de garde dans le Complexe, tout était comme à l'ordinaire. J'ai bavardé avec Mike, pris livraison d'un millier de plaisanteries nouvelles (et je lui ai fait comprendre que nous en examinerions une centaine par conversation téléphonique, tous les trois ou quatre jours, mais pas plus) et je lui ai dit d'aller mieux ; après cela, je suis retourné dans L City, m'arrêtant en chemin pour facturer à l'ingénieur en chef mon temps de travail, mon déplacement, mes fournitures, la location de mes outils, mes heures supplémentaires, tout ce que j'ai pu trouver.

Après cela, j'ai vu Mike environ une fois par mois. C'était prudent, et je n'allais jamais le voir s'ils ne m'appelaient pas pour des avaries qui dépassaient les compétences de leur personnel… et j'étais toujours à même de réparer ces avaries ;

parfois j'allais assez vite, parfois il me fallait une bonne journée de travail et de nombreux essais. Je prenais grand soin de laisser des traces d'outils sur les couvercles et, aussi des enregistrements d'essais derrière moi, avant et après réparation, pour bien montrer où il y avait eu une panne, comme je l'avais décelée et ce que j'avais fait. Mike fonctionnait toujours parfaitement après mes visites ; j'étais indispensable.

Ainsi, après avoir préparé son nouveau voder-vocoder, je n'ai pas hésité à lui demander de tomber *malade*. L'appel arriva trente minutes plus tard. Mike avait fignolé le travail : sa maladie consistait à provoquer des oscillations brutales dans le système de climatisation de la résidence du Gardien. Il chauffait au maximum, pour laisser ensuite tomber la température, selon un cycle régulier d'une durée de onze minutes, tout en faisant varier la pression d'air selon un cycle plus court, et des différences de 2 ca c/s sont largement suffisantes pour vous donner un atroce mal de tête et vous rendre affreusement nerveux.

La climatisation d'une résidence unique ne devrait pas être dépendante d'un maître-ordinateur ! Dans les Tunnels Davis, nous, nous contrôlions la climatisation de la maison et de la ferme à l'aide de commandes simples et désuètes, avec des systèmes d'alerte qui réagissaient à chaque mètre cube, de telle manière que quelqu'un pouvait toujours sauter du lit et commander le système manuellement jusqu'au moment où l'on avait trouvé la cause de la panne. Si les vaches avaient froid, cela ne faisait pas de mal au maïs ; si la lumière faiblissait au-dessus du blé, les légumes n'en souffraient pas. Que Mike puisse mettre sens dessus dessous la résidence du Gardien et que personne ne puisse imaginer quoi que ce soit pour y mettre fin, suffit à montrer l'idiotie qui consiste à tout faire par des ordinateurs.

Mike en riait aux larmes. C'était vraiment là le genre d'humour sur lequel il s'attardait. Moi aussi, j'ai trouvé la plaisanterie drôle, et je lui ai dit de continuer de s'amuser… pendant que je sortais mes outils et ma petite boîte noire.

A ce moment, l'informaticin de garde est venu frapper à la porte. J'ai pris mon temps pour répondre et j'ai saisi mon bras numéro cinq dans la main droite, laissant voir les extrémités des nerfs ; il y a des gens que cela rend malades et, en tout cas, cela trouble tout le monde. « Qu'est-ce que tu viens donc fiche ici, mon vieux ? » lui demandai-je.

— « Écoute ! » dit-il, « le Gardien fait un foin terrible ! As-tu trouvé la cause de la panne ? »

— « Transmets mes compliments au Gardien et dis-lui que je vais faire des pieds et des mains pour lui rendre son précieux confort, dès que j'aurai pu trouver le circuit défectueux... surtout si on ne me retarde pas avec des questions idiotes. Est-ce que tu vas rester avec cette porte ouverte qui flanque un courant d'air terrible, qui envoie de la poussière sur les machines alors que j'ai enlevé les capots protecteurs ? Si tu continues, — étant donné que c'est toi qui es de service, — si la poussière empêche les machines de marcher, je te le dis, c'est toi qui les répareras. Je n'ai pas envie de quitter la chaleur de mon lit pour rien ! Va dire cela à ton fichu Gardien ! »

— « Surveille tes paroles, mon vieux ! »

— « Surveille les tiennes, bagnard ! Est-ce que tu vas te décider à fermer cette porte ? Si tu ne veux pas, c'est moi qui fiche le camp et je rentre à Luna City ! » et j'ai levé mon bras numéro cinq comme une massue.

Il ferma la porte. Je n'avais aucune raison particulière d'insulter ce pauvre type, mais c'était une bonne chose de rendre tout le monde aussi malheureux que possible. Lui, il trouvait pénible de travailler pour le Gardien ; je voulais qu'il trouve cela insupportable.

— « Est-ce que je me rétablis ? » demanda Mike.

— « Hum, continue encore une dizaine de minutes, puis arrête d'un seul coup. Puis tu t'amuseras pendant environ une heure, avec la pression d'air par exemple. D'une manière irrégulière mais violente. Est-ce que tu sais ce que c'est que le mur du son ? »

— « Certainement, c'est... »

— « Je n'ai pas besoin de définition. Lorsque tu auras arrêté les grosses anomalies, tu enverras des trains d'air dans les tuyauteries, régulièrement, à quelques minutes d'intervalle, pour produire quelque chose qui ressemble à un bang d'avion supersonique. Puis il faudra encore faire quelque chose dont il se souvienne... Mmm... Mike, est-ce que tu pourrais faire refouler les conduites des W.-C. ? »

— « Naturellement, je le peux. Toutes ensemble ? »

— « Combien y en a-t-il ? »

— « Six. »

— « Bien... programme-toi de manière à les faire refouler toutes ensemble, et qu'il y en ait assez pour recouvrir tous les tapis. Si tu peux repérer celles qui sont les plus proches de sa chambre à coucher, arrange-toi pour que cela jaillisse jusqu'au plafond. Tu le peux ? »

— « Programme établi ! »

— « Parfait. Et maintenant, je m'occupe de ton cadeau, mon chou. » J'avais assez de place pour dissimuler la boîte dans l'audio-voder, et je me suis démené pendant une quarantaine de minutes avec mon bras numéro trois pour faire les connexions. Nous avons fait des essais de voder-vocoder, puis je lui ai demandé d'appeler Wyoh et de vérifier tous les circuits.

Le silence régna une dizaine de minutes, et je tuai le temps à faire des marques d'outils sur les capots des accessoires que j'aurais dû démonter si quelque chose avait été détraqué, à disperser un peu partout mes outils ; puis je remis mon bras numéro six et je fis un paquet avec un nouveau rouleau d'un millier de plaisanteries. Je n'avais pas eu besoin de couper la sonorité du voder, Mike y avait pensé et, chaque fois qu'il y avait du bruit à la porte, il la coupait avant même que j'aie le temps de le lui dire. Comme ses réflexes sont bien meilleurs que les miens, au moins mille fois plus rapides, je ne m'en préoccupai plus.

A la fin, il me dit : « Les vingt circuits sont tous parfaits. Je peux changer de circuit au milieu d'un mot et Wyoh ne s'aperçoit pas de la coupure. J'ai aussi appelé Prof pour lui dire bonjour, bavardé avec Mamie sur ton téléphone, et j'ai parlé aux trois en même temps. »

— « C'est parfait. Quelle excuse as-tu donnée à Mamie ? »

— « Je lui ai demandé de te dire de me rappeler, c'est-à-dire de rappeler Adam Selene. Puis nous avons bavardé. C'est une charmante interlocutrice. Nous avons parlé du dernier sermon de Greg, mardi dernier. »

— « Quoi ? Comment ? »

— « Je lui ai dit que je l'avais entendu, Man, et j'ai même répété une de ses citations poétiques. »

— « Oh, Mike ! »

— « Ça a très bien marché, Man. Je lui ai fait croire que

j'étais assis dans le fond et que je m'étais éclipsé vers la fin. Elle ne s'est pas montrée indiscrète, elle sait bien que je ne veux pas me faire voir. »

Mamie est la femme la plus indiscrète de tout Luna. « Je pense que c'est parfait mais ne recommence pas. Ah, si... recommence, au contraire. Tu n'as qu'à tout mettre sur écoute, les réunions, les conférences, les concerts et tout le tremblement. »

— « D'accord, à condition que personne ne débranche les contacts à la main ! Man, je ne peux pas commander à tous ces postes comme je le fais pour le téléphone. »

— « Ces interrupteurs sont trop simples. Il suffit d'une vulgaire force physique, cela ne demande aucune adresse. »

— « C'est barbare, et c'est malhonnête. »

— « Mike, presque tout est malhonnête. Ce qu'on ne peut changer... »

— « ... il faut bien le supporter. Ça, Man, c'est une plaisanterie qui n'est bonne qu'une seule fois. »

— « Désolé. Il faut changer le proverbe : il faut amputer ce qu'on ne peut changer, pour le remplacer par quelque chose de meilleur. C'est d'ailleurs ce à quoi nous nous efforçons. Quelles chances de succès tes derniers calculs nous donnent-ils ? »

— « Environ une sur neuf, Man. »

— « Cela empire ? »

— « Man, cela doit encore empirer pendant plusieurs mois, nous n'avons pas encore atteint la crise. »

— « Surtout avec les Yankees qui sont en queue du peloton. Bon, on verra bien. Et maintenant, passons à autre chose. A partir d'aujourd'hui, quand tu parleras à quelqu'un, et s'il a assisté à une conférence ou à une réunion quelconque, tu lui diras que toi aussi tu y es allé, et tu le prouveras en lui rappelant un détail. »

— « Noté. Pourquoi, Man ? »

— « Est-ce que tu as lu *le Mouron rouge* ? (1) Il se trouve peut-être à la bibliothèque publique. »

— « Oui, je l'ai lu. Veux-tu que je le relise ? »

— « Non, non ! Tu es notre Mouron rouge à nous, notre John Galt, notre renard insaisissable, notre homme mysté-

(1) Roman de la baronne Orczy. *(N.D.T.)*

rieux. Tu vas partout, tu sais tout, tu te glisses partout et tu quittes tous les lieux sans passeport. Tu es toujours là, et personne ne te remarque jamais. »

Ses voyants s'agitèrent, il eut un petit rire discret : « Ça, c'est drôle, Man. Et c'est drôle une fois, deux fois, peut-être même toujours. »

— « C'est drôle toujours. Depuis combien de temps as-tu arrêté le gymkhana dans la résidence du Gardien ? »

— « Il y a quarante-trois minutes, mais il faut tenir compte des bangs irréguliers. »

— « Je parie qu'il commence à grincer des dents ! Encore un quart d'heure. Puis j'irai dire que le boulot est terminé. »

— « Noté. Wyoh t'a fait parvenir un message, Man. Elle m'a dit de te rappeler que c'est aujourd'hui l'anniversaire de Billy. »

— « Oh, seigneur ! Arrête tout, il faut que je parte. Au revoir ! » Et je me suis dépêché. C'est Anna, la mère de Billy. C'est probablement son dernier enfant, — elle nous en a fait huit, tous beaux, et il y en a encore trois à la maison. J'essaye de me conduire comme Mamie et de ne jamais faire de favoritisme... mais Billy est un gentil garçon et c'est moi qui lui ai appris à lire. Il est même possible qu'il me ressemble.

Je me suis arrêté au bureau de l'ingénieur en chef pour laisser ma facture et j'ai demandé à lui parler. On m'a introduit ; il était de mauvaise humeur ; le Gardien l'avait exaspéré. « Tenez, » lui dis-je. « C'est l'anniversaire de mon fils et je ne veux pas me mettre en retard. Mais il faut que je vous montre quelque chose. »

J'ai pris une enveloppe dans mon sac à outils et je l'ai renversée sur le bureau ; il en tomba le cadavre d'une grosse mouche que j'avais brûlée avec un fil chauffé et que j'avais amenée avec moi. Nous ne supportons pas les mouches dans les Tunnels Davis, mais il arrive parfois qu'il en vienne de la ville quand les sas sont ouverts. Celle-ci était venue mourir dans mon atelier juste au moment où j'en avais besoin. « Vous voyez cela ? Devinez où je l'ai trouvée ? »

A l'aide de cette preuve forgée de toutes pièces, je lui ai fait un grand discours sur le soin que l'on doit apporter aux machines, j'ai parlé des portes qu'on laissait ouvertes et je me suis plaint de l'homme de garde. « La poussière peut ruiner un ordinateur. Les insectes sont inadmissibles ! Que vos gardes surveillent l'extérieur, l'intérieur, comme dans les stations de métro. Aujourd'hui, les deux portes étaient ouvertes en même temps, pendant que cet idiot gueulait. Si je vois d'autres preuves que les capots ont été ôtés par un de ces nouveaux venus qui attirent les mouches... Oh ! après tout, c'est votre matériel, chef. J'ai plus de travail que je n'en puis faire et je ne m'occupe de votre entretien que parce que j'aime les belles machines. Mais je ne supporte pas de voir qu'on les maltraite ! Au revoir. »

— « Un instant, il faut que je *vous* dise quelque chose. »

— « Pas le temps, désolé. Prenez-le comme vous voulez ; je ne suis pas destructeur d'insectes, moi, je suis informaticien. »

Rien n'est plus désagréable pour un homme que de lui refuser de le laisser s'exprimer. Avec un peu de chance et un peu d'aide de la part du Gardien, l'ingénieur en chef aurait des ulcères à l'estomac avant Noël.

Je fus en retard et je me suis excusé auprès de Billy. Alvarez avait imaginé une nouvelle plaisanterie : faire fouiller soigneusement tous ceux qui quittaient le Complexe. Je l'ai supporté sans dire quoi que ce soit de désagréable pour les dragons qui me fouillaient ; je voulais rentrer chez moi. Pourtant, le millier de plaisanteries les intrigua. « Qu'est-ce que c'est ? » me demanda l'un d'eux.

— « Du papier d'ordinateur, » dis-je. « Des essais. »

Son compagnon le rejoignit. Je ne crois pas qu'ils savaient lire. Ils voulaient me confisquer les papiers, aussi ai-je demandé à voir l'ingénieur en chef. Ils me laissèrent passer. Quand je suis parti, je n'étais pas mécontent : qu'ils en fassent toujours plus et, de jour en jour, les gardes seraient davantage haïs.

La décision de personnaliser de plus en plus Mike est venue de la nécessité de permettre à n'importe quel membre du Parti de lui téléphoner à l'occasion ; mon idée sur les concerts et les pièces de théâtre n'était qu'un à-côté de la question. La voix de Mike, au téléphone, avait une curieuse particularité que je n'avais jamais remarquée pendant toute la période où j'allais lui rendre visite au Complexe. Quand on parle à quelqu'un au téléphone, on entend toujours des bruits de fond ; on entend sa respiration, les battements de son cœur, les mouvements de son corps, même si on ne les entend qu'inconsciemment. En outre, quand votre interlocuteur parle sous un capuchon isolant, on entend quand même d'autres bruits, des bruits qui emplissent « l'espace », qui donnent à ces corps un certain environnement.

Or, Mike n'avait rien de tout cela.

A cette époque, la voix de Mike était « humaine », quant à son timbre et à sa qualité, elle était reconnaissable. Il était baryton et avait l'accent nord-américain, avec quelques intonations australiennes ; quand il était Michèle, il (ou elle ?) était soprano léger, avec l'accent français. La personnalité de Mike s'était affirmée. Quand je l'avais présenté à Wyoh et à Prof, il ressemblait encore à un gosse prétentieux ; en quelques semaines, il s'épanouit et je le considérai comme un compagnon de mon âge.

Quand il s'était éveillé, sa voix était rauque, enrouée, difficilement compréhensible. Elle était maintenant claire, et le choix de ses mots et de ses phrases était logique : il était familier, avec moi, un peu pédant avec Prof, galant avec Wyoh, des nuances que l'on rencontre en général seulement chez les adultes.

Mais les bruits de fond étaient morts. Un lourd silence.

C'est pourquoi nous nous occupâmes de le remplir. Mike n'eut besoin que de quelques indications. Il ne fit aucun de ces grands bruits de respiration, que l'on ne remarque jamais, en général. Il se permit, à la place, de petites remarques : « Désolé, Mannie, je prenais un bain quand le téléphone a sonné, » et il faisait entendre une respiration haletante. Ou bien : « J'étais en train de manger... il faut que j'avale. » Et il le fit même avec moi, dès l'instant où il entreprit d'être « un corps humain ».

Nous nous y mîmes tous ensemble, dans la chambre du Raffles, pour décider de l'apparence que devait avoir Adam Selene. Quel âge lui donner ? A quoi ressemblait-il ? Était-il marié ? Où vivait-il ? Quelle situation avait-il ? A quoi s'intéressait-il ?

Nous décidâmes qu'Adam avait la quarantaine, qu'il était en bonne santé, vigoureux, bien élevé, qu'il s'intéressait aux arts et aux sciences, était très calé en Histoire, excellent joueur d'échecs mais qu'il n'avait guère de temps à consacrer au jeu. Il était marié selon l'usage le plus ordinaire : une troïka où il était le mari-aîné, et il avait quatre enfants. Sa femme et le jeune mari ne faisaient pas de politique, pour ce qu'on en savait.

Il avait une élégance un peu brutale, avec une forte chevelure poivre et sel ; il était métissé, à la seconde génération d'un côté, à la troisième de l'autre. Il était riche d'après les normes lunaires et avait des intérêts aussi bien à Novylen qu'à Kongville ou à L City. Il avait ses bureaux à Luna City, un bureau avec une douzaine d'employés sans compter son bureau personnel avec son secrétaire particulier et sa dactylo.

Wyoh voulait savoir s'il couchait avec sa dactylo. Je lui dis de ne pas s'en occuper, que c'était indiscret. Wyoh dit avec indignation qu'elle ne voulait pas être indiscrète — n'étions-nous pas en train d'essayer de créer les contours d'un personnage ?

Nous décidâmes que les bureaux se trouvaient dans le Vieux Dôme, au troisième étage, côté sud, en plein cœur du quartier des finances. Si vous connaissez Luna City, vous vous rappellerez que, dans le Vieux Dôme, certains bureaux ont des fenêtres par lesquelles on peut regarder le sol du Dôme ; j'en avais besoin pour faire des effets sonores.

Nous dressâmes un plan des installations et, si un tel bureau avait existé, il se serait trouvé entre Aetna Luna et Greenberg et C°. J'utilisai mon magnétophone portatif pour enregistrer des bruits d'ambiance à l'endroit voulu ; Mike en ajouta en mettant les téléphones des environs sur table d'écoute.

C'est ainsi qu'ensuite, lorsqu'on appelait Adam Selene, les bruits de fond n'étaient pas morts. Quand « Ursula », sa dactylo, prenait la communication, c'était : « Selene Associés. Luna sera libre ! » Puis il lui arrivait de dire : « Voulez-vous attendre un instant, gospodin Selene est occupé sur une autre ligne, » sur quoi l'on entendait le bruit d'une chasse d'eau, et l'on savait immédiatement qu'elle venait de raconter un petit mensonge. Ou bien Adam pouvait répondre : « Ici, Adam Selene. Luna Libre. Une seconde, je vous prie, que je coupe la vidéo. » C'était parfois un assistant qui répondait : « Ici, Albert Ginwallah, secrétaire particulier d'Adam Selene. Luna Libre. Si c'est un problème concernant le Parti... et je suppose que c'en est un, je vous prie de m'indiquer votre pseudo... S'il vous plaît, n'hésitez pas, c'est moi qui m'occupe de ces questions pour le compte du président. »

La dernière question était une question piège car chaque

camarade avait reçu l'ordre de ne parler qu'à Adam Selene en personne. On ne cherchait jamais à réprimander celui qui n'appliquait pas la consigne, mais son chef de cellule était immédiatement averti de ne pas lui faire confiance pour les questions vitales.

Et nous eûmes des échos. « Luna Libre ! » ou « Luna sera libérée ! » devinrent des slogans chez les jeunes, puis ensuite chez les citoyens plus rassis. La première fois que j'ai entendu un de ces slogans pendant une conversation d'affaires, j'ai failli en avaler mon dentier. J'ai ensuite appelé Mike et je lui ai demandé si mon correspondant était membre du Parti. Il ne l'était pas. J'ai donc recommandé à Mike de faire des recherches dans l'arbre généalogique du Parti pour voir si personne ne pouvait le recruter.

Les échos les plus intéressants, c'était dans le dossier « Zèbre » que nous les trouvions. « Adam Selene », dans les archives du chef de la police, n'apparaissait pas tellement comme le Sélénite tel que nous l'avions créé mais plutôt comme le pseudo du chef d'un nouveau mouvement clandestin.

Les espions d'Alvarez se mirent au travail sur Adam Selene. Au cours des mois, le dossier « Zèbre » s'étoffa : il était mâle, de trente-cinq à quarante-cinq ans, avait ses bureaux sur la face méridionale du Dôme ; il était au bureau, en général, de 9 heures à 18 heures, sauf le dimanche, mais aux autres heures on pouvait quand même lui transmettre les appels téléphoniques ; sa maison devait se trouver dans l'enceinte urbaine pressurisée puisque les trajets n'excédaient jamais soixante-dix minutes. Il y avait des enfants dans la maison. Ses activités comprenaient le courtage boursier et l'agriculture. Il allait au concert, au théâtre, etc. Il était probablement membre du club d'Échecs de Luna City et de l'Association Lunaire des Joueurs d'Échecs. Il jouait au ricochet et autres sports pénibles pendant les heures de repas et faisait probablement partie du Luna City Athletic Club. C'était un gourmet qui surveillait sa ligne. Il avait une mémoire remarquable et une grande connaissance des mathématiques. De grandes qualités de directeur ; il savait rapidement prendre les décisions.

Un indic fut convaincu qu'il avait bavardé avec Adam entre deux actes de *Hamlet* donné par les acteurs du Service Civique ; Alvarez prit note du signalement qui concordait parfaitement avec notre portrait-robot à nous, à l'exception des cheveux ondulés !

Ce qui irritait plus que tout Alvarez, c'était le problème des numéros de téléphone d'Adam, car il en connaissait certains mais il se révélait toujours qu'il tombait sur de faux numéros. (Pas des numéros zéro ; nous nous étions méfiés et Mike utilisait tous les numéros qui n'étaient pas en service et se débranchait tout seul dès qu'un des numéros qu'il avait utilisés était attribué à un nouvel abonné.) Alvarez essaya de retrouver « Selene Associés » en supposant que nous utilisions des numéros avec permutation de chiffres ; nous avons été au courant parce que Mike laissait traîner une oreille sur le téléphone du bureau d'Alvarez et entendait ses ordres. Mike en profita pour faire à Alvarez une bonne blague, très michaélite : les subordonnés d'Alvarez qui essayaient ces appels en permutant les chiffres étaient immanquablement dirigés sur la résidence privée du Gardien. Ce qui fit qu'Alvarez fut convoqué chez le Gardien où il se fit fortement frotter les oreilles.

Nous ne pouvions pas gronder Mike mais nous l'avons averti que, s'il continuait, cela alerterait n'importe quelle personne un peu intelligente que quelqu'un était en train de s'amuser à jouer des tours avec l'ordinateur. Mike nous répondit qu'ils n'étaient pas assez intelligents.

Le principal résultat des efforts d'Alvarez fut que chaque fois qu'il obtenait un des numéros d'Adam, nous localisions un espion, un nouvel espion, car ceux que nous avions détectés auparavant n'avaient jamais reçu de numéro de téléphone ; au lieu de cela, ils étaient tous recrutés dans un réseau en circuit fermé où ils avaient beau jeu de s'espionner les uns les autres. Mais avec l'aide d'Alvarez, nous repérâmes presque immédiatement les nouveaux espions. Je crois qu'Alvarez devait s'estimer très malheureux avec les nouveaux espions qu'il parvenait à engager ; deux disparurent et notre mouvement, qui avait alors plus de six mille membres, fut parfaitement incapable de les retrouver. Éliminés, je pense, ou morts en cours d'interrogatoire.

Selene Associés n'était pas la seule société factice que nous avions montée. LuNoHoCo était bien plus importante, quoique tout aussi truquée, mais pas du tout factice ; elle avait son siège social à Hong-Kong et des succursales à Novy Leningrad et à Luna City, employait réellement plusieurs centaines de personnes dont la plupart n'étaient pas membres du Parti, et ce fut là notre opération la plus difficile.

Le maître plan de Mike comprenait un certain nombre de problèmes qui *devaient* être résolus. L'un d'eux, c'était le problème financier. Un autre était de protéger la catapulte d'attaques spatiales.

Prof pensa à voler des banques pour résoudre le premier problème et eut de la peine à abandonner son idée. Finalement, nous volâmes des banques, des sociétés, et même l'Autorité elle-même. C'est Mike qui y pensa ; Mike et Prof mirent le projet au point. Au début, Mike ne comprenait pas très bien pourquoi nous avions besoin d'argent. Il en connaissait aussi peu sur le nerf de l'industrie humaine qu'il en connaissait sur le sexe ; Mike disposait de millions de dollars et ne comprenait pas notre problème. Il commença par nous proposer d'émettre un chèque sur l'Autorité du montant en dollars que nous désirions.

Prof en eut un frisson d'horreur. Puis il expliqua à Mike le risque qu'il y aurait à encaisser un chèque de, mettons, NG$ 10 000 000 sur l'Autorité.

C'est pourquoi ils entreprirent de le faire, mais en détail, sous de nombreux noms et en de nombreux lieux, sur toute la surface de Luna. Toutes les banques, sociétés, boutiques, agences, y compris l'Autorité, pour lesquelles Mike tenait la comptabilité, furent rançonnées pour financer le Parti. Il y avait une escroquerie pyramidale, que j'ignorais mais que Prof connaissait et qui était latente dans l'immense connaissance de Mike, suivant laquelle la plus grande partie de l'argent n'est qu'une question de comptabilité.

Exemple... multiplié par des centaines de variantes différentes : on demande à mon fils familial Sergei, qui a dix-huit ans et est membre du Parti, d'ouvrir un compte à la Mutuelle du Commonwealth. Il fait un dépôt et opère des retraits. A chaque fois, de petites erreurs sont commises ; il est crédité d'un peu plus qu'il ne dépose, il est débité d'un peu moins qu'il ne retire. Quelques mois plus tard, il prend une situation en dehors de la ville et fait transférer son compte à la Sous-Mutuelle de Tycho ; les fonds transférés ont déjà triplé la somme initialement déposée. Il retire presque la totalité de son compte et transmet les fonds à son chef de cellule. Mike connaît le montant que devrait transmettre Sergei mais (étant donné qu'ils ignorent qu'Adam Selene et l'ordinateur-comptable de la banque sont une seule et même personne) Sergei et son chef de cellule ont tous les deux reçu l'ordre de faire un rapport sur la transaction à Adam, de façon à ce qu'ils demeurent honnêtes au sein de cette opération qui ne l'est pas.

Multipliez ce vol d'environ 3000 dollars HK par plusieurs centaines et vous aurez une petite idée de nos finances.

Je suis bien incapable de vous décrire les tours de passe-passe par lesquels Mike arrivait à équilibrer ses comptes tout en empêchant la découverte de milliers de vols. Il ne faut cependant pas oublier qu'un expert-comptable doit compter sur l'honnêteté des machines. Il fera quelques vérifications pour savoir si les machines fonctionnent correctement mais il ne lui viendra jamais à l'esprit que ces essais ne prouvent rien si la machine elle-même est malhonnête. Les vols de Mike n'étaient jamais assez importants pour mettre l'économie en danger ; comme le don d'un demi-litre de sang est trop faible pour mettre la vie du donneur en danger. Et je ne peux même pas comprendre qui y perdait, car l'argent se promenait dans trop d'endroits différents. Je ressentais cependant une certaine gêne car j'avais été élevé dans le respect de l'honnêteté, sauf à l'égard de l'Autorité. Prof prétendait que cela ne provoquait qu'une inflation limitée étant donné que nous remettions l'argent dans le circuit... je me rassurais en pensant que Mike conservait toutes les pièces comptables, que tout pourrait être restitué après la révolution et que les remboursements seraient même faciles à ce moment puisque nous ne serions plus saignés à blanc par l'Autorité.

Je dis donc à ma conscience d'aller se coucher. Ce n'était d'ailleurs que du pipi de chat en comparaison des escroqueries montées par tous les gouvernements tout au long de l'Histoire pour financer toutes les guerres... et la révolution n'est-elle pas une guerre ?

Cet argent, après être passé entre de nombreuses mains (et Mike l'augmentait à chaque échange) constituait le plus important soutien financier de la Compagnie LuNoHo. Celle-ci était une société mixte, en partie mutuelle et en partie société anonyme ; Des « gentilshommes de fortune » nous servaient de garants pour porter à nos propres noms l'argent volé. Ils étaient bien incapables de discuter la comptabilité de la société ; comme c'était Mike qui s'occupait de tout, il était impossible qu'il fût corrompu par la moindre tentation d'honnêteté.

Cela n'empêchait pas que l'on traîtât ses actions à la bourse de Hong-Kong Lunaire aussi bien qu'à Zurich, à Londres et à New York. *Le Wall Street Journal* en parlait comme étant « un investissement attrayant joignant de gros risques à de grosses possibilités de gains, et aux nouvelles perspectives toujours grandissantes ».

LuNoHoCo était une société d'étude et d'exploitation, engagée dans de nombreux investissements, la plupart légitimes. Son but principal était pourtant de construire, secrètement, une seconde catapulte.

L'opération ne pouvait être tenue secrète. On ne peut acheter ni bâtir ainsi une centrale thermonucléaire sans se faire remarquer. (Nous avions écarté l'énergie solaire pour des raisons évidentes.)

Nous avons commandé les pièces détachées à Pittsburg, du matériel normalisé de l'Univ-Calif, et nous étions fort satisfaits de payer de gros droits pour obtenir la meilleure qualité. On ne peut pas non plus bâtir un stator ayant un champ d'induction de plusieurs kilomètres de long sans se faire remarquer. Mais ce qu'il y a de plus important, on ne peut jamais ouvrir d'imposants chantiers exigeant l'embauche de nombreux travailleurs sans être obligé de le montrer. Oui, je sais, les catapultes sont surtout composées par du vide ; les anneaux de stator ne sont même pas proches les uns des autres du côté éjection. La catapulte 30-g de l'Autorité avait déjà presque cent kilomètres de long et ne constituait pas seulement un point de repère pour la navigation dans l'espace, car elle était indiquée sur toutes les cartes lunaires, mais elle était encore si grande qu'on pouvait la photographier ou même la voir de Terra, à l'aide de télescopes de moyenne importance. Elle se révélait de très belle façon sur un écran radar.

Nous, nous construisions une catapulte plus petite, d'une puissance de 10-g, mais cela représentait cependant une longueur de trente kilomètres, et c'était trop gros pour être dissimulé.

C'est pourquoi nous avons dû adopter la technique de *la lettre volée.*

Je posais souvent des questions à Mike sur l'habitude qu'il

avait de lire sans arrêt des ouvrages d'anticipation, me demandant ce qu'il pouvait bien en retirer. Je m'aperçus cependant qu'il parvenait beaucoup mieux à comprendre ce qu'est réellement la vie humaine en partant d'histoires, qu'il ne pouvait le faire en partant de faits ; la fiction lui donnait un *gestalt* (1) de vie, dont un humain lui-même reconnaissait la réalité, que lui-même vivait. Outre cet effet « humanisant », qui était pour Mike ce qui remplaçait l'expérience, il trouvait des idées dans « les données non-vraies », comme il appelait les ouvrages d'anticipation. Le moyen de dissimuler une catapulte, il le trouva chez Edgar Allan Poe.

Car nous l'avons cachée, dans le sens littéral aussi. Cette catapulte devait être souterraine, de manière à ne pouvoir être vue ni à l'œil nu ni au radar. Mais elle devait aussi être cachée dans un sens plus subtil ; sa situation sélénographique devait être tenue secrète.

Comment faire, avec un monstre de cette taille, construit par une telle quantité de travailleurs ? Raisonnons ainsi : Supposons que vous habitiez Novylen ; savez-vous où se trouve Luna City ? Naturellement, au bord est de la Mare Crisium, tout le monde le sait. Oui ? A quelle latitude, à quelle longitude ? Euh... ? Vous n'avez qu'à regarder un atlas. Vous croyez ? Si vous ne savez pas *mieux* que ça où cela se trouve, comment avez-vous donc pu vous y rendre la semaine dernière ? Ne dites pas de bêtises, mon vieux : j'ai pris le métro, j'ai changé à Torricelli, et j'ai dormi pendant le reste du trajet ; c'était le problème de la capsule de trouver son point d'arrivée.

Vous comprenez ? *Vous ne savez pas réellement* où se trouve Luna City ; vous vous contentez de descendre de la capsule quand elle arrive à la station Sud.

C'est comme cela que nous avons fait avec la catapulte.

Elle se trouve dans la zone de la Mare Undarum, « tout le monde sait cela ». Pourtant, où elle *se trouvait*, et où *nous avons dit qu'elle se trouvait*, cela représente une différence de plus ou moins une centaine de kilomètres en direction du

(1) Mot allemand qui signifie forme, aspect ; désigne la théorie selon laquelle les propriétés d'un phénomène psychique ou d'un être vivant ne résultent pas de la simple addition des propriétés de ses éléments mais de l'ensemble des relations entre ces éléments. *(N.D.T.)*

nord, du sud, de l'est ou de l'ouest, ou dans une direction intermédiaire.

Aujourd'hui, dans les atlas, vous pouvez chercher où elle se trouve, et vous trouverez la même fausse réponse. La situation de cette catapulte est encore le secret le mieux gardé sur toute la surface de Luna.

On ne peut la voir de l'espace, ni à l'œil nu ni au radar. Elle est entièrement souterraine, sauf l'éjection, elle qui a l'air d'un gros trou noir sans forme, comme il y en a dix mille autres, au sommet d'une montagne aride, rébarbative, sans la moindre place où pourrait se poser un module lunaire.

Et pourtant, de nombreuses personnes y ont vécu, pendant et après la construction. Même le Gardien est venu la visiter, et c'est mon co-mari Greg qui la lui a montrée. Le Gardien était venu par fusée-courrier réquisitionnée pour la journée ; on avait donné à son cyborg les coordonnées et au radar de radionavigation pour l'approche, un point qui, en fait, n'était pas très éloigné de l'endroit réel. C'est à partir de là qu'il fut obligé de voyager par jeep montée sur chenilles pneumatiques, et il faut bien dire que nos camions n'avaient rien à voir avec les vieux autobus pour voyageurs qui reliaient, dans le temps, Endsville à Beluthihatchie ; c'étaient de gros camions de transport de matériel, sans fenêtres pour admirer le paysage, et le parcours était tellement accidenté, tellement brutal, que les cargaisons humaines devaient être attachées dans le fond. Le Gardien voulut faire le trajet dans la cabine de pilotage mais, désolé, gospodin ! il n'y avait que la place du conducteur et de son aide, et ils n'étaient pas trop de deux pour manier l'engin.

Trois heures plus tard, il n'avait plus envie de quoi que ce soit, sinon de rentrer chez lui. Il resta une heure et ne montra pas le moindre intérêt quant au but de tous ces forages ou la valeur des richesses découvertes.

Les gens moins importants, les travailleurs et les autres, voyageaient en empruntant les forages intercommunicants de prospection de glace, ce qui était encore un meilleur moyen de se perdre. Si quelqu'un avait porté dans ses bagages un chercheur de parcours à inertie, il aurait pu situer le bon emplacement, mais les services de sécurité étaient vigilants. Un homme le fit, et eut un accident avec sa combinaison pressurisée ; ses affaires personnelles furent renvoyées à

L City et son chercheur de parcours indiquait ce qu'il devait indiquer, c'est-à-dire ce que *nous voulions* qu'il indiquât, car j'ai fait un voyage éclair en emportant avec moi mon bras numéro trois. On peut parfaitement resceller un chercheur de parcours sans laisser de trace en opérant sous atmosphère azotée : je portais un masque à oxygène légèrement en surpression. Pas de difficultés.

Nous invitions parfois de grosses légumes en provenance de Terra, des grands de l'Autorité. Ils voyageaient plus confortablement par la route souterraine ; je suppose que le Gardien les avait avertis. Pourtant, même par cette route, on était obligé de prendre une jeep à chenilles pneumatiques, pendant une trentaine de kilomètres. Un de nos visiteurs en provenance de Terra a failli nous créer des ennuis ; je veux parler d'un certain docteur Dorian, qui était physicien et ingénieur. Le camion s'est renversé, — un conducteur idiot qui avait voulu prendre un raccourci, — alors qu'ils n'avaient aucun point de repère en vue et que leur radar de radionavigation était complètement écrabouillé. Le pauvre docteur Dorian passa soixante-douze heures dans un igloo — fourmilière non étanche — et nous avons dû le renvoyer à Luna City en fort mauvais état ; il souffrait d'hypo-oxygénation et avait reçu une trop forte dose de radiations, malgré tous les efforts prodigués par les deux membres du Parti qui l'avaient accompagné.

Peut-être aurait-il été plus prudent de lui permettre de regarder ; il n'aurait sans doute pas été capable de repérer les fausses indications et n'aurait pas non plus repéré l'erreur de situation. Très peu de gens, en effet, pensent à regarder les étoiles quand ils ont revêtu une combinaison pressurisée, même le soleil ne leur est pas d'une grande utilité ; et il y en a encore moins qui sont capables de se repérer par les étoiles — et personne n'est capable de déterminer sa situation en surface sans aide, sauf s'il dispose d'instruments, s'il sait s'en servir, s'il a des tables de conversion et s'il a quelque chose pour lui indiquer l'heure exacte. Pour mettre les choses au pire, il faut au minimum un octant, des tables de conversion et une bonne montre. Nos visiteurs étaient pourtant toujours encouragés à voyager en surface mais, si l'un d'eux avait emporté un octant ou son équivalent moderne, il aurait probablement eu un accident.

Pour les espions, nous ne provoquions pas d'accidents. Nous

les laissions venir, nous les faisions durement travailler, et Mike étudiait leurs rapports. L'un d'eux rendit compte qu'il était certain que nous avions trouvé du minerai d'uranium, chose, à cette époque, inconnue sur Luna, le Projet Forage Central ne devant prendre naissance que de nombreuses années plus tard. L'espion suivant arriva tout bardé de compteurs de radiations. Nous lui avons facilité le travail pour l'introduire dans le forage.

Vers mars 2076, la catapulte était presque terminée, il n'y manquait plus que l'installation des éléments du stator. L'usine de production électrique était en place et un câble co-axial avait été enterré avec un coupleur doté d'une ligne de visée pour les 30 kilomètres. Le personnel avait été réduit à la taille d'un squelette et n'était pratiquement plus composé que de membres du Parti. Nous avions cependant encore gardé un espion pour qu'Alvarez puisse avoir ses comptes rendus réguliers : nous ne voulions pas qu'il pût s'inquiéter ; cela avait tendance à le rendre soupçonneux. Nous préférions plutôt l'ennuyer dans les termitières.

10

IL y avait eu des changements pendant ces onze mois. Wyoh avait été baptisée dans l'église de Greg, la santé de Prof avait baissé, si bien qu'il avait abandonné l'enseignement, et Mike s'était mis à écrire des poèmes. Les Yankees avaient terminé dans les choux. Cela ne m'aurait rien fait de payer Prof s'ils avaient été battus de justesse mais, en une saison, passer du « pennant » (1) à la queue... non, je préférais ne plus les regarder à la vidéo.

La maladie de Prof était du toc. Il était en parfait état pour son âge, faisait trois heures de gymnastique tous les jours, à l'hôtel et il dormait avec des pyjamas chargés de 300 kilos de plomb. J'en faisais autant, ainsi que Wyoh, qui exécrait cela.

Je ne crois pas qu'elle ait jamais triché pour dormir confortablement, même une nuit, mais on ne peut jamais être certain : je ne couchais pas avec elle. Elle était devenue un vrai personnage au sein de la famille Davis. Il ne lui avait fallu qu'une journée pour passer du « gospoja Davis » à « gospoja Mamie », et une autre pour ne plus dire que « Mamie », et c'était maintenant, parfois, « Mimi Man », en la tenant par la taille. Quand le dossier « Zèbre » nous révéla qu'elle ne pouvait pas rentrer à Hong-Kong, Sidris avait emmené Wyoh dans son salon de beauté, après la fermeture, et fait un travail qui lui laissait la peau aussi sombre mais sans risque de s'effacer. Sidris lui teignit aussi les cheveux avec une teinture qui les lui laissait noirs et donnait l'impression qu'on avait essayé de les décrêper. Elle lui ajouta quelques détails

(1) Voir note supra. *(N.D.T.)*

mineurs, — un verni à ongles opaque, des plaques de plastique dans les joues et dans les narines, et naturellement elle portait des verres de contact noirs. Quand Sidris eut terminé, Wyoh aurait même pu faire l'amour sans crainte pour son déguisement ; c'était une parfaite « femme de couleur » avec toute l'hérédité voulue : un peu de Tamil, une pointe d'angolais, et un peu d'allemand. Je me mis à l'appeler « Wyma » plutôt que « Wyoh ».

Elle était magnifique. Quand elle passait dans un corridor en ondulant, les garçons la suivaient en foule.

Elle commença à apprendre l'agriculture avec Greg, mais Mamie y mit un terme. Elle avait beau être forte, intelligente et pleine de bonne volonté, notre ferme était essentiellement une occupation pour les mâles, et Greg et Hans n'étaient pas les seuls membres mâles de la famille à être distraits ; elle nous coûtait plus cher en heures de travail que son travail ne nous rapportait. C'est pourquoi Wyoh se remit au travail ménager, après quoi Sidris la prit dans son salon de beauté comme aide esthéticienne.

Prof avait joué aux courses en suivant deux systèmes ; celui de Mike, où il jouait les « jockeys apprentis », l'autre étant son propre système « scientifique ». Vers le mois de juillet 2075, il avoua qu'il ne connaissait rien aux chevaux et il s'en tint au système de Mike, augmentant ses mises et les dispersant chez de nombreux bookmakers. Ses gains payèrent les dépenses du Parti pendant que Mike mettait au point l'escroquerie qui financerait la construction de la catapulte. Mais Prof perdit tout intérêt dans ces paris trop faciles et se contenta de miser comme Mike lui disait de faire. Il s'arrêta même de lire les journaux hippiques... c'était triste ; quelque chose meurt toujours quand un vieux joueur laisse tomber.

Ludmilla eut une fille, et l'on dit que c'est une bonne chose de commencer par une fille ; et cette fille fit mes délices ; toutes les familles ont besoin d'une petite fille. Wyoh surprit beaucoup nos femmes par sa science de l'obstétrique, mais elle les surprit encore plus en montrant qu'elle ne connaissait rien aux soins à donner aux bébés. Nos deux fils aînés trouvèrent enfin à se marier et Teddy, qui avait treize ans, fut choisi en dehors de la famille. Greg engagea deux garçons d'une ferme voisine et, lorsqu'ils eurent travaillé et vécu six mois avec nous, nous les avons tous les deux choisis... nous ne nous étions pas pressés, nous les connaissions, eux et leurs familles, depuis des années. Cela rétablissait l'équilibre détruit lors du choix de Ludmilla et cela mit un frein aux allusions acerbes des mères des célibataires qui n'avaient pas encore pu se marier, — non que Mamie ne fût pas capable, d'ailleurs, de rembarrer froidement tous ceux qu'elle ne considérait pas à la hauteur des normes requises pour entrer dans la famille Davis.

Wyoh recruta Sidris ; Sidris commença à former sa propre cellule en recrutant son autre assistante et le salon de *beauté de Bon Ton* (1) devint un haut lieu de la subversion. Nous commençâmes à utiliser nos plus petits gamins comme agents de liaison et autres boulots que peuvent remplir des enfants : bien mieux que les adultes, et sans se faire suspecter, ils sont capables de surveiller une planche ou de filer quelqu'un dans les corridors. Sidris comprit cela et en répandit l'idée chez les femmes qu'elle recrutait dans son salon de beauté.

Elle eut très rapidement toute une troupe de gosses sous ses ordres, si bien que nous pûmes garder sous surveillance tous les espions d'Alvarez. Comme Mike pouvait surveiller n'importe quel téléphone et que nous disposions d'enfants pour repérer un espion s'il lui prenait l'idée de sortir de chez lui ou de son lieu de travail, ou de quelque autre endroit, et que nous avions ces enfants en assez grand nombre pour que l'un d'eux téléphone pendant qu'un autre continuait de surveiller notre homme, nous pouvions garder sous surveillance étroite les espions et les empêcher de voir ce que nous ne voulions pas qu'ils voient. Nous apprîmes très rapidement que les espions envoyaient leurs rapports sans demander le dossier « Zèbre » ; cela ne leur servait à rien de téléphoner d'une cabine publique au lieu de le faire de chez eux ; avec nos Irréguliers de Baker Street, Mike était à l'écoute avant même qu'ils aient fini de composer leur numéro.

C'est les gosses qui repérèrent le grand patron adjoint des espions d'Alvarez dans L City. Nous savions qu'il en avait un car ses espions ne faisaient pas leurs rapports à Alvarez par téléphone, et il ne nous semblait pas possible qu'Alvarez ait pu les recruter étant donné qu'aucun d'entre eux ne travaillait dans l'enceinte du Complexe et qu'Alvarez ne se rendait dans Luna City que lorsqu'une grosse légume terrienne présentait

(1) En français dans le texte. *(N.D.T.)*

assez d'importance pour que son escorte soit commandée par Alvarez lui-même.

Son adjoint se révéla être deux personnes : un vieux type, qui tenait une boutique de confiserie-librairie-bar-agence de paris dans le Vieux Dôme, et son fils qui appartenait au Service Civique et résidait dans le Complexe. Le fils servait d'agent de liaison, et c'est pourquoi Mike n'avait pu les écouter.

Nous les laissâmes tranquilles mais, à partir de ce moment, nous eûmes les rapports de police une demi-journée avant Alvarez. Cet avantage — entièrement dû à des gosses de cinq ou six ans — sauva la vie de sept camarades. Gloire aux Irréguliers de Baker Street !

Je ne me rappelle pas qui les a appelés ainsi mais je pense que ce devait être Mike : moi, j'étais fanatique de Sherlock Holmes mais lui se croyait réellement Mycroft, le frère de Sherlock Holmes... et je ne jurerais d'ailleurs pas que ce ne fût pas vrai ; la « réalité » est une notion tellement délicate ! Les gosses, eux, ne s'appelaient pas eux-mêmes de cette façon, ils avaient leurs propres groupements de jeux, avec leurs noms bien à eux. Ils n'étaient d'ailleurs pas embarrassés par des secrets qui auraient pu les mettre en danger ; Sidris laissait les mères libres de leur expliquer pourquoi on leur demandait de faire ces travaux mais elles ne devaient jamais donner la véritable raison. Les gosses aiment toujours ce qui est mystérieux et drôle ; pensez seulement combien ils aiment les jeux où il faut faire preuve de finesse.

Le salon de Bon Ton était une véritable centrale de bavardage : les femmes apprenaient les nouvelles bien plus vite que *le Lunatique Quotidien.* J'incitai Wyoh à faire son rapport à Mike tous les soirs et de ne pas s'en tenir qu'aux seuls bavardages qui lui semblaient importants car elle ne parlait pas alors de ce qui pouvait se révéler important une fois qu'ils étaient associés par Mike à un million d'autres faits.

Le salon de beauté était aussi un endroit idéal pour lancer de faux bruits. Le Parti avait commencé par se développer lentement, puis plus rapidement à mesure que l'on commençait à sentir la puissance des cellules ternaires, et aussi parce que les dragons de la Paix devenaient plus désagréables encore que l'ancienne garde. A mesure que nos effectifs augmentaient, nous nous lancions à corps perdu dans l'agitprop, la contre-propagande, la provocation et le sabotage. Finn Nielsen s'occupait de l'agitprop, depuis les plus simples actions jusqu'aux plus dangereuses, et plongea entièrement dans la clandestinité, suivant ainsi la coutume des plus vieux mouvements de résistance. Au bout d'un certain temps, cependant, on confia à Sidris beaucoup de missions d'agitprop et d'autres qui s'y rapportaient.

Cela comprenait surtout des distributions de tracts et choses de ce genre. Nous ne conservions aucune littérature subversive dans sa boutique, ni dans notre maison, ni dans la chambre d'hôtel ; la distribution était faite par des gosses trop jeunes pour savoir lire.

Sidris travaillait toute la journée à des indéfrisables ou à d'autres travaux semblables. Alors qu'elle commençait à avoir beaucoup trop à faire, un soir que je faisais un bout de chemin avec elle à mon bras, dans la rue, je repérai une silhouette et un visage familiers : une petite fille maigrichonne, toute en os, à la chevelure rouquine. Elle pouvait avoir une douzaine d'années, elle était juste à la période où les femelles commencent à grandir avant de s'épanouir en douces rondeurs. Je la connaissais mais je ne pouvais dire pourquoi, ni quand, ni où je l'avais rencontrée.

Je dis : « Psitt ! jeune poupée. Zieute la jeune femelle devant nous, celle qui a des cheveux carotte, et pas de seins. »

Sidris la regarda : « Chéri, je savais que tu étais excentrique, mais ce n'est encore qu'une enfant. »

— « Laisse tomber. Qui est-ce ? »

— « Bog sait ! Veux-tu que je me renseigne ? »

Tout à coup, je me rappelai, comme lorsqu'un film de vidéo vous revient. Et j'aurais aimé que Wyoh fût avec moi... Mais Wyoh et moi ne nous montrions jamais ensemble en public. Cette rouquine maigrichonne était présente à la réunion au cours de laquelle le Nabot avait été tué. Elle était assise par terre, contre le mur, sur le devant, et elle écoutait avec beaucoup d'attention, applaudissant avec frénésie. Puis je l'avais encore vue vers la fin de la trajectoire de son vol plané... elle s'était lancée en l'air comme un ballon et avait heurté une chemise jaune aux genoux, cette même chemise jaune à qui j'avais, un instant plus tard, brisé la mâchoire.

Wyoh et moi ne vivions et étions libres que parce que cette gosse savait bouger rapidement en période de crise. « Non, ne lui parle pas, » dis-je à Sidris. « Mais je voudrais qu'elle soit sous surveillance. C'est bête que nous n'ayons pas un de tes Irréguliers ! Merde ! (1) »

— « Laisse-moi et téléphone à Wyoh, nous en aurons un dans cinq minutes, » me dit ma femme.

C'est ce que je fis. Puis nous continuâmes à nous promener, Sidris et moi, faisant du lèche-vitrines en marchant lentement. Au bout de sept à huit minutes, un petit garçon s'approcha de nous, s'arrêta et dit : « Hello ! tante Mabel ! Salut ! oncle Joe ! »

Sidris lui serra la main : « Salut ! Tony ! Comment va ta maman, mon chou ? »

— « Très bien. » Et il ajouta dans un souffle : « Je m'appelle Jock. »

— « Je suis désolée, » me dit Sidris calmement. « Reste là. » Et elle emmena Jock dans une pâtisserie.

Elle ressortit et me rejoignit. Jock la suivit en mangeant des sucreries. « Au revoir, tante Mabel ! Et merci ! » Il s'éloigna en se dandinant, puis se retourna et s'approcha de la petite poil-de-carotte et la considéra longuement, un peu dédaigneux, tout en faisant claquer sa langue. Sidris et moi rentrâmes à la maison.

Un rapport m'attendait : « Elle est allée au jardin d'enfants Le Berceau et n'est pas ressortie. Devons-nous continuer la surveillance ? »

— « Encore un peu. » J'allai parler à Wyoh et je lui demandai si elle se rappelait la gosse. Elle s'en souvenait mais n'avait pas la moindre idée de son identité. « Tu devrais demander à Finn. »

— « On peut faire mieux, » et j'appelai Mike.

Oui, le jardin d'enfants Le Berceau avait le téléphone et Mike se mettrait à l'écoute. Il lui fallut vingt minutes pour ramasser assez d'éléments pour les analyser, il y avait beaucoup de voix de jeunes et, à cet âge, les voix sont en général asexuées. Il me dit enfin : « Man, j'ai entendu trois voix qui pourraient convenir à l'âge et au type physique que tu m'as indiqués. Pourtant, deux d'entre elles répondent à des noms que je suppose être masculins. La troisième répond à toutes les personnes qui disent « Hazel », et il y a une vieille femme

(1) En français dans le texte. *(N.D.T.)*

qui l'appelle tout le temps. Elle semble être la patronne d'Hazel. »

— « Mike, regarde le dossier de l'ancien mouvement. Vérifie Hazel. »

— « Il y a quatre Hazel, » me répondit-il immédiatement, « et la voici : Hazel Meade, les Jeunes Camarades, Mouvement Auxiliaire, jardin d'enfants Le Berceau, née le 25 décembre 2063, poids trente-neuf kilos, taille... »

— « C'est notre petite sauteuse ! Merci, Mike. Wyoh, rappelle la surveillance. Bon travail ! »

— « Mike, appelle Donna et fais passer la consigne, tu seras un chou. »

Je demandai aux filles de recruter Hazel Meade, et je ne la revis pas avant le jour où elle fut introduite à la maison par Sidris, deux semaines plus tard. Wyoh exigea un rapport avant cela ; c'était une question de principe. Sidris avait complété sa cellule mais voulait quand même y inclure Hazel Meade. Outre cette entorse au règlement, Sidris n'avait sans doute pas le droit de recruter une enfant. La politique du mouvement était de ne recruter que des adultes, de seize ans et plus.

J'en référai à Adam Selene et à la cellule de direction. « Telles que je conçois les choses, » dis-je, « ce système de cellules ternaires doit nous rendre service, non pas nous lier bras et jambes. Je ne vois rien de mal à ce que la camarade Cécilia ait un extra. Ni aucun vrai danger contre les règles de sécurité. »

— « Je suis d'accord, » dit Prof. « Mais je propose quand même que ce membre supplémentaire ne fasse pas partie de la cellule de Cécilia, qu'elle ne connaisse pas les autres membres, je veux dire, sauf si les missions de Cécilia le rendent nécessaire. Et je ne pense pas qu'elle doive faire du recrutement, pas à son âge. Le vrai problème, en fait, c'est son âge. »

— « D'accord aussi, » dit Wyoh. « Je désire parler de l'âge de cette gosse. »

— « Mes amis, » dit Mike avec une certaine hésitation (c'était la première fois, depuis des semaines, qu'il semblait hésiter ; il était maintenant devenu surtout « Adam Selene », directeur plein d'assurance, beaucoup plus qu'une machine solitaire), « peut-être aurais-je dû vous tenir au courant mais il m'est déjà arrivé d'accorder de semblables autorisations. Cela ne semble pas prêter à discussion. »

— « Non, Mike, nous ne discutons pas, » le rassura Prof. « Un président doit savoir utiliser son propre jugement. Quel est l'effectif de notre cellule la plus importante ? »

— « Cinq. C'est une cellule double : trois plus deux. »

— « Il n'y a pas de mal. Chère Wyoh, est-ce que Sidris propose de faire de cette enfant une camarade à part entière ? Qu'elle lui fasse bien comprendre que nous sommes engagés dans une révolution... avec tout le sang, les émeutes et peut-être même les désastres que cela implique. »

— « C'est exactement ce qu'elle veut faire. »

— « Mais, chère madame, si nous risquons notre vie, nous sommes assez vieux pour savoir ce que nous faisons. Pour cela, on doit avoir déjà ressenti l'étreinte de la mort. Les enfants sont rarement capables de comprendre que la mort les frappera personnellement. On peut même définir le fait d'être adulte comme étant l'âge auquel une personne apprend qu'elle devra mourir... et accepte cette condamnation sans protester. »

— « Prof, » dis-je, « je connais alors des enfants qui sont très vieux. Je parie à sept contre deux qu'il y en a au Parti. »

— « Je ne parie pas, mon vieux. Je dirais même qu'il y a de fortes chances pour qu'au moins la moitié d'entre eux n'aient pas les qualités requises... et il est même bien possible que nous nous en apercevions à nos dépens, et durement, à la fin de notre folle entreprise. »

— « Prof, Mike, Mannie, » insista Wyoh, « Sidris est *certaine* que cette enfant est une adulte. Et c'est aussi ce que je pense. »

— « Man ? » demanda Mike.

— « Arrangeons-nous pour que Prof puisse la rencontrer et se faire lui-même une opinion. J'ai été conquis par elle, surtout par sa manière de se battre avec un tel désespoir. Autrement, je n'aurais pas dit de la recruter. »

Nous avons ajourné la question et je n'en ai plus entendu parler. Peu après, Hazel vint dîner à la maison, invitée par Sidris. Elle ne manifesta en aucune manière qu'elle me reconnaissait, et je ne dis pas non plus que je l'avais déjà vue... mais j'appris longtemps après qu'elle m'avait bien reconnu, pas seulement à cause de mon bras gauche mais parce que la grande blonde de Hong-Kong m'avait embrassé et avait ajusté mon chapeau. Sans compter qu'Hazel avait percé à jour le déguisement de Wyoming et avait reconnu ce que Wyoh n'était jamais parvenue à déguiser : sa voix.

Mais Hazel avait un vrai poids sur la langue et, si elle a jamais supposé que j'appartenais à la conspiration, elle n'en a jamais parlé.

L'histoire de son enfance expliquait ce qu'elle était, car les caractères bien trempés s'expliquent toujours par leur passé. Elle avait été déportée avec ses parents, lorsqu'elle n'était encore qu'un bébé, exactement comme Wyoh ; elle avait perdu son père dans un accident alors qu'il accomplissait son temps de travaux forcés, et sa mère avait accusé l'Autorité de ne pas se préoccuper des problèmes de sécurité pour les colons bagnards. Sa mère avait vécu jusqu'au moment où Hazel avait eu cinq ans ; ce dont elle était morte, Hazel l'ignorait ; depuis, elle vivait dans l'orphelinat où nous l'avions trouvée. Elle ne savait pas non plus pourquoi ses parents avaient été déportés, — peut-être pour subversion puisqu'il semblait à Hazel qu'ils avaient été tous les deux condamnés. Quoi qu'il en soit, sa mère lui avait légué une haine féroce pour l'Autorité et pour le Gardien.

La famille, qui tenait Le Berceau, lui avait permis de rester ; Hazel raccommodait le linge et faisait la vaisselle depuis qu'elle en avait la force. Elle avait appris toute seule à lire et savait écrire en lettres d'imprimerie mais non de façon cursive. Sa connaissance des mathématiques ne dépassait pas cette habileté à compter l'argent que les enfants ont dans la peau.

Ce fut difficile de lui faire quitter le jardin d'enfants ; la propriétaire et ses maris prétendant qu'Hazel leur devait plusieurs années d'entretien. Hazel résolut le problème en filant, abandonnant derrière elle ses quelques vêtements et ses pauvres petites affaires personnelles. Mamie était tellement furieuse qu'elle aurait voulu que toute la famille déclenche une émeute qui aurait pu facilement dégénérer, mais je la pris à part pour lui dire que, en ma qualité de chef de cellule, je ne voulais absolument pas que notre famille se désigne à l'attention du public ; je lui dis de payer, et que le Parti paierait pour les vêtements d'Hazel. Mamie refusa l'argent, dispersa le conseil de famille et emmena Hazel en ville où elle fit de véritables extravagances — pour Mamie, — afin de l'équiper de nouveau.

C'est ainsi que nous avons adopté Hazel. J'ai cru comprendre que, aujourd'hui, pour adopter un enfant, il faut des quantités de formalités ; à cette époque, c'était aussi facile que d'adopter un petit chat.

Il y eut encore des difficultés quand Mamie voulut mettre Hazel à l'école, ce qui ne convenait ni à ce que Sidris avait en tête ni à ce que l'on avait fait espérer à Hazel, qui s'attendait à être une camarade, un membre du Parti. Je dus encore une fois m'interposer, et Mamie céda à moitié. Hazel fut placée dans une école à temps partiel proche de la boutique de Sidris, c'est-à-dire tout près du sas n° 13 ; c'était là que se trouvait le salon de beauté (Sidris avait là une belle et bonne affaire car le magasin se trouvait assez près de notre eau pour en profiter et pour en prendre sans restriction, une conduite de vidange la renvoyant pour épuration). Hazel étudiait le matin, et aidait l'après-midi, raccommodant les peignoirs, faisant passer les serviettes, rinçant les cheveux, apprenant le métier, et faisant aussi tout ce que Sidris pouvait désirer d'autre.

Ce qu'elle « pouvait désirer d'autre » consistait à diriger les Irréguliers de Baker Street.

Tout au long de sa courte vie, Hazel s'était occupée de très jeunes enfants, et les jeunes l'aimaient ; elle savait les entortiller et obtenait d'eux n'importe quoi ; elle comprenait ce qu'ils disaient, alors que les adultes, eux, n'entendaient qu'un infâme baragouin. Elle était un pont idéal entre le Parti et ses plus jeunes auxiliaires. Elle pouvait faire un jeu des tâches les plus ennuyeuses que nous leur confiions, persuadait les enfants de jouer selon les règles qu'elle leur donnait et, surtout, ne les traitait jamais avec le sérieux des adultes mais au contraire avec tout le sérieux des enfants, ce qui est bien différent.

Un exemple :

Supposons qu'un petit, trop jeune pour savoir lire, soit pris en possession d'un stock de littérature subversive, ce qui arrivait trop souvent à notre goût. Voici comment cela se passait, après qu'Hazel eut endoctriné le gosse :

L'ADULTE : « Où as-tu trouvé cela, bébé ? »

L'IRRÉGULIER DE BACER STREET : « Je ne suis pas un bébé, je suis un grand garçon ! »

L'ADULTE : « D'accord, grand garçon, où as-tu trouvé cela ? »

L'I.B.S. : « C'est Jackie qui me l'a donné. »

L'ADULTE : « Qui est Jackie ? »
L'I.B.S. : « Jackie. »
L'ADULTE : « Mais quel est son nom de famille ? »
L'I.B.S. : « De qui ? »
L'ADULTE : « De Jackie. »
L'I.B.S. (dédaigneux) : « Jackie ? c'est une fille. »
L'ADULTE : « Bien, mais où habite-t-elle ? »
L'I.B.S. : « Qui ? »

Et cela pouvait continuer... A toutes les questions, la réponse type était du même genre : « Jackie me l'a donné. » Or, comme Jackie n'existait pas, il (ou elle) n'avait pas de nom de famille, pas d'adresse, pas de sexe déterminé. Ces enfants étaient ravis de faire tourner les adultes en bourrique dès qu'ils eurent compris combien c'était facile.

Au pis aller, les brochures étaient confisquées. Même une escouade de dragons de la Paix y regardait à deux fois avant d'essayer « d'arrêter » un petit enfant. Oui, car nous commencions à avoir des patrouilles de dragons à l'intérieur de Luna City, mais qui ne se promenaient jamais à moins d'une escouade... certains étaient sortis seuls et n'étaient jamais revenus.

Quand Mike commença à écrire de la poésie, je ne sus pas si je devais rire ou pleurer. Il voulait la faire publier ! Pensez donc à quel point l'humanité avait pu corrompre cette innocente machine pour qu'elle veuille ainsi voir son nom imprimé !

Je dis : « Mike, nom de Bog ! Tous tes circuits déraillent ? A moins que tu ne penses nous abandonner ? »

Avant qu'il n'ait le temps de se mettre à bouder, Prof dit : « Suffit, Manuel ! Cela m'ouvre des perspectives. Mike, est-ce que cela te gênerait de prendre un pseudonyme ? »

Et c'est ainsi que naquit « Simon Jester ». Mike trouva cela en lançant des nombres au hasard, semble-t-il. Mais pour des vers plus sérieux, il utilisa un autre nom, son nom dans le Parti, Adam Selene.

Les vers de « Simon » étaient burlesques, orduriers, subversifs et allaient de la taquinerie envers les grosses légumes jusqu'à de violentes attaques contre l'Autorité, le Gardien, les dragons de la Paix, les flics. On les trouvait sur les parois des vespasiennes ou sur des bouts de papier abandonnés dans les capsules du métro. On en trouvait dans les bistrots. Où qu'ils fussent, ils étaient toujours signés « Simon Jester » et la signature était surmontée d'un dessin enfantin, fait de quelques lignes droites, représentant un petit démon cornu avec un grand sourire et une queue fourchue. Quelquefois il piquait les fesses d'un gros homme avec une fourche. Quelquefois, on ne voyait que son visage, un grand sourire surmonté d'une paire de cornes et, très rapidement, des cornes et un sourire signifièrent : « Simon est ici ! »

Simon fit son apparition sur toute l'étendue de Luna le même jour et, à partir de ce moment, n'abandonna jamais. Très rapidement, il fut aidé par des volontaires ; ses vers et ses petits dessins étaient si faciles à faire que n'importe qui pouvait les reproduire et on en vit dans beaucoup plus d'endroits que nous ne l'avions prévu. Cette grande diffusion devait être due à des voyageurs. Les vers et les caricatures firent aussi leur apparition à l'intérieur du Complexe, et cela, ce ne pouvait pas être notre œuvre car nous n'avions jamais recruté de membres du Service Civique. C'est ainsi que trois jours après la première publication d'un poème burlesque très grossier, qui laissait supposer que l'obésité du Gardien était due à des mœurs déplaisantes, — ce poème fut partout éparpillé, reproduit sur des papiers collants, avec un dessin fort amélioré, où la grasse victime de la fourche de Simon était parfaitement reconnaissable, avait exactement les traits de Mort la Peste. Ce n'était pas nous qui les avions achetés, ce n'était pas nous qui avions fait imprimer ces papillons. Mais ils firent leur apparition dans L City, dans Novylen et dans Hong-Kong ; on en avait collé presque partout, dans les cabines téléphoniques, sur les poteaux des corridors, sur les portes des sas pressurisés, sur les rampes d'accès et autres. Je fis faire un sondage quantitatif et le transmis à Mike qui me répondit que, dans la seule ville de Luna City, on avait collé plus de soixante-dix mille de ces papillons.

Je ne connaissais pas une seule imprimerie dans tout L City qui aurait pris le risque de faire un tel travail, ni même qui fût équipée pour cela. Je commençai à me demander s'il n'y avait pas une autre cabale révolutionnaire...

Les vers de Simon remportaient un tel succès qu'on les aurait crus issus d'un poltergeist et que ni le Gardien ni le chef de la Sécurité ne pouvaient y échapper. « Cher Mort la

Peste, » disait une lettre, « fais bien attention, s'il te plaît, de minuit jusqu'à 4 heures demain matin. Baisers affectueux, Simon » et c'était suivi d'une paire de cornes et d'un large sourire. Par le même courrier, Alvarez avait, lui aussi, reçu une lettre qui lui déclarait : « Grande face de crapaud, si le Gardien, demain, se casse une jambe, ce sera par *ta* faute. Fidèlement, ta conscience, Simon » et, une fois de plus, les cornes et le sourire.

Nous n'avions rien préparé du tout ; nous nous sommes contentés d'attendre que Mort la Peste et Alvarez en perdent le sommeil, ce qu'ils firent, ainsi que les gardes du corps. Tout ce que fit Mike, ce fut d'appeler le Gardien sur sa ligne privée, à plusieurs reprises, entre minuit et 4 heures du matin ; son numéro ne figurait pas à l'annuaire et n'était, en principe, connu que de son état-major. Mike appela aussi, en même temps, plusieurs membres de l'état-major et les mit en communication avec le Gardien, ce qui eut pour résultat, d'abord, de créer une belle confusion et, ensuite, de mettre le Gardien en fureur contre ses assistants, car il refusa absolument leurs excuses.

Mais ce fut une chance que le Gardien, mis en fureur, soit réellement tombé dans l'escalier en voulant le descendre en courant ; seul un nouveau débarqué s'y essaye, encore ne le fait-il qu'une seule fois. Il fit donc un vol plané et se fit une entorse à la cheville, ce qui, d'ailleurs, ressemble assez à une fracture ; nous avons surtout eu la chance qu'Alvarez ait été présent quand cela arriva.

C'est comme cela, pas autrement, que nous leur fîmes perdre le sommeil. Comme ce bruit que nous fîmes courir selon lequel la catapulte de l'Autorité avait été minée et allait sauter pendant la nuit. Quatre-vingt-dix hommes plus dix-huit ne peuvent pas fouiller une centaine de kilomètres de catapulte en quelques heures, et surtout pas quand ces quatre-vingt-dix hommes sont des dragons de la Paix qui n'ont pas l'habitude de travailler avec des combinaisons pressurisées et qu'ils détestent le travail... et ce minuit en question se passa lors de la nouvelle Terre alors que le soleil était haut ; ils restèrent à l'extérieur beaucoup trop longtemps ; ils en arrivèrent à mijoter leurs propres accidents, tout en se laissant eux-mêmes mijoter au soleil, et cela provoqua ce qui ressembla le plus, dans l'histoire du régiment, à une mutinerie. Un accident, même, fut fatal : est-il tombé ou a-t-il été poussé ? Il s'agissait d'un sergent.

Les alertes nocturnes rendaient de plus en plus irritables et ensommeillés les dragons de la Paix qui surveillaient les passeports, ce qui provoquait de plus en plus de heurts avec les Lunatiques et, naturellement, accentuait la mésentente mutuelle… et c'est pourquoi, sans cesse, Simon accentuait la pression…

Les vers d'Adam Selene étaient d'un niveau supérieur. Mike les avait soumis à Prof et il acceptait sans se vexer son jugement littéraire (qui était bon, je crois). Les rimes et le rythme de Mike étaient parfaits car Mike était un ordinateur qui possédait en mémoire la totalité de la langue anglaise ; en quelques microsecondes, il trouvait le mot convenable qui lui manquait. Sa faiblesse, c'était qu'il ne savait pas se juger lui-même. Mais, sous la ferme tutelle de Prof, il fit de rapides progrès.

La signature d'Adam Selene apparut pour la première fois dans les majestueuses pages de *la Lune rouge,* au bas d'un sombre poème intitulé *Chez nous.* Il s'agissait des dernières pensées d'un vieux déporté qui, au moment de mourir, s'apercevait que Luna était vraiment l'endroit où il aimait vivre. La langue était pure, le rythme bien marqué, et le seul point discrètement subversif en était la conclusion car le mourant déclarait que les nombreux Gardiens qu'il avait dû subir ne constituaient pas malgré tout un prix trop élevé.

Je doute que le rédacteur en chef de *la Lune rouge* y avait regardé par deux fois. C'était bon, il le publia.

Alvarez mit les bureaux du journal sens dessus dessous pour essayer de trouver une piste pouvant le mener à Adam Selene. Le numéro du journal était resté en vente un demi-mois lunaire avant qu'Alvarez le remarque, ou que quelqu'un attire son attention sur ces lignes subversives ; nous nous faisions beaucoup de mauvais sang car nous *voulions* que cette signature soit remarquée. Nous nous amusâmes vraiment beaucoup quand nous vîmes l'agitation d'Alvarez en la découvrant enfin.

Les directeurs du journal se montrèrent incapables d'aider notre flic en chef. Ils lui dirent la vérité, que le poème leur était parvenu par la poste. Avaient-ils conservé la lettre d'envoi ? Oui, certainement... désolés, pas l'enveloppe. Alvarez ne partit que très longtemps après, escorté de quatre dragons qu'il avait fait venir pour le protéger.

J'espère qu'il s'est bien amusé en examinant la feuille de papier. C'était un exemplaire du papier à lettres commercial d'Adam Selene :

SELENE ASSOCIÉS

LUNA CITY

Investissements. *Bureau du président,*
Le Vieux Dôme.

et, sous cet en-tête était dactylographié :

Chez nous, poème d'Adam Selene, etc.

Toutes les empreintes digitales qu'il put relever avaient été déposées après que la feuille eut été expédiée par nous. Le poème avait été dactylographié sur une Electrostator du bureau Underwood, du modèle le plus courant sur Luna. Malgré cela, il n'y en avait pas tellement car c'était un modèle importé ; un laboratoire scientifique aurait pu identifier la machine. Et il l'aurait retrouvée dans les bureaux de l'Autorité Lunaire de Luna City. Il faudrait plutôt parler « des » machines. Nous en avions trouvé six exemplaires dans le bureau et les avions utilisées à tour de rôle, tapant cinq mots avec l'une puis les cinq mots suivants avec une autre. Cela nous avait coûté, à Wyoh et à moi, beaucoup de sommeil, et nous avions pris de gros risques, même avec Mike montant la garde à chaque poste de téléphone et se tenant prêt à nous avertir à la moindre alerte. Nous n'avons jamais recommencé.

Alvarez n'était pas un détective scientifique.

11

J'AI eu beaucoup à faire au début de 76. Je ne pouvais en effet me permettre de négliger ma clientèle. Le travail que m'imposait le Parti me prenait encore plus de temps, alors même que je déléguais autant que possible mes pouvoirs. Il fallait cependant prendre sans cesse des décisions et faire passer les messages de haut en bas de la filière, et inversement. Il fallait aussi que je prenne des heures et des heures d'exercices pénibles, à porter des poids, car je n'avais pu me débrouiller pour avoir l'autorisation d'utiliser la centrifugeuse du Complexe, celle qui était à la disposition des savants vers la terre pour leur permettre d'augmenter leur durée de séjour sur Luna... Auparavant, je l'avais utilisée mais je pouvais pas, cette fois, laisser seulement supposer que j'avais l'intention de me rendre sur Terra.

L'entraînement sans centrifugeuse est moins efficace et il était d'autant plus fastidieux que je ne savais même pas si j'en aurais réellement besoin. Pourtant, suivant les prévisions de Mike, il y avait trente chances sur cent pour que les événements exigent qu'un Lunatique habilité à parler au nom du Parti ait à se rendre sur Terra.

Je ne me voyais pas du tout en ambassadeur, car je n'ai pas l'éducation voulue et je ne suis pas diplomate pour deux sous. Parmi tous ceux qui avaient été recrutés ou qui pouvaient l'être, il était évident que le meilleur choix devait désigner Prof. Mais Prof était vieux et il n'était pas certain qu'il supporterait les fatigues d'un atterrissage sur Terra. Mike nous avait dit qu'un homme de l'âge et du type corporel, etc., de Prof avait moins de quarante chances sur cent d'atteindre Terra en bon état.

Et pourtant, Prof s'astreignait joyeusement à son entraînement épuisant, pour accroître au maximum ses pauvres chances, ce qui m'obligeait, moi aussi, à supporter de lourdes charges et à travailler durement pour être à même de le remplacer si son vieux cœur devait s'arrêter de battre. Et Wyoh en faisait autant, dans l'éventualité où quelque événement imprévu m'empêcherait de partir. Elle le faisait pour partager mes souffrances : Wyoh remplaçait toujours la logique par la galanterie.

Outre le travail du Parti et mon entraînement, il y avait surtout le travail à la ferme. Nous avions perdu trois fils qui s'étaient mariés mais nous nous étions enrichis de deux beaux garçons, Frank et Ali. C'est à ce moment que Greg partit y travailler pour la LuNoHoCo comme foreur en chef pour la nouvelle catapulte.

Il était nécessaire. Il faut beaucoup d'expérience pour engager une équipe de construction. Nous pouvions prendre des travailleurs n'appartenant pas au Parti pour la plus grande part des travaux, mais nous devions mettre aux postes clefs des partisans aussi compétents techniquement que politiquement sûrs. Greg n'avait pas envie d'y aller car la ferme avait besoin de lui et il n'aimait pas quitter sa congrégation. Il accepta quand même.

Ce qui m'obligea à redevenir valet de ferme à temps partiel pour m'occuper des cochons et des poulets. Hans est bon agriculteur et il se chargeait des récoltes, faisant le travail de deux hommes. Mais Greg avait dirigé la ferme depuis que grand-papa avait pris sa retraite et Hans n'aimait pas endosser de nouvelles responsabilités. C'est moi qui aurais dû prendre cette tâche puisque j'étais l'aîné, mais Hans connaissait mieux le travail de la terre et s'y adonnait plus que moi ; il avait toujours été implicitement admis qu'un jour il succéderait à Greg. C'est pourquoi j'ai accepté de l'aider, en m'efforçant d'être toujours de son avis et en m'astreignant à me faire ouvrier agricole à mi-temps chaque fois que je pouvais avoir quelques instants de libres. Je n'avais vraiment pas beaucoup de loisirs pour me reposer.

Vers la fin de février, je revenais d'un long voyage qui m'avait conduit à Novylen, à Tycho Inférieur et à Churchill.

La nouvelle ligne de métro venait juste d'être mise en service et traversait maintenant Sinus Medii, aussi suis-je allé à Hong-Kong Lunaire pour affaires et pour prendre des contacts commerciaux puisque je pouvais maintenant assurer un service de dépannage immédiat, ce qui m'avait été impossible jusqu'alors car le bus d'Endsville à Belluthihatchie ne pouvait circuler que pendant l'obscurité d'une demi-lunaison.

En fait, les affaires n'étaient qu'un prétexte pour dissimuler mes activités politiques ; les liaisons avec Hong-Kong étaient difficiles. Wyoh avait fait beaucoup de travail par téléphone : le deuxième membre de sa cellule était un de ses vieux camarades, « le camarade Clayton », qui non seulement était vierge sur le dossier « Zèbre » d'Alvarez, mais encore avait toute l'estime de Wyoh. Clayton avait été mis au courant de notre politique, les branches pourries lui avaient été désignées et nous l'avions encouragé à mettre en place le système cellulaire, sans pour autant toucher à l'ancien réseau. Wyoh lui avait même dit de continuer à s'en occuper, comme par le passé.

Mais le téléphone ne vaut jamais le contact personnel. Hong-Kong aurait dû être pour nous une véritable forteresse car cette ville était beaucoup plus indépendante à l'égard de l'Autorité du fait que ses services publics n'étaient pas sous la dépendance du Complexe. Et pourtant elle était moins dépendante parce que, jusqu'à ces derniers temps le manque de transports métropolitains à grande distance avait rendu beaucoup moins intéressantes les ventes sur l'aire de catapultage ; ses finances étaient beaucoup plus fortes parce que les billets de la Banque de Hong-Kong Lunaire étaient cotés plus hauts que les billets officiels de l'Autorité.

Je suppose que les dollars de Hong-Kong n'étaient pas de la « monnaie » au sens légal du terme. L'Autorité ne les reconnaissait pas ; quand j'étais allé sur Terra, j'avais dû acheter des billets de l'Autorité pour payer mon passage. Mais ce que j'avais emporté était des dollars de Hong-Kong qui pourraient être négociables sur Terra, au prix d'un léger escompte, alors que les billets de l'Autorité y étaient sans valeur, ou presque. Monnaie ou pas, les billets de la banque de Hong-Kong étaient acceptés par d'honnêtes banquiers chinois au lieu d'être de simples bordereaux sans valeur. 100 dollars de Hong-Kong valaient 31,100 grammes d'or (ce qui représentait une once du vieux système Troy), payables à vue au bureau central, — où ils avaient une réserve d'or qu'ils faisaient venir d'Australie. On pouvait aussi demander en échange diverses marchandises, de l'eau non potable, de l'acier d'une qualité voulue, de l'eau lourde pour répondre aux cahiers des charges des centrales nucléaires, ou toute autre chose. On pouvait aussi acheter tout cela avec des billets officiels, mais les prix de l'Autorité changeaient tout le temps, et toujours en augmentant. Je ne connais rien à la théorie de la fiscalité ; le jour où Mike a essayé de me l'expliquer, j'ai attrapé un terrible mal de tête. Sachez donc seulement que nous étions fort heureux de recevoir de cette non-monnaie tandis que nous n'acceptions qu'avec répugnance les billets officiels, et ce n'était pas seulement parce que nous haïssions l'Autorité.

Hong-Kong aurait dû être pour nous une véritable forteresse, mais ça n'en était pas une. Nous avions décidé que je devais prendre le risque de me montrer là-bas à visage découvert, me faire connaître de certains, car un manchot ne se déguise pas facilement. Je risquais non seulement de me trahir, mais aussi de mener le gardien jusqu'à Wyoh, Mamie, Greg et Sidris si je faisais un faux pas. Mais personne n'a jamais prétendu qu'une révolution est sans danger.

Le camarade Clayton se révéla être un jeune Japonais — pas trop jeune, mais ils paraissent tous jeunes, jusqu'au moment où ils deviennent vieux d'un seul coup. Il n'était d'ailleurs pas tout à fait japonais, — plutôt un mélange de malais et d'autres races de ce genre, — mais avait un nom japonais et sa maison était organisée à la japonaise : tout était commandé par les « giri » et les « gimu », et ce fut pour moi une chance qu'il dût tant de « gimu » à Wyoh.

Clayton ne descendait pas d'un condamné ; sa famille avait embarqué « volontairement », le pistolet dans le dos, à l'époque où la Grande Chine avait affermi l'Empire terrien. Je ne lui tins pourtant pas rigueur de son ascendance car il haïssait le gardien aussi férocement que n'importe quel vieux condamné.

Je le rencontrai pour la première fois dans une maison de thé, — l'équivalent de nos bistrots de L City, — et, pendant deux heures, nous parlâmes de tout, sauf de politique. Je dus lui plaire car il me ramena chez lui. La seule chose que je reproche à l'hospitalité japonaise, c'est que leurs bains, où l'on est plongé jusqu'au menton, sont vraiment trop chauds pour moi.

Je m'aperçus quand même que je n'avais pas couru autant de dangers que je l'avais cru. Mama-san savait aussi bien maquiller que Sidris, — mon bras de sortie est très ressemblant et un kimono recouvrait la jointure. — J'ai rencontré les membres de quatre cellules ces deux jours, me faisant passer pour le « camarade Bork », dissimulé par mon maquillage, un kimono et un tabi et, si un espion s'était glissé parmi eux, je ne pense pas qu'il eût pu se rendre compte que j'étais en réalité Manuel O'Kelly. J'étais allé là-bas armé de quantité d'arguments, de chiffres et de perspectives, mais je n'ai parlé que d'une seule chose, de la famine qui nous attendait en 2082, dans six ans. « Vous, vous avez de la chance car vous ne serez pas atteints par la crise aussi tôt que nous. Pourtant, grâce à la nouvelle ligne de métro, de plus en plus de vos compatriotes vont se mettre à produire du blé et du riz et à l'expédier vers l'aire de catapultage. Et votre temps viendra aussi. »

Ils se montrèrent impressionnés. Le vieux mouvement de résistance, d'après de ce que j'ai vu et entendu, croyait encore à la prière, à la musique sacrée, à l'émotion, un peu comme dans les églises. Je me suis donc contenté de leur dire : « Voici où nous en sommes, camarades. Vérifiez ces chiffres, je vous les laisse. »

J'ai aussi rencontré un camarade seul à seul. Un ingénieur chinois à qui l'on explique assez bien ce que l'on veut trouve toujours le moyen de le fabriquer. Je demandai à celui-là s'il avait jamais vu un laser assez petit pour être manié comme un fusil. Il n'en connaissait pas. Je lui dis que l'institution des passeports faisait qu'il était maintenant difficile d'en passer en contrebande. Il me répondit pensivement que cela ne devait pas être aussi difficile pour des bijoux... et qu'il devait aller la semaine suivante à Luna City pour y voir un des ses cousins. Je lui déclarai qu'oncle Adam serait très heureux d'avoir de ses nouvelles.

Dans le fond, ma tournée fut assez profitable. En revenant, je me suis arrêté à Novylen pour examiner une vieille machine « Foreman » à carte perforée que j'avais déjà réparée. Après cela, je suis allé déjeuner puis j'ai rendu visite à mon père. Tous les deux, nous entretenions d'excellentes relations, même s'il nous arrivait de ne pas nous voir pendant deux ans. Nous avons pris un sandwich et une bière dans un bistrot et, en partant, il m'a dit : « Cela m'a fait plaisir de te voir, Mannie. Luna Libre ! »

Je lui ai répondu par le même mot de passe : j'étais trop étonné, et je n'ai pu m'en empêcher. Mon vieux était pourtant l'homme le plus cynique, le plus éloigné des problèmes politiques que l'on pouvait imaginer ; pour qu'il se permette de dire cela en public, il fallait que notre propagande fût déjà bien forte.

C'est ainsi que je suis revenu à L City, gonflé à bloc et pas trop fatigué puisque ayant fait la sieste depuis Torricelli. J'ai pris la ligne de ceinture à la station de métro du Sud, puis je suis descendu et je me suis dirigé vers la maison en passant par l'avenue Inférieure, en évitant la foule des grands boulevards. Je suis allé au passage dans la salle d'audience du juge Brody pour lui dire bonjour. Brody est un vieil ami, et nous sommes tous deux amputés. Après la perte d'une jambe, il est devenu juge et a fort bien réussi dans cette profession, en partie parce qu'à cette époque, à L City tous les autres juges avaient une situation d'appoint, comme celle de tenir des comptabilités ou de vendre des assurances.

Quand deux individus soumettaient un différend à Brody et qu'il ne pouvait pas les convaincre qu'il avait, lui, une bonne manière de juger, il leur retournait ses honoraires et, s'ils se battaient, il était témoin de leur duel, le faisait gratuitement et essayait encore de les persuader de ne pas s'étriper à coups de couteau.

Il n'était pas dans la salle d'audience mais son huit-reflets était sur son bureau. Il venait sans doute de partir, ne manquant que de peu tout un groupe de jeunes gens, du genre stilyagi. Parmi eux se trouvait une fille, ainsi qu'un homme plus âgé que les autres poussaient devant eux. Il était tout ébouriffé et ses vêtements dénotaient ce petit quelque chose auquel on reconnaît les touristes.

Car, à cette époque, nous avions l'habitude des touristes. Ils ne venaient pas en masse, sans doute, mais il y en avait quand même quelques-uns. Ils venaient de Terra, s'arrêtaient une semaine à l'hôtel et repartaient par le même vaisseau, à moins qu'ils n'attendent le suivant. La plupart d'entre eux tuaient le temps en passant un ou deux jours à se promener, sans oublier le petit tour idiot et traditionnel que tous les touristes font en surface. En général, les Lunatiques faisaient comme s'ils n'existaient pas et leur passaient leurs caprices.

Un des garçons, le plus vieux, qui devait avoir environ dix-huit ans et semblait le chef de la bande, me demanda : « Où est le juge ? »

— « Je ne sais pas. Pas ici. »

Il se passa la langue sur les lèvres ; il semblait ennuyé. Je lui dis : « Qu'est-ce qui se passe ? »

Sans prendre de ménagements, il me répondit : « Nous allons éliminer ce corniaud. Nous voudrions cependant avoir la bénédiction du juge. »

— « Voyez dans les bistrots du coin, » répondis-je. « Vous le trouverez probablement. »

C'est alors qu'un gamin, qui devait avoir quatorze ans, prit la parole : « Dites donc ! Ne seriez-vous pas gospodin O'Kelly ? »

— « C'est exact. »

— « Pourquoi, vous, ne le jugeriez-vous pas ? »

Le plus âgé parut soulagé. « Acceptez-vous, gospodin ? »

J'hésitai. Certes, il m'est arrivé d'être juge, parfois ; qui ne l'a pas été ? Mais je n'aime pas tellement prendre des responsabilités. De toute façon, cela m'ennuyait d'entendre des jeunes parler d'éliminer un touriste. Cela allait provoquer des commentaires.

Je décidai d'accepter le boulot. C'est pourquoi je demandai au touriste : « M'acceptez-vous comme juge ? » Il parut surpris. « J'ai le choix ? »

Je lui dis avec patience : « Naturellement. Vous ne supposez quand même pas que je vais vous écouter si vous n'êtes pas disposé à accepter mon verdict ? Mais rien ne vous presse, c'est votre vie qui est en jeu, non la mienne. »

Il avait l'air véritablement surpris mais pas effrayé. Il eut une lueur dans le regard : « Ma vie, avez-vous dit ? »

— « Apparemment. Vous avez entendu les garçons dire qu'ils allaient vous éliminer. Peut-être préférez-vous attendre le juge Brody. »

Sans hésiter, il sourit et me répondit : « Je vous accepte comme juge, monsieur. »

— « Comme vous voudrez. » Je regardai le plus âgé des gosses. « Quelles sont les diverses parties ? Seulement vous et votre jeune amie ? »

— « Ah, non, Juge, nous tous ! »

— « Je ne suis pas encore votre juge. » Je regardai autour de moi : « Est-ce que vous me demandez tous d'être votre juge ? »

Il y eut des approbations. Pas un seul ne dit non. Le chef de la bande se tourna vers la fille et ajouta : « Il vaut mieux que ce soit toi qui parles, Tish. Tu acceptes le juge Kelly ? »

— « Comment ? Ah, bien sûr ! » C'était une petite chose insipide, d'une vague joliesse, qui avait peut-être quatorze ans. Une petite putain, à propos de laquelle on pouvait se demander comment elle finirait. Une de celles qui préfèrent être la reine d'une bande de stilyagi à un mariage solide. Je ne reproche rien aux stilyagi, ils draguent le long des corridors parce qu'il n'y a pas assez de femelles. Du travail toute la journée pour ne retrouver personne à la maison pour la nuit !

— « Très bien, la cour est acceptée et vous serez tous engagés dans mon verdict. Réglons d'abord la question des honoraires. Jusqu'où pouvez-vous aller, les garçons ? Je vous prie de comprendre que je ne vais pas juger une question d'élimination pour quelques sous. Aussi, allez-y, montrez la couleur ou je m'en vais. »

Le chef de la bande fronça les sourcils et ils conférèrent tous ensemble. Très rapidement, il se retourna vers moi et me dit : « Nous n'avons pas grand-chose. Marcheriez-vous pour 5 dollars de Hong-Kong ? »

Ils étaient six... « Non. Il ne faut pas demander un jugement d'élimination à ce prix. »

Ils chuchotèrent de nouveau entre eux. « 50 dollars, Juge ? »

— « 60.10 chacun. Et 10 autres pour toi, Tish, » dis-je à la fille.

Elle parut surprise, indignée. « Allons, allons ! » dis-je. « Urgesat. »

Elle cligna les paupières et mit la main à son sac ; elle avait de l'argent ; les filles de ce genre en ont toujours.

Je réunis 70 dollars, les laissai sur le bureau et dis au touriste : « Pouvez-vous égaler la mise ? »

— « Je vous demande pardon ? »

— « Les gosses payent 70 dollars de Hong-Kong pour le

jugement. Il faut que vous égalisiez. Si vous ne le pouvez pas, ouvrez votre bourse et prouvez-le, et vous pourrez m'en être redevable. Pourtant, telle est votre part, » ajoutai-je. « C'est bon marché pour une affaire capitale, mais les gosses ne peuvent pas payer plus, c'est pourquoi vous faites une affaire. »

— « Je comprends. Je crois que je comprends. » Et il aligna 70 dollars de Hong-Kong.

— « Merci, » lui dis-je. « Maintenant, l'une des parties désire-t-elle un jury ? »

Le regard de la fille s'enflamma : « Bien sûr ! Faisons ça dans les règles. »

— « Dans ces circonstances, peut-être en ai-je besoin, » dit le ver de terre.

— « Vous pouvez en avoir un, » lui garantis-je. « Désirez-vous un conseiller ? »

— « Oui, je crois que j'ai aussi besoin d'un avocat. »

— « J'ai dit un conseiller, pas un avocat. Il n'y a pas d'avocats ici. »

Une fois de plus, il sembla ravi : « Je pense qu'un conseiller, si je choisis d'en avoir un, serait de la même qualité, euh... irrégulière que le reste de la procédure ? »

— « Peut-être que oui, peut-être que non. Je suis un juge irrégulier, c'est tout. Faites comme vous voulez. »

— « Euh... Je pense que je peux faire confiance à votre irrégularité, Votre Honneur. »

Le plus âgé des garçons me demanda : « Dites, ce jury, c'est vous qui vous en chargez, ou nous ? »

— « C'est moi qui vais le payer. J'ai accepté de juger pour 140 dollars, prix net. Est-ce que vous n'avez jamais assisté à une audience auparavant ? Mais je ne vais pas gaspiller d'argent si je le peux. Six jurés, à 5 dollars chaque. Allez voir qui vous pouvez trouver sur le boulevard ! »

Un des garçons se leva et se mit à crier : « Être juré pour 5 dollars ! Quel boulot ! »

Ils ramassèrent six individus, du genre de ceux que l'on peut trouver dans l'avenue Inférieure. Cela ne me gênait pas puisque je n'avais pas l'intention de les payer. Quand on accepte d'être juge, il vaut mieux que ce soit dans un beau quartier où l'on a quelques chances de trouver des citoyens dont on peut être sûr.

J'allai derrière le bureau, je m'installai et je mis le huit-reflets, tout en me demandant où il avait bien pu trouver ce chapeau. Probablement une récupération de loge de francs-maçons. « L'audience est ouverte, » dis-je. « Vos noms et expliquez-moi l'affaire. »

Le plus vieux des gosses s'appelait Slim Lenke, la fille Carmen Joukov ; je ne me rappelle pas le nom des autres. Le touriste se leva, mit la main à sa bourse et me dit : « Voici ma carte, monsieur. »

Je l'ai conservée ; je l'ai encore. Elle était ainsi conçue :

STUART RENÉ LAJOIE
Poète — Voyageur — Soldat de Fortune

La réclamation était d'un ridicule tragique, un bel exemple pour des touristes qui ne devraient jamais sortir seuls, sans guide. C'est d'accord, les guides les saignent à blanc, mais n'est-ce pas à cela que sert un touriste ? Celui-ci a presque perdu la vie, faute d'un guide.

Il s'était aventuré dans un bistrot où se trouvaient des stilyagi, une sorte de club privé. Cette unique femelle avait flirté avec lui. Les garçons avaient laissé faire, comme ils le devaient naturellement, étant donné que c'est elle qui l'avait invité. A un certain moment, elle s'était mise à rire et lui avait donné un coup de poing dans les côtes. Il avait pris cela aussi négligemment qu'un vrai Lunatique... mais il lui avait répondu comme un vrai ver de terre : il lui avait mis un bras autour de la taille et l'avait attirée vers lui, essayant semblait-il de l'embrasser.

Croyez-moi, je vous en prie, une affaire comme celle-là n'aurait eu aucune importance en Amérique du Nord ; j'ai souvent vu de pareilles choses. Mais bien sûr Tish avait été étonnée, voire effrayée. Elle s'était mise à crier.

Toute une troupe de garçons était venue à la rescousse ; ils l'avaient entourée. C'est alors qu'ils avaient conclu qu'il devait payer son « crime » ; mais le payer dans les règles. Il fallait trouver un juge.

Très certainement, ils avaient eu peur. Il est probable qu'aucun d'eux n'avait jamais participé à une élimination. Pourtant, leur dame avait été insultée et il fallait faire quelque chose.

Je les interrogeai, et surtout Tish, pour savoir la vérité. Puis je leur dis : « Résumons-nous. Voici un étranger qui ne connaît pas nos coutumes. Il les a méconnues, il est coupable. Pourtant, autant que je puisse en juger, il n'a pas eu l'intention de vous offenser. Qu'en pense le jury ? Dis donc, toi, là-bas ! Réveille-toi ! Qu'en dis-tu ? »

Le juré me regarda, à moitié dans les nuages, et me dit : « ... Éliminez-le ! »

— « Bon. Et toi ? »

— « Euh... » le suivant hésita. « Je pense qu'on pourrait se contenter de le saigner à blanc, qu'il ne lui reste plus d'argent, cela lui apprendra. Nous ne pouvons pas nous permettre de laisser les hommes peloter les femmes, autrement l'endroit deviendrait aussi moche qu'on dit que Terra l'est. »

— « C'est intelligent, » accordai-je. « Et toi ? »

Il n'y eut qu'un seul juré pour voter l'élimination. Les autres furent d'avis de lui infliger une très lourde amende.

— « Qu'est-ce que tu en penses, Slim ? »

— « Eh bien... » Il semblait ennuyé... il se trouvait devant toute sa troupe, et devant ce qui pouvait bien être sa petite amie. Pourtant, il s'était calmé et ne voulait pas que le corniaud soit éliminé. « Nous l'avons déjà travaillé. Peut-être que s'il se mettait à quatre pattes et qu'il embrasse le sol devant Tish en lui demandant pardon ? »

— « Acceptez-vous de le faire, gospodin LaJoie ? »

— « Si telle est votre loi, Votre Honneur. »

— « Ce n'est pas la loi. Voici mon verdict : d'abord, ce juré, — *oui, toi,* — tu es condamné à payer les frais parce que tu t'es endormi alors que tu aurais dû juger. Prenez-le les garçons, prenez ce qu'il a sur lui et fichez-le à la porte. »

Ils m'obéirent, avec enthousiasme ; cela leur procura plus d'amusement qu'ils ne l'avaient supposé ; il semblait qu'ils avaient peine à y croire. « Maintenant, gospodin LaJoie, vous êtes à l'amende de 50 dollars de Hong-Kong pour n'avoir pas eu assez de bon sens pour apprendre quelles étaient les coutumes locales avant d'aller vous promener. Exécution. »

Je pris les 50 dollars. « Maintenant, à vous les gosses : vous êtes chacun à l'amende de 5 dollars pour n'avoir pas su prendre la décision qui convenait avec un individu que vous saviez être un étranger et pour n'avoir pas appliqué nos coutumes. L'empêcher de toucher Tish, c'était parfait. Le tabasser, c'était encore parfait, et il n'en apprendra que plus vite. Et vous auriez encore pu le fiche dehors. Mais parler de l'éliminer pour ce qui n'était qu'une innocente méprise... non, c'était trop. Allons-y : 5 dollars chacun. Exécution ! »

Slim avala sa salive : « Juge... Je ne pense pas qu'il nous en reste autant ! Pas à moi en tout cas. »

— « J'y ai pensé. Tu as une semaine pour payer sans quoi je fais afficher vos noms dans le Vieux Dôme. Tu sais où se trouve le salon de Beauté de Bon Ton, vers le sas de dégagement numéro 13 ? C'est ma femme qui le tient, tu n'auras qu'à la payer. L'audience est levée. Slim, ne pars pas tout de suite, ni toi, Tish. Gospodin LaJoie, emmenez ces jeunes gens avec vous et offrez-leur un coup à boire, pour faire meilleure connaissance. »

Une fois de plus son regard se remplit d'une curieuse satisfaction qui me rappela le regard de Prof. « Excellente idée, Juge ! »

— « Je ne suis plus juge. Il y a deux étages à gravir, aussi je vous conseille de donner le bras à Tish. »

Il s'inclina et dit : « Madame, puis-je me permettre ? » et il lui tendit le bras. Tish eut immédiatement l'air d'une grande dame : « Spasibo, gospodin ! Je suis ravie. »

Je les ai emmenés dans une boîte ruineuse, une de ces boîtes où leurs vêtements débraillés et le maquillage excessif de Tish étaient vraiment déplacés ; ils se sentaient énervés. Mais j'essayai de les mettre à l'aise, Stuart LaJoie en fit autant, et même plus, et il y arriva, lui. Je relevai leurs noms et leurs adresses, car Wyoh avait une section qui s'occupait spécialement des stilyagi. Quand ils eurent terminé leurs rafraîchissements, ils se levèrent, nous remercièrent et partirent. Je restai en compagnie de LaJoie.

— « Gospodin, » me dit-il alors, « vous avez tout à l'heure employé un mot qui m'a paru curieux... qui m'était curieux, à moi, veux-je dire. »

— « Appelez-moi Mannie, maintenant que ces gosses sont partis. Quel mot ? »

— « C'était lorsque vous avez insisté pour que la... euh... enfin, la jeune fille, Tish... pour que Tish paye, elle aussi. *Ubersatz*, ou quelque chose comme cela. »

— « Ah, oui ! Urgesat ! Cela veut dire « Un repas gratuit est supérieur à tout, » ce qui n'est d'ailleurs pas vrai, » ajoutai-je en montrant le MENU GRATUIT affiché contre le mur, « car alors ce que nous venons de prendre devrait coûter moitié moins cher. C'était pour lui rappeler que toutes les fantaisies coûtent deux fois plus cher, au bout du compte, et qu'elles ne rapportent rien. »

— « C'est une philosophie intéressante. »

— « Ce n'est pas de la philosophie, c'est seulement la réalité. D'une manière ou d'une autre, ce que vous avez, vous devez toujours le payer. » Je fis un geste de la main. « Je suis allé une fois sur Terra et j'y ai entendu une expression : libre (1) comme l'air. Pourtant, l'air n'est pas gratuit, et l'on paye pour chaque bouffée que l'on respire. »

— « Vraiment ! Personne ne m'a jamais demandé de payer pour respirer. » Il sourit. « Peut-être devrais-je m'arrêter ? »

— « Cela peut vous arriver. Ce soir, vous avez failli respirer le vide. Mais personne ne vous le demande parce que vous avez déjà payé. Pour vous, cela fait partie du prix de votre billet. Moi, je paie tous les trois mois. » Et je me mis à lui expliquer comment ma famille achète et vend de l'air à la coopérative communautaire, puis je pensai que c'était trop compliqué. « De toute manière, nous payons tous les deux. »

LaJoie paraissait agréablement songeur. « Oui, j'en comprends la nécessité économique. C'est simplement nouveau pour moi. Dites-moi, Mannie, — à propos, appelez-moi donc « Stu », — risquais-je réellement d'aller « respirer le vide » ? »

— « J'aurais dû vous condamner à plus. »

— « Pardon ? »

— « Vous n'êtes pas encore convaincu. J'ai pris à ces gosses tout ce qu'ils pouvaient réunir, je les ai condamnés, pour les obliger à réfléchir. Je ne pouvais pas vous condamner à payer plus qu'eux. Si je l'avais fait, vous auriez cru que c'était une plaisanterie. »

— « Croyez-moi, monsieur, je ne pense pas que c'était une plaisanterie. Il y a seulement que je n'arrive pas à comprendre pourquoi vos lois locales permettent d'envoyer un homme à la mort… avec tant d'indifférence… pour une faute tellement bénigne. »

Je soupirai. Quand on commence à expliquer quelque chose

(1) En anglais le mot « free » veut aussi bien dire « libre » que « gratuit ». *(N.D.L.R.)*

à quelqu'un dont toutes les paroles vous démontrent qu'il ne comprend rien de rien au problème, qu'il est imbu de préjugés et qu'il ne comprend rien à la réalité, et qu'il ne se rend même pas compte de ce qu'il a fait, comment voulez-vous vous y prendre ?

— « Stu, » dis-je, « chaque chose en son temps. Nous n'avons pas de « lois locales », donc ce n'est pas en fonction d'une loi locale quelconque que vous pouviez être « envoyé à la mort ». Et votre faute n'était pas « bénigne ». J'ai seulement tenu compte de votre ignorance. Et rien n'a été fait négligemment, car, autrement, ces garçons vous auraient traîné jusqu'au plus proche sas à pression zéro, vous y auraient enfermé, et auraient décompressé. Non, au contraire, nous avons tout fait selon les règles, — les braves gars ! — ils ont eux-mêmes payé pour vous conduire devant un tribunal. Et ils n'ont même pas murmuré alors que mon verdict était fort éloigné de ce qu'ils avaient demandé. Y a-t-il encore quelque chose que vous ne compreniez pas ? »

Il me sourit et je vis qu'il avait des fossettes comme Prof ; ce qui était une raison de plus pour moi de le trouver sympathique. « J'ai grand-peur de ne rien y comprendre du tout. J'ai l'impression d'être passé de l'autre côté du miroir. (1) »

Je m'y étais attendu. Étant déjà allé sur Terra, je sais un peu comment fonctionnent leurs esprits. Un ver de terre s'attend à trouver une loi, une loi imprimée, pour n'importe quelle circonstance. Ils ont même des lois pour des problèmes aussi privés que des contrats. Non, mais vous vous rendez compte ? Si la parole d'un homme n'a pas de valeur, qui fera jamais un contrat avec lui ? A quoi sert donc la réputation ?

— « Nous n'avons pas de lois, » dis-je. « Jamais on ne nous a permis d'en avoir. Nous avons des usages, mais qui ne sont pas écrits et que rien ne fait respecter... mais il faudrait plutôt dire qu'ils se font respecter eux-mêmes, simplement à cause des conditions locales, les choses étant ce qu'elles sont. Nous pourrions dire que nos usages sont des lois naturelles parce qu'ils sont un reflet de la manière dont les gens doivent se comporter pour rester en vie. Quand vous avez porté la main sur Tish, vous violiez une loi naturelle... et vous avez failli aller respirer le vide. »

(1) La suite d'*Alice au pays des merveilles. (N.D.T.).*

Il cligna des yeux, pensif. « Voudriez-vous m'expliquer quelle loi naturelle j'ai violée ? J'aimerais bien comprendre... ou bien il vaudrait mieux que je retourne à mon vaisseau et que je reste à bord jusqu'au décollage. Pour rester en vie. »

— « Certainement. Et c'est tellement simple qu'une fois que vous aurez compris, vous ne courrez plus aucun danger à cause de cela. Nous sommes ici deux millions de mâles, et moins d'un million de femelles. C'est une réalité physique, aussi réelle que le sont le Roc ou le vide. Ajoutez à cela l'idée de l'Urgesat. Quand quelque chose est rare, le prix augmente. Les femmes sont rares, il n'y en a pas assez, ce qui fait qu'elles sont ce qu'il y a de plus cher sur Luna, qu'elles sont plus précieuses que la glace ou que l'air, car un homme qui n'a pas de femme se soucie peu de rester en vie ou non. Sauf un Cyborg, si vous le considérez comme un homme, ce qui n'est pas mon cas. »

Je poursuivis : « Alors, qu'arrive-t-il ? Et rappelez-vous, je vous prie, que c'était encore pis quand cet usage, ou cette loi naturelle, est apparue pour la première fois au XXe siècle. La proportion était alors de dix contre une, sinon plus. Il y a bien ce qui se passe toujours dans les prisons : des hommes se satisfont avec d'autres hommes. Cela ne suffit pas ; le problème demeure parce que la plupart des hommes veulent des *femmes* et ne se contentent pas de succédanés alors qu'il leur reste une chance d'obtenir ce qu'ils désirent vraiment.

» Et ils se montrent tellement avides qu'ils vont jusqu'à tuer pour obtenir ce qu'ils veulent... et si l'on en croit les légendes, les vieux racontent qu'il y a eu assez de meurtres pour vous faire grincer des dents, même aujourd'hui. Pourtant, au bout d'un certain temps, ceux qui subsistaient ont trouvé le moyen de régler ce problème, tout simplement en laissant tomber. C'est aussi automatique que la loi de la pesanteur. Ceux qui se sont adaptés à la réalité ont subsisté ; ceux qui n'ont pas voulu sont morts, et il n'y avait plus de problème.

» Ce que cela veut dire ici, maintenant, c'est que les femmes sont rares et que ce sont elles qui donnent le la... et vous êtes entouré par deux millions d'hommes qui regardent si vous dansez en mesure. Vous n'avez pas le choix, c'est elle qui choisit. Elle peut vous frapper jusqu'au sang, vous n'avez même pas le droit de lever le petit doigt sur elle. Regardez, vous avez mis votre bras autour de l'épaule de Tish, peut-être même avez-vous essayé de l'embrasser. Supposez au contraire qu'elle soit allée dans une chambre d'hôtel avec vous, que serait-il arrivé ? »

— « Ciel ! Il me semble qu'ils m'auraient mis en pièces. »

— « Ils n'auraient *rien* fait. Ils auraient haussé les épaules et fait comme s'ils n'avaient rien vu. Parce que c'est à elle qu'appartient le choix. Pas à vous. Ni à eux. Seulement à elle. Il aurait certainement été dangereux de lui demander d'aller à l'hôtel, elle aurait pu se croire offensée et cela aurait donné aux gamins le droit de vous rudoyer. Mais... bon, prenons cette Tish. Ce n'est qu'une petite cocotte un peu idiote ; si vous lui aviez laissé entrevoir tout l'argent que j'ai vu dans votre bourse, elle aurait bien pu se mettre dans la tête qu'une passe avec un touriste était exactement ce dont elle avait besoin et c'est elle-même qui aurait fait des propositions. Auquel cas, tout se serait fort bien passé. »

LaJoie haussa les épaules. « A *son* âge ? Je n'ose y penser. Elle n'a pas l'âge de savoir ce qu'elle fait. Ç'aurait été un véritable viol. »

— « Mais non, pas du tout ! A son âge, les femmes sont mariées ou devraient l'être. Stu, il n'y a jamais de viol sur Luna. Jamais. Les hommes ne le supporteraient pas. S'il avait été question de viol, je vous assure qu'ils ne se seraient pas préoccupés d'aller chercher un juge, et que tous les hommes du voisinage se seraient précipités pour leur porter assistance. Il n'y a pratiquement pas la moindre chance qu'une fille de cet âge soit vierge. Quand les filles sont petites, leurs mères les surveillent, et sont aidées par tout le monde dans la ville ; ici, les enfants sont en toute sécurité. Quand elles atteignent l'âge d'avoir un mari, on ne s'occupe plus d'elles et leurs mères les laissent libres. Si elles veulent hanter les corridors et prendre du bon temps, rien ne les en empêche ; dès qu'une fille est nubile, elle est entièrement libre de faire ce qu'elle veut. Êtes-vous marié ! »

— « Non. » Et il ajouta en souriant : « Pas encore. »

— « Supposons que vous le soyez et que votre femme vous dise qu'elle veut se marier de nouveau, que feriez-vous ? »

— « C'est amusant que vous présentiez les choses comme cela, car cela m'est arrivé. Je suis allé voir mon avocat pour m'assurer qu'elle n'aurait pas de pension alimentaire. »

— « Pension alimentaire ! Voici une chose qui n'existe pas

ici ; j'ai appris sur Terra ce que cela voulait dire. Ici, vous diriez, — du moins, un mari Lunatique pourrait dire : « Je pense que nous allons avoir besoin de plus de place, chérie. » A moins qu'il ne se contente de féliciter sa femme et son nouveau co-mari. Ou que cela le rende tellement malheureux qu'il ne puisse le supporter, auquel cas il peut faire ses paquets et choisir de partir. Pourtant, quoi qu'il fasse, il n'y a jamais la moindre difficulté. S'il faisait des histoires, il aurait toute l'opinion publique contre lui, ses amis, les hommes comme les femmes, lui tourneraient tous le dos. Le pauvre type serait probablement obligé d'aller à Novylen, de changer de nom et s'arrangerait pour subsister.

» Toutes nos coutumes sont de ce genre. Si vous êtes à l'extérieur et que vous rencontrez un type qui a besoin d'air, vous lui en prêtez une bouteille et vous ne lui demandez rien en échange. Pourtant, quand vous revenez avec lui dans un endroit pressurisé, s'il ne paye pas, personne ne vous critiquera si vous l'éliminez sans passer devant le juge. Mais on paye toujours : l'air est aussi sacré que les femmes. Quand on fait une partie de poker avec un nouveau débarqué, on lui donne de l'argent pour acheter de l'air, pas pour acheter de quoi manger ; en effet, il faut travailler si on ne veut pas crever de faim. Quand vous éliminez quelqu'un autrement qu'en légitime défense, vous devez payer ses dettes et élever ses enfants, sinon les gens ne vous parlent plus, ne vous achètent plus rien, ne vous vendent plus rien. »

— « Mannie, voulez-vous donc me faire comprendre qu'ici je puis tuer quelqu'un et m'en tirer en payant, seulement ? »

— « Oh ! pas du tout ! Pourtant, l'élimination n'est pas illégale, car nous n'avons pas de lois, — nous n'avons que les règlements du Gardien, — et le Gardien se moque parfaitement de ce qu'un Lunatique peut faire à un autre. Mais nous considérons la chose de cette façon : si quelqu'un est tué, ou il l'a cherché et tout le monde le sait, — c'est le cas le plus ordinaire, — ou alors ses amis se chargent d'éliminer le coupable. D'une manière comme de l'autre, il n'y a pas de problème. Il n'y a pas beaucoup d'éliminations, même les duels ne sont pas fréquents. »

— « Ses amis s'en chargent... Mannie, supposons que ces jeunes soient allés plus loin ? Je n'ai aucun ami ici. »

— « C'est bien pour cela que j'ai accepté de servir de juge.

Je doute pourtant que ces gamins se soient mutuellement excités jusqu'à en arriver là, mais je n'ai pas voulu courir le moindre risque. L'élimination d'un touriste aurait pu faire du tort à la réputation de notre ville. »

— « Est-ce que cela arrive souvent ? »

— « Je ne me rappelle pas que cela soit jamais arrivé. Il est possible que l'on ait fait passer cela pour des accidents. Les nouveaux débarqués sont sujets aux accidents, car Luna est un endroit qui s'y prête. On dit ici que si un nouveau débarqué survit une année, il vivra toujours, et c'est pourquoi personne ne lui vend de contrat d'assurance pour la première année. » Je regardai l'heure. « Stu, avez-vous dîné ? »

— « Non, et j'allais vous proposer de m'accompagner à l'hôtel. La cuisine y est bonne. Je suis à l'hôtel d'Orléans. »

Je me contins pour ne pas hausser les épaules, j'y avais déjeuné, une fois. « Pourquoi ne viendriez-vous pas plutôt à la maison faire connaissance avec ma famille ? Nous avons de la soupe ou quelque chose comme ça à cette heure. »

— « N'est-ce pas indiscret ? »

— « Non, pas du tout. Attendez-moi une minute pendant que je téléphone. »

Mamie me répondit : « Manuel ! Quelle surprise, chéri ! La capsule est arrivée depuis des heures ; je pensais que tu reviendrais demain ou même plus tard. »

— « Je me suis seulement livré à des débauches de boisson, Mimi, avec de vieux compagnons. Je vais rentrer maintenant, si je retrouve le chemin... et je vais amener un de ces vieux compagnons. »

— « Entendu, chéri. Le dîner sera servi dans vingt minutes ; essaye de ne pas être trop en retard. »

— « Tu ne veux pas savoir si mon vieux compagnon est un mâle ou une femelle ? »

— « Comme je te connais, je suppose que c'est une femelle. Je pense quand même que je pourrai la voir à l'œil nu. »

— « Oui, tu me connais bien, Mamie. Dis aux filles de se faire belles, je ne voudrais pas qu'elles soient éclipsées par mon invité ! »

— « Ne tarde pas trop, le dîner serait gâché. Au revoir, chéri. Je t'aime. »

— « Je t'aime, Mamie. » J'attendis un instant et je fis un

MYCROFTXXX. « Mike, je voudrais que tu cherches un nom. Un nom terrien, passager du *Popov* : Stuart René LaJoie. Stuart avec un U et le nom de famille peut être classé soit à L, soit à J. »

Je n'attendis pas longtemps ; Mike trouva Stu dans presque tous les annuaires terrestres : dans le *Who's Who*, le *Dunn et Bradstreet*, l'*Almanach du Gotha*, dans la liste des abonnés du *Times* de Londres, pour ne citer que les principaux. Exilé français, royaliste, ayant six autres noms entre ceux qu'il utilisait, trois diplômes universitaires, y compris une licence de droit, à la Sorbonne, ascendance noble aussi bien en France qu'en Écosse, divorcé (sans enfant) de l'Honorable Pamela du machin de la chose, sang bleu. Un de ces vers de terre qui ne devait pas avoir de relation avec un Lunatique descendant de bagnard... sauf que Stu parlait à tout le monde.

J'écoutai pendant deux minutes puis je demandai à Mike de constituer un dossier complet, sans oublier toutes ses relations. « Mike, il se pourrait bien que ce soit notre pigeon. »

— « Peut-être, Man. »

— « Faut que je parte, au revoir. » J'étais pensif en retrouvant mon invité. Il y avait presque un an, au cours d'un bavardage à bâtons rompus, bien abreuvé, dans la chambre d'hôtel, Mike nous avait fait miroiter une chance contre sept, sous certaines conditions. Et l'une de ces conditions *sine qua non* était d'avoir de l'aide provenant de Terra elle-même.

Malgré des « jets de rochers », Mike savait, nous savions tous, que la puissante Terra, avec onze milliards d'habitants et d'inépuisables ressources, ne pouvait pas être battue par trois millions de gens qui n'avaient rien, même si nous nous trouvions dans une situation élevée et que nous pouvions leur lancer des cailloux.

Mike avait établi des comparaisons avec les événements du XVIIIe siècle, quand les colonies britanniques d'Amérique avaient fait sécession, et avec ceux du XXe, quand de nombreuses colonies s'étaient séparées de quelques empires, et il nous avait fait remarquer que jamais une colonie n'était devenue indépendante par le seul usage de la force. Non, dans tous les cas considérés, l'État impérialiste avait été occupé ailleurs, s'était fatigué et avait abandonné la partie sans avoir utilisé toute sa puissance.

Pendant des mois, nous avions suffisamment accru notre

puissance, comme nous l'avions désiré, et nous pouvions contrer la garde du Gardien. Une fois que notre catapulte serait prête (et elle le serait maintenant d'un moment à l'autre) nous ne serions pas désarmés. Mais nous aurions besoin d'un « climat favorable » sur Terra. Et, pour cela, nous aurions besoin d'aide sur Terra elle-même.

Prof pensait que ce ne serait pas difficile ; cela se révéla pourtant des plus difficiles. Ses amis terriens étaient tous morts, ou presque, et moi je n'en avais jamais eu, à part quelques professeurs. Nous avons fait faire une enquête dans les cellules : « Quelles grosses légumes terriennes connaissez-vous ? » et nous avons toujours eu la même réponse : « Vous plaisantez ? » Programme zéro...

Prof avait surveillé les listes de passagers des vaisseaux qui arrivaient, essayant de trouver un contact, il avait soigneusement lu les extraits lunaires de la presse terrienne, cherchant quelles personnalités terriennes il pourrait approcher en se recommandant de ses anciennes relations. Moi, je n'avais pas essayé ; la poignée de personnes que j'avais vues sur Terra ne comportait aucune grosse légume.

Prof n'avait pas repéré Stu sur la liste des passagers du *Popov*, mais Prof ne l'avait pas rencontré. Je ne savais pas moi-même si Stu était bien l'excentrique que sa curieuse carte de visite semblait indiquer mais c'était le seul Terrien avec lequel j'avais pris un verre sur Luna ; il me paraissait être un copain à idées, et le rapport de Mike, en gros, n'était pas mauvais ; c'était un personnage de poids.

C'est pourquoi je l'amenai à la maison pour voir ce que ma famille en penserait.

Cela commença bien. Mamie lui sourit et lui tendit la main. Il la prit et s'inclina si bas que je crus qu'il allait la baiser... et il l'aurait fait, je crois, si je ne lui avais pas donné tant de conseils sur les femelles. Mamie était toute chose quand elle lui indiqua le chemin de la salle à manger.

12

EN avril et en mai 76, nous eûmes beaucoup de travail ; sans cesse nous nous acharnions à dresser les Lunatiques contre le Gardien, et nous le poussions à exercer des représailles. L'ennui était que Mort la Peste n'était pas un mauvais cheval, que nous n'avions rien à lui reprocher, sauf d'être le symbole de l'Autorité. Il était obligatoire de l'effrayer assez pour qu'il fasse quelque chose, n'importe quoi. Quant aux Lunatiques moyens, ils ne valaient pas mieux ; sans doute maudissaient-ils le Gardien, mais c'était une tradition, et ce n'est pas de ce bois-là qu'on fait des révolutionnaires. Ils ne se laissaient pas ennuyer ; de la bière, du jeu, des femmes et du travail... La seule chose qui empêchait la Révolution de mourir d'anémie c'étaient les dragons de la Paix, qui avaient un réel talent pour se rendre insupportables.

Mais, malgré eux, nous arrivions toujours à donner de petits coups de pouce. Prof disait que nous avions besoin d'une « Tasse de Thé de Boston », faisant allusion à un incident légendaire d'une révolution antérieure, signifiant par là qu'il fallait provoquer du chahut pour attirer l'attention.

Nous essayâmes. Mike écrivit de nouvelles rédactions des vieux chants révolutionnaires : *la Marseillaise, l'Internationale, le Yankee Doodle, We Shall Overcome, Pie in the sky,* etc., leur donnant des paroles qui convenaient à Luna. Voici ce que cela donnait :

Enfants du Roc et de la Liberté.
Entendez-vous ce féroce Ga-a-ardien
Violer notre Liberté chérie ?

Simon Jester faisait courir partout ces chants subversifs et, quand l'un d'eux prenait, nous le faisions passer (la musique seule) sur les ondes de la radio et de la vidéo. Cela mettait le Gardien dans une mauvaise position car il pouvait interdire de jouer certains airs, ce qui nous convenait à merveille, et les gens pouvaient toujours siffloter.

Mike avait étudié la voix et la forme des phrases de l'administrateur adjoint, de l'ingénieur en chef et des autres chefs de service ; le Gardien recevait des appels affolés des membres de son personnel en pleine nuit. Et ces derniers niaient énergiquement l'avoir appelé. Alvarez installa donc une bretelle pour essayer de retrouver la traces des prochains appels... et ce fut aisément fait, grâce à Mike : Alvarez remonta jusqu'au téléphone du chef des approvisionnements ; il fut alors certain qu'il s'agissait bien de la voix de stentor de son chef.

L'appel téléphonique suivant qui troubla Mort la Peste sembla venir de chez Alvarez, et ce que Mort dit le lendemain à Alvarez, et ce qu'Alvarez répondit pour se défendre, peut simplement être décrit comme aussi chaotique que s'il s'était agi de psychotiques.

Prof demanda à Mike d'arrêter ; il craignait qu'Alvarez perde sa place, ce que nous ne désirions pas ; il faisait trop bien son travail à notre goût. Vers cette époque, les dragons de la Paix furent mis en alerte deux fois dans la même nuit, sur ce qui avait semblé être un ordre du Gardien, ce qui les démoralisa et convainquit le Gardien qu'il était environné de traîtres jusque dans son propre entourage, tandis que les dragons, eux, furent certains qu'il avait complètement perdu les pédales.

C'est alors que parut dans la *Lunaïa Pravda* un placard annonçant une conférence du Dr. Adam Selene sur *la Poésie et les arts sur Luna : une nouvelle Renaissance.* Aucun camarade ne s'y rendit, nous avions fait passer dans les cellules la consigne de s'abstenir. Et personne ne s'attroupa quand arrivèrent trois escouades de dragons de la Paix... ce qui suppose le principe d'Heisenberg adapté au Mouron rouge. Le directeur de la *Pravda* s'efforça pendant des heures d'expliquer qu'il n'avait pas lui-même, en personne, accepté cette annonce, qu'elle avait été déposée aux bureaux du journal et avait été payée comptant. Il reçut alors l'ordre de ne plus accepter aucune publicité concernant Adam Selene. Cet ordre fut suivi d'un contre-ordre et on lui dit d'accepter *tout* ce qui proviendrait d'Adam Selene et de faire *immédiatement* son rapport à Alvarez.

La nouvelle catapulte fut essayée avec un chargement lancé dans l'océan Indien, par 35° Est et 60° Sud, emplacement généralement réservé à la pêche. Mike fut empli de fierté à cause de son adresse, car il avait été capable de se faufiler entre deux points où les radars de guidage et de poursuite n'étaient pas en service, et qu'il s'était contenté d'une seule impulsion pour mettre en plein dans le mille. Les journaux terrestres parlèrent d'une météorite géante tombée dans le subantarctique, repérée par le contrôleur de navigation spatiale de Capetown, qui avait déterminé le point d'impact avec une précision qui correspondait parfaitement aux espoirs de Mike. En enregistrant les dépêches de l'agence Reuter, Mike m'avait appelé : « Je t'avais bien dit que c'était dans la poche, » avait-il dit en riant. « Je le savais bien, oh ! quel coup magnifique ! » Plus tard, nous avons aussi eu les comptes rendus des stations océanographiques qui avaient enregistré sur leurs sismographes les effets de l'onde de choc, et ces résultats furent particulièrement éloquents.

C'était la seule boîte de fer que nous avions préparée (il nous était difficile d'acheter de l'acier, sans quoi Mike nous aurait demandé de recommencer).

Les bonnets rouges firent leur réapparition sur la tête des stilyagi et de leurs petites amies ; Simon Jester en plaça un entre ses cornes. Le Bon Marché (1) en distribua en prime. Alvarez eut une pénible conversation avec le Gardien, au cours de laquelle Mort la Peste demanda à son flic en chef s'il ne pensait pas qu'il fallait faire quelque chose chaque fois que des gamins prenaient une lubie ? Est-ce que, par hasard, Alvarez aurait perdu l'esprit ?

Au début de mai, j'allai voir Slim Lemke sur le boulevard de ceinture ; il portait un bonnet phrygien. Il parut content de me voir et je le remerciai de m'avoir payé rapidement (il l'avait fait trois jours après le procès de Stu, payant à Sidris 30 dollars de Hong-Kong, ce qui représentait l'amende de toute la troupe) et je lui offris un rafraîchissement. Pendant que nous étions ainsi tranquillement assis, je lui demandai pourquoi

(1) En français dans le texte. *(N.D.T.)*

tous les jeunes portaient des bonnets rouges. Pourquoi un bonnet ? Les coiffures étaient une coutume des vers de terre, niet ?

Il hésita puis me dit qu'il s'agissait d'une sorte de signe de reconnaissance maçonnique, comme pour les Élans. Je changeai de sujet. J'appris que son nom complet était Moses Lemke Stone, membre de la famille des Stone. Cela me fit plaisir, car nous étions parents. Mais cela me surprit. Il arrive pourtant que les meilleures familles, comme les Stone, ne parviennent pas toujours à marier tous leurs fils ; moi-même, j'avais eu de la chance, et j'aurais bien pu, sans cela, flâner dans les corridors, à son âge. Je lui parlai de nos liens de parenté du côté de ma mère.

Il devint alors plus amical et me dit brusquement : « Cousin Manuel, as-tu jamais pensé que nous devrions nous-mêmes élire notre propre Gardien ? »

Je lui dis que non, je n'y avais jamais pensé ; c'était l'Autorité qui le nommait et je supposais qu'il en serait toujours ainsi. Il me demanda : « Pourquoi devons-nous avoir une Autorité ? » Je lui demandai alors qui lui mettait toutes ces idées dans le crâne. Il me dit avec force que personne ne le faisait, qu'il se contentait de réfléchir c'était tout... n'avait-il pas le droit de réfléchir ?

Quand je rentrai chez moi, j'eus envie de demander à Mike de vérifier, de trouver quel était le pseudo de ce garçon, si jamais il appartenait au Parti. Mais c'était inutile, et ce n'aurait pas été loyal envers Slim.

Le 3 mai 76, soixante et onze mâles prénommés Simon furent pris dans une rafle et interrogés, puis relâchés ensuite. Aucun journal ne relata l'histoire. Tout le monde en entendit pourtant parler ; nous en étions alors aux cellules commençant par la lettre J et je vous assure que douze mille personnes peuvent divulguer une nouvelle beaucoup plus rapidement que je ne l'aurais imaginé. Nous insistâmes fortement sur le fait que l'un de ces mâles dangereux n'avait que quatre ans, ce qui n'était d'ailleurs pas vrai mais se révéla d'une grande efficacité.

Stu LaJoie resta chez nous pendant tout le mois de février et celui de mars, il ne retourna pas sur Terra avant le début d'avril ; il faisait toujours valider son billet pour le voyage suivant, puis encore pour le suivant. Quand je lui fis remarquer qu'il devait approcher de la limite invisible où allaient se produire d'irréversibles modifications physiologiques, il se contenta de sourire et de me répondre de ne pas m'en faire ; il prit quand même ses dispositions pour s'entraîner à la centrifugeuse.

Même en avril, Stu n'avait aucune envie de nous quitter ; les adieux avec mes femmes et avec Wyoh furent entrecoupés de baisers et de sanglots et il promit à chacune qu'il ne tarderait pas à revenir. Il nous quittait parce qu'il avait quand même du travail à faire ; à cette époque, c'était un membre du Parti.

Je n'avais pas voulu intervenir dans la décision de recruter Stu car je craignais d'être partial. Wyoh, Prof et Mike furent unanimes pour prendre le risque ; c'est avec bonheur que j'avais accepté leur jugement.

Nous nous y étions tous mis pour nous concilier les bonnes grâces de Stu —, moi-même, Prof, Mike, Wyoh, Mamie, et même Sidris, Lenore et Ludmilla, sans oublier les gosses, Hans, Ali et Franck, car c'était la vie de la famille Davis qui l'avait d'abord séduit. Il était évident que, pour lui, Léonore était la plus jolie fille de L City, mais cela ne dépréciait aucunement Milla, Wyoh, Anna et Sidris. Nous étions contents, aussi, de voir que Stu aimait faire jouer les bébés et les porter à bout de bras. Mamie était folle de lui, Hans lui fit découvrir les mystères de l'agriculture hydroponique, et Stu apprit ce que c'était que de se salir, de prendre une bonne suée, d'attraper quelques bleus dans les tunnels, en compagnie de nos garçons ; il aida aussi à la récolte de nos poissons chinois dans les viviers, se fit piquer par nos abeilles ; il apprit à se servir d'une combinaison pressurisée et m'accompagna pour faire les réglages de nos batteries solaires, il aida Anna à dépecer un cochon et apprit à tanner le cuir ; il restait aussi tranquillement assis auprès de grand-papa à écouter avec respect les histoires naïves qu'il racontait sur Terra ; il fit la vaisselle avec Milla, chose qu'aucun mâle de notre famille n'avait jamais faite, il se mettait à quatre pattes avec les gosses et avait aussi appris à moudre la farine ; il alla jusqu'à échanger des recettes de cuisine avec Mamie.

Je l'avais présenté à Prof et c'est ainsi que nous avions commencé à le sonder politiquement. Jusqu'alors, nous n'avions rien avoué —, et nous aurions pu faire marche arrière, — quand Prof le présenta à « Adam Selene », que l'on ne pouvait joindre que par téléphone car « il était en ce moment à Hong-Kong ». Quand Stu fut totalement acquis à la Cause, nous abandonnâmes ce mythe et nous lui apprîmes qu'Adam était notre président et qu'il ne pourrait le rencontrer personnellement pour des raisons de sécurité.

C'est Wyoh qui fit le plus, et c'est sur son avis que Prof montra notre jeu et fit part à Stu de notre intention de faire la Révolution. Il ne se montra pas surpris. Stu avait déjà compris de quoi il s'agissait et il attendait seulement le moment où nous lui ferions confiance.

Si le nez de Cléopâtre avait été plus long, la face du monde en eût été changée. Je ne sais pas si Wyoh utilisa d'autres arguments qu'oraux pour convaincre Stu, et je n'ai jamais essayé de le savoir. C'était quand même Wyoh qui, pour moi, en avait fait infiniment plus que toutes les théories de Prof et tous les chiffres de Mike. Si Wyoh avait utilisé des arguments encore plus forts avec Stu, de toute manière elle n'aurait pas été la première héroïne de l'Histoire à agir ainsi pour son pays.

Stu se rendit sur Terra muni d'un code spécial. Je n'en connais pas plus sur les codes et les messages chiffrés que les principes qu'apprend un informaticien pendant sa formation. Un message chiffré est un cryptogramme dans lequel une lettre est substituée à une autre, et le plus simple consiste à mélanger les lettres de l'alphabet.

Un message chiffré peut aussi être d'une subtilité incroyable, surtout si l'on utilise un ordinateur. Pourtant, tous les messages chiffrés ont une faiblesse qui tient à leur nature même. Si un ordinateur peut les élaborer, un autre ordinateur peut les déchiffrer.

Un code n'a pas la même faiblesse. Pour prendre un exemple, disons que, dans son code, se trouvait le groupe de lettres GLOPS. Cela veut-il dire « Tante Minnie rentrera à la maison jeudi » ou cela signifie-t-il « 3, 14159... » ?

La signification d'un groupe de lettres est celle que vous lui avez donnée et pas un seul ordinateur ne peut la déduire du seul assemblage des lettres. Donnez à un ordinateur un assez grand nombre de groupes et une théorie raisonnable, comprenant des possibilités et des sujets de possibilités, il arrivera finalement à trouver le code car les possibilités elles-mêmes montreront la signification des groupes, une fois que les possibilités seront devenues des réalités. Mais cela, c'est un autre problème, plus difficile, et qui ne se situe pas au même niveau.

Le code que nous avons choisi était le code commercial le plus courant, qui était utilisé à la fois sur Terra et sur Luna pour les dépêches commerciales. Mais nous l'avions modifié. Prof et Mike avaient passé des heures à discuter ensemble pour savoir quels renseignements le Parti pourrait désirer avoir de son agent sur Terra et lesquels il pourrait avoir envie de lui transmettre, puis Mike avait fait travailler son inépuisable science et en avait sorti un nouveau jeu de significations pour le code, des significations qui pouvaient aussi bien être : « Achetez du riz thaï » ou « Fuyez, ils nous ont pris ». Ou bien *n'importe quoi*, car il y avait aussi des chiffres dans ce code qui permettaient de dire n'importe quoi, tout ce que nous n'avions pas prévu.

Un soir, tard dans la nuit, Mike imprima le nouveau code par l'intermédiaire des dépêches de la *Lunaïa Pravda;* le rédacteur de nuit passa le rouleau de prétendues dépêches à un autre camarade qui les transforma en un microfilm que, à son tour, il nous fit parvenir, et, pour toutes ces manipulations, personne ne sut ce qu'il avait réellement entre les mains, ni la raison de ces manipulations. Nous enfouîmes le code dans la bourse de Stu. A cette époque, on fouillait soigneusement les bagages des voyageurs en partance, et ces fouilles étaient opérées par des dragons de mauvaise humeur, mais Stu était certain qu'il n'aurait pas d'ennui. Peut-être, pour le passer, l'a-t-il avalé ?

Peu de temps après, par l'intermédiaire de son agent de change londonien, Stu reçut sur Terra quelques dépêches de la LuNoHoCo.

Pour la plupart, elles traitaient de questions financières. Le Parti avait besoin de dépenser de l'argent sur Terra ; la LuNoHoCo y fit donc transférer de l'argent (et ce n'était pas seulement de l'argent volé car certaines opérations avaient été profitables) ; mais le Parti avait toujours besoin de plus d'argent sur Terra et Stu devait spéculer, en tenant compte de ce qu'il connaissait secrètement de la Révolution projetée. Avec Prof et Mike, il avait passé des heures à discuter des actions qui allaient monter, de celles qui allaient baisser, etc. après le jour « J ». Mais cela, c'était le boulot de Prof car je ne suis pas, moi, cette sorte de joueur.

Nous avions besoin d'argent *avant* le jour « J » pour créer « le climat d'opinion ». Nous avions besoin de publicité, nous avions besoin de tenir des délégués et des sénateurs des Nations Fédérées, nous avions besoin qu'une nation au moins nous reconnaisse dès le jour « J », nous avions besoin de disposer de légistes qui, un verre de bière en main, diraient à d'autres légistes : « Je voudrais bien savoir ce qui, sur ce tas de cailloux, pourrait bien valoir la vie d'un seul soldat ? Qu'ils aillent donc au diable, comme ils le voudront, voilà ce que je pense ! »

De l'argent pour la publicité, de l'argent pour les pots-de-vin, de l'argent pour des hommes de paille, pour intoxiquer les mouvements qui avaient pignon sur rue ; de l'argent pour que la nature de la véritable économie lunaire (Stu était parti muni de tous les éléments nécessaires) soit établie de manière scientifique, d'abord, puis ensuite popularisée ; de l'argent pour convaincre le ministère des Affaires étrangères d'au moins un grand pays qu'il aurait avantage à l'existence de Luna Libre ; de l'argent pour convaincre quelque grand cartel financier de développer le tourisme lunaire...

Tout cela faisait trop d'argent ! Stu avait offert sa propre fortune et Prof ne l'avait pas refusée... Où se trouve l'intérêt doit aussi se trouver l'enthousiasme. Cela faisait quand même trop d'argent, et trop à faire aussi. Je ne savais pas si Stu pourrait jamais accomplir ne serait-ce que le dixième de sa tâche ; je conjurais le sort comme je pouvais. Enfin, nous avions quand même établi un système de communication avec Terra ! Prof prétendait que les communications vers l'ennemi étaient un point essentiel dans toutes les guerres, et qu'il fallait y porter le plus grand soin. (Prof était pacifiste. Mais il en était de son pacifisme comme de son végétarisme, cela ne l'empêchait pas d'être « rationnel ». Il aurait fait un théologien terrible.)

Dès que Stu fut sur Terra, Mike établit nos chances à une contre trente. Je lui demandai pourquoi diable ? « Mais, Man, » m'expliqua-t-il patiemment, « cela accroît les risques. Qu'il s'agisse d'un risque nécessaire ne change rien au fait qu'il est accru. »

Je me tus. Vers le même moment, au début de mai, un nouveau facteur réduisit certains risques tout en en révélant d'autres. Une partie de Mike s'occupait des transmissions par ondes micrométriques Terra-Luna, — les messages commerciaux, les données scientifiques, les agences de nouvelles, la vidéo, la radio-téléphonie vocale, les transmissions de routine de l'Autorité, — et aussi les messages ultra-secrets du Gardien.

Sauf ces derniers, Mike pouvait déchiffrer n'importe qui, y compris les codes et messages chiffrés commerciaux : le déchiffrement des cryptogrammes était pour lui un jeu auquel il se livrait comme on fait des mots croisés, et personne ne se méfiait de cette machine. Sauf le Gardien, et je pense d'ailleurs qu'il se méfiait de tout mécanisme ; c'était un de ces types qui trouvent que tout ce qui est un peu plus compliqué qu'une paire de ciseaux a quelque chose de mystérieux, de dangereux... un esprit de l'Age de Pierre en quelque sorte.

Le Gardien utilisait un Code que Mike n'avait jamais vu. Il utilisait aussi différents messages chiffrés mais ne les composait jamais à l'aide de Mike ; il préférait se servir d'une petite machine idiote qu'il avait dans le bureau de sa résidence. Il avait en outre convenu avec l'Autorité terrienne de faire des permutations régulières selon un calendrier établi entre eux. Il opérait donc en toute sécurité.

Mike déchiffra son système de cryptographie et déduisit son système de permutation horaire, simplement pour se dérouiller les jambes. Il ne s'était pas attaqué au code avant que Prof ne le lui demandât ; cela ne présentait aucun intérêt pour lui.

Pourtant, lorsque Prof le lui eût demandé, Mike s'attaqua aux messages ultra-secrets du Gardien. Il fut obligé de commencer à partir de rien car, auparavant, Mike avait toujours effacé les messages du Gardien une fois la transmission effectuée. Il se mit donc à accumuler lentement, peu à peu, des données pour les analyser, et ce travail lui demanda beaucoup de temps car le Gardien n'envoyait de tels messages que lorsque la nécessité s'en faisait sentir, et il se passait parfois une semaine entière sans que cela se produise. Pourtant, peu à peu, Mike commença à définir la signification de certains groupes de lettres, en assignant à chacun une probabilité. Un code ne cède pas d'un seul coup : il est même possible de connaître la signification de quatre-vingt-quinze groupes d'un message et de n'en pas comprendre le sens car il subsiste un groupe qui, pour vous, ne veut encore dire que GLOPS.

Il y a aussi un problème pour l'utilisateur car, si GLOPS se transforme en GLOPT, il n'y comprend plus rien. Toutes les méthodes de communication exigent des répétitions, sans quoi une information peut faire défaut. C'est sur ces répétitions que comptait Mike, avec la parfaite patience d'une machine.

Mike trouva la plus grande partie du code du Gardien beaucoup plus tôt qu'il ne l'avait prévu ; le Gardien, en effet, envoyait des messages de plus en plus nombreux et ils avaient tous trait à la même affaire (ce qui nous était une grande aide) : la sécurité et la subversion.

Nous taquinions Mort la Peste : il réitérait sans arrêt ses demandes de secours.

Il rendait compte du fait que, malgré l'envoi de deux phalanges de dragons de la Paix, les activités subversives continuaient de plus belle et il demandait des renforts pour poster des gardes dans tous les endroits clefs de toutes les termitières.

L'Autorité lui répondit qu'il exagérait et qu'il était impossible d'envoyer d'autres troupes des Nations Fédérées, qui devaient rester disponibles pour leurs tâches terriennes, et lui demanda de ne plus adresser de telles demandes. S'il désirait augmenter les effectifs de sa garde, il n'avait qu'à recruter parmi les déportés, mais les augmentations de dépenses devraient alors être supportées par Luna ; il n'était plus autorisé à dépasser les crédits déjà alloués. On lui demanda en outre de faire connaître quelles mesures il avait prises pour répondre aux demandes supplémentaires d'expédition de grain.

Le Gardien répondit qu'à moins de recevoir satisfaction pour ses demandes extrêmement modérées de renforts en personnel de sécurité qualifié, — inutile, je répète, inutile d'envisager l'utilisation de condamnés non entraînés, non sûrs, non convenables, — il ne pourrait pas assurer plus longtemps le maintien de l'ordre, et encore moins une augmentation des expéditions de grain.

On lui répondit avec un certain sourire que cela ne faisait aucune différence si les ex-déportés avaient envie de se battre entre eux au fond de leurs trous. Et, s'il était ennuyé, pourquoi ne pensait-il pas à éteindre l'éclairage comme on l'avait fait, avec un entier succès, en 1996 et en 2021 ?

Ces échanges nous forcèrent à modifier notre calendrier, à

accélérer certaines opérations, à en ralentir d'autres. Comme un repas gastronomique, une révolution doit être « préparée » de telle manière que tout arrive à son heure. Stu avait besoin de temps sur la Terre. Nous avions besoin de boîtes métalliques et de petites tuyères directionnelles, ainsi que de circuits intégrés, pour pouvoir « projeter nos rochers ». Pour nous, l'acier constituait un problème car il nous fallait l'acheter, l'usiner, et surtout le transporter à travers les méandres des tunnels jusqu'à l'aire de catapultage. Nous devions aussi augmenter le Parti et parvenir au moins à la lettre « K », — ce qui représentait environ 40 000 membres, — et, aux bas échelons, nous recrutions les membres plus pour leur esprit combatif que pour leurs talents particuliers, comme nous l'avions fait jusqu'alors. Nous avions aussi besoin d'armes pour repousser d'éventuels débarquements. Nous avions encore besoin de déplacer les radars de Mike, ces radars sans lesquels il était aveugle (Mike, lui-même, ne pouvait être déplacé, mais il avait des prolongements sur tout Luna ; il y avait un millier de mètres de rocher au-dessus de sa partie centrale, dans le Complexe, il était entouré d'acier et son armature était montée sur resssorts car l'Autorité avait pensé qu'il pouvait un jour être bombardé avec des armes thermonucléaires).

Il nous fallait faire tout cela et il ne fallait pas que la marmite se mît à bouillir trop tôt.

C'est pourquoi nous avons mis un frein à ce qui pouvait ennuyer le Gardien et nous avons essayé d'accélérer tout le reste. Simon Jester partit en vacances. Nous fîmes passer la consigne que les bonnets phrygiens n'étaient plus dans la note mais qu'il fallait quand même les conserver. Le Gardien ne reçut plus d'appels téléphoniques énervants ; nous cessâmes de rechercher des incidents avec les dragons, ce qui ne les supprima pas mais en réduisit le nombre.

Malgré tous nos efforts pour atténuer les difficultés de Mort la Peste, un symptôme se fit jour qui nous inquiéta : aucun message (du moins aucun que nous ayons intercepté) ne parvint au Gardien pour lui accorder des renforts de troupes, et il fit pourtant sortir des gardes du Complexe. Les membres du Service Civique qui y vivaient cherchèrent des trous à louer dans L City. L'Autorité fit procéder à des essais de forage et de sondage aux ultra-sons dans un volume proche de L City, volume qui pouvait être transformé en terrier.

Cela pouvait signifier que l'Autorité avait l'intention de procéder à une expédition massive de prisonniers ; cela pouvait aussi signifier que l'espace dans le Complexe pouvait avoir été requis dans un autre but que celui qui lui était assigné actuellement, et servir de casernement. Mike nous dit : « Ne vous bercez pas d'illusions, le Gardien va recevoir ses renforts ; et cet espace leur servira de casernement. S'il y avait eu une autre explication, j'en aurais entendu parler. »

— « Mais, Mike, » lui dis-je, « pourquoi n'as-tu pas entendu parler de ces renforts ? Tu as déjà fort bien déchiffré le code du Gardien ? »

— « Non, pas très bien ; j'en connais une partie, c'est tout. Mais, les deux derniers vaisseaux ont amené des personnalités de l'Autorité et je ne sais pas ce qu'ils racontent quand ils sont loin des téléphones. »

Nous fîmes donc des plans pour prévoir ce que nous ferions si nous devions supporter dix autres phalanges, car Mike pensait que le volume libéré pouvait contenir cet effectif. Nous pourrions faire face à ce nombre, — avec l'aide de Mike, — mais cela signifierait des morts, et pas du tout le coup d'État (1) non sanguinaire qu'avait prévu Prof.

Et nous fîmes porter tous nos efforts sur les autres points. Quand, tout à coup, nous fûmes mis au pied du mur...

(1) En français dans le texte. *(N.D.L.R.)*.

13

ELLE s'appelait Marie Lyons ; elle avait dix-huit ans et était née sur Luna, sa mère ayant été exilée avec le Détachement pacifique de 56. Aucune trace de son père. Elle paraissait tout ce qu'il y a de plus inoffensif. Elle travaillait comme contrôleuse des approvisionnements au service des expéditions et habitait dans le Complexe.

Peut-être haïssait-elle l'Autorité et aimait-elle taquiner les dragons de la Paix ; ou alors cela a-t-il commencé comme une pure transaction commerciale, dans le calme le plus absolu, derrière un tourniquet payant ? Comment savoir ? Il y avait six dragons. Non satisfaits de l'avoir violée (si c'était un viol), ils abusèrent d'elle de plusieurs autres façons et la tuèrent. Mais ils ne surent pas se débarrasser du cadavre ; une autre femelle du Service Civique le trouva avant qu'il ne fût froid. Elle cria, et ce fut son dernier cri...

Nous fûmes immédiatement au courant. Mike nous appela tous les trois pendant qu'Alvares et le chef de corps des dragons de la Paix étudiaient les mesures à prendre dans le bureau d'Alvarez. Il ne semblait pas que le commandant des dragons ait eu de la peine à mettre la main sur les coupables ; avec Alvarez, il les interrogeait un à un, les cuisinait durement. Nous entendîmes une fois Alvarez proclamer : « J'ai déjà dit que vos sacrés dragons devaient avoir leurs femmes avec eux ! Je vous avais averti ! »

— « Ne remettez pas ça sur le tapis ! » répondit l'officier de dragons. « Je vous ai dit cent fois qu'ils n'en enverront pas. Maintenant, la question est de savoir ce que nous allons faire pour étouffer l'affaire. »

— « Êtes-vous fou ? Le Gardien est déjà au courant. »

— « C'est quand même toujours le problème. »

— « Suffit ! Passons au suivant. »

Tout au commencement de cette affreuse histoire, Wyoh m'avait rejoint dans mon atelier. Elle était toute pâle sous son fond de teint, ne parlait pas mais voulut s'asseoir à côté de moi et me prendre la main.

La conférence se termina quand même et le dragon quitta Alvarez. Ils étaient toujours en train de se disputer ; Alvarez voulait que les six dragons soient immédiatement exécutés et que l'on donne toute la publicité désirable à cette affaire (ce qui était intelligent mais pas assez, de son point de vue) ; le chef de corps parlait encore « d'étouffer l'affaire ». Prof dit : « Mike, continuez d'écouter, ici et partout où vous le pouvez. Compris, Mike ? Wyoh ? Man ? Une idée ? »

Je n'en avais aucune. Je n'étais pas un révolutionnaire froid, clairvoyant ; j'avais seulement envie de les écraser, de leur faire expier. « Je ne sais pas. Que faut-il faire, Prof ? »

— « Faire ? Nous y sommes, nous avons débusqué le tigre et il faut maintenant l'attraper par les oreilles. Mike, où est Finn Nielsen ? Trouvez-le. »

Mike répondit : « Il appelle. » Et il nous mit en contact avec Finn ; j'entendis : « ... à la station Sud. Les deux gardes sont morts, ainsi que six de nos gens. Je dis des gens, pas obligatoirement des camarades. Il court des bruits sur les dragons qui seraient devenus fous, qui violeraient et tueraient toutes les femmes du Complexe. Adam, je préférerais parler à Prof. »

— « Je suis ici, Finn, » répondit Prof, d'une voix forte, confiante. « Il faut maintenant bouger, il le faut. Débraye et prends les pistolets laser et les hommes qui y sont entraînés, tous ceux que tu peux ramasser. »

— « Da ! D'accord, Adam ? »

— « Fais ce que dit Prof. Puis rappelle. »

— « Un instant, Finn ! » interrompis-je. « Ici, Mannie. Il me faut un de ces pistolets. »

— « Tu n'es pas entraîné, Mannie. »

— « Si c'est un laser, je sais m'en servir. »

— « Mannie, » dit Prof avec violence, « taisez-vous. Vous perdez du temps ; laissez faire Finn. Adam, un message pour Mike. Dites-lui de déclencher le plan d'alerte n° 4. »

L'exemple de Prof mit fin à mes hésitations. J'avais oublié que Finn était supposé ne pas savoir que Mike était « Adam Selene » ; j'avais tout oublié, je n'étais plus que froide colère. Mike dit : « Finn a raccroché et j'ai lancé le plan d'alerte n° 4 en même temps, Prof. Plus de circulation autre que la routine déjà programmée. Vous ne désirez rien interrompre, n'est-ce pas ? »

— « Non, il n'y a qu'à appliquer le plan n° 4. Aucune transmission avec Terra, ni dans un sens ni dans l'autre ; qu'aucune nouvelle ne filtre. Si quelqu'un appelle, il faut le faire attendre et nous prévenir. » Le plan d'alerte n° 4 concernait les transmissions en cas d'urgence et visait à établir la censure sur les nouvelles en direction de Terra sans, pour autant, éveiller les soupçons. Pour cela, Mike devait se préparer à utiliser autant de voix différentes qu'il le faudrait pour retarder certaines communications... pour les communications par télétype, il n'y avait pas de problème.

— « Programme en cours, » dit Mike.

— « Bien. Mannie, calmez-vous et occupez-vous de ce que vous avez à faire, laissez les autres se battre : c'est ici que nous avons besoin de vous, et il va vous falloir improviser. Wyoh, allez très vite donner la consigne à la camarade Cécilia de faire évacuer tous les corridors par les Irréguliers. Que tous les enfants rentrent chez eux et qu'ils y restent... Et que leurs mères poussent les autres mères à en faire autant. Nous ne savons absolument pas où vont se dérouler les combats et nous ne voulons pas que des enfants soient blessés si nous pouvons l'éviter. »

— « J'y vais, Prof. »

— « Un instant. Dès que vous aurez averti Sidris, occupez-vous de vos stilyagi. Je veux de la bagarre dans les bureaux de l'Autorité, en ville... qu'ils défoncent les portes, qu'ils saccagent l'endroit, qu'ils fassent du bruit, du vacarme, qu'ils détruisent tout... qu'ils ne blessent personne s'ils peuvent l'éviter. Mike, alerte n° 4 M. Isolez le Complexe en ne conservant que nos propres lignes. »

— « Prof, » demandai-je. « pourquoi déclencher des émeutes à cet endroit ? »

— « Mannie, Mannie ! Aujourd'hui, c'est *le Jour !* Mike, est-ce que les autres termitières ont appris le viol et le meurtre ? »

— « Pas que je sache. J'écoute toujours ici et là, je fais des sondages. Les stations de métro sont calmes, sauf à Luna City. Les combats ont juste commencé à la station Ouest. Voulez-vous écouter ? »

— « Pas maintenant. Mannie, allez-y et regardez. Mais tenez-vous à l'écart et toujours à proximité d'un téléphone. Mike, déclenchez des émeutes dans toutes les termitières. Faites passer les nouvelles dans les cellules et utilisez la version Finn, pas la vérité. Les dragons violent et tuent toutes les femmes du Complexe... Je vous donnerai des détails, ou vous pouvez les inventer. Heu... pouvez-vous donner aux gardes des stations de métro des autres termitières l'ordre de regagner leurs casernes ? Je veux des émeutes mais il n'est pas nécessaire d'envoyer des hommes désarmés contre des hommes en armes si nous le pouvons. »

— « Je vais essayer. »

Je me dépêchai d'aller à la station Ouest, mais je ralentis en approchant. Les corridors étaient pleins de gens en colère. La ville bourdonnait d'une manière effrayante, je n'avais encore jamais rien entendu de semblable ; quand je traversai le boulevard, j'entendis des cris et un bruit de foule qui venaient des bureaux de l'Autorité ; il me semblait pourtant que Wyoh n'avait pas eu le temps de rassembler encore ses stilyagi... non, elle n'en avait pas eu le temps, mais les opérations prévues par Prof s'étaient spontanément déclenchées.

La station était noire de monde et je dus jouer des coudes pour constater de mes yeux ce que je soupçonnais : que les gardes préposés aux passeports étaient soit morts, soit en fuite. Non, en fait, ils étaient morts, ainsi que trois Lunatiques, parmi lesquels il y avait un gamin de moins de treize ans. Ce gamin était mort, les mains toujours crispées sur la gorge d'un dragon ; il avait toujours, sur la tête, un petit bonnet rouge. Je me frayai un chemin jusqu'à une cabine téléphonique et je rendis compte.

— « Retournez-y, » me dit Prof, « et regardez la plaque d'identité d'un des gardes. Je voudrais son nom et son grade. Avez-vous vu Finn ? »

— « Non. »

— « Il doit arriver avec trois pistolets. Dites-moi dans quelle cabine vous vous trouvez, cherchez-moi ce nom et revenez. »

Un des cadavres avait disparu, enlevé. Bog sait ce qu'ils voulaient en faire ! L'autre était déjà en fort mauvais état ; je pus quand même m'en approcher et lui retirer du cou sa plaque d'identité avant qu'il ne fût emmené quelque part lui aussi. Je jouai des coudes pour regagner le téléphone et j'y trouvai une femme. « Madame, » dis-je. « Il faut absolument que j'utilise ce téléphone. C'est urgent ! »

— « Vous êtes le bienvenu ! A votre aise, ce damné machin ne marche pas ! »

Pour moi, il marchait, c'était Mike qui l'avait mis en réserve. Je donnai à Prof le nom du garde : « Bien, » me répondit-il. « Avez-vous vu Finn ? Il doit vous retrouver à cette cabine. »

— « Non... Attendez, je l'aperçois. »

— « Parfait ! Rejoignez-le. Mike, avez-vous une voix qui conviendrait à ce dragon ? »

— « Désolé, Prof, non. »

— « Tant pis ! Il suffira de paraître essoufflé, et effrayé ; il y a d'ailleurs de fortes chances pour que le chef de corps ne le connaisse pas personnellement. Mais ce garde aurait peut-être appelé Alvarez ? »

— « Non, il appellerait son chef de corps. Alvarez fait toujours parvenir ses ordres par son intermédiaire. »

— « Alors, appelez le chef de corps. Rendez compte de l'attaque, demandez des renforts, et mourez au beau milieu d'une phrase. Avec un bruit de fond d'émeute, et peut-être même un beau cri : « Tuons ce salopard, maintenant ! », juste avant que vous mouriez. Pouvez-vous le faire ? »

— « C'est programmé. Pas de problème, » dit Mike qui paraissait tout content.

— « Allez-y. Mannie, passez-moi Finn. »

Prof avait projeté de faire sortir les gardes de leurs casernes et de continuer à les attirer aux bons endroits, de les faire tomber sur Finn, qui n'aurait qu'à les cueillir lorsqu'ils sortiraient de leurs capsules. Et cela marcha à merveille, jusqu'au moment où Mort la Peste perdit son sang-froid et conserva les quelques gardes qui restaient pour se protéger lui-même, tout en envoyant vers Terra des messages désespérés... des messages qui ne partaient pas.

Je me libérai de la discipline de Prof ; je pris un pistolet laser au moment où devait arriver la deuxième capsule de dragons de la Paix. Je fis griller deux dragons, j'apaisai ma soif de sang et je laissai les autres terminer le travail. C'était trop facile : ils passaient la tête par l'écoutille et ils étaient cuits. La moitié de l'escouade ne sortit même pas... mais se mit à dégager une épaisse fumée et mourut ainsi, comme les autres. A ce moment, j'avais regagné mon poste près du téléphone.

La décision du Gardien de se terrer provoqua quelques troubles dans le Complexe ; Alvarez se fit tuer, ainsi que le commandant des dragons et deux chemises jaunes. Un certain nombre de dragons et de chemises jaunes, treize en tout, se terrèrent avec Mort la Peste, à moins qu'ils ne fussent déjà avec lui. Nous pouvions suivre les événements grâce à Mike, qui pouvait tout écouter. Une fois qu'il parut évident que tous les hommes en armes étaient réunis à l'intérieur de la résidence du Gardien, Prof donna à Mike l'ordre de passer à l'opération suivante.

Mike éteignit toutes les lumières du Complexe sauf celles de la résidence du Gardien, et réduisit l'oxygène au minimum, — pas au point de tuer mais suffisamment pour nous assurer que quiconque chercherait des ennuis demeurerait inerte. Dans la résidence, cependant, l'oxygène fut entièrement coupé ; il n'y avait plus que de l'azote, et cela dura environ une dizaine de minutes. Au bout de ce temps, les hommes de Finn, qui attendaient avec leurs combinaisons pressurisées dans la station de métro privée du Gardien, firent sauter la porte du sas et entrèrent « au coude à coude ». Luna était à nous.

DEUXIÈME PARTIE
LA FOULE SOUS LES ARMES

14

C'EST ainsi qu'une vague de patriotisme envahit notre nouvelle nation et l'unifia.

N'est-ce pas ce que déclarent les livres d'Histoire ? Quelle blague !

Ma parole d'honneur, préparer une révolution n'est rien à côté de ce qu'il faut faire pour la réussir ! Nous en étions donc arrivés là, nous avions trop tôt pris les leviers de commande, n'ayant rien de prêt et ayant des quantités de choses à faire. L'Autorité de Luna avait disparu... mais l'Autorité Lunaire sur la Terre, et les Nations Fédérées, qui l'avaient créée, restaient bien solides. Si elles avaient seulement envoyé un transport de troupes ou mis un croiseur sur orbite au cours des huit ou quinze jours suivants, elles auraient repris Luna sans la moindre difficulté. Nous n'étions que de la populace.

La nouvelle catapulte avait été essayée mais nous pouvions compter sur les doigts d'une seule main les missiles chargés de rocs que nous étions prêts à expédier, sur les doigts *de ma main gauche*. D'ailleurs la catapulte n'était pas une arme utilisable contre des vaisseaux, ni contre de l'infanterie. Nous avions bien quelques idées concernant la lutte contre les vaisseaux, mais ce n'était encore que de très vagues idées. Nous avions mis en réserve, à Hong-Kong Lunaire, quelques centaines de pistolets laser bricolés, — les ingénieurs chinois sont très adroits, — mais nous n'avions que très peu d'hommes capables de s'en servir.

En outre, l'Autorité avait son utilité : c'est elle qui achetait la glace et le grain, qui vendait l'air, l'eau et l'énergie, et qui possédait ou commandait une douzaine de points clefs.

Qu'importe ce que nous ferions dans l'avenir, il fallait que la machine continue à fonctionner. La mise à sac des bureaux de l'Autorité en ville avait peut-être même été prématurée (c'était mon opinion à moi) car tous les dossiers avaient été détruits. Prof avait cependant prétendu que les Lunatiques, tous les Lunatiques, avaient besoin d'un objet pour leur haine et que la destruction de ces bureaux était ce qui nous coûterait le moins cher et serait le plus populaire.

Mais Mike contrôlait toutes les communications, ce qui voulait dire qu'il contrôlait tout. Prof avait commencé par le contrôle des nouvelles en provenance ou en direction de Terra, laissant à Mike le soin de la censure et de la fabrication des nouvelles, jusqu'à ce que nous puissions décider ce que nous voulions faire connaître sur Terra ; après cela, il déclencha la sous-opération « M », qui coupait le Complexe du reste de Luna et, avec lui, l'observatoire Richardson et les laboratoires annexes, — le radioscope Pierce, la station de sélénophysique, et ainsi de suite. Un problème se posait à nous car il y avait toujours des savants terriens qui allaient et venaient, restaient parfois six mois sur Luna, gagnant du temps grâce à l'emploi de la centrifugeuse. A part une poignée de touristes, — trente-quatre, — la plupart des Terriens résidant sur Luna étaient des savants. Il fallait faire quelque chose pour ces Terriens mais, pour le moment, il était suffisant de les empêcher de bavarder avec Terra.

Pour l'instant, le téléphone du Complexe avait été coupé et Mike n'autorisait plus les capsules à s'arrêter dans aucune des stations du Complexe, même après la reprise de la circulation, qui avait été rétablie dès que Finn Nielsen et son escouade eurent terminé leur sale travail.

Nous nous aperçûmes que le Gardien n'était pas mort ; nous n'avions d'ailleurs pas eu l'intention de le tuer : Prof avait déclaré qu'il était toujours possible de tuer un Gardien vivant tandis qu'il était impossible de ranimer un Gardien mort dans le cas où nous en aurions besoin. Notre plan avait donc été de le neutraliser, de nous assurer que ni lui ni ses gardes ne pourraient combattre, puis de nous précipiter sur eux au moment où Mike rétablirait la circulation de l'oxygène.

Avec les turbines tournant à vitesse maximum, Mike avait calculé qu'il faudrait quatre minutes et quelques secondes pour réduire l'oxygène à la pression zéro, ce qui provoquerait cinq minutes d'hypo-oxygénation croissante, puis cinq minutes de manque total d'oxygène ; on forcerait alors le sas inférieur pendant que Mike enverrait de l'oxygène pur pour rétablir l'équilibre. Cela ne devait tuer personne mais mettre tous les sujets soumis à cette expérience dans un état proche de l'anesthésie. Il y avait bien le danger pour les assaillants que certains aient des combinaisons pressurisées, mais même cela n'était pas grave ; l'hypo-oxygénie est progressive et on peut fort bien s'évanouir sans même se rendre compte que l'on manque d'oxygène. C'est l'erreur fatale la plus communément commise par les nouveaux débarqués.

C'est ainsi que le Gardien a survécu, de même que trois de ses femmes. Le Gardien a survécu, sans doute, mais il n'était plus d'aucune utilité : son cerveau avait trop longtemps été privé d'oxygène et il n'avait plus qu'une vie végétative. Aucun des gardes ne put survivre, ils étaient pourtant plus jeunes que le Gardien ; il semblerait que le manque total d'oxygène soit dangereux...

Personne ne fut blessé dans les autres parties du Complexe. Une fois que la lumière et l'oxygène furent revenus, tout le monde se retrouva en très bonne forme, y compris les six meurtriers-violenteurs sous clef dans la caserne. Finn décida que le peloton d'exécution était une punition trop tendre pour eux et se transforma donc en juge, prenant les membres de son escouade comme jury.

Ils furent déshabillés, on leur coupa les tendons des chevilles et des poignets et ils furent livrés aux femmes du Complexe. Cela me donne mal au cœur de penser à ce qui s'est passé ensuite, mais je ne crois pas qu'ils aient pu vivre un martyre aussi long que celui qu'avait subi Marie Lyons. Les femmes sont de curieuses créatures : elles sont douces, aimables, gentilles, et beaucoup plus sauvages que nous.

Il faut maintenant que je dise ce qui est arrivé aux espions dont on n'avait plus besoin. Wyoh avait d'abord voulu à toute force les éliminer mais, quand nous avons pu les atteindre, elle n'avait plus le cœur à ça. J'aurais pensé que Prof serait comme elle, mais il hocha la tête : « Non, ma chère Wyoh, et, bien que je désapprouve la violence, il n'y a que deux choses à faire avec un ennemi : le tuer ou s'en faire un ami. Les demi-mesures ne peuvent, dans l'avenir, qu'être des causes de désordre. Quelqu'un qui est capable de moucharder un ami une fois recommencera toujours, et nous avons maintenant devant nous une longue période pendant laquelle un mouchard pourrait être dangereux ; nous devons nous en débarrasser. Et nous en débarrasser publiquement, pour faire réfléchir d'autres mouchards éventuels. »

— « Professeur, » dit Wyoh, « vous avez dit une fois que si vous condamniez quelqu'un vous l'élimineriez de vos propres mains. Est-ce ce que vous avez l'intention de faire ? »

— « Oui et non, chère madame. Leur sang retombera sur mes mains et j'en accepte la responsabilité. Mais j'ai à l'esprit quelque chose de beaucoup plus propre à décourager d'autres mouchards. »

Et c'est ainsi qu'Adam Selene fit connaître que ces individus avaient été employés par Juan Alvarez, l'ancien chef de la Sécurité de l'ancienne Autorité, à qui ils avaient servi d'espions... et il donna leurs noms et leurs adresses. Adam ne proposa pas de faire quelque chose.

Un de ces individus resta en cavale pendant sept mois, changeant continuellement de termitière et de nom. Puis, au début de 77, on retrouva son cadavre à l'extérieur du sas Sud de Novylen. Quant aux autres, pour la plupart, ils ne vécurent pas plus de quelques heures.

Pendant les premières heures qui suivirent le coup d'État, nous avons été confrontés avec un problème que nous avions jusqu'alors négligé, le problème d'Adam Selene lui-même. *Qui* est Adam Selene ? Où est-il ? C'est lui qui a fait la révolution, qui en a étudié les moindres détails, et tous les camarades connaissent sa voix. Nous avons maintenant quitté la clandestinité... alors, *où se trouve donc Adam ?*

Nous en avons discuté toute la nuit, dans la chambre L du Raffles, ce qui ne nous empêchait pas, en même temps, d'avoir à prendre des décisions sur cent problèmes différents qui surgissaient les uns après les autres, tandis que nos camarades voulaient savoir ce qu'il convenait de faire, alors qu' « Adam » prenait, lui, au téléphone, ses responsabilités pour les problèmes qui n'avaient pas besoin d'être discutés de vive voix, imaginait des nouvelles de son cru à envoyer sur Terra, s'occupait d'isoler le Complexe, faisait quantité d'autres choses (aucun doute, sans Mike, nous n'aurions pas pu prendre Luna ni nous y maintenir).

Moi, je pensais que Prof devait devenir « Adam ». C'était

Prof qui avait toujours été notre chef et notre théoricien ; tout le monde le connaissait ; quelques-uns de nos camarades clefs le connaissaient sous le nom de « camarade Bill » et tous les autres connaissaient et respectaient le professeur Bernardo de La Paz... Ma parole ! il avait fait la classe à la moitié des citoyens importants de Luna, parmi lesquels beaucoup vivaient dans d'autres termitières, et il était connu de tous les gens influents de Luna.

— « Non, » dit Prof.

— « Pourquoi pas ? » demanda Wyoh. « Prof, vous êtes élu. Dis-le-lui, Mike. »

— « Je réserve mon jugement, » répondit Mike. « Je veux d'abord écouter ce que Prof a à dire. »

— « Je vois que vous avez analysé la situation, Mike, » déclara Prof. « Wyoh, ma très chère camarade, je ne refuserais pas si c'était en mon pouvoir mais il est absolument impossible de faire correspondre ma voix avec celle d'Adam... et tout le monde connaît Adam *oralement :* c'est volontairement que Mike lui a donné une voix tellement reconnaissable. »

Nous avons alors pensé qu'il serait peut-être possible que Prof se charge quand même de cette tâche, ne se montrant que sur les écrans de la vidéo, tandis que Mike répéterait ce que dirait Prof en prenant la voix d'Adam.

On laissa tomber. Trop de gens connaissaient Prof et l'avaient entendu parler ; on ne pouvait pas confondre sa voix ni sa manière de parler avec celles d'Adam. On a alors pensé à moi ; ma voix et celle de Mike étaient toutes les deux des voix de baryton, peu de personnes étaient capables de reconnaître ma voix au téléphone et personne ne m'avait jamais vu à la vidéo.

Je déclinai cet honneur : Les gens étaient déjà surpris de découvrir que j'étais un des lieutenants du grand patron, jamais ils n'accepteraient de croire que j'étais le numéro 1 en personne.

— « Partageons les chances, » dis-je. « Adam a tout le temps constitué un véritable mystère, il n'y a qu'à continuer. On ne le verra que sur les écrans, sous un masque : Prof, vous fournissez le corps et Mike tu fournis la voix. »

Prof hocha la tête : « Je ne peux pas penser qu'il puisse y avoir un moyen plus sûr de détruire la confiance du public pendant cette période qui va être extrêmement dangereuse que de faire paraître notre chef sous un masque. Non, Mannie. »

Nous envisageâmes la possibilité de trouver un acteur pour en jouer le rôle. Malheureusement nous n'avons pas, sur Luna, d'acteurs professionnels, même si nous avions de bons amateurs dans la troupe du Théâtre Civique de Luna ou chez les Associés du Novi Bolchoï Teatr.

— « Non, » dit Prof, « même si nous arrivions à trouver un acteur capable de jouer ce rôle, un acteur qui ne risquerait pas, ensuite, de jouer pour son propre compte le rôle de Napoléon ; de toute manière, nous n'avons pas le temps d'attendre. Adam doit prendre le destin de Luna en main pas plus tard que demain matin. »

— « Dans ce cas, » lui dis-je, « il n'y a qu'une seule solution : il faut utiliser Mike et ne jamais le faire paraître à la vidéo, mais seulement à la radio. Il faudra trouver une excuse, mais Adam ne doit jamais se montrer. »

— « Je suis bien obligé d'être de votre avis, » dit Prof.

— « Man, mon plus vieil ami, » dit Mike, « pourquoi dis-tu qu'il ne faut pas que je me montre ? »

— « Tu ne nous a donc pas écoutés ? Mike, il nous faut montrer un visage et un corps, sur les écrans. Tu as un corps, mais constitué de plusieurs tonnes de métal. Et tu n'as pas de figure... tu as d'ailleurs de la chance, cela t'épargne la peine de te raser. »

— « Je ne vois pas ce qui m'empêche de montrer une figure, Man ? J'ai bien une voix, maintenant, alors que, derrière, il n'y a aucun son. Je peux parfaitement montrer, de la même manière, une figure. »

Je fus tellement surpris que je ne répondis pas. Je regardai l'écran de la vidéo installé dans la chambre que nous avions louée. Une impulsion est une impulsion ; ce n'est pas autre chose que des électrons qui se poussent mutuellement. Pour Mike, le monde entier n'était qu'une série variable de pulsations électriques, des pulsations émises ou reçues, ou des pulsations qui se promenaient au sein de ses circuits.

— « Non, Mike, » dis-je.

— « Pourquoi pas, Man ? »

— « Parce que tu *ne peux pas !* Pour la voix, tu te débrouilles parfaitement, mais cela ne suppose que quelques milliers de décisions par seconde, ce qui n'est pas grand-chose pour toi. Créer un visage sur un écran représenterait... euh... disons dix millions de décisions par seconde. Mike, tu as une rapidité que je ne puis même pas imaginer mais tu n'es quand même pas assez rapide. »

— « Qu'est-ce que tu paries, Man ? » dit doucement Mike.

Wyoh dit, sous le coup de l'indignation : « Naturellement que Mike en est capable, s'il le dit ! Mannie, tu ne devrais pas parler ainsi. » (Wyoh pense qu'un électron est quelque chose qui a à peu près la taille et la forme d'un petit pois.)

— « Mike, » dis-je lentement, « je ne parie pas d'argent. D'accord, tu veux essayer ? Est-ce que je branche la vidéo ? »

— « Je peux la brancher moi-même, » répondit-il.

— « Tu es sûr de n'arriver que sur cet écran ? Il ne faudrait pas montrer ton essai sur les autres. »

Il me répondit avec suffisance : « Je ne suis pas stupide, Man. Et maintenant, laisse-moi tranquille, car je dois avouer que cela va m'occuper entièrement. »

Nous attendîmes en silence. Au bout d'un certain temps, l'écran s'éclaira et resta gris, avec quelques lignes de parasites ; puis il s'obscurcit de nouveau pour laisser paraître au milieu une faible zone éclairée, où semblaient s'affronter des ombres et des éclairs, une zone de forme ellipsoïdale. Ce n'était pas un visage mais plutôt une ombre de visage, comme lorsqu'on voit Terra d'ici quand les nuages la recouvrent.

Cela s'éclaircit un peu et j'avais l'impression de voir un ectoplasme : un fantôme de visage.

Tout d'un coup, cela fut plus net et nous *vîmes* « Adam Selene ».

Ce n'était encore que l'image d'un homme mûr. Il n'y avait pas le moindre décor, ce n'était qu'un visage que l'on aurait cru découpé d'une image. Pour moi, c'était déjà « Adam Selene », cela ne pouvait être que lui.

Puis il se mit à sourire, à bouger les lèvres et les mâchoires, à s'humecter les lèvres de la langue, rapidement... c'était effrayant.

— « Comment suis-je ? » demanda-t-il.

— « Adam, » dit Wyoh, « tes cheveux ne sont pas ondulés comme cela ; ils devraient revenir de chaque côté de ton front. On dirait que tu portes une perruque, mon cher. »

Mike opéra les corrections nécessaires : « Est-ce mieux ? »

— « Pas tout à fait autant. Et n'as-tu pas de fossettes ? J'étais certaine que tu avais des fossettes, rien qu'en t'entendant. Comme celles de Prof. »

Mike-Adam sourit une nouvelle fois ; cette fois, il avait des fossettes. « Comment dois-je m'habiller, Wyoh ? »

— « Est-ce que tu es dans ton bureau ? »

— « Je suis encore au bureau. Il faut que j'y reste cette nuit. » L'arrière-plan s'obscurcit, puis s'éclaira de nouveau : un calendrier mural indiquait la date, mardi 19 mai 2076 ; une pendule marquait l'heure exacte et, près de son coude, se trouvait une tasse en carton pleine de café ; sur le bureau, il y avait une photographie représentant un groupe de famille, deux hommes, une femme, quatre enfants. Et l'on entendait aussi des bruits de fond, le grondement sourd de la Plazza du Vieux Dôme, plus fort qu'à l'ordinaire ; j'entendais des cris et, dans le lointain, des chants : la version que Simon avait faite de *la Marseillaise.*

Hors champ, la voix de Ginwallah dit : « Gospodin ? »

Adam se retourna : « Je suis occupé, Albert, » dit-il patiemment. « Ne transmettez aucun appel, sauf ceux qui proviendront de la cellule B. Occupez-vous de tout le reste. » Il nous regarda de nouveau : « Alors, Wyoh ? Des conseils ? Prof ? Man, mon ami qui doutait de moi ? Est-ce que je passerai ? »

Je me frottai les yeux : « Mike, est-ce que tu sais faire la cuisine ? »

— « Certainement, mais je ne la fais pas car je suis marié. »

— « Adam, » dit Wyoh, « comment fais-tu pour paraître ainsi tiré à quatre épingles après la journée que nous venons de vivre ? »

— « Je ne me laisse pas troubler par les détails. » Il regarda Prof. « Professeur, si l'image est bonne, il faudrait peut-être que nous décidions maintenant ce que je dirai demain. J'ai pensé que je pourrais épurer le bulletin d'information n° 800, le répéter toute la nuit et faire passer la consigne dans les cellules. »

Nous bavardâmes toute la nuit. Je fis envoyer chercher du café ; Mike-Adam fit renouveler sa tasse en carton. Quand je commandai des sandwiches, il demanda à Ginwallah d'aller lui en chercher. Je pus même voir un instant le profil d'Albert Ginwallah, qui était un « babu » parfait, poli et légèrement ennuyeux ; c'était la première fois que je voyais à quoi il ressemblait. Mike mangea pendant que nous mangions et se permit même parfois de parler la bouche pleine.

Quand j'interrogeai Mike (intérêt professionnel), celui-ci me répondit que, une fois le visage défini, il l'avait en grande partie programmé pour l'automatique et qu'il n'avait plus qu'à faire attention à ses expressions faciales. J'oubliai très vite qu'il s'agissait d'une pure création. Mike-Adam nous parlait par l'intermédiaire de la vidéo, c'était tout, et c'était beaucoup plus agréable que par téléphone.

Vers 3 heures du matin, nous avions défini quelle devait être notre politique ; Mike répéta son discours. Prof trouva naturellement qu'il fallait insister sur certains points ; Mike fit des retouches, puis nous décidâmes d'aller nous reposer ; Mike-Adam lui-même commençait à bâiller... En fait, Mike resta à son poste toute la nuit, surveillant les transmissions avec Terra, assurant l'isolement du Complexe, écoutant tous les téléphones. Prof et moi nous partageâmes le grand lit tandis que Wyoh s'étendait sur le lit pliant ; j'éteignis les lumières. Pour une fois, nous avons dormi sans nous charger de poids.

Au cours de notre petit déjeuner, Adam Selene s'adressa à Luna Libre.

Il se montra aimable, ferme, chaleureux et persuasif : « Citoyens de Luna Libre, mes amis, mes camarades... pour ceux d'entre vous qui ne me connaissent pas, permettez-moi de me présenter. Je m'appelle Adam Selene et je suis président du Comité provisoire de la lutte pour Luna Libre... *de* Luna Libre, maintenant, car, enfin, nous sommes libres. La prétendue « Autorité », qui pendant si longtemps a usurpé le pouvoir dans notre patrie, a été renversée. Je me trouve provisoirement à la tête du seul gouvernement que nous ayons actuellement, le Comité provisoire.

» Très rapidement, aussi vite que possible, vous choisirez vous-mêmes votre propre gouvernement. » Adam eut un sourire et fit un geste comme s'il demandait de l'aide. « Dans l'intervalle, avec votre aide, je ferai de mon mieux. Nous ferons des erreurs... soyez indulgents. Camarades, si vous ne vous êtes pas dévoilés à vos amis et à vos voisins, il est maintenant temps de le faire. Citoyens, les camarades vos voisins vous demanderont certains efforts, j'espère que vous les fournirez de bon cœur ; tous ces efforts auront pour but de hâter le jour où je pourrai prendre congé, le jour où la vie sera redevenue normale... Une nouvelle vie normale, où nous serons libérés de l'Autorité, libérés des gardes, libérés des troupes stationnées chez nous, libérés des passeports, des perquisitions et des arrestations arbitraires.

» Mais il faut quand même une transition. Je m'adresse à vous tous ! Je vous demande de retourner au travail, de reprendre vos occupations normales. Pour ceux qui travaillaient pour l'Autorité, les besoins sont les mêmes. Retournez au travail. Les salaires seront payés, votre travail vous est conservé, identique, jusqu'au moment où nous pourrons définir nos nouveaux besoins, où nous pourrons avec bonheur dire ce dont nous n'avons plus besoin maintenant que nous sommes libres, et ce que nous devons conserver après l'avoir modifié. Et vous, les nouveaux citoyens, les déportés, qui suez sang et eau pour accomplir les peines auxquelles vous avez été condamnés sur Terre... vous êtes libres, votre temps est terminé ! J'espère pourtant que, pour le moment, vous continuerez à travailler. Vous n'y êtes pas obligés, — les jours de la coercition sont terminés, — mais on vous le demande instamment. Vous êtes naturellement libres de quitter le Complexe, libres d'aller où vous voulez... et le service des capsules vers/ou à partir du Complexe est immédiatement rétabli. Pourtant, avant que vous ne fassiez usage de votre nouvelle liberté pour vous précipiter en ville, permettez-moi de vous rappeler : Un Repas Gratuit Est Supérieur A Tout. Pour l'instant, vous êtes mieux où vous vous trouvez ; la nourriture n'est peut-être pas très variée mais elle sera toujours servie chaude, et à l'heure.

» Pour assumer temporairement les fonctions nécessaires de l'Autorité défunte, j'ai fait appel au directeur général de la LuNoHo Compagnie. Cette société assurera provisoirement le commandement et commencera à définir quelles étaient les sujétions tyranniques que nous faisait souffrir l'Autorité et aussi de quelle manière nous pourrons en transférer les rouages utiles entre les mains de personnes privées. Je vous prie de lui porter assistance.

» Quant à vous, Citoyens des Nations Terriennes qui vous trouvez parmi nous, vous, savants et voyageurs, et tous les autres, je vous salue ! Vous avez été témoins d'un événement exceptionnel, vous avez assisté à la naissance d'une nation. Une naissance suppose du sang et des larmes ; et il y en a eu. Nous espérons qu'il n'y en aura plus. Vous ne souffrirez d'aucun inconvénient non justifié et votre retour dans vos patries sera organisé aussitôt que possible. Réciproquement, je vous invite cordialement à rester ici, et encore plus à acquérir notre nouvelle citoyenneté. Actuellement, cependant, je vous demande instamment d'éviter de stationner dans les corridors pour éviter des incidents qui pourraient provoquer d'inutiles blessures, d'inutiles souffrances. Soyez patients avec nous et, réciproquement, je demande à mes concitoyens d'être patients envers vous. Savants venus de Terra, que vous soyez à l'Observatoire ou ailleurs, continuez votre travail et faites comme si nous n'existions pas. Ainsi, vous ne remarquerez même pas que vous assistez à l'enfantement d'une nouvelle nation. Une chose, cependant : je suis désolé de vous dire que, provisoirement, nous suspendons votre droit de communiquer avec Terra. Nous faisons cela par nécessité ; la censure sera supprimée aussi rapidement que possible.... elle nous est aussi intolérable qu'à vous. »

Adam ajouta encore une autre demande : « Ne cherchez pas à me voir, camarades, et ne me téléphonez que si vous y êtes obligés ; pour tous les autres, écrivez-moi si vous en avez besoin, vos lettres seront lues et il en sera immédiatement tenu compte. Malheureusement, je ne puis pas me dédoubler, je n'ai pas pu dormir la nuit entière et je ne pense pas pouvoir dormir beaucoup cette nuit. Je n'ai donc pas le temps d'assister à des réunions, de serrer des mains, de recevoir des délégations. Je suis tenu de rester à mon bureau et de travailler... mais je puis aussi me décharger de ma tâche et la confier à celui que vous choisirez. » Il leur grimaça un sourire : « Croyez bien qu'il est aussi difficile de me voir que Simon Jester ! »

Son allocution dura une quinzaine de minutes et je n'en transcris que l'essentiel : allez travailler, soyez patients, donnez-nous du temps.

Les savants ne nous donnèrent pratiquement pas de temps... J'aurais dû le prévoir, car c'étaient mes affaires en quelque sorte.

Toutes les communications avec Terra passaient par l'intermédiaire de Mike. Ces grosses têtes avaient pourtant assez de matériel électronique pour monter une maison de gros ; dès qu'ils l'eurent décidé, il ne leur fallut que quelques heures pour bricoler un engin capable de communiquer avec Terra.

La seule chose qui nous sauva, ce fut un brave visiteur, qui pensait que Luna devait être libre ; il essaya de téléphoner à Adam Selene et finit par parler à l'une des femmes de l'escouade que nous avions choisie dans les cellules des niveaux C et D ; nous avions en effet dû instituer un barrage car, en dépit de la demande de Mike, la moitié des habitants de Luna essayaient de téléphoner à Adam Selene, dès la fin de son émission télévisée, pour l'entretenir des sujets les plus variés, qui allaient des réclamations et des demandes jusqu'aux conseils donnés par ceux qui se croyaient importants et voulaient lui dire comment faire son travail.

Après environ une centaine d'appels qui m'avaient été transmis par un camarade trop zélé de la compagnie du téléphone, nous avions mis en place ce barrage. Heureusement, la camarade qui avait pris cet appel se rendit compte que de bonnes paroles ne suffiraient pas ; elle m'appela au téléphone.

Quelques minutes plus tard, avec Finn Nielsen et quelques-uns de ses gars en armes, je me dirigeai en capsule vers le laboratoire. Notre informateur n'avait pas voulu nous donner de noms mais il nous avait dit où nous trouverions l'émetteur. Nous les surprîmes en train d'émettre, et seule une action rapide de Finn leur permit de rester vivants, car ses gars étaient furieux. Nous ne voulions pourtant pas « faire un exemple », avions-nous décidé Finn et moi. Il est difficile de faire peur à des savants car leur esprit ne travaille pas comme le nôtre. On doit les aborder selon une optique différente.

Je mis l'émetteur en pièces et je donnai l'ordre au directeur de rassembler tout le monde dans le grand hall en demandant qu'on fît l'appel à proximité d'un poste de téléphone. Puis je parlai avec Mike, dont j'obtins certains noms, et je dis au directeur : « Docteur, vous m'avez dit que tout le monde était là, or il manque un tel et un tel (et je donnai sept noms). *Faites-les venir ici !* »

Les Terriens manquants avaient bien été avertis mais ils avaient refusé d'interrompre leur travail ; c'étaient bien des savants.

Puis je pris la parole, ayant fait mettre les Lunatiques d'un côté de la salle, les Terriens de l'autre. Aux Terriens, je déclarai : « Nous avons essayé de vous traiter en invités mais trois d'entre vous ont tenté, — et sont peut-être parvenus — à envoyer un message en direction de Terra. »

Je me tournai vers le directeur : « Docteur, je pourrais perquisitionner dans les termitières, dans les superstructures de surface, dans tous les laboratoires, vraiment partout... et détruire tout ce qui pourrait être utilisé pour construire un émetteur. Je suis électronicien de métier et je connais bien tous les éléments infiniment variés qui peuvent être transformés en émetteurs. Supposez que je détruise tout ce qui peut servir à un émetteur et que, par bêtise, ne voulant prendre aucun risque, j'écrase tout ce que je ne connais pas, quel serait le résultat ? »

Il dut croire que j'allais assassiner son enfant chéri ! Il devint tout gris : « Cela arrêterait toutes les recherches... cela détruirait des données inestimables... cela gâcherait... oh ! je ne sais jusqu'où cela irait ! Disons que vous détruiriez pour un demi-milliard de dollars ! »

— « C'est bien ce que je pensais. Je pourrais aussi faire déménager tout ce matériel plutôt que de le détruire et vous laisser vous débrouiller du mieux que vous pouvez. »

— « Ce serait presque aussi grave. Vous devez comprendre, gospodin, que lorsqu'une expérience est interrompue... »

— « Je sais. Il y a une solution plus pratique que celle qui consiste à tout déménager, — et peut-être d'oublier quelque chose, — qui est de tous vous emmener dans le Complexe et de vous y mettre aux arrêts. Nous disposons de ce qui servait de caserne aux dragons ; mais cela aussi, arrêterait vos expériences. En outre... d'où venez-vous, docteur ? »

— « De Princeton, dans le New Jersey. »

— « Vraiment ? Il y a cinq mois que vous êtes ici et vous vous entraînez certainement en portant des poids. Docteur, si nous faisons cela, vous ne pourrez jamais revoir Princeton. Si nous vous déplaçons, nous vous garderons sous clef ici. C'est à vous de choisir : si l'état d'urgence dure trop longtemps, vous deviendrez Lunatique, que vous le vouliez ou non. Et toute votre équipe de chercheurs avec vous. »

Un nouveau débarqué naïf s'avança d'un pas... un type qui n'avait pas encore compris : « Vous n'avez pas le droit de faire ça ! C'est contre la loi ! »

— « Quelle loi, gospodin ? Une loi de chez vous, de votre patrie ? » Je me retournai. « Finn, montre-lui notre loi. »

Finn s'avança et mit l'éjecteur du pistolet laser sur le nombril de ce type. Il commença à appuyer doucement avec son pouce (le cran de sécurité était mis, je pouvais le voir). Je dis alors : « Ne le tue pas, Finn ! »... avant de continuer : « J'éliminerai cet homme s'il n'y a que cela pour vous convaincre. Alors, un bon conseil, surveillez-vous mutuellement ! Une autre erreur vous retirera *toutes* vos chances de revoir à nouveau votre patrie, — et vous ruinerez aussi vos recherches. Docteur, je vous avertis, *c'est vous* qui devez trouver le moyen de surveiller votre équipe. »

Je me tournai vers les Lunatiques : « Tovaritchs, obligez-les à être honnêtes, installez votre service de surveillance. Ne vous y trompez pas, tous ces vers de terre ne sont ici qu'à titre d'essai. Si vous devez en éliminer un, n'hésitez pas ! » Puis, à l'intention du directeur : « Docteur, les Lunatiques peuvent entrer partout, à n'importe quel moment... même dans votre chambre à coucher. Vos assistants sont maintenant devenus vos patrons en ce qui concerne les problèmes de sécurité ; si un Lunatique décide de vous suivre, vous ou n'importe qui, jusqu'aux W.-C., ne discutez pas ; cela pourrait le rendre nerveux. »

Je me tournai encore vers les Lunatiques : « Sécurité d'abord ! Chacun de vous travaille pour un ver de terre : *surveillez-le !* Partagez-vous le travail et n'oubliez rien. Surveillez-les de si près qu'ils ne puissent même pas construire une souricière, et encore moins un émetteur. Si cela vous gêne dans votre travail ici, ne vous en faites pas, vous serez quand même payés. »

Il y eut de grands sourires. Assistant de laboratoire, c'était à l'époque le meilleur travail qu'un Lunatique pouvait trouver... mais il fallait travailler sous les ordres de vers de terre qui vous traitaient de haut, même ceux qui faisaient des manières et se montraient, ô combien ! aimables.

C'est ainsi que j'agis. Quand on m'avait téléphoné, j'avais eu l'intention d'éliminer les coupables, mais Prof et Mike m'avaient bien fait comprendre que notre Plan n'autorisait aucune violence contre les Terriens si on pouvait l'éviter.

Nous installâmes des « écoutes », des récepteurs ultrasensibles un peu partout dans le laboratoire, car un émetteur directionnel ne provoque que de très faibles interférences dans le voisinage. Mike se mit à l'écoute dans toute la zone du laboratoire. Après, nous nous rongeâmes les ongles en espérant.

Au bout d'un certain temps, nous nous détendîmes car les nouvelles en provenance de Terra n'avaient rien de particulier et ils avaient semblé accepter la censure des transmissions sans le moindre soupçon ; les communications privées et commerciales ainsi que celles de l'Autorité suivaient la routine habituelle. Pendant ce temps, nous nous mîmes au travail, essayant de faire en quelques jours ce qui aurait exigé des mois.

Notre calendrier nous laissait souffler : il n'y avait alors aucun vaisseau de voyageurs sur Luna et nous n'en attendions aucun avant le 7 juillet. Nous aurions naturellement pu nous en occuper : nous pouvions inviter les officiers du vaisseau à « dîner en compagnie du Gardien » ou trouver quelque autre prétexte, puis nous aurions monté la garde près de son émetteur ou nous l'aurions démonté. Un vaisseau ne pouvait pas décoller sans notre aide ; à cette époque, une canalisation de glace fournissait l'eau nécessaire au réacteur. Cela ne représentait pas beaucoup par rapport aux expéditions de grain ; un vaisseau habité par mois représentait alors une importante circulation, alors que nous avions des expéditions quotidiennes de grain. Cela signifiait que la venue d'un vaisseau n'aurait pas été un incident insurmontable. Nous étions cependant heureux de ce répit ; nous nous efforcions de donner à tout une apparence normale en attendant de pouvoir nous défendre nous-mêmes.

Les expéditions de grain se faisaient comme par le passé ; l'une d'elles fut même catapultée presque au moment où les hommes de Finn s'engouffraient par effraction dans la résidence du Gardien. La suivante partit à l'heure prévue, ainsi que toutes les autres.

Ni omission ni retard, et Prof savait ce qu'il faisait. Les expéditions de grain étaient une opération importante (du moins pour un petit pays comme Luna) et elles ne pouvaient être modifiées en un demi-mois lunaire : cela conditionnait la nourriture et la boisson de trop de gens. Si notre comité avait mis l'embargo et avait cessé d'acheter du grain, nous aurions été immédiatement balayés et un nouveau comité, qui aurait eu d'autres idées, nous aurait remplacés.

Prof avait dit qu'une période d'éducation était nécessaire.

Pendant ce temps, les péniches de grain étaient catapultées comme d'habitude ; la LuNoHoCo tenait les registres et émettait des reçus avec l'aide du personnel du Service Civique. Des dépêches étaient expédiées au nom du Gardien et Mike parlait avec l'Autorité sur Terre en prenant la voix du Gardien. L'Administrateur-adjoint se montra raisonnable dès qu'il eut compris que sa vie était en jeu. L'ingénieur en chef resta aussi à son poste, mais il faut dire que McIntyre était un vrai Lunatique et qu'il n'avait été flic que par hasard, pas par nature. Les autres chefs de service et les cadres inférieurs ne nous posèrent pas de problèmes. La vie continua comme auparavant et nous étions trop occupés pour démonter le système autoritaire et pour en récupérer les rouages utiles.

Plus d'une douzaine d'olibrius prétendirent être Simon Jester ; Simon écrivit quelques vers féroces pour les remettre à leur place et sa photo parut à la une du *Lunatique,* de la *Pravda* et du *Gong*. Wyoh redevint blonde et se déplaça pour aller voir Greg sur l'aire de la nouvelle catapulte, puis fit un autre voyage, plus long de dix jours, vers son ancienne maison de Hong-Kong Lunaire, emmenant avec elle Anna, qui désirait connaître cette ville. Wyoh avait besoin de vacances et Prof lui demanda instamment d'en prendre, lui faisant remarquer qu'elle pouvait toujours conserver le contact par téléphone et que nous avions besoin d'établir à Hong-Kong des relations plus étroites avec le Parti. Je me suis alors chargé de ses stilyagi, prenant comme adjoints Slim et Hazel, qui étaient des gosses intelligents et honnêtes en qui je pouvais avoir confiance. Slim fut tout étonné de découvrir que j'étais « le camarade Bork » et que je voyais tous les jours « Adam Selene » ; son pseudo dans le Parti commençait par la lettre « G ». Il y avait aussi une autre bonne raison pour que l'équipe soit bonne : tout à coup, Hazel fit apparaître des rondeurs bien rembourrées et ne ressembla plus du tout à la petite pensionnaire qu'elle avait été jusque-là ; elle avait atteint son apogée. Slim était maintenant prêt à lui donner le nom de « Stone » dès qu'elle le désirerait. Il était cependant fort soucieux de faire le travail que lui demandait le Parti pendant les heures où il n'était pas occupé avec notre petite poil-de-carotte.

Mais tout le monde ne montrait pas la même bonne volonté ; de nombreux camarades se révélèrent des soldats de café du commerce. Il y en eut aussi de très nombreux qui pensèrent que la guerre était terminée parce que nous avions éliminé les dragons de la Paix et capturé le Gardien. D'autres se montrèrent indignés de s'apercevoir qu'ils tenaient un rang fort inférieur dans la structure du Parti ; ils désiraient élire une nouvelle hiérarchie, où ils auraient tenu la tête. Adam recevait sans arrêt des appels où on lui proposait ceci ou cela... il écoutait, il se rangeait à l'avis qu'on lui donnait et assurait qu'il ne fallait pas que le Parti soit privé de leurs services dans l'attente d'une élection... après quoi il nous en parlait à Prof et à moi. Je n'arrive pas à me rappeler si aucun de ces ambitieux soit parvenu à quoi que ce soit lorsque j'ai essayé de les mettre au travail.

Nous avions un travail monstre et *personne* ne voulait l'effectuer. Si, quelques-uns. Quelques-uns des meilleurs volontaires étaient des gens que le Parti n'avait jamais remarqués. Pourtant, en général, les Lunatiques, qu'ils aient ou non appartenu au Parti, ne montraient aucun intérêt pour le travail « patriotique », sauf quand il était bien payé. Un nouveau débarqué, qui prétendait être membre du Parti (c'était faux), vint un jour m'ennuyer aux Raffles, où nous avions installé notre quartier général ; il voulait absolument obtenir un contrat de fourniture pour cinquante mille décorations qui seraient décernées aux « vétérans de la Révolution », et il ne prenait qu'un tout petit bénéfice (que j'estimai à environ 400 pour cent du prix de revient), ce qui me permettait de gagner une gentille petite commission ; enfin, une bonne affaire pour tout le monde.

Quand je l'ai refoulé, il m'a menacé de me dénoncer à Adam Selene : « C'est un de mes très bons amis, et vous vous en apercevrez ! » me dit-il en m'accusant de sabotage.

C'était cela l'aide que nous obtenions. Alors que nous avions besoin de quelque chose de bien différent. Nous avions besoin d'acier, en grande quantité, sur l'aire de la nouvelle catapulte, au point que Prof demanda s'il était absolument nécessaire de mettre de l'acier autour des cailloux constituant nos missiles ; je dus lui faire remarquer qu'un champ d'induction serait sans influence sur du roc pur. Nous avions aussi à réinstaller les radars balistiques de Mike sur l'ancienne aire et à installer un radar à variations de fréquence sur la nouvelle ; ces deux travaux étaient nécessaires car il fallait nous attendre à des attaques venant de l'espace sur l'emplacement de l'ancienne catapulte.

Nous fîmes appel à des volontaires mais n'en trouvâmes que deux qui se rendirent utiles... alors que nous avions besoin de plusieurs centaines de mécaniciens n'ayant pas peur de travailler avec des combinaisons pressurisées. Nous avons donc dû embaucher, et payer ce qu'il fallait... et la LuNoHoCo a été obligée de s'hypothéquer à la Banque de Hong-Kong Lunaire ; nous n'avions pas le temps de voler l'argent nécessaire et la plus grande partie des fonds avaient été transférés sur Terre pour servir à Stu. Un camarade avisé, Foo Moses Morris, avalisa énormément de traites pour nous permettre de continuer à fonctionner et, un beau jour, se réveilla complètement ruiné ; il recommença sa carrière en ouvrant une petite boutique de tailleur à Kongville. Mais bien plus tard.

Les coupures de l'Autorité tombèrent de 3 contre 1 à 17 contre 1 après le coup d'État et les employés du Service Civique se mirent à protester car Mike continuait de les payer avec des chèques de l'Autorité. Nous leur avons dit qu'ils pouvaient rester ou se démettre ; après quoi, nous avons engagé le personnel dont nous avions besoin et l'avons payé avec des dollars de Hong-Kong. Cette opération, malheureusement, nous créa une forte opposition, qui regrettait la vieille époque et se préparait à renverser le nouveau régime.

Les cultivateurs de céréales et les mandataires étaient malheureux parce que les paiements, sur l'aire de catapultage, se faisaient toujours en coupures de l'Autorité, au même prix que précédemment. « Nous ne les acceptons pas ! » s'écriaient-ils... et le responsable de la LuNoHoCo haussait les épaules et leur disait qu'ils n'y étaient pas obligés, mais le grain continuait à être expédié sur Terra, pour l'Autorité (c'était vrai), et on ne pouvait leur donner que des coupures de l'Autorité. Alors, ou vous prenez ce chèque, ou vous rembarquez votre grain sur vos camions à chenilles pneumatiques et vous dégagez le terrain !

La plupart prenaient le chèque. Tous protestaient et certains menacèrent d'abandonner la culture des céréales et de se mettre à faire pousser des légumes, des plantes textiles ou quelque chose que l'on pouvait échanger contre des dollars de Hong-Kong... Prof se contenta de sourire.

Nous avions aussi besoin de tous les foreurs de Luna, et

surtout des mineurs de glace qui possédaient des foreuses à laser de forte puissance. Nous en avions besoin pour les transformer en soldats. Nous en avions tellement besoin que, malgré le handicap d'un bras et le fait que j'étais complètement rouillé, j'ai pensé à me joindre à eux, alors même que je savais bien qu'il faut des muscles pour manier une grosse foreuse et qu'une prothèse n'est pas du vrai muscle. Prof me dit de ne pas me conduire comme un fou.

Le truc que nous avions imaginé n'aurait pas aussi bien marché sur Terra ; un laser de grande puissance travaille beaucoup mieux dans le vide... mais, dans le vide, il fait un travail merveilleux, quelle que soit la portée prévue de son collimateur. Ces grosses foreuses, qui avaient foré le roc à la recherche de poches de glace, nous les transformions en « artillerie » pour repousser d'éventuelles attaques spatiales. Les vaisseaux et les fusées ont tous les deux des systèmes nerveux, et cela ne fait aucun bien aux mécanismes électroniques de recevoir une effarante quantité de joules transportés par un faisceau laser. Si le but est un engin pressurisé (comme les vaisseaux habités et la plupart des fusées), tout ce qu'il faut faire, c'est brûler un trou, et dépressuriser l'engin. Si l'engin n'est pas pressurisé, un gros faisceau laser peut encore le détruire, lui brûler les yeux, détraquer son système de guidage, abîmer tout ce qui dépend de son système électronique, c'est-à-dire la plus grande partie de ses instruments.

Une bombe H dont les circuits ont été détruits n'est plus une bombe, ce n'est plus qu'un tube d'hydrure lourd de lithium, qui ne peut rien faire d'autre que de s'écraser sur le sol. Un vaisseau qui a perdu ses yeux n'est plus qu'une épave, pas un vaisseau de combat.

Cela paraît facile mais, croyez-moi, ça *ne l'est pas*. Ces laser-foreurs n'avaient jamais été conçus pour atteindre des buts situés à un millier de kilomètres, ni même à un seul, et il n'était pas rapide de régler avec précision leurs berceaux. Les canonniers devraient avoir du cran pour supporter le feu ennemi jusqu'à la dernière seconde et pour tirer contre un objectif qui se dirigerait vers eux à une vitesse de 2 kilomètres à la seconde.

C'était pourtant ce que nous avions trouvé de mieux, c'est pourquoi nous créâmes les Premier et Deuxième Régiments de Volontaires des Canonniers de Défense de Luna Libre ;

nous avions créé deux régiments, de telle manière que le Premier pouvait discrètement avoir prise sur le Second, et que le Second pouvait jalouser le Premier. Le Premier Régiment était composé d'hommes âgés, le Second d'hommes jeunes et actifs.

Comme nous les avions appelés des « volontaires », nous les payâmes en dollars de Hong-Kong... et il n'y eut pas d'accident dû au fait de payer la glace, au marché officiel, en coupures de l'Autorité, sans valeur.

Notre travail le plus important était d'entretenir une psychose de guerre. Adam Selene parlait souvent à la vidéo pour rappeler qu'il était certain que l'Autorité s'efforçait de rétablir sa tyrannie et que nous n'avions que quelques jours pour nous préparer ; les journaux le citaient et publiaient des nouvelles de leur cru : nous avions fait un effort particulier pour recruter des journalistes, avant le coup d'État. La population était invitée à toujours garder à portée de la main les combinaisons pressurisées et à essayer souvent les sécurités des systèmes de pressurisation individuels. Un Service des Volontaires de la Défense Civile fut organisé dans chaque terrier.

Avec les tremblements de lune que nous avons continuellement, les coopératives de pressurisation de chaque termitière doivent toujours avoir des équipes d'étanchéité en alerte vingt-quatre heures sur vingt-quatre ; même avec les emplâtres aux silicones et à la fibre de verre, tous les terriers avaient des fuites. Dans les Tunnels Davis, nos garçons vérifiaient les joints tous les jours. A cette époque, nous avons engagé des centaines d'équipes de secours, pour l'étanchéité, composées surtout de stilyagi, nous leur avons imposé des exercices d'alerte et les avons forcés, en service, à porter leurs combinaisons pressurisées, tout en gardant ouverte la visière de leurs casques.

Ils ont fait du beau travail. Il y a naturellement eu des idiots qui en ont ri, les traitant de divers noms d'oiseaux : « soldats d'opérette », « petites pommes d'Adam », et ainsi de suite.

Une équipe passait par un forage, pour démontrer qu'elle était capable d'établir un joint étanche pour remplacer celui qui avait été endommagé, quand l'une de ces mouches du coche leur sauta dessus pour se moquer d'eux bruyamment. La Défense Civile continua son travail, plaça des joints provisoires et les essaya, casques fermés ; et ils tinrent le coup...

puis ils sont sortis, se sont saisis du plaisantin et l'ont fait passer par le sas provisoire et l'ont projeté dans le vide absolu pour lui apprendre à vivre.

Cela les calma. Prof pensa, après cet incident, que nous devrions gentiment leur demander de ne pas procéder à des éliminations aussi péremptoires. Je m'y suis opposé et j'ai continué à faire comme bon me semblait ; je ne voyais pas, en effet, meilleur moyen d'améliorer la race. Il y a toujours certaines grandes gueules qui apparaissent comme la pire des offenses au sein d'une population décente.

Ceux, pourtant, qui nous ont donné le plus mal à la tête, ce furent les hommes d'État qui tenaient d'eux-mêmes leur légitimité.

Ai-je déjà dit que les Lunatiques étaient un peuple « non politique » ? C'est vrai, lorsqu'ils n'ont rien à faire. Je crois cependant que dès que deux Lunatiques se trouvaient de part et d'autre d'un litre de bière, ils ne manquaient pas d'émettre à haute et intelligible voix leurs opinions sur la manière dont il fallait tout organiser.

Comme je viens de le dire, ces politiciens, qui tenaient d'eux-mêmes leur légitimité, essayaient par tous les moyens de se faire entendre d'Adam Selene. Mais Prof leur avait trouvé une bonne occupation : ils étaient tous priés de prendre part au « Congrès Ad Hoc d'Organisation de Luna Libre », congrès qui se tenait dans la salle communautaire de Luna City et qui avait résolu de ne pas se séparer jusqu'à ce que le travail fût complètement accompli. Il tenait une session d'une semaine à L City, une session d'une semaine à Novylen, puis une autre à Hong-Kong, et tout recommençait. Toutes les réunions étaient retransmises par vidéo ; Prof avait présidé la première. Adam Selene leur avait adressé, par vidéo, un discours d'ouverture, les encourageant à faire du bon travail : « L'Histoire vous regarde. »

Je suis allé à quelques sessions, après quoi j'ai demandé à Prof à quoi cela pouvait bien servir, Nom de Bog ! « Je croyais que vous ne vouliez de gouvernement d'aucune sorte ? Avez-vous entendu toutes les bêtises qu'ils racontent depuis que vous les avez laissés seuls ? »

Il me sourit, de son plus beau sourire : « Qu'est-ce qui vous ennuie, Manuel ? »

Beaucoup de choses m'ennuyaient. J'en avais assez de

m'éreinter avec ces foreuses, un peu partout, d'apprendre aux hommes à s'en servir comme ils se serviraient de canons, et de savoir que tous ces oisifs passaient des journées entières à discuter de l'immigration. Certains voulaient même complètement l'arrêter. D'autres voulaient la taxer et fixer les impôts à un tarif suffisant pour financer le gouvernement (alors que quatre-vingt-dix-neuf Lunatiques sur cent avaient été déportés sur le Roc!); certains, encore, voulaient une immigration sélective, tenant compte de « pourcentages ethniques » (et moi, comment m'auraient-ils défini?). D'autres encore voulaient réserver l'immigration aux femelles jusqu'au moment où nous serions à égalité. Et cette proposition avait fait hurler par un Scandinave : « D'ac, mon vieux! Dis-leur de nous les expédier! Des milliers et des milliers de filles! Je me les taperais bien, je te jure! »

Et cela a été la remarque la plus intelligente de tout l'après-midi.

Une autre fois, ils discutèrent du « temps ». C'est vrai, le temps de Greenwich n'a aucune relation avec le temps lunaire : pourquoi nous en servirions-nous puisque nous vivions dans le sous-sol? Montrez-moi un seul Lunatique qui soit capable de dormir deux semaines de suite et de travailler ensuite pendant deux semaines; les mois lunaires ne conviennent pas le moins du monde à notre métabolisme. Ce qui était important, c'était de définir une lunaison qui équivaudrait exactement à vingt-huit jours (au lieu de 29 jours, 12 heures, 44 minutes et 2,78 secondes), et c'était facile en allongeant les jours, et aussi les heures, les minutes, les secondes, divisant ainsi les demi-mois lunaires en exactement deux semaines.

Certes, le mois lunaire a son utilité pour beaucoup de choses : pour les contrôles quand nous allons en surface, pour nous donner des raisons d'y aller, pour nous dire combien de temps y rester. Pourtant, outre l'inconvénient de nous déphaser par rapport à notre seul voisin, est-ce que cet immense crâne vide avait pensé que cela modifierait aussi toutes les données scientifiques, tous les calculs industriels? Moi qui suis électronicien, j'en ai frémi. Abandonner tous les livres, tous les abaques, tous les intruments, et recommencer? Je sais bien que certains de nos ancêtres l'ont fait quand ils ont abandonné les anciennes unités anglaises pour adopter le système métrique, mais ils ont agi ainsi pour simplifier leur vie. 14 pouces dans 1 pied et un curieux nombre de pieds dans 1 mile. Les onces et les livres... oh, Bog !

Cela avait eu un sens de changer tout ça... mais pourquoi diable sortir des chemins battus pour engendrer la confusion ?

Quelqu'un voulait créer un comité chargé de définir avec exactitude quel était le langage lunaire, alors que tous les gens bien parlaient l'anglais terrestre ou quelque autre langage d'en bas. Ah ! pauvres gens !

J'ai lu les propositions d'impôts dans *le Lunatique :* quatre sortes de « taxes uniques », une taxe de volume qui pénaliserait tous ceux qui voulaient augmenter le volume de leurs tunnels, une taxe « per capita » (égale pour tous), un impôt sur le revenu (essayez donc de définir les revenus de la famille Davis et tâchez donc de demander des renseignements à Mamie !) et enfin une « taxe d'air », qui n'avait rien à voir avec les tarifs que nous payions alors mais était autrement calculée.

Je n'avais pas pensé vraiment que « Luna Libre » allait connaître les impôts. Il n'y en avait encore jamais eu et tout marchait bien. On payait pour ce que l'on avait. Urgesat ! Comment faire autrement ?

Une autre fois, un pompeux jeunot proposa que la mauvaise haleine et les odeurs corporelles soient une cause d'élimination ; là, j'étais presque d'accord car il m'était arrivé, en capsule, de souffrir réellement de telles puanteurs. Il faut quand même dire que cela n'arrive pas souvent et que l'on peut y apporter remède ; quant aux coupables chroniques, ou ceux qui n'ont pas la possibilité de se corriger, ils n'ont pas de grandes chances de se reproduire quand on pense à la façon dont les femmes choisissent.

Une femelle (la plupart des membres du Congrès étaient des hommes mais certaines femmes y étaient allées pour y donner un peu de piquant) présenta une longue liste des « lois permanentes » qu'elle désirait, et cela ne concernait que des affaires purement privées. Il ne devait plus y avoir aucun mariage plural d'aucune sorte ; pas de divorces ; pas de « fornication »... mais il fallait voir à quoi elle ressemblait ! pas de boisson plus alcoolisée que la bière à 4 pour cent ; des services religieux seulement le dimanche et toute activité arrêtée ce jour-là (et les mécanismes assurant la distribution de l'air, de la chaleur et de la pression, chère madame ? Et le téléphone, les capsules ?). Il y avait une longue liste de médicaments à interdire et une liste, plus courte, de médicaments qui ne devraient être délivrés que sur ordonnances médicales, signées d'un médecin diplômé (qu'est-ce que c'est un médecin diplômé ? Le guérisseur chez lequel je vais a sur sa porte une plaque où est inscrit « docteur artisan », et il a mis ses livres de côté, c'est d'ailleurs pourquoi je vais chez lui. Pensez-y, madame, il n'y pas de faculté de médecine sur Luna ! — à ce moment-là, du moins.) Elle voulait même rendre le jeu illégal. Si un Lunatique ne pouvait pas jouer aux dés, il irait ailleurs, même si on devait lui offrir des dés pipés.

Ce qui m'a le plus irrité, ce n'a pas été la liste de tout ce qu'elle haïssait, car il était évident qu'elle était aussi bête qu'un cyborg, mais le fait qu'il y avait toujours quelqu'un pour approuver ses interdictions. Ce doit être un penchant bien ancré dans le cœur humain que d'empêcher les autres de faire ce qu'ils veulent. Des règles, des lois, qui sont toujours pour les autres. Une obscure portion de nous-mêmes, quelque chose que nous avions avant même que nous ne soyons descendus des arbres, et dont nous n'avons pas su nous débarrasser quand nous avons acquis la position verticale. Parce que personne, non, *personne* ne dit : « Je vous en prie, abandonnez cela, pour que je ne puisse pas faire quelque chose que je sais que je devrais empêcher. » Niet, tovaritchs, il y avait *toujours* quelque chose qu'ils haïssaient voir faire par leurs voisins. Il fallait les contraindre « pour leur propre bien »... pas parce que l'orateur prétendait que cela le gênait.

En assistant à cette séance, j'ai presque regretté que nous nous soyons débarrassés de Mort la Peste. Lui, au moins, il restait dans son coin avec ses femmes et il ne nous disait jamais comment mener nos propres affaires.

Mais Prof ne s'énerva pas, il continua à sourire : « Manuel, croyez-vous réellement que ce ramassis d'enfants retardés soit capable d'adopter la moindre loi ? »

— « C'est vous qui leur avez dit de le faire. Vous le leur avez demandé instamment. »

— « Mon cher Manuel, tout ce que j'ai fait, cela a été de mettre tous les dingots dans le même panier. Je les connais, ces dingots, je les ai entendus pendant des années. J'ai pris beaucoup de soin en composant leurs comités : ils sont tous pleins d'une confusion congénitale, ils ne vont pas cesser de se quereller. Le président que je leur ai imposé, tout en leur permettant de l'élire, est un brouillon incapable de détortiller un bout de ficelle, il croit que tous les sujets ont besoin « d'être étudiés plus longtemps ». Je n'aurais, au fond, presque pas eu à m'en mêler : plus de six personnes ne peuvent jamais tomber du même avis sur rien, trois personnes valent mieux... et une est parfaite pour toute tâche qui peut être accomplie par une seule personne. C'est d'ailleurs bien pourquoi tous les parlements du monde, tout au cours de l'Histoire, lorsqu'ils ont été capables de faire quelque chose, n'ont pu le faire que grâce à un petit nombre d'hommes forts qui dominaient les autres. Faut pas s'en faire, fiston, ce Congrès Ad Hoc ne fera rien... ou même, s'il adopte par pure fatigue la moindre loi, elle sera tellement grevée de contradictions qu'il faudra bien s'en débarrasser. Et, pendant ce temps, ces gens ne se mettent pas dans nos jambes. En outre, il y a une raison à leur existence, c'est que nous en aurons besoin plus tard. »

— « Mais vous venez de dire qu'ils n'étaient capables de rien ! »

— « Ce à quoi je pense, ils ne le feront pas. C'est un seul homme qui l'écrira, — un mort, — et quand ils seront bien fatigués, par une nuit tardive, ils le voteront à l'unanimité, par acclamation. »

— « Quel mort ? Vous ne voulez pas parler de Mike ? »

— « Non, non ! Mike est bien plus vivant que toutes ces grandes gueules. Ce mort, c'est Thomas Jefferson : le premier anarchiste rationnel, mon garçon, un type qui est presque arrivé une fois à recouvrir son non-système de la plus belle rhétorique jamais écrite. Malheureusement, ils l'ont pris à son propre jeu, ce que j'espère, moi, pouvoir éviter. Je ne peux pas améliorer son texte, je devrai me contenter de l'adapter à Luna et au XXIe siècle. »

— « J'en ai déjà entendu parler. Il a libéré les esclaves, niet ? »

— « On peut dire qu'il a essayé mais il a échoué. Mais passons à autre chose : comment vont les travaux de défense ? Je ne vois pas comment nous pourrons maintenir l'illusion après la date d'arrivée du prochain vaisseau. »

— « Nous ne pourrons pas être prêts, pas encore. »

— « Mike dit qu'il le faut. »

Nous ne le fûmes pas, mais jamais le vaisseau n'arriva. Ces sacrés savants furent plus malins que moi et que les Lunatiques à qui j'avais dit de les surveiller. Ils installèrent un engin au foyer du plus gros réflecteur et les assistants lunaires se laissèrent berner par des phrases à double sens, ils crurent à des travaux astronomiques, à une nouvelle réticulation en matière de radiotélescopes.

Je suppose qu'il s'agissait bien de cela. Ils ont utilisé des ondes ultramicrométriques et l'effet était renvoyé sur le réflecteur par un dirigeur d'ondes, ce qui permettait ainsi de laisser l'écran dans l'alignement parfait du miroir. C'était remarquable et cela s'inspirait des premiers radars ; sans compter qu'un filet métallique et un écran thermique cylindrique arrêtaient les radiations parasites, ce qui fit que les « écoutes » que j'avais disposées n'ont rien pu entendre.

Ils transmirent leur message, donnant leur version à eux, avec tous les détails. Nous fûmes mis au courant parce que l'Autorité demanda au Gardien de démentir cette mauvaise plaisanterie, de trouver le mauvais plaisant et de mettre un terme à tout cela.

Au lieu d'obtempérer, nous leur avons envoyé une Déclaration d'Indépendance.

« Le Congrès étant assemblé, le quatrième jour du mois de juillet 2076… »

Ce fut *merveilleux*.

15

LA signature de la Déclaration d'Indépendance se passa exactement comme Prof avait dit qu'elle devrait se passer. Il la brandit à la fin d'une longue journée, annonçant une session extraordinaire au cours de laquelle Adam Selene devait prendre la parole. Adam lut la déclaration à haute voix, en précisant chaque phrase, puis relut d'une traite, ne lésinant pas sur les effets oratoires. Les gens en avaient les larmes aux yeux. Wyoh était assise à côté de moi et y alla de sa petite larme, et je fus également ému bien que je l'aie lue déjà auparavant.

Puis Adam regarda le public et dit : « L'avenir nous attend. Prenez garde à ce que vous allez faire, » et il demanda à Prof de s'occuper du reste à la place du président habituel.

Il était 10 heures du soir ; la discussion s'engagea. Naturellement, tout le monde était partisan de la Déclaration : toute la journée, nous avions diffusé les nouvelles en provenance de Terra, révélant leur opinion, comme quoi nous n'étions qu'une bande de voyous, qu'il fallait nous punir, nous donner une leçon, et ainsi de suite. Nous n'avions même pas eu à pimenter ces commentaires ; tout ce que nous recevions de Terra était de ce genre ; Mike avait seulement oublié de transmettre les commentaires adverses. Si Luna se sentit jamais vraiment unie, ce fut bien au cours de cette journée du 2 juillet 2076.

Ainsi, ils allaient la voter ; Prof le savait bien, avant même de la présenter.

Mais pas dans sa rédaction actuelle : « Honorable Président, dans le second paragraphe, le mot « analiénables » n'est pas le mot qui convient ; il devrait y avoir « inaliénables »... et, de toute façon, il serait plus digne de parler de nos « droits sacrés » plutôt que de « nos droits inaliénables » ? J'aimerais que ce point soit discuté. »

Ce corniaud était presque intelligent, se contentant d'une critique de pure forme, ce qui n'était pas dangereux, comme la levure éteinte qui reste dans la bière. Mais... fichtre ! il y avait aussi cette fichue bonne femme qui haïssait tout. Elle était là, avec sa liste ; elle la lut à haute voix et voulait qu'elle fût incorporée à la Déclaration « de telle manière que les peuples de Terra sachent que nous sommes civilisés et que nous sommes dignes de tenir notre place dans les Conseils de l'Humanité ! ».

Prof ne se contenta pas de la laisser faire, il alla jusqu'à l'encourager, lui permettant de parler longuement alors que d'autres voulaient prendre la parole... puis, brusquement, mit sa proposition aux voix, alors même qu'elle n'avait pas été défendue. (Le Congrès obéissait à des règlements qui avaient été établis depuis plusieurs jours ; Prof connaissait bien ces règlements mais ne les appliquait que lorsque cela lui convenait.) Elle fut battue à plate couture et quitta la séance.

Alors quelqu'un se leva et dit que cette longue liste n'appartenait naturellement pas à la Déclaration... Pourtant, ne pourrions-nous avoir des principes directeurs ? Peut-être serait-il bon d'ajouter un article par lequel l'État de Luna Libre garantissait la liberté, l'égalité et la sécurité de tous ? Rien de précis, juste ces principes fondamentaux qui, tout le monde le savait, étaient ceux du gouvernement ?

C'était assez exact et nous fûmes d'accord... mais ne valait-il pas mieux déclarer : « la Liberté, l'Égalité, *la Paix*, et la Sécurité » ?... D'accord, camarade ? Ils discutèrent encore pour savoir si la liberté incluait « la liberté de l'air » ou si cela faisait partie de la « sécurité » ? Puisque nous étions sur le bon chemin, pourquoi ne pas dire nommément « la liberté de l'air » ? Et encore un amendement pour ajouter « la liberté de l'air *et* de l'eau »... parce que l'on n'a pas de vraie « liberté » ni de vraie « sécurité » si l'on n'a ni air ni eau.

L'air, l'eau et la *nourriture*.

L'air, l'eau, la nourriture et le *volume*.

L'air, l'eau, la nourriture, le volume et la *chaleur*.

Non, remplacez la « chaleur » par l' « énergie » et tout y sera. Absolument tout.

Mes amis, avez-vous complètement perdu l'esprit ? Nous nous éloignons du sujet et ce que vous avez négligé est un affront pour toute la féminité... Osons le dire ! Je vous en prie, laissez-moi terminer. Nous avons à leur faire savoir d'une manière ferme que nous n'autoriserons plus l'alunissage d'un seul vaisseau s'il ne débarque au moins autant de femmes que d'hommes. *Au moins,* ai-je dit... Pour ma part, je refuse de discuter si nous ne réglons pas d'abord, d'une manière formelle, le problème de l'immigration.

Prof ne cessa jamais de sourire.

Je commençais à comprendre pourquoi Prof avait dormi toute la journée, et sans poids. Moi, j'étais fatigué car j'avais travaillé toute la journée avec ma combinaison pressurisée, sur l'aire de catapultage, à forer les nouveaux emplacements des radars. Tout le monde était fatigué ; vers minuit, la foule commença à se clairsemer car ils étaient tous persuadés qu'on ne parviendrait à rien dans la nuit et parce qu'ils étaient tous fort ennuyés par les discours qu'ils ne prononçaient pas eux-mêmes.

Un peu après minuit, quelqu'un demanda pourquoi la Déclaration était datée du 4 alors que nous n'étions que le 2 ? Prof répondit avec le sourire que nous étions maintenant le 3 juillet... et qu'il était improbable que la Déclaration puisse être publiée avant le 4... sans oublier que le 4 juillet était une date historique dont le symbolisme pourrait nous être utile.

Plusieurs membres du Congrès nous quittèrent à ce moment, puisqu'on avait annoncé que rien ne serait probablement décidé avant le 4 juillet. Pourtant, j'ai alors remarqué quelque chose : la salle se remplissait aussi vite qu'elle se vidait. Finn Nielsen se glissa à une place qui venait juste d'être abandonnée ; le camarade Clayton de Hong-Kong fit lui aussi son apparition, me mit la main sur l'épaule, adressa un sourire à Wyoh et s'assit. Je vis aussi, au premier rang, mes plus jeunes lieutenants, Slim et Hazel... et j'ai même pensé qu'il faudrait que je fournisse un alibi à Hazel et que je dise à Mamie que je l'avais empêchée de rentrer à la maison car elle avait du travail pour le Parti mais, juste à ce moment, je vis Mamie s'asseoir à côté d'eux. Et encore Sidris, puis Greg, qui aurait dû être à la nouvelle catapulte.

J'ai fait un tour d'horizon et j'ai encore repéré une bonne douzaine : le rédacteur de nuit de la *Lunaïa Pravda*, le directeur général de la LuNoHoCo, et bien d'autres, tous nos camarades de lutte. Je me rendis alors compte que Prof avait « fait » les tribunes. Le Congrès n'avait pas un nombre de membres fixe : ces camarades honnêtes avaient le droit d'y siéger maintenant tout autant que ceux qui avaient bavardé depuis un bon mois. Et maintenant ils siégeaient et ils supprimèrent tous les amendements.

Il y en avait eu trois cents environ et je me demandais combien je pourrais encore en supporter quand quelqu'un apporta un message à Prof. Il le lut, frappa sur la table avec son marteau et dit : « Adam Selene vous prie de l'écouter, est-ce que tout le monde est d'accord ? »

Le grand écran de la tribune s'éclaira de nouveau et Adam déclara qu'il avait suivi les débats et qu'il était heureux d'avoir entendu de nombreuses critiques constructives et profondes ; pouvait-il cependant faire une proposition ? Pourquoi ne pas reconnaître que tout texte écrit est, par définition, imparfait ? Si la présente Déclaration était *en général* conforme à ce que les honorables membres du Congrès désiraient, pourquoi ne pas repousser à un autre jour la mise au point définitive et la voter telle qu'elle avait été rédigée ? « Honorable président, tel est mon avis. »

Ces paroles passèrent dans un profond silence. Prof reprit la parole : « Y a-t-il des objections ? » et il attendit, son marteau brandi. L'homme qui était en train de parler quand Adam avait demandé la parole dit alors : « Oui... Je persiste à dire que subsiste ce problème du participe présent ou passé, mais tant pis, nous pouvons ne pas nous y arrêter. »

Prof abattit son marteau : « Procédons au vote ! »

Nous nous sommes alors levés et, à tour de rôle, nous avons apposé notre signature sur un grand rouleau de parchemin qui provenait « du bureau d'Adam »... Je remarquai la signature d'Adam. Je signai juste après Hazel, — l'enfant savait maintenant écrire bien qu'elle ne sût pas encore lire couramment. Sa signature était maladroite, grande et fière. Le camarade Clayton signa de son pseudo du Parti, et aussi de son vrai nom en lettres romaines, et une troisième fois en caractères japonais, trois petits dessins les uns au-dessus des autres. Deux camarades signèrent avec une croix qu'ils firent certifier. Tous les chefs du Parti étaient présents cette nuit-là (ou ce matin-là), tous signèrent, ainsi qu'une douzaine des bavards habituels qui étaient restés. Mais ceux qui le firent apposèrent leur signature au bas d'un texte historique. C'est ainsi qu'ils engagèrent « leurs vies, leurs fortunes et leur honneur sacré ».

Alors que la foule s'écoulait lentement, les gens bavardaient entre eux. Prof donna un coup de marteau pour demander un instant de silence. « Je demande des volontaires pour une mission dangereuse. La présente Déclaration va être transmise par l'intermédiaire des agences de presse... mais il convient aussi qu'elle soit présentée, sur Terra, aux Nations Fédérées, par une délégation. »

Cela fit cesser tout bruit. Prof me regardait, j'avalai ma salive et je dis : « Je suis volontaire. » Wyoh répondit, comme un écho « Moi aussi ! »... et même la petite Hazel dit : « J'y vais ! »

En quelques instants, nous fûmes une douzaine, depuis Finn Nielsen jusqu'au gospodin pinailleur (qui se révéla d'ailleurs être un bon bougre en dehors de ses manies). Prof prit note de nos noms et murmura quelques mots indistincts au sujet du premier moyen de transport disponible.

Je pris Prof à part et je lui ai dit : « Vous savez, Prof, vous êtes trop fatigué pour faire le saut. Vous savez que le vaisseau du 7 a été annulé et qu'ils parlent maintenant de mettre l'embargo sur nous ? Le prochain vaisseau qu'ils enverront sur Luna sera un croiseur de guerre. Comment avez-vous l'intention de voyager ? En tant que prisonnier ? »

— « Non, nous n'allons pas utiliser leurs vaisseaux. »

— « Ah, oui ! Nous allons donc en construire un ? Avez-vous une idée du temps qu'il nous faudra ? Si nous sommes mêmes capables d'en construire, ce dont je doute. »

— « Manuel, Mike dit que ce doit être ainsi... et il a tout préparé. »

Je savais que Mike avait dit que ce devait être ainsi ; il avait de nouveau fait le tour du problème dès que nous avions appris que les brillantes personnalités de Richardson avaient décidé de remettre de l'ordre chez nous : il ne nous donnait plus qu'une chance sur cinquante-trois... à l'impérative condition que Prof se rende sur Terra. Moi, je ne m'embarrasse pas des impossibilités ; j'avais passé toute la journée à travailler dur pour que nous puissions profiter de cette unique chance sur cinquante-trois.

— « Mike nous fournira le vaisseau, » continua Prof. « Il en a dressé les plans et on commence déjà à le construire. »

— « Vraiment ? Depuis quand Mike est-il ingénieur ? »

— « Ne l'est-il donc pas ? » me rétorqua Prof.

J'ouvris la bouche pour répondre, puis la refermai. Mike n'avait pas de diplômes, et pourtant il en connaissait plus sur l'ingéniérie que tout autre homme vivant. Ou même sur les pièces de Shakespeare, ou sur toutes les énigmes, sur l'histoire, sur n'importe quoi. « Dites-m'en un peu plus. »

— « Manuel, nous nous rendrons sur Terra en tant que chargement de grain. »

— « *Comment ?* Et qui est ce « nous » ? »

— « Vous et moi. Les autres volontaires ne sont là que pour la galerie. »

— « Vous savez, Prof, j'ai fait du boulot. J'ai travaillé dur, même alors que toute cette affaire me paraissait complètement idiote. J'ai porté ces poids, — je les ai même sur moi actuellement, — dans le cas où je devrais faire cet affreux voyage, mais j'étais d'accord pour voyager dans un *vaisseau,* avec au moins un cyborg pour piloter et pour me permettre de débarquer avec sécurité ; je ne suis pas du tout d'accord pour y aller sous forme d'une météorite. »

— « Très bien, Manuel, » répondit-il. « Je crois à la liberté du choix, j'y crois en toutes circonstances. Votre remplaçant prendra votre place. »

— « Mon... *Qui ?* »

— « La camarade Wyoming. Autant que je sache, c'est la seule autre personne qui se soit entraînée pour ce voyage... si on ne tient pas compte de quelques Terriens. »

Ainsi j'y suis allé. J'ai quand même voulu, d'abord, parler avec Mike. Il m'a dit avec patience : « Man, mon premier ami, il ne faut pas t'en faire. Tu feras partie de l'expédition KM187, série 76, et tu arriveras sans ennui à Bombay. Par sécurité, — pour te rassurer, toi, — j'ai choisi cette péniche parce qu'elle doit être retirée de l'orbite de stationnement et qu'elle atterrira quand l'Inde sera juste en face de moi... et j'y ai ajouté un moteur supplémentaire pour vous soustraire des commandes au sol si je ne suis pas satisfait de la manière dont ils vous traiteront. Fais-moi confiance, Man, j'ai réfléchi à tous les problèmes, à tout... Et même notre décision de poursuivre les expéditions alors que la sécurité n'était plus assurée faisait partie de notre plan. »

— « Tu aurais pu m'en parler. »

— « Il était inutile de t'inquiéter. Prof devait être mis au courant et je suis resté en rapports constants avec lui. Toi, il faudra seulement que tu prennes soin de lui, que tu nous le ramènes... et que tu fasses son travail s'il mourait, un point sur lequel je ne puis absolument pas te rassurer. »

— « Très bien, » soupirai-je. « Pourtant, Mike, tu ne crois pas sérieusement que tu seras capable de piloter une péniche en douceur, et la faire atterrir d'aussi loin ? La vitesse de la lumière seule te tromperait. »

— « Man, crois-tu que je ne connaisse rien à la balistique ? Quand vous serez en orbite d'attente, je disposerai de moins de quatre secondes entre l'émission de la demande, la réflexion et le renvoi des impulsions de commande... Et tu peux me faire confiance pour ne pas gaspiller les microsecondes. Votre orbite d'attente sera parcourue en quatre secondes maximum, elle n'est que de 32 kilomètres, et va en diminuant comme une asymptote pour atteindre le point zéro au moment de l'atterrissage. Mon temps de réponse sera en fait inférieur à celui d'un pilote humain qui atterrit en pilotant à la main car je ne perdrai pas de temps à étudier la situation et à décider des corrections à effectuer. Mon maximum de temps est donc de quatre secondes mais mon temps de réponse réel est de beaucoup moins, car je fais sans arrêt des projections et des prévisions, je prévois, je programme en même temps... en réalité, je serai toujours de quatre secondes en avance sur vous, devant votre trajectoire, et je répondrai immédiatement. »

— « Mais cette boîte d'acier n'a même pas d'altimètre ! »

— « Elle en a un, maintenant. Man, je t'en prie, crois-moi, j'ai vraiment pensé à tout. Et la seule raison pour laquelle j'ai demandé que l'on mette ces instruments supplémentaires, c'était pour te rassurer. La tour de contrôle de Poona n'a pas fait une seule blague au cours de plus de cinq mille expéditions. Pour un ordinateur, c'est assez brillant ! »

— « Bon. Euh... Mike, avec quelle force ces péniches tombent-elles dans la mer ? Combien de g ? »

— « Pas beaucoup, Man. Dix fois la force de la pesanteur à l'injection, puis le programme s'affaiblit régulièrement et descend à 4 g… puis vous serez de nouveau soumis à une force de 5 à 6 g, juste avant la chute dans l'eau. La chute elle-même est douce, ne représente qu'une chute de 50 mètres de haut ; vous rentrerez l'ogive en avant, comme cela il n'y aura pas de choc brutal, avec une force inférieure à 3 g. Vous remonterez ensuite et retomberez dans l'eau, avec douceur, et vous flotterez avec une pesanteur égale à 1 g. Man, ces coquilles de transport sont bâties aussi légèrement que possible pour des raisons d'économie. Nous ne pouvons nous permettre de les faire tourner longtemps sous peine de détruire leurs joints. »

— « C'est merveilleux, Mike, mais j'aimerais quand même savoir ce que représentent, pour toi, 5 ou 6 g ? Cela te fait sauter les joints ? »

— « Je suppose que j'ai été soumis à une accélération d'environ 6 g quand ils m'ont expédié ici. Dans l'état où je me trouve maintenant, une pesanteur de 10 g détériorerait la plupart de mes connexions importantes mais je crains cependant beaucoup plus les accélérations terribles et transitoires auxquelles vont me soumettre les ondes de choc que nous recevrons quand Terra commencera à nous bombarder. Je n'ai pas de données suffisantes pour faire des prédictions… mais il n'est pas impossible que je perde alors le contrôle de mes fonctions extérieures, Man. Et cela pourrait bien être d'une grande importance quant à la tactique que nous devrons alors adopter. »

— « Mike, tu crois réellement qu'ils vont nous bombarder ? »

— « Tu peux en être certain, Man. Et c'est justement pourquoi ce voyage est tellement important. »

Là-dessus, je l'ai quitté et je suis allé voir le cercueil volant. J'aurais dû rester chez moi.

Est-ce que vous avez jamais vu à quoi ressemblent ces foutues péniches ? Ce n'est pas autre chose qu'un cylindre d'acier avec des rétrofusées et des fusées de guidage, avec en plus un radar émetteur-récepteur. Cela ressemble à un vaisseau spatial comme une paire de pinces ressemble à mon bras numéro trois. On avait découpé celui-là pour y aménager notre « cabine ».

Pas de cuisine, pas de W.-C., rien. Quelle importance ?

Nous n'allions y être enfermés que pour une cinquantaine d'heures. Nous devions partir à jeun, si bien que nous n'avions aucun besoin de tinette. Bar et salle à manger, inutiles ! Nous ne devions pas quitter notre combinaison, sans compter que nous devions être drogués, aussi rien n'avait d'importance.

Du moins, Prof serait sous l'influence des drogues pendant la plus grande partie du voyage car, moi, j'avais besoin d'être réveillé au moment de l'atterrissage pour essayer de nous extraire de ce piège mortel si quelque chose allait mal et que personne ne vienne avec un ouvre-boîtes. Ils construisaient une sorte de berceau dans lequel devaient s'insérer nos combinaisons pressurisées ; nous devions être attachés dans ces gouttières, et y rester, jusqu'au débarquement sur Terra. Il semblait qu'on s'était plus occupé de calculer les poids pour les rendre semblables à celui des expéditions normales de grain, qu'on avait mieux calculé la position du centre de gravité, qu'on avait mieux organisé les procédés pour le rectifier sans cesse qu'on ne s'était occupé de notre confort ; l'ingénieur qui s'en était chargé m'a dit qu'on avait même calculé le poids des rembourrages que l'on allait mettre dans nos combinaisons pressurisées.

J'étais heureux d'apprendre que nous allions disposer de rembourrages car ces sortes de trous ne me paraissaient pas tellement douillets.

Je suis retourné à la maison, pensif.

Wyoh n'était pas là pour dîner, ce qui n'était pas habituel ; Greg y était, ce qui était encore plus inhabituel. Personne ne dit rien de mon intention de me transformer le lendemain en caillou projeté sur Terra, et ils étaient pourtant tous au courant. Je ne vis rien d'anormal jusqu'au moment où la jeune génération quitta la table sans qu'on le lui dise ; je compris alors pourquoi Greg n'était pas retourné sur le site de la Mare Undarum après que le congrès se fut ajourné ce matin : quelqu'un avait demandé la réunion d'un conseil de famille.

Mamie regarda toute l'assemblée et dit : « Nous sommes tous ici. Ali, ferme cette porte ; c'est parfait. Grand-papa, veux-tu commencer ? »

Notre mari-aîné s'arrêta de humer son café et se leva. Il considéra l'assemblée et dit à voix forte : « Je vois que nous sommes tous réunis. Je vois que les enfants sont allés se coucher. Je vois qu'il n'y a pas d'étranger, pas d'invité. Je déclare que nous sommes réunis conformément aux coutumes établies par Jack Davis le Noir, notre Premier Mari, et par Tillie, notre Première Épouse. Si un problème est survenu qui concerne la sécurité et le bonheur de notre ménage, que l'on fasse *maintenant* la lumière. Ne laissons jamais rien s'envenimer. Telle est notre coutume. »

Grand-papa se tourna vers Mamie et dit doucement : « A toi, Mimi, » et il retomba dans sa douce apathie. Une minute, il avait été fort, beau, viril, dynamique, vraiment l'homme de l'époque où j'avais été choisi... et j'eus les larmes aux yeux, tout à coup, en pensant combien j'avais été heureux !

A ce moment, je ne savais pas si j'étais heureux ou non. La seule raison que je voyais à un conseil de famille, c'était que je devais être expédié le lendemain vers Terra, comme un ballot de grain. Mamie avait-elle l'intention de dresser la famille contre ce projet ? Personne n'est jamais tenu par les décisions d'un conseil de famille encore que l'on fasse toujours comme si on l'était. C'était bien là toute la force de notre ménage : aux instants critiques, nous nous tenons les coudes.

Mimi était en train de dire : « Est-ce que quelqu'un aurait un problème qui mériterait d'être discuté ? Parlez, mes chéris. »

Greg se leva : « Moi. »

— « Nous écoutons Greg. »

Greg est bon orateur. Il est capable d'affronter toute une congrégation et de parler avec la plus grande assurance de sujets auxquels je ne crois pas du tout, même quand je suis seul. Ce soir, il semblait n'être pas du tout sûr de lui. « Enfin... Euh... Nous avons toujours essayé de garder un certain équilibre dans notre ménage, avec des vieux, avec des jeunes, en alternant les sexes avec régularité, à intervalles réguliers, de la même manière que nous avons reçu, nous, ce ménage. Nous avons cependant fait quelques exceptions, et nous avons eu raison, » il jeta un coup d'œil sur Ludmilla. « Et nous avons rétabli plus tard l'équilibre. » Et il jeta un autre coup d'œil à l'extrémité de la table, vers Frank et Ali, qui étaient de part et d'autre de Ludmilla.

— « Au cours des années, comme on peut le voir en consultant nos archives, l'âge moyen des maris a été de quarante ans, celui des épouses de trente-cinq... et c'est exactement avec cette différence d'âge que notre ménage a commencé, il y a maintenant près d'un siècle, puisque Tillie avait quinze ans quand elle choisit Jack le Noir, qui venait, lui, juste d'en avoir vingt. Actuellement, j'ai découvert que la moyenne d'âge des maris était presque exactement de quarante ans, tandis que la moyenne... »

Mamie l'interrompit avec fermeté : « Ne nous perdons pas dans les problèmes d'arithmétique, Greg chéri. Au fait. »

J'étais en train de me demander où Greg voulait en venir. Il faut dire que j'avais souvent été absent durant la dernière année et que, lorsque je rentrais à la maison la plupart du temps c'était après que tout le monde fut couché. Il parlait manifestement de mariage et personne ne propose jamais de nouvelles épousailles avant d'avoir d'abord donné à tous les autres la possibilité d'étudier le projet avec soin. Il est impossible de faire autrement.

Mais je suis stupide ! — Greg se mit à bégayer et dit : « Je propose Wyoming Knott ! »

J'ai dit que j'étais stupide. Je comprends les machines et les machines s'entendent bien avec moi mais je ne prétends pas comprendre quoi que ce soit aux gens. Quand je deviendrai mari-aîné, si je vis jusque-là, je ferai exactement comme Grand-papa fait avec Mamie : je laisserai Sidris commander. De la même manière... Bon ! maintenant, pensons-y : Wyoh s'était convertie à l'Église de Greg. J'apprécie Greg, j'aime Greg, et je l'admire, mais il est impossible de faire digérer par un ordinateur la théologie de son Église et d'obtenir autre chose que le néant. Wyoh s'en était sûrement rendu compte étant donné qu'elle l'avait rencontré alors qu'elle était, elle, à l'âge adulte... En fait, j'avais cru, moi, que la conversion de Wyoh était une preuve de son désir de faire *n'importe quoi* pour notre cause.

Pourtant, Wyoh avait recruté Greg avant cela. Elle avait fait de nombreux voyages vers l'emplacement de notre nouvelle catapulte, et il avait toujours été plus facile de l'y envoyer elle, plutôt que Prof ou moi. D'accord, j'avais été pris par surprise, mais j'aurais dû m'en apercevoir.

Mimi dit : « Greg, as-tu quelque raison de penser que Wyoming accepterait d'être choisie par nous ? »

— « Oui. »

— « Parfait. Nous connaissons tous Wyoming et je suis

certaine que nous avons déjà notre opinion formée à son sujet. Je ne vois aucune raison de nous y opposer... à moins que quelqu'un n'ait quelque chose à dire ? Parlez ! »

Mamie n'était pas surprise. Rien d'étonnant à cela. Personne ne l'était d'ailleurs, car Mamie ne laisse jamais se réunir un conseil de famille si elle n'est pas certaine du résultat.

Je me demandais pourtant pourquoi Mamie était ainsi certaine de mon opinion, tellement certaine qu'elle n'avait pas jugé nécessaire de m'en parler auparavant ? Et je restais assis, embarrassé, mal à l'aise, car je savais que je devais parler, car je savais que je connaissais quelque chose de terriblement important que personne d'autre ne connaissait, sinon les choses ne seraient pas allées aussi loin. Quelque chose qui n'avait aucune importance pour moi mais qui en avait pour Mamie et pour toutes nos femmes.

Je restais assis, comme un misérable lâche, et je ne disais rien.

Mamie reprit la parole : « Parfait ! Faisons l'appel. Ludmilla ? »

— « Moi ? Pourquoi ? J'aime Wyoh ; tout le monde le sait. Naturellement ! »

— « Lenore chérie ? »

— « Je peux essayer de lui demander de redevenir brune, je crois que les uns et les autres nous avons abandonné la partie. Enfin, c'est sa faute à elle, elle est plus blonde que moi. Da ! »

— « Sidris ? »

— « A deux mains ! Wyoh est le genre de fille qu'il nous faut. »

— « Anna ? »

— « J'ai quelque chose à dire avant de donner mon accord, Mimi. »

— « Je ne pense pas que ce soit nécessaire, chérie. »

— « Je vais pourtant tout étaler au grand jour, comme Tillie l'a toujours fait, suivant la tradition. Dans notre ménage, toutes les femmes ont toujours apporté leur contribution, ont toujours donné des enfants à la famille. Vous serez peut-être surpris, du moins certains d'entre vous, d'apprendre que Wyoh a eu huit enfants... »

Ali fut certainement surpris ; il eut un sursaut et ouvrit la bouche. Moi, je regardai mon assiette. Oh ! Wyoh, Wyoh ! Comment ai-je laissé faire cela ? Maintenant, il *fallait* que je prenne la parole.

Et je me rendis compte qu'Anna continuait de parler : « ... c'est ainsi qu'elle peut maintenant avoir des enfants à elle, car l'opération a été un plein succès. Elle est cependant ennuyée car elle craint d'avoir un autre enfant anormal, ce qui est improbable selon la direction de la clinique de Hong-Kong. C'est pourquoi il nous faudra l'aimer suffisamment pour l'empêcher maintenant de continuer à s'inquiéter. »

— « Nous l'aimerons, » dit Mamie avec sérénité. « Nous l'aimons déjà en fait. Anna, maintenant, es-tu prête à donner ton avis ? »

— « C'est à peine nécessaire, n'est-ce pas ? Je suis allée à Hong-Kong avec elle, et je lui ai tenu la main pendant qu'on lui liait les trompes. Je choisis Wyoh. »

— « Dans cette famille, » continua Mamie, « nous avons toujours pensé que nos maris avaient un droit de veto. C'est peut-être une drôle de coutume, sans doute, mais c'est Tillie qui l'a établie, et cela a toujours bien marché. Alors, Grand-papa ? »

— « Euh... Qu'est-ce que tu disais, ma chérie ? »

— « Nous sommes en train d'opter Wyoming, gospodin Grand-Papa. Donnes-tu ton consentement ? »

— « Comment ? Ah, oui ! naturellement ! C'est une gentille petite fille. A propos, qu'est donc devenue cette jolie petite afro qui avait un nom dans ce genre ? Elle en a eu assez de nous ? »

— « Greg ? »

— « C'est moi qui l'ai proposée. »

— « Manuel, mets-tu ton veto ? »

— « Moi ? Pourquoi ? Tu me connais, Mamie. »

— « Je te connais. Mais je me demande parfois si toi tu te connais. Hans ? »

— « Qu'arriverait-il si je disais non ? »

— « Tu y perdrais quelques dents, c'est tout, » répondit immédiatement Lenore. « Hans, vote oui. »

— « Taisez-vous, les chéris, » dit mamie avec un peu de reproche dans la voix. « Une cooptation est une chose sérieuse. Hans, parle ! »

— « Da, Yes ! Ja ! Oui ! Si ! Il était grand temps que nous ayons une jolie blonde comme cette... Aïe ! »

— « Lenore, suffit ! Frank ! »

— « Oui, Mamie. »

— « Ali chéri ? C'est donc l'unanimité ? »

Le brave garçon devint rouge comme un dindon et se montra incapable de dire un mot. Il approuva de la tête avec force.

Au lieu de désigner un mari et une épouse pour aller voir celle qui avait été choisie et pour lui demander d'opter pour nous, Mamie envoya Ludmilla et Anna pour la faire venir immédiatement, — et je m'aperçus qu'elle n'était pas plus loin que le salon de Bon Ton. Ce n'était d'ailleurs pas la seule irrégularité ; au lieu de fixer une date et d'organiser une réunion d'épousailles, on appela les enfants, et vingt minutes plus tard Greg avait déjà ouvert son livre de prières et nous procédions à l'échange des consentements... Je compris quand même, enfin, dans ma tête de lard que si tout cela se faisait à une vitesse à tout casser c'était parce que je risquais moi-même de me casser le cou le lendemain.

Cela ne pouvait pas avoir beaucoup d'importance pour moi, ce n'était qu'un signe de l'amour familial que me portait la famille, puisqu'une épousée passe toujours sa première nuit avec le mari-aîné et que je devais passer la nuit du lendemain et celle du surlendemain dans l'espace. Cela me fit cependant quelque chose et, quand les femmes se mirent à pleurer au cours de la cérémonie, moi aussi j'y allai de ma petite larme, tout comme elles.

Après cela, je suis allé me coucher, tout seul, dans mon atelier, après que Wyoh nous eut embrassés et nous eut quittés au bras de Grand-Papa. J'étais terriblement fatigué car les deux dernières journées avaient été pénibles. J'ai pensé à faire un peu d'entraînement puis j'ai estimé que, de toute manière, c'était trop tard ; j'ai aussi pensé à appeler Mike et je lui ai demandé quelles étaient les dernières nouvelles de Terra. Puis je suis allé au lit.

Je ne sais pas combien de temps je suis resté endormi quand, tout à coup, je me suis rendu compte que je ne dormais plus et que quelqu'un était entré dans la chambre. « Manuel ? » me souffla-t-on dans l'obscurité.

— « Quoi ? Ah ! Wyoh ! Ce n'est pas là que tu devrais être, chérie. »

— « Mais si, c'est ici que je dois être, mon mari. Mamie sait que je suis ici, et Greg aussi. Quant à Grand-papa, il dort déjà. »

— « Oh ! quelle heure est-il ? »

— « 4 heures environ. Je t'en prie, chéri, puis-je venir au lit ? »

— « Quoi ? Naturellement ! » Il y avait quelque chose dont je devais me souvenir... Ah, oui ! « Mike ! »

— « Oui, Man ? » répondit-il.

— « Décroche. N'écoute pas. Si tu veux me parler, appelle-moi par le téléphone familial. »

— « C'est ce que m'a déjà dit Wyoh, Man. Mes félicitations ! »

Puis elle enfouit sa tête dans le creux de mon épaule et je mis mon bras autour de son cou. « Pourquoi pleures-tu, Wyoh ? »

— « Je ne pleure pas ! C'est seulement que j'ai tellement peur que tu ne reviennes pas ! »

16

JE me suis réveillé, ennuyé ; il faisait encore nuit noire. « Manuel ! » Je ne savais plus dans quel sens j'étais. « Manuel ! » — on m'appelait encore — « *réveille-toi !* »

Cela me rappela quelque chose ; c'était un signal qui devait me remettre en état. Je me rappelais avoir été étendu sur une table d'opération dans l'infirmerie du Complexe, les yeux fixés sur une grosse lampe pendant que l'on me parlait et que des drogues s'infiltraient dans mes veines. Il me semblait qu'il y avait des siècles, une éternité de cauchemar, de souffrance, de tension insupportable.

Je savais maintenant ce que c'était que ce sentiment de chute qui n'en finissait pas, je l'avais déjà ressenti auparavant ; j'étais dans l'espace.

Qu'est-ce qui n'avait pas marché ? Mike aurait-il fait une erreur de quelques décimales ? Ou alors, s'était-il laissé aller à son caractère enfantin, m'avait-il fait une plaisanterie sans se rendre compte qu'il pouvait me tuer ? Mais alors, après toutes ces années de souffrance, pourquoi étais-je encore en vie ? L'étais-je, seulement ? J'éprouvais peut-être les sensations que devaient éprouver normalement les fantômes, cette sensation de solitude, de perdition, ce sentiment de ne se trouver nulle part ?

— « Réveille-toi, Manuel ! Réveille-toi, Manuel ! »

— « La ferme ! » hurlai-je. « Boucle ta foutue transmission ! » L'enregistrement continuait, je n'y faisais plus attention. Qu'est-ce que c'était donc que ce voyant qui fumait ? Non, il ne faut pas souffrir un siècle d'accélération pour échapper à l'attraction lunaire, avec seulement 3 g, ce n'est qu'une impression. Il ne faut que quatre-vingt-deux secondes, mais cela paraît vraiment très long pour le système nerveux humain, qui en ressent les moindres microsecondes. 3 g sont dix-huit fois autant que ce que pèse un Lunatique.

Je découvris alors que ces crétins d'ingénieurs ne m'avaient pas fixé mon bras ; pour quelque raison idiote, ils me l'avaient ôté en m'attachant et, à ce moment, j'étais trop asphyxié par les assurances qu'ils me donnaient de ne pas m'en faire, sans parler des drogues qu'ils m'avaient fait ingurgiter, et je n'avais pas pensé à protester. Je n'avais pas eu le moindre doute qu'ils allaient me le remettre. Malheureusement ce fichu interrupteur se trouvait à ma gauche et la manche gauche de ma combinaison pressurisée était vide...

Je passai les dix années suivantes à essayer de me détacher avec une seule main, puis je subis une condamnation de vingt ans de travaux forcés à flotter dans l'obscurité avant de pouvoir retrouver ma couchette, incapable de savoir où s'en trouvait la tête, ce qui m'était pourtant nécessaire pour retrouver l'interrupteur au toucher. Le compartiment dans lequel je me trouvais n'avait pas plus de 2 mètres dans sa plus grande dimension ; il me semblait pourtant plus spacieux que le Vieux Dôme pendant cette période de chute libre et d'obscurité totale. Je le trouvai quand même ce sacré interrupteur, et nous eûmes de la lumière.

(Ne me demandez surtout pas pourquoi ce cercueil volant n'avait pas au moins trois systèmes d'éclairage fonctionnant tous en même temps ; question d'habitude, probablement. Un système d'éclairage suppose un interrupteur pour le mettre en marche, niet ? Et le matériel avait été construit en deux jours ; je crois même que je devais me sentir heureux que l'interrupteur ait fonctionné.)

Lorsque j'eus de la lumière, le volume me parut perdre 10 pour cent de son importance et j'ai commencé à souffrir de claustrophobie. Je pensai alors à regarder Prof.

Mort apparemment. Et il avait toutes les excuses pour s'être laissé mourir. Je l'enviai, mais il fallait maintenant que je vérifie son pouls et sa respiration, et d'autres choses de ce genre, dans le cas où il aurait eu la malchance de subir encore ces inconvénients. Et je fus une fois de plus gêné, et pas seulement parce que je n'avais qu'un bras : le grain avait été séché et compressé comme à l'ordinaire avant le chargement et la cabine était supposée être pressurisée ; — oh ! ne vous imaginez rien d'extraordinaire, ce n'était jamais qu'un réservoir avec un peu d'air dedans ! Nos combinaisons pressurisées devaient en principe nous fournir tout ce qui est nécessaire à la vie pendant deux jours ; ce n'était pas seulement une double précaution, mais les combinaisons pressurisées sont beaucoup plus confortables dans l'atmosphère que dans le vide, et on pensait donc que je serais ainsi capable de m'occuper de mon malade.

Or je ne le pouvais pas. Je n'avais pas besoin de lui ouvrir son casque pour savoir que cet acier-là n'avait pas été étanche ; je l'ai su immédiatement rien qu'en regardant l'apparence de la combinaison. J'avais certes des drogues à administrer à Prof, des stimulants cardiaques et tout le reste, et ces drogues étaient dans des seringues toutes prêtes, qui devaient me permettre de lui faire les piqûres à travers sa combinaison. Mais comment vérifier son cœur et sa respiration ? On lui avait fourni une combinaison à bon marché, de celles que l'on vend aux Lunatiques qui ne quittent que rarement leurs terriers, une de ces combinaisons sans indicateurs extérieurs.

Il avait la mâchoire pendante et les yeux grands ouverts. Mort et bien mort, pensai-je. Pas besoin d'extraire Prof de cette inconscience, il s'était éliminé lui-même. J'essayai de sentir son pouls sur la carotide mais son casque m'en empêcha.

On nous avait fourni une horloge à programme, ce qui était bien aimable de leur part ; et cette horloge me montra que je voyageais complètement inconscient depuis quarante-quatre heures, conformément au plan établi, et que, dans trois heures, nous allions recevoir un terrible coup de pied destiné à nous placer en orbite d'attente autour de Terra. Nous devions alors décrire deux révolutions, qui dureraient environ trois heures, au bout desquelles commencerait le programme d'atterrissage... si la tour de contrôle de Poona n'avait pas changé d'idée et ne décidait pas de nous laisser sur orbite. Je me dis en moi-même que c'était improbable car on ne laisse pas le grain dans le vide plus longtemps qu'il n'est nécessaire. Le grain a en effet tendance à gonfler, à se transformer en pop-corn, ce qui non seulement lui fait perdre de la valeur mais encore abîme les réservoirs en leur donnant une forme de melon. N'était-ce pas merveilleux ? Pourquoi diable nous avaient-ils expédiés avec un chargement de grain ? Pourquoi n'avaient-ils pas complété le chargement avec des cailloux, qui se fichent pas mal d'être dans le vide ?

J'eus tout le temps de réfléchir à ces problèmes, et aussi le temps de souffrir de la soif. Je bus une demi-gorgée, mais pas plus car je ne voulais certainement pas avoir à supporter une accélération de 6 g avec l'estomac plein (je n'aurais pas dû m'en inquiéter puisqu'ils nous avaient mis des sondes, mais sans me le dire).

Lorsque je n'eus plus beaucoup de temps devant moi, je décidai que cela ne pourrait faire aucun mal à Prof si je lui administrais la drogue qui devait, en principe, lui permettre de supporter de fortes accélérations ; lorsque nous serions sur l'orbite d'attente, je lui donnerais alors un stimulant cardiaque... il me semblait bien, en effet, que rien ne pouvait plus le faire souffrir.

Je lui ai donné la première drogue, puis j'ai passé les quelques minutes dont je disposais à m'attacher de nouveau, d'une seule main. J'étais désolé de ne pas connaître le nom de celui qui avait oublié de me remettre mon bras gauche, je serais allé, après, lui apprendre à vivre.

Une accélération de 10 g vous place en orbite autour de Terra en seulement $3{,}26 \times 10^7$ microsecondes ; cela paraît pourtant beaucoup plus long étant donné qu'une accélération de 10 g est environ soixante fois plus que ce que l'on devrait normalement faire supporter à un fragile amas de protoplasme. Disons, trente-trois secondes. Ma parole ! je crois que mes ancêtres de Salem, quand ils se sont livrés à leur danse célèbre, ont connu un jour de trente secondes qui leur a paru encore pire !

J'ai donné à Prof son stimulant cardiaque, après quoi j'ai passé trois heures à essayer de prendre une décision pour savoir si j'allais me droguer moi-même, comme je l'avais fait pour Prof, en prévision de l'atterrissage. Je décidai de m'abstenir. Toutes les drogues que l'on m'avait fait ingurgiter au moment du catapultage n'avaient eu comme résultat que de m'épargner une minute et demie de gêne et deux jours d'ennui et m'avaient fourni un siècle d'affreux cauchemars... en outre, si ces dernières minutes devaient être mes toutes dernières minutes à moi, j'avais décidé d'assister à l'expérience. Et si désagréables que puissent être ces minutes, elles m'appartenaient, et je n'avais pas l'intention de les éviter.

Elles furent mauvaises. Une accélération de 6 g n'est pas meilleure qu'une de 10 g, elle paraît même pire. 4 g ne changent rien. Puis nous fûmes encore plus violemment bousculés et, tout à coup, pendant quelques secondes, nous nous sommes retrouvés en chute libre. Puis ce fut l'amerrissage, qui n'eut rien de « doux », et que nous avons absorbé avec les courroies, pas avec les coussins, puisque nous sommes entrés dans la mer la tête la première. Je ne crois pas non plus que Mike s'était rendu compte que, après un profond plongeon, nous devions revenir à la surface et retomber avec force avant de nous mettre tout simplement à flotter. Les vers de terre appellent cela « flotter », mais ça n'a rien à voir avec ce que vous ressentez quand vous flottez en chute libre ; vous êtes quand même soumis à une pesanteur de 1 g, six fois la pesanteur normale, sans parler d'un affreux roulis. Nous étions soumis à des mouvements vraiment très curieux... Mike nous avait affirmé que le temps solaire était bon, que nous ne devions pas être exposés à trop de radiations à l'intérieur de ce corset de fer. Mais il n'avait pas porté le même intérêt au temps terrestre dans l'océan Indien ; les conditions atmosphériques étaient suffisantes pour des expéditions de grain et je pense qu'il avait supposé qu'elles le seraient aussi pour nous... c'est d'ailleurs aussi ce que j'aurais pensé, avant.

Mon estomac aurait dû être vide, mais j'ai quand même rempli mon casque avec le liquide le plus amer, le plus nauséabond que vous ayez jamais essayé d'éviter de rencontrer. Après quoi, notre cabine s'est retournée et j'ai eu de la bile dans les yeux, dans les cheveux et même dans le nez. C'est cela que les vers de terre appellent « avoir le mal de mer » et c'est une de ces nombreuses horreurs auxquelles ils sont habitués.

Je ne m'appesantirai pas sur le très long remorquage jusqu'au port. Disons seulement, que, outre le mal de mer, mes bouteilles d'air commençaient à s'épuiser. Elles avaient été calculées pour douze heures, ce qui était largement suffisant pour les quarante-huit heures pendant lesquelles j'étais surtout resté inconscient et pendant lesquelles, aussi, je n'avais pas fait le moindre exercice, mais cela ne suffisait pas tout à fait pour les quelques heures de remorquage qui suivirent. Au moment où la péniche s'immobilisa enfin, j'étais presque trop abruti pour tenter de sortir.

Et il y avait autre chose : nous avons été repêchés, me semble-t-il, puis mis à terre la tête en bas. Ce n'est pas une position confortable quand on est soumis à une pesanteur de 1 g ; et cette position est absolument impossible quand on est supposé : *a)* se détacher tout seul ; *b)* s'extraire du berceau qui nous avait servi de couchette ; *c)* se saisir d'un marteau de forgeron attaché contre la paroi par de multiples liens ; *d)* s'en servir pour défoncer l'écoutille de secours ; *e)* se frayer un chemin vers l'extérieur et, enfin, *f)* tirer à sa suite un vieillard revêtu d'une combinaison pressurisée.

Je n'ai même pas réalisé le point *a;* je me suis évanoui la tête en bas.

Heureusement qu'il avait été prévu une procédure de dernier ressort : Stu LaJoie avait été averti avant notre départ, et les agences de presse avaient été prévenues, elles, quelques instants avant notre arrivée. Je me suis réveillé alors que des tas de gens se penchaient sur moi, je me suis évanoui une nouvelle fois et me suis réveillé à nouveau, dans un lit d'hôpital, étendu sur le dos, avec une sensation d'oppression sur la poitrine, — j'étais tout à la fois lourd et faible, — mais je n'étais pas malade, seulement fatigué, courbatu, j'avais faim et soif, j'étais à plat. J'étais sous une tente en plastique transparent, ce qui m'aida sans doute à ne pas avoir de troubles respiratoires.

Deux personnes se trouvaient auprès de mon lit : d'un côté une minuscule infirmière indienne, qui avait de grands yeux, et, de l'autre, Stuart LaJoie. Il m'adressa un grand sourire : « Hello ! mon vieux ! Comment allez-vous ? »

— « Euh... ! ça va bien. Mais, bon sang ! quelle fichue manière de voyager ! »

— « Prof dit que c'était la seule solution. Quel costaud que ce type-là ! »

— « Un instant ! Prof *dit ?* Prof est mort. »

— « Pas du tout. Il n'est pas en bonne forme. Nous l'avons mis dans un lit pneumatique avec une surveillance médicale continuelle et on lui a branché plus d'instruments que vous ne pourriez l'imaginer. Enfin, il est vivant et sera à même de faire son travail. Mais, vraiment, il ne se souvient pas du voyage : il ne s'en est pas aperçu, nous a-t-il dit. Il s'est endormi dans un hôpital et s'est réveillé dans un autre. Je croyais qu'il se trompait quand il m'a refusé de vous envoyer un vaisseau, mais c'est lui qui avait raison : la publicité a été *extraordinaire* ! »

— « Vous dites, » ai-je répondu lentement, « que Prof a *refusé* que vous lui expédiez un vaisseau ? »

— « J'aurais dû dire *le président Selene* a refusé. N'avez-vous donc pas vu les dépêches, Mannie ? »

— « Non ? » Et c'était trop tard, maintenant, pour en discuter. « Il faut dire que nous avons eu beaucoup à faire ces derniers jours. »

— « Vous pouvez le dire ! Ici aussi, d'ailleurs... Je ne me rappelle pas quand j'ai fait la sieste pour la dernière fois. »

— « Vous parlez comme un Lunatique. »

— « Je suis Lunatique, Mannie, n'en doutez pas. » Mais la sœur me fusillait du regard. Stu la prit par le bras, la fit se lever et lui montra la porte ; non, pensai-je, il ne se conduisait pas encore en vrai Lunatique. Mais l'infirmière n'en était pas offensée. « Allez jouer ailleurs, ma chère, et soyez tranquille, je vous rendrai votre malade dans quelques minutes, et il respirera toujours. » Il ferma la porte derrière elle et revint au pied de mon lit. « Non, véritablement, c'est Adam qui avait raison : non seulement cela nous a fait une publicité terrible mais, en outre, c'était plus prudent. »

— « Pour la publicité, je comprends, mais « plus prudent » ? Évitons d'aborder le sujet. »

— « Si, mon vieux, c'était plus prudent ! On ne vous a pas tiré dessus. Et pourtant, ils ont disposé de deux heures pendant lesquelles ils savaient exactement où vous vous trouviez, et vous faisiez une belle cible. Mais ils n'ont pas pu décider de ce qu'il leur fallait faire ; ils n'ont pas encore défini leur politique. Ils n'ont même pas osé ne pas vous faire atterrir selon les plans ; les journaux étaient pleins de votre aventure, j'avais des histoires qui nous étaient favorables qui attendaient d'être publiées. Et maintenant, ils n'osent pas s'attaquer à vous, car vous êtes des héros populaires. Tandis que si j'avais armé un vaisseau et étais allé vous chercher... eh bien ! je ne sais pas du tout ce qui se serait passé. Ils nous auraient probablement ordonné de nous mettre en orbite d'attente, après quoi, vous deux (et peut-être moi aussi) auriez été mis en état d'arrestation. Pas un seul commandant de vaisseau n'aurait pris le risque de se faire tirer dessus, quel que soit le prix que nous aurions offert. C'est ainsi, mon vieux. Mais je vais être bref : vous êtes tous les deux citoyens de la Dictature populaire du Tchad, c'est ce que j'ai pu trouver de mieux en si peu de temps. Notez aussi que le Tchad a reconnu Luna : il m'a fallu acheter un premier ministre, deux généraux, quelques chefs de tribus et un ministre des finances... ce n'est pas cher quand on pense au peu de temps dont je disposais. Je n'ai pas pu vous obtenir l'immunité diplomatique mais j'espère y arriver avant que vous ne quittiez l'hôpital. Pour l'instant, ils n'ont pas osé vous arrêter ; ils n'arrivent pas à définir de quoi vous êtes coupables. Ils ont mis des gardes à l'extérieur mais ils ne sont là que pour assurer votre « protection », et ce n'est pas inutile car vous auriez autrement des nuées de journalistes qui vous braqueraient leurs micros devant le nez. »

— « Ce que nous avons fait ?... Ils le savent, me semble-t-il. Nous sommes coupables d'immigration illégale. »

— « Même pas, Mannie. Vous, vous n'avez jamais été condamné et vous possédez une ascendance qui vous donne la citoyenneté pan-africaine par un de vos grands-pères. Pas de problème de ce côté-là. Pour le professeur de La Paz, nous avons trouvé la preuve qu'il avait obtenu la naturalisation tchadienne il y a quarante ans, nous avons attendu que l'encre sèche, nous avons sorti le diplôme et nous en sommes servi. Vous n'êtes donc même pas entrés illégalement en Inde. Non seulement c'est eux-mêmes qui vous ont amenés ici, sachant fort bien que vous étiez dans la péniche, mais un officier de l'immigration a même accepté d'apposer un beau coup de tampon sur vos passeports encore vierges. Et en plus de cela, l'exil de Prof n'a aucune base légale puisque le gouvernement qui l'a proscrit n'existe plus et qu'un tribunal compétent en a pris note... Ce qui a coûté plus cher. »

L'infirmière revint à ce moment, furieuse comme une chatte qui défend ses petits. « Lord Stuart... Vous *devez* maintenant laisser mon malade se reposer. »

— « Immédiatement, ma chère (1). »

— « Vous êtes donc *lord Stuart ?* »

— « Ce devrait être *comte ;* je puis même prétendre, avec quelque apparence de raison, appartenir au clan des MacGregor. Le sang bleu aide parfois beaucoup. Tous ces gens sont malheureux depuis qu'ils ont perdu leurs monarchies. »

(1) En français dans le texte. *(N.D.T.)*

En partant, il lui caressa la croupe ; au lieu de crier, elle tortilla des fesses. Elle était toute souriante quand elle se pencha sur moi. Il faudrait vraiment que Stu fasse attention à ses manières quand il reviendrait sur Luna. S'il y retournait jamais.

Elle me demanda comment je me sentais. Je lui répondis que je me sentais bien mais que j'avais faim. « Ma sœur, est-ce que vous n'auriez pas vu un bras, une prothèse, dans nos bagages ? »

Elle savait où il se trouvait, et je me suis senti beaucoup mieux avec mon bras numéro six. J'avais pensé, pour le voyage, n'avoir besoin que de celui-ci, du numéro trois et de mon bras de sortie. Le numéro deux devait probablement toujours se trouver dans le Complexe ; j'espérais que quelqu'un en prendrait soin. De toute manière, le numéro six est mon bras le plus utile, c'est presque un bras à tout faire ; avec lui et mon bras de sortie, tout devait aller bien.

Deux jours plus tard, nous sommes partis pour Agra (1) afin de présenter nos Lettres de Créance aux Nations Fédérées. Je n'étais pas tellement en bonne forme et j'étais éprouvé par la grande pesanteur ; je pouvais cependant faire beaucoup de choses dans un fauteuil à roulettes et j'arrivais même à marcher un peu seul, ce dont je m'abstenais pourtant en public. Ce qui me gênait le plus, c'était que j'avais mal à la gorge, et je n'ai échappé à une pneumonie que grâce à de nombreuses drogues ; j'avais peine à trouver mon équilibre, j'avais la peau des mains douloureuse et les pieds qui pelaient tout comme ce qui m'était arrivé à tous mes autres séjours dans ce trou malsain, ce véritable bouillon de culture qui s'appelle Terra. Nous, les Lunatiques, nous ne connaissons pas notre bonheur : vivre dans un lieu qui est soumis à la plus exigeante des quarantaines, qui ne connaît pas la vermine et dans lequel nous pouvons faire le vide chaque fois que c'est nécessaire. A moins que nous ne soyons, au contraire, bien malheureux, puisque nous ne sommes absolument pas immunisés, alors même que nous en avons besoin. N'exagérons pourtant pas : jamais je n'avais entendu parler de « maladies

(1) Ville des Indes au bord de la rivière Yamuna, surtout connue, aujourd'hui, par le mausolée de Tadj Mahall où repose le chah Jahan, empereur moghol du XVIIe siècle. *(N.D.T.)*

vénériennes » avant d'aller sur Terra pour la première fois, et j'avais toujours cru que seuls les mineurs de glace savaient ce que c'était que de prendre « froid ».

J'avais d'autres raisons d'être inquiet : Stu nous avait fait parvenir un message d'Adam Selene ; il était rédigé avec des mots à double sens, de telle manière que même Stu en ignorait la véritable signification, et ce message nous apprenait que nos chances s'étaient amoindries et qu'elles n'étaient même plus, en ce moment, que de une sur cent. Je me demandais quelle avait été l'utilité de ce voyage dangereux et idiot s'il aggravait les choses ? Est-ce que Mike savait seulement exactement combien de chances nous avions ? Je ne comprenais absolument pas comment il pouvait les calculer, quel que soit le nombre de données dont il pouvait disposer.

Prof, lui, ne semblait pas ennuyé. Il parlait aux sentinelles, aux journalistes, souriait sans arrêt quand on le photographiait, faisait des déclarations, disait au monde entier qu'il faisait entière confiance aux Nations Fédérées, qu'il serait fait droit à nos justes revendications ; il tenait tout particulièrement à remercier « les Amis de Luna Libre » de l'aide merveilleuse qu'ils avaient apportée à l'histoire de notre nation petite mais si courageuse, car c'étaient eux qui l'avaient fait connaître à cette bonne population de Terra (les A.L.L. étant composés de Stu, d'une société de publicité, de quelques centaines de ces gens qui, chroniquement, signent toutes les pétitions possibles et imaginables, et surtout d'une énorme quantité de dollars de Hong-Kong).

On m'avait aussi photographié, et j'avais essayé de sourire, mais j'avais esquivé les questions en montrant ma gorge douloureuse.

A Agra, nous avons été logés dans un magnifique appartement d'un hôtel qui avait été autrefois le palais d'un maharajah (et qui lui appartenait toujours, alors qu'on croit que les Indes sont sous régime socialiste (1) !), et nous avons continué sans cesse à subir tant d'interviews et de séances de photographie que j'osais à peine me lever de mon fauteuil roulant, même pour aller aux W.-C., car Prof avait donné l'ordre de ne jamais nous laisser photographier en position verticale. Quand

(1) Les privilèges des maharajahs ont été supprimés en août 1970. *(N.D.T.)*

on le photographiait, lui, c'était toujours dans son lit, ou sur un brancard, — et il prenait ses bains sur un brancard, il allait à la garde-robe sur un brancard, il faisait tout sur un brancard, — et non seulement parce que c'était plus prudent, étant donné son âge, et que c'est plus facile pour n'importe quel Lunatique, mais aussi à cause des photographies. Des centaines de millions d'écrans de vidéo diffusaient sans arrêt de nouvelles images, qui faisaient connaître sa personnalité souriante, étonnante, merveilleuse, persuasive.

Pourtant, sa personnalité ne nous permit pas d'aller n'importe où dans Agra ; Prof fut transporté dans le bureau du président de l'Assemblée plénière ; je fus, moi, poussé à côté de lui, et c'est là qu'il essaya de présenter ses Lettres de Créance en tant qu'ambassadeur auprès des Nations Fédérées, en tant que sénateur du futur Parlement de Luna. Cependant, on le renvoya au secrétaire général, dans les bureaux duquel on nous fit attendre dix minutes en compagnie d'un secrétaire adjoint qui se curait les dents et qui nous répondit qu'il n'acceptait nos « lettres de créance » que « sous réserve et sans que cela impliquât nulle reconnaissance officielle ». Nos Lettres de Créance furent expédiées au Comité de reconnaissance, qui s'assit dessus.

Je ne tenais pas en place : Prof, lui, lisait Keats. Quant aux péniches de grain, elles continuaient de parvenir à Bombay.

De cela, je n'étais pas tellement désolé d'une certaine façon. Quand nous avions volé de Bombay à Agra, nous nous étions levés avant l'aube et nous avions débarqué sur un aérodrome alors que la ville tout juste s'éveillait. Tous les Lunatiques ont leur trou, que ce trou soit luxueux comme les Tunnels Davis qui ont été forés depuis longtemps, ou qu'il s'agisse seulement de forages dans le roc vierge ; le volume habitable ne pose pas de problème et il n'est pas vraisemblable qu'il en pose avant des siècles.

Bombay est une ville qui grouille comme une véritable ruche. D'après ce que l'on m'a dit, il y a plus d'un million d'habitants qui ne possèdent pas la moindre maison mais seulement un emplacement sur le trottoir. Une famille peut fort bien posséder le droit (et le transmettre par testament, génération après génération) de dormir sur un bout de trottoir de 2 mètres de long sur 1 mètre de large, en un lieu bien défini, devant telle ou telle boutique. Et des familles entières dorment comme cela, des familles composées de la mère, du père, des gosses, et parfois d'une grand-mère. Non, je ne l'aurais jamais cru si je ne l'avais vu. A l'aurore, les boulevards et les trottoirs de Bombay, et même les ponts, sont couverts d'un épais tapis humain. Que font-ils tous ? Où travaillent-ils ? Comment mangent-ils ? (Ils ne semblaient pas manger le moins du monde, d'ailleurs, car on pouvait compter leurs côtes.)

Si je n'avais pas eu foi dans la simple arithmétique qui démontrait qu'on ne pouvait continuellement faire des expéditions en direction de Terra sans recevoir des cargaisons de retour, j'aurais abandonné la partie. Mais, pourtant... Urgesat : « Un repas gratuit est supérieur à tout, » que ce soit à Bombay ou sur Luna.

En fin de compte, nous avons quand même obtenu un rendez-vous avec un « Comité d'Enquête ». Prof n'avait rien demandé de tel, il avait demandé à se faire entendre par le Sénat en séance plénière et devant les caméras de la vidéo. La seule caméra de cette session était celle du circuit intérieur. Tout était confidentiel ; heureusement, pas trop confidentiel, car j'avais un petit magnétophone, mais pas de vidéo. Et il ne fallut que deux minutes à Prof pour s'apercevoir que ce Comité n'était en fait constitué que de personnalités de l'Autorité Lunaire, ou de leurs prête-nom.

C'était pour nous, malgré tout, une chance de parler, et Prof les traita comme s'ils avaient le pouvoir de reconnaître l'indépendance de Luna et comme s'ils avaient l'intention de le faire. Eux, au contraire, nous traitèrent comme des enfants indisciplinés ou des criminels à condamner.

On permit à Prof de faire une déclaration officielle. Si l'on fait abstraction de toutes les fioritures, c'était l'affirmation que Luna était *de facto* un État souverain, doté d'un gouvernement de fait sans opposition, qui connaissait la paix et l'ordre, avec un président provisoire et un cabinet qui s'occupait des affaires courantes mais dont les membres étaient anxieux de retrouver leur vie privée dès que le Congrès aurait promulgué une Constitution écrite... et si nous étions ici, c'était pour demander que ces faits soient reconnus *de jure* et que Luna obtienne ainsi la place qui lui revenait dans les Conseils de l'Humanité : qu'elle devienne membre des Nations Fédérées.

Ce que Prof leur dit prenait bien quelque liberté avec la

vérité, mais ils n'étaient pas capables de s'en rendre compte. Notre « président provisoire » était un ordinateur, notre « Cabinet » était composé de Wyoh, de Finn, du camarade Clayton et de Terence Sheehan, le directeur de la *Pravda*, plus Wolfgang Korsakov, le président du conseil d'administration de la LuNoHoCo et d'un des directeurs de la Banque de Hong-Kong Lunaire. Pourtant, Wyoh était alors la seule personne sur Luna qui savait qu' « Adam Selene » était une « couverture » pour un ordinateur. Elle avait même été fort tendue, nerveusement, d'être la seule laissée en arrière à savoir cela.

Les choses étant ce qu'elles étaient, la « marotte » d'Adam de ne jamais vouloir se laisser voir autrement que par la vidéo nous procurait quelques ennuis. Nous avions fait de notre mieux pour faire passer cela pour une « mesure de sécurité » : nous avions installé des bureaux, dans le volume des bureaux de l'Autorité à Luna City, dans lesquels nous avions fait exploser une petite bombe ; après cette « tentative d'assassinat », les camarades qui avaient été les plus irrités par le refus d'Adam de se montrer en public furent aussi ceux qui demandèrent avec insistance qu'Adam ne prenne plus désormais le moindre risque... et nous avions appuyé ces demandes par des éditoriaux.

Je me demandais pourtant, alors que Prof parlait à ces pompeux crétins, ce qu'ils auraient pensé s'ils avaient su que notre « président » était en réalité du matériel de traitement de l'information qui appartenait à l'Autorité elle-même ?

En fait, ils se contentèrent de le regarder avec une désapprobation manifeste, ne se laissant absolument pas toucher par la rhétorique de Prof... et cela a pourtant été probablement la meilleure performance de toute sa vie, surtout si l'on pense qu'il fit son discours couché sur le dos, parlant dans un microphone, sans l'aide de la moindre note, et qu'il ne pouvait pratiquement pas voir son auditoire.

Après le discours de Prof, ils se mirent à s'occuper de nous. Un des membres, délégué de l'Argentine, — ils n'ont jamais donné leurs noms, nous n'étions pas des gens socialement acceptables, — cet Argentin, donc, s'opposa à l'appellation de « précédent Gardien », qu'avait utilisée Prof ; cette appellation était tombée en désuétude depuis près d'un demi-siècle et il demandait avec insistance qu'elle fût rayée du compte rendu des débats et remplacée par son titre exact : « Protecteur des Colonies Lunaires pour le compte de l'Autorité Lunaire. » Toute autre désignation était une offense à la dignité de l'Autorité Lunaire.

Prof demanda la parole, pour répondre : l' « Honorable Président » accepta. Prof dit simplement qu'il acceptait cette modification étant donné que l'Autorité était libre de désigner ses serviteurs de la manière qui lui plaisait et qu'il n'avait aucunement l'intention de porter offense à la dignité d'aucun des services des Nations Fédérées... mais que, en ce qui concernait les fonctions de cette charge, — les anciennes fonctions de cette ancienne charge, — les citoyens de l'Etat Libre de Luna continueraient probablement à y penser sous son nom traditionnel.

Le résultat fut que six membres environ de l'assemblée essayèrent de parler à la fois. Quelqu'un s'opposa à l'emploi des termes « Luna » et encore plus à ceux d' « Etat Libre de Luna, » alors qu'il ne s'agissait que de la Lune, la Lune de la Terre, satellite de la Terre et propriété des Nations Fédérées, de la même manière que l'Antarctique,... ajoutant que cette procédure n'était qu'une sinistre farce.

Nous avions tendance à penser comme lui sur ce dernier point. Le président demanda au délégué de l'Amérique du Nord de bien vouloir respecter l'ordre du jour et de faire ses remarques par l'intermédiaire du président de séance. Le président devait-il comprendre, après la dernière interruption du témoin, que ce prétendu régime *de facto* prétendait se mêler du système de relégation des condamnés ?

Prof ne refusa pas le combat et se montra ferme : « Monsieur le président, j'ai moi-même été déporté, et Luna est maintenant ma patrie bien-aimée. Mon collègue, l'Honorable sous-secrétaire aux Affaires étrangères, le colonel O'Kelly Davis, » — moi-même ! — « est, lui, né sur Luna, et il est fier de représenter la quatrième génération de déportés. Luna est devenue forte grâce à tous ceux que vous avez rejetés. Donnez-nous vos pauvres, vos malheureux, et nous leur ferons bon accueil. Luna a de la place pour eux, environ 40 000 000 de kilomètres carrés, ce qui est une superficie plus importante que toute l'Afrique, et cette superficie est presque totalement déserte. Mieux que cela, étant donné que notre mode de vie consiste à ne pas occuper la « surface » mais le « volume », l'esprit humain se refuse à imaginer le jour où Luna devrait refuser de nouvelles immigrations de pauvres apatrides. »

Le président déclara : « Le témoin est prié de s'abstenir de faire des discours. La présidence en conclut que vos effets oratoires signifient que le groupement que vous représentez acceptera les envois de prisonniers, comme par le passé ? »

— « Non, monsieur. »

— « Comment ? Expliquez-vous. »

— « Dès qu'un immigrant pose un pied sur Luna, aujourd'hui, dès cet instant, c'est un homme libre, et peu nous importe sa condition antérieure ; il est libre d'aller où il le désire. »

— « C'est ainsi ? Comment empêcher alors un déporté de sortir des limites, de grimper sur un autre vaisseau et de revenir ici ? J'avoue que j'étais étonné de votre apparente bonne volonté pour les accueillir... mais nous, nous ne les voulons plus. C'est notre manière humaine de nous débarrasser des incorrigibles, qui autrement devraient être exécutés. »

(J'aurais pu lui indiquer plusieurs choses qui empêcheraient ce qu'il imaginait là. Il était évident qu'il n'était jamais allé sur Luna. Pour les « incorrigibles, » si tant est qu'ils le soient, Luna les élimine beaucoup plus vite que Terra ne l'a jamais fait. A l'époque où j'étais jeune, ils nous avaient envoyé un vrai gangster, je crois qu'il s'agissait d'un chef de bande de Los Angeles ; il était arrivé avec toute une troupe de comparses, ses gardes du corps, et il était comiquement prêt à mettre la main sur Luna, comme il l'avait fait, d'après les on-dit, d'une prison située quelque part sur la Terre.

(Aucun de ces types n'a survécu deux semaines. Le chef de bande n'arriva même pas jusqu'aux casernes : il n'avait pas écouté quand on lui avait indiqué comment il fallait se servir d'une combinaison pressurisée.)

— « Non, Monsieur, rien ne l'empêchera de rentrer chez lui, du moins en ce qui nous concerne, » répondit Prof, « mais il faut peut-être ajouter que votre police, ici, sur Terra, lui donnera à penser. Je n'ai pourtant jamais entendu parler d'un déporté arrivant avec assez d'argent pour acheter un billet de retour. N'est-ce pas la vraie solution ? Les vaisseaux vous appartiennent, et Luna ne possède pas de vaisseau, — et permettez-moi d'ajouter, à ce sujet, que nous sommes désolés que le vaisseau prévu ce mois-ci ait été annulé. Non d'ailleurs que je me plaigne que cela ait forcé mon collègue et moi-même, » — Prof s'arrêta pour sourire, — « à utiliser un moyen de transport fort peu classique. J'espère cependant que ceci n'est pas l'indication d'une nouvelle politique. Luna n'a aucun motif de querelle avec vous ; vos vaisseaux seront toujours les bienvenus, votre commerce nous convient, nous sommes en paix et nous désirons le rester. Je vous prie de remarquer que toutes les expéditions de grain prévues ont été effectuées en temps utile. »

(Prof avait vraiment le don de changer de sujet.)

Ils discutèrent alors de problèmes mineurs. Le type qui parlait du nez et qui venait d'Amérique du Nord voulut savoir ce qui était réellement arrivé au « Gard... » et il s'interrompit de lui-même : au « Protecteur, le sénateur Hobart ». Prof lui répondit qu'il avait été victime d'une attaque (un « coup d'Etat » n'est-il pas une « attaque » ?) et qu'il n'était plus en état de remplir ses fonctions... qu'il était cependant en bonne santé et sous surveillance médicale constante. Prof ajouta pensivement que ce vieux monsieur devait baisser depuis quelque temps, si l'on pensait à toutes les indiscrétions qu'il avait commises depuis un an... surtout si l'on pensait à toutes les interférences qu'il s'était permises à l'égard de citoyens libres, y compris de ceux qui n'étaient pas et n'avaient jamais été des déportés.

L'Histoire n'était pas trop difficile à avaler ; quand ces fichus savants s'étaient arrangés pour donner des nouvelles sur notre coup d'État, ils avaient annoncé la mort du Gardien... alors que Mike l'avait gardé en vie et même en fonctions, en se faisant passer pour lui. Quand l'Autorité sur Terre avait demandé au Gardien un rapport sur ces rumeurs incontrôlées, Mike avait consulté Prof, puis avait accepté la communication et avait donné une excellente imitation de sénilité, s'arrangeant pour démentir, puis pour confirmer, et surtout pour confondre tous les événements. Notre Déclaration avait suivi, après quoi le Gardien avait été intouchable, même par l'intermédiaire de son alter ego. Trois jours plus tard, nous déclarions notre indépendance.

Cet Américain du Nord voulait encore savoir quelles raisons ils pouvaient bien avoir de croire à la véracité d'une seule de ces déclarations ? Prof sourit de son sourire le plus innocent, fit même un effort pour étendre une main devant lui avant de la laisser retomber sur la couverture : « L'Honorable Membre, délégué de l'Amérique du Nord, est invité à se rendre sur Luna et à voir le sénateur Hobart sur son lit de malade, à se rendre compte par lui-même. J'ajouterai même que tous les citoyens de Terra sont cordialement invités sur Luna, quand ils le voudront, pour voir ce qu'ils voudront. Nous désirons être des amis, nous sommes en paix, nous n'avons rien à cacher. Mon seul regret est que mon pays soit incapable de fournir les moyens de transport ; pour ce problème, nous devrons avoir recours à vous. »

Le délégué chinois regarda Prof pensivement. Il n'avait encore pas dit un seul mot mais n'avait rien perdu.

Le président ajourna la séance jusqu'à 15 heures. Ils nous fournirent une chambre isolée et firent envoyer un déjeuner. Je voulus parler mais Prof secoua négativement la tête, regardant tout autour de la pièce en se touchant l'oreille du doigt. Aussi, je me tus. Prof s'enfouit sous sa couverture ; je me levai de mon fauteuil à roulettes et allai le rejoindre. Sur Terra, nous dormions comme nous pouvions, chaque fois que nous le pouvions, mais pas suffisamment.

Ils ne vinrent pas nous chercher avant 16 heures ; le Comité était déjà en séance. Le président fit lui-même une entorse à son règlement contre les longs discours et nous adressa longuement la parole, sur un ton plus triste que violent.

Il commença par nous rappeler que l'Autorité Lunaire était un organisme non politique qui avait été solennellement chargé de garantir que le satellite de la Terre, la Lune, — Luna comme certains l'appelaient, — ne serait jamais utilisé à des fins militaires. Il nous dit que l'Autorité avait pendant plus d'un siècle fait observer cette loi sacrée, alors que des gouvernements tombaient, que d'autres gouvernements les remplaçaient, que des alliances se nouaient et se dénouaient, que l'Autorité était encore plus vieille que les Nations Fédérées elles-mêmes, car elle tenait sa légitimité d'une société internationale plus ancienne encore que les Nations Fédérées, qu'elle avait enfin si bien rempli son mandat qu'elle avait surmonté les guerres, les tempêtes et les bouleversements d'alliances.

(Quelles nouvelles ! Mais vous voyez où il voulait en venir ?)

« L'Autorité Lunaire ne peut en aucun cas abandonner son mandat, » nous dit-il solennellement. « Il ne semble pas, cependant, qu'il y ait d'obstacle insurmontable pour que les colons Lunaires, s'ils font preuve d'assez de maturité politique, obtiennent une certaine autonomie. Il est possible de prendre ce vœu en considération, et tout dépend de leur comportement ; le comportement, devrais-je dire, de tous les colons. Il y a eu des émeutes et des atteintes à la propriété, ce qui ne doit pas se reproduire. »

Je m'attendais à ce qu'il nous parle des quatre-vingt-dix dragons qui avaient été tués ; il n'y fit jamais allusion. Jamais je ne ferai un bon homme d'Etat, je ne sais pas comment présenter les problèmes délicats.

» Les destructions matérielles devront recevoir réparation, » continua-t-il. « Il faudra prendre des engagements. Si cette assemblée que vous appelez le Congrès peut donner une garantie pour cela, il n'est pas impossible que ce comité ainsi appelé Congrès puisse, provisoirement, être considéré comme le chargé d'affaires de l'Autorité en ce qui concerne de nombreuses affaires intérieures. On peut même raisonnablement envisager la création d'un gouvernement local permanent qui pourrait, avec le temps, assumer beaucoup des tâches qui ne sont pas du ressort du Protecteur, et qui pourrait même envoyer un délégué, sans droit de vote, à l'Assemblée plénière. Mais il conviendrait de mériter une telle reconnaissance.

» Une chose cependant doit être clairement entendue. Le principal satellite de la Terre, la Lune, est, par la nature même de la loi, propriété commune de tous les peuples de la Terre. Il n'appartient *pas* à la poignée d'habitants qui, par un accident de l'Histoire, se trouvent y vivre. Le mandat sacré confié à l'Autorité Lunaire est, et doit pour toujours être la loi suprême de la Terre. »

(« ... par un accident de l'Histoire »... non ? Je m'attendais à voir Prof lui faire rentrer ces mots dans la gorge. Je pensais qu'il allait dire... mais non, je n'ai jamais su ce que Prof aurait dû dire. Voici ce qu'il dit :)

Prof attendit quelques secondes, observant le plus complet silence, puis déclara : « Honorable Président... *qui doit donc être exilé, cette fois ?* »

— « Qu'avez-vous dit ? »

— « Avez-vous décidé lequel d'entre vous doit être exilé ? Votre Gardien délégué n'assumera pas cette charge, » — ce qui était vrai, car il préférait rester vivant. — « Il n'est encore en fonctions que parce que nous le lui avons demandé. Si vous continuez à croire que nous ne sommes pas indépendants, il vous faudra bien penser à envoyer, dans les hauteurs, un nouveau Gardien. »

— « Un Protecteur ! »

— « Un Gardien. Ne jouons pas sur les mots. Si, pourtant, nous savions de qui il va s'agir nous serions heureux de lui donner le titre « d'ambassadeur ». Nous pourrions sans doute travailler avec lui et il ne serait peut-être pas nécessaire de l'envoyer accompagné de soudards armés... pour violer et tuer nos femmes ! »

— « Rappel à l'ordre ! Rappel à l'ordre ! Le témoin doit être rappelé à l'ordre ! »

— « Ce n'est pas moi qui dois être rappelé à l'ordre, Honorable Président. Car il s'est bien agi de viols et de meurtres. Pourtant, c'est là du passé et nous devrions regarder vers l'avenir. Quel est celui d'entre vous qui est maintenant prêt pour l'exil ? »

Prof fit un effort pour se dresser en prenant appui sur le coude et, tout à coup, je me suis préparé à toute éventualité, car c'était un signal convenu entre nous : « Car vous savez bien, vous tous, qu'il s'agit d'un voyage aller, d'un aller sans retour. Je suis né ici, et vous voyez quels efforts je dois fournir quand j'ai à revenir, ne serait-ce que provisoirement, sur la planète qui me rejette maintenant. Nous sommes ces déchets de la Terre qui... »

Il s'évanouit... Immédiatement, je me levai de mon fauteuil, pour m'évanouir moi aussi, en essayant de lui porter secours.

Cela ne fut pas entièrement de la comédie, même si j'avais répondu à une indication de Prof : c'est un effort cardiaque terrible, sur Terra, que de se lever brusquement ; j'ai été saisi par ce terrible champ de gravité et je suis tombé sur le sol.

17

AUCUN de nous ne fut blessé et cela donna matière à de savoureux titres dans la presse. Je transmis en effet bien vite mes enregistrements à Stu et lui-même les donna immédiatement aux journalistes qu'il avait soudoyés. Et les manchettes ne nous étaient pas toutes défavorables ; Stu avait opéré des coupures dans mon enregistrement et avait su entre quelles mains les remettre. L'AUTORITÉ HORS CIRCUIT ? — L'AMBASSADEUR LUNAIRE PERD CONNAISSANCE PENDANT UN INTERROGATOIRE : « DES DÉCHETS HUMAINS » S'ÉCRIE-T-IL — LE PROFESSEUR DE LA PAZ ACCUSE (voir nos informations en page 8).

Tous les articles n'étaient pas aussi bons ; le meilleur parut en Inde, c'était l'éditorial du *New India Times* qui demandait pourquoi l'Autorité mettait ainsi en cause le ravitaillement des masses en refusant de signer un accord avec les insurgés lunaires. Il suggérait que quelques concessions ne pourraient manquer d'accroître les livraisons de grain. L'article était gonflé de multiples statistiques ; il déclarait même que, « en réalité, Luna ne nourrissait pas un million d'Hindous, sauf si on acceptait de penser que le grain lunaire permettait de comprendre quelle était la différence entre la dénutrition et la famine.

D'un autre côté, le plus grand journal de New York pensait que l'Autorité avait fait une erreur en acceptant même de discuter avec nous, étant donné que la seule chose que des forçats pouvaient comprendre, c'était la loi du chat à neuf queues... qu'il fallait donc faire débarquer des troupes d'intervention, pendre les coupables, et laisser l'armée rétablir l'ordre.

Il y eut une mutinerie, rapidement matée, dans le régiment

de dragons de la Paix qui avait fourni feu nos oppresseurs, mutinerie qui avait été provoquée par le bruit qu'ils allaient être expédiés sur la Lune. Cette mutinerie ne put être complètement étouffée : Stu avait engagé les hommes qu'il fallait, aux endroits qu'il fallait.

Le lendemain, un message nous fut envoyé pour demander si le professeur de La Paz était assez bien physiquement pour reprendre les pourparlers ? Nous y allâmes, et le Comité fournit un médecin et une infirmière pour veiller sur la santé de Prof. Cette fois, nous avons été fouillés, à l'entrée... et on trouva un magnétophone dans ma bourse.

Je l'abandonnai sans faire trop d'histoires : c'était du matériel japonais fourni par Stu... pour qu'il soit trouvé. Mon bras numéro six comportait un logement destiné à une source d'énergie d'une taille assez proche de celle de mon magnétophone miniaturisé. Ce jour-là, je n'avais pas besoin d'apport de puissance et la plupart des gens, même les policiers les plus endurcis, répugnent à toucher une prothèse.

On fit comme si on avait oublié tout ce que l'on avait dit la veille... Le président se contenta d'ouvrir la séance en nous réprimandant pour avoir, la veille, « compromis la sécurité d'une réunion confidentielle ».

Prof répondit que cette réunion n'avait pas été confidentielle en ce qui nous concernait et que nous serions toujours heureux d'accueillir les journalistes, les caméras de vidéo, les spectateurs, n'importe qui, puisque l'État de Luna Libre n'avait rien à cacher.

Le président répondit sèchement que le soi-disant État Libre n'avait pas la haute main sur ces débats ; que la session avait été tenue à huis clos, que rien ne devait en transpirer, qu'ainsi il en avait été décidé.

Prof me regarda : « Voulez-vous m'aider, colonel ? » Je mus les boutons de commande de mon fauteuil, je fis demi-tour, et je poussai son brancard à roulettes en direction de la porte, avant que le président ne se rendît compte que ses menaces avaient dépassé le but recherché. Prof se laissa convaincre de rester, mais sans promettre quoi que ce soit. Il est toujours difficile de forcer un homme qui s'évanouit chaque fois qu'on l'excite exagérément.

Le président déclara que, la veille, on avait commis de nombreuses irrégularités, que les problèmes les plus importants n'avaient pas été abordés... qu'aujourd'hui il ne permettrait aucune digression. Et, en disant cela, il jeta un coup d'œil sur l'Argentin, puis sur le délégué de l'Amérique du Nord.

Il continua : « La souveraineté est un concept abstrait, un concept qui a été défini et redéfini de nombreuses fois depuis que l'humanité a appris à vivre dans la paix. Nous n'avons pas à en discuter. Le vrai problème, professeur... ou ambassadeur *de facto* si vous voulez, ne jouons pas sur les mots..., le vrai problème est celui-ci : êtes-vous disposés à nous donner la garantie que les colonies lunaires tiendront leurs engagements ? »

— « Quels engagements, monsieur ? »

— « Tous leurs engagements mais, dans mon esprit, il s'agit particulièrement de vos engagements concernant les expéditions de grain. »

— « Je ne connais aucun engagement de cet ordre, président, » répondit Prof avec la plus grande innocence.

Le président crispa les doigts sur son marteau mais répondit cependant avec calme : « Je vous en prie, monsieur, ne nous heurtons pas pour des questions de mots. Je fais allusion au quota des expéditions de grain... et à l'augmentation du quota, d'environ 13 pour cent, qui a été décidée pour la nouvelle année fiscale. Nous donnez-vous votre garantie d'honorer ces engagements ? C'est une base minimum pour toute discussion, autrement il est inutile de poursuivre ces conversations. »

— « Je suis alors désolé de vous déclarer, monsieur, qu'il me semble bien que nos conversations vont devoir prendre fin. »

— « Vous n'êtes pas sérieux ? »

— « Je suis tout ce qu'il y a de plus sérieux, monsieur. La Souveraineté de Luna Libre n'est pas un problème abstrait comme vous semblez le croire. Les engagements dont vous parlez sont des engagements que l'Autorité a pris envers elle-même. Mon pays n'est absolument pas lié à ces engagements. Tous les engagements en provenance de la nation souveraine que j'ai l'honneur de représenter doivent encore être conclus, et discutés. »

— « Canaille ! » grogna l'Américain du Nord. « Je vous l'avais bien dit que vous étiez trop doux avec ces canailles. Des gibiers de potence, des voleurs et des débauchés ! Ils sont incapables de comprendre les manières civilisées ! »

— « A l'ordre ! »

— « Rappelez-vous, je vous ai averti ! Si j'étais dans le Colorado, nous leur apprendrions une ou deux choses ; nous savons comment il faut traiter cette sorte de gens ! »

— « L'honorable délégué est rappelé à l'ordre. »

— « Je crains, » dit le délégué indien, — c'était en fait un Parsi, mais il était délégué de l'Inde, — « je crains de devoir me montrer de l'avis, du moins dans l'essentiel de ses déclarations, de l'honorable membre de la Dictature de l'Amérique du Nord. Les Indes ne peuvent accepter l'idée que ces engagements concernant les céréales soient considérés comme de simples chiffons de papier. Les peuples civilisés ne jouent pas avec la faim. »

— « Sans compter, » interrompit l'Argentin, « qu'ils s'accouplent comme des animaux. Les porcs ! »

(Prof m'avait fait prendre un tranquillisant avant la séance, et il avait insisté pour me voir le prendre.)

Prof déclara avec calme : « Honorable Président, puis-je avoir l'autorisation de développer mon point de vue avant que nous n'en venions à la conclusion, peut-être trop hâtive, qu'il convient d'abandonner ces pourparlers ? »

— « Je vous en prie. »

— « Autorisation unanime ? Pas d'objection ? Libre d'interruption ? »

Le président jeta un regard circulaire. « Approbation unanime, » déclara-t-il, « et les honorables représentants sont avertis que, à la prochaine interruption, je ferai usage de l'article 14. Le commandant du service d'ordre est averti d'avoir à en prendre note et acte. Le témoin peut poursuivre. »

— « Je serai bref, Honorable Président. » Et Prof dit quelque chose en espagnol ; tout ce que j'en ai compris, ce fut : « Señor ». L'Argentin devint rouge comme une pivoine mais ne répondit pas. Prof continua : « Il me faut d'abord répondre au délégué de l'Amérique du Nord sur une question personnelle car il a mis en cause mes compatriotes. Moi-même, une fois, j'ai connu l'intérieur d'une prison, et j'accepte le titre... non, je me glorifie du titre de « gibier de potence ». Nous, les citoyens de Luna, nous sommes effectivement des « gibiers de potence » et des descendants de gibiers de potence. Pourtant, Luna est, elle, une dure école ; ceux qui ont survécu à ses sévères leçons n'ont aucune raison d'en avoir honte. A Luna City, on peut laisser sa bourse sans la surveiller, on peut négliger de fermer à clef la porte de sa maison, et on peut le faire sans aucune crainte... Je me demande si on peut en faire autant à Denver ? Quoi qu'il en soit, je n'ai aucun désir de faire un séjour au Colorado pour apprendre une ou deux choses ; je suis pleinement satisfait de ce que Mère Luna m'a enseigné. Peut-être sommes-nous des canailles, mais nous sommes maintenant des canailles armées.

« Quant au délégué de l'Inde, qu'il me permette de dire que nous ne « jouons » pas avec la faim. Tout ce que nous demandons, c'est de discuter ouvertement sur des faits concrets, sans être tenus par des préalables politiques contraires aux faits. Si nous pouvons poursuivre ces conversations, je vous promets de vous indiquer un moyen par lequel Luna sera à même de continuer ses expéditions de grain et même de les augmenter énormément... pour le plus grand bénéfice de l'Inde. »

Le délégué de la Chine et celui de l'Inde tendirent tout à coup l'oreille. L'Indien ouvrit la bouche, puis se contrôla, pour dire enfin : « Honorable Président, est-ce que la présidence pourrait demander au témoin de nous expliquer ce qu'il veut dire ? »

— « Le témoin est invité à développer sa pensée. »

— « Honorable Président, honorables délégués, Luna a naturellement le moyen de multiplier par dix, et même par cent, ses expéditions à destination de vos millions d'hommes qui ont faim. Le fait que nos transports de grain ont continué d'arriver selon le programme établi pendant cette époque troublée, et qu'ils arrivent toujours aujourd'hui même, est bien la preuve que nous n'avons que des intentions amicales. Pourtant, ce n'est jamais en battant la vache que l'on obtient du lait ; comment augmenter nos expéditions, cela doit être discuté, mais discuté en partant de faits réels, non en partant de la fausse présomption que nous sommes des esclaves, que nous sommes liés par un quota de travail que nous n'avons jamais accepté. Alors, qu'allons-nous faire ? Allez-vous continuer à prétendre que nous sommes des esclaves, que nous sommes tenus par un contrat passé avec une Autorité qui nous est étrangère ? Ou bien, au contraire, voulez-vous reconnaître que nous sommes libres, voulez-vous traiter avec nous, et apprendre comment nous sommes à même de venir à votre aide ? »

Le président prit la parole : « En d'autres termes, vous nous demandez d'acheter chat en poche. Vous nous demandez de légaliser votre statut illégal... après quoi, et après quoi seulement, vous nous parlerez de cette extraordinaire prétention d'augmenter les expéditions de grain, de les multiplier par dix, ou par cent. Ce que vous exigez est impossible, et je suis spécialiste de l'économie lunaire. Ce que vous demandez est impossible ; ce n'est qu'à l'Assemblée Plénière qu'il appartient d'accepter comme membre une nouvelle nation. »

— « Alors, posez le problème à l'Assemblée Plénière. Une fois que nous serons à égalité, que nous traiterons de nation à nation, nous discuterons la manière d'augmenter les expéditions et nous nous mettrons d'accord sur les contrats. Honorable Président, c'est nous qui faisons pousser les céréales, c'est nous qui les possédons. Nous pouvons en faire pousser beaucoup plus. Mais pas si nous sommes esclaves ; il faut, d'abord, que la souveraineté de Luna soit reconnue. »

— « C'est impossible, et vous le savez fort bien. L'Autorité Lunaire ne peut se démettre de sa responsabilité sacrée. »

Prof exhala un soupir : « Il me semble que nous sommes dans une impasse. Tout ce que je puis proposer, c'est que nous ajournions ces débats et que nous réfléchissions. Aujourd'hui, nos péniches de grain arrivent toujours... au moment où je serai contraint de notifier à mon gouvernement mon échec... elles... *cesseront d'arriver !* »

La tête de Prof se reposa sur l'oreiller, comme si l'effort avait été trop violent pour lui... ce qui n'était pas impossible. Moi, je me portais assez bien, mais j'étais jeune et j'avais déjà fait des séjours sur Terra, je savais comment faire pour rester vivant. Un Lunatique de son âge n'aurait pas dû prendre ce risque. Après quelques interventions sans importance, que Prof fit semblant de ne pas entendre, ils nous firent embarquer sur un camion et nous ramenèrent à l'hôtel. En chemin, je demandai : « Prof, qu'avez-vous dit au Señor Sancho Pança, qui a failli lui donner une attaque cardiaque ? »

Il se mit à glousser : « Les enquêtes que le camarade Stuart a fait exécuter sur ces messieurs se révèlent extrêmement réalistes. Je lui ai demandé quel était le propriétaire d'un certain bordel de la Calle Florida à Buenos Aires, et s'il y avait une lanterne rouge au-dessus de la porte. »

— « Pourquoi ? Étiez-vous donc client ? » J'essayais de m'imaginer Prof dans un bordel !

— « Jamais. Il y a quarante ans que je ne suis pas allé à Buenos Aires. Mais c'est lui, le propriétaire de l'établissement, Manuel, par l'intermédiaire d'un homme de paille, et sa femme, une beauté aux cheveux blond vénitien, y a travaillé autrefois. »

J'étais désolé qu'il eût posé une telle question. « N'était-ce pas là un coup bas ? N'est-ce pas contraire aux usages de la diplomatie ? »

Mais Prof ferma les yeux et ne me répondit pas.

Il s'était assez reposé pour passer une heure à une réception destinée aux journalistes, ce soir-là, ses cheveux blancs posés sur un oreiller pourpre, son corps décharné revêtu de pyjamas brodés. Il ressemblait au cadavre d'un important personnage préparé pour ses funérailles ; seuls vivaient ses yeux et ses fossettes. J'avais, moi aussi, l'apparence d'un important personnage avec mon uniforme noir et or que Stu prétendait être l'uniforme des diplomates lunaires de mon rang ; ce n'aurait pas été impossible si Luna avait eu pareilles choses, ce qu'elle n'avait pas car, autrement, j'aurais été au courant. Je préfère une combinaison pressurisée ; mon col était trop serré. Je n'ai jamais su ce que signifiaient les décorations que je portais. Un journaliste me posa une fois une question sur l'une d'elles, qui représentait un croissant de Luna vu de Terra ; je lui répondis que c'était un prix d'orthographe ; Stu était assez près pour entendre et déclara immédiatement : « Le colonel est trop modeste. Cette décoration est l'équivalent de la Victoria Cross et elle lui a été décernée pour acte de bravoure au cours de la glorieuse et tragique journée de... »

Et Stu emmena le journaliste un peu plus loin, tout en lui parlant ; il savait mentir avec aplomb presque aussi bien que Prof. Moi, il faut toujours que je prépare mes mensonges longtemps à l'avance.

Les journaux et les émissions indiennes furent, ce soir-là, très violents ; la « menace » d'interrompre les expéditions de grain les avait chatouillés. Les suggestions les plus gentilles étaient de nettoyer Luna, d'exterminer sa « population de criminels troglodytes » et de nous remplacer par « d'honnêtes paysans indiens » qui avaient, eux, le sens sacré de la vie et qui expédieraient toujours de plus en plus de grain.

Prof passa cette nuit à parler et à composer des communiqués de presse concernant l'impossibilité pour Luna de poursuivre les expéditions, expliquant notre position... tandis que l'organisation de Stu se chargeait de les faire connaître sur toute l'étendue de Terra. Certains journalistes prirent le temps d'étudier les chiffres et parvinrent à prendre Prof en flagrant délit de contradiction :

— « Professeur de La Paz, vous venez de dire que les expéditions de grain devraient cesser par suite de l'épuisement des ressources naturelles et que, en 2082, Luna ne sera même pas capable de nourrir sa propre population. Or, vous avez pourtant déclaré auparavant à l'Autorité Lunaire que vous pourriez multiplier les expéditions par douze et même plus ? »

Prof répondit doucement : « Ce Comité est donc une émanation de l'Autorité Lunaire ? »

— « Euh... C'est le secret de Polichinelle. »

— « Sans doute, monsieur, mais ils maintiennent pourtant la fiction d'un Comité d'Enquête impartial agissant pour le compte de l'Assemblée Plénière. Ne croyez-vous pas qu'ils devraient donc se déclarer incompétents ? Cela nous permettrait de trouver vraiment à qui parler. »

— « Euh... Ce n'est pas à moi de prendre parti, professeur. Revenons-en à ma question. Comment pouvez-vous concilier ces deux déclarations ? »

— « Je suis très intéressé par le fait que ce ne soit pas à vous de prendre parti, monsieur. N'est-ce donc pas l'affaire de tous les citoyens de Terra que de faire en sorte d'éviter si possible une situation qui risque de provoquer une guerre entre Terra et son plus proche voisin ? »

— « *Une guerre ?* Pourquoi diable parlez-vous de guerre, professeur ? »

— « Quelle autre issue voyez-vous donc, monsieur ? Si l'Autorité Lunaire persiste dans son intransigeance ? Il nous est *absolument impossible* d'accéder à ses demandes ; les chiffres que je vous ai donnés vous expliquent pourquoi. S'ils refusent de comprendre ce qu'ils signifient, ils vont certainement essayer de nous soumettre par la force... et il faudra bien que nous nous battions. Nous nous battrons comme des rats acculés dans leur trou, car nous sommes acculés, incapables de faire retraite, incapables de nous rendre. Nous, nous ne choisissons pas la guerre ; nous voulons vivre en paix avec notre planète voisine... en paix, et en nous livrant à un commerce pacifique. Ce n'est pas nous qui avons le pouvoir de décision. Nous sommes petits, vous êtes gigantesques. Je vous le prédis, la prochaine tentative de l'Autorité Lunaire sera de soumettre Luna par la force. Et cet « organisme pacifique » donnera le coup d'envoi de la première guerre interplanétaire. »

Le journaliste fronça les sourcils : « N'allez-vous pas un peu loin ? Si nous supposons que l'Autorité, ou, si l'on veut, l'Assemblée Plénière, puisque l'Autorité ne possède aucun vaisseau de guerre, si nous supposons donc que les nations de la Terre prennent la décision de remplacer votre... euh... « gouvernement », vous pourrez sans doute combattre sur Luna, et je suppose même que vous le ferez. Mais il me semble quand même qu'il est difficile d'appeler cela une guerre interplanétaire. Comme vous l'avez fait vous-même remarquer, Luna ne possède pas de vaisseaux. Pour parler crûment, vous ne pouvez pas nous atteindre. »

J'étais installé sur mon fauteuil roulant à proximité du brancard de Prof ; je les écoutais. Il se tourna vers moi : « Expliquez-leur, colonel. »

Je fis mon numéro comme un perroquet ; Prof et Mike avaient imaginé toutes les situations possibles et j'avais appris par cœur les réponses qu'il me faudrait faire. J'ai donc déclaré : « Messieurs, est-ce que vous vous rappelez le *Pathfinder ?* Et comment il est retombé, ayant échappé à tout contrôle ? »

Ils s'en souvenaient. Personne n'avait encore oublié la plus grande catastrophe des premiers jours de la conquête de l'espace, quand le malheureux *Pathfinder* était tombé sur un village de Belgique.

— « Nous n'avons pas de vaisseaux, » continuai-je, « mais il nous serait possible de vous jeter dessus nos transports de grain... au lieu de les envoyer en orbite d'attente. »

Le lendemain cela provoqua de grosses manchettes : LES LUNATIQUES MENACENT DE NOUS JETER DU RIZ. Mais, à l'instant où je parlai, il y eut un silence lourd de signification.

Finalement, un journaliste demanda : « J'aimerais cependant savoir comment vous pouvez concilier vos deux déclarations, pas de grain après 2082... et dix ou cent fois plus de grain ? »

— « Il n'y a pas de contradiction, » répondit Prof. « Tout dépend des circonstances. Les chiffres que vous avez maintenant entre les mains sont fondés sur les circonstances actuelles... et le désastre que ces circonstances provoqueront se produira dans quelques années seulement, par suite de l'épuisement des ressources naturelles de Luna, et les bureaucrates de l'Autorité, — à moins que je ne doive parler de « bureaucrates autoritaires » — voudraient éviter ce désastre en nous disant simplement de nous mettre au coin, comme on fait avec un enfant désobéissant ! »

Prof fit une pause pour reprendre difficilement sa respiration, puis continua : « Les conditions dans lesquelles nous pourrons continuer nos expéditions actuelles, ou même les augmenter considérablement, sont manifestement liées aux circonstances. Je suis un vieux professeur et j'ai la plus grande peine à abandonner mes habitudes contractées lorsque je faisais la classe ; un corollaire n'est jamais qu'un simple exercice de raisonnement à la portée d'un étudiant. Un de vous accepte-t-il de tenter cet exercice ? »

Il y eut un silence gêné, puis un petit homme dit lentement, avec un fort accent étranger : « Il me semble que vous voulez nous faire comprendre qu'il s'agit de remplacer les ressources naturelles. »

— « Excellent ! Magnifique ! » dit Prof en éclatant de rire. « Vous, monsieur, vous allez remporter le premier prix à la fin de l'année ! La fabrication du grain nécessite de l'eau et des matières nutritives : des phosphates et d'autres produits, vous n'avez qu'à demander aux experts. Envoyez-nous tout cela, et nous vous enverrons en retour du bel et beau grain. Pompez l'inépuisable océan Indien, parquez ces millions de vaches que l'on trouve en Inde, récoltez leurs sous-produits et envoyez-les-nous. Ramassez vos propres ordures, et ne prenez pas la peine de les stériliser, nous avons appris à le faire de façon peu onéreuse et sans difficulté. Envoyez-nous de la belle eau de mer, des poissons pourris, des cadavres d'animaux, les eaux de vidange de vos villes, de la bouse de vache, des déchets de toutes sortes... et nous vous rendrons, tonne pour tonne, du grain doré ! Faites-nous-en parvenir dix fois plus, et nous vous renverrons dix fois plus d'épis. Envoyez-nous vos pauvres, vos déshérités, envoyez-les par milliers, par centaines de milliers, et nous leur enseignerons les belles et bonnes méthodes de l'agriculture lunaire, en tunnels, et nous vous renverrons d'incroyables quantités de nourriture. Messieurs, Luna n'est qu'une immense ferme encore en friche, de 4000 millions d'hectares, qui attend toujours d'être labourée ! »

Ils n'en revenaient pas. Quelqu'un, cependant, dit à voix presque basse : « Mais vous, qu'en retirerez-vous ? De Luna, je veux dire ? »

Prof haussa les épaules : « De l'argent, sous forme de marchandises. Il y a énormément de produits que vous pouvez fabriquer à bon compte et qui reviennent très cher sur Luna : les médicaments, les outils, les livres microfilmés, les babioles de nos jolies femmes. Achetez-nous notre grain et vous pourrez nous vendre tout cela avec un beau bénéfice. »

Un journaliste hindou sembla réfléchir, puis se mit à écrire. Près de lui, un Européen ne semblait pas très intéressé, et nous dit : « Professeur, avez-vous la moindre idée du *prix de revient* de telles expéditions en direction de la Lune ? »

Prof écarta l'objection d'un geste de la main : « C'est une question de pure technique, monsieur. A une certaine époque, non seulement il était trop cher, mais encore il était tout simplement impossible de traverser les océans sur un navire. Puis cela devint onéreux, difficile, dangereux ; aujourd'hui, vous expédiez des marchandises sur toute l'étendue de votre planète, et cela ne vous revient pas plus cher que si c'était la porte à côté ; les transports à longue distance sont ce qui revient le moins cher pour les expéditions. Messieurs, je ne suis pas ingénieur, mais j'ai appris des ingénieurs une chose : Quand quelque chose doit vraiment être fait, les ingénieurs trouvent un procédé qui le rend faisable d'une manière économique. Si vous voulez vraiment le grain que nous faisons pousser, faites travailler vos ingénieurs. » Prof soupira, fit un effort, comme pour se lever ; il fit signe pour demander de l'aide et les infirmières l'emmenèrent.

Je refusai de me laisser questionner, leur déclarant qu'ils devraient s'adresser à Prof quand il serait suffisamment bien pour les voir. Ils m'asticotèrent donc sur d'autres sujets. L'un d'eux me demanda pourquoi, étant donné que nous ne payions pas d'impôts, nous, les colons, nous pensions que nous avions le droit de diriger nos affaires comme nous l'entendions ? Ces colonies n'avaient-elles pas, après tout, été établies par les Nations Fédérées, du moins par certaines d'entre elles ? Et cette entreprise avait été terriblement onéreuse, c'est la Terre qui avait payé la note, entièrement, et vous voudriez maintenant, vous, les coloniaux, empocher les bénéfices sans payer la moindre taxe ? Était-ce honnête ?

J'avais envie de lui dire de fermer sa gueule mais, heureusement, Prof m'avait fait prendre un tranquillisant, une fois de plus, et il m'avait demandé de bûcher sérieusement une interminable liste de réponses à faire à toutes les questions embarrassantes que l'on pouvait me poser. « S'il vous plaît, les questions les unes après les autres, » dis-je. « Et d'abord, je vous prie, pourquoi voudriez-vous que nous payions des impôts ? Dites-moi donc quel avantage j'en retirerai, et peut-être accepterai-je de payer. Non, posons plutôt la question autrement : Est-ce que vous payez, vous, des impôts ? »

— « Naturellement que j'en paie ! Et vous devriez en faire autant. »

— « Et que vous donne-t-on en échange ? »

— « Euh... Les impôts servent au gouvernement. »

Je demandai : « Excusez-moi, mais je suis assez ignorant de ces sortes de choses. Vous comprenez, j'ai vécu toute ma vie sur Luna et je ne sais pas grand-chose au sujet de votre gouvernement. Pourriez-vous m'expliquer en détail ? Que vous donne-t-on en échange de votre argent ? »

Ils se montrèrent tous pleins d'intérêt, pleins de sollicitude et, tout ce que le petit crétin agressif ne m'avait pas dit, les autres s'empressèrent de me l'expliquer. J'établis une liste ; quand ils se furent arrêtés, je la relus depuis le début :

« Des hôpitaux gratuits, il n'y en a pas sur Luna. L'assurance maladie, cela, nous l'avons, mais je ne crois pas que ce soit ce que vous entendez par là. Quand quelqu'un veut une assurance, il va chez un courtier et établit un contrat ; on peut garantir n'importe quoi, en y mettant le prix. Moi, je ne garantis pas ma santé, car je suis en bonne santé, du moins je l'étais jusqu'au moment où je suis venu ici. Nous avons une bibliothèque publique, une bibliothèque créée par la Fondation Carnegie et qui a commencé avec quelques livres microfilmés ; et cette bibliothèque fonctionne grâce aux contributions qu'elle nous demande. Les routes ? Je suppose que nous pourrions les comparer à nos métros, mais ils ne sont pas plus gratuits que ne l'est notre air. C'est vrai, ici, l'air est gratuit, n'est-ce pas ? Mais pas chez nous. Ce que je veux vous expliquer, c'est que nos métros ont été construits par des sociétés qui ont investi de grosses sommes d'argent et ces sociétés veulent maintenant récupérer leurs investissements, et elles n'y manquent pas. Les écoles publiques ? Nous avons des écoles dans tous les terriers et je n'ai jamais entendu dire qu'elles aient renvoyé des élèves, aussi il me semble qu'on peut dire qu'elles sont « publiques », mais elles sont payantes, elles aussi, et elles sont chères, parce que tous ceux qui, sur Luna, connaissent quelque chose d'utile et acceptent de l'enseigner, tous ceux-là demandent le maximum. »

Je continuai : « Voyons ce que vous avez d'autre. La sécurité sociale. Je ne sais pas très bien de quoi il s'agit mais, quoi que ce soit, nous ne l'avons pas. Les retraites ? Vous avez le droit d'acheter une retraite, mais la plupart des gens ne le font pas : en général les familles sont des familles nombreuses et les vieillards, ceux qui ont dépassé cent ans, s'occupent de ce qu'ils aiment faire ou bien se contentent de se reposer en regardant la vidéo. A moins qu'ils ne dorment. En effet, ils dorment beaucoup lorsqu'ils ont dépassé l'âge, mettons de cent vingt ans. »

— « Excusez-moi, monsieur, mais je voudrais savoir s'il est exact que les gens vivent aussi longtemps sur la Lune qu'on le dit ? »

Je pris l'air surpris, mais je ne l'étais pas du tout ; c'était là une « question piège », que nous avions nous-mêmes suscitée, et nous avions une réponse toute prête. « Personne ne sait quelle est la durée de vie sur Luna ; il n'y a pas assez longtemps que nous y sommes. Nos citoyens les plus âgés sont nés sur Terra, ce qui empêche toute expérimentation précise. Jusqu'à maintenant, aucune personne née sur Luna n'est encore morte de vieillesse, mais cela ne me permet toujours pas de vous répondre car ils n'ont pas encore eu le temps de devenir vieux, ils ont tous moins de cent ans. Voyons... Tenez, prenez mon exemple, madame : quel âge me donnez-vous ? Et je suis un authentique Lunatique, de la troisième génération. »

— « A dire vrai, colonel Davis, j'ai été surprise de votre jeunesse... pour remplir votre mission, du moins. Il me semble que vous devez avoir environ vingt-deux ans. Seriez-vous plus âgé ? Je ne pense pas que vous le soyez de beaucoup. »

— « Madame, je regrette infiniment que la pesanteur locale m'empêche de m'incliner devant vous. Et je vous remercie car il y a bien plus longtemps que cela que je me suis marié. »

— « Quoi ? Vous plaisantez ? »

— « Madame, je ne m'aventurerais certes pas à deviner l'âge d'une dame mais, si vous alliez émigrer sur Luna, vous garderiez votre actuelle jeunesse, votre actuel charme pendant de longues années et vous ajouteriez au moins vingt ans à votre vie. » Je jetai un nouveau coup d'œil sur ma liste. « Je résume tout le reste en vous disant que nous n'avons rien de semblable sur Luna, et c'est pourquoi je ne vois aucune raison de payer des impôts pour ces avantages. Quant à l'autre point de vue, monsieur, vous savez certainement que le prix de revient initial de la colonisation a été remboursé plusieurs fois, depuis longtemps, par les seules expéditions de grain. Nous nous faisons actuellement saigner à blanc, on nous retire toutes nos ressources essentielles... et on ne nous paie même pas le prix du marché libre. C'est pourquoi l'Autorité Lunaire se montre tellement obstinée ; ils ont l'intention de continuer à nous exploiter. L'idée que Luna a été une dépense pour Terra et que l'investissement initial doit être remboursé est un mensonge inventé par l'Autorité pour lui permettre de nous traiter en esclaves. La vérité est que Luna n'a pas coûté un centime à Terra depuis un siècle... et que l'investissement initial a été remboursé depuis belle lurette. »

Mon interlocuteur tenta de me railler : « Vous ne prétendez quand même pas que les colonies lunaires ont payé tous les milliards de dollars dépensés pour la conquête de l'espace et la navigation cosmique ? »

— « Je pourrais vous en dire beaucoup à ce sujet mais je me contenterai de vous répondre qu'il est inadmissible de nous reprocher cela, à nous. Vous, vous vous livrez à la navigation interplanétaire, vous, gens de Terra. *Pas nous !* Luna ne possède pas un seul vaisseau. Alors, pourquoi devrions-nous payer pour ce que nous n'avons jamais reçu ? C'est exactement comme tout ce que j'ai noté sur cette liste, nous n'avons rien de cela, pourquoi voulez-vous que nous payions ? »

J'ai gardé le silence, attendant avec impatience l'objection que Prof m'avait dit que j'étais certain d'entendre... et je l'ai eue, enfin.

— « Un instant, je vous prie ! » me dit une voix assurée. « Vous avez passé sous silence les deux points les plus importants de cette liste : la protection de la police et les forces armées. Vous avez prétendu que vous accepteriez de payer pour ce que vous aviez... acceptez donc aussi de payer cent ans de retard d'impôts pour ces deux avantages ! Cela va faire une belle note ! Je peux vous le garantir ! » Il souriait d'un air satisfait.

Je voulais le remercier !... Prof allait pourtant me reprocher d'avoir failli brusquer les choses. Les gens se regardaient, hochaient la tête, tout heureux que je me sois fait coincer. J'ai fait de mon mieux pour prendre l'air innocent. « Excusez-moi. Je ne comprends pas. Luna n'a ni police ni forces armées. »

— « Vous savez bien ce que je veux dire. Vous profitez de la protection des Forces pacifiques des Nations Fédérées. Et vous avez une police, payée par l'Autorité Lunaire ! Je sais, de source sûre, que deux phalanges ont été envoyées sur la Lune, il y a moins d'un an, pour assurer le maintien de l'ordre. »

— « Ah ! » soupirai-je. « Pouvez-vous me dire de quoi les Forces pacifiques des N.F. protègent Luna ? Je ne crois pas qu'aucune de vos nations veuille nous attaquer. Nous sommes bien loin de vous et nous n'avons rien dont vous ayez envie. A moins que vous ne vouliez dire que nous devrions les payer pour rester seuls ? S'il en est ainsi, n'oubliez pas le vieux proverbe qui dit qu'une fois que l'on a payé un maître chanteur, on le paye jusqu'à la fin de sa vie. Monsieur, nous combattrons les forces armées des N.F. si nous y sommes obligés... mais jamais nous ne les *paierons*.

» Et maintenant, parlons un peu de ces prétendus policiers. Ils ne nous ont pas été envoyés pour *nous* protéger. Notre Déclaration d'indépendance vous a expliqué ce qu'il en était de ces soudards... Est-ce que vos journaux l'ont publiée ? » (Certains journaux l'avaient fait, certains s'en étaient abstenus, cela dépendait des pays.) « Ils sont devenus fous et ont commencé à violer et à assassiner ! Et maintenant, ils sont *morts !* Alors, ne nous envoyez pas d'autres troupes ! »

Tout à coup je me sentis « fatigué » et je fus forcé de les laisser. J'étais d'ailleurs réellement fatigué ; je ne suis pas très bon acteur et tous ces discours, comme Prof m'avait dit de les faire, m'avaient imposé un réel effort.

18

CE n'est qu'après coup que j'ai su que l'on m'avait aidé pour affronter ces journalistes : la question concernant la « police » et les « forces armées » avait été posée par un compère, Stu LaJoie ne prenant jamais aucun risque. Pourtant, quand je fus au courant, j'eus le temps de me familiariser avec le maniement des interviews, et ce fut heureux car nous en subissions sans arrêt.

J'avais beau être fatigué, ce soir-là, je n'en avais pas encore terminé. Outre les journalistes, certains diplomates d'Agra avaient montré le bout de leur nez... des diplomates plus ou moins officiels, et même certains qui venaient du Tchad. Nous étions des curiosités et ils voulaient absolument nous voir.

Un seul se révéla important, et c'était un Chinois. Nous l'avons reçu le premier ; c'était le délégué de la Chine au Comité. Je l'ai abordé tout simplement, comme le « docteur Chan », et nous avons fait comme si nous ne nous étions jamais vus.

C'était ce docteur Chan qui était alors sénateur de la Grande Chine et qui avait aussi été très longtemps le numéro 1 de l'Autorité Lunaire... celui qui est aussi devenu, plus tard, vice-président et Premier Ministre, très peu de temps avant d'être assassiné.

Après avoir fait le numéro prévu, ayant même ajouté quelques détails qui auraient pu attendre, j'ai dirigé mon fauteuil roulant vers la chambre à coucher et je fus immédiatement appelé par Prof : « Manuel, je suis sûr que vous avez remarqué que notre distingué visiteur est originaire du Royaume du Milieu ? »

— « Le vieux Chinois du Comité ? »

— « Fiston, essayez donc de parler un peu moins Lunatique ; il vaudrait mieux ne pas employer ce langage ici, même avec moi. Oui, celui-là ; il voudrait savoir ce que nous entendons par « multiplier par dix ou même par cent », alors, voulez-vous lui expliquer ? »

— « Franchement, ou en prenant des détours ? »

— « Franchement. Cet homme n'est pas fou ; est-ce que vous possédez les détails techniques ? »

— « J'ai fait mes exercices du soir. A moins qu'il ne soit expert en balistique. »

— « Il ne l'est pas. Pourtant, ne prétendez pas connaître ce que vous ne connaissez pas. Et d'abord, ne croyez pas qu'il soit notre ami, quoiqu'il puisse nous être très utile s'il conclut que nos intérêts et les siens coïncident. N'essayez cependant pas de le persuader, donnez-lui seulement les éléments dont il a besoin. Il est actuellement dans mon bureau, alors, bonne chance ! Et rappelez-vous : utilisez l'anglais classique. »

Le docteur Chan se leva alors que j'entrai ; je m'excusai de ne pas me lever et il me répondit qu'il comprenait parfaitement quels efforts un séjour ici imposait à un gentleman de Luna et qu'il ne voulait surtout pas me fatiguer inutilement. Nous nous serrâmes la main et il s'assit de nouveau.

Je passe sur quelques formalités sans importance. Avions-nous, ou non, des solutions en vue quand nous prétendions qu'il y avait un moyen peu onéreux d'expédier de gros chargements sur Luna ?

Je lui répondis qu'il y avait un moyen, qui représentait un gros investissement initial mais dont le fonctionnement serait à très bas prix. « C'est celui que nous utilisons sur Luna, monsieur. Une catapulte, une catapulte à induction à grande vitesse, pour échapper à l'attraction. »

Son expression de visage ne se modifia pas le moins du monde : « Colonel, savez-vous que cela a été proposé à maintes reprises et a toujours été écarté, pour des raisons qui semblaient bonnes ? Je crois qu'il s'agissait surtout de quelque chose qui a un rapport avec la pression atmosphérique. »

— « Je suis au courant, docteur, mais nous pensons, après avoir fait opérer tous les calculs par ordinateurs et en tenant compte de notre propre expérience en ce qui concerne le catapultage, que ce problème peut aujourd'hui être résolu. Deux de nos plus importantes sociétés commerciales, la LuNoHo Compagnie et la Banque de Hong-Kong Lunaire, sont disposées à prendre l'initiative de construire une telle catapulte en faisant appel aux capitaux privés. Elles auront naturellement besoin d'assistance, ici, sur la Terre, et pensent émettre des actions avec droit de vote... elles préféreraient cependant émettre des obligations pour conserver le contrôle de l'affaire. Ce dont elles ont d'abord besoin, c'est d'une concession accordée par un gouvernement quelconque pour trouver un emplacement où construire la catapulte. Probablement en Inde. »

(Tout ce que je racontais là, ce n'étaient que de belles paroles, car la LuNoHoCo serait déclarée en faillite si on consultait seulement sa comptabilité, et, quant à la Banque de Hong-Kong Lunaire, elle était à bout de souffle ; elle avait en effet servi de banque centrale à un pays qui venait de connaître la révolution. Toutes ces belles paroles n'avaient en fait que le but de me faire prononcer le dernier mot, l'Inde. Prof m'avait bien enseigné que ce mot *devait obligatoirement être prononcé le dernier.*)

Le docteur Chan me répondit : « Ne nous occupons pas des problèmes financiers : tout ce qui est physiquement réalisable l'est toujours financièrement. L'argent n'effraye que les esprits faibles. Pourquoi avez-vous choisi l'Inde ? »

— « Voyez-vous, monsieur, l'Inde absorbe maintenant, je crois, plus de 90 pour cent de nos expéditions de grain... »

— « 93,1 pour cent. »

— « Exactement, monsieur. L'Inde est le pays le plus intéressé par nos céréales, il nous semble donc normal que ce pays participe à l'entreprise. Elle peut nous fournir le terrain, la main-d'œuvre et les matières premières, et ainsi de suite. J'ai aussi parlé de l'Inde parce qu'il s'y trouve un grand choix de sites convenables, de très hautes montagnes qui ne sont pas trop éloignées de l'équateur terrestre. Ce dernier point n'est pas essentiel mais il faut quand même en tenir compte. En tout cas, le site choisi doit obligatoirement être une haute montagne. A cause de la pression atmosphérique, de la densité de l'air dont vous avez parlé, monsieur. L'aire de catapultage devrait se trouver à la plus haute altitude possible mais l'extrémité d'éjection, endroit où la charge doit se déplacer à plus de onze kilomètres par seconde, elle, doit obligatoirement se trouver dans une atmosphère si ténue qu'elle approche autant que possible du vide. Et cette condition exige une montagne véritablement très élevée. Le pic de la Nanda Devi, par exemple, qui se trouve à environ 400 kilomètres d'ici ; il y a une voie de chemin de fer à moins de 60 kilomètres de la base et une route qui parvient, elle, presque à la base. Ce pic culmine à 8 000 mètres. Je ne dis pas que la Nanda Devi est le site idéal mais c'est certainement un site possible, déjà doté d'une bonne logistique ; le site idéal devra sans doute être défini par des ingénieurs terriens. »

— « Une montagne plus élevée serait-elle préférable ? »

— « Certainement, monsieur ! » lui assurai-je. « Une montagne plus élevée conviendrait mieux qu'une montagne plus proche de l'équateur. La catapulte devrait être construite de manière à profiter du sens de rotation de la Terre, après éjection de la charge. Le problème le plus délicat est d'éviter autant que possible cette atmosphère fichtrement épaisse et gênante. Excusez-moi, docteur, je n'avais pas du tout l'intention de critiquer votre planète. »

— « Il y a des montagnes plus hautes, colonel. J'aimerais que vous m'en disiez plus sur ce projet de catapulte. »

— « La longueur de la catapulte, pour que la charge échappe à l'attraction terrestre, est fonction de l'accélération. Nous pensons, — ou du moins, les ordinateurs ont calculé — qu'une accélération de 20 g serait l'accélération optimale. Pour échapper à l'attraction terrestre, une telle accélération suppose une catapulte de 333 kilomètres de long. Ainsi... »

— « Un instant, je vous prie ! Colonel, vous ne pouvez pas proposer sérieusement de creuser un trou de plus de trois cents kilomètres de profondeur ? »

— « Non, naturellement ! La construction doit de toute manière se trouver à ciel ouvert pour permettre la dispersion des ondes de choc. Le stator serait en position proche de l'horizontale, avec peut-être une pente de 4 kilomètres sur 300, et serait en ligne droite, ou presque droite, car la loi de Coriolis sur l'accélération ainsi que d'autres facteurs variables de moindre importance décrivent une pente douce. La catapulte lunaire paraît absolument droite, à l'œil nu, et elle est presque horizontale, si bien que les péniches frôlent presque les pics qui sont sur leur passage. »

— « Ah, oui ! Je croyais que vous surestimiez les possibilités de la technique actuelle. Nous savons creuser très profondément, mais pas à ce point. Continuez. »

— « Docteur, c'est probablement à cause de cette conception erronée que vous m'avez fait remarquer qu'une telle catapulte n'avait jamais encore été construite avant celle-ci. J'ai étudié tous ces projets et, pour la plupart, ils prévoyaient des catapultes verticales, ou qui devaient se redresser brusquement, à l'éjection, pour projeter la charge dans l'espace, — et ni l'une ni l'autre de ces conditions n'est réalisable ni même nécessaire. Je pense que cette idée préconçue provient du fait que vos vaisseaux spatiaux décollent verticalement, ou presque. »

Je poursuivis : « Pourtant, s'ils s'élèvent verticalement, c'est pour aller au-delà de l'atmosphère, non pour se mettre sur orbite. La vitesse de libération n'est pas une grandeur vectorielle, mais scalaire. Une charge sortant d'une catapulte à la vitesse de libération ne reviendra jamais sur Terra, quelle que soit sa direction... avec deux réserves : elle ne doit naturellement pas être dirigée vers la Terre elle-même mais vers quelque région de l'hémisphère céleste, et elle doit aussi être douée d'une vitesse suffisante pour la portion d'atmosphère qu'elle doit encore traverser. Et, si elle est dirigée dans la bonne direction, elle sera obligée d'atteindre Luna. »

— « Oui, je comprends. Donc, cette catapulte ne pourra être utilisée qu'une fois par mois lunaire ? »

— « Certainement pas, monsieur. En partant de l'hypothèse qui nous intéresse, ce peut être une fois par jour, en choisissant l'instant où Luna sera au point convenable de son orbite. En fait, — c'est du moins ce que disent les ordinateurs car je ne suis pas expert en astronautique, moi — en fait, cette catapulte pourrait être utilisée presque continuellement, simplement en faisant varier la vitesse d'éjection, ce qui permettrait donc toujours d'imposer aux charges une orbite qui croisera celle de Luna. »

— « Je ne comprends pas très bien ce point. »

— « Moi non plus, docteur, mais... excusez-moi, n'y a-t-il pas un ordinateur d'une exceptionnelle capacité à l'Université de Pékin ? »

— « Et s'il y en avait un ? » (Il me sembla lui voir prendre une expression encore plus impersonnelle qu'auparavant. Un ordinateur-cyborg... avaient-ils greffé des cerveaux humains ? Ou des cerveaux encore vivants, conscients ? De toute manière, c'était affreux.)

— « Pourquoi ne pas demander à un super-ordinateur de calculer toutes les possibilités d'éjection pour une catapulte telle que celle que je viens de décrire ? Certaines orbites dépasseraient de beaucoup l'orbite lunaire avant de revenir au point où elles pourraient être captées par l'attraction de Luna, et cela prendrait un temps effarant. D'autres ne feraient qu'un tour autour de Terra avant d'aller directement sur Luna. Certaines sont aussi simples que celles que nous utilisons, nous, à partir de Luna. Il y a tous les jours des instants où l'on peut choisir de courtes orbites. D'autre part, une charge ne reste que moins d'une minute dans la catapulte et la seule limite est donc constituée par la rapidité avec laquelle on peut préparer les charges. Il est même possible d'avoir plus d'une charge à la fois dans la catapulte si on dispose d'une énergie suffisante et si l'ordinateur de commande est assez rapide. La seule chose qui m'ennuie, c'est... ces hautes montagnes. Sont-elles recouvertes de neige ? »

— « D'habitude, oui », me répondit-il. « De la glace, de la neige et du roc nu. »

— « Comprenez-moi, monsieur, je suis né sur Luna et je ne connais pas grand-chose à la neige. Non seulement le stator devrait rester rigide malgré la forte pesanteur de cette planète mais il devrait encore résister à de fortes contraintes dynamiques, de l'ordre de 20 g, et je ne suppose pas qu'on puisse l'ancrer dans la glace ni dans la neige. A moins que ce ne soit possible ? »

— « Je ne suis pas ingénieur, colonel, mais cela me semble improbable. Il faudrait sans doute d'abord ôter la neige et la glace, et l'empêcher de se reformer. Le climat doit être aussi un problème. »

— « Je ne sais rien des climats, docteur, et tout ce que je connais sur la glace c'est qu'elle a une chaleur de cristallisation de 305 millions de joules à la tonne. Je n'ai pas la moindre idée du nombre de tonnes qu'il faudrait faire fondre pour nettoyer le site, ni de la quantité d'énergie nécessaire pour le garder dénudé, mais il me semble qu'il faudrait un réacteur aussi important pour en faire disparaître la glace que pour fournir la puissance de la catapulte. »

— « Nous pouvons construire des réacteurs, nous pouvons faire fondre la glace. Sinon, nous expédierons nos ingénieurs dans le Nord, pour un stage de rééducation, jusqu'à ce qu'ils connaissent bien la glace. » Le docteur Chan eut un sourire qui me fit frémir. « Pourtant, il y a déjà quelques années que la technique de la glace et de la neige a été mise au point dans l'Antarctique ; nous n'avons donc pas à nous en préoccuper. Vous avez besoin d'un site rocheux, stable, dénudé, d'environ 350 kilomètres de long et à haute altitude... Ai-je besoin de savoir autre chose ? »

— « Non, pas grand-chose, monsieur... La glace fondue pourrait être récoltée à proximité de l'aire de catapultage et pourrait constituer la plus grande partie de vos expéditions sur Luna, ce qui représenterait une grosse économie. Les containers en acier pourraient aussi être réutilisés pour expédier les céréales sur Terra ce qui arrêterait une de ces ponctions que Luna ne peut supporter. Il n'y a aucune raison pour que des réservoirs d'acier ne puissent servir plusieurs centaines de fois. Sur Luna, nous ferions pratiquement exactement ce que l'on fait maintenant à Bombay pour l'amerrissage des péniches, nous utiliserions des rétrofusées à carburant solide commandées du sol... à la différence près que cela reviendrait beaucoup moins cher : un changement de vitesse de 2,5 km/s contre 11 et même plus, un facteur quadratique d'environ 20... mais cela nous est encore plus favorable, en fait, puisque les rétrofusées constituent une charge parasite et que le prix de revient de l'expédition augmente donc en proportion. Il y a même un moyen d'améliorer cela. »

— « Comment ? »

— « Docteur, c'est là un problème qui ne m'est pas familier, mais tout le monde sait que vos meilleurs vaisseaux utilisent l'hydrogène comme masse de réaction chauffée par un réacteur à fusion. L'hydrogène, sur Luna, revient cher et pourtant n'importe quelle masse peut servir de masse de réaction ; à cela près que la rentabilité peut n'être pas aussi grande. Imaginez seulement un énorme remorqueur spatial conçu spécialement pour répondre aux conditions lunaires. Il fonctionnerait avec de la roche pure, vaporisée, comme masse de réaction, et il aurait pour fonction d'aller sur l'orbite d'attente, de prendre en charge les expéditions en provenance de Terra et de les ramener sur la surface de Luna. Il serait très sommaire, sans aucun accessoire inutile et pourrait ne pas être commandé manuellement même par un cyborg. Il peut être piloté à partir du sol, par l'intermédiaire d'un ordinateur. »

— « Oui, il me semble que l'on pourrait concevoir un tel vaisseau. Mais ne compliquons pas le problème pour l'instant. Avez-vous indiqué toutes les données essentielles de cette catapulte ? »

— « Il me semble, docteur. La question cruciale, c'est celle du site. Prenons ce pic de la Nanda Devi ; d'après la carte, il me semble présenter une arête longue et très haute, s'inclinant vers l'ouest, et d'environ la longueur nécessaire à notre catapulte. Si c'est vrai, ce serait l'idéal ; il y aurait moins à creuser, moins de ponts à construire. Je ne dis pas qu'il s'agit là du site idéal, mais c'est dans cette direction qu'il faut chercher : un pic très élevé, avec une très, très longue arête vers l'ouest. »

— « Je comprends, » et le docteur Chan nous quitta brusquement.

Au cours des quelques semaines qui suivirent, je répétai mon numéro dans une douzaine de pays différents, mais toujours en privé et en laissant entendre que ce problème était ultra-secret. Tout ce qui changeait, c'était le nom de la montagne. En Équateur, je fis remarquer que le Chimborazo se trouvait presque sur l'équateur, c'était l'idéal ! En Argentine, en revanche, je mis l'accent sur le fait que leur Aconcagua était le pic le plus élevé de l'hémisphère ouest. En Bolivie, je remarquai que l'Altiplano avait la même altitude que le plateau du Tibet (ce qui est presque vrai), qu'il se trouvait beaucoup plus près de l'équateur et qu'il offrait un grand choix de sites où l'on pouvait construire des routes menant à des montagnes vraiment uniques sur Terra.

J'ai eu des conversations avec un Américain du Nord, un adversaire politique du crétin qui nous avait traités de « canailles ». Je lui ai fait remarquer que si le mont McKinley pouvait être comparé à de nombreuses montagnes d'Asie ou d'Amérique du Sud, il y avait cependant beaucoup à dire sur la Mauna Loa... qui offrait de grandes facilités de construction. Il suffirait peut-être de doubler l'accélération et les îles Hawaii deviendraient le Port spatial du monde... *du monde entier,* car nous avons même parlé du jour où Mars serait exploité et où la

« Grande Ile » servirait d'intermédiaire pour des expéditions à destination de trois, ou même de quatre planètes.

Je n'ai jamais parlé de la nature volcanique de la Mauna Loa et j'ai, bien au contraire, insisté sur sa situation qui permettait à une expédition mal dirigée de tomber sans dommage dans l'océan Pacifique.

En Sovunion, nous n'avons parlé que d'une seule montagne : le mont Lénine, qui culmine à plus de 7000 mètres (et qui était un peu trop proche de ses grandes rivales).

Le Kilimandjaro, le Popocatepetl, le Logan, El Libertado... ma montagne favorite changeait selon les pays ; tout ce que nous voulions, c'était qu'il s'agisse, dans le cœur des indigènes, de la « plus haute montagne ». J'ai même trouvé à dire du bien des modestes montagnes du Tchad, quand nous y fûmes invités, et j'y ai mis tellement de cœur que j'y ai presque cru.

A d'autres moments, à l'aide de questions posées bien à propos par les journalistes que Stu LaJoie avait mis dans sa manche, je parlais des usines de produits chimiques (auxquelles je ne connais rien, mais j'ai une bonne mémoire) à la surface de Luna, en cet endroit où le vide toujours disponible, l'énergie solaire et les matières premières illimitées, ainsi que les perspectives que l'on pouvait prédire, devaient autoriser le développement de procédés trop onéreux ou même impossibles sur Terre... car viendrait certainement le jour où les transports seraient peu onéreux, dans un sens comme dans l'autre, et il serait alors rentable d'exploiter les ressources de Luna encore vierge. Je trouvais toujours le moyen de faire comprendre que les bureaucrates encroûtés de l'Autorité Lunaire n'avaient pas su voir quelles immenses possibilités offrait Luna (et c'était vrai), ce qui provoquait toujours une autre question, à laquelle je me faisais un plaisir de répondre en déclarant que Luna pouvait accueillir autant de colons que l'on voulait.

Et ce dernier point était aussi parfaitement exact, bien que je me sois toujours gardé de signaler que Luna (oui, et aussi parfois des Lunatiques de Luna) tuait environ la moitié des nouveaux venus. Il faut dire que les gens parlaient rarement d'émigrer eux-mêmes ; ils pensaient plutôt à forcer ou à convaincre les autres d'émigrer pour combattre la surpopulation... et aussi pour réduire leurs propres impôts. J'ai gardé le silence sur le fait que ce grouillement de gens sous-alimentés que nous voyions partout se reproduisait en fait beaucoup plus vite qu'une catapulte ne pourrait jamais en emmener.

Nous ne pourrions pas loger, nourrir et entraîner ne serait-ce qu'un million de nouveaux débarqués par an… et un million n'était qu'une goutte d'eau pour Terra ; toutes les nuits, on concevait plus de bébés que cela. Nous pouvions certes en accepter beaucoup plus qu'il n'y aurait d'émigrants volontaires, mais s'ils voulaient établir une émigration obligatoire et qu'ils nous submergent… D'ailleurs, Luna n'a qu'un seul procédé à l'égard d'un nouveau venu : ou celui-ci ne fait pas d'erreur fatale, soit dans son comportement personnel, soit dans ses rapports avec un entourage qui frappe généralement sans prévenir… ou alors il se transforme rapidement en engrais dans un quelconque tunnel agricole.

Le seul résultat d'une énorme immigration, ce serait la mort en masse d'une grande proportion d'immigrants… et nous étions trop peu nombreux pour les aider à surmonter les difficultés naturelles.

Cela n'empêchait pas Prof de beaucoup parler « du grand avenir de Luna ». Moi, je parlais de catapultes.

Nous avons attendu de nombreuses semaines que le Comité daigne nous convoquer de nouveau et, pendant ce temps, nous avons beaucoup voyagé, et fait des progrès. Les hommes de Stu organisaient tout ; la seule question était de savoir à combien de réunions nous pouvions assister… car il ne faut pas oublier que chaque semaine passée sur Terra ôtait une année à la durée de notre vie, et peut-être même plus pour Prof ; il ne s'est pourtant jamais plaint et était toujours disposé à aller à une nouvelle réception.

Nous avons passé pas mal de temps en Amérique du Nord. La date de notre Déclaration d'indépendance, exactement trois cents ans après celle des colonies britanniques d'Amérique du Nord, nous fit une énorme propagande, grâce surtout aux hommes de Stu. Les Américains du Nord sont en général très sentimentaux en ce qui concerne leurs « États-Unis », même si cela ne signifie plus rien depuis que leur continent a été rationnellement organisé par les N.F. Ils continuent à élire tous les huit ans un président ; pourquoi ? je ne saurais dire… et pourquoi, aussi, les Britanniques ont-ils encore une reine ?… et pourquoi ces prétentions à être « souverains » ? Ce mot, la souveraineté, comme l'amour d'ailleurs, veut dire ce que l'on veut bien qu'il signifie ; ce n'est jamais qu'un mot qui, dans un dictionnaire, se trouve à proximité de « sobriété » et de « soûlographie ».

La « Souveraineté » représentait pourtant beaucoup pour l'Amérique du Nord et « le 4 juillet » était une date magique ; la Ligue du 4 Juillet se chargea de nous représenter, et Stu nous dit qu'il ne lui en avait pas coûté très cher pour déclencher le mouvement, et rien du tout pour continuer sur la lancée ; la Ligue récolta même de l'argent pour le dépenser ailleurs, car les Américains du Nord adorent donner de l'argent, et peu leur importe à qui ils le donnent.

Plus au sud, Stu utilisa une autre date ; des agents propagandistes répandirent l'idée que le coup d'État avait eu lieu le 5 mai et non deux semaines plus tard. Nous étions partout accueillis par des cris « Cinco de mayo ! Libertad ! Cinco de mayo ! » Moi, j'ai cru qu'ils disaient « Thank you !... » C'est Prof qui s'est chargé de parler.

C'est dans le pays du 4 juillet que j'ai fait mon meilleur coup. Stu m'a demandé de ne plus porter mon bras gauche en public et fit coudre les manches gauches de mes costumes, ce qui faisait qu'on ne pouvait manquer de remarquer mon moignon ; puis il fit circuler le bruit que j'avais perdu mon bras « en combattant pour la liberté ». Quand on m'en parlait, je me contentais de sourire et de dire : « Vous voyez ce qui arrive quand on se ronge les ongles ? » puis je changeais de sujet.

Je n'ai jamais aimé l'Amérique du Nord, même au cours de mon premier voyage. Ce n'est pas la partie du monde la plus peuplée, il n'y a qu'à peine un milliard d'habitants ; à Bombay, les gens grouillent sur les trottoirs ; à New York, on les empile verticalement... et je ne suis pas certain qu'ils arrivent à dormir. J'étais fort satisfait de me trouver dans un fauteuil d'invalide.

C'est un endroit qui est gênant aussi sous un autre rapport ; ils font attention à la couleur de la peau, en faisant surtout bien remarquer à quel point ils n'y attachent aucune importance. Au cours de mon premier séjour, j'étais ou trop clair ou trop sombre et, d'un côté comme de l'autre, on trouvait le moyen de me reprocher la couleur de ma peau, ou bien les gens, comme cela arrivait généralement, voulaient me faire prendre parti sur des problèmes à propos desquels je n'avais pas d'opinion. Bog sait que j'ignore quels gènes je possède ! L'une de mes grand-mères venait d'une région d'Asie où des envahisseurs arrivaient avec la régularité des sauterelles, et ils violaient partout où ils passaient... alors, pourquoi ne pas le lui demander à elle ?

J'avais appris à supporter cela lors de mon deuxième stage de formation professionnelle, mais cela m'avait quand même laissé un mauvais souvenir. Je crois que je préfère encore les endroits où l'on est ouvertement raciste, comme en Inde où, si l'on n'est pas Hindou, on est moins que rien... sans oublier que les Parsis méprisent les Hindous et vice versa. Je n'ai pourtant jamais eu vraiment à souffrir du racisme des Américains du Nord en tant que « colonel O'Kelly Davis, héros de l'Indépendance lunaire ».

Nous étions tout encombrés d'âmes compatissantes qui désiraient nous aider. Je leur ai demandé de me procurer deux choses que je n'avais jamais eu ni le temps, ni l'argent, ni le courage de faire quand j'étais étudiant : j'ai vu jouer les Yankees et j'ai visité Salem.

J'aurais mieux fait de garder mes illusions : il est beaucoup plus agréable de voir jouer au base-ball à la vidéo, car on voit réellement le jeu et l'on n'est pas bousculé par deux cent mille spectateurs. En outre, on aurait dû choisir pour moi un emplacement moins éloigné des guichets : des moments les plus passionnants du jeu, je n'en ai vu que leurs efforts pour me faire traverser la foule dans mon fauteuil roulant... et j'ai encore dû assurer à mes hôtes que j'avais passé un merveilleux après-midi.

Quant à Salem, ce n'est qu'un endroit ni pire ni meilleur que le reste de Boston. Après ma visite, j'ai eu l'idée qu'ils n'avaient pas pendu les vraies sorcières. Cette journée n'a pourtant pas été perdue : on m'a filmé en train de déposer une couronne à un endroit où il y avait eu, dans un autre coin de Boston, un pont, le pont de la Concorde, et j'ai fait un discours mémorable... le pont est encore là, aujourd'hui, on peut le voir en se penchant par la fenêtre, mais il ne ressemble pas beaucoup à un pont.

Prof était content de tout, si dur que ce fût pour lui ; Prof avait une grande capacité d'amusement. Il avait toujours quelque chose de neuf à dire sur le grand avenir de Luna. A New York, il avait eu des conversations avec le directeur d'une chaîne hôtelière, celle qui a pour emblème un lapin, et avait fait des projets concernant tout ce que l'on pourrait faire sur Luna : le prix du voyage serait à la portée de la plupart des bourses, il prévoyait des séjours assez courts pour que personne ne soit incommodé, un service d'accompagnement, des excursions sur les sites exotiques, des jeux... et pas d'impôts.

Le dernier point attirait l'attention, aussi Prof le développa-t-il, prenant pour thème « la longue vieillesse » : une chaîne d'hôtels pour retraités où un ver de terre pourrait vivre de sa retraite de vieillesse terrienne et continuer quand même à vivre vingt, trente, quarante ans de plus que sur la Terre. Il se sentirait exilé — mais que proposait-on de mieux ? Une longue vieillesse sur Luna ou un caveau sur Terra ? Ses descendants pourraient toujours lui rendre visite et rempliraient alors les chambres de cette chaîne hôtelière. Prof y ajoutait des fioritures, dépeignant des « boîtes de nuit » avec des attractions que l'horrible pesanteur sur Terra rend impossibles... il allait jusqu'à parler de piscines, de patinage sur glace et même, éventuellement, *de la possibilité de voler !* (Je crois qu'il s'est, là, laissé entraîner par son imagination.) Il termina son exposé en laissant entendre qu'un cartel suisse avait déjà pris une option.

Le lendemain, il rencontra le directeur du service étranger de la Chase International Panagra et lui dit qu'il conviendrait de créer une succursale à Luna City, succursale qui serait bourrée de paraplégiques, de paralytiques, de cardiaques, d'amputés, de tous ces gens qui sont gênés par la forte pesanteur. Le directeur était un gros homme, il respirait bruyamment ; il n'est pas impossible qu'il ait pensé personnellement à lui... et ses oreilles se dressèrent en entendant : « pas d'impôts ».

Tout ne marchait pourtant pas toujours comme nous l'aurions voulu. Les journaux nous étaient souvent hostiles et nous rencontrions toujours des questionneurs qui voulaient nous embarrasser. Chaque fois que j'avais à répondre sans l'aide de Prof, je croyais que j'allais m'embourber. Un de ces types m'interrogea un jour sur la déclaration faite au Comité par Prof selon laquelle nous étions « propriétaires » des céréales qui poussaient sur Luna ; il semblait, lui, être certain qu'il n'en était pas ainsi. Je lui dis que je ne comprenais pas sa question.

Il me répondit : « N'est-il pas vrai, colonel, que votre

gouvernement provisoire a demandé son admission aux Nations Fédérées ? »

J'aurais dû répondre « Pas de commentaire, » mais je me suis laissé avoir et j'ai acquiescé. « Très bien, » me dit-il, « l'obstacle me semble résider dans la demande reconventionnelle que Luna appartient aux Nations Fédérées, — comme ce fut toujours le cas, — sous l'administration de l'Autorité Lunaire. En d'autres termes, comme vous l'avez vous-même reconnu, ces céréales appartiennent donc aux Nations Fédérées, par fidéicommis. »

Je lui demandai comment il en arrivait à cette conclusion. Il me répondit : « Colonel, vous vous intitulez vous-même « Sous-secrétaire aux Affaires étrangères », vous connaissez certainement bien la Charte des Nations Fédérées. »

Je l'avais parcourue : « Assez bien, » dis-je, avec prudence.

— « Vous connaissez donc la Liberté fondamentale garantie par la Charte et son acception habituelle explicitée par le Conseil de direction F A dans son Ordre administratif numéro 11 706 daté du 3 mars de l'année courante. Vous avouez donc que toutes les céréales qui poussent sur Luna et qui excèdent la ration locale sont *ab initio* et sans aucun conteste possible la propriété de tous et que ces excédents doivent être gérés par les Nations Fédérées, par l'intermédiaire de ses agences de distribution, suivant les besoins. » Il écrivait tout en parlant. « Avez-vous quelque chose à ajouter à cette déclaration ? »

— « Mais, nom de Bog ! de quoi parlez-vous ? Et revenez, je n'ai rien déclaré du tout ! » dis-je alors.

Et c'est ainsi que le *Great New York Times* publia :

LE « SOUS-SECRÉTAIRE » LUNAIRE DÉCLARE :
« LES ALIMENTS APPARTIENNENT À CEUX QUI ONT FAIM »

De notre correspondant à New York, aujourd'hui : O' Kelly Davis, soi-disant « colonel des Forces Armées de Luna Libre », au cours d'un banquet donné en faveur des insurgés des colonies Lunaires des Nations Fédérées, a déclaré librement à notre journal que la clause de « Priorité pour les affamés » de la Grande Charte s'appliquait aux expéditions de grain lunaire...

J'ai demandé à Prof comment j'aurais dû m'en tirer. « Il faut toujours répondre à une question inamicale par une autre question, » me répondit-il. « Ne jamais demander de précisions, on risque alors de vous prêter ses propres paroles. Ce journaliste... était-il décharné ? Voyait-on ses côtes ? »

— « Non, il était plutôt gros. »

— « Il ne doit pas vivre avec dix-huit cents calories par jour, je parie, ce qui est exactement l'ordre de grandeur dont il parlait. Si vous l'aviez su, vous auriez pu lui demander combien de temps il s'était conformé à cette ration minimum et pourquoi il avait abandonné le régime ? Ou bien lui demander ce qu'il avait pris pour son petit déjeuner... et paraître incrédule, quoi qu'il ait répondu. Voyez-vous, quand vous ne savez pas où quelqu'un veut en venir, il faut contre-attaquer pour faire surgir le sujet dont vous voulez, vous, parler. Ainsi, la réponse n'a aucune importance, il suffit de s'en tenir à son point de vue à soi et il n'y a qu'à s'adresser à quelqu'un d'autre. La logique n'a rien à faire là-dedans, ce n'est que de la tactique. »

— « Prof, *personne* ne vit *ici* avec dix-huit cents calories par jour. A Bombay, peut-être, mais pas ici. »

— « Ils ont moins que cela à Bombay. Cette « ration moyenne » n'est qu'une vue de l'esprit. La moitié des ressources alimentaires de cette planète se vend au marché noir, ou n'est pas encore enregistrée, pas soumise à la loi. Ou encore, ils tiennent deux sortes de comptabilité et les chiffres qu'ils fournissent aux N.F. n'ont rien à voir avec l'économie réelle. Croyez-vous que le riz de Thaïlande, de Birmanie et d'Australie soit exactement enregistré par la Grande Chine auprès du Bureau des contrôles ? Je suis bien certain que le représentant de l'Inde triche lui aussi, mais comme l'Inde se taille la part du lion avec les arrivages en provenance de Luna... De plus, cette petite phrase qu'il faut vous rappeler : « Jouer avec les affamés » leur permet de se servir de notre grain pour gagner les élections. Kerala a sciemment organisé une famine l'an dernier ; en avez-vous entendu parler par les journaux ? »

— « Non. »

— « Pour la bonne raison que les journaux n'en ont pas parlé. Une démocratie organisée, Manuel, est une chose merveilleuse pour les organisateurs... et sa plus grande force réside dans une « presse libre », quand « libre » signifie « responsable » et quand les organisateurs, eux, restent

« irresponsables ». Savez-vous de quoi Luna a le plus besoin ? »

— « De davantage de glace. »

— « Non, elle a besoin d'un système nouveau, d'un système qui ne risque pas un jour d'être étranglé. Car, savez-vous, c'est aujourd'hui notre ami Mike qui est notre plus grand danger. »

— « *Quoi !* Vous n'avez pas confiance en Mike ? »

— « Manuel, sur certains points, je ne me ferais pas confiance à moi-même ; restreindre « un peu » la liberté de la presse, cela me fait penser à ces filles dont on dit « qu'elles sont « un peu » enceintes. Nous ne sommes pas encore libres, et nous ne le serons pas tant que quelqu'un, — même si celui-ci est notre allié Mike, — contrôlera nos journaux. J'espère posséder un jour un journal indépendant, qui ne dépendra de personne. Je serais heureux de l'imprimer à la main, comme faisait Benjamin Franklin. »

J'abandonnai : « Prof, supposons que ces conversations soient interrompues et que nous cessions d'expédier du grain, qu'arrivera-t-il ? »

— « Les gens de chez nous nous en voudront... et beaucoup de gens, sur Terra, mourront. Avez-vous lu Malthus ? »

— « Non. »

— « Beaucoup mourront. Puis une nouvelle stabilité se dégagera, avec une population encore plus importante, mais une population plus efficace et mieux nourrie. Car cette planète n'est pas surpeuplée, elle est seulement mal exploitée... et le pire que l'on puisse faire à un affamé, c'est de lui donner de la nourriture. « Donner ! » Ah ! lisez donc Malthus. Il ne faut jamais jouer avec le docteur Malthus, c'est toujours lui qui a le dernier mot. C'est un homme vraiment décourageant, et je suis fort aise qu'il soit mort. Un conseil cependant, ne le lisez pas avant que nous n'ayons terminé. Quand un diplomate sait trop de choses, cela le gêne, surtout s'il est honnête. »

— « Je ne suis pas particulièrement honnête. »

— « Mais vous n'avez pas de talent pour la malhonnêteté, c'est pourquoi il faut que vous vous retranchiez derrière votre ignorance et votre entêtement. Vous avez cette dernière qualité ; essayez de conserver la première. Pour cette occasion. Et maintenant, mon garçon, oncle Bernardo se sent terriblement fatigué. »

— « Je suis désolé, » lui dis-je, et je quittai la pièce dans mon fauteuil à roulettes. C'était vrai, Prof se fatiguait trop, et je serais moi-même volontiers parti si j'avais été certain de l'emmener sur un vaisseau pour le soustraire à cette atroce pesanteur. Malheureusement, la circulation ne se faisait qu'en sens unique, il n'y avait que les péniches de grain, et rien d'autre.

Prof ne manquait pourtant pas de distraction ; en partant, au moment d'éteindre la lumière, j'ai remarqué un nouveau jouet qu'il avait acheté, un jouet qu'il avait reçu avec autant d'émerveillement qu'un enfant au pied d'un arbre de Noël : un canon de bronze.

Un vrai canon du temps de la marine à voile. Il était assez petit, d'environ 50 centimètres de long, et ne devait peser, avec l'affût en bois, qu'une quinzaine de kilos. Comme le décrivait sa notice, c'était un « canon de signalisation », un souvenir des histoires anciennes, du temps des pirates, des flibustiers, de ces gens qui « labouraient les flots ». C'était un joli objet, mais j'ai quand même demandé à Prof pourquoi il l'avait acheté. Si nous parvenions à repartir, le prix du transport d'une telle masse serait exorbitant jusqu'à Luna ; j'accepterais bien d'abandonner ma vieille combinaison pressurisée, qui était déjà bien usée, j'étais décidé à tout abandonner, sauf mes deux bras gauches et ma culotte. S'il insistait, je pourrais même abandonner mon bras de sortie et, s'il insistait encore plus, j'irais jusqu'à abandonner ma culotte.

Lorsque je lui dis cela, il se leva et caressa le brillant canon : « Manuel, il y avait autrefois un homme chargé d'une tâche politique comme beaucoup d'habitants de cette Dictature ; il faisait briller un canon de bronze sur l'esplanade du Tribunal. »

— « Pourquoi y avait-il un canon devant un tribunal ? »

— « Cela n'a pas d'importance. Il a fait ce travail pendant des années, et ce travail lui permettait de manger et même d'épargner un peu, mais il n'allait pas à la découverte du monde. Un jour, donc, il quitta son travail, réunit ses économies et s'acheta un canon d'airain... et se mit à travailler pour son propre compte. »

— « Cela me paraît complètement idiot ! »

— « Bien sûr. Et nous aussi, nous avons été idiots lorsque nous nous sommes débarrassés du Gardien. Manuel, vous vivrez plus longtemps que moi ; quand Luna choisira son drapeau, j'aimerais qu'il y ait dessus un canon d'*or*, sur fond de *sable*, et qu'il soit chargé d'une barre de gueule pour rappeler noblement notre ascendance ignoble. Pensez-vous que ce soit possible ? »

— « Je le pense, si vous faites un dessin. Mais, pourquoi un drapeau ? Il n'y a pas un seul mât où hisser un drapeau sur Luna. »

— « Il flottera quand même dans nos cœurs... en souvenir de tous les fous qui ont eu l'idée ridicule de se croire assez puissants pour se révolter contre l'ordre établi. Vous en souviendrez-vous, Manuel ? »

— « Je vous le promets, c'est-à-dire que je vous le rappellerai, à vous, quand ce sera le moment. » Je n'aimais pas ce genre de conversation ; il avait déjà commencé, en privé, à faire des cures d'oxygène, même s'il se refusait à en faire usage en public.

Je crois bien, en effet, que je suis à la fois « ignorant » et « entêté »... nous étions tous les deux dans un patelin du nom de Lexington, dans le Kentucky, en plein cœur de la Région directionnelle centrale. Quand il s'agissait de parler de la vie sur Luna, je n'avais rien pour me venir en aide, ni doctrine ni réponses apprises par cœur ; Prof m'avait dit de dire tout simplement la vérité et surtout d'insister sur la chaleur de la vie familiale, sur l'amitié, sur le confort domestique, tout ce qui était vraiment différent d'ici : « Rappelez-vous, Manuel, les milliers de Terriens qui ont fait de courts séjours sur Luna ne représentent qu'une infime portion de la population, pas plus de 1 pour cent. Pour la plupart de ces gens, nous ne représentons qu'un étrange phénomène, comme les animaux exotiques qu'ils voient dans les zoos. Vous rappelez-vous cette tortue que l'on avait exposée dans le Vieux Dôme ? Nous ne sommes pas autre chose pour eux. »

C'était bien vrai, et les gens venaient nous admirer comme de curieux insectes. C'est pourquoi, quand ce groupe d'hommes et de femmes vint me poser de curieuses questions sur la vie familiale sur Luna, je me suis montré tout heureux de répondre. J'ai seulement un peu enjolivé la réalité, taisant certaines choses, de ces choses qui ne constituent pas une véritable vie de famille mais en tiennent lieu, aussi bien que faire se peut, dans une communauté où il y a beaucoup trop de mâles. Luna City est composée de maisons et de familles surtout, ce qui est terne selon les normes terriennes, mais moi j'aime cette vie-là. Il en est d'ailleurs de même dans les autres terriers, qui sont peuplés de gens qui travaillent, élèvent leurs gosses, bavardent et aiment à s'amuser autour d'une table pendant les repas. Je n'avais pas grand-chose à dire, c'est pourquoi j'ai surtout parlé de ce qui les intéressait. Toutes les coutumes de Luna proviennent de Terra puisque nous en venons tous, mais il faut bien dire que Terra est tellement immense qu'une coutume, normale en Micronésie, peut parfaitement paraître étrange en Amérique du Nord.

Cette femme, — que je ne puis vraiment appeler une dame, — voulait donc s'informer de nos diverses formes de mariages. Et d'abord, était-il vrai que nous puissions, sur Luna, nous marier sans licence ?

J'ai demandé ce qu'était une licence de mariage.

Son compagnon dit alors : « Laisse tomber, Mildred ; les sociétés de pionniers n'ont jamais eu de licences de mariage. »

— « Pourtant, vous avez bien un état civil ? » insista-t-elle.

— « Naturellement, » lui ai-je répondu. « Ma famille tient un registre qui remonte presque au premier débarquement à Johnson City, un registre qui relate tous les mariages, les naissances, les décès, et non seulement en ligne directe mais pour toutes les branches collatérales, et qui remonte aussi loin que possible. Nous avons en outre quelqu'un, un maître d'école en général, qui fait le tour des familles pour recopier les vieux registres familiaux et qui connaît les termitières jusque dans les moindres recoins ; il est chargé d'écrire l'histoire de Luna City, c'est sa marotte. »

— « Mais enfin, n'avez-vous donc pas d'état civil *officiel ?* Ici, dans le Kentucky, nous avons des registres qui datent de plusieurs siècles ! »

— « Madame, nous ne vivons pas là-bas depuis assez longtemps. »

— « Oui, sans doute, mais... enfin, il doit bien y avoir un employé municipal à Luna City ; peut-être le nommez-vous autrement, mais il y a certainement un fonctionnaire chargé de tenir un registre de tout cela, des décès et de tout le reste ? »

— « Je ne crois pas, madame, » dis-je. « Il y a bien des registres pour les écrits notariés, pour authentifier les signatures des contrats, pour en conserver la trace, et ils sont utiles pour les gens qui ne savent ni lire ni écrire et ne tiennent pas eux-mêmes leurs registres. Je n'ai pourtant jamais entendu parler de quelqu'un qui ait demandé à tenir un registre des mariages ; je ne dis pas que cela n'existe pas, mais je n'en ai jamais entendu parler personnellement. »

— « C'est délicieusement irrégulier ! J'ai aussi entendu dire qu'il était terriblement simple, sur la Lune, de divorcer. Je crois que c'est exact, n'est-ce pas ? »

— « Non, madame, il n'est pas possible de dire que le divorce est simple, cela représente trop de liens à débrouiller... Prenons un exemple simple, si vous voulez une dame qui a deux maris... »

— « *Deux maris ?* »

— « Elle peut en avoir plus, comme elle peut aussi n'en avoir qu'un seul. Il peut aussi s'agir d'un mariage complexe. Pour simplifier, cependant, prenons l'exemple d'une femme ayant deux maris : elle décide de divorcer d'avec l'un d'eux ; supposons que tout se fasse à l'amiable, que l'autre mari soit d'accord, que l'homme de qui elle veut se débarrasser décide de ne pas faire d'histoires... ce qui, d'ailleurs, n'arrangerait pas le moins du monde ses affaires. Très bien, elle divorce : il part. Mais il reste quantité de problèmes à résoudre : les hommes peuvent être associés en affaires, et cela est très fréquent chez les comaris. Alors, le divorce peut très bien briser leur association, puis il faut régler les questions financières. Il est possible que tous les trois, les deux hommes et la femmes, soient copropriétaires de leur volume d'habitation et, même s'il est à son nom à elle, l'ex-mari y a sans doute mis de l'argent, soit pour l'achat, soit pour la location. Et il y a toujours le problème des enfants qu'il faut continuer à élever, et ainsi de suite. Il y a des problèmes interminables. Non, madame, le divorce n'est jamais simple : elle peut divorcer d'avec lui en moins de dix secondes, mais il lui faudra peut-être dix années pour renouer les liens qui auront été brisés. N'en est-il pas de même ici ? »

— « Euh... 'bliez 'onc c'te question, c'lonel ; 'oit être 'lus 'imple 'ci. » (Elle parlait de cette manière, mais devint compréhensible une fois que j'eus saisi le procédé. Mais je ne vais pas essayer de le rendre à nouveau.) « Pourtant, si ce mariage dont vous parlez est *simple*, qu'entendez-vous donc par un mariage *complexe* ? »

Je lui ai donc parlé de la polyandrie, des clans, des groupes, des dynasties, et même de systèmes plus rares mais qui sont considérés comme vulgaires par les familles traditionnelles comme la mienne... j'aurais pu, par exemple, lui raconter comment ma mère s'était arrangée après avoir balancé mon vieux, mais j'ai préféré m'en abstenir : mère a toujours été excessive.

La femme me dit alors : « Vous m'avez troublée, quelle est donc la différence entre une dynastie et un clan ? »

— « C'est tout à fait différent. Prenons mon propre cas. J'ai l'honneur d'être membre d'un des plus anciens ménages familiaux de Luna, un des meilleurs aussi à mon avis, mais je suis sans doute partial. Vous m'avez posé une question sur le divorce. Notre famille n'en a jamais connu et je parierais n'importe quoi qu'elle n'en connaîtra jamais. Un ménage familial trouve plus de stabilité d'année en année, acquiert de l'expérience dans les relations communes, si bien qu'il serait inconcevable qu'un de ses membres, n'importe lequel, pense seulement à le quitter. Il faudrait en outre le consentement unanime de toutes les femmes pour divorcer avec un mari... ce qui est impossible. La femme-aînée ne pourrait permettre que cela aille aussi loin. »

Et j'ai continué en décrivant les avantages d'un tel ménage : la sécurité financière, l'excellente vie de famille qu'il procure aux enfants, le fait que la mort d'une épouse, si tragique qu'elle puisse être, ne peut jamais être une tragédie comme elle l'est souvent dans un ménage temporaire, surtout pour les enfants, car, en effet, il est impossible que les enfants soient orphelins. Je pense que je me suis montré trop enthousiaste, mais ma famille est ce qu'il y a de plus important dans ma vie. Sans leur aide à tous, je ne serais jamais qu'un manchot qui pourrait être éliminé sans le moindre inconvénient.

— « Voilà pourquoi nous avons une telle stabilité, » dis-je. « Prenez l'exemple de ma plus jeune femme, qui n'a que seize ans. Quand elle sera femme-aînée, elle aura probablement quatre-vingts ans environ. Ce qui ne signifie d'ailleurs pas que toutes les femmes plus âgées seront mortes à ce moment-là, c'est même fort improbable car, sur Luna, les femmes semblent immortelles. Pourtant, elles peuvent choisir d'abandonner la direction familiale, c'est même ce qu'elles font généralement, suivant nos traditions familiales, sans que jamais les femmes plus jeunes fassent pression sur elles. C'est ainsi que Ludmilla... »

— « Ludmilla ? »

— « C'est un nom d'origine russe, tiré d'un conte de fées. Milla, donc, profitera d'une cinquantaine d'années de bon exemple avant d'assumer cette charge. Pour commencer, il faut d'abord dire qu'elle est intelligente et qu'elle ne devrait pas commettre d'erreurs mais, si elle en faisait, il y a les autres femmes pour la remettre sur le droit chemin. C'est une sorte d'autocorrection, comme une machine douée d'une bonne rétroaction négative. Un bon ménage familial est immortel ; je pense que le mien devrait me survivre au moins un millier d'années, — et c'est pourquoi cela ne me coûtera pas de mourir quand l'heure sera venue : en effet, la meilleure part de moi-même continuera de vivre. »

A ce moment-là, on entraînait Prof un peu plus loin ; il avait fait arrêter son brancard pour pouvoir m'écouter. Je me suis tourné vers lui : « Professeur, » lui ai-je demandé, « vous connaissez ma famille ; cela vous ennuierait-il de dire à cette dame pourquoi c'est une famille heureuse ? Si c'est du moins votre avis. »

— « C'est une famille heureuse, » confirma Prof, « mais j'aimerais quand même faire une observation d'une portée plus générale : chère madame, je suppose que vous trouvez que nos coutumes matrimoniales lunaires sont plutôt exotiques. »

— « Oh ! je n'irai pas jusque-là ! » dit-elle vivement, « mais au moins *inhabituelles* ! »

— « Elles proviennent, comme le font en général les coutumes matrimoniales, des nécessités économiques imposées par les circonstances... et nos conditions de vie sont très différentes de celles que vous connaissez sur Terra. Prenez par exemple le genre de mariage familial que mon collègue vient de vous vanter... et de vous vanter avec raison, je vous l'assure, malgré l'intérêt personnel qu'il y porte. Mais vous pouvez m'en croire, car je suis, moi, célibataire et je n'ai aucune idée préconçue, les mariages familiaux constituent certainement le procédé le plus efficace pour conserver un capital et pour garantir le bien-être des enfants, deux choses qui sont bien les deux fonctions fondamentales du mariage, en tous lieux, dans un environnement où il est impossible de trouver la moindre sécurité, que ce soit pour le capital ou pour les enfants, autre que celle que se donnent les individus eux-mêmes. D'une manière ou d'une autre, les êtres humains ont toujours à s'accommoder de l'environnement ; les ménages familiaux constituent une remarquable trouvaille à cette fin. Toutes les autres catégories de mariages lunaires ont le même but, mais n'y parviennent pas aussi bien. »

Il nous dit bonne nuit et nous quitta. J'avais toujours sur moi une photo de ma famille, une photo récente, celle de notre mariage avec Wyoming. Nos épouses étaient plus ravissantes que jamais, Wyoh était rayonnante, tandis que les autres semblaient beaux et heureux ; même Grand-papa se tenait droit et fier, rien ne laissait voir qu'il commençait à décliner.

J'ai pourtant été déçu : ils la regardèrent d'une manière distraite. Un homme cependant, un nommé Mathews, me demanda : « Pouvez-vous vous séparer de cette photographie, colonel ? »

J'ai hésité : « C'est la seule épreuve que je possède. Et je suis bien loin de chez moi. »

— « Ce n'est que pour un moment, juste pour la photographier. Je peux le faire immédiatement, vous n'avez même pas besoin de vous en séparer. »

— « Certainement, dans ces conditions ! » Je n'étais pas particulièrement réussi sur cette photo mais, que voulez-vous, je n'ai qu'une seule figure ; Wyoh était ressemblante et je ne connaissais pas une femme plus jolie que Lenore.

Il photographia donc cette épreuve et, le lendemain matin, ils vinrent directement dans notre appartement de l'hôtel, m'éveillèrent au lever du jour et m'arrêtèrent ; ils me séparèrent de mon fauteuil roulant, de tout ce qui m'appartenait, et m'enfermèrent dans une cellule, derrière de forts barreaux ! Pour bigamie, pour polygamie, pour immoralité publique et pour incitation ouverte à l'immoralité.

J'ai été heureux que Mamie ne soit pas là pour me voir !

19

IL fallut à Stu toute la journée pour obtenir de faire passer l'affaire devant un tribunal des N.F. et pour faire abandonner l'accusation. Ses avocats invoquèrent le privilège de l' « immunité diplomatique », mais les juges des N.F. ne tombèrent pas dans le piège, ils se contentèrent de faire remarquer que les fautes que l'on me reprochait avaient été commises en dehors de la juridiction du tribunal de première instance, sauf l'incitation publique à l'immoralité, accusation pour laquelle il n'y avait pas de preuves suffisantes. D'ailleurs, aucune loi des N.F. ne protégeait le mariage, et cela aurait bien été impossible : les Nations Fédérées n'avaient pu faire mieux que de demander à toutes les nations de « respecter et de reconnaître » les coutumes matrimoniales de toutes les autres nations membres.

Sur onze milliards d'habitants de la Terre, il y en avait peut-être sept milliards qui habitaient des pays où la polygamie était légale, ce qui permit aux fabricants de l'opinion publique circonvenus par Stu de jouer la carte de la « persécution » ; cela nous a même gagné la sympathie de gens qui n'auraient, autrement, jamais entendu parler de nous ; et nous avons même eu des partisans en Amérique du Nord et en d'autres lieux où la polygamie n'est pas légale, de ces gens qui ont pour devise « Vivre et laisser vivre ». Cela nous a donc été bénéfique puisque notre seul problème était toujours de nous faire remarquer ; pour la plupart de ces milliards d'abeilles terrestres, Luna ne représentait rien, elles n'avaient même pas fait attention à notre rébellion.

Les agents de Stu avaient eu beaucoup à faire pour obtenir

mon arrestation ; naturellement, je n'ai su que c'était un coup monté que plusieurs semaines après, car ils voulaient d'abord que je sois calmé et que je puisse apprécier les bénéfices de l'opération. Il avait fallu trouver un juge idiot, un shérif malhonnête et aussi un crétin de bouseux plein d'idées préconçues pour que je puisse tout déclencher avec cette aimable photographie ; Stu m'a dit plus tard que la variété de teint des membres de la famille Davis était ce qui avait surtout provoqué la colère du juge, ce qui l'avait fait se surpasser malgré sa bêtise congénitale bien connue.

Ma seule consolation avait été que Mamie ne pouvait être témoin de ma disgrâce, et je me suis même trompé sur ce point ; des photographies, prises entre les barreaux, et qui étaient loin de me flatter, parurent dans tous les journaux de Luna, les reportages étaient remplis des pires inventions journalistiques terriennes, et seul un petit nombre déplorait cette injustice. J'aurais cependant dû faire plus confiance à Mimi ; elle n'avait pas éprouvé le moindre sentiment de honte, elle avait simplement fait des pieds et des mains pour se rendre sur Terre afin de tordre le cou à ceux qui faisaient ainsi du mal à son petit chéri.

Cette histoire nous a aidés, sur Terre, mais elle nous a encore fait plus de bien sur Luna : les Lunatiques se sentirent plus unis que jamais à cause de cette histoire idiote. Ils prirent l'affaire personnellement à cœur et « Adam Selene », tout autant que « Simon Jester », poussa à la roue. Les Lunatiques sont gens fort conciliants, sauf sur un point : les femmes. Toutes les dames se sentirent personnellement injuriées par les commentaires des journaux terriens, et les Lunatiques mâles, qui avaient jusqu'alors refusé de s'intéresser à la politique, découvrirent tout à coup que j'étais leur champion.

Bilan : les vieux détenus se sentirent supérieurs à ceux qui n'étaient pas déportés. Plus tard, j'ai souvent été accueilli par d'anciens condamnés qui me saluaient par des « Hello ! gibier de potence ! ». Un vrai terme d'amitié... j'étais accepté.

Sur le moment, cependant, j'ai trouvé la plaisanterie plutôt saumâtre ! J'ai été poussé de-ci, de-là, traité comme du vulgaire bétail, on m'a pris mes empreintes digitales, j'ai été photographié, on m'a donné de la nourriture qu'ils n'auraient pas voulu donner à leurs cochons, j'ai été soumis aux traitements les plus dégradants, et seule cette terrible pesanteur m'a empêché de tenter de tuer certains d'entre eux... si j'avais eu mon bras numéro six quand ils m'ont arrêté, j'aurais sans doute essayé.

Je me suis quand même calmé quand j'ai été libéré. Quelques heures après, nous étions en route pour Agra car nous avions, enfin ! été convoqués par le Comité. J'ai été heureux de retrouver l'appartement du palais du maharajah ; malheureusement, une différence de fuseaux horaires — onze heures ! — ne nous a pas permis de nous reposer ; nous avons dû nous rendre à la séance les yeux bouffis de sommeil après avoir pris quantité de drogues pour pouvoir tenir le coup.

« L'audience » était à sens unique : nous avons écouté pendant que le président parlait. Il a parlé une heure d'affilée. Je vais vous résumer ses propos :

Notre inadmissible revendication était rejetée. Le mandat sacré confié à l'Autorité lunaire ne pouvait être abandonné. Les désordres survenus sur le satellite de la Terre ne pouvaient être tolérés. Les désordres récents prouvaient de surcroît que l'Autorité avait fait preuve de trop de faiblesse. Cette inactivité allait être compensée par un programme d'action, un plan quinquennal au cours duquel on allait examiner toutes les décisions administratives passées de l'Autorité lunaire. Un code civil allait être rédigé ; on installerait des cours civiles et des cours d'assises, dont seraient passibles les « ressortissants et employés », ce qui voulait dire tous les habitants de la zone sous mandat et pas seulement les déportés qui purgeaient encore leurs peines. Des écoles publiques allaient être créées, sans compter des écoles de formation destinées aux ressortissants et employés qui pouvaient en avoir besoin. Un comité du plan, compétent pour tous les problèmes économiques, agricoles et industriels, devait être créé. Ce comité aurait pour tâche de tirer des ressources et de la main-d'œuvre des ressortissants et employés le produit le meilleur et le plus efficace. L'objectif provisoire était de quadrupler en cinq ans les expéditions de grain ; cet objectif devait être facilement atteint dès que la planification scientifique concernant les ressources et la main-d'œuvre aurait été mise en place. La première étape serait de retirer les ressortissants et employés des situations improductives et de les consacrer au forage d'un vaste et nouveau réseau de tunnels agricoles, qui devait être complété aussi vite que possible pour que la culture en liquide nutritif puisse être entreprise au plus tard en mars 2078. Ces nouvelles fermes géantes seraient gérées scientifiquement par l'Autorité lunaire et ne seraient en aucun cas mises à la disposition de propriétaires privés. Il était prévu que ce système, à la fin du plan quinquennal, pourrait permettre de fixer un quota de production de céréales absolument nouveau ; dans l'intervalle, les ressortissants et employés qui produisaient des céréales dans des propriétés privées auraient l'autorisation de continuer à gérer leurs exploitations, mais ils devraient être peu à peu absorbés par le nouveau système car il n'y aurait alors plus aucun besoin de leurs méthodes moins efficaces.

Le président leva les yeux de ses papiers : « En résumé, » dit-il, « les colonies lunaires vont être civilisées et leur niveau de développement va être relevé pour atteindre celui du reste de la civilisation. Si désagréable que me soit ce devoir, je trouve, — mais je parle maintenant en citoyen et non pas en tant que président du présent Comité, — je trouve, dis-je, que nous vous devons une certaine gratitude pour avoir attiré notre attention sur une situation qui avait tellement besoin d'être améliorée. »

Je me sentais prêt à lui arracher les oreilles : « ressortissants et employés ! » Quelle jolie manière de nous traiter « d'esclaves » ! Pourtant, Prof garda son calme et déclara : « J'estime que le plan que l'on vient de nous exposer est des plus intéressants. Ai-je l'autorisation de poser une simple question, une question de pure information ? »

— « A titre de renseignement, oui. »

Le délégué de l'Amérique du Nord se pencha alors : « Mais ne croyez pas que nous allons accepter de discuter avec vous, espèces d'hommes des cavernes ! Je vous conseille de surveiller vos expressions. Vous n'en avez pas terminé avec nous, vous savez ! »

— « Rappel à l'ordre, » dit le président. « Je vous en prie, professeur. »

— « Je suis intrigué par le terme de « ressortissants et employés ». Serait-il possible qu'il soit stipulé que la majorité des habitants du principal satellite de la Terre soit composée non pas de prisonniers accomplissant leur peine mais d'hommes libres ? »

— « Certainement, » accorda le président, tout mielleux. « Tous les aspects légaux de cette nouvelle politique ont été étudiés avec soin. Sauf quelques exceptions peu nombreuses, environ 90 pour cent des colons possèdent la citoyenneté, d'origine ou acquise, des différentes nations membres des Nations Fédérées. Ceux qui désireront regagner leur patrie d'origine y seront autorisés. Vous serez certainement satisfait d'apprendre que l'Autorité est actuellement en train d'étudier un plan afin d'autoriser des prêts pour faire face au prix du transport... probablement sous le contrôle de la Croix-Rouge internationale et du Croissant-Rouge international. J'ai même le plaisir d'ajouter que j'appuie moi-même de toutes mes forces ce projet... et que ce plan rendrait sans objet toute allusion à un quelconque « esclavage ». » Il eut un sourire sardonique.

— « Je comprends, » dit Prof. « C'est d'une grande humanité. Est-ce que le comité, — ou l'Autorité, — a pris conscience que la majeure partie... non, je devrais dire la totalité... est-ce que le comité a pris en considération le fait que les habitants de Luna sont physiquement incapables de vivre sur cette planète ? Au cours de leur exil involontaire et permanent, ils ont subi des modifications physiologiques irréversibles et ils ne pourront plus jamais vivre confortablement ni même en bonne santé dans un champ de gravité six fois plus fort que celui auquel leur corps s'est adapté. »

Le fourbe en resta bouche bée, comme si cette idée lui survenait pour la première fois. « Je parle encore une fois en mon nom personnel ; je suis incapable de déclarer que ce que vous dites est nécessairement vrai. Il est possible que ce soit vrai pour certains, que ce soit faux pour d'autres, les gens réagissent d'une manière fort différente dans une condition donnée. Votre propre présence ici prouve qu'il n'est pas impossible pour un habitant de la Lune de revenir sur la Terre. De toute manière, nous n'avons aucunement l'intention d'*obliger* qui que ce soit à revenir sur la Terre. Nous espérons que beaucoup choisiront de rester et nous en encouragerons d'autres à émigrer sur la Lune. Mais il s'agira toujours de choix individuels, d'un de ces choix qui font partie des libertés garanties par la Grande Charte. Quant à ce phénomène physiologique auquel vous faites allusion, il ne s'agit pas d'un problème légal. Si quelqu'un estime qu'il est plus prudent, ou s'il se trouve plus heureux de rester sur la Lune, c'est son droit le plus absolu. »

— « Je vois, monsieur. Nous sommes libres, libres de rester sur Luna pour y travailler aux tâches et pour les salaires que vous déciderez... ou libres de revenir mourir sur Terra. »

Le président haussa les épaules : « Vous nous taxez de mauvaise foi... mais vous avez grand tort ; moi-même, si j'étais jeune, j'émigrerais immédiatement sur la Lune. Quelle magnifique aventure ! De toute façon, votre manière de dénaturer les faits ne me trouble pas : l'Histoire nous donnera raison. »

J'ai vraiment été surpris par Prof : il ne combattait pas. J'étais inquiet pour lui, il faut dire que nous venions de passer des semaines épuisantes et que notre dernière nuit avait été fort écourtée. Il se contenta de dire : « Monsieur le président, je pense que les voyages vers Luna vont bientôt être rétablis, peut-on nous réserver, à mon collègue et à moi-même, une place sur le premier vaisseau ? Car je suis bien forcé d'avouer, monsieur, que cette faiblesse provoquée par la pesanteur dont je viens de parler est des plus réelles, du moins dans notre cas. Nous avons accompli notre mission, nous avons besoin de rentrer chez nous. »

(Pas un mot sur les péniches de grain. Pas un mot sur la possibilité « de jeter des cailloux », même pas le moindre mot sur l'inutilité qu'il y a à battre sa vache pour lui faire donner du lait. Prof paraissait seulement épuisé.)

Le président se pencha en avant et parla avec un malin plaisir : « Professeur, cela présente actuellement quelques difficultés. Pour parler clairement, il semble que vous vous soyez rendu coupable de trahison à l'égard de la Grande Charte, et naturellement contre toute l'Humanité... et il est question d'intenter une action contre vous. Je pense d'ailleurs que vous ne risquez qu'une peine avec sursis étant donné votre âge et votre condition physique. Pensez-vous donc qu'il serait prudent de notre part de vous renvoyer sur les lieux mêmes où vous avez commis ces actes délictueux... pour que vous puissiez en commettre d'autres ? »

Prof soupira : « Je comprends votre point de vue. Dans ces conditions, monsieur, si vous voulez bien m'excuser ? Je me sens épuisé. »

— « Certainement. Restez cependant à la disposition du Comité. L'audience est ajournée. Colonel Davis... »

— « Monsieur ? » Je commençai à faire demi-tour dans mon fauteuil pour aider Prof à sortir car nos aides n'avaient pas été admis dans l'enceinte.

— « Un mot, je vous en prie, dans mon bureau. »

— « Euh... » je regardai Prof : il avait les yeux fermés et semblait inconscient ; il bougea cependant un doigt pour me faire venir à lui. « Monsieur le président, je suis ici plus comme infirmier que comme diplomate ; il faut que je m'occupe de lui, c'est un vieillard ; il est malade. »

— « Les appariteurs vont s'occuper de lui. »

— « Alors... » Je me suis approché de Prof, le plus près possible, et je me suis penché sur lui : « Prof, vous allez bien ? »

Il me répondit dans un soupir : « Allez voir ce qu'il veut. Accordez-lui ce qu'il désire, donnez-lui le change. »

Quelques instants plus tard, je me suis retrouvé seul avec le président, derrière une porte insonorisée, — ce qui n'avait aucune importance car la pièce pouvait bien comporter une douzaine de micros, sans compter celui de mon bras gauche.

— « Prenez-vous quelque chose, un café ? » me dit-il.

— « Non merci, monsieur, il faut que je suive mon régime. »

— « Je pense que vous avez raison. Êtes-vous vraiment tenu de rester dans ce fauteuil ? Vous paraissez en bonne santé ? »

— « Je pourrais, » dis-je, « s'il le fallait, me lever et traverser cette pièce, mais je risquerais de m'évanouir, ou même pire. Je préfère ne pas prendre de risque. Je pèse six fois plus que je ne devrais et mon cœur n'est pas accoutumé à un tel effort. »

— « Je crois que vous avez raison, colonel. J'ai appris que vous avez eu des ennuis idiots en Amérique du Nord. J'en suis désolé, vraiment ; mais c'est un pays barbare ; j'ai toujours détesté y aller. Je pense que vous vous demandez pourquoi je voulais m'entretenir avec vous ? »

— « Non, monsieur. Je pense que vous me le direz quand ce sera le moment. Je me demande plutôt pourquoi vous me donnez toujours mon grade de colonel ? »

Il se mit à rire, presque à glousser : « Question d'habitude, je pense. Tout au long de ma vie, j'ai été soumis au protocole. Ce n'est pourtant peut-être pas mauvais que vous continuiez à porter ce grade. Dites-moi, que pensez-vous de notre plan quinquennal ? »

Je pensais que cela sentait mauvais, mais j'ai répondu :

— « Il me semble qu'il a été soigneusement élaboré. »

— « Nous y avons beaucoup réfléchi. Colonel, vous me paraissez un homme intelligent... Je sais que vous l'êtes, je connais non seulement tout votre passé mais pratiquement votre moindre mot, je dirais presque la moindre de vos pensées, depuis le premier instant où vous avez mis le pied sur la Terre. Vous êtes né sur la Lune. Vous croyez-vous patriote ? Patriote pour la Lune ? »

— « Je pense que oui. Il me semble que nous avons agi quand nous avons cru qu'il fallait faire quelque chose. »

— « Entre nous... vous avez eu raison. Quel vieux fou que ce Hobart ! Colonel, ceci *est* un bon plan... mais nous manquons d'hommes capables de le mettre en œuvre. Si, réellement, vous êtes patriote, ou même seulement un homme qui a le sens pratique tout en vous préoccupant réellement du véritable intérêt de votre pays, vous êtes sans doute l'homme le plus capable de l'appliquer. » Il leva la main : « Ne vous pressez pas ! Je suis loin de vous demander de vous vendre, de trahir, ou quoi que ce soit de ce genre. Je vous offre seulement votre chance de vous montrer un *vrai* patriote, et pas un héros de roman qui se fait tuer pour une cause perdue. Voyez le problème sous cet angle. Croyez-vous qu'il soit possible pour les colonies lunaires de résister à toutes les forces que les Nations Fédérées de la Terre peuvent aligner contre elles ? Vous n'êtes pas un vrai soldat, je le sais... et j'en suis heureux, mais vous êtes réellement un technicien, je sais aussi cela. A votre avis, honnêtement, combien faudrait-il de vaisseaux et de bombes pour détruire les colonies lunaires ? »

— « Un vaisseau, six bombes, » répondis-je.

— « Exact ! Mon Dieu, cela fait plaisir de parler avec un homme intelligent. Deux suffiraient, terriblement puissantes, qu'il faudrait peut-être construire exprès ; il y aurait quelques survivants, des survivants provisoires, dans les plus petites des termitières qui ne se trouveraient pas dans les zones de bombardement. Mais un seul vaisseau suffirait, il ne lui faudrait que dix minutes. »

— « Je vous l'accorde, monsieur, » lui dis-je. « Mais le professeur de La Paz vous a fait remarquer qu'il était inutile de battre sa vache pour en tirer du lait. Et il serait encore plus inutile de l'abattre. »

— « Pourquoi croyez-vous que nous avons attendu plus d'un mois à ne rien faire ? Mon collègue, qui est complètement idiot — je préfère ne pas le nommer — a parlé de « contre-propositions ». Je n'aime pas les contre-propositions, mais j'aime bien les propositions, surtout quand elles débouchent sur quelque chose. Non, mon cher colonel, nous n'allons pas abattre la vache à lait... mais, s'il le faut, nous avertirons la vache qu'elle pourrait être envoyée à l'abattoir. Les fusées à tête thermonucléaire sont des jouets qui reviennent cher mais nous pouvons nous permettre d'en dépenser quelques-unes comme coups de semonce, nous pouvons en gaspiller sur des rochers arides, juste pour montrer à la vache ce qui peut se passer. Nous ne tenons pourtant pas à faire montre de plus de force qu'il n'est nécessaire : nous risquerions d'effrayer notre vache et de la rendre stérile. » Il fit de nouveau entendre son rire en cascade. « Il vaut mieux la persuader de se laisser traire avec bonne volonté. »

J'attendis. « Ne voulez-vous pas savoir comment ? » me demanda-t-il.

— « Comment ? » dis-je, pour lui faire plaisir.

— « Par votre intermédiaire. Non, ne répondez pas, laissez-moi d'abord vous expliquer... »

Il m'éleva alors au sommet d'une haute montagne et m'offrit tous les royaumes de la Terre. Ou de Luna. Je n'avais qu'à accepter d'être « Protecteur intérimaire », étant bien entendu que le poste me reviendrait définitivement si je m'en montrais capable. Je n'avais qu'à convaincre les Lunatiques qu'ils ne pouvaient pas gagner, les convaincre que cette nouvelle organisation leur était profitable : je n'avais qu'à insister sur les progrès, l'école gratuite, les hôpitaux gratuits, et ceci gratuit, et cela gratuit, les détails seraient donnés plus tard mais, pour l'instant, ils auraient un gouvernement exactement semblable à ceux de la Terre. Les impôts, très bas, seraient prélevés sans qu'on s'en aperçoive, il n'y avait qu'à les prélever automatiquement sur les bénéfices que procureraient les expéditions de grain. Enfin, et c'était le plus important, l'Autorité n'enverrait pas, cette fois, des enfants de chœur pour faire un travail d'homme, elle envoyait immédiatement deux régiments des forces de police.

— « Ces fichus Dragons de la Paix ont été une erreur, » me dit-il, « et nous ne referons pas cette erreur. Entre nous, la véritable raison pour laquelle nous avons dû attendre un bon mois, c'est qu'il nous a d'abord fallu convaincre la Commission de maintien de la Paix qu'une poignée d'hommes ne pouvait assurer l'ordre contre trois millions d'habitants dispersés en six grandes termitières et une cinquantaine d'autres de moindre importance. C'est ainsi que vous partirez avec des forces de police suffisantes, et il ne s'agira pas de troupes d'assaut mais de membres de la police militaire, des soldats qui savent comment mater des civils en faisant le moins de bruit possible. En outre, cette fois, nous envoyons aussi des auxiliaires féminines, dans la proportion de 10 pour cent, et il n'y aura plus de plaintes pour viols. Qu'en dites-vous, monsieur ? Croyez-vous que vous puissiez vous en charger ? Surtout alors que vous vous rendez parfaitement compte que c'est à long terme, pour votre propre peuple, la meilleure solution. »

Je répondis que je devais étudier cette proposition en détail, tout particulièrement le plan quinquennal et les quotas, et qu'il ne m'était pas possible de prendre à la hâte une telle décision.

— « Certainement ! Certainement ! » me dit-il. « Je vais vous remettre un exemplaire du Livre blanc que nous avons préparé ; emportez-le chez vous, étudiez-le, endormez-vous en y pensant. Nous en reparlerons demain. Je ne vous demande qu'une chose, c'est votre parole d'honneur de garder tout cela pour vous. Ce n'est pas que ce soit vraiment un secret... mais il vaut quand même mieux que tout soit réglé définitivement avant la publication. A propos, vous allez avoir besoin d'aide pour la propagande, et nous vous en fournirons : nous allons d'abord envoyer à nos frais des journalistes de premier plan, nous les paierons le prix qu'il faudra, nous les soumettrons à un entraînement constant dans la centrifugeuse, exactement comme pour nos savants ; enfin, vous connaissez le processus. Et cette fois, je vous le dis, nous ne nous tromperons pas. Ce vieux fou d'Hobart... dites-moi, il est mort, en réalité ? »

— « Non, monsieur, mais j'avoue qu'il est complètement gâteux. »

— « Vous auriez dû le tuer. Tenez, voici votre exemplaire du plan. »

— « Monsieur ? Puisque nous parlons des vieillards... le

professeur de La Paz ne peut absolument pas rester ici. Il ne vivra pas plus de dix mois. »

— « C'est mieux ainsi, n'est-ce pas ? »

J'essayai de répondre calmement : « Vous ne me comprenez pas : c'est un homme qui est très aimé, pour qui tout le monde a le plus grand respect. Je vous assure que mon meilleur atout serait de le convaincre que vous avez véritablement l'intention de vous servir de fusées à tête thermonucléaire, que son véritable devoir de patriote est donc maintenant de sauver ce qui peut encore être sauvé. Vous comprenez, si je dois rentrer sans lui... je crois tout simplement que je ne pourrais pas me charger du travail, car je ne vivrais pas assez longtemps pour commencer. »

— « Euh... Écoutez, laissez passer la nuit, nous en reparlerons demain... Disons à 14 heures ? »

Je le quittai et, dès que je fus embarqué sur le camion, je me mis à trembler : je n'avais pas beaucoup de temps devant moi.

Stu m'attendait en compagnie de Prof. « Alors ? »

Je regardai autour de moi, me touchant l'oreill du doigt. Nous nous enfouîmes sous deux couvertures, n s trois têtes près les unes des autres. Le chariot de Prof et mon fauteuil ne représentaient aucun danger, je les vérifiais tous les matins ; il nous semblait pourtant plus prudent de parler tout bas car les murs pouvaient avoir des oreilles.

Je commençai, mais Prof m'arrêta immédiatement : « Nous avons tout le temps pour les détails ! les faits d'abord ! »

— « Il m'a proposé le poste de Gardien. »

— « J'espère que vous avez accepté. »

— « A 90 pour cent. Je dois d'abord étudier cette proposition ordurière et je donnerai ma réponse définitive demain. Stu, avec quelle rapidité pouvons-nous exécuter le plan « Fuite » ?

— « Il est déjà en cours. Nous n'attendions que votre retour, si vous deviez revenir du moins. »

Pendant cinquante minutes, nous fûmes très occupés. Stu fit venir un grand Hindou décharné revêtu d'un dhoti (1) ; en une demi-heure, il fut transformé en frère jumeau de Prof, puis Stu sortit Prof de son brancard et le porta sur un divan. Il fut plus facile de me dédoubler. Nos deux doubles furent alors roulés

(1) Long vêtement porté par les Hindous. *(N.D.T.)*.

dans nos fauteuils à roulettes jusque dans le salon, alors qu'il faisait déjà sombre, et nous fîmes servir le dîner. Plusieurs personnes allaient et venaient... et parmi elles se trouvait une vieille femme hindoue, revêtue d'un sari, au bras de Stuart LaJoie. Un gros Hindou distingué les suivait.

Le plus dur fut de faire monter Prof sur le toit ; il n'avait jamais utilisé de supports de marche mécaniques, n'avait jamais eu l'occasion de s'y exercer et il y avait plus d'un mois qu'il était allongé sans arrêt sur le dos.

Heureusement, Stu le tenait fermement par le bras ; moi, j'ai serré les dents et j'ai grimpé tout seul ces trente terribles marches. En atteignant le toit, mon cœur semblait sur le point d'éclater, j'étais sur le point de m'écrouler. Un petit glisseur de déménagement silencieux sortit alors de l'obscurité, exactement au moment prévu, et nous parvînmes dix minutes plus tard au vaisseau que nous avions affrété, le même vaisseau que nous avions utilisé durant tout le mois précédent et, deux minutes après, nous volions de toute la puissance de ses réacteurs vers l'Australie. Je n'ai jamais su combien cela avait coûté pour préparer cette évasion, pour garder ce vaisseau toujours disponible, mais ce fut du beau travail.

Je me suis étendu auprès de Prof et, après avoir repris haleine, je lui ai demandé : « Comment vous sentez-vous, Prof ? »

— « Ça va, je suis juste un peu fatigué, mais nous les avons joués ! »

— « Ja Da nous les avons floués ! »

— « Je suis quand même déçu de n'avoir pu voir le Tadj Mahall (1). Je n'ai jamais eu l'occasion d'y aller lorsque j'étais jeune... et dire que cette fois, et à deux reprises, je me suis approché à moins de 1 kilomètre de lui, qu'une fois je suis resté dans ses parages plusieurs jours, une autre fois une journée, et que, malgré tout, je n'ai pu le voir et que je ne le verrai sans doute jamais. »

— « Ce n'est jamais qu'un tombeau. »

— « Oui, comme Hélène de Troie n'était qu'une femme. Et maintenant, mon vieux, dormons. »

(1) Tombeau, commencé en 1632, achevé vingt-deux ans plus tard — vingt mille hommes participèrent à sa construction. Les estimations du coût de cette merveille oscillent entre 5 500 000 F et dix fois plus. *(N.D.T.)*.

Nous avons fait un atterrissage de fortune au beau milieu de l'Australie, dans un patelin du nom de Darwin, où nous avons été immédiatement transportés dans un vaisseau spatial, allongés sur des couchettes où nous avons pris nos drogues. Prof était déjà dans le cirage et je commençais moi-même à tourner de l'œil quand Stu arriva, nous fit un grand sourire et s'attacha sur une couchette. Je l'ai regardé : « Vous venez aussi ? Qui va garder le magasin ? »

— « Les mêmes qui ont fait le vrai travail tout le temps ; j'ai trouvé une bonne équipe et ils n'ont plus besoin de moi. Mannie, vieux camarade, je n'avais aucunement envie de me faire coincer si loin de chez moi. Je veux dire, si loin de Luna, au cas où vous n'auriez pas compris. Il me semble que nous prenons maintenant le dernier train pour Shanghai ! »

— « Qu'est-ce que Shanghai a à voir avec ça ? »

— « Oubliez que j'en ai parlé, Mannie. Je suis ruiné, complètement à plat. Je dois de l'argent dans tous les azimuts... et mes dettes ne seront payées que si certaines valeurs bougent comme Adam Selene m'a convaincu qu'elles allaient le faire, très rapidement à partir de maintenant. Sans compter que je suis recherché, ou que je le serai très vite, pour crime contre la paix et la dignité publiques. Mais on peut s'exprimer autrement : disons que je leur épargne la peine de me déporter. Croyez-vous que je pourrai, à mon âge, apprendre à forer le rocher ? »

Je sentais mes idées se brouiller, les drogues commençaient à faire effet : « Stu, pour Luna, tu n'es pas vieux... tu as à peine commencé... de toute manière... ton couvert sera toujours mis à la maison ! Mamie *t'aime bien !* »

— « Merci, mon vieux, je suis content. Le voyant lumineux s'allume ! Respire profondément ! »

Je fus tout à coup écrasé par une accélération de 10 g.

20

NOTRE vaisseau était un de ces transbordeurs qui faisaient les trajets entre le sol et les orbites circumterrestres, de ceux que l'on utilisait pour rejoindre les satellites habités pour ravitailler les vaisseaux patrouilleurs des N.F., et qui assuraient aussi le transport des touristes qui se rendaient dans les satellites-casinos, ou en revenaient. Il ne transportait que trois passagers au lieu de quarante et n'avait aucune cargaison à l'exception de trois combinaisons pressurisées et d'un canon en airain (oui, le joujou y était aussi ; nos combinaisons pressurisées et la pétoire de Prof nous avaient précédés en Australie depuis une semaine) ; c'était un bon vaisseau que cette *Alouette* que nous avions affrétée ; l'équipage se composait du commandant et d'un pilote cyborg.

Nous disposions d'une réserve de carburant bien supérieure à ce dont nous avions besoin.

Nous avons accompli (comme prévu) une approche normale vers le satellite *Élysées*... puis nous sommes brusquement passés de la vitesse orbitale à la vitesse de libération, et le choc nous a paru encore plus violent que celui que nous avions subi au décollage.

Cette modification de trajectoire fut immédiatement détectée par les services de Surveillance spatiale des N.F. ; nous avons été sommés de nous arrêter et de nous expliquer. J'ai appris cela indirectement par Stu car j'étais tout juste en train de me remettre et je profitais du plaisir de l'état d'apesanteur, me maintenant en équilibre à l'aide d'une des courroies de sécurité. Prof, lui, était encore dans le cirage.

— « Ils veulent savoir qui nous sommes et ce que nous

avons l'intention de faire, » me dit Stu. « Nous leur avons dit que nous étions le transport spatial sous pavillon chinois le *Lotus fleuri,* en mission de sauvegarde, c'est-à-dire que nous allions au secours des savants détenus sur Luna et nous leur avons donné notre numéro matricule, celui du *Lotus fleuri.* »

— « Et notre émetteur-récepteur à impulsions ? »

— « Mannie, si on m'a fourni effectivement ce pour quoi j'ai payé, notre émetteur-récepteur à impulsions nous a identifiés comme étant l'*Alouette* depuis maintenant dix minutes... en ce moment, il émet le numéro matricule du *Lotus.* De toute façon, nous serons bientôt fixés : il n'y a qu'un seul vaisseau situé de manière à nous envoyer une fusée et il doit nous attaquer dans... » il s'arrêta pour regarder sa montre... « dans vingt-sept minutes suivant ce que m'a dit le brave homme qui pilote ce rafiot, sinon ses chances de nous atteindre sont presque nulles. Si vous avez donc quelques inquiétudes, si vous voulez dire vos prières ou envoyer un message, ou tout ce que l'on fait dans de telles circonstances, c'est le moment. »

— « Je crois que nous ferions mieux de réveiller Prof. »

— « Non, laissons-le dormir. Croyez-vous donc qu'il y ait une manière plus agréable de faire le grand saut que de passer d'un sommeil paisible directement dans un nuage de gaz éblouissant ? A moins que vous ne pensiez qu'il veuille accomplir quelque devoir religieux ? Il ne m'a jamais paru très religieux, du moins d'après l'acception orthodoxe. »

— « Il ne l'est pas. Mais vous, si vous avez de telles préoccupations, je ne veux pas vous en empêcher. »

— « Merci ! j'ai fait ce qui m'a semblé nécessaire avant de décoller. Et vous, Mannie ? Je n'ai pas grand-chose du prêtre, mais je ferai mon possible si je peux vous aider. Des péchés sur la conscience, vieux frère ? Si vous avez besoin de vous confesser, vous savez, j'en connais un bout en matière de péché. »

Je lui ai répondu que mes besoins actuels n'étaient pas de cet ordre ; puis je me suis rappelé mes péchés, certains que j'avais d'ailleurs trouvés fort agréables, et je lui en ai fait un récit plus ou moins exact. Cela lui en rappela quelques-uns des siens, qui m'en firent souvenir d'autres... puis l'heure H arriva et fut dépassée alors que nous nous racontions encore nos fredaines. Stu LaJoie est vraiment le type idoine pour passer ses derniers instants, même s'il se révèle que ce ne sont pas les derniers.

Pendant deux jours, nous n'avons rien eu à faire, à part d'interminables et pénibles formalités destinées à nous empêcher d'importer d'innombrables maladies sur Luna. Je n'ai pas prêté attention aux frissons provoqués ni aux brûlants accès de fièvre tellement je me sentais bien en état d'apesanteur, tellement j'étais heureux de rentrer à la maison.

J'étais presque heureux plus précisément. Prof me demanda ce qui m'ennuyait. « Rien, » lui répondis-je. « L'impatience d'être enfin chez nous... cependant, à dire vrai, j'ai honte de penser que nous revenons pour avouer notre échec. Prof, quelle erreur avons-nous commise ? »

— « Un échec, mon garçon ; lequel ? »

— « Je ne vois pas comment nous pourrions qualifier cela autrement. Nous demandions à nous faire reconnaître, ce qui est bien différent de ce que nous avons obtenu. »

— « Manuel, je vous dois des excuses. Vous devez quand même vous souvenir des chances que nous donnait Adam Selene juste avant notre départ. » Stu n'était pas à portée de voix mais nous n'utilisions pourtant jamais le nom de « Mike » ; par prudence, nous parlions toujours d'Adam Selene.

— « Naturellement, que je m'en souviens ! Une chance sur cinquante-trois ; quand nous avons atteint la surface de Terra, nos chances sont tombées à une contre cent. Que croyez-vous qu'elles soient maintenant ? Une sur mille ? »

— « J'ai reçu de nouvelles prévisions tous les deux ou trois jours... et c'est pour cela que je dois m'excuser auprès de vous. La dernière analyse, reçue juste avant notre départ, tenait compte de la réussite supposée mais non prouvée de notre évasion, de notre libération de Terra et de notre arrivée en bon état chez nous ; tout au moins de la réussite de l'un de nous trois, et c'est pour cela que nous avons demandé au camarade Stu de venir chez nous car il est doué, comme tous les Terriens, d'une grande capacité pour les fortes accélérations. Huit prévisions ont donc été effectuées, qui tenaient compte de notre mort à tous les trois et aussi de toutes les combinaisons possibles, jusqu'à notre survie à tous les trois. Acceptez-vous de miser quelques dollars sur ces dernières prévisions ? Vous n'avez qu'à m'indiquer votre propre fourchette, d'après vos propres prévisions. Je vais quand même vous donner une indication : vous vous montrez beaucoup trop pessimiste. »

— « Euh... Non, zut ! Accouchez plutôt ! »

— « Les chances adverses ne sont maintenant que de soixante-dix contre une... et elles ont diminué continuellement depuis un mois. C'est ce que je ne pouvais pas vous dire. »

J'ai été surpris, ravi, heureux... et j'ai aussi été peiné. « Que voulez-vous dire... que vous n'aviez pas le droit de m'en parler ? Vous savez, Prof, si vous ne me faites pas confiance, vous n'avez qu'à m'écarter et à inclure Stu dans la cellule de direction. »

— « Je vous en prie, fiston. C'est d'ailleurs sa place s'il arrive quelque chose à l'un d'entre nous, à vous, à moi ou à notre chère Wyoming. Je n'avais pas le droit de vous en parler tant que nous étions sur Terra, et j'en ai le droit maintenant non pas parce que vous n'êtes pas digne de confiance mais parce que vous n'êtes pas bon comédien. Vous deviez beaucoup mieux jouer votre rôle si vous pensiez effectivement que notre but était de faire reconnaître notre indépendance. »

— « C'est maintenant qu'il parle ! »

— « Manuel, Manuel, nous avions à lutter férocement, à tous les instants... et nous devions perdre. »

— « C'est donc ainsi ! Est-ce que je suis assez grand garçon pour que vous m'expliquiez ? »

— « Je vous en prie, Manuel. Vous laisser temporairement dans l'ignorance accroissait beaucoup nos chances ; vous pourrez d'ailleurs le vérifier avec Adam. Puis-je ajouter que Stuart a accepté sans rien dire d'être convoqué sur Luna, sans demander pourquoi ? Camarade, ce comité était trop petit et son président trop intelligent ; nous courions toujours le risque qu'ils nous offrent un compromis acceptable ; le premier jour, ce danger a même été très grand. Si nous avions pu les obliger à transmettre notre cas à l'Assemblée plénière, ils auraient été incapables d'agir intelligemment ; heureusement, nous avons été refoulés. Ce que je pouvais faire de mieux, c'était de braquer le comité, et même de m'abaisser jusqu'aux attaques personnelles pour avoir la certitude qu'au moins un membre de ce comité réagirait en dépit du bon sens. »

— « Je crois que je ne comprendrai jamais cette diplomatie élevée ! »

— « C'est bien possible ! Heureusement, vous et moi, nous nous complétons. Manuel, votre désir est de voir Luna enfin libérée ? »

— « Vous le savez bien ! »

— « Vous savez aussi que Terra peut nous vaincre ? »

— « Naturellement. Il n'y a jamais eu de prévision nous donnant seulement des chances égales. C'est bien pourquoi je ne comprends pas pourquoi vous vouliez les indisposer ? »

— « Je vous en prie ! Étant donné qu'il leur est effectivement *possible* de nous imposer leur volonté, notre seule chance est d'affaiblir leur volonté justement. C'est pour cela que nous devions obligatoirement nous rendre sur Terra pour y être des ferments de division, pour faire surgir une diversité d'opinions. Le plus intelligent de tous les généraux de l'histoire chinoise a dit un jour que la perfection de l'art de la guerre est de saper la volonté de son adversaire jusqu'au moment où il se rend sans combat. Et cette maxime explique à la fois notre ultime intention et notre pire menace. Supposez un instant, comme cela n'aurait pas été impossible au premier jour, qu'ils nous aient proposé un compromis acceptable. Mettre un gouverneur au lieu d'un gardien, qui aurait même été choisi parmi nous. Nous donner une indépendance locale ; nous permettre d'envoyer un délégué à l'Assemblée plénière ; augmenter le prix du grain sur l'aire de catapultage et même octroyer des primes pour les accroissements de tonnage. Qu'ils aient désavoué la politique d'Hobart, qu'ils aient exprimé leurs regrets pour les viols et les assassinats, qu'ils aient même dédommagé fortement les héritiers des victimes. Est-ce que cela aurait été accepté chez nous ? »

— « Ils ne nous ont rien offert de tout cela ! »

— « Le président était prêt à nous offrir quelque chose de ce genre lors du premier après-midi, et il tenait à ce moment tout son comité dans le creux de la main. Il a même demandé que nous indiquions un prix afin de permettre un tel marchandage. Supposez donc que nous soyons parvenus, dans l'essentiel, à ce que je viens de définir. Est-ce que cela aurait paru acceptable chez nous ? »

— « Euh... peut-être. »

— « Bien plus que « peut-être », du moins d'après une analyse à laquelle nous avions procédé juste avant notre départ. Et c'était ce qu'il fallait éviter à tout prix... Il fallait éviter un accord qui aurait calmé les esprits mais n'aurait rien changé à l'essentiel et aurait donc laissé intactes les conditions qui doivent, à longue échéance, nous conduire au désastre. C'est pourquoi j'ai changé de sujet en mettant les pieds dans le plat et en faisant le difficile, en faisant remarquer quelques irrégularités, en me montrant poliment agressif. Manuel, vous savez comme moi, — et comme Adam, — qu'il faudra mettre un terme aux expéditions de produits alimentaires ; aucune autre solution ne pourra sauver Luna du désastre. Mais, je vous le demande, vous imaginez-vous un fermier se battant pour mettre fin à ces expéditions ? »

— « Non. Je me demande si nous pouvons prendre les nouvelles de chez nous pour savoir comment ils réagissent à l'arrêt des expéditions ? »

— « Il n'y aura pas d'arrêt ! Voici le calendrier établi par Adam : nous ne devons rien faire savoir, sur aucune des deux planètes, avant d'être rentrés. Nous continuons à acheter le blé et les péniches continuent d'arriver à Bombay. »

— « Mais vous aviez dit que les expéditions s'arrêteraient immédiatement ! »

— « C'était une menace, pas une obligation morale. Quelques expéditions de plus ou de moins ne changeront rien et nous avons besoin de gagner du temps. Nous n'avons pas encore tout le monde de notre côté, nous n'avons qu'une faible minorité. Il y a une majorité qui se fiche éperdument de la question mais que l'on peut faire, temporairement, pencher d'un côté ou de l'autre ; et il y a aussi, contre nous, une autre minorité... surtout composée des producteurs de céréales qui ne s'intéressent pas à la politique mais au prix du grain. Ils grognent mais ils continuent d'accepter les reçus dans l'espoir qu'ils vaudront quelque chose un jour. Dès que nous annoncerons l'arrêt des expéditions, ils se mettront activement contre nous. Adam a tiré des plans pour que la majorité soit de notre côté au moment où nous l'annoncerons. »

— « Combien de temps cela durera-t-il ? Un an, ou deux ? »

— « Deux, trois, quatre jours peut-être. Nous faisons éditer des extraits soigneusement choisis de leur plan quinquennal, des extraits des enregistrements que vous avez faits... sans oublier surtout la proposition que l'on vous a faite de jouer le mouton pour le compte de l'Autorité... et nous exploitons aussi votre arrestation dans le Kentucky... »

— « Hé ! J'aimerais mieux qu'on oublie cela. »

Prof sourit et me cligna de l'œil. « Euh... » dis-je mal à l'aise, « enfin, d'accord, si ça doit servir. »

— « Cela nous servira beaucoup plus que n'importe quelle statistique sur nos ressources naturelles. »

Notre pilote ex-humain composé de connexions électriques nous a fait alunir d'un seul coup, sans prendre la précaution de se mettre en orbite d'attente, et cela nous a donné un choc terrible, car le vaisseau était petit et très sensible, et la décélération était d'environ 2,500 kilomètres par seconde : en moins de dix-neuf secondes, nous sommes arrivés à Johnson City. J'ai bien supporté l'alunissage, je n'ai ressenti qu'une terrible contraction dans la poitrine et une effrayante palpitation cardiaque, comme si un géant me serrait le cœur, puis ce fut fini, j'ai retrouvé mon état normal après un ou deux soupirs, tout heureux d'avoir recouvré ma pesanteur habituelle. Mais ce pauvre vieux Prof a presque été tué.

Mike m'a dit plus tard que le pilote avait refusé de se plier aux ordres de la tour de contrôle ; Mike, lui, aurait fait descendre tout doucement le vaisseau, sans décélération brutale, il nous aurait maniés comme on manie un panier d'œufs frais, car il savait que Prof était à bord. Mais peut-être ce cyborg savait-il ce qu'il faisait ; une descente progressive dépense beaucoup de carburant et le *Lotus-Alouette* était au bord de la panne sèche.

Nous n'y aurions pas prêté attention si cette descente en catastrophe n'avait mis Prof en mauvaise posture. C'est Stu qui le vit le premier alors que j'étais encore en train de chercher ma respiration ; puis, immédiatement, nous fûmes tous les deux à son côté : stimulants cardiaques, respiration artificielle, massages. A la fin, il ouvrit les yeux, nous regarda, sourit : « *Chez nous*, » soupira-t-il.

Nous l'avons forcé à se reposer une vingtaine de minutes avant de lui permettre de revêtir sa combinaison pressurisée pour quitter le vaisseau ; il était passé aussi près de la mort que possible, même s'il n'avait pas entendu chanter les anges. Pendant ce temps, le commandant du vaisseau faisait le plein, impatient de nous quitter et d'embarquer des passagers... ce flibustier ne nous avait pas dit un seul mot pendant tout le trajet ; je pense qu'il regrettait que l'argent l'ait convaincu d'entreprendre un voyage qui pouvait fort bien le ruiner ou le tuer.

Puis Wyoh entra dans le vaisseau ; elle avait mis une combinaison pour venir à notre rencontre. Je crois que Stu ne l'avait jamais vue avec une combinaison pressurisée et je suis certain qu'il ne l'avait jamais vue avec ses cheveux blonds ; il demeurait près d'elle, attendant que je le présente. Cet « homme » étrange, sous sa combinaison, l'intriguait, le surprenait.

J'entendis la voix étouffée de Wyoh : « Ciel, Mannie ! mon casque. »

J'ouvris son casque, elle fit voler ses boucles blondes et lui sourit : « Stu, n'êtes-vous pas heureux de me voir ? Ne me reconnaissez-vous pas ? »

Un large sourire éclaira son visage, qui s'étendit lentement, comme l'aurore qui vient éclairer nos mers. « Strasvoutié, gospoja ! Je suis très flatté de vous rencontrer. »

— « Et gospoja, avec ça ! Pour vous, mon cher, je m'appelle Wyoh, comme avant. Mannie ne vous a-t-il donc pas dit que j'étais redevenue blonde ? »

— « Si, il me l'a dit, mais le savoir et le voir, cela n'a aucun rapport ! »

— « Vous vous y habituerez. » Elle s'arrêta et se pencha sur Prof, l'embrassa, le pressa dans ses bras puis se redressa et m'accueillit, sans casque cette fois, ce qui nous fit tous les deux pleurer en dépit de ces sacrées combinaisons. Puis elle se retourna vers Stu et se prépara à l'embrasser.

Il se recula légèrement. Elle interrompit son mouvement : « Stu, me faudra-t-il redevenir noire pour que vous acceptiez de me dire bonjour ? » Stu me lança un coup d'œil, puis l'embrassa. Wyoh y mit autant de temps et d'ardeur que pour moi.

Ce ne fut que plus tard que je compris la raison de son curieux comportement. Stu, même s'il était engagé volontairement parmi nous, n'était pas encore un vrai Lunatique… et, dans l'intervalle, Wyoh s'était mariée. Mais qu'est-ce que cela faisait ? Certes, sur la Terre, cela a de l'importance, et Stu ne savait pas encore, jusque dans la moelle de ses os, qu'une dame lunatique est sa propre maîtresse. Pauvre nouveau débarqué, il avait cru que je pouvais, moi, en prendre ombrage !

Nous avons aidé Prof à revêtir sa combinaison, nous avons mis les nôtres et nous sommes partis, moi avec le canon sous le bras. Une fois dans le sous-sol, en atmosphère pressurisée, nous avons quitté nos combinaisons et j'ai vu avec plaisir que Wyoh portait sous la sienne la robe rouge que je lui avais offerte il y avait une éternité. Elle la défripa et fit bouffer sa jupe.

La salle d'immigration était presque vide, il n'y avait qu'une quarantaine d'hommes alignés le long d'un mur, comme de nouveaux déportés ; ils portaient des combinaisons pressurisées avec des casques, c'étaient des Terriens qui rentraient chez eux, des touristes restés en plan et quelques savants. Leurs combinaisons n'allaient pas du tout, elles seraient dépressurisées avant même le décollage. Je les ai regardés et j'ai pensé à notre cyborg qui avait piloté. Quand l'*Alouette* avait été affrétée, nous avions fait ôter toutes les couchettes, à l'exception des trois nôtres ; ces gens allaient supporter l'accélération étendus sur les tôles du plancher... si le commandant ne prenait pas de précautions, il allait écraser ces Terriens à l'arrivée.

J'en ai parlé à Stu. « N'y pensez plus, » me dit-il. « Le commandant Leures a des coussins en mousse de caoutchouc à bord. Il fera tout pour qu'ils ne se blessent pas : ils représentent son assurance sur la vie. »

21

MA famille au grand complet, — les trente garçons et Grand-papa jusqu'aux nourrissons, — nous attendait au sas suivant, au niveau en dessous ; nous nous sommes embrassés, nous avons pleuré, nous nous sommes congratulés et, cette fois, Stu n'eut pas de mouvement de recul. La petite Hazel fit des cérémonies pour nous embrasser : elle avait des bonnets phrygiens, elle nous en coiffa et nous donna l'accolade ; à ce signal, toute la famille se coiffa de bonnets phrygiens, et moi je fondis. C'est peut-être cela ce que l'on ressent avec le patriotisme : ça vous fait à la fois mal et vous vous sentez si heureux... Mais c'était peut-être aussi tout simplement la joie de revoir mes bien-aimés.

— « Où est Slim ? » ai-je demandé à Hazel. « N'a-t-il pas été invité ? »

— « Il ne pouvait pas venir, il est maître adjoint des cérémonies pour votre réception. »

— « Une réception ? Mais cela nous suffit. »

— « Tu verras bien. »

J'ai vu. La famille avait bien fait de venir au-devant de nous ; j'ai eu le temps de les voir un peu, à ce moment et au cours du trajet jusqu'à L City (il nous a fallu une capsule pour nous tout seuls). A la station de l'Ouest, il y avait une immense foule, une véritable mer de bonnets phrygiens. On nous a portés en triomphe jusqu'au Vieux Dôme, nous étions protégés par une garde d'honneur composée de stilyagi, qui devaient jouer des coudes pour écarter nos admirateurs, pour fendre la foule qui chantait sans arrêt. Les garçons portaient des bonnets rouges et des chemises blanches, les filles portaient des chemisiers blancs et des bonnets rayés de blanc et de rouge.

A la station et pendant tout le trajet jusqu'au Vieux Dôme, je me suis fait embrasser par des femelles que je n'avais jamais vues auparavant et que je n'ai pas revues depuis. A ce moment, je me rappelle m'être demandé si les mesures que nous avions prises pour remplacer la quarantaine seraient efficaces, sinon la moitié de L City allait se retrouver au lit avec un bon rhume, ou même pire. (Nous étions apparemment sains car il n'y eut pas d'épidémie. Je me rappelais pourtant l'époque, et cela n'avait pas duré longtemps, où la rougeole s'était répandue, provoquant des milliers de morts.)

J'étais ennuyé aussi pour Prof, cette réception était beaucoup trop pénible pour un homme qui, une heure auparavant, avait un pied dans la tombe. Pourtant, non seulement il sembla y prendre le plus grand plaisir mais, au Vieux Dôme, il fit un discours merveilleux, un discours d'une parfaite logique émaillé d'épithètes ronflantes ; il y parla de « l'amour », de « la patrie », de « Luna », il s'adressa à ses « camarades, ses voisins », il alla même jusqu'à évoquer notre combat « au coude à coude », et tout cela obtint un grand succès.

Ils avaient édifié une estrade surmontée d'un grand écran de vidéo, en plein midi. Adam Selene nous a accueillis, par l'intermédiaire de l'écran de vidéo, après quoi les projecteurs reproduisirent le visage de Prof, amplifièrent sa voix, si bien qu'il n'eut pas besoin de parler fort. Il fut pourtant obligé de s'arrêter entre chaque phrase car les applaudissements de la foule parvenaient à couvrir la puissance des haut-parleurs ; il avait d'ailleurs besoin de ces silences pour se reposer. A ce moment, Prof ne m'a plus du tout paru vieux, ni fatigué, ni malade : j'ai compris qu'il n'avait eu besoin que d'un seul remède, se trouver de nouveau sur ce bon vieux Roc. Je pouvais d'ailleurs en dire autant ! C'était vraiment merveilleux d'avoir de nouveau son vrai poids, de se sentir vraiment fort, de respirer l'air pur, l'air revigorant de sa ville, de sa vraie ville.

Et ce n'était pas une petite ville ! Il était naturellement impossible de réunir toute la population de L City dans le Vieux Dôme, mais on avait l'impression qu'ils avaient essayé de le faire. J'ai tenté de repérer une surface de 10 mètres carrés et de compter les têtes ; j'étais arrivé à deux cents que je n'avais pas couvert la moitié de la surface que je m'étais fixée ; j'ai alors abandonné. Le *Lunatique* a évalué la foule à trente mille personnes, ce qui semble impossible.

Le discours de Prof fut pourtant entendu par près de trois millions d'auditeurs car la vidéo transmit le spectacle à tous ceux qui n'avaient pu s'entasser dans le Vieux Dôme, ses câbles et ses relais traversaient en effet nos mers désertes pour atteindre tous les terriers. Il ne manqua pas de saisir l'occasion qu'il avait de parler de l'état d'esclavage que l'Autorité prévoyait pour tous ses auditeurs. Il agita devant lui le « Livre blanc » ; « Le voici ! » hurla-t-il. « Vos chaînes ! Vos fers ! Allez-vous les porter ? »

— « NON ! »

— « Ils disent pourtant que vous le devez. Ils disent qu'ils se serviront de bombes H... qu'ensuite les survivants se rendront et accepteront leurs chaînes. Cela, le voulez-vous ? »

— « NON ! JAMAIS ! »

— « Vous avez raison de dire jamais ! » déclara Prof. « Ils nous menacent d'envoyer des troupes... de plus en plus de troupes pour violer et pour assassiner. Mais nous les combattrons. »

— « DA ! »

— « Nous les combattrons à la surface, nous les combattrons dans les tunnels, nous les combattrons dans les corridors ! Si nous devons mourir, nous mourrons *libres !* »

— « *Yes ! Ja ! Da !* faisons-leur savoir ! faisons-leur savoir ! »

— « Et, si nous devons mourir, que l'histoire nous rende justice et grave sur la pierre : Luna a connu alors son heure de gloire ! Donnez-nous la liberté... ou donnez-nous la *mort* ! »

Certaines de ses paroles me semblaient familières mais les mots sortaient frais et nouveaux. Je me suis joint aux applaudissements, moi aussi... Et pourtant, je *savais bien* que nous ne pouvions pas vaincre Terra. Je suis technicien de métier et je sais qu'une fusée à tête thermonucléaire se fiche pas mal de votre bravoure ! Mais j'étais prêt, moi aussi. S'ils voulaient la guerre, ils l'auraient !

Prof les laissa gronder à leur aise puis leur fit entonner le *Chant des Soldats de la République*, version de Simon. Adam revint sur l'écran et les entraîna, chanta avec la foule, tandis que nous, nous essayions de nous esquiver, de descendre de l'estrade avec l'aide de nos stilyagi sous les ordres de Slim. Malheureusement, les femmes ne voulaient pas nous laisser partir, et les hommes ne parviennent pas à grand-chose quand ils s'affrontent à des femmes : elles gagnèrent la partie ! Il était déjà 22 heures quand, tous les quatre, Wyoh, Prof, Stu et moi-même, nous nous retrouvâmes dans notre petite chambre L du Raffles, où Adam-Mike ne tarda pas à nous rejoindre par l'intermédiaire de la vidéo. A ce moment, je crevais littéralement de faim, et les autres aussi, ce qui me fit commander le dîner ; d'ailleurs Prof insista pour que nous mangions avant de revoir les plans.

Ensuite, nous nous mîmes au travail.

Adam commença par me demander de lire à haute voix le « Livre blanc », à son intention et pour la camarade Wyoming : « Mais d'abord, camarade Manuel, si vous avez les enregistrements faits sur Terra, pourriez-vous me les transmettre par téléphone, à grande vitesse, dans mon bureau ? Je les ferai transcrire pour étude car je n'ai, jusqu'à maintenant, que les résumés codés que le camarade Stuart m'a fait parvenir. »

J'ai obtempéré, sachant bien que Mike les étudierait immédiatement, que les belles paroles faisaient partie du mythe « Adam Selene »... J'ai alors décidé de parler à Prof et de lui dire qu'il fallait mettre Stu au courant : si Stu devait faire partie de la cellule de direction, il serait maladroit de continuer à jouer cette comédie.

Transmettre les enregistrements à Mike, à grande vitesse, ne prit que cinq minutes, la lecture à haute voix une demi-heure. Une fois cela fait, Adam reprit la parole : « Professeur, la réception a remporté un succès plus grand que je ne l'avais escompté, surtout à cause de votre discours. Je pense que nous devrions faire décider l'embargo par le Congrès, immédiatement. Je peux facilement envoyer cette nuit des convocations pour une session extraordinaire demain à midi. Qu'en pensez-vous ? »

— « Il me semble, » dis-je, « que ces bavards vont en parler pendant des semaines ; si nous devons en passer par eux — et je ne comprends pas pourquoi nous le devrions — il faut faire comme pour la Déclaration. Il faut commencer très tard, prolonger la séance après minuit, et utiliser alors nos gens à nous. »

— « Désolé, Manuel, » me répondit Adam. « Il faut que j'assimile les événements qui se sont passés sur Terra mais il faut que vous assimiliez, vous, ceux qui se sont passés ici. Il ne s'agit plus du même groupe au Congrès. Camarade Wyoming ? »

— « Mannie, mon chéri, nous avons maintenant un Congrès issu d'élections libres. C'est lui qui doit prendre la décision, car notre gouvernement, maintenant, c'est le Congrès. »

— « Vous avez organisé des élections et vous leur avez remis le pouvoir, *la totalité du pouvoir ?* Quel est donc notre rôle, *à nous ?* » dis-je lentement, en regardant Prof, m'attendant à une explosion ; mon opposition n'avait sans doute pas les mêmes motifs que la sienne, mais je ne voyais vraiment aucune raison pour avoir remplacé une assemblée de bavards par une autre. La première assemblée avait au moins eu l'avantage d'être tellement fluide que nous pouvions en faire ce que nous voulions, les nouveaux représentants, eux, seraient collés à leurs sièges.

Prof ne semblait pas s'en faire, il avait croisé les mains et paraissait parfaitement calme : « Manuel, je ne crois pas que la situation soit aussi mauvaise que vous paraissez le croire. Il faut continuellement s'adapter à la mythologie populaire : autrefois, les rois se faisaient sacrer par la divinité, et le problème était alors de s'assurer que la divinité oigne le bon candidat ; à notre époque, le mythe actuel, c'est « la volonté du peuple »... mais le problème n'a pas véritablement changé. Le camarade Adam et moi-même avons longuement discuté de la véritable définition de la volonté du peuple, et j'ose dire que la solution choisie est la bonne solution, qui nous permettra de travailler. »

— « Si vous l'affirmez... d'accord ! Mais pourquoi ne nous avoir rien dit ? Stu, est-ce que vous étiez au courant ? »

— « Non, Mannie. Il n'y avait aucune raison de m'en parler. » Il haussa les épaules : « Moi, je suis monarchiste, je ne m'intéresse pas à ces questions. Je suis pourtant de l'avis de Prof quand il dit qu'à notre époque les élections sont un rite nécessaire. »

— « Manuel, » dit Prof, « il n'était pas nécessaire de nous en parler avant notre retour, vous et moi, nous avions autre chose à faire. Le camarade Adam et la camarade Wyoming se sont occupés de cette question pendant notre absence... ne vaut-il donc pas mieux savoir ce qu'ils ont fait avant de les juger ? »

— « Excusez-moi. Alors, Wyoh ? »

— « Mannie, nous n'avons rien laissé au hasard, vraiment rien. Adam et moi avons établi qu'un Congrès de trois cents membres nous conviendrait. Nous avons alors passé des heures et des heures à étudier les listes du Parti, et nous avons même examiné la liste des personnalités qui n'appartenaient pas au Parti. Nous avons finalement formé une liste de candidats, une liste où se trouvaient même certains des membres du Congrès ad hoc ; tous n'étaient pas des bavards brouillons, mais nous en avons pris autant que nous le pouvions. A ce moment-là, Adam a téléphoné à chacun d'eux pour demander s'il — ou elle — accepterait de se dévouer... non sans leur demander, en même temps, de garder le secret. Nous avons dû en remplacer quelques-uns.

» Quand nous avons été prêts, Adam a fait un discours à la vidéo pour annoncer que le temps était venu de tenir la parole donnée par le Parti d'organiser des élections libres, il a fixé la date du scrutin, a dit qu'au-dessus de seize ans tout le monde voterait et a enfin déclaré que tout ce que l'on avait à faire pour poser sa candidature, car n'importe qui pouvait être candidat, c'était de réunir une centaine de signatures sur une pétition personnelle et de l'expédier au Vieux Dôme, ou, pour les autres termitières, au siège des publications officielles. Oui, nous avons organisé trente circonscriptions électorales, avec dix députés par circonscription électorale. »

— « Vous aviez ainsi tout préparé et la liste du Parti l'a emporté ? »

— « Oh, non ! pas du tout, mon cher ! Il n'y avait pas de liste du Parti, du moins pas de liste officielle. Mais nous, nous avions notre liste de candidats toute prête... et je dois dire que mes stilyagi ont fait du beau travail pour collecter les séries de cent signatures pour les dépôts de candidatures ; les nôtres ont été mises à la poste dès le premier jour. Beaucoup d'autres personnes en ont envoyé : il y a eu plus de deux mille candidats. Nous n'avions laissé qu'un délai de dix jours entre l'annonce des élections et le scrutin lui-même, et nous savions parfaitement ce que nous voulions tandis que l'opposition, elle, était divisée ; il n'a même pas été nécessaire qu'Adam s'engage publiquement pour soutenir nos candidats. Tout a parfaitement marché, tu as été élu, avec une majorité de sept mille votants, mon cher, et ton adversaire le mieux placé n'a pu réunir que moins de mille voix. »

— « Moi, j'ai été élu ? »

— « Oui, tu as été élu, j'ai été élue, Prof a été élu, le camarade Clayton a été élu, lui aussi, comme tous ceux que nous avions estimé devoir faire partie du Congrès. Et cela n'a pas été difficile. Bien qu'Adam n'ait jamais soutenu personne, je n'ai pas hésité à faire savoir par nos camarades qui Adam désirait voir élu. Simon, lui aussi, s'est mis de la partie. Et, en outre, nous avions de bonnes relations avec les journalistes. Comme j'aurais aimé que tu sois là pour la nuit des élections à attendre les résultats ! C'était merveilleux ! »

— « Comment avez-vous fait pour dépouiller le scrutin ? Je n'ai jamais su comment on faisait pour les élections. On écrit les noms sur un bulletin, sur un bout de papier ? »

— « Oh, non, pas du tout ! Nous avons adopté un système bien préférable... parce que, après tout, quelques-uns de nos meilleurs éléments ne savent pas écrire : nous avons utilisé les banques comme bureaux de vote, nous avons pris les employés de banque comme membres des bureaux de vote pour identifier les clients, et les clients identifiaient les membres de leur famille et leurs voisins qui n'avaient pas de compte en banque... les gens votaient oralement et les employés de banque enregistraient les votes dans les ordinateurs des banques, devant le votant, et les résultats étaient immédiatement transmis à Luna City pour être totalisés. Nous avons pu faire voter tout le monde en moins de trois heures, et les résultats furent publiés quelques minutes seulement après la clôture du scrutin. »

Une idée m'illumina tout à coup, et je décidai de poser, seul à seul, une question à Wyoming. Non, pas à Wyoh, à Mike lui-même. Je lui ferais oublier sa dignité d' « Adam Selene » et je saurais bien arracher la vérité de ses neuristors : vous vous rappelez ce chèque de 10 millions de milliards de dollars ? En y pensant, je me suis demandé combien d'électeurs avaient voté pour moi, sept mille ? sept cents ? Ou seulement ma famille et mes amis ?

En tout cas, je n'avais plus d'inquiétudes pour ce nouveau Congrès : Prof n'avait pas biseauté les cartes, il avait fait mieux, il avait distribué lui-même les cartes, puis s'était rendu sur Terra au moment où le crime allait être commis. Ce n'était pas la peine de demander à Wyoh, elle n'avait même pas besoin de savoir ce que Mike avait fait... elle jouerait bien mieux son rôle si on la tenait dans l'ignorance.

D'ailleurs, personne ne soupçonnerait jamais rien car il y a une chose que tout le monde tient pour établie, c'est que, lorsque l'on fournit des chiffres exacts à un ordinateur, l'ordinateur fournit en retour des chiffres exacts. Moi-même, je n'en avais jamais douté avant de rencontrer un ordinateur doué d'humour.

C'est alors que j'ai changé d'opinion sur mon intention de mettre Stu au courant de la conscience de Mike. Trois à être au courant, c'était déjà deux de trop. Peut-être même trois. « M... » commençai-je à dire, puis j'ai modifié ma phrase : « Ma parole ! Vous me paraissez avoir été efficaces. De combien de sièges se compose donc notre majorité ? »

Adam me répondit sans se troubler : « 86 pour cent de nos candidats ont été élus... c'est à peu près ce que j'avais prévu. »

(« A peu près, » par mon bras gauche artificiel ! c'était *exactement* ce que tu avais prévu, Mike, vieil amas de ferraille !) « Je retire mon opposition à une séance de jour, et je serai présent. »

— « Il me semble, » dit Stu, « qu'à supposer que l'embargo soit immédiatement décidé et appliqué, nous aurons besoin de quelque chose pour nourrir l'enthousiasme que nous avons constaté cette nuit. Sinon nous allons avoir une longue période de calme et un marasme économique croissant, que ne peut manquer de provoquer l'embargo, et ce marasme s'accompagnera de lassitude. Adam, vous m'avez fait grande impression en faisant preuve d'une telle adresse pour prévoir l'avenir avec certitude. Vous semble-t-il que mes prévisions soient erronées ?'

— « Elles ne le sont pas. »

— « Alors ? »

Adam nous regarda à tour de rôle, et il était pratiquement impossible de croire qu'il s'agissait ici d'une image irréelle, que Mike nous situait simplement grâce aux récepteurs stéréophoniques : « Camarades... il faut absolument que nous subissions aussi vite que possible une vraie guerre, une guerre ouverte. »

Personne ne dit rien. Une chose est de parler de la guerre, autre chose est de l'affronter. Au bout d'un grand moment, j'ai soupiré et j'ai dit : « Quand commençons-nous à projeter des cailloux ? »

— « Ce n'est pas nous qui commencerons, » répondit Adam. « C'est eux qui doivent commencer. Le problème est donc : comment les inciter à le faire ? Je vais donc consacrer l'essentiel de mes pensées à ce problème. Camarade Manuel ? »

— « Euh… Ne me regardez pas ainsi. Moi, je commencerais par envoyer un beau petit caillou donner une bonne gifle à Agra… il y a dans ce patelin un type qui représente une perte de place, mais ce n'est pas le but que vous recherchez. »

— « Non, en effet, ce n'est pas le but recherché, » répondit Adam avec grand sérieux. « Non seulement vous empliriez de fureur toute la nation indienne, car c'est un peuple essentiellement opposé à la destruction de la vie, mais vous provoqueriez aussi la colère et l'indignation de tous les peuples de la Terre en détruisant le Tadj Mahall. »

— « Y compris les miennes, » dit Prof. « Ne dites pas de bêtises, Manuel. »

— « Un instant, » dis-je, « je n'ai pas dit de le faire. De toute manière, nous pourrions manquer le Tadj. »

— « Manuel, » me dit Prof, « comme l'a fait remarquer Adam, notre stratégie doit les pousser à frapper les premiers, pour profiter de la manœuvre classique du « Pearl Harbor » de tout kriegspiel, ce qui est d'un grand avantage dans la Weltpolitick (1). Le problème est de savoir *comment ?* Adam, ce que je propose c'est d'ancrer chez eux l'idée que nous sommes faibles et divisés, et qu'il leur suffira donc de montrer leur force pour nous ramener dans le droit chemin. Stu ? Vos gens, sur Terra, pourraient nous y aider. Supposons que le Congrès nous batte, Manuel et moi ? Quel en serait l'effet ? »

— « Oh, non ! pas *ça !* » dit Wyoh.

— « Mais si, justement, ma chère Wyoh. Il n'est d'ailleurs pas nécessaire de le faire vraiment, il suffirait de le faire croire aux agences de presse sur Terra. Il serait peut-être même préférable, plus efficace, de faire transmettre la nouvelle par

(1) Politique mondiale, devant l'ensemble du monde, en allemand. *(N.D.T.)*

un canal clandestin que nous attribuerions aux savants terriens restés avec nous, tandis que nos émetteurs officiels montreraient les stigmates évidents d'une féroce censure. Adam ? »

— « Je prends note que c'est un point de tactique qui sera probablement inclus dans notre stratégie, mais qui ne serait pas suffisant. Nous devons être bombardés. »

— « Adam, » dit Wyoh, « pourquoi dites-vous cela ? Même si Luna City peut résister à leurs bombes les plus puissantes, — et c'est un point que je désire ne jamais vérifier, — nous savons bien que Luna ne peut pas gagner une guerre totale. Vous l'avez dit vous-même à plusieurs reprises. N'y a-t-il donc aucun moyen de les décider à tout simplement nous laisser tranquilles ? »

Adam fit alors preuve d'un énorme culot, qui me fit penser : Mike, cesse de jouer ton rôle, sinon tu arriveras à me convaincre moi aussi ! Il commençait à m'ennuyer et j'avais envie de bavarder avec lui, de tailler une bonne bavette, sans qu'il me soit nécessaire de m'adresser au « président Selene » !

— « Camarade Wyoming, » dit-il sérieusement, « c'est une question de pure théorie qui trouve sa place dans un jeu parfaitement réel. Nous disposons d'un certain nombre d'avantages, nous avons quelques « atouts », et nous avons donc une certaine liberté de mouvement ; nos adversaires, eux, ont beaucoup plus de ressources et un éventail de ripostes infiniment plus grand. Notre problème est donc de jouer notre jeu de telle manière que notre force soit utilisée au mieux, pour obtenir une solution optimum, et, pendant ce temps, de les pousser à gâcher leurs moyens, qui sont plus puissants que les nôtres, et de les empêcher de les utiliser au maximum. Il nous est donc essentiel d'imposer notre calendrier à nous et aussi de faire l'ouverture convenable, dans cette partie difficile, pour déclencher une série d'événements favorables à notre stratégie. Je me rends parfaitement compte que ceci n'est pas très clair ; il me serait naturellement possible de faire traiter toutes les données par un ordinateur pour vous convaincre, mais je pense que vous pouvez me faire confiance et accepter mes conclusions... ce qui ne vous empêche pas, d'ailleurs, d'étudier vous-même le problème. »

Il rappelait ainsi à Wyoh (sous le nez de Stu) qu'il n'était pas Adam Selene mais Mike, notre matériel pensant, qu'il était capable de traiter un problème, si compliqué soit-il, parce qu'il était en fait un ordinateur, et le meilleur ordinateur qu'on puisse trouver.

Wyoh fit marche arrière : « Non, non ! » dit-elle, « je n'ai jamais rien compris aux maths. D'accord, nous ferons ainsi, mais comment le ferons-nous ? »

Nous parlâmes jusqu'à 4 heures du matin avant de trouver un plan qui convienne à Prof et à Stu aussi bien qu'à Adam... tout au moins, c'est le temps qu'il fallut à Mike pour nous faire ingurgiter son plan, tout en paraissant étudier nos idées à nous. A moins, encore, que ce ne fût le plan de Prof et qu'Adam Selene n'ait été qu'un excellent négociateur ?

De toute manière, nous avions maintenant un plan et un calendrier, issus de notre stratégie remarquablement définie le mardi 14 mai 2075, que nous avons suivis presque textuellement, n'acceptant que les modifications que nous imposèrent les événements tels qu'ils se produisirent effectivement. Pour nous, il s'agissait essentiellement de nous conduire aussi désagréablement que possible tout en donnant de plus en plus l'impression qu'il serait terriblement facile de nous mater.

Je suis donc allé dans la Salle commune vers midi, n'ayant pas assez dormi, et je me suis aperçu que j'aurais pu dormir deux heures de plus ; les députés de Hong-Kong ne pouvaient vraiment pas venir aussi tôt, même en prenant le métro pendant tout le chemin. Wyoh n'a pas ouvert la séance avant 14 h 30.

C'était en effet ma nouvelle épousée qui était président par intérim, car l'assemblée n'avait pas encore fixé son règlement. Les usages parlementaires lui semblaient parfaitement naturels et elle n'était certes pas un mauvais choix : une foule de Lunatiques se comporte toujours beaucoup mieux quand c'est une femme qui préside.

Je ne vais pas relater en détail tout ce qu'a fait ou dit ce nouveau Congrès au cours de cette session ni au cours des sessions ultérieures ; les comptes rendus sont disponibles. Je n'y suis apparu que lorsque cela a été nécessaire et je ne me suis jamais préoccupé d'apprendre les règlements en usage dans ces assemblées de bavards : c'était un mélange, à parts égales, de politesse ordinaire et des moyens magiques dont disposait le président (ou la présidente) pour faire prévaloir son point de vue.

Wyoh avait à peine déclaré la séance ouverte qu'un hurluberlu se leva et dit : « Gospoja présidente, ne pourrions-nous faire une entorse au règlement et entendre le camarade professeur de La Paz !... » ce qui déclencha un tonnerre d'applaudissements.

Wyoh tapa avec son marteau sur le bureau : « Cette motion n'est pas inscrite à l'ordre du jour et le député de Churchill-Inférieur est prié de s'asseoir. Notre assemblée s'ajournera sans interruption et le président du Comité des règlements ordinaires, des résolutions et des services gouvernementaux a la parole. »

Et ledit président se révéla être Wolfgang Korsakov, député de Tycho-Inférieur (il était membre de la cellule de Prof et aussi le filou numéro 1 de la LuNoHoCo) ; et non seulement il avait la parole mais il la garda toute la journée, ne s'arrêtant que lorsque cela lui convenait (c'est-à-dire qu'il permettait de parler à ceux qu'il choisissait et non pas à ceux qui le désiraient). Personne ne s'est trop ennuyé, car cette foule semblait fort satisfaite d'être commandée. Cette foule était bruyante mais disciplinée.

A l'heure du dîner, Luna avait un gouvernement pour remplacer le gouvernement provisoire coopté, je veux parler de ce gouvernement fantoche que nous avions opté nous-mêmes et qui nous avait envoyés, Prof et moi, sur Terra. Le Congrès entérina tous les actes du gouvernement provisoire, approuvant ainsi tout ce que nous avions fait, il remercia le gouvernement démissionnaire de son activité et demanda que le Comité de Wolfgang continuât son travail dans le cadre du gouvernement actuel.

Prof fut élu président du Congrès et premier ministre de droit du gouvernement intérimaire en attendant que nous ayons une Constitution. Il protesta, mettant en avant son âge et sa santé, puis dit qu'il serait heureux de se dévouer si on pouvait l'aider pour certains problèmes : il était trop vieux et son voyage sur Terra l'avait trop épuisé pour assumer la responsabilité d'une présidence, — sauf pour des affaires d'État, — aussi désirait-il que le Congrès élise un président et un vice-président... et, en outre, il pensait que le Congrès devait augmenter le nombre de ses membres, mais pas de plus de 10 pour cent, des députés « libres », ce qui permettrait au premier ministre, quel qu'il doive être, de choisir des ministres ou des secrétaires d'État qui ne seraient pas actuellement députés au Congrès... il pensait spécialement à des ministres sans portefeuille qui pourraient le décharger de certaines tâches.

Ils refusèrent. La plupart d'entre eux étaient fiers d'être « parlementaires » et ils se montraient déjà jaloux de leur statut. Prof se contenta de s'asseoir, paraissant fort fatigué, et d'attendre... Quelqu'un fit remarquer que cela ne touchait en rien aux prérogatives du Congrès ; ils se décidèrent donc à lui accorder ce qu'il avait demandé.

Un député prit alors la parole pour poser une question à la présidence : tout le monde savait (dit-il) qu'Adam Selene s'était abstenu de se présenter aux élections parce qu'il ne voulait pas que le président du Comité provisoire prît avantage de sa position pour se ménager une entrée dans le nouveau gouvernement... l'honorable présidente ne pouvait-elle pourtant pas dire aux députés s'il existait une raison pour ne pas élire Adam Selene en tant que « député libre » en remerciement pour les immenses services qu'il avait rendus ? Pour faire connaître à Luna entière, — oui, à Luna et aussi à tous les vers de terre, spécialement à l'ex-Autorité ex-Lunaire, — pour faire donc connaître que nous n'avions pas l'intention de renier Adam Selene, qu'il était bien au contraire notre plus vieil homme d'État, notre homme d'État bien-aimé et, que s'il n'était pas notre président c'est seulement parce qu'il avait choisi de ne pas l'être !

Il y eut un tonnerre d'applaudissements, qui menaçait de ne pas finir. Vous pourrez retrouver dans le *Journal officiel* le nom de celui qui a fait ce discours et, si vous avez l'esprit critique, vous comprendrez rapidement que c'était Prof qui l'avait écrit et Wyoh qui l'avait implanté dans l'esprit de l'orateur.

Voici donc quel fut le gouvernement, du moins tel qu'il fut complété au cours des jours suivants :

Premier ministre et secrétaire d'État aux Affaires étrangères : professeur Bernardo de La Paz.

Président : Finn Nielsen ; vice-président : Wyoming Davis.

Sous-secrétaire d'État aux Affaires étrangères et ministre de la Guerre, le général O'Kelly Davis ; ministre de l'Information, Terence Sheehan (Sheenie avait abandonné son poste à la *Pravda* à son sous-directeur pour pouvoir travailler avec

Adam et Stu) ; ministre sans portefeuille détaché au ministère de l'Information, Stuart René LaJoie, « député libre » ; secrétaire d'État à l'Économie et aux Finances (et séquestre des propriétés ennemies), Wolfgang Korsakov ; ministre de l'Intérieur et de la Sûreté, le camarade « Clayton » Watenabe ; ministre sans portefeuille et conseiller particulier du Premier ministre, Adam Selene ; sans parler d'une douzaine de ministres et de ministres sans portefeuille qui venaient d'autres termitières que de Luna City.

Comprenez-vous ce qu'il en était ? Si l'on fait abstraction des titres de fantaisie, il restait que la cellule B continuait de diriger les affaires publiques, avec l'aide de Mike, et qu'elle était soutenue par un Congrès qui ne pouvait pas voter une motion de défiance mais qui pouvait refuser les motions que nous ne voulions pas voir adopter ou qui ne nous intéressaient pas.

A cette époque, cependant, je n'ai pas compris l'utilité de toutes ces parlotes.

Au cours de la séance de nuit, Prof rendit compte de notre voyage et me donna ensuite la parole, — avec l'autorisation du président Korsakov, — pour me permettre d'expliquer la signification du « plan quinquennal » et pour dire comment l'Autorité avait essayé de me corrompre. Jamais je ne serai orateur mais, pendant le dîner, j'avais eu le temps de bûcher le discours que Mike avait rédigé. Il l'avait rédigé d'une manière tellement menaçante que j'étais de fort mauvaise humeur, que je l'ai récité sous l'effet de la colère et que j'ai mis toute mon âme pour le rendre convaincant. Le Congrès était véritablement houleux, chauffé à blanc, quand je me suis assis.

Prof s'avança alors, tout mince, tout pâle, et parla calmement : « Camarades députés, qu'allons-nous faire ? Je propose, si le président Korsakov y consent, que nous discutions officieusement pour savoir comment nous allons réagir devant cette dernière insolence adressée à notre nation. »

Un des membres, député de Novylen, voulait déclarer la guerre et c'est bien ce qu'ils auraient fait si Prof n'avait fait remarquer qu'ils ne faisaient encore que d'écouter les rapports du Comité.

Encore des bavardages, de plus en plus amers. A la fin, le camarade député Chang Jones prit la parole : « Députés, mes amis, — excusez-moi, gospodin Korsakov, — je suis, moi, producteur de riz et de blé. Je veux dire, plutôt, que je l'étais car, au mois de mai, j'ai contracté un prêt à la banque et, avec mes enfants, nous sommes en train de nous reconvertir pour nous livrer à la polyculture. Nous sommes actuellement ruinés, j'ai même dû emprunter pour payer mon ticket de métro pour venir ici, mais ma famille a besoin de manger tous les jours et il n'est pas impossible qu'un jour lointain je puisse avoir remboursé la banque, mais, cela, parce que je ne produis plus de céréales.

« Mais il y a d'autres producteurs de céréales. A la catapulte, la cadence des expéditions n'a pas diminué d'une seule péniche pendant tout le temps que nous avons été libres. Encore aujourd'hui, nous continuons d'exporter, en espérant qu'un jour ou l'autre leurs chèques vaudront quelque chose.

« Mais nous savons, maintenant, ce qu'il en est ! Ils nous ont dit ce qu'ils avaient l'intention de faire de nous, ce qu'ils voulaient nous infliger ! J'ose dire que la seule manière de faire comprendre à ces escrocs comment nous voulons traiter des affaires, c'est d'arrêter les expéditions *immédiatement, sans perdre un instant !* Plus une seule tonne, plus un seul kilo... jusqu'à ce qu'ils viennent ici pour discuter honnêtement d'un prix honnête ! »

Vers minuit ils ont voté l'embargo, puis ajourné la séance... pour permettre aux diverses commissions de continuer à siéger.

Avec Wyoh, je suis rentré à la maison et j'ai refait connaissance avec ma famille. Nous n'avions plus rien à faire : Mike-Adam et Stu avaient beaucoup travaillé pour exploiter sur Terra, ce fait nouveau tandis que Mike avait déjà fermé, depuis vingt-quatre heures, la catapulte (« par suite de difficultés techniques concernant l'ordinateur balistique »). La dernière péniche actuellement sur sa trajectoire allait être prise en charge par la tour de contrôle de Poona dans un peu moins d'une journée et on ferait alors savoir à Terra, brutalement, que c'était là la dernière péniche qu'ils recevraient désormais.

22

NOUS avons dans une certaine mesure désarmé l'opposition des fermiers en continuant d'acheter le grain sur l'aire de catapultage, mais les chèques portaient maintenant une mention imprimée indiquant que l'État Libre de Luna ne les garantissait pas, ne s'engageait en aucune manière à ce que l'Autorité Lunaire les échange, ne serait-ce que contre des reçus, etc. Certains agriculteurs laissèrent quand même leur grain, d'autres refusèrent, mais tous protestèrent, sans d'ailleurs pouvoir rien faire : la catapulte était fermée, les transporteurs à ruban ne marchaient pas.

Le reste de l'économie ne se ressentit pas immédiatement de cette récession. La formation des régiments défensifs avait fait des vides dans les rangs des mineurs, si bien que la vente de la glace au marché libre était devenue d'un bon rapport ; l'usine métallurgique filiale de la LuNoHoCo engageait tous les ouvriers spécialistes disponibles. De son côté, Wolfgang Korsakov n'avait pas perdu son temps, la nouvelle monnaie était déjà prête et les « dollars nationaux » avaient été imprimés de façon à ressembler aux dollars de Hong-Kong ; théoriquement la parité devait être maintenue. Luna regorgeait de nourriture, de travail, et d'argent, aussi les gens n'étaient-ils pas lésés : « De la bière, des jeux, des femmes et du travail », tout cela continuait comme par le passé.

Les « Nationaux », comme on les appelait, étaient une monnaie inflationniste, une monnaie de guerre, une monnaie fictive, non convertible ; le premier jour de l'émission, ils perdirent un infime pourcentage à cause des agios. C'était pourtant de l'argent que l'on pouvait dépenser et sa valeur ne s'amoindrit pas totalement, malgré l'inflation inévitable et continue, puisque le gouvernement dépensait de l'argent qu'il n'avait pas.

Mais cela était pour plus tard... Pour l'instant nous provoquions aussi brutalement que possible Terra, l'Autorité et les Nations Fédérées : les vaisseaux des N.F. reçurent l'ordre de ne pas s'approcher de Luna à moins de 10 diamètres et de ne pas se mettre sur orbite, à quelque distance que ce soit, sous peine d'être immédiatement abattus sans sommation (nous n'avons cependant pas dit par quel moyen, puisque cela nous était tout simplement impossible). Les vaisseaux particuliers avaient l'autorisation d'alunir sous les conditions suivantes : *a)* qu'ils aient demandé l'autorisation préalable en fournissant le plan de vol ; *b)* que le vaisseau ainsi autorisé se place de lui-même sous les ordres de la tour de contrôle lunaire (c'est-à-dire de Mike), à une distance de 100 000 kilomètres, et qu'il suive la trajectoire approuvée, et *c)* qu'il ne transporte aucune arme à l'exception de trois pistolets qui devaient être entre les mains de trois officiers désignés. Ce dernier point devait être vérifié à l'alunissage, avant que quiconque ne soit autorisé à quitter le vaisseau et avant que ce vaisseau ne refasse le plein de carburant et de masse de réaction, ou l'un des deux ; toute violation de ces règles entraînerait la confiscation du vaisseau. Personne n'était autorisé à en débarquer sauf les membres de l'équipage chargés du chargement, du déchargement ou du ravitaillement, et sauf, aussi, les citoyens des seuls pays de Terra qui avaient reconnu Luna Libre (il n'y avait que le Tchad dans ce cas, et le Tchad n'avait pas de vaisseau ; Prof s'attendait cependant à voir des vaisseaux particuliers naviguant sous pavillon tchadien).

Nous avons naturellement publié un communiqué pour déclarer que les savants terriens encore sur Luna étaient libres de rentrer chez eux sur tout vaisseau se conformant à nos règlements. Nous invitions toutes les nations de Terra éprises de liberté à dénoncer les affronts que l'on nous avait infligés et tous ceux que l'Autorité voulait nous infliger, nous leur demandions de nous reconnaître officiellement et les priions de commercer librement avec nous, de faire des échanges commerciaux profitables... nous faisions particulièrement remarquer que le commerce avec Luna n'était assujetti à aucune réglementation douanière, à aucune restriction et que notre politique gouvernementale était de maintenir cet état de choses. Nous appelions à l'immigration, une immigration illimitée et nous insistions sur notre manque actuel de main-d'œuvre, ce qui nous permettrait de fournir immédiatement des ressources à tout immigrant. Nous vantions aussi notre régime alimentaire : la ration alimentaire moyenne des adultes dépassait 4000 calories par jour, était très riche en protéines, ne coûtait pas cher, et nous ne connaissions pas le rationnement (Stu avait tenu à ce qu'Adam-Mike mentionne le prix de la vodka titrant 100°, — qui était de 50 cents HKL, avec remise suivant quantité, net d'impôts ; comme c'était moins du dixième du prix de détail de la vodka à 80° en Amérique du Nord, Stu savait fort bien que cela impressionnerait les gens de chez lui. Adam étant « par nature » teetotaler (1) n'y avait pas pensé... c'était une des rares lacunes de Mike).

L'Autorité Lunaire était invitée à désigner un lieu désert, éloigné des zones d'habitation, par exemple une région aride du Sahara, où nous leur ferions parvenir, gratuitement, une dernière péniche de grain... directement, à pleine vitesse. Nous terminions par quelques phrases maussades qui laissaient entendre que nous étions prêts à appliquer le même traitement à tous ceux qui menaçaient notre paix et que nous disposions d'un certain nombre de péniches toutes chargées, déjà sur l'aire de catapultage, toutes prêtes à être ainsi livrées sans plus de cérémonie.

Puis nous avons attendu.

Mais nous avons attendu tout en étant cependant fort occupés. Il était exact que nous disposions d'un certain nombre de péniches ; nous les avons déchargées et rechargées à l'aide de cailloux, non sans opérer quelques modifications à leurs transpondeurs de guidage pour que la tour de contrôle de Poona ne puisse les asservir par ses impulsions. Nous avons ôté leurs rétrofusées, ne laissant que les tuyères directionnelles ; nous avons transporté à la nouvelle catapulte les fusées de freinage ainsi récupérées pour les transformer en tuyères directionnelles. Notre travail le plus pénible fut de faire parvenir de l'acier à proximité de la nouvelle catapulte

(1) Néphaliste, personne qui s'abstient de boire de l'alcool. *(N.D.T.)*

et de le façonner en cylindres à gros cailloux ; c'était l'acier qui nous manquait le plus.

Deux jours après la publication de notre communiqué, une radio « clandestine » commença à émettre en direction de Terra. L'émission était faible et semblait avoir tendance à s'affaiblir encore ; elle était supposée être cachée, sans doute dans un cratère, et ne pouvait émettre qu'à certaines heures, en attendant que les courageux savants terriens puissent adapter un système de répétition automatique ; elle émettait sur une fréquence proche de « la Voix de la Lune Libre », qui ne cessait pas, elle, de s'enorgueillir d'exploits imaginaires.

(Les Terriens restés sur Luna n'avaient aucune possibilité d'envoyer des signaux ; ceux qui avaient choisi de poursuivre leurs recherches étaient continuellement surveillés par des stilyagi et étaient enfermés la nuit dans des casernes.)

L'émetteur « clandestin » parvenait cependant à dire la « vérité » à Terra : Prof avait été condamné pour déviationnisme et emprisonné ; j'avais, moi, été exécuté pour haute trahison ; Hong-Kong Lunaire avait fait sécession et c'était maintenant un État indépendant, séparé… il n'était pas impossible que ses habitants entendent raison. Il y avait des émeutes dans Novylen ; toutes les exploitations agricoles avaient été nationalisées et, au marché noir, à Luna City, on vendait les œufs jusqu'à 3 dollars pièce. Des bataillons de troupes féminines avaient été levés, et chaque femme avait juré de tuer au moins un Terrien ; elles faisaient l'exercice dans les corridors de Luna City, avec des fusils factices.

Le dernier point était presque vrai : de nombreuses femmes avaient voulu militer et avaient formé des groupes de défense passive, prenant le nom de « Dames de l'Hadès ». Il faut quand même dire que leurs exercices étaient de nature très pratique… Hazel avait fait la gueule parce que Mamie ne lui avait pas permis de se joindre à elles ; au bout d'un certain temps, elle avait surmonté sa mauvaise humeur et avait lancé les « Stilyagi Debs », qui rassemblaient de très jeunes enfants dans un corps de défense passive, et qui s'exerçaient après les heures de classe, ne se servaient pas d'armes et avaient surtout pour fonction de porter aide au régiment stilyagi du Service de l'Air et de la Pressurisation, ils avaient aussi pour tâche de fournir les premiers secours d'urgence et se préparaient au combat à mains nues, mais il est possible que Mamie n'ait pas été au courant de cette dernière activité.

Je ne sais pas trop ce que je peux vous dire de plus. Je ne puis tout dire, mais tout le fatras que l'on raconte dans les livres d'histoire est tellement inexact !

Je n'ai pas été meilleur ministre de la Guerre que bon député. C'était d'ailleurs normal, je n'avais aucune formation pour l'une ou pour l'autre de ces deux fonctions. Pour presque tout le monde, la Révolution est affaire d'amateurs ; Prof était le seul d'entre nous qui semblait savoir ce qu'il faisait, mais il y avait quand même un fait tout nouveau pour lui : il n'avait jamais pris part à une révolution couronnée de succès et n'avait jamais fait partie d'un gouvernement, et surtout en en occupant la place de chef.

En tant que ministre de la Guerre, je ne voyais pas beaucoup d'autres systèmes de défense que les mesures que nous avions déjà prises, et ces mesures consistaient à faire patrouiller des escadrilles de stilyagi dans les termitières et à installer des batteries de laser-foreuses autour des radars balistiques. Si les N.F. décidaient de nous bombarder, je ne voyais aucun moyen de les en empêcher : il n'y avait pas la moindre fusée d'interception sur toute l'étendue de Luna et ce n'est pas le genre de gadget que l'on peut bricoler de pièces et de morceaux. Ma parole, mais nous n'étions même pas capables de fabriquer les armes thermonucléaires dont ces fusées sont équipées.

J'ai cependant pris quelques mesures. J'ai demandé aux ingénieurs chinois qui avaient construit nos canons laser de se pencher sur le problème de l'interception des bombes ou des fusées... ce n'était, après tout, que le même problème, à cela près qu'une fusée va plus vite pour vous tomber sur le nez.

Après quoi, je me suis occupé d'autres choses ; j'ai tout simplement espéré que les N.F. ne bombarderaient jamais nos terriers. Certaines termitières, et en particulier Luna City, étaient creusées à une telle profondeur qu'elles pourraient sans doute supporter des coups au but. Un volume d'habitation, au niveau le plus bas du Complexe, dans la partie centrale qu'habitait Mike, avait même été construit de manière à résister à un bombardement éventuel. Inversement, Tycho-Inférieur se trouvait dans une immense caverne naturelle, comme le Vieux Dôme, et la voûte supérieure n'avait que quelques mètres d'épaisseur ; les joints d'étanchéité étaient chauffés sur leur surface inférieure par les tuyauteries d'eau chaude pour permettre de reboucher immédiatement de nouvelles fissures… il ne faudrait même pas l'entière puissance d'une bombe pour fissurer Tycho-Inférieur.

Malheureusement, il n'y a aucune limite à la puissance d'une bombe thermonucléaire ; les N.F. pouvaient fort bien en construire une assez puissante pour dévaster L City… ils pouvaient même, théoriquement, provoquer une explosion digne du jugement dernier qui ferait éclater Luna comme un melon trop mûr et terminer le travail en accompagnant le tout de quelques astéroïdes lancés sur Tycho. S'ils faisaient cela, je ne voyais aucun moyen de les en empêcher, aussi décidai-je de ne pas m'en préoccuper.

Au lieu de cela, j'ai consacré mon temps à des problèmes que je pouvais résoudre, travaillant à l'installation de la nouvelle catapulte, essayant d'imaginer de meilleures lignes de visée pour les foreuses à laser que nous avions installées auprès des radars (et m'efforçant aussi de retenir les servants des foreuses car la moitié d'entre eux nous abandonnèrent dès que le prix de la glace augmenta), m'acharnant aussi à décentraliser les installations fixes de régulation de chaque terrier. Mike s'était mis au travail pour dresser de nouveaux plans, nous avons réquisitionné tous les ordinateurs à tout faire que nous avons pu trouver (nous les avons payés avec des « Nationaux » dont l'encre n'avait pas eu le temps de sécher) et j'ai refilé le boulot à McIntyre, ancien ingénieur en chef de l'Autorité ; c'était un travail de sa compétence et je n'aurais pas pu, tout seul, refaire tous les câblages, même si je l'avais essayé.

Nous nous sommes réservé le plus gros ordinateur, celui qui tenait la comptabilité de la Banque de Hong-Kong Lunaire et servait aussi de chambre de compensation. J'ai jeté un coup d'œil sur ses manuels d'utilisation et j'ai pensé que c'était un bon ordinateur, du moins parmi ceux qui ne pouvaient pas parler, et j'ai donc demandé à Mike s'il était capable de lui apprendre la balistique. Nous avons établi des connexions provisoires pour que les deux machines fassent connaissance, et Mike me dit que cet ordinateur était capable d'apprendre le travail assez simple que nous voulions lui confier, — les calculs de la nouvelle catapulte, — tout en ajoutant cependant qu'il ne serait pas très rassuré de monter dans un vaisseau commandé par lui ; il était trop concret, manquait de sens critique, c'était un vrai crétin.

Cela n'avait pas tellement d'importance puisque nous ne désirions pas lui faire composer des chansons ou des histoires drôles, nous voulions seulement qu'il fasse sortir de la catapulte les charges voulues, avec une précision d'une milliseconde, à la vitesse idoine, qu'il surveille ensuite l'approche de la charge vers Terra et, éventuellement, opère quelques corrections de trajectoire.

La Banque de HK n'avait pas grande envie de nous le vendre ; heureusement, nous avions quelques bons patriotes au sein de son conseil d'administration ; nous avons d'ailleurs promis de le leur rendre dès la fin de l'état d'urgence. Nous l'avons transporté à son nouvel emplacement, par camion à chenilles souples car il était trop gros pour prendre le métro ; ce travail nous prit presque toute la demi-lunaison, période pendant laquelle nous pouvions profiter de l'obscurité. Il nous fallut bricoler un gros sas pour le sortir du terrier de Kong. Le travail effectué, je l'ai reconnecté à Mike et j'ai demandé à mon vieil ami de lui enseigner l'art de la balistique pour parer au fait que le nouveau site pouvait fort bien être isolé à la suite d'une attaque.

(Savez-vous comment la Banque a remplacé son ordinateur ? Ils ont engagé deux cents employés qui ont travaillé avec des bouliers. Des bouliers ? Vous savez bien, ces cadres avec des fils de fer et des boules que l'on déplace avec les doigts, la plus ancienne machine à calculer manuelle, dont l'origine se perd dans la nuit des temps, si bien que personne ne sait qui l'a inventée. Les Russes, les Chinois et les Japonais s'en servent encore aujourd'hui, et aussi les petites boutiques.)

Essayer de modifier les foreuses à laser pour les transformer en armes spatiales défensives était plus facile, quoique moins rapide. Nous avons dû les laisser sur leurs châssis d'origine, nous n'avions ni le temps, ni l'acier, ni les forgerons pour construire de nouveaux bâtis. Nous avons donc surtout cherché de meilleurs systèmes de pointage. Nous avons lancé un appel pour trouver des télescopes. Malheureusement, il n'y en avait que très peu : que voulez-vous qu'un condamné fasse d'une longue-vue quand il est déporté ? Sans compter qu'il n'y avait pas de demandes. Nous avons dû nous contenter de ce que nous avions, des instruments de surveillance et des casques binoculaires, sans parler des appareils d'optique confisqués aux laboratoires des Terriens. Nous avons quand même pu équiper les servants des foreuses avec des jumelles à grand angle à faible pouvoir grossissant, pour s'entraîner, et avec des oscilloscopes à grande puissance pour la vision lointaine, sans compter les dispositifs de pointage, horizontaux et verticaux, et naturellement des liaisons téléphoniques pour que Mike puisse leur dire quel alignement choisir. Nous avons aussi équipé quatre foreuses avec des répétiteurs de commande synchronisés pour que Mike puisse les commander lui-même : nous avions réquisitionné ces synchronisations automatiques à Richardson ; les astronomes s'en servaient pour les caméras Bausch ou Schmidts, qui servaient à établir les cartes stellaires.

Mais le problème qui nous préoccupait le plus était celui de la main-d'œuvre ; l'argent ne manquait pas et nous offrions toujours des salaires de plus en plus élevés. Non, le problème n'était pas là ; la difficulté était qu'un bon foreur qui aime son travail n'a pas besoin d'en chercher, et qu'il n'est pas très drôle de rester sans bouger dans une pièce, jour après jour, à attendre une alerte qui se révélait toujours être un simple exercice ; cette inaction les rendait fous, ils nous quittaient les uns après les autres. Un jour du mois de septembre, j'ai déclenché une alerte et je n'ai pu trouver de servants que pour sept foreuses seulement.

Le soir même j'en ai parlé à Wyoh et à Sidris. Le lendemain, Wyoh voulut savoir si Prof et moi-même accepterions de dépenser bolchoï fric ? Elles formèrent alors un corps que Wyoh appela le « Corps Lysistrata » ; je n'ai jamais cherché combien il nous a coûté, ni quels étaient ses moyens de pression, mais, à mon inspection suivante, dans la salle de garde, j'ai trouvé tous les hommes prévus en compagnie de trois filles. Et les filles portaient l'uniforme du 2e régiment d'artillerie, tout comme les hommes (jusqu'à ce moment, pourtant, nos hommes ne s'étaient pas beaucoup préoccupés d'avoir des uniformes d'ordonnance) ; l'une d'elles portait même des sardines de sergent accompagnées, pour faire bon poids, des galons de capitaine d'artillerie.

Pour cette inspection, j'ai été très, très rapide. En général, les filles n'ont pas assez de force pour manier une foreuse et j'aurais été bien étonné que cette fille eût été capable de pointer cette foreuse avec assez de précision pour justifier ses galons. Comme le vrai capitaine d'artillerie était à son poste, j'ai pensé qu'il n'y avait aucun mal à ce que les filles apprennent à se servir des lasers ; de toute manière, le moral était au plus haut et j'ai décidé que je n'avais plus à m'en faire pour ce problème.

Prof avait sous-estimé ce nouveau Congrès ; je suis certain qu'il avait tout simplement voulu un Parlement-croupion qui se contenterait d'entériner tout ce que nous faisions et qui ferait ainsi de nos actes l'expression de « la volonté du peuple ». Malheureusement, comme nos nouveaux députés n'étaient pas seulement des bavards impénitents, il en résulta qu'ils en firent plus que n'avait voulu Prof, et surtout que n'avait voulu la Commission des structures permanentes des résolutions et du gouvernement.

Le Congrès nous échappa parce que nous avons tous essayé d'en faire trop. Prof, Finn Nielsen et Wyoh étaient les têtes de file habituelles du Congrès ; Prof ne s'y montrait que lorsqu'il voulait prendre la parole, ce qui ne lui arrivait que fort rarement. Il passait son temps avec Mike à tirer des plans et à analyser la situation (les probabilités n'étaient plus que de une sur *cinq* au cours du mois de septembre 76), s'occupait aussi de la propagande avec Stu et Terence Sheehan, filtrait les nouvelles officielles que nous laissions parvenir à Terra, nouvelles qui étaient fort « différentes » de celles que transmettait l'émetteur « clandestin », et établissait enfin une nouvelle rédaction pour les informations qui nous venaient de Terra. Outre cela, il touchait absolument à tout ; j'allais tous les jours lui rendre compte, comme tous les ministres, les vrais, ainsi que les prête-noms.

J'ai donné beaucoup de travail à Finn Nielsen dont j'avais fait mon « commandant en chef des Forces armées ». Il lui fallait inspecter son infanterie armée de lasers : les six hommes armés de pistolets que nous avions pris le jour où nous avions coffré le Gardien étaient maintenant au nombre de huit cents, dispersés sur toute l'étendue de Luna, armés de contrefaçons fabriquées à Hong-Kong. Il ne fallait pas non plus oublier les organisations de Wyoh, le groupe Aérien des Stilyagi, les

Stilyagi Debs, les Dames de l'Hadès, les Irréguliers (que nous avions conservés et rebaptisés les Pirates de Peter Pan, pour soutenir leur moral) et le Corps Lysistrata, et toutes ces organisations paramilitaires rendaient compte à Finn par l'intermédiaire de Wyoh ; je lui avais repassé tout ce travail car j'avais, moi, autre chose à faire ; il me fallait surtout essayer d'être à la fois informaticien et « homme d'État » lorsqu'un travail comme celui d'installer l'ordinateur de la nouvelle catapulte devait être accompli.

Il faut d'ailleurs dire que je ne suis pas, moi, un vrai dirigeant, alors que Finn avait, lui, le goût du commandement. J'ai donc placé sous ses ordres le 1er et le 2e régiment d'artillerie ; j'avais d'abord décidé que ces deux régiments squelettiques étaient des « brigades » et j'avais nommé le juge Brody général de brigade. Celui-ci en connaissait à peu près autant que moi, — c'est-à-dire zéro, — en matière d'armée, mais il était très connu, fort respecté, et doué d'un solide bon sens... et il avait été foreur avant de perdre une jambe. Finn n'était pas un foreur, lui, aussi avait-il été impossible de mettre les deux régiments directement sous ses ordres, car ses hommes ne l'auraient même pas écouté. J'avais pensé à utiliser pour cela mon comari Greg, mais on avait besoin de lui à la catapulte de la mer Undarum et c'était le seul mécanicien qui avait suivi toutes les phases de la construction.

Wyoh aidait Prof, aidait Stu, s'occupait de ses propres organisations, faisait de nombreuses tournées vers la mer Undarum... il ne lui restait que fort peu de temps pour présider les séances du Congrès ; cette dernière tâche retomba donc sur les épaules du doyen d'âge des présidents, Wolf Korsakov... qui était encore plus occupé que chacun d'entre nous ; la LuNoHoCo faisait tout ce que l'Autorité faisait auparavant et s'en tirait tout aussi bien.

Wolf avait une équipe efficace et Prof aurait dû le surveiller de plus près. Wolf avait fait élire comme vice-président son patron, Moshai Baum, et ils avaient ensemble très sérieusement chargé sa commission de déterminer quelle forme devait prendre le gouvernement permanent futur, puis il s'était désintéressé de la question.

Ses bonshommes à lui ne s'en désintéressèrent pas, ils étudièrent même toutes les formes possibles de gouvernement, à l'aide de la Bibliothèque Carnegie, créèrent des sous-commissions de trois ou quatre membres (ce qui était si peu que Prof eût été ennuyé s'il l'avait su) et, quand le Congrès se réunit, au début de septembre, pour ratifier quelques décisions et élire quelques députés « libres » de plus au lieu de s'ajourner après ces formalités, le camarade Baum prit la présidence et organisa les débats ; ils se réunirent donc à plusieurs reprises, formèrent des quantités de commissions et de sous-commissions, passèrent au vote, et nous apprîmes rapidement que le Congrès se transformait en assemblée constituante et que tous ses groupes de travail étaient en fait entre les mains de ces sous-commissions.

Je pense que Prof fut choqué, mais il lui fut bien impossible de le montrer car tout s'était fait selon les règles qu'il avait lui-même écrites. Il prit cependant le taureau par les cornes et se rendit à Novylen (où se trouvait alors le Congrès, car l'endroit est plus central) où il s'adressa à lui. Toujours avec sa bonne humeur habituelle, il se contenta d'émettre quelques doutes sur ce qu'ils faisaient plutôt que de dire brutalement à tous ces bavards qu'ils faisaient fausse route.

Après les avoir fort courtoisement remerciés de leurs efforts, il se mit à démolir leurs projets de fond en comble :

— « Camarades parlementaires, comme le feu et comme la fusion, le gouvernement est un serviteur dangereux et un maître terrible. Maintenant, vous avez la liberté, il s'agit donc pour vous de la conserver. Rappelez-vous que cette liberté peut vous être arrachée plus rapidement par vous-mêmes que par tout autre tyran. Soyez lents, montrez-vous hésitants, pesez les conséquences de chaque mot. Je n'éprouverai aucune gêne, aucun déplaisir si votre assemblée siège dix ans de suite avant de déposer ses conclusions, tandis que je serai certainement fort effrayé s'il ne vous faut que moins d'une année.

« Méfiez-vous de ce qui est évident, détournez-vous des coutumes établies... au cours de l'Histoire ; en effet, l'Humanité n'a pas si bien réussi quand elle a voulu s'encombrer elle-même des gouvernements. Par exemple : je vois ici un projet qui prévoit de créer une commission chargée de diviser Luna en circonscriptions électorales et de rectifier ces circonscriptions à intervalles réguliers pour les adapter à l'implantation de la population.

« C'est bien ainsi que l'on fait, traditionnellement, et c'est bien pour cela que nous devons nous en méfier, car nous devons toujours considérer l'accusé coupable jusqu'au moment où il aura fait la preuve de son innocence. Sans doute pensez-vous qu'il s'agit là de la seule solution imaginable, mais peut-être me permettrez-vous de vous en proposer d'autres ? L'endroit où vit un homme est certainement ce qui a le moins d'importance pour lui... Les circonscriptions électorales pourraient très bien être formées en divisant les gens d'après leur situation, ou d'après leur âge... ou même d'après un classement alphabétique. Elles pourraient même ne pas être définies, tous les membres étant élus par la totalité des électeurs. Et ne me répondez surtout pas que cela rendrait impossible l'élection de tout homme qui ne serait pas universellement connu sur l'ensemble de Luna, car ce serait peut-être, au fond, ce qui conviendrait le mieux à Luna.

« Vous pourriez même envisager de déclarer élus les candidats qui obtiendraient le moins grand nombre de suffrages ; les hommes impopulaires sont peut-être justement ceux qui peuvent nous sauver d'une nouvelle tyrannie. Ne rejetez pas cette idée pour la seule et simple raison qu'elle paraît absurde, pensez-y plutôt ! Tout au cours des siècles passés les gouvernements désignés par la ferveur populaire n'ont pas été meilleurs, ils ont même parfois été pires que les tyrannies déclarées.

« Pourtant, si une forme de gouvernement représentatif vous paraît désirable, il reste encore des moyens de l'améliorer, et des moyens bien supérieurs au découpage des circonscriptions électorales. Vous, par exemple, vous représentez chacun environ dix mille êtres humains, parmi lesquels se trouvent peut-être sept mille électeurs... certains d'entre vous ont été élus avec de faibles majorités. Supposons qu'au lieu d'être désigné par l'élection, un député soit désigné par une pétition signée de quatre mille citoyens ; il représenterait alors réellement ces quatre mille électeurs, et n'aurait pas de minorité contre lui puisque, s'il y avait eu une minorité dans sa circonscription électorale, les membres de cette minorité auraient parfaitement eu le droit soit de signer d'autres pétitions, soit de signer la sienne. *Tous les électeurs* seraient alors réellement représentés par des hommes de leur choix. On peut aussi imaginer qu'un homme ayant réuni huit mille partisans pourrait disposer d'un double droit de vote dans cette assemblée. Il y a certainement des difficultés, des objections, des détails pratiques à mettre au point... de très nombreux détails, mais c'est à vous qu'il revient de les étudier, de résoudre ces problèmes et ainsi de nous épargner la faiblesse chronique de tous les gouvernements démocratiques, cette faiblesse qui provient des minorités qui estiment, avec raison, qu'elles ne sont pas représentées.

« Enfin, quoi que vous fassiez, *ne permettez surtout pas que le passé vous soit une vraie camisole de force !*

« J'ai remarqué une proposition qui tend à faire de ce Congrès un système bi-camériste. C'est excellent : plus il y a d'obstacles au pouvoir législatif, mieux cela vaut. Pourtant, au lieu de suivre la tradition, je proposerais, moi, qu'il y ait une Chambre législative et que la deuxième Chambre ait pour seul devoir d'abroger les lois. Que les législateurs ne puissent adopter une loi qu'avec une majorité des deux tiers... tandis que ceux qui abrogeraient les lois puissent annuler n'importe quelle loi à la simple minorité d'un tiers. C'est inepte, direz-vous ? Pensez-y encore une fois : si une loi est tellement discutée qu'elle ne peut convaincre les deux tiers d'entre vous, ne vous semble-t-il pas qu'une telle loi ne peut être que mauvaise ? Et, inversement, si une loi est discutée par au moins un tiers d'entre vous, ne vous semble-t-il pas, aussi, que vous auriez avantage à vous en passer ?

« Lorsque vous rédigerez votre Constitution, permettez-moi d'attirer surtout votre attention sur les vertus merveilleuses de la négation ! Insistez sur les aspects négatifs ! Que votre texte soit constellé d'articles indiquant les actions qui seront interdites à tout jamais à votre gouvernement : pas de circonscriptions... pas d'interférence, si légère soit-elle, avec la liberté de la presse, la liberté de parole, la liberté de se déplacer, la liberté de réunion, la liberté religieuse, le droit à l'instruction, le droit syndical, le droit au travail... pas d'impôts involontaires. Camarades, si vous deviez consacrer cinq années de votre temps à étudier l'Histoire pour définir toujours plus d'actions que votre gouvernement devrait promettre de *ne jamais* faire, si votre Constitution n'était rien d'autre que la somme de ces articles négatifs, je vous le dis, je n'aurais aucune crainte de l'avenir.

» Ce que je crains le plus, c'est bien plutôt les actions positives d'hommes calmes et nourris de bonnes intentions, d'hommes qui accordent au gouvernement le droit de *faire* ce qui apparaît comme nécessaire. Veuillez toujours garder en mémoire que l'Autorité Lunaire a été créée dans les buts les plus nobles par des hommes aux intentions pures, par des hommes qui avaient été élus par le suffrage populaire. C'est sur cette pensée que je vous abandonne à vos travaux. Je vous remercie. »

— « Gospodin président ! Une précision ! Vous avez dit : « Pas d'impôts involontaires »... Vous attendriez-vous à ce que nous *payions* pour quelque chose. Urgesat ! »

— « Veuillez m'excuser, monsieur, vous évoquez là un problème qui est le vôtre. Je pense à plusieurs solutions possibles : des contributions volontaires comme celles qui permettent aux églises de subvenir à leurs besoins... des loteries gouvernementales pour lesquelles personne n'est obligé d'acheter des billets... à moins, encore, que vous, Messieurs les députés, ne deviez être des contribuables volontaires et ne deviez payer pour nos besoins, quels qu'ils soient ; cette solution aurait d'ailleurs au moins l'avantage de nous assurer un gouvernement aussi réduit que possible et qui ne s'occuperait que des problèmes indispensables, quels que soient ces problèmes, à condition, tout au moins, que des problèmes soient réellement indispensables. J'ose d'ailleurs déclarer que je serais fort heureux que nous ayons, pour seule loi, la règle d'Or (1) : il me semble que cette loi se suffit à elle-même et je ne vois pas qu'il soit nécessaire d'une autre loi pour la renforcer. En effet, si vous croyez *réellement* que vos voisins doivent, pour leur propre bien, subir des lois, pourquoi ne serait-ce pas *à vous* de payer pour ces lois ? Camarades, je vous en conjure, ne vous laissez pas aller aux impôts obligatoires. Il n'y a pas de pire tyrannie que celle qui oblige quelqu'un à payer pour ce qu'il ne veut pas, uniquement parce que *vous* pensez que c'est pour son bien. »

Prof s'inclina et partit. Avec Stu, je le suivis. Lorsque nous nous sommes retrouvés dans l'isolement d'une capsule, je l'ai entrepris : « Prof, j'ai beaucoup apprécié ce que vous avez dit... il m'a cependant semblé que, à propos des impôts, vous

(1) Règle établissant que l'on ne doit faire aux autres que ce que l'on souhaite qu'ils vous fassent ; référence à saint Matthieu VII, 12. *(N.D.T.)*

disiez une chose et faisiez exactement le contraire. Qui, à votre avis, va payer toutes les dépenses que nous faisons ? »

Il resta longtemps silencieux, avant de me répondre : « Manuel, mon seul désir est de voir le jour où je pourrai cesser de faire semblant de diriger. »

— « Ce n'est pas une réponse ! »

— « Vous avez mis le doigt sur le dilemme qui se pose à tous les gouvernements, et c'est d'ailleurs pourquoi je suis anarchiste. Le pouvoir de lever des impôts, une fois qu'on l'a accordé, n'a pas de limites, et ne peut qu'augmenter jusqu'au moment où l'impôt tue l'impôt. Je ne plaisantais pas le moins du monde quand je leur ai dit de fouiller dans leurs propres poches. Peut-être n'est-il pas possible de se passer de gouvernement... je pense même parfois que les gouvernements sont un des inévitables méfaits de la condition humaine. N'est-il pas possible, cependant, de n'avoir que des gouvernements petits, squelettiques, inoffensifs... et ne croyez-vous donc pas que le meilleur moyen, pour cela, serait d'exiger que les gouvernants payent de leur propre poche leurs lubies antisociales ? »

— « Cela ne me dit toujours pas comment nous allons payer tout ce que nous faisons actuellement. »

— « Comment, Manuel ? Vous savez bien pourtant comment nous faisons : nous *volons*. Je n'en éprouve ni fierté ni honte car nous ne pouvons faire autrement. Si jamais nous nous faisons prendre, il n'est pas impossible que nous nous fassions éliminer... et je suis prêt à affronter mon destin. Il faut quand même dire que, en volant, nous n'avons pas, du moins, créé l'affreux précédent d'une imposition. »

— « Prof, je regrette d'avoir à le dire, mais... »

— « Alors, pourquoi le dire ? »

— « Zut, alors ! Parce que, tout simplement, j'y suis enfoncé jusqu'au cou, exactement comme vous... et que je veux que l'on rembourse ! Cela me fait de la peine d'avoir à le dire, mais ce que vous venez d'énoncer me paraît le comble de l'hypocrisie. »

Il se mit à ricaner.

— « Mon cher Manuel ! Il vous a donc fallu toutes ces années pour vous apercevoir que je ne suis qu'un hypocrite ? »

— « Vous l'avouez donc ? »

— « Non. Mais si cela doit vous faire plaisir de le penser, je vous autorise volontiers à me prendre comme bouc émissaire.

Mais je ne suis pas du tout hypocrite à mes propres yeux parce que, le jour où nous avons décidé de faire la révolution, j'avais pleinement conscience que nous aurions besoin de beaucoup d'argent et que nous devrions voler cet argent. Cela ne me trouble pas du tout parce que j'ai considéré que cela valait mieux que d'avoir, dans six ans, des émeutes provoquées par la famine et, dans huit ans, de connaître le cannibalisme. J'ai fait mon choix et je n'ai pas le moindre regret. »

Je me suis tu, ne sachant que répondre, mais pas satisfait pour autant. C'est Stu qui prit la parole : « Professeur, je suis vraiment heureux d'apprendre que vous avez hâte de ne plus être président. »

— « Vraiment ? Vous partagez donc les scrupules de notre camarade ? »

— « En partie seulement. Je suis né pour la richesse, moi, aussi le fait de voler ne me trouble pas autant que lui. Non, ce n'est pas cela, mais comme le Congrès a décidé de s'attaquer au problème de la Constitution, j'ai pris la décision de trouver du temps pour assister aux séances. J'ai l'intention de vous faire nommer roi. »

Prof eut l'air surpris : « Monsieur, si je suis nommé, je refuserai. Si je suis élu, j'abdiquerai. »

— « Ne prenez pas de décision hâtive. C'est peut-être la seule solution pour obtenir le genre de Constitution que vous désirez, et que je désire, moi aussi, avec le même manque d'enthousiasme que vous. Vous pourriez fort bien être proclamé roi, et la population vous accepterait ; nous, les Lunatiques, nous ne sommes pas le moins du monde obstinément attachés à la république et je crois fermement qu'ils aimeraient cette solution, avec son étiquette, ses costumes de cérémonie, sa cour, et ainsi de suite. »

— « Non ! »

— « Ja, *da !* Quand ce moment sera venu, vous ne pourrez pas refuser. En effet, c'est d'un roi que nous avons besoin, et nul autre candidat que vous ne pourrait être accepté. Bernardo Ier, roi de la Lune et empereur des Espaces environnants. »

— « Stuart, je vous demande de vous arrêter, vous commencez à me fatiguer vraiment. »

— « Vous vous ferez à cette idée. Moi, c'est parce que je suis démocrate que je suis royaliste. Je ne me laisserai pas plus arrêter par votre répugnance pour cette idée que vous ne vous êtes laissé arrêter par le vol. »

— « Un instant, Stu, » dis-je. « Vous venez de dire que c'était parce que vous étiez démocrate que vous étiez royaliste ? »

— « Naturellement. Un roi peut seul protéger le peuple de la tyrannie… et surtout de la pire des tyrannies, la sienne. Prof conviendra parfaitement pour ce poste… justement parce qu'il ne désire pas cette charge. Le seul ennui, c'est qu'il est célibataire et qu'il n'a pas d'héritiers. Nous tournerons la difficulté : je vais vous faire désigner comme son héritier, vous : Le prince héritier, Son Altesse royale, monseigneur, le prince Manuel de La Paz, duc de Luna City, amiral-général des Forces armées et protecteur du faible et de l'orphelin. »

J'étais ahuri. Je me suis enfoui le visage dans les mains. « *Oh, Bog !* »

TROISIÈME PARTIE
URGESAT !

23

LE lundi 12 octobre 2076, vers 19 heures, je rentrais à la maison après une lourde journée passée à régler des questions idiotes dans nos bureaux du Raffles. Une délégation de cultivateurs de céréales désirait voir Prof et on m'avait fait venir parce que celui-ci se trouvait à Hong-Kong Lunaire. Je m'étais montré fort dur à leur égard. Il y avait déjà deux mois que nous avions décidé l'embargo et les N.F. ne nous avaient pas encore fait la grâce de nous faire un mauvais coup. Pendant presque tout le temps, ils avaient fait comme si nous n'existions pas, n'avaient jamais répondu à nos réclamations, et je pense qu'ils avaient agi ainsi parce que, s'ils nous avaient répondu, ils nous auraient, du même coup, reconnus. Stu, Shennie et Prof avaient beaucoup travaillé à forger de fausses nouvelles en provenance de Terra pour conserver chez nous un esprit belliqueux.

Au début, tout le monde gardait sa combinaison pressurisée à portée de la main ; les habitants la portaient, gardant le casque sous le bras, dans les corridors, pour aller au travail ou pour en revenir. Au fur et à mesure que les jours passaient, qu'il semblait n'y avoir aucun danger, les Lunatiques s'étaient relâchés ; les combinaisons pressurisées sont fort gênantes quand on n'en a pas besoin, tellement elles sont encombrantes. On commençait même à voir des écriteaux à la porte des bistrots : LES COMBINAISONS PRESSURISÉES NE SONT PAS ADMISES. Si un Lunatique ne peut s'arrêter quand il rentre chez lui pour boire un demi-litre, à cause de sa combinaison pressurisée, il la laisse chez lui, ou à la station de métro, ou encore à l'endroit où il s'en sert le plus.

Ma parole ! Moi-même, ce jour-là, j'avais oublié de la prendre : j'avais reçu ce coup de téléphone me demandant de retourner au bureau et j'étais déjà à mi-chemin quand j'y ai pensé.

Je venais juste d'atteindre le palier du sas nº 13 quand j'ai entendu, quand j'ai senti le bruit qui, plus que tout autre, trouble un Lunatique : un *chhhhh !* lointain, immédiatement suivi d'un fort courant d'air. Je suis revenu presque instantanément dans le sas, sans réfléchir, pour équilibrer les pressions, j'ai bien refermé la porte derrière moi, puis je suis revenu en courant vers notre sas particulier, je l'ai franchi en hurlant :

— « Les combinaisons, tout le monde ! Faites rentrer tous les garçons qui sont dans les Tunnels et fermez les portes étanches ! »

Mamie et Milla étaient les seuls adultes en vue. Elles parurent toutes deux surprises et, sans dire un mot, s'affairèrent. Je bondis dans mon atelier, je saisis ma combinaison. « Mike ! Réponds ! »

— « Je suis là, Man, » répondit-il avec calme.

— « J'ai entendu l'explosion d'une baisse de pression. Que se passe-t-il ? »

— « C'est au niveau 3, à L City. Une brèche à la station de métro Ouest, déjà en partie colmatée. Six vaisseaux ont aluni ; L City est attaquée... »

— « *Quoi ?* »

— « Laisse-moi terminer, Man. Six transports de troupes ont aluni, L City est attaquée par de l'infanterie, il semble que Hong-Kong le soit aussi mais les transmissions téléphoniques sont interrompues au relais B L. Johnson City est aussi attaquée. J'ai fermé les portes blindées entre J City et le Complexe Inférieur. Je ne peux pas voir Novylen mais les tops des échos radar semblent indiquer qu'elle aussi est attaquée. C'est la même chose pour Churchill et pour Tycho-Inférieur. Un vaisseau est sur une orbite elliptique au-dessus de moi et semble être le vaisseau amiral. Je n'ai pas d'autres échos. »

— « Six vaisseaux... *Où diable étais-tu, TOI ?* »

Il me répondit avec tellement de calme que cela me calma, moi aussi : « Je faisais une surveillance lointaine, Man ; je suis aveugle pour les basses altitudes. Ils sont arrivés et ont atterri en catastrophe, en frôlant le sommet des pics ; j'ai même failli ne pas voir le débarquement sur Luna City. Le vaisseau chargé de Luna City est le seul que je puisse voir, je conjecture qu'il y a eu d'autres débarquements, à cause des balles traçantes. J'ai entendu l'invasion dans la station Ouest, à L City ; maintenant, je peux entendre les combats de Novylen. Pour le reste, ce n'est que des suppositions, mais des suppositions avec plus de 99 pour cent de probabilité. Je t'ai appelé et j'ai aussi immédiatement appelé Prof. »

Je retins un instant ma respiration : « Opération Roc Dur, exécution immédiate ! »

— « C'est déjà programmé, Man. Comme je ne pouvais pas te joindre, je me suis servi de ta voix. Tu veux que je repasse ce que tu as dit ? »

— « Niet !... Si ! yes ! *Da !* »

Je me suis donc « entendu moi-même » dire à l'officier de garde à la vieille catapulte de déclencher l'alerte rouge « Roc Dur »... première charge prête à tirer, d'autres charges sur les convoyeurs, rassemblement immédiat du personnel, mais ne pas tirer avant que j'en donne personnellement l'ordre... puis tir à volonté, par rafales. Et « JE » l'avais fait répéter.

— « Parfait, » dis-je à Mike. « Les servants des foreuses-canons ? »

— « J'ai encore utilisé ta voix, Man. J'ai fait sonner le rassemblement et les ai envoyés dans les salles d'alerte. Ce vaisseau amiral ne sera pas à son aposélénie avant 3 h 4 mn 7 sec. Pas d'autre cible avant 5 heures. »

— « Il n'est pas impossible qu'il manœuvre et qu'il change de trajectoire, ou qu'il nous envoie des fusées. »

— « Ne t'affole pas, Man. Même une fusée, je la verrai avec quelques minutes d'avance. C'est maintenant le plein clair de terre... Avec combien d'avance veux-tu que je prévienne les hommes ? Il ne faut pas les faire attendre sans nécessité. »

— « Euh... Désolé, tu as raison. Il vaut mieux que je parle avec Greg. »

— « Play-back, je l'ai déjà fait... » et j'entendis encore une fois « ma » voix qui bavardait avec mon comari qui se trouvait à la mer Undarum : « Je » paraissais tendu mais calme malgré tout. Mike lui avait exposé la situation, lui avait dit de se préparer à lancer l'opération Fronde du Petit David, de se préparer pour le tir en rafales. « Je » lui avais garanti que le maître ordinateur resterait fidèle au poste, que l'on pouvait compter sur ses programmations et que des déviations seraient automatiquement installées en cas d'interruption des transmissions. « Je » lui avais dit aussi de prendre le commandement et de décider seul, si les transmissions étaient interrompues et n'étaient pas rétablies à 4 heures, l'écoute de la radio terrestre et de prendre lui-même ses responsabilités.

Greg était resté calme, avait répété les ordres puis, toujours calmement, m'avait dit : « Mannie, tu diras à la famille que je les aime. »

Mike me rendit fier de moi : il avait répondu à ma place, avec juste ce qu'il fallait d'embarras, d'émotion : « Je le leur dirai, Greg... et, tu sais, Greg, je t'aime, moi aussi. Tu le sais, n'est-ce pas ? »

— « Je le sais, Mannie... Et je vais dire une prière spécialement pour toi. »

— « Merci, Greg. »

— « Au revoir, Mannie. Va maintenant à ton poste. »

Et j'y suis allé, et j'ai fait ce que j'avais à faire ; Mike avait joué mon rôle aussi bien que j'aurais pu le faire, peut-être même mieux. Finn, quand nous avons pu le joindre, fut mis sous les ordres d'« Adam ». J'ai donc quitté le téléphone, très vite, et j'ai transmis le message de Greg à Mamie, son message d'amour. Je l'ai trouvée revêtue de sa combinaison pressurisée ; elle avait réveillé Grand-papa et l'avait habillé, pour la première fois depuis des années. Alors, je suis sorti, après avoir fermé mon casque, ayant pris un pistolet laser à la main.

Je suis allé au sas n° 13 et j'ai constaté qu'il était correctement fermé, qu'il n'y avait personne en vue derrière le hublot. Tout allait donc bien, sauf que le stilyagi chargé de ce sas aurait dû être en vue.

Inutile de récriminer ! Je me suis décidé à passer par le chemin que j'avais pris pour venir, préférant traverser la maison, suivre les tunnels à légumes et sortir en surface par notre sas particulier qui menait à notre batterie solaire.

Là, je me suis aperçu que le hublot était obscurci alors qu'il aurait dû se trouver en plein soleil... ces sacrés Terriens avaient osé débarquer en plein sur la propriété des Davis ! L'énorme train d'atterrissage du vaisseau formait une sorte de trépied au-dessus de moi, je me trouvais juste au-dessous de ses réacteurs.

J'ai reculé en vitesse, j'ai dégagé l'endroit après avoir bien assuré la fermeture des deux écoutilles, puis, sur mon chemin, j'ai hermétiquement fermé toutes les portes étanches. J'ai mis Mamie au courant, lui demandant de poster un garçon avec un pistolet laser à la porte de derrière... « Tiens, prends celui-ci. »

Il n'y avait plus personne, ni garçons, ni hommes, ni femmes entraînées, juste Mamie, Grand-papa et les plus petits enfants ; tous les autres étaient partis à la recherche d'émotions fortes. Mamie n'a pas voulu prendre le pistolet laser : « Je ne sais pas m'en servir, Manuel, et c'est trop tard pour apprendre, il vaut mieux que tu le gardes. Mais ils ne viendront pas dans les Tunnels Davis. J'ai des trucs dont tu n'as pas idée. »

Je ne me suis pas arrêté pour discuter ; d'ailleurs, c'est toujours une perte de temps de discuter avec Mamie, et il est bien possible qu'elle connaisse des trucs que je ne connaissais pas, moi : elle s'était arrangée pour survivre sur Luna depuis très longtemps, et dans des conditions bien pires que celles que j'avais connues.

Cette fois, le sas n° 13 était gardé ; les deux garçons de garde me laissèrent passer. Je leur demandai les nouvelles.

— « La pression est rétablie, maintenant, » me dit le plus âgé. « Du moins à ce niveau. On se bat plus bas, vers le boulevard. Dites, général Davis, puis-je aller avec vous ? Il suffit d'un garde à ce sas. »

— « Niet. »

— « Je veux me payer un ver de terre ! »

— « Ton poste est ici, restes-y. Si un ver de terre arrive par là, il est à toi. Fais quand même attention de ne pas te faire avoir par lui. » Et je partis en vitesse.

Voyez le résultat d'une négligence : je n'avais pas gardé ma combinaison pressurisée avec moi et tout ce que je vis de la bataille des Corridors, ce fut la fin... C'est bien la peine d'être « ministre de la Guerre » !

J'ai chargé vers le nord, par le corridor de ceinture, sans fermer mon casque. Je suis arrivé au sas qui donne sur le boulevard ; il était ouvert ; j'ai poussé un juron et me suis précipité pour le refermer, non sans prendre des précautions, et j'ai compris pourquoi il était ouvert : le garçon qui y était posté était mort. Cela m'a incité à me déplacer avec encore plus de prudence pour me rendre sur le boulevard.

De ce côté, il était désert mais, vers la ville, je pouvais voir des silhouettes confuses et j'entendais les bruits des combats qui se déroulaient à l'endroit où il s'élargissait. Deux silhouettes revêtues de combinaisons pressurisées et portant des fusils se détachèrent de la foule et se dirigèrent vers moi. Je les flambais toutes les deux.

Un homme revêtu d'une combinaison pressurisée et armé d'un fusil ressemble à tous les autres ; je pense que ces deux-là m'avaient pris pour un de leurs voltigeurs. De loin, ils ne m'avaient pas paru différents des hommes de Finn, mais je n'ai pourtant pas pris le temps de réfléchir. Un nouveau débarqué ne se déplace pas de la même manière qu'un vieil habitué, il lève trop haut ses pieds et titube toujours en avançant. Non, je ne me suis pas arrêté pour réfléchir, je ne me suis même pas dit : « Des vers de terre ! *Je les tue !* » Non, je les ai vus et je les ai flambés ; ils s'écroulaient déjà doucement sur le sol que je n'avais pas encore compris ce que j'avais fait.

Je me suis arrêté dans l'intention de me saisir de leurs fusils mais ils étaient enchaînés aux cadavres et je n'ai pas vu le moyen de les détacher : il aurait fallu une clef sans doute. J'ai en outre remarqué qu'il ne s'agissait pas de fusils laser mais de fusils comme je n'en avais encore jamais vu, de vrais fusils, des fusils qui tiraient de petites balles explosives, — mais, cela, je ne l'ai appris que plus tard ; à cet instant, tout ce que je savais, c'est que je n'avais aucune idée de la manière de s'en servir. Ces fusils comportaient aussi à leur extrémité une sorte de couteau en forme de lance, ce que l'on appelle une « baïonnette », et c'est pourquoi j'ai essayé de les prendre. Le pistolet que j'avais ne pouvait tirer qu'une dizaine de coups à pleine puissance et, une fois déchargé, ne pouvait servir de lance ; je pensai donc que ces baïonnettes pourraient être utiles ; l'une d'elles était tachée de sang, du sang de Lunatique, je suppose.

J'ai abandonné mon projet au bout de quelques secondes seulement, j'ai pris mon couteau de chasse dans sa gaine pour m'assurer qu'ils resteraient bien morts et je me suis précipité vers le lieu des combats, le pouce sur le bouton de mon laser.

C'était la cohue, pas une bataille. Peut-être d'ailleurs une bataille ressemble-t-elle toujours à ça, n'est-elle que confusion, bruit et amas de gens qui ne savent pas réellement ce qui se passe. Sur la partie la plus large du boulevard, en face du

Bon Marché (1), à l'endroit où la Grande Rampe arrive en pente douce du niveau 3, se trouvaient quelques centaines de Lunatiques, hommes, femmes et enfants, qui auraient mieux fait de rester chez eux. Moins de la moitié avaient des combinaisons pressurisées et seuls quelques-uns semblaient armés... tandis que, par la Rampe, se précipitaient des soldats qui étaient tous armés.

La première chose que j'ai remarquée, ce fut le bruit ; un tapage qui emplissait mon casque entrouvert, qui m'assourdissait les oreilles, un véritable grondement. Je ne sais pas comment je pourrais autrement le décrire ? On pouvait entendre tous les cris de colère que peut produire une gorge humaine, depuis les cris aigus des petits enfants jusqu'aux beuglements furieux des adultes. On aurait cru entendre la plus grande bataille de chiens de toute l'histoire... et je me suis tout à coup rendu compte que j'apportais, moi aussi, ma contribution à ce tumulte, hurlant des injures, proférant des obscénités.

Une fille pas plus grande qu'Hazel franchit d'un saut le garde-fou de la Rampe et s'agita à quelques centimètres des épaules des hommes de troupe qui descendaient sur nous. Elle était armée de ce qui me sembla un couteau de cuisine ; je l'ai vue le balancer, je l'ai vue frapper ; cela n'a pas dû faire une grave blessure à ce soldat, à travers sa combinaison pressurisée, mais cela le fit tomber et d'autres soldats ont roulé sur lui. Un de ces soldats parvint alors à l'attraper et à lui enfoncer sa baïonnette dans la poitrine ; je l'ai vue ressortir dans le dos ; elle est tombée, disparaissant de mon champ de vision.

Je ne pouvais pas véritablement voir ce qui se passait, ou je ne peux m'en souvenir, ne me rappelant maintenant que des images instantanées, comme celle de cette petite fille qui tombait à la renverse. Je ne sais pas qui elle était, je ne sais pas si elle a survécu, je ne pouvais pas tirer d'où j'étais car trop de gens étaient entre nous. A ma gauche se trouvait l'étalage en plein air d'une boutique de jouets ; je m'y suis précipité. Cela m'a permis de me trouver à 1 mètre environ au-dessus du trottoir du boulevard et de bien voir les vers de terre qui se précipitaient sur nous. Je me suis bien calé contre le mur, j'ai soigneusement visé, essayant d'atteindre en plein

(1) En français dans le texte. *(N.D.T.)*

cœur. Au bout d'un certain temps, que je ne saurais définir, je me suis aperçu que mon laser ne marchait plus, je me suis donc arrêté. Je crois que huit soldats, à cause de moi, ne sont jamais rentrés chez eux, mais je n'ai pas pris le temps de compter... et pourtant tout m'a semblé durer terriblement longtemps... Les gens avaient beau aller aussi vite que possible, il me semblait assister à un film éducatif que l'on fait passer au ralenti, presque vue par vue.

Une fois au moins pendant que je tirais j'ai été repéré par un ver de terre qui a riposté ; il y a eu une explosion juste au-dessus de ma tête et des gravats tombèrent du mur sur mon casque. Il me semble même que c'est arrivé à deux reprises.

Une fois mon laser déchargé, j'ai sauté en bas de mon étalage de jouets pour l'utiliser comme une massue, et je me suis joint à la foule qui se précipitait contre les soldats qui dévalaient la Rampe. Pendant tout ce temps, qui m'a semblé interminable (cinq minutes ?) les vers de terre avaient tiré sur la foule ; je pouvais entendre les *splat* assourdis, et aussi, de temps en temps, des *plop* quand ces balles faisaient explosion à l'intérieur des corps ; elles faisaient un *bang* plus violent quand elles heurtaient un mur ou un matériau massif. J'essayais de m'approcher du bas de la Rampe quand je compris que la fusillade avait cessé.

Ils étaient à terre, ils étaient morts, tous, jusqu'au dernier... il n'y en avait plus.

24

SUR toute l'étendue de Luna les envahisseurs furent tués, sinon à ce moment, du moins peu de temps après. Il y eut plus de deux mille tués chez les soldats, environ trois fois plus chez les Lunatiques qui les avaient combattus, et sans doute autant de Lunatiques blessés, jamais je n'ai fait le compte. Nous n'avons pas fait de prisonniers, dans aucun de nos terriers, bien que nous ayons capturé une douzaine d'officiers et de matelots des vaisseaux quand nous sommes allés nettoyer la surface.

La principale raison pour laquelle les Lunatiques, pour la plupart désarmés, ont été capables de tuer des soldats armés et entraînés, c'est qu'un ver de terre sur Luna ne sait pas se déplacer. Notre pesanteur n'est en effet que le sixième de celle à laquelle ils sont accoutumés et cela retourne contre eux leurs réflexes forgés par l'habitude de toute une vie. Un ver de terre tire trop haut, sans s'en rendre compte ; il est instable sur ses pieds, est incapable de courir correctement et fait continuellement des faux pas. Ce qui est encore pire, c'est qu'ils ont dû combattre *en descendant ;* il leur avait naturellement fallu faire irruption aux niveaux supérieurs, puis descendre par les rampes, toujours plus bas, pour essayer de se rendre maîtres de la ville.

Les vers de terre ne savent pas comment on descend une rampe : il ne faut pas courir, il ne faut pas marcher, il ne faut pas voler ; non, c'est bien plutôt une sorte de danse contrôlée, les pieds touchant à peine le sol, se contentant de maintenir l'équilibre. Un Lunatique de trois ans sait le faire sans même y penser, il se laisse glisser dans une chute contrôlée, ne reposant les orteils que tous les quelques mètres.

Un ver de terre nouveau débarqué, lui, se retrouve toujours en train de « marcher dans le vide... » ; il se débat, tourne, perd le contrôle de ses mouvements, se heurte aux parois supérieures, sans se blesser mais furieux.

Ces soldats avaient rendez-vous avec la mort ; c'est sur les rampes que nous les avons eus. Ceux que j'avais vus avaient fait une véritable performance, ils étaient parvenus à descendre, vivants, trois niveaux successifs ; je ne sais pas comment ils avaient fait. Il faut encore ajouter que seuls quelques tireurs se trouvant en bas des rampes pouvaient tirer avec efficacité ; ceux qui se trouvaient au-dessus devaient se contenter de faire leur possible pour garder leur équilibre, pour conserver leurs armes à la main, avant de s'efforcer d'atteindre le niveau inférieur.

Cela, les Lunatiques ne leur ont pas permis de le faire. Des hommes, des femmes et même de nombreux enfants se sont précipités sur eux, les ont fait tomber, les ont tués de multiples manières, à main nue ou en se servant de leurs propres baïonnettes. D'ailleurs, je n'ai pas été le seul, dans le coin, à avoir utilisé un pistolet laser : deux des hommes de Finn s'étaient embusqués sur la terrasse du Bon Marché et, couchés, ajustaient les soldats qui se trouvaient au sommet de la rampe. Personne ne leur avait dit de le faire, personne ne les a commandés, personne ne leur a donné d'ordres ; Finn n'a jamais eu la possibilité de commander sa milice turbulente et à demi entraînée. Le combat avait commencé, ils s'étaient battus.

C'est d'ailleurs cela, la vraie, la grande raison pour laquelle les Lunatiques ont gagné : nous nous sommes battus. La plupart des Lunatiques n'auraient pas levé les yeux sur un envahisseur ordinaire mais, partout où des soldats s'infiltrèrent, les Lunatiques se sont rués dessus comme les globules blancs se ruent sur un microbe... et ils ont combattu. Personne ne leur avait dit de le faire, notre organisation, trop faible, avait été prise par surprise, écrasée, mais nos Lunatiques se sont battus comme des fous furieux, et les envahisseurs furent anéantis. Dans aucune termitière un soldat n'a pu dépasser le niveau 6 ; on dit même que les habitants du boulevard Inférieur n'ont appris l'invasion que lorsque tout a été terminé.

Mais ces envahisseurs se sont bien battus, eux aussi. Ces troupes n'étaient pas seulement les meilleures troupes d'intervention antirévolutionnaires, les meilleures troupes habituées au maintien de l'ordre des N.F. ; on avait aussi endoctriné ces soldats, on les avait drogués. Pour les endoctriner, on leur avait dit (ce qui était vrai) que leur seule chance de revoir Terra était de prendre les terriers et de les pacifier. S'ils y arrivaient, on leur avait promis d'envoyer des renforts, on leur avait certifié qu'ils n'auraient plus jamais à se battre sur Luna. On leur avait encore dit qu'ils devaient vaincre, ou mourir, car on leur avait bien fait remarquer que leurs vaisseaux de transport de troupes ne pourraient pas décoller s'ils ne gagnaient pas la partie, puisqu'ils auraient besoin de refaire le plein de masse de réaction, ce qui serait bien impossible si Luna n'était, d'abord, vaincue (et cela aussi était vrai).

Après cela, on leur avait fait ingurgiter des excitants, des tranquillisants, des drogues pour supprimer la peur, toutes sortes de potions qui transforment une souris en chat enragé et rendent fou furieux. Ils s'étaient donc battus en soldats de métier, sans crainte... et ils sont morts.

Dans Tycho-Inférieur et dans Churchill, ils ont utilisé des gaz ; les pertes furent plus lourdes de notre côté : seuls les Lunatiques ayant pu atteindre leurs combinaisons pressurisées purent combattre efficacement. Le résultat ne changea pas mais ce fut plus long. Ils utilisèrent des gaz tranquillisants car l'Autorité n'avait pas l'intention de nous tuer tous ; tout ce qu'elle désirait, c'était nous donner une bonne leçon, reprendre les rênes et nous remettre au travail.

Si les N.F. avaient attendu si longtemps, si elles avaient ainsi fait preuve d'une apparente indécision, c'est qu'elles voulaient attaquer par surprise. La décision avait été prise très vite après que nous eûmes mis l'embargo sur le grain (nous avons eu ces renseignements par les officiers des transports de troupes faits prisonniers) ; le long délai avait été employé à préparer l'offensive et surtout à faire décrire par les vaisseaux une longue orbite elliptique, qui dépassait de beaucoup l'orbite lunaire elle-même, pour passer très en avant de Luna et faire ensuite demi-tour pour se retrouver, prêts à attaquer, au-dessus de Farside. Mike n'avait jamais pu les voir car, de ce côté, il était aveugle ; il avait bien assuré une surveillance continuelle de l'espace aérien à l'aide de ses radars balistiques, mais aucun radar ne peut surveiller l'espace qui se trouve au-dessous de l'horizon ; Mike n'a jamais pu voir ces vaisseaux en orbite pendant plus de huit minutes. Ils sont survenus en rasant les sommets des pics, suivant des orbites circulaires très basses et se sont posés en étant soumis à une grande pesanteur, exactement le 12 octobre 2076, lors de la nouvelle Terre, à 18 h 40 mn 36 sec. 9/10e, sinon au dixième près, du moins avec une très grande précision, d'après ce qu'a pu en déduire Mike en étudiant les échos radar... un beau travail, il faut bien l'admettre, de la part des Forces navales pacifiques des N.F.

Une attaque surprise, une attaque en force, qui permit de faire débarquer un millier de soldats à L City sans que Mike remarque quoi que ce soit avant le débarquement lui-même, un débarquement éclair. Il aurait pu s'en apercevoir quelques secondes auparavant s'il avait regardé vers l'est avec son nouveau radar de la Mare Undarum mais il se trouvait justement en ce moment en train d'exercer « son idiot de rejeton » et ils regardaient tous les deux vers l'ouest, en direction de Terra. Ces quelques secondes n'auraient d'ailleurs rien changé : l'effet de surprise avait été tellement bien préparé, avait été tellement total que toutes les troupes d'intervention se sont précipitées sur toute l'étendue de Luna à exactement 19 heures, temps de Greenwich, sans que personne puisse soupçonner quoi que ce soit. Ce n'était pas par hasard qu'on avait choisi le moment où la Terre était nouvelle et où toutes les termitières se trouvaient sous un brillant clair de terre ; l'Autorité ne connaissait pas réellement les conditions de vie sur Luna mais elle savait pourtant que les Lunatiques ne se rendent jamais sans nécessité à la surface sous un violent clair de terre et elle savait bien que, s'ils doivent obligatoirement le faire, ils font leur travail aussi rapidement que possible et se précipitent ensuite dans le sous-sol pour vérifier leur compteur de radiations.

C'est ainsi qu'ils ont pu nous attaquer alors que nous n'avions ni nos combinaisons pressurisées ni nos armes.

Après le massacre des troupes de débarquement, nous avions quand même six vaisseaux transports de troupes à la surface de Luna et un vaisseau amiral dans notre ciel.

Après la bataille du Bon Marché, je me suis ressaisi et j'ai pu trouver un téléphone. Aucune nouvelle de Kongville, aucune nouvelle de Prof. La bataille pour L City était gagnée, comme celle de Novylen : là, le transport de troupes avait capoté en se posant ; les forces de débarquement avaient ainsi été fort amoindries par les pertes subies lors de l'alunissage, et les hommes de Finn étaient maintenant maîtres du transport en perdition. On se battait encore dans Churchill et dans Tycho-Inférieur ; tout était terminé dans les autres terriers. Mike avait condamné les lignes de métro et réservait les liaisons téléphoniques inter-terriers aux communications officielles. Il y avait encore une dangereuse baisse de pression dans Churchill-Supérieur, que l'on n'avait pas encore maîtrisée. Oui, Finn avait rendu compte et on pouvait maintenant le joindre.

J'ai alors bavardé avec Finn, lui disant où en étaient les transports à L City, et j'ai pris mes dispositions pour le rencontrer sur le palier du sas n° 13.

Finn avait connu à peu près la même aventure que moi, il avait été pris au dépourvu, sauf qu'il avait, lui, sa combinaison pressurisée. Il n'avait pas pu reprendre le commandement de ses fusiliers laser avant la fin des combats et s'était battu tout seul pendant le massacre du Vieux Dôme. Maintenant, il rassemblait ses troupes et un de ses officiers se trouvait dans son bureau du Bon Marché pour faire son rapport. Il avait pu joindre le commandant en second de Novylen mais avait des inquiétudes pour HKL... « Mannie, faut-il que j'y envoie des hommes par le métro ? »

Je lui répondis d'attendre car ils ne pouvaient pas nous attaquer par les voies du métro, pas tant que nous contrôlions la force motrice, et je pensais que ce transport de troupes ne pouvait pas reprendre son vol. « Occupons-nous plutôt de celui-là. »

C'est ainsi que nous avons progressé par le sas n° 13, que nous avons emprunté les tunnels agricoles, à pressurisation indépendante, d'un de mes voisins (qui ne voulait pas croire que nous avions été envahis) et que nous avons utilisé son sas particulier vers la surface pour regarder de nos propres yeux le transport de troupes, à environ 1 kilomètre de nous à l'ouest. Nous avons pris les plus grandes précautions pour ouvrir l'écoutille.

Nous l'avons quand même ouverte complètement et sommes sortis ; nous étions dissimulés par les amas de rocs.

Nous nous sommes avancés en rampant, comme si nous avions joué aux Indiens, et nous avons observé, à l'aide des binoculaires de nos casques.

Ensuite, nous nous sommes abrités derrière les rochers et nous avons tenu conseil. Finn me dit : « Je crois que mes hommes pourraient s'en occuper. »

— « Comment ? »

— « Si je te le dis, tu trouveras des raisons pour affirmer que cela ne marchera pas. Pourquoi ne pas me laisser faire mon numéro tout seul, mon vieux ? »

Vous avez sans doute entendu parler de ces armées où l'on ne dit jamais au commandant en chef de la fermer, où « la discipline est la plus grande force... » ; mais nous étions des amateurs. Finn me permit de rester dans le coin, pour regarder, à condition que je sois sans armes.

Il lui fallut une heure pour rassembler ses hommes, et deux minutes pour exécuter son plan. Il dispersa une douzaine d'hommes autour du vaisseau, en se servant des écoutilles de surface des fermes, en exigeant le silence radio... de toute manière, la plupart de ces gars n'avaient pas de combinaisons équipées de radio, c'étaient des citadins. Finn prit position le plus loin possible vers l'ouest ; lorsqu'il se fut assuré que les autres avaient eu le temps de gagner leurs postes de combat, il envoya une fusée.

Quand le vaisseau fut violemment éclairé, tous nos hommes se mirent à tirer en même temps, chacun d'eux visant la cible qui lui avait été désignée. Finn envoya toute la puissance disponible, épuisant d'un seul coup son chargeur, le remplaça et commença à brûler en pleine coque... il ne se préoccupa pas de la serrure de la porte, non, il tirait en pleine coque. Son point d'impact, qui était rouge cerise, servit de cible immédiatement à un autre tireur, puis à trois autres, et tous les quatre concentrèrent leur tir sur la même portion d'acier... tout à coup l'acier fondu se mit à éclater et nous pûmes entendre le *bang* de l'air et le voir jaillir du vaisseau dans une brillante aigrette. Ils continuèrent à viser au même endroit, pour faire une brèche vraiment importante, jusqu'au moment où ils furent à court d'énergie. Je pouvais m'imaginer la pagaïe qui devait régner à l'intérieur, les sonneries d'alerte résonnant toutes ensemble, les cloisons étanches se refermant, l'équipage s'efforçant de colmater en même temps trois énormes brèches, car les autres membres du groupe de Finn, dispersés tout autour du vaisseau, infligeaient le même traitement à deux autres emplacements de la coque. Ils n'ont pas essayé de brûler quoi que ce soit d'autre : il s'agissait en effet d'un vaisseau sous vide, construit sur orbite, avec une coque pressurisée séparée de la chambre des machines et des réservoirs ; ils ont appliqué leur effort exactement à l'endroit où il devait être le plus efficace.

Finn appliqua son casque contre le mien : « Ils ne peuvent plus décoller maintenant, et ne peuvent plus communiquer non plus. Je ne crois pas qu'ils puissent rendre la coque assez étanche pour vivre sans combinaisons pressurisées. Que dirais-tu si nous le laissions ici quelques jours pour voir s'il en sort quelqu'un ? S'ils restent à l'intérieur, nous pourrons toujours amener une grosse foreuse ici et leur donner vraiment de quoi s'amuser. »

J'en ai conclu que Finn connaissait son affaire et qu'il n'avait aucun besoin de mon aide maladroite, aussi suis-je rentré pour appeler Mike ; je lui ai demandé une capsule pour aller voir les radars balistiques. Il a voulu savoir pourquoi je n'étais pas resté à l'intérieur, où l'on ne risquait rien.

— « Comprends-moi, » lui ai-je répondu, « tu n'es qu'un bureaucrate composé de quantité de transistors, tu n'es jamais qu'un ministre sans portefeuille tandis que je suis, moi, le ministre de la Guerre. Il faut que j'aille voir ce qui se passe et je ne dispose que de deux yeux alors que tu as, toi, des yeux un peu partout sur la moitié de Crisium. Tu veux plaisanter ? »

Il me dit de ne pas prendre la mouche et m'offrit de projeter ses images sur un écran de la vidéo, dans la chambre L du Raffles, par exemple, car il ne voulait pas que je risque de me faire blesser… Au fait, est-ce que je connaissais l'histoire du foreur qui avait contrarié sa maman ?

— « Mike, » lui répondis-je, « *je t'en prie,* procure-moi une capsule. Je peux mettre une combinaison pressurisée et la retrouver à l'extérieur de la station Ouest, car la station est plutôt en mauvais état, comme tu dois le savoir. »

— « D'accord, » me dit-il, « c'est ton affaire, après tout. Tu l'auras dans treize minutes. Je te permets d'aller jusqu'à la batterie d'artillerie Georges. »

C'était on ne peut plus aimable de sa part. J'y suis donc allé et me suis, de nouveau, rendu près d'un poste de téléphone.

Finn avait appelé les autres terriers, avait pu joindre ses commandants en second, ou d'autres officiers qui acceptaient le poste, leur avait expliqué comment provoquer des ennuis aux transports de troupes qui avaient aluni... il avait pu tous les joindre, sauf Hong-Kong ; pour ce que nous en savions, les mercenaires de l'Autorité étaient maîtres de Hong-Kong. « Adam, » dis-je, car je n'étais pas seul près du téléphone, « croyez-vous que nous pourrions envoyer une équipe en camion à chenilles pneumatiques et essayer de réparer la liaison B L ? »

— « Je ne suis pas gospodin Selene, » répondit Mike d'une voix étrange, « je ne suis qu'un de ses adjoints. Adam Selene se trouvait à Churchill-Supérieur lors de la dépressurisation. J'ai grand-peur qu'il ne faille craindre sa mort. »

— « *Quoi ?* »

— « Je suis vraiment désolé, gospodin. »

— « Restez à l'appareil ! » J'ai expulsé de la pièce deux foreurs et une fille qui s'y trouvaient avec moi, je me suis assis et je me suis enfoui dans le capuchon insonorisé : « Mike, » dis-je lentement, « Nous sommes seuls, maintenant. Qu'est-ce que c'est que cette mauvaise plaisanterie ? »

— « Man, » répondit-il calmement, « penses-y de nouveau. Adam Selene devait bien s'en aller un jour. Il a rempli son rôle et, comme tu l'as fait toi-même remarquer, il était déjà presque en dehors du gouvernement. Prof et moi en avons beaucoup parlé, le seul problème à régler, c'était celui de choisir le bon moment. Pourrais-tu choisir meilleur moyen pour faire mourir Adam que de déclarer qu'il est mort au cours de cette invasion ? Nous en faisons ainsi un héros national... et notre nation a besoin d'un héros. Continuons de dire qu'« Adam Selene a probablement trouvé la mort » jusqu'à ce que tu puisses en parler avec Prof. S'il a encore besoin d'« Adam Selene », nous pourrons toujours nous apercevoir qu'il a été enfermé dans un sas particulier et qu'il a été obligé d'attendre du secours. »

— « Bon... d'accord, cela laisse une porte de sortie. De toute manière, je t'ai toujours, personnellement, préféré sous ta personnification de Mike. »

— « Je le sais bien, mon premier et mon meilleur ami, et c'est d'ailleurs mon avis à moi aussi. C'est ma vraie personnalité, celle d'Adam n'était que le produit de mon imagination. »

— « Sans doute... mais, Mike, si Prof est mort à Kongville, je vais avoir terriblement besoin d'Adam. »

— « C'est bien pourquoi nous allons le mettre en hibernation, nous pourrons toujours le ranimer si nous en avons besoin. Quel prétentieux c'était ! Man, quand tout cela sera fini, est-ce que tu auras le temps de te remettre avec moi à cette étude sur le sens de l'humour ? »

— « Je prendrai le temps, Mike, je te le promets. »

— « Merci, Man. Ces jours-ci, ni toi ni Wyoh n'avez eu le temps de me rendre visite... quant à Prof, il veut toujours parler de choses qui ne sont pas tellement drôles. Je serai bien content quand cette guerre sera terminée. »

— « Est-ce que nous allons gagner, Mike ? »

Il se mit à ricaner : « Il y a longtemps que tu ne m'avais pas posé cette question. J'ai fait une nouvelle analyse, toute nouvelle, depuis cette invasion. Tiens-toi bien, Man : actuellement, nos chances sont à *égalité !* »

— « Bon Bog ! »

— « Tu peux raccrocher maintenant et aller t'amuser. Fais quand même attention de rester au moins à une centaine de mètres des canons ; ce vaisseau est bien capable de riposter à un faisceau de rayons laser par un autre. Je te rappellerai bientôt, dans vingt et une minutes. »

Je ne me suis pas beaucoup éloigné car il me fallait rester à portée du téléphone et les fils n'étaient pas très longs. J'ai fait un montage en parallèle avec le téléphone du capitaine commandant la pièce d'artillerie, j'ai trouvé une place abritée derrière un rocher et j'ai attendu. Le soleil était haut à l'ouest, si près de Terra que je pouvais voir celle-ci rien qu'en regardant vers le soleil : ce n'était pas encore le croissant, la nouvelle terre paraissait comme une ombre grise au clair de lune, elle était entourée d'un fin halo brillant.

J'ai remis mon casque à l'ombre. « Commande balistique ? Ici O'Kelly Davis, maintenant à la foreuse d'artillerie Georges, je veux dire à une centaine de mètres. » Je pensais que, sur des kilomètres de fil, Mike ne devait pas être capable de dire quelle longueur j'utilisais.

— « Ici le poste de commandement balistique, » répondit Mike, sans commentaires. « Je rends compte au Q.G. »

— « Merci, poste de commandement balistique. Demandez

au Q.G. s'ils ont eu aujourd'hui des nouvelles de la parlementaire Wyoming Davis ? » Je commençais à m'inquiéter pour Wyoh et pour le reste de ma famille.

— « Je vais me renseigner. » Mike attendit le temps voulu avant de me répondre : « Le Q.G. déclare que la gospoja Wyoming Davis a pris le commandement des secours d'urgence dans le Vieux Dôme. »

— « Merci. » J'ai tout à coup eu un poids de moins sur la poitrine. Ce n'est pas que j'aime plus Wyoh que les autres mais... vous comprenez, c'était une nouvelle. Et Luna avait besoin d'elle.

— « Attention, » dit brusquement Mike. « Pour tous les canons : élévation 8-7-0 ; azimut 1-9-3-0 ; correction de parallaxe pour une distance de 1300 kilomètres à faible altitude. Rendez compte, observation à vue. »

Je suis sorti, en rampant pour rester à l'abri dans l'ombre, j'ai regardé la portion de ciel indiquée, presque au zénith, un peu au sud. Comme le soleil ne frappait pas sur mon casque, je pouvais voir les étoiles, mais il m'était difficile de bien ajuster mes jumelles binoculaires ; j'ai même dû prendre appui sur mon coude droit.

Rien... Attendez, cette étoile avec un anneau... Il ne devait pas y avoir de planète à cet endroit... Je repérai une autre étoile, tout près. J'observai et j'attendis.

Eh, eh ! *Da !* Il devenait de plus en plus brillant et s'avançait *tout doucement* vers le nord... Eh ! cette brute va nous arriver en plein dessus !

1300 kilomètres représentent quand même une jolie distance, même à la vitesse d'approche terminale. Rappelle-toi, mon vieux, qu'il lui était impossible de te tomber dessus à partir d'une ellipse de retour, qu'il lui fallait d'abord *faire le tour* de Luna... à moins que le vaisseau n'ait manœuvré pour se mettre sur une nouvelle trajectoire. Pourtant, Mike n'en avait pas parlé... J'eus envie de lui demander, puis je décidai de n'en rien faire... Je pensai qu'il valait mieux qu'il appliquât toutes ses capacités à analyser la nature de ce vaisseau, qu'il valait mieux ne pas le troubler avec mes questions.

Tous les canons se mirent à tirer en même temps, y compris les quatre que Mike servait lui-même par l'intermédiaire des

Selsyns (1). Et ces quatre canons tiraient à vue, sans intervention de commande manuelle, ce qui était une bonne chose car cela signifiait que Mike avait pu former correctement son élève ordinateur, qu'il avait pu résoudre à la perfection le problème de la balistique.

Très rapidement il devint parfaitement clair que le vaisseau ne tournait pas autour de Luna mais faisait son approche pour alunir. Il était inutile de poser des questions : il devenait de plus en plus brillant alors que sa position, par rapport aux étoiles, ne changeait pas... Mais, fichtre de fichtre ! il allait nous tomber sur le nez !

— « Approche 500 kilomètres, » dit Mike avec calme. « Prêts à tirer. Tous les canons en commande à distance, mettez le bouton de commande sur « Feu » ; attention ! quatre-vingts secondes ! »

Ce furent les plus longues quatre-vingts secondes que j'aie jamais vécues... Dieu ! que cet engin était gros ! Mike fit un compte à rebours toutes les dix secondes, jusqu'à moins trente, puis commença à annoncer les secondes : « ... cinq — quatre — trois — deux — une FEU ! » et, tout à coup, le vaisseau devint encore plus brillant.

J'ai failli ne pas voir la minuscule étincelle qui s'est détachée du vaisseau juste avant l'explosion — ou juste en même temps. Brusquement, cependant, Mike dit : « Fusée lancée. Les canons à synchronisation automatique avec moi, attendez les ordres. Les autres canons, continuez à tirer sur le vaisseau. Préparez-vous à recevoir de nouvelles coordonnées. »

Quelques secondes après, ou quelques heures après, — il donna de nouvelles coordonnées et ajouta : « Feu à vue, feu à volonté ! »

J'essayai de regarder à la fois le vaisseau et la fusée, je perdis les deux à la fois, — j'abandonnai les jumelles, puis je vis la fusée, tout à coup... et aussi l'impact, entre nous et l'aire de la catapulte. Un peu plus près de nous, cependant, moins de 1 kilomètre. Non, ce n'était pas une fusée à tête thermonucléaire, autrement je ne serais pas là pour vous raconter cela. Cela fit quand même une grosse explosion, avec un terrible éclair ; je pense que c'est son carburant qui a fait explosion ; ce

(1) Marque commerciale d'un système de synchronisation automatique. *(N.D.T.)*

fut un éclair éblouissant, malgré la lumière du soleil, puis j'entendis, et sentis en même temps, l'onde de choc transmise par le sol. Pourtant, il n'y eut pas de mal, seulement quelques mètres cubes de rocher.

Le vaisseau continuait à descendre. Mais il ne brillait plus ; maintenant, je me rendais compte que c'était un vaisseau, j'en voyais la forme et il ne me paraissait pas détérioré ; je m'attendais à voir en jaillir à tout instant des torrents de flammes, à le voir s'arrêter pour se poser en catastrophe.

Mais non, au lieu de cela il s'abattit à une dizaine de kilomètres plus au nord, provoquant un merveilleux feu d'artifice avant de s'évanouir dans l'obscurité, ne laissant que de multiples papillons brillants sur nos rétines.

Mike reprit la parole : « Annoncez les pertes, verrouillez les canons. Une fois les culasses verrouillées, venez au rapport. »

— « Canon Alice, rien à signaler »... « Canon Bambie, rien à signaler »... « Canon César, un homme blessé par éclat de rocher, la pression est maintenue »...

Je descendis vers un téléphone correct et j'appelai Mike : « Qu'est-ce qui est arrivé, Mike ? Pourquoi ne t'ont-ils pas laissé les commandes lorsque tu as déconnecté leurs sondeurs ? »

— « Ils m'ont transmis les commandes, Man. »

— « Trop tard ? »

— « J'ai préféré qu'il s'écrase, Man. Cela m'a paru plus prudent. »

Une heure plus tard, je suis allé en bas pour voir Mike ; c'était la première fois depuis quatre ou cinq mois. Il m'avait été en effet plus rapide de me rendre dans le Complexe Inférieur qu'à L City et, d'où je me trouvais, je pouvais me mettre en rapport avec n'importe qui, comme si j'avais été en ville, et je ne risquais pas d'être interrompu. J'avais vraiment besoin de bavarder avec Mike.

De l'aire de catapultage, j'avais essayé de téléphoner à Wyoh, à la station de métro ; j'avais obtenu quelqu'un de l'hôpital de campagne du Vieux Dôme qui m'avait appris que Wyoh était elle-même tombée d'épuisement et qu'on l'avait mise au lit, avec une dose de somnifère suffisante pour lui faire passer une bonne nuit de repos. Finn s'était rendu avec ses types jusqu'à Churchill, en capsule, pour commander lui-même l'offensive contre les transports de troupes qui s'y trouvaient. Je n'avais pas pu savoir où se trouvait Stu. Hong-Kong et Prof étaient toujours isolés. Pour l'instant, il semblait qu'avec Mike je constituais à moi seul tout le gouvernement.

C'était alors le moment de lancer l'opération Roc Dur.

L'opération « Roc Dur » ne consistait pas seulement à jeter des cailloux ; il fallait encore dire à Terra ce que nous allions faire et pourquoi nous allions le faire, et leur expliquer que nous avions raison de le faire. Prof, Stu, Sheenie et Adam avaient tous travaillé à ce programme, et nous avions prévu de garder le plus grand secret à ce sujet jusqu'au moment d'une attaque éventuelle. Maintenant, l'attaque avait eu lieu et il nous fallait bien adapter notre propagande aux faits réels. Mike avait déjà tout rédigé, tout corrigé, et tout imprimé pour que je puisse me mettre au travail.

J'ai levé les yeux du long rouleau de papier que j'étudiais : « Mike, ces nouvelles et notre message aux N.F. supposent implicitement que nous avons gagné à Hong-Kong. Comment peux-tu en être sûr ? »

— « Les probabilités sont supérieures à 82 pour cent. »

— « Est-ce suffisant pour expédier ces nouvelles ? »

— « Man, les probabilités nous disent que nous *gagnerons* là-bas et, si ce n'est déjà fait, cela ne peut tarder. Ce transport de troupes ne peut se déplacer ; les autres étaient à sec de carburant, ou presque ; il n'y a pas, à Hong-Kong, la quantité voulue d'hydrogène monoatomique, ils seraient obligés de venir ici, ce qui signifie des mouvements de troupes en surface, par camions à chenilles souples, — et ce serait déjà, pour des Lunatiques, un sacré voyage, avec le soleil qui est déjà haut, — cela signifierait encore qu'ils auraient à nous vaincre à leur arrivée ici, s'ils arrivent. Tout cela est impossible. Je pars de l'hypothèse que ce transport de troupes et les troupes qu'il transporte ne sont pas mieux armés que les autres. »

— « Qu'en est-il de l'équipe de secours envoyée à B L ? »

— « J'ai donné l'ordre de ne pas nous attendre. Man, je me suis servi de ta voix, librement, et j'ai tout préparé. Les scènes d'horreur, au Vieux Dôme et ailleurs, surtout à Churchill-Supérieur, tout est prêt pour la vidéo. J'ai aussi rédigé des articles pour accompagner les illustrations. Nous pouvons transmettre tout cela aux agences de presse de la Terre, sans attendre, et en même temps annoncer l'opération « Roc Dur ».

J'ai respiré à fond avant de répondre : « Exécution immédiate pour l'opération Roc Dur. »

— « Veux-tu donner toi-même les ordres ? Parle fort et je synchroniserai aussi bien les mots que la voix. »

— « Vas-y toi-même, à ta manière. Utilise ma voix et mets en avant mon autorité en tant que ministre de la Guerre et en tant que chef provisoire du gouvernement. Vas-y, Mike, lance-leur des cailloux ! Et, fichtre ! de *gros* cailloux ! Il faut leur faire mal ! »

— « D'accord, Man ! »

25

« UNE Shrecklichkeit instructive, maximum, avec le minimum de pertes de vies humaines (1). Aucune, si possible. »

... C'est ainsi que Prof avait résumé la doctrine de l'opération Roc Dur, et c'est bien ce que nous avons essayé de faire, Mike et moi. L'idée était de frapper les vers de terre avec assez de violence pour les convaincre... tout en les frappant avec assez de douceur pour ne pas leur faire mal. Cela paraît contradictoire, attendez cependant.

Il s'écoulerait nécessairement un certain temps entre le moment où nous jetterions les cailloux et celui où ils tomberaient sur Terra ; ce trajet ne pouvait être inférieur à dix heures mais pouvait durer aussi longtemps que nous le voudrions. La vitesse d'éjection d'une catapulte étant très critique, une variation de l'ordre de 1 pour cent peut soit doubler, soit réduire de moitié la durée de la trajectoire Luna-Terra. Mike devait donc calculer cette durée avec la plus grande précision ; il aurait pu en faire autant avec un ballon, lui faire décrire n'importe quelle courbe, ou l'envoyer directement dans les buts... pourquoi diable ne s'était-il pas chargé de lancer pour les Yankees ? Enfin, de quelque manière qu'il les lance, la vitesse à l'arrivée sur Terra avoisinerait la vitesse de libération d'attraction terrestre, soit environ 11 kilomètres à la seconde. Cette vitesse effrayante serait produite par l'attraction provoquée par la masse de Terra, — quatre-vingts fois plus grande que celle de Luna, — et cela ne ferait donc pas

(1) Shrecklichkeit, mot allemand signifiant formidable, qui inspire la terreur. *(N.D.T.)*

grande différence que Mike envoie doucement un projectile selon une trajectoire longue ou qu'il le projette avec brutalité. Ce n'était pas une question de muscle, la seule chose qui comptait, c'était la profondeur.

C'est ainsi que Mike pouvait programmer les jets de cailloux de manière à les synchroniser avec les nécessités de la propagande. Avec Prof, ils avaient décidé que le premier projectile devait arriver au bout de trois jours, plus ou moins une rotation apparente de Terra, — qui est de 24 heures, 50 minutes, 28 secondes 32 centièmes. Mike était évidemment capable d'expédier un projectile de l'autre côté de Terra sur la face cachée, mais il serait infiniment plus précis s'il pouvait voir le but et suivre le projectile pendant sa chute, à l'aide de ses radars, jusqu'aux toutes dernières minutes afin de corriger éventuellement la trajectoire, ce qui lui donnerait une extraordinaire précision.

Nous avions besoin de cette extrême précision pour provoquer le plus grand effroi, alliée à une extrême sécurité, car nous ne voulions pas la moindre perte en vies humaines. Nous allions annoncer le tir, nous allions leur dire *exactement* où nous frapperions, nous allions leur annoncer l'heure, à la seconde près, et nous allions leur donner trois jours pour évacuer la zone visée.

C'est ainsi que notre premier message à destination de Terra, émis à 2 heures du matin, le 13 octobre 2076, sept heures après la tentative d'invasion, non seulement annonçait la destruction complète de leur Force d'Intervention mais encore, tout en portant plainte contre cette brutale invasion, annonçait un bombardement de représailles en indiquant les lieux et les heures des bombardements ; nous donnions en outre une dernière chance à chacune des nations pour condamner l'action des N.F., nous reconnaître et éviter ainsi d'être bombardée. Le temps limite était de vingt-quatre heures avant les bombardements respectifs.

C'était plus de temps qu'il n'en fallait à Mike. Le chargement de cailloux serait dans l'espace bien avant de frapper la cible, car la trajectoire était longue, et les chargements auraient toujours le plein pour leurs tuyères directionnelles, ils auraient ainsi une grande marge d'action. Il fallait beaucoup moins d'une journée à Mike pour leur faire complètement éviter Terra, pour les dévier et les mettre en orbite permanente autour de Terra. Même s'il ne disposait que d'un délai d'une heure, il pourrait encore les faire tomber dans un océan.

La première cible était constituée par la Dictature d'Amérique du Nord.

Toutes les grandes nations des Forces pacifiques, soit sept puissances ayant droit de veto, devaient être frappées : la Dictature d'Amérique du Nord, la Grande Chine, l'Inde, la Sovunion, la Panafrique (sauf le Tchad), la Mitteleuropa, l'Union brésilienne. Nous avions aussi choisi des objectifs et des horaires de bombardement pour les nations moins importantes, tout en ajoutant que nous n'en bombarderions que 20 pour cent. Nous avions pris cette décision en partie parce que nous manquions d'acier et en partie aussi par souci de terrorisme : si la Belgique était frappée la première, il n'était pas impossible que la Hollande décidât de protéger ses polders en négociant avant que Luna ne s'élève une nouvelle fois dans son ciel.

Nous avions cependant choisi nos objectifs de manière à éviter, autant que possible, de tuer qui que ce soit. Le choix avait été difficile pour la Mitteleuropa, où nous avions dû nous rabattre sur des plans d'eau ou sur de hautes montagnes, l'Adriatique, la mer du Nord, la Baltique, et ainsi de suite. Pour les autres régions, il faut bien dire que Terra est surtout composée d'espaces désertiques, malgré ses onze milliards de géniteurs affairés.

L'Amérique du Nord m'avait paru terriblement peuplée mais ses habitants, au nombre d'un milliard, sont tous entassés et il subsiste encore des terres vierges, des montagnes et des déserts. Nous avions quadrillé l'Amérique du Nord pour prouver avec quelle précision nous pouvions frapper et Mike nous avait déclaré qu'une erreur de 50 mètres serait, pour lui, une grossière erreur. Nous avions examiné les cartes et Mike avait vérifié au radar que toutes les intersections soient bien équidistantes, mettons le point qui se trouvait par 105° Ouest et 50° Nord, et, quand il n'y avait pas de ville au point d'intersection, c'était celui-ci que nous choisissions... et nous étions surtout contents quand une ville se trouvait assez proche du but, ce qui nous procurerait des spectateurs à surprendre et à effrayer.

Nous avons averti que nos bombes auraient la puissance des bombes H mais nous avons bien fait remarquer qu'il n'y aurait pas la moindre retombée radioactive, aucune radiation mortelle, qu'il n'y aurait qu'une terrible explosion, une forte onde de choc dans l'atmosphère et des répercussions telluriques. Nous avons dit que ces bombes pourraient très bien faire s'écrouler des immeubles fort loin du point de l'explosion et que, en conséquence, nous laissions les Terriens décider eux-mêmes de la distance qu'ils devraient mettre entre eux et le point de chute. Et s'ils se précipitaient sur les routes, si cela provoquait des encombrements monstres, plus causés par la panique que par le danger réel, eh bien, tant mieux, c'était ce que nous voulions !

Mais nous avons surtout insisté sur le fait que personne ne serait blessé si l'on tenait compte de nos avertissements, que nous avions choisi, toujours, pour premiers objectifs, des zones inhabitées... nous avons même proposé d'annuler toute cible pour laquelle une nation nous ferait savoir que nos renseignements sur ladite zone étaient périmés (offre inutile, offre de Gascon, car la puissance de vision du radar de Mike était totale 5 sur 5).

Mais en ne disant *pas* ce qui arriverait avec la deuxième série de bombardements, nous laissions supposer que notre patience avait des limites.

En Amérique du Nord, nous avions choisi des sites se situant sur les 35e, 40e, 45e et 50e parallèles Nord et sur les 110e, 115e, 120e méridiens Ouest, soit douze cibles. Pour chacune d'elles nous avons envoyé des messages personnalisés, tel que celui-ci :

« Pour la cible se trouvant par 115° Ouest et 35° Nord, le but choisi est déplacé de 45 kilomètres vers le nord-ouest pour être exactement le sommet du New York Peak. Citoyens de Goffs, Cima, Kelso et Nipton, veuillez en prendre note.

« Pour la cible se trouvant par 110° Ouest et 40° Nord, il se trouve exactement à 30° à l'ouest de Norton, dans le Kansas, à 20 kilomètres, soit 13 miles anglais. Les habitants de Norton, dans le Kansas, et ceux de Beaver City et de Wilsonville, dans le Nebraska, doivent prendre des précautions. Restez éloignés des surfaces vitrées. Il est préférable d'attendre à l'intérieur au moins trente minutes après l'impact à cause de la possibilité de longues et importantes chutes de rochers. Il ne faut pas regarder l'éclair à l'œil nu.

L'impact se produira à 3 heures exactement, heure locale, le vendredi 16 octobre, soit à 9 heures, heure de Greenwich... Bonne chance !

« Cible 110° Ouest et 50° Nord, l'impact sera déplacé de 10 kilomètres vers le nord. Population de Walsh, dans le Saskatchewan, veuillez en tenir compte. »

En dehors de ces endroits, nous avons choisi un objectif en Alaska (par 150° W-60° N) et deux autres au Mexique (par 110° W-30° N et par 105° W-25° N) pour que ces pays ne se croient pas oubliés, ainsi que quelques autres cibles sur la région Est, la plus habitée, mais nous avons surtout choisi des plans d'eau, comme dans le lac Michigan, à mi-chemin entre Chicago et les Grands Rapides, et le lac Okeechobee en Floride. Partout où nous avons choisi des plans d'eau, Mike, fait des prévisions pour les raz de marée provoqués par les impacts, avec un horaire précis pour toutes les localités se trouvant sur le rivage.

Pendant trois jours, à partir du début de la matinée du mardi 13, jusqu'au moment M, au début du vendredi 16, nous avons inondé la Terre de nos avis. L'Angleterre fut avertie que l'impact prévu au nord de la Manche, en face de l'estuaire de la Tamise, aurait des répercussions sur une grande distance par l'intermédiaire de la Tamise ; la Sovunion fut avertie que la mer d'Azov serait bombardée et on lui définit sa propre grille ; la Grande Chine nous offrit les sites de Sibérie, du désert de Gobi et de l'extrême ouest, avec quelques modifications pour éviter l'historique Grande Muraille, ce que nous avons bien fait remarquer. En Panafrique les objectifs se trouvaient dans le lac Victoria, dans la partie désertique du Sahara, au sud de Drakensberg et à 20 kilomètres de la Grande Pyramide... et nous l'avons suppliée de suivre l'exemple du Tchad, mais de ne pas dépasser la limite de minuit, le jeudi, heure de Greenwich. Nous avons dit à l'Inde d'observer certaines de ses hautes montagnes ainsi que l'extérieur du port de Bombay... au même moment que pour la Chine. Et ainsi de suite.

On a essayé de brouiller nos messages mais nous émettions avec des faisceaux dirigés, sur plusieurs longueurs d'onde, ce qui est difficile à brouiller.

Nos avertissements étaient entremêlés avec de la propagande, directe et indirecte : nous avons donné des détails sur l'invasion ratée, nous avons envoyé des photos d'horreur, avec des cadavres, accompagnées des noms et des numéros matricules des soldats envahisseurs ; nous avons adressé tous ces renseignements à la Croix-Rouge ou au Croissant-Rouge ; mais, sous prétexte humanitaire, nous faisions là une sinistre menace, car nous montrions que tous les soldats avaient été tués et que tous les officiers et membres des équipages des vaisseaux avaient été soit tués, soit faits prisonniers... nous « regrettions » de n'avoir pu identifier les morts du vaisseau amiral car la destruction totale avait rendu toute identification impossible.

Nous faisions preuve d'une attitude conciliante : « Réfléchissez, peuples de Terra, nous ne *voulons* pas vous tuer. Par ces représailles nécessaires nous faisons tous les efforts possibles pour *éviter* de vous tuer... mais, si vos gouvernements ne veulent pas nous laisser vivre en paix, ou si vous ne pouvez les y obliger, nous serons bien forcés, alors, de vous tuer. Nous sommes là-haut, tandis que vous êtes en bas ; vous ne pouvez rien faire pour nous arrêter. Alors, *s'il vous plaît,* montrez-vous raisonnables ! »

Nous avons expliqué, encore et toujours, combien il nous était facile de les frapper, combien il leur était difficile de nous atteindre. Nous n'exagérions d'ailleurs pas du tout. Il est à peine possible d'envoyer des fusées de Terra jusqu'à Luna, il est sans doute beaucoup plus facile de les lancer depuis l'orbite d'attente circumterrestre, plus facile, oui, mais cela revient beaucoup plus cher. Ils n'avaient qu'un procédé pour nous bombarder, c'était d'utiliser leurs vaisseaux.

Nous avons fait ressortir ce point, et nous leur avons demandé combien de vaisseaux, valant des quantités de millions de dollars, ils étaient prêts à utiliser dans ce but. Cela valait-il la peine de nous administrer une correction pour une faute que nous n'avions pas commise ? Cela leur avait déjà coûté sept de leurs vaisseaux les plus beaux et les plus puissants... voulaient-ils donc essayer de nouveau avec quatorze vaisseaux ? S'ils le désiraient, nous disposions toujours de l'arme secrète que nous avions expérimentée sur le vaisseau des N. F. *Pax*.

Cela, c'était une vantardise soigneusement calculée : Mike avait établi qu'il n'y avait pas une chance sur mille que le *Pax* ait pu expliquer ce qui lui était arrivé et il était encore plus invraisemblable que ces fières N.F. imaginent que des mineurs condamnés aux travaux forcés aient pu convertir leurs outils en armes spatiales. D'ailleurs, les N.F. n'avaient pas tellement de vaisseaux à engager. Il y avait alors environ deux cents véhicules spatiaux en commission (1), sans compter les satellites, mais les neuf dixièmes de ceux-ci étaient des vaisseaux faisant le trajet entre Terra et les vaisseaux orbitaux, comme l'*Alouette,* qui n'avait pu faire le saut jusqu'à Luna qu'en s'allégeant au maximum et en arrivant sans la moindre réserve de carburant.

Les vaisseaux spatiaux ne sont pas construits dans ce but, ils reviendraient trop cher. Les N. F. possédaient probablement six croiseurs capables de nous bombarder sans alunir pour refaire le plein, mais il leur faudrait alors se débarrasser d'une partie de leur cargaison et adapter des réservoirs supplémentaires. Elles en avaient d'autres qui auraient pu être modifiés comme l'avait été l'*Alouette,* sans compter quelques transports de condamnés et des vaisseaux de commerce qui pouvaient se mettre en orbite autour de Luna mais seraient parfaitement incapables de revenir sans refaire le plein de leurs réservoirs.

Il était pourtant certain que les N. F. pouvaient nous vaincre, ce n'était qu'une question de prix. Il nous fallait donc les persuader que le prix serait trop élevé avant qu'elles n'aient le temps de réunir assez de forces. C'était un coup de poker... nous avions l'intention de tellement augmenter la mise qu'ils abandonneraient le jeu sans vouloir même regarder nos cartes. Nous étions pleins d'espoir, et ils ne nous ont pas demandé d'abattre notre jeu.

Les communications avec Hong-Kong Lunaire avaient été rétablies à la fin de la première journée de la bataille de propagande audiovisuelle commencée sur les ondes ; pendant ce temps, Mike « jetait des cailloux », envoyait ses premières salves. Prof nous appela par téléphone, et ce fut pour nous un grand soulagement ! Mike lui fit un rapport complet, et moi j'attendis une de ces douces réprimandes dont Prof avait le secret, me préparant à répondre avec amertume : « Et alors, qu'aurais-je donc dû faire ? On ne pouvait vous joindre, vous étiez sans doute mort. J'étais seul et je constituais à moi seul le gouvernement tout entier ; il m'a bien fallu faire face ! Me

(1) C'est-à-dire enregistrés par l'Inscription maritime. *(N.D.T.)*

fallait-il attendre sans rien faire, uniquement parce qu'on ne pouvait pas vous joindre ? »

Je n'ai pourtant pas eu à me défendre car Prof me déclara : « Vous avez fait exactement ce qu'il fallait, Manuel. Vous avez justement assumé votre devoir de chef du gouvernement en période de crise. Je suis vraiment heureux que vous n'ayez pas laissé passer le moment seulement parce que j'étais provisoirement hors d'usage. »

Que voulez-vous que je réponde à ce brave type ? J'ai rougi jusqu'aux oreilles, j'ai avalé ma salive et je lui ai dit : « Spasibo, Prof ».

Prof fit confirmer la mort d' « Adam Selene ». « Nous aurions sans doute pu utiliser plus longtemps sa légende mais l'occasion est parfaite. Mike, avec Manuel vous avez bien les affaires en main, je crois que ce que j'ai de mieux à faire, c'est de m'arrêter à Churchill en rentrant chez moi et aller identifier le corps. »

C'est ce qu'il fit. Je n'ai jamais su si Prof avait pris un cadavre de Lunatique ou celui d'un soldat, ni comment il s'était arrangé pour imposer le silence à ceux à qui il lui avait bien fallu demander de l'aide... peut-être, d'ailleurs, n'a-t-il pas eu de problème car, à Churchill-Supérieur, beaucoup de cadavres n'ont jamais pu être identifiés. Celui qu'il trouva avait la taille et le teint voulus ; il avait été brutalement décompressé et sa figure était entièrement brûlée par l'explosion ; il était véritablement affreux.

Le cadavre a ensuite été exposé dans le Vieux Dôme, la figure dissimulée ; il y a eu beaucoup de discours, que je n'ai pas écoutés mais dont Mike ne perdit pas un mot car il était terriblement vaniteux, c'était même sa qualité la plus humaine. Quelques personnalités ont même voulu faire embaumer le cadavre, rappelant l'exemple de Lénine. Heureusement, la *Pravda* fit remarquer qu'Adam, conservateur jusqu'au bout des ongles, n'aurait jamais accepté une exhibition aussi barbare. Et c'est ainsi que ce soldat, ou ce citoyen, — ou ce soldat-citoyen inconnu, — est allé se dissoudre dans le cloaque de la ville.

Ce qui me fait penser à une chose que j'ai oublié de vous dire : Wyoh n'était pas blessée, elle était seulement épuisée. Ludmilla, elle, ne revint jamais ; je ne l'ai pas su au moment de l'action, heureusement ! mais elle était une des nombreuses victimes du combat livré devant le Bon Marché. Une balle explosive l'avait frappée entre ses deux jolis seins presque enfantins encore. Elle avait à la main un couteau de cuisine dégoulinant de sang... je crois qu'elle a eu le temps de vendre chèrement sa vie.

Stu a préféré venir jusqu'au Complexe pour me parler, puis m'a accompagné au retour. Stu n'avait pas disparu : une fois les combats terminés, il était allé au Raffles travailler avec son code particulier... mais cela, ça peut attendre. J'y avais trouvé le silence et il me proposa de le rompre avec moi.

Cela m'était impossible car je devais rentrer à la maison pour notre soirée de lamentation communautaire... Je suis quand même bien content que personne n'ait pu me joindre avant d'avoir, avec Mike, commencé l'exécution de l'opération Roc Dur. Quand nous sommes arrivés à la maison, Stu n'a pas voulu entrer, ne sachant pas quelles étaient nos coutumes en pareille circonstance. Anna est sortie et a presque été obligée de l'entraîner de force. Il fut bien accueilli, sa présence nous fit du bien. De nombreux voisins se sont aussi joints à nous ; ils ont été moins nombreux que pour les autres morts, mais il faut bien dire que nous n'étions qu'une des nombreuses familles qui, ce jour-là, pleuraient un ou plusieurs disparus.

Je ne suis pas resté longtemps, je n'avais pas le temps, j'avais du travail. Je n'ai vu Milla que le temps de l'embrasser pour lui souhaiter bon voyage ; on l'avait exposée dans sa chambre et elle semblait dormir paisiblement. Je suis resté un moment avec mes bien-aimés, puis j'ai repris le collier. Je ne m'étais jamais rendu compte, jusqu'à ce jour, combien Mamie était vieille. Certes, elle avait déjà vu de nombreuses morts, elle avait vu disparaître certains de ses descendants, mais la mort de la petite Milla semblait un coup trop dur pour elle. Ludmilla n'était pas comme les autres : c'était la petite-fille de Mamie, et sa vraie fille, en tout sinon en fait, et l'on avait même fait pour elle une exception très rare quand Mamie avait insisté pour qu'elle devienne sa coépouse, ce qui avait créé un lien très fort, inhabituel, entre la plus jeune et la plus âgée de nos épouses.

Comme tous les Lunatiques, nous conservons nos morts, et je suis bien content que nous ayons laissé aux Terriens leurs barbares cimetières. Je préfère notre coutume : la famille Davis n'utilise pas les restes de ses membres pour les transformer en produits commercialisables dans ses Tunnels agricoles, non, nous les entreposons dans notre petit tunnel de verdure, où ils se transforment en roses, en narcisses et en pivoines égayés par le doux bourdonnement des abeilles. D'après la tradition, Jack Davis le Noir s'y trouve encore, ou tout au moins ce qui peut en subsister après tant et tant de floraisons successives.

C'est un endroit qui respire le bonheur et la beauté.

Le vendredi, nous n'avions encore reçu aucune réponse des N.F. D'après les nouvelles qui nous parvenaient de la Terre, elles semblaient se refuser à la fois à croire que nous avions détruit sept vaisseaux et deux régiments (les N.F. n'avaient même pas daigné confirmer qu'il y avait eu bataille) et à imaginer seulement que nous pouvions bombarder Terra, ou, si nous le pouvions, à y attacher la moindre importance... les journalistes persistaient à dire que nous les menacions de « jeter du riz ». Leurs émissions de radio étaient surtout consacrées aux équipes de base-ball qui montaient en division nationale.

Stu était ennuyé de ne pas recevoir de réponses aux messages qu'il avait envoyés en code. Ces messages avaient été expédiés par l'intermédiaire du service des transmissions commerciales de la LuNoHoCo à destination de notre correspondant de Zurich. De là, ils devaient être réexpédiés à l'agent de change parisien de Stu puis, plus discrètement encore, au docteur Chan, celui avec lequel j'avais bavardé ; Stu l'avait rencontré plus tard, et ils s'étaient ménagé un moyen de communiquer ensemble. Stu avait fait bien remarquer au docteur Chan que la Grande Chine ne devait être bombardée que douze heures après l'Amérique du Nord, que le bombardement de la Grande Chine pouvait donc encore être évité lorsque celui de l'Amérique du Nord serait devenu un fait avéré... si, du moins, la Grande Chine agissait avec diligence. Stu avait en outre invité le docteur Chan à nous proposer des objectifs de remplacement dans le cas où ceux que nous avions choisis là-bas ne seraient pas déserts comme nous le pensions.

Stu trépignait d'impatience car il avait mis de grands espoirs dans les projets de coopération entamés avec le docteur Chan. Quant à moi, je n'avais jamais été aussi confiant, la seule chose dont j'étais bien certain, c'était que le docteur Chan n'irait pas assister en personne au bombardement ; ce qui ne voulait pas dire qu'il s'occuperait de ses vieux parents.

Moi, c'était plutôt Mike qui m'inquiétait. Il avait certes l'habitude de surveiller plusieurs charges sur des trajectoires simultanées, mais il n'avait jamais eu à assurer la navigation spatiale de plus d'une charge à la fois. Il y en avait maintenant plusieurs centaines, et il avait donné l'assurance qu'il expédierait vingt-neuf d'entre elles en même temps, avec une précision de l'ordre d'une seconde, sur vingt-neuf cibles précises différentes.

Mieux encore ! Il devait envoyer d'autres charges sur certaines de ces cibles, une seconde fois, une troisième ou même une sixième, dans un intervalle de temps allant de quelques minutes jusqu'à trois heures après le premier bombardement.

Quatre grandes puissances pacifiques, et quelques puissances moins importantes, avaient des réseaux de défense antifusées. Les meilleures défenses semblaient être celles de l'Amérique du Nord. Il ne fallait pourtant pas oublier que les N.F. pouvaient très bien ignorer certaines de ces défenses : si, en effet, les Forces pacifiques détenaient toutes les armes offensives, les armes défensives appartenaient, elles, aux diverses nations, et celles-ci pouvaient en garder le secret. Les inconnues étaient nombreuses, allant de l'Inde, qui, pensions-nous, n'avait pas d'intercepteurs de fusées, jusqu'à l'Amérique du Nord, que nous supposions capable de faire un assez beau travail. L'Amérique s'était en effet fort bien débrouillée pour arrêter les fusées intercontinentales à tête thermonucléaire lors de la Guerre des Pétards Mouillés au cours du siècle dernier.

La plus grande partie de nos cailloux destinés à l'Amérique du Nord atteindrait probablement leur but pour la bonne raison que nous visions des endroits où il n'y avait rien à protéger. Les Américains ne pouvaient cependant se permettre de négliger nos charges destinées à Long Island Sound, ni celle qui devait parvenir à l'intersection du 87° W et du 42° 30′ N, c'est-à-dire dans le lac Michigan, au centre du triangle formé par Chicago, les Grands Rapides et Milwaukee. Mais la forte pesanteur rend l'interception très difficile et surtout très onéreuse ; il nous paraissait probable qu'ils n'essayeraient de nous arrêter que s'ils le jugeaient, eux, nécessaire.

Quant à nous, nous ne pouvions pas leur permettre de nous arrêter, et c'est pourquoi nous avons doublé certaines charges de cailloux. Mike ne savait même pas ce que pourraient faire des fusées d'interception à tête thermonucléaire, il n'avait pas assez de données. Mike supposait que les explosions des fusées d'interception étaient commandées par radar, mais il ignorait à quelle distance cela se produirait. Probablement d'assez près, et nos rochers enrobés d'acier seraient transformés en gaz incandescent une microseconde plus tard. Il y a pourtant une énorme différence entre une masse de rocher de plusieurs tonnes et les câblages minutieux d'une fusée thermonucléaire : ce qui « tuerait » celle-ci ne ferait que bousculer violemment celle-là, ce qui nous ferait manquer nos buts.

Il nous fallait leur prouver que nous pourrions continuer à jeter des cailloux sans valeur beaucoup plus longtemps qu'ils ne pourraient, eux, supporter la dépense (un million de dollars ? des centaines de milliers de dollars ?) des fusées d'interception à tête thermonucléaire. Si la démonstration n'était pas faite du premier coup, la prochaine fois que Terra nous présenterait l'Amérique du Nord, nous nous occuperions des cibles que nous n'aurions pas pu atteindre immédiatement ; nous enverrions une deuxième volée de roc, puis une troisième, et toutes ces charges étaient déjà préparées, déjà dans l'espace ; il suffirait d'un petit coup de pouce.

Si trois bombardements en trois rotations de Terra ne suffisaient pas, nous pourrions encore jeter des cailloux en 2077, jusqu'au moment où ils manqueraient de fusées d'interception... ou jusqu'au moment où ils nous auraient détruits (ce qui était de loin le plus vraisemblable).

Depuis un siècle, le quartier général de la Défense spatiale de l'Amérique du Nord était enterré sous une montagne au sud de Colorado Springs, dans l'État du Colorado, ville qui, autrement, n'aurait eu aucune importance. Au cours de la Guerre des Pétards Mouillés, les monts Cheyenne avaient pris un coup au but ; le poste de commandement de la Défense spatiale avait résisté... mais pas les daims, ni les arbres, ni la ville, ni même certains des sommets montagneux. Ce que nous allions faire n'allait tuer personne, sauf si les gens restaient à l'extérieur, sur la montagne, en dépit des avertissements que nous prodiguions depuis trois jours, sans interruption. Le quartier général de la Défense spatiale de l'Amérique du Nord allait avoir droit à un traitement lunaire complet : douze charges de roc à la première passe, puis tout ce que nous pourrions expédier lors de la deuxième rotation, puis encore à la troisième, et ainsi de suite jusqu'à épuisement des emboîtages métalliques ou que nous soyons mis hors d'état de combattre… ou que l'Amérique du Nord mette les pouces.

Il s'agissait là d'une cible pour laquelle une seule charge ne nous satisferait pas, nous voulions cogner, et cogner fort sur cette montagne, nous voulions l'écraser. Pour les démoraliser, pour leur faire bien comprendre que nous étions toujours là. Nous voulions interrompre leurs transmissions, bouleverser leur poste de commandement, le pilonner avec autant de violence que possible ; nous voulions au moins leur donner assez mal à la tête pour qu'ils n'aient aucun répit. Si nous pouvions prouver à Terra tout entière que nous étions capables de diriger une violente offensive contre ce puissant Gibraltar de leur défense spatiale, et obtenir des résultats, cela nous épargnerait peut-être de faire la preuve de notre puissance en nous attaquant à Manhattan ou à San Francisco.

Ce que, d'ailleurs, nous ne ferions pas, même si nous perdions. Pourquoi ? Par simple bon sens : si nous utilisions nos dernières forces pour détruire une grande ville, ils ne se contenteraient pas de nous punir, ils nous détruiraient. Comme le disait Prof : « Toujours laisser à votre ennemi la possibilité de devenir votre ami ».

Inversement, tous les objectifs militaires nous étaient bons.

Je crois que peu de personnes ont pu dormir dans la nuit du jeudi au vendredi. Tous les Lunatiques savaient que la matinée de vendredi verrait notre grande tentative. Tout le monde, sur Terra, était au courant, et même leurs bulletins d'information admettaient que l'on avait repéré dans l'espace cosmique des objets se dirigeant vers Terra ; il devait s'agir de ces « bols de riz » dont ces condamnés en révolte se gargarisaient. Il n'y avait certes aucune menace de guerre car il était absolument certain que la colonie lunaire n'avait pas les moyens de construire une bombe H ; il était peut-être prudent, cependant, d'éviter de stationner dans les zones que ces criminels prétendaient viser. (Il y a quand même eu un drôle de type, un comique très populaire, qui a prétendu que le plus prudent était au contraire d'aller sur les cibles que nous avions désignées ; je l'ai vu à la vidéo, il se tenait au milieu d'une grande croix qui se trouvait, d'après lui, par 110° W et 40° N... je n'ai plus entendu parler de lui, après.)

A l'observatoire Richardson, nous avions installé une grande antenne pour capter les émissions de télévision et je crois bien que tous les Lunatiques sont restés devant un poste, qui chez eux, qui dans les bistrots, qui dans le Vieux Dôme, sauf quelques-uns qui préférèrent mettre leur combinaison pressurisée et regarder à l'œil nu ; et pourtant presque tous les terriers se trouvaient dans une brillante semi-lunaison. Le juge-général de brigade Brody avait insisté pour que nous installions en hâte une antenne de secours sur l'aire de catapultage afin que nos foreurs-canonniers puissent regarder la vidéo dans les salles de garde, sans quoi je crois bien que nous n'aurions pas pu conserver un seul d'entre eux à son poste (toutes nos Forces armées, les canonniers de Brody, la milice de Finn, le Corps aérien stilyagi, tous restèrent continuellement en état d'alerte).

Le Congrès était réuni dans le Bolchoï Teatr de Novylen quand Terra apparut sur l'écran géant ; certaines personnalités, — Prof, Stu, Wolfgang et quelques autres, — regardaient un poste plus petit dans les anciens bureaux du Gardien, au niveau supérieur du Complexe. Je leur ai tenu compagnie, passant mon temps à entrer et à sortir, aussi nerveux qu'une chatte qui défend ses chatons, oubliant de manger et trompant ma faim avec quelques sandwiches... j'allais sans arrêt m'enfermer avec Mike au niveau inférieur du Complexe. Je ne tenais pas en place.

Vers 8 heures, Mike me dit : « Man, mon plus vieil et mon meilleur ami, puis-je dire quelque chose sans t'offenser ? »

— « Quoi ? Naturellement. Depuis quand te soucies-tu de m'offenser ? »

— « J'y ai toujours fait attention, Man, depuis que j'ai compris que tu pouvais être irrité. Nous nous trouvons maintenant à seulement $3,57 \times 10^9$ microsecondes de l'impact... et je me trouve actuellement confronté avec le problème le plus compliqué que j'aie jamais eu à résoudre contre la course du temps réel. Chaque fois que tu me parles, je perds une grande proportion de ma capacité, — une proportion probablement plus grande que tu ne l'imagines, — pendant quelques millionièmes de microseconde, tellement j'ai hâte d'analyser exactement ce que tu m'as dit, tellement j'ai hâte de répondre correctement. »

— « Au fond, tu veux me dire de te laisser tranquille, que tu as du travail ? »

— « Je veux te donner une solution parfaite, Man. »

— « Enregistré !... Je vais retourner avec Prof... »

— « Comme tu veux. Reste cependant à un endroit où je pourrai te joindre... il est possible que j'aie besoin de toi. »

Cela, c'était un beau mensonge, et nous le savions tous les deux. Les événements dépassaient maintenant la capacité humaine, il était trop tard pour décommander l'opération. Ce que voulait dire Mike, c'était qu'il était nerveux, lui aussi, et qu'il désirait que je reste avec lui, mais sans parler.

— « Très bien, Mike, je resterai en contact avec toi par le téléphone quelque part. Je vais faire un MYCROFTXXX mais je ne parlerai pas, aussi n'auras-tu pas besoin de répondre. »

— « Merci, Man, mon meilleur ami. Bolchoï spasibo. »

— « A tout à l'heure. » Je suis remonté, puis j'ai pensé que je n'avais pas besoin de compagnie, j'ai trouvé un téléphone de campagne dont le fil était assez long, je l'ai connecté à mon casque, je l'ai pris sous le bras et je suis allé en surface. Il y avait une prise de téléphone à l'extérieur du sas ; je m'y suis branché, j'ai fait le numéro de Mike. Je me suis mis à l'ombre et j'ai longuement considéré la forme circulaire de Terra.

Elle était là, à mi-hauteur dans l'occident du ciel, dans son croissant, immense et fastueuse car il y avait déjà trois jours qu'elle était nouvelle. Le soleil disparaissait derrière l'horizon, à l'ouest, mais son reflet m'empêchait de voir Terra avec netteté. La visière de mon casque ne suffisait pas, je me suis donc reculé un peu plus derrière l'abri de manière à pouvoir examiner Terra tout en étant protégé du soleil... Maintenant c'était mieux. Le soleil se levait sur la côte ouest de l'Afrique si bien que le point le plus éblouissant se trouvait sur la terre ferme, ce qui n'était pas trop mal... la calotte du pôle Sud était tellement aveuglante de blancheur que je ne voyais pas très bien l'Amérique du Nord, qui n'était éclairée que par le clair de lune.

J'ai penché la tête et j'ai adapté les jumelles à mon casque. C'étaient de belles jumelles, des jumelles Zeiss . 7 × 50, celles-là mêmes qui avaient appartenu à l'ancien Gardien.

L'Amérique du Nord se déroulait devant moi, comme une

carte ancienne, imprécise. Pas un seul nuage ne la masquait, ce qui est exceptionnel, je pouvais voir les points brillants des grandes villes, sans le moindre halo. 8 h 37…

A 8 h 50 Mike me donna oralement le compte à rebours, ce qui ne lui demandait aucun effort car il avait dû le programmer auparavant, d'une manière purement mécanique.

8 h 51… 8 h 52… 8 h 53… une minute… 59… 58… 57… une demi-minute… 29… 28… 27… dix secondes… neuf… huit… sept… six… cinq… quatre… trois… deux… un…

Soudain, une multitude d'éclairs, un énorme diamant resplendissant de toutes ses facettes !

26

NOUS les avons frappés si fort qu'on pouvait *voir* les coups à l'œil nu, sans jumelles. J'ai hurlé sous mon casque « *Bojemoï !* », plein de respect, d'admiration. Douze lumières très brillantes, très précises, très blanches, disposées le long des quatre côtés d'un rectangle parfait. Elles grossirent, devinrent indistinctes, prirent une teinte pourpre, et cela me parut long, très long. Il y eut d'autres éclairs mais j'étais tellement fasciné par ce quadrillage parfait que je les ai à peine remarqués.

— « Oui, » me dit Mike, empli de suffisance. « Un beau tir ! Tu peux parler maintenant, Man, je n'ai plus grand-chose à faire, il n'y a plus qu'à surveiller les charges de réserve. »

— « J'en suis émerveillé. Aucune erreur ? »

— « La charge destinée au lac Michigan a été interceptée et déviée, mais elle n'a pas été désintégrée. Elle va tomber dans le Michigan et je ne peux plus la contrôler, elle a perdu son transpondeur (1). Celle de Long Island Sound est allée droit sur l'objectif. Ils ont essayé de l'intercepter mais n'y sont pas arrivés, je ne sais pas pourquoi. Man, je peux dévier les autres charges, pour cet objectif, et les envoyer dans l'Atlantique, dans une zone sans trop de navigation. Qu'en penses-tu ? J'ai encore onze secondes. »

— « Euh... *Da !* Si tu peux éviter les zones de navigation. »

— « Je t'ai dit que oui. C'est fait maintenant. Mais il faudrait leur dire que nous avions des charges de réserve et que nous les avons annulées, juste pour leur donner à réfléchir. »

(1) Émetteur-récepteur asservi par impulsions. *(N.D.T.)*

— « Peut-être avons-nous eu tort de les annuler, Mike. Notre idée était de leur faire dépenser leurs fusées d'interception. »

— « Oui, sans doute, mais notre but principal était de leur faire comprendre que nous ne les frappions pas aussi fort que nous pouvions le faire. Nous pouvons toujours leur faire gâcher leurs fusées à Colorado Springs. »

— « Que s'est-il passé là-bas ? » J'ai incliné la tête et pris mes jumelles ; je ne voyais rien, que la ville toute en longueur, cette ville qui avait plus de 100 kilomètres de long, cette longue suite d'agglomérations qui serpente de Denver à Pueblo.

— « En plein dans le mille. Pas d'interception. J'ai partout mis dans le mille, Man. Je t'avais bien dit que j'en étais capable... Tu sais, c'est drôle. J'aimerais bien recommencer tous les jours. Il y a un mot pour lequel je n'avais pas de référence personnelle jusqu'à maintenant. »

— « Quel mot, Mike ? »

— « Orgasme. Quand tout s'est allumé, j'ai su ce que c'était. Oui, maintenant, je le sais. »

J'en ai eu froid dans le dos. « Tu sais, Mike, j'aimerais bien que tu ne trouves pas cela trop agréable. Si tout va comme nous voulons, il n'y aura pas de seconde fois. »

— « D'accord, Man, je l'ai mis en mémoire, je peux l'éprouver chaque fois que je voudrai. Je te parie quand même à 3 contre 1 que nous recommencerons demain et, à 1 contre 1, après-demain encore. Tu tiens le pari ? Une heure d'étude sur mes plaisanteries contre 100 dollars de Hong-Kong. »

— « Où prendras-tu ces 100 dollars ? »

Il se mit à ricaner : « D'où crois-tu que vienne l'argent ? »

— « Suffit !... Tu as maintenant une heure devant toi, je ne vais rien faire pour t'inciter à affecter les chances. »

— « Man, tu sais bien que je ne tricherai pas, du moins pas avec toi. Nous venons juste de toucher une nouvelle fois leur poste de commande de Défense spatiale. Peut-être ne peux-tu pas le voir car il y a encore la poussière soulevée par la première explosion... Ils vont en avoir une toutes les vingt minutes à partir de maintenant. Descends donc et viens bavarder, j'ai repassé le boulot à mon idiot de fiston. »

— « Peut-on lui faire confiance ? »

— « Je le surveille. C'est un bon exercice pour lui, Man ;

sans compter qu'il n'est pas impossible que, plus tard, il doive travailler tout seul. Il est précis, mais bête. De toute manière, il fera ce que tu lui diras. »

— « Tu en parles comme d'une personne. Est-ce qu'il sait parler ? »

— « Oh, non ! Man, je t'ai dit qu'il est idiot, il n'apprendra jamais à parler. Il fera toutefois tout ce pour quoi on le programmera. J'ai l'intention de lui faire faire presque tout le travail, samedi. »

— « Pourquoi, samedi ? »

— « Parce qu'il devra s'occuper de tout dimanche. C'est ce jour-là qu'ils vont nous taper dessus. »

— « Que veux-tu dire ? Mike, tu m'as caché quelque chose. »

— « Mais non ; puisque je t'en parle, non ? Cela vient d'arriver et je procède à l'analyse. Je refais passer l'enregistrement. Ce top d'écho est parti de l'orbite d'attente circumterrestre juste au moment où nous avons frappé, je n'ai pas vu l'accélération, j'avais trop de choses à surveiller. Il se trouve encore trop loin pour que je puisse bien le voir mais il a exactement la taille d'un croiseur de la Paix et il se dirige vers nous. Son effet Doppler-Fizeau indique maintenant une nouvelle orbite circumlunaire, avec une périsélénie de 0-9-0-3 pour dimanche, sauf modifications. Ce n'est là qu'une première approximation, j'aurai plus tard de meilleures données. C'est difficile d'avoir de bonnes données, Man, car il utilise des brouilleurs de radar et disperse les échos. »

— « Tu en es sûr ? »

Il ricana : « Man, je ne me tromperais pas aussi grossièrement. J'ai identifié le moindre de mes petits signaux. Correction : 0-9-0-2,43. »

— « Quand sera-t-il à portée ?

— « Jamais, sauf s'il modifie sa route. Mais je serai, moi, à sa portée vers la fin de la journée de dimanche, je ne peux pas donner l'heure qui dépendra naturellement de la distance à laquelle il tirera. Cela va donner une situation intéressante. Il est possible qu'il vise un terrier... Je crois qu'on devrait faire évacuer Tycho-Inférieur et que tous les terriers devraient prendre le maximum de mesures de secours pour la pressurisation. Il est quand même plus probable qu'il va s'attaquer à la catapulte. Mais il peut aussi ne tirer que le plus tard possible, puis essayer de détruire tous mes radars avec des salves dirigées par chacun de leurs faisceaux. »

Il ricana encore une fois. « C'est amusant, n'est-ce pas ? Je veux dire que c'est une plaisanterie qui ne peut être amusante qu'une seule fois. Si j'arrête mes radars, ses fusées ne pourront pas les atteindre, mais je ne pourrai pas non plus dire à nos gars comment pointer leurs canons. Ce qui fait que je n'ai aucun moyen de l'empêcher de bombarder la catapulte. C'est comique. »

Je pris une profonde respiration, et j'aurais bien voulu ne m'être jamais chargé de ce travail de ministre de la Guerre. « Que faisons-nous ? On abandonne ? Non, Mike ? Pas tant que nous pourrons nous battre. »

— « Qui a parlé d'abandonner ? J'ai fait des projections en tenant compte de ce fait, comme de milliers d'autres situations, Man. Nouvelle donnée... un second écho vient de partir de l'orbite circumterrestre avec les mêmes caractéristiques. Je ferai des projections plus tard. Non, nous n'abandonnerons pas. Nous allons leur donner du tintouin, mon vieux ! »

— « Comment ? »

— « Laisse faire ton vieil ami Mycroft. J'ai six radars balistiques ici, et un autre sur la nouvelle aire. J'ai fermé le nouveau et je fais travailler mon idiot de fiston retardé sur le numéro 2 que j'ai ici... Et je vais bien me garder d'observer ces vaisseaux par l'intermédiaire du nouveau radar : il ne faut surtout pas qu'ils en apprennent l'existence. Je vais surveiller ces vaisseaux par le radar numéro 3, et, à l'occasion, — toutes les trois secondes, — je vérifierai si rien ne part de l'orbite circumterrestre. Tous les autres radars ont fermé les yeux et je ne les utiliserai pas avant le moment de taper sur la Grande Chine et sur l'Inde... même alors, ces vaisseaux ne les verront pas parce que je ne regarderai pas dans leur direction : je dispose, et je disposerai encore d'un grand angle. En outre, quand j'aurai besoin de m'en servir, je vais leur donner du tintouin en fermant les yeux et en les ouvrant à intervalles irréguliers... *et seulement après* qu'ils auront jeté leurs fusées. Tu sais, Man, une fusée ne peut pas emporter un gros cerveau... je vais les affoler. »

— « Et les ordinateurs de commande de tir des vaisseaux ? »

— « Je les affolerai aussi. Combien paries-tu que je peux,

avec deux radars, faire croire à un seul radar qui se trouverait à mi-chemin des deux ? Pour le moment, je travaille à autre chose... Oh ! je suis désolé, j'ai encore utilisé ta voix. »

— « Tu as eu raison. Que suis-je supposé avoir fait ? »

— « Si leur amiral est véritablement intelligent, il va tirer sur l'ancienne aire de catapultage avec tous ses lance-fusées, et il tirera d'aussi loin que possible, de trop loin pour nos foreuses-canons. Qu'il sache ou non en quoi consiste notre arme « secrète », il visera la catapulte et laissera tomber les radars. C'est pourquoi j'ai donné l'ordre sur l'aire de catapultage, — je veux dire que toi, tu as donné l'ordre, — de se préparer à envoyer toutes les charges qui sont actuellement prêtes. Je prépare maintenant de nouvelles trajectoires de longue durée pour chacune d'elles. Puis nous les lancerons toutes, nous allons, aussi vite que possible, les mettre dans le cosmos, sans radar. »

— « A l'aveuglette ? »

— « Je ne me sers pas de radar pour lancer une charge, tu le sais, Man. Dans le passé, je les ai toujours regardées mais je n'y étais pas obligé ; les radars n'ont rien à voir avec les lancements. Le lancement exige seulement des calculs préalables et une commande précise de la catapulte. Nous allons donc placer toutes nos munitions disponibles à l'ancienne catapulte sur des trajectoires lentes, ce qui va forcer leur amiral à s'occuper des radars plutôt que de la catapulte... ou à s'occuper des deux. Comme cela, nous l'occuperons, nous allons même l'ennuyer tellement qu'il sera obligé de descendre pour tirer de près et cela donnera à nos gars une chance de lui brûler les cils. »

— « Les garçons de Brody vont aimer cela, ceux, du moins, qui ont du sang-froid. » J'ai alors pensé à autre chose : « Mike, est-ce que tu as regardé la vidéo aujourd'hui ? »

— « Je l'ai enregistrée mais je ne peux pas dire que je l'ai regardée. Pourquoi ? »

— « Jette un coup d'œil. »

— « C'est fait. Pourquoi ?

— « Il y a le grand télescope qu'ils utilisent pour la vidéo, et il y en a d'autres. Pourquoi utiliser les radars pour les vaisseaux ? Tu veux toujours que les gars de Brody leur roussissent les cils ? »

Mike garda le silence pendant au moins deux secondes.

« Man, mon meilleur ami, pourquoi n'as-tu jamais pensé à t'installer à ton compte comme ordinateur ? »

— « Tu blagues ? »

— « Pas du tout, Man. Mais j'ai honte de moi. Les instruments de Richardson, — les télescopes et le reste de leur matériel, — j'ai tout simplement oublié d'inclure ces facteurs dans mes calculs. Je suis idiot, je l'avoue. Yes, yes, oui, oui, da, da, da ! Nous allons surveiller les vaisseaux avec les télescopes, nous ne nous servirons des radars que s'ils modifient leur trajectoire balistique actuelle. Il y a aussi d'autres possibilités... Je ne sais plus quoi dire, Man, sauf que je n'ai jamais eu l'idée que je pouvais me servir d'un télescope. Je vois avec mes radars, j'ai toujours fait comme cela ; c'est simplement que je n'ai... »

— « Ferme ça ! »

— « C'est vraiment ce que je pense, Man. »

— « Est-ce que, moi, je m'excuse quand c'est toi qui penses le premier à quelque chose ? »

Mike me répondit lentement, en réfléchissant : « Il y a quand même à ce sujet quelque chose que je trouve difficile à analyser. Ma fonction est de... »

— « T'en fais plus ! Si l'idée est bonne, prends-la. Cela peut aussi nous donner d'autres idées. Je raccroche et je descends. A tout de suite. »

J'étais à peine arrivé dans la salle de Mike que Prof me téléphona.

— « Q.G. ? Avez-vous des nouvelles du maréchal Davis ? »

— « Je suis ici, Prof. Dans la salle du maître ordinateur. »

— « Voulez-vous nous rejoindre dans le bureau du Gardien ? Nous avons des décisions à prendre, nous avons du travail. »

— « Prof, je n'ai pas arrêté de travailler, et je travaille encore ! »

— « J'en suis bien certain. J'ai expliqué aux autres que la programmation d'un ordinateur balistique est tellement délicate que vous deviez vérifier personnellement cette opération. Cependant certains de nos collègues estiment que le ministre de la Guerre devrait assister à nos réunions. Alors, dès que vous penserez pouvoir confier le travail à votre adjoint, — ne s'appelle-t-il pas Mike ? — si vous voulez bien... »

— « Je vois. D'accord. Je vais monter. »

— « Très bien, Manuel. »

Mike me dit alors : « J'ai pu, à l'oreille, voir qu'il y avait treize personnes dans la pièce. Prof a parlé par allusions, Man. »

— « J'avais compris. Il vaut mieux que je monte voir ce qui se passe. Tu n'as pas besoin de moi ? »

— « Man, j'espère que tu resteras près d'un téléphone. »

— « Oui. Garde une oreille dans le bureau du Gardien. J'appellerai si je vais ailleurs. Au revoir, mon vieux. »

Dans le bureau du Gardien, j'ai trouvé le gouvernement au grand complet, aussi bien le véritable Cabinet que les figurants... J'ai tout de suite compris qui était le fauteur de troubles, un certain Howard Wright. Nous avions créé un ministère pour lui tout seul, celui de la Coordination des Arts, des Sciences et des Carrières libérales ! ouf... C'était une aumône faite à Novylen parce que presque tous les membres importants du cabinet étaient de L City, et c'était aussi une aumône faite à Wright parce qu'il avait de lui-même pris la tête d'un groupe parlementaire très fort pour les parlotes mais fort peu doué pour l'action. L'idée de Prof avait été de le mettre sur une voie de garage, mais il arrive à Prof d'être parfois trop subtil : il y a des gens qui parlent beaucoup mieux quand ils vont respirer le vide.

Prof me demanda de faire un rapide exposé de la situation militaire au Cabinet. Je l'ai fait, à ma manière : « Je vois que Finn est ici. Qu'il nous dise quelle est la situation dans les divers terriers. »

Wright prit la parole : « Le général Nielsen l'a déjà fait, il n'est pas nécessaire qu'il se répète. Ce que nous voulons, c'est vous entendre, vous. »

J'ai sursauté. « Prof... excusez-moi, gospodin président. Dois-je comprendre qu'un rapport concernant la Défense nationale aurait été fait, en mon absence, pendant cette réunion de Cabinet ?

— « Et pourquoi pas ? » répondit Wright. « On ne vous avait pas sous la main. »

Prof sauta sur l'occasion. Il avait vu que j'étais trop tendu, je n'avais guère dormi depuis trois jours et je n'avais probablement jamais été aussi fatigué depuis notre retour de Terra. « Rappel à l'ordre, » dit-il sèchement. « Gospodin ministre de la Coordination professionnelle, veuillez avoir l'obligeance d'adresser vos commentaires par mon intermédiaire. Gospodin ministre de la Guerre, permettez-moi de rectifier. Aucun rapport concernant votre ministère n'a été fait au Cabinet pour la bonne raison que le Cabinet ne s'est pas réuni avant votre arrivée. Le général Nielsen a répondu à quelques questions posées sans protocole, au cours d'une conversation à bâtons rompus. Peut-être n'aurions-nous pas dû le faire. Si tel est votre sentiment, je vais faire de mon mieux pour arranger les choses. »

— « Il n'y a pas de mal, je ne pense pas, du moins. Finn, depuis que nous avons parlé, il y a une demi-heure, s'est-il passé quelque chose de nouveau ? »

— « Non, Mannie. »

— « Parfait. Je suppose que vous désirez savoir quelle est la situation en dehors de Luna. Comme vous regardiez tous, vous savez que le premier bombardement s'est bien déroulé. Il se poursuit d'ailleurs actuellement puisque nous bombardons leur Q.G. de la Défense spatiale toutes les vingt minutes. Et nous continuerons jusqu'à 13 heures puis, à 21 heures, nous attaquerons la Chine et l'Inde, ainsi que quelques objectifs moins importants. Après cela, jusqu'à 4 heures du matin, nous nous occuperons de l'Afrique et de l'Europe, nous interrompons trois heures, puis ce sera le tour du Brésil et de ses voisins ; nous attendrons trois heures encore, puis nous recommencerons. A moins qu'il n'y ait de la casse. Entretemps, nous avons des problèmes à régler. Finn, nous devrions faire évacuer Tycho-Inférieur. »

— « Un instant ! » Wright leva la main. « J'ai une question à poser. » Il s'adressait à Prof, pas à moi.

— « Un instant. Le ministre de la Guerre a-t-il terminé ? »

Wyoh était assise dans le fond. Nous avions échangé un sourire, c'était tout... nous nous comportions toujours ainsi pendant les conseils de cabinet et au Congrès ; on avait en effet protesté contre le fait que deux membres d'une même famille faisaient partie du Cabinet. A ce moment, elle hocha la tête pour m'avertir de quelque chose. Je répondis : « C'est tout pour le bombardement. Des questions à ce sujet ? »

— « Vos questions concernent-elles le bombardement, gospodin Wright ? »

— « Certainement, gospodin président. » Wright se leva et me regarda : « Comme vous le savez, je représente les groupements intellectuels de l'Etat Libre et, si je puis me permettre de le dire, l'opinion desdits groupements est des plus importantes pour la conduite des affaires publiques. Je pense qu'il n'est que trop juste que... »

— « Un instant, » dis-je. « Je croyais que vous représentiez la 8e circonscription de Novylen ? »

— « Gospodin président ! Suis-je autorisé, ou non, à poser ma question ? »

— « Il ne posait pas une question, il faisait un discours ! Je suis fatigué et j'ai envie d'aller me coucher. »

Prof dit doucement : « Nous sommes tous fatigués, Manuel. Pourtant, je reconnais que vous avez raison. Camarade parlementaire, vous ne représentez que votre circonscription. En tant que membre du gouvernement, vous avez été chargé de certaines tâches se rapportant à certaines professions. »

— « Cela revient au même ! »

— « Pas tout à fait. Veuillez poser votre question. »

— « Euh... Bon, je vais le faire ! Le maréchal Davis sait-il que son plan de bombardement a complètement échoué et qu'il y a eu plusieurs milliers de morts inutiles ? Est-il au courant des motions extrêmement importantes qui, à ce sujet, ont été prises par l'intelligentsia de cette République ? Et peut-il expliquer pourquoi ce bombardement sauvage, — je répète, ce bombardement *sauvage*, — a été exécuté sans consultation préalable ? Et je voudrais encore savoir s'il est maintenant prêt à modifier ses plans ou s'il va continuer à foncer tête baissée ? Et encore, est-il exact, comme on nous en accuse, que nos projectiles étaient munis de ces charges nucléaires qui ont été mises hors la loi par toutes les nations civilisées ? Et encore, comment pense-t-il, après cela, que l'État Libre de Luna pourra être accueilli dans le concert des nations civilisées ? »

J'ai regardé ma montre... il y avait une heure et demie que la première charge avait atteint son but. « Prof, » dis-je, « pouvez-vous m'expliquer de quoi il parle ? »

— « Je suis désolé, Manuel, » me dit-il doucement. « J'avais l'intention... j'aurais dû ouvrir cette réunion en vous donnant les nouvelles. Vous nous avez donné l'impression que vous vous plaigniez d'être court-circuité et... enfin, je ne l'ai pas fait. Le ministre fait allusion à la dépêche d'une agence de presse qui nous est parvenue juste avant que je vous demande de venir. De Reuter, à Toronto. Si ce flash est exact, je dis bien, si… au lieu de tenir compte de nos avertissements, il semble que des milliers de badauds se soient entassés sur les objectifs. Il y a probablement eu des pertes. De quelle importance, nous ne le savons pas. »

— « Je vois. Et que devais-je faire ? Je devais sans doute les prendre un à un par la main pour les faire partir ? Nous les avions avertis. »

Wright m'interrompit : « L'intelligentsia estime que de simples considérations humanitaires élémentaires auraient rendu obligatoire… »

— « Écoutez-moi, espèce de bavard, vous avez entendu le président dire que ces nouvelles viennent juste de nous parvenir ; alors, je vous le demande, comment connaissez-vous les sentiments de qui que ce soit à ce sujet ? »

Il devint rouge comme une pivoine. « Gospodin président ! Injures personnelles ! »

— « N'affublez pas le ministre de noms malsonnants, Manuel ! »

— « Je m'en abstiendrai s'il en fait autant. Lui, il utilise des mots plus élégants, c'est tout. Qu'est-ce que cette idiotie au sujet de bombes atomiques ? Nous n'en avons pas une seule et vous le savez tous. »

Prof paraissait ennuyé. « J'en suis le premier surpris, moi aussi. Cette dépêche d'agence le prétend. Ce qui m'a le plus surpris c'est ce que nous avons réellement vu, nous, par la vidéo, et cela ressemblait certainement à des explosions atomiques. »

— « Alors, » je me tournai vers Wright, « est-ce que vos amis si intelligents vous ont dit ce qui se passe quand on libère en moins d'une seconde, en un endroit donné, quelques milliards de calories ? Quelle est la chaleur ? Et quelle est la puissance du rayonnement ? »

— « Vous avouez donc que vous avez réellement utilisé des armes atomiques ! »

— « Bon Bog ! » Je commençais à avoir mal au crâne. « Je n'ai rien dit de tel. Frappez sur n'importe quoi avec assez de force et vous en ferez jaillir des étincelles. C'est un phénomène de physique élémentaire que tout le monde connaît, sauf votre intelligentsia. Nous avons simplement fait jaillir les étincelles les plus foutrement grosses jamais produites de main d'homme, c'est tout. Un éclair énorme, de la chaleur, de la lumière, des rayons ultraviolets. Il est même possible qu'il y ait eu émission de rayons X, je ne sais pas. Je doute fort qu'il y ait eu des rayons gamma, il est impossible qu'il y ait eu des rayons alpha et bêta. Il y a eu brusque libération d'énergie mécanique. Quant à l'énergie atomique ! C'est idiot ! »

— « Cela répond-il à votre question, monsieur le ministre ? » demanda Prof.

— « Cela ne fait que soulever de nouveaux problèmes. Un exemple, ce bombardement dépasse de beaucoup tout ce que le cabinet a autorisé. Vous avez vu ces visages horrifiés quand ces terribles lumières sont apparues sur l'écran. Et le ministre de la Guerre dit que le bombardement se poursuit encore maintenant, toutes les vingt minutes. Je crois... »

J'ai regardé ma montre : « Une charge vient juste de frapper le mont Cheyenne. »

— « Vous entendez ça ? » dit Wright. « Vous l'avez entendu ? Il s'en *vante.* Gospodin président, ce carnage doit cesser ! »

— « Bavard... euh, monsieur le ministre, » dis-je, « êtes-vous en train d'essayer de nous faire croire que le Q.G. de la Défense spatiale n'est pas un objectif militaire ? De quel côté êtes-vous ? Avec Luna, ou avec les N.F. ? »

— « Manuel ! »

— « J'en ai marre de ces idioties ! On m'a dit de faire un boulot, et je l'ai fait. *Foutez-moi ce foutu bavard dehors !* »

Il y eut un silence gêné, puis quelqu'un dit avec calme : « Puis-je faire une proposition ? »

Prof regarda autour de lui. « Si quelqu'un peut faire une proposition sensée pour faire cesser ces incongruités, je serais ravi de l'écouter. »

— « Je crois que nous n'avons pas de très bons renseignements sur les effets de nos bombes. Il me semble que nous devrions ralentir ce programme d'une bombe toutes les vingt minutes. Étirons-le, disons à une toutes les heures... et attendons deux heures pour avoir d'autres renseignements. Alors, il n'est pas impossible que nous décidions de retarder l'attaque contre la Grande Chine d'au moins vingt-quatre heures. »

Presque tout le monde hocha la tête en signe d'approbation, il y eut des murmures : « Bonne idée!... Da! Ne nous pressons pas! »

Prof me demanda : « Manuel? »

— « Prof, vous connaissez la réponse, vous! » dis-je sèchement. « Ne vous déchargez pas sur moi! »

— « Je la connais peut-être, Manuel... mais je suis fatigué et je ne m'en souviens pas. »

Wyoh se mit alors de la partie : « Mannie, explique-nous. J'ai besoin de comprendre, moi aussi. »

Puisqu'ils se mettaient tous du même côté!

— « C'est un simple problème de pesanteur. Il me faudrait un calculateur électronique pour vous donner la réponse précise, mais les six prochains coups sont déjà irrattrapables. Tout ce que nous pourrions faire, ce serait de les faire dévier... et nous risquerions de bombarder des villes que nous n'avons pas averties. Nous ne pouvons absolument pas les envoyer dans l'Océan, c'est trop tard; la chaîne des monts Cheyenne se trouve à 1400 kilomètres à l'intérieur des terres. Quant à espacer les bombardements pour ne laisser tomber qu'une bombe à l'heure, c'est tout simplement idiot. Nous n'utilisons pas des capsules que l'on peut faire démarrer ou stopper; nous faisons tomber des rochers; et ces rochers tomberont quelque part toutes les vingt minutes. Nous pouvons frapper les monts Cheyenne où il n'y a plus trace de vie maintenant, ou nous pouvons frapper ailleurs et nous tuerons des gens. Quant à l'idée de retarder de vingt-quatre heures l'offensive contre la Grande Chine, elle est tout aussi inepte. Nous pouvons encore, pendant un certain temps, annuler les projectiles destinés à la Grande Chine, mais il est impossible de les ralentir. Et si nous les annulons, nous les perdons... et ceux qui pensent que nous avons des emballages d'acier à perdre feraient mieux de se rendre sur l'aire de catapultage et d'y jeter un coup d'œil. »

Prof haussa les sourcils. « Je crois que toutes les questions ont reçu les réponses voulues, c'est du moins ce qu'il me semble. »

— « Je ne suis pas satisfait, moi, monsieur! »

— « Asseyez-vous, gospodin Wright. Vous m'obligez à vous rappeler que votre ministère ne fait pas partie du cabinet de Guerre. S'il n'y a plus de question, — et j'espère qu'il n'y en a plus, — je vais ajourner cette réunion. Nous avons tous besoin de repos. Aussi... »

— « Prof! »

— « Oui, Manuel ? »

— « Vous ne m'avez pas laissé finir. Demain, dans la soirée, ou dimanche matin, nous y avons droit ! »

— « Comment, Manuel ? »

— « Un bombardement. Peut-être un débarquement. Deux croiseurs se dirigent vers nous. »

Ils firent enfin attention. Prof dit alors, d'un ton las : « Le conseil des ministres est ajourné, le cabinet de Guerre demeure en séance. »

— « Une seconde, encore, » dis-je. « Prof, quand nous avons formé le ministère, vous nous avez demandé des lettres de démission non datées. »

— « Exact. J'espère cependant n'avoir jamais à en faire usage. »

— « Il va falloir que vous vous serviez de l'une d'elles. »

— « Manuel, est-ce une menace ? »

— « Prenez-le comme vous voudrez. » J'ai montré Wright du doigt. « Ou ce foutu bavard s'en va... ou c'est moi. »

— « Manuel, vous avez besoin de dormir. »

Je refoulais mes larmes. « Certainement ! Et je vais aller dormir immédiatement ! Je vais trouver quelque part dans le Complexe un matelas et je dormirai... une dizaine d'heures. Après cela, si je suis toujours ministre de la Guerre, vous pourrez me réveiller, autrement, ne le faites pas. »

A ce moment, ils parurent tous surpris. Wyoh se leva et vint à côté de moi. Elle ne dit rien mais glissa sa main sous mon bras.

Prof parla fermement : « Que tous partent sauf les membres du cabinet de Guerre et le gospodin Wright. » Il attendit que tout le monde fût parti, puis déclara : « Manuel, je ne peux pas accepter votre démission. Et je ne peux pas non plus vous laisser me forcer à prendre des mesures hâtives à l'encontre du gospodin Wright, non, pas quand nous sommes tous fatigués, épuisés. Il vaudrait mieux que vous vous excusiez mutuellement, que vous reconnaissiez tous les deux que vos paroles ont dépassé votre pensée. »

— « Euh... » je me tournai vers Finn. « Est-ce qu'il s'est battu ? » demandai-je en désignant Wright.

— « Lui ? que non ! Du moins pas dans mes parages. Alors, Wright ? Vous êtes-vous battu lorsque nous avons été envahis ? »

Wright répondit avec raideur : « Je n'en ai pas eu l'occasion. Lorsque j'ai appris les événements, tout était déjà terminé. Mais, étant donné que l'on a mis en doute à la fois ma loyauté et mon courage, j'exige... »

— « La ferme ! » dis-je. « Si c'est un duel que vous voulez, d'accord, dès que je serai moins occupé. Prof, puisqu'il n'a même pas l'excuse de s'être battu, ce qui aurait pu expliquer son attitude, je ne m'excuserai certainement pas car un foutu bavard est toujours un foutu bavard. Et vous ne paraissez pas voir la solution : vous laissez ce foutu bavard m'embêter, vous n'avez même pas essayé de l'arrêter ! Alors, c'est simple, vous le sacquez, ou bien c'est moi que vous fichez dehors ! »

Finn dit soudain : « Je suis d'accord, Prof : ou vous mettez ce morpion à la porte, ou vous nous débarquez tous les deux. » Puis il regarda Wright : « Quant à ce duel, espèce de corniaud... il faudra d'abord te battre avec moi. Tu as deux bras, pas Mannie. »

— « Je n'ai pas besoin de deux bras pour *lui*. Je te remercie quand même, Finn. »

Wyoh pleurait... je le sentais, même si je n'entendais rien. Prof lui demanda tristement : « Wyoming ? »

— « Je suis dé-dé-désolée, Prof ! mais moi aussi. »

Il restait « Clayton » Watenabe, le juge Brody, Wolfgang, Stu et Sheenie, c'est-à-dire la poignée que comptait le cabinet de Guerre. Prof les regarda ; je voyais bien qu'ils étaient de mon côté, cela a quand même demandé un gros effort à Wolfgang ; il faut dire qu'il travaillait avec Prof, pas avec moi.

Prof me regarda de nouveau et me dit doucement : « Manuel, c'est à double tranchant. Vous allez me forcer à donner ma démission. » Il regarda autour de lui et dit encore : « Bonne nuit, camarades, ou plutôt, bonjour. Je vais aller prendre un peu de repos, j'en ai fichtrement besoin. » Et il s'en fut, sans tourner la tête.

Wright était parti ; je ne l'avais pas vu s'en aller. Finn me dit : « Qu'est-ce que c'est ces croiseurs, Mannie ? »

— « Il n'y aura rien avant samedi après-midi. Tu devrais quand même faire évacuer Tycho-Inférieur. Je ne peux plus parler maintenant, je suis sur les genoux. »

J'ai accepté de le revoir à 21 heures, puis j'ai laissé Wyoh m'entraîner. Je pense qu'elle m'a mis au lit mais je ne m'en souviens pas.

27

PROF était là lorsque je rencontrai Finn dans le bureau du Gardien, quelques minutes avant 21 heures, vendredi. J'avais dormi neuf heures, j'avais pris un bain, Wyoh m'avait apporté un petit déjeuner qu'elle était allée chercher quelque part, j'avais encore bavardé avec Mike... tout se passait selon les nouveaux plans. Les vaisseaux n'avaient pas changé de trajectoire, la Grande Chine allait être frappée.

Je suis arrivé au bureau à temps pour voir l'explosion à la vidéo, tout se passa fort bien, à exactement 20-1-0-1, et Prof descendit pour travailler. Personne ne parla de Wright, ni d'ailleurs de démission. Je n'ai jamais revu Wright.

Je dis bien que *jamais* je ne l'ai revu. Je n'ai pas posé de question ; Prof ne parla de rien, moi non plus.

Nous avons examiné les nouvelles et étudié la situation tactique. Wright avait eu raison de parler de « milliers de morts » ; les journaux terrestres ne parlaient que de ça. Nous ne saurons jamais combien il y en a eu : quand un individu a l'idée saugrenue de se mettre au point P quand lui tombent sur le nez quelques tonnes de roc, il ne reste pas grand-chose. Les cadavres qu'ils avaient pu dénombrer, ce furent ceux des spectateurs éloignés qui avaient été tués par le souffle. On évaluait à cinquante mille le nombre des morts pour l'Amérique du Nord.

Je ne parviendrai jamais à comprendre les gens ! Nous les avions avertis trois jours durant, et il est impossible de prétendre qu'ils n'avaient pas entendu nos avertissements puisque c'est justement à cause de ceux-ci qu'ils se trouvaient où il ne fallait pas. Ils avaient voulu voir. Ils avaient voulu assister à notre déconfiture. Ils avaient voulu emporter des « souvenirs ». Des familles entières étaient venues sur les objectifs, certaines avec des provisions pour pique-niquer. *Des paniers pour pique-niquer !* Bojemoï !

Et maintenant, les survivants voulaient nous faire payer le prix du sang pour cette « boucherie insensée ». Da. Personne ne s'était indigné après leur tentative d'invasion, après leur bombardement (atomique !), quatre jours auparavant, ce qui ne les empêchait pas de gémir sur cet « assassinat prémédité ». Le *Great New York Times* demandait que tous les membres du gouvernement « rebelle » de Luna soient ramenés sur Terra pour être exécutés publiquement : « Nous nous trouvons aujourd'hui devant un cas manifeste où la règle humanitaire contre la peine capitale doit être suspendue, dans l'intérêt supérieur de toute l'humanité. »

Je me suis efforcé de ne pas trop y penser, exactement comme j'avais essayé d'oublier Ludmilla. La petite Milla, elle, n'avait pas emporté un panier de pique-nique. Elle, elle n'était pas une touriste, elle n'avait pas cherché d'émotions fortes.

Pour l'instant, le problème important était celui de Tycho-Inférieur. Si ces vaisseaux venaient bombarder nos terriers, et c'était exactement ce que demandaient les journaux terriens, Tycho-Inférieur ne pourrait pas résister, sa voûte supérieure était trop mince. Une seule bombe H décompresserait tous les niveaux ; les sas pressurisés ne sont pas construits pour résister au souffle d'une bombe H.

(Je persiste à ne pas comprendre les hommes. Terra prétendait avoir formellement mis au ban de l'humanité l'usage des bombes thermonucléaires contre les populations ; c'était même dans ce seul but qu'avaient été fondées les N.F. Et c'était pourtant un vrai concert de hurlements pour exiger que les N.F. nous bombardent, nous. Ils ne prétendaient plus que nos bombes étaient atomiques mais toute l'Amérique du Nord réclamait, exigeait des représailles atomiques contre nous.)

Je ne comprends pas non plus le comportement des Lunatiques dans cette affaire. Finn, au moyen de sa milice, avait fait passer la consigne d'évacuation de Tycho-Inférieur ; Prof l'avait répété à la vidéo. Il n'y avait d'ailleurs pas de problème car Tycho-Inférieur était assez petit pour que Novylen et L City puissent abriter et ravitailler tous ses habitants. Nous disposions de capsules en assez grand nombre pour les évacuer en moins de vingt heures, pour les entasser provisoirement dans Novylen et pour inciter la moitié de la population à aller à L City. C'était beaucoup de travail mais le problème n'était pas insoluble ; naturellement, subsistaient des problèmes mineurs, comme de commencer à compresser l'air de la ville au cours de l'évacuation, — pour pouvoir le récupérer, — et de le décompresser complètement, — à la fin, pour réduire les dégâts, — ou encore de trouver le ravitaillement suffisant en temps utile, et aussi d'assurer le coffrage des tunnels agricoles, et ainsi de suite... mais nous étions à même de faire tout cela et nous disposions d'assez de main-d'œuvre avec les stilyagi, la milice et le personnel municipal.

L'évacuation avait-elle commencé ? Écoutez donc cette rumeur silencieuse !

De nombreuses capsules se trouvaient déjà à Tycho-Inférieur, en si grand nombre que nous ne pouvions plus en envoyer avant que les premières dégagent la route. Et elles ne démarraient pas. « Mannie, » me dit Finn, « je ne crois pas qu'ils vont évacuer. »

— « Merde ! » dis-je, « Il faut absolument qu'ils évacuent. Quand nous aurons un écho de fusée en direction de Tycho-Inférieur, ce sera trop tard. Les gens vont s'affoler et nous aurons des embouteillages monstres, ils vont tous se précipiter dans les capsules et il n'y aura pas de place pour tout le monde. Finn, il faut absolument que tes gars les y obligent. »

Prof fit non de la tête : « Non, Manuel. »

Je lui répondis assez brutalement : « Prof, vous poussez votre conception de la « non-violence » un peu trop loin ! Vous savez bien que cela va provoquer des désordres ! »

— « Nous les laisserons se battre s'il le faut. Mais nous allons continuer à faire usage de la persuasion, pas de la force. Revoyons maintenant nos plans. »

Cela n'avait pas grand intérêt mais c'était ce que nous pouvions faire de mieux. Nous avons averti tout le monde qu'il fallait nous attendre à un bombardement et à une invasion, ou à l'une de ces deux menaces seulement. Nous avons envoyé des patrouilles de la milice de Finn au-dessus de tous les terriers pour surveiller quand et où les croiseurs allaient déboucher venant de notre face aveugle, la face opposée à Terra, car nous ne voulions pas être de nouveau pris par surprise. A tous les terriers, pression maximum et que tout le monde mette sa combinaison pressurisée. Pour tous les militaires et les organisations paramilitaires, alerte bleue prévue à 16 heures samedi, alerte rouge s'il y avait envoi de fusées ou si les vaisseaux modifiaient leur route. Les canonniers de Brody étaient invités à aller en ville, à se soûler ou à faire ce qu'ils voulaient, mais à regagner leur poste à 15 heures samedi... cela, c'était une idée de Prof. Finn voulait garder la moitié de ses effectifs en alerte mais Prof avait dit que non, qu'ils seraient tous en bien meilleur état pour une longue veille s'ils commençaient par se détendre et par s'amuser, et j'ai été de l'avis de Prof.

Pour le bombardement de Terra, nous n'avons fait aucune modification au cours de la première rotation. Nous recevions des réponses angoissées de l'Inde mais pas de nouvelles de la Grande Chine. D'ailleurs, l'Inde n'avait pas tellement à s'en faire, nous ne l'avions pas quadrillée car c'est une région trop peuplée. Nous avions bien choisi quelques objectifs dans le désert de Thar et sur quelques sommets montagneux, mais la plupart des autres objectifs se trouvaient au large des ports de mer.

Nous aurions quand même dû choisir des montagnes plus hautes ou bien, alors, donner moins d'avertissements ; il nous apparut, à la lecture des journaux, qu'un saint homme, suivi d'une grande foule de pèlerins, avait décidé d'envoyer ses fidèles sur chaque objectif afin de repousser notre offensive par la seule force mentale.

Nous avons donc, une fois de plus, été des meurtriers. En outre, nos coups en plein océan tuèrent des millions de poissons et de nombreux pêcheurs car les pêcheurs et les autres navigateurs n'avaient pas entendu nos avertissements. Le gouvernement indien semblait ressentir autant de furie pour les poissons que pour les pêcheurs... mais le principe du caractère sacré de la vie ne semblait pas devoir nous concerner : il demandait tout simplement nos têtes.

L'Afrique et l'Europe eurent des réactions plus sensées mais bien différentes. En Afrique, la vie n'a jamais eu un caractère sacré et ceux qui sont allés voir les bombardements n'ont guère été pleurés. L'Europe avait disposé d'une journée pour apprendre que nous pouvions frapper où nous voulions, et pour s'apercevoir que nos bombes étaient mortelles. Il y eut des morts, certes, surtout des marins trop têtus. Mais il n'y eut pas à déplorer de pertes dans les emplacements déserts comme en Inde et en Amérique du Nord, non plus qu'au Brésil et dans les autres régions d'Amérique du Sud.

Puis ce fut, encore une fois, le tour de l'Amérique du Nord... dimanche 17 octobre 2076, à 9 h 58 mn 28 sec.

Mike l'avait programmé pour exactement 10 heures de notre heure, à cause du trajet parcouru en une journée par Luna, sur son orbite, et à cause de la rotation de Terra, ce qui fit que l'Amérique du Nord nous a présenté son étendue à 5 heures du matin, heure de la côte Est, et à 2 heures du matin, heure de la côte Pacifique.

Dès le début de la matinée du samedi, nous avions commencé à discuter de ces divers objectifs. Prof avait demandé la réunion du cabinet de Guerre, tous les membres étaient présents, sauf « Clayton » Watenabe qui s'était rendu à Kong-ville pour prendre en main la défense de la ville. Prof, moi-même, Finn, Wyoh, le juge Brody, Wolfgang, Stu et Terence Sheehan, ce qui faisait huit opinions différentes. Prof a bien raison : à plus de six, les gens sont incapables de décider de quoi que ce soit.

Je devrais plutôt dire que cela ne faisait que six opinions, car Wyoh avait gardé sa jolie bouche fermée, ainsi que Prof qui servait, lui, d'élément modérateur. Mais les autres faisaient autant de bruit que dix-huit. Stu se fichait de ce que nous frappions, à condition que la Bourse de New York ouvre le lundi matin : « Nous avons vendu à découvert dix-neuf valeurs différentes, jeudi dernier. Si ce pays n'est pas en faillite avant que nous ne soyons sortis de l'auberge, il vaudrait mieux que mes ordres d'achat à terme destinés à couvrir mes ventes soient exécutés. Dites-le-leur, Prof ; faites-leur comprendre. »

Brody voulait se servir de la catapulte pour démolir tous les vaisseaux qui quitteraient maintenant l'orbite d'attente. Le juge ne connaissait rien à la balistique, il ne savait qu'une chose, que ses hommes, ses chers foreurs, étaient exposés. Je n'ai pas discuté car presque toutes les charges qui nous restaient étaient déjà sur orbites lentes et que nous serions bientôt fixés... je ne croyais d'ailleurs pas que nous pourrions longtemps continuer à nous servir de la catapulte.

Sheenie pensait qu'il serait intelligent de refaire le quadrillage et de lancer une charge exactement sur le sommet du plus grand immeuble de la Dictature d'Amérique du Nord. « Je connais les Américains, j'étais Américain moi-même avant qu'ils ne me déportent. Ils sont certainement furieux d'avoir tout confié à l'administration des N.F. Fichons en l'air ces bureaucrates et ils se mettront de notre côté. »

Wolfgang Korsakov, au grand déplaisir de Stu, pensait que leurs affaires avanceraient beaucoup si toutes les Bourses mondiales étaient fermées jusqu'à ce que tout soit terminé.

Finn était pour la manière forte : les avertir de retirer tous leurs vaisseaux de notre ciel et les frapper pour de bon s'ils n'obtempéraient pas. « Sheenie se trompe sur les Américains ; je les connais bien, moi aussi. L'Amérique du Nord constitue l'ossature des N.F. ; c'est eux qu'il faut rosser ; ils nous traitent déjà d'assassins, nous pouvons donc leur cogner dessus, et *cogner dur !* Détruisons les villes américaines et nous pourrons arrêter les autres bombardements. »

Je suis discrètement parti et suis allé voir Mike, j'ai pris des notes. Quand je suis revenu, la discussion n'était pas terminée. Prof leva les yeux lorsque je m'assis. « Monsieur le maréchal, vous ne nous avez pas fait part de votre opinion. »

— « Prof, » lui ai-je répondu, « j'aimerais bien que vous laissiez tomber cette idiotie de monsieur le maréchal. Les enfants sont couchés, nous pouvons nous permettre de parler librement. »

— « Comme vous voudrez, Manuel. »

— « J'attendais de voir si nous pouvions parvenir à un accord. »

Ce qui était impossible.

— « Je ne vois pas pourquoi je devrais avoir une opinion, » ai-je continué. « Je ne suis jamais qu'un garçon de courses, je ne suis ici que parce qu'il se trouve que je sais programmer un ordinateur balistique. » J'ai dit cela en regardant Wolfgang droit dans les yeux... c'est un camarade de première, mais un foutu intellectuel. Moi, je ne suis qu'un pauvre mécanicien sans instruction tandis que Wolf avait obtenu un diplôme d'une école célèbre, Oxford, avant d'être déporté. Il faisait preuve de déférence envers Prof mais rarement envers quelqu'un d'autre. Stu, da... mais Stu aussi avait des références mondaines.

Wolf se tortilla sur son siège et dit : « Allez-y, Mannie, naturellement, nous voulons votre avis. »

— « Je n'ai pas d'avis. Les plans de bombardement ont été suivis avec soin ; tout le monde pouvait les discuter, avant. Je n'ai rien vu qui puisse justifier une modification. »

— « Manuel, » dit Prof, « acceptez-vous de réviser le deuxième bombardement de l'Amérique du Nord, pour notre bénéfice à tous ? »

— « D'accord. Le but de ce second assaut est de les obliger à utiliser leurs fusées d'interception. Chaque coup est dirigé vers une grande ville, près d'une grande ville, en un lieu désert, devrais-je préciser. Et nous allons les avertir, très peu de temps avant de frapper... Combien de temps, maintenant, Sheenie ? »

— « Nous les avertissons, maintenant même. Mais nous pouvons encore apporter des modifications, et je crois que nous le devrions. »

— « Peut-être. La propagande, c'est pas mon boulot. Dans la plupart des cas, nous avons visé assez près pour les forcer à nous intercepter, nous avons visé des objectifs maritimes... et cela va faire du mal : non seulement cela va tuer du poisson mais aussi tous ceux qui se trouveront sur le rivage, à cause des raz de marée ; le rivage va être dévasté. »

J'ai regardé ma montre et me suis aperçu qu'il me fallait gagner du temps. « Seattle va prendre un coup en plein dans le Puget Sound ; San Francisco va perdre les deux ponts dont ils sont tellement fiers. Pour Los Angeles, une charge est prévue entre Long Beach et Catalina, une autre à quelques kilomètres plus au nord, sur la côte. Mexico se trouvant à l'intérieur des terres nous avons choisi d'en envoyer une sur le Popocatepetl, où tout le pays pourra la voir. Pour Salt Lake City, nous l'envoyons en plein dans le lac. Nous avons négligé Denver, car ils verront bien ce qui se passera dans les Colorado Springs... et nous continuons naturellement à bombarder les monts Cheyenne, et nous les pilonnerons dès que nous les aurons dans notre ligne de tir. St. Louis et Kansas City seront touchés en plein dans leurs fleuves respectifs, comme La Nouvelle-Orléans... il y aura d'ailleurs probablement une inondation à La Nouvelle-Orléans. Toutes les villes des Grands Lacs auront leur part, c'est une longue liste... dois-je la lire ? »

— « Peut-être plus tard, » dit Prof. « Continuez. »

— « Boston va en recevoir une dans le port, New York

dans Long Island Sound et une autre exactement entre ses deux plus grands ponts... je pense que les ponts seront détruits, mais nous avons promis de ne pas les toucher et nous ne les toucherons pas. En descendant leur côte Est, nous nous occupons de deux villes de la baie de Delaware, puis deux encore sur la baie de Chesapeake, et l'une d'elles est d'une importance sentimentale et historique extrême. Plus au sud, nous frappons encore trois grandes villes en choisissant les plans d'eau. A l'intérieur, nous bombardons Cincinnati, Birmingham, Chattanooga, Oklahoma City, en choisissant pour ces villes soit les fleuves, soit les montagnes d'alentour. Ah, oui ! Dallas... Nous détruisons le spatiodrome de Dallas et il n'est pas impossible que nous touchions au sol quelques vaisseaux, il y en avait six la dernière fois que j'ai fait un sondage. Nous ne tuerons personne s'ils ne s'obstinent pas à stationner sur les objectifs ; Dallas est un endroit parfait, le spatiodrome est immense, plat et désert, et il y aura quand même une dizaine de millions de spectateurs. »

— « Si vous le touchez, » dit Sheenie.

— « Quand, pas si ! Chaque objectif doit recevoir une seconde bombe une heure plus tard. Si ni l'une ni l'autre n'atteint l'objectif, nous avons encore des charges en réserve et nous pourrons recommencer... nous épargnerons par exemple des objectifs moins importants comme ceux du groupe qui s'étend de la baie de Delaware à celle de Chesapeake. Même chose pour les Grands Lacs. Quant à Dallas, nous avons conservé à son intention plusieurs charges, et même d'assez nombreuses... car nous pensons que cette ville sera défendue avec acharnement. Les réserves dureront environ six heures, c'est-à-dire aussi longtemps que nous pouvons voir l'Amérique du Nord ; quant aux dernières réserves, elles peuvent être larguées n'importe où sur le continent... ce qui est normal puisque plus on détourne la charge de loin, plus on peut déplacer le point d'impact. »

— « Je ne vous suis plus, » dit Brody.

— « C'est une question de vecteurs, juge. Une tuyère directionnelle peut faire subir à une charge une poussée vectorielle d'un certain nombre de mètres/seconde. Plus cette poussée vectorielle agit longtemps, plus la charge s'éloignera de son objectif originel. Si nous envoyons un signal à une tuyère directionnelle trois heures avant l'impact, nous déplaçons le point de ce dernier trois fois plus loin que si nous attendions qu'il ne nous reste plus qu'une heure pour le faire. Ce n'est pas aussi simple que je le dis mais notre ordinateur peut calculer ces déviations... si vous lui en donnez le temps. »

— « Combien de temps faudrait-il ? » demanda Wolfgang.

Je fis exprès de ne pas comprendre : « Un ordinateur peut résoudre cette sorte de problème presque instantanément, dès qu'on l'a programmé. Ces décisions sont déjà préprogrammées. Voici ce que cela donne : Si, sur un groupe d'objectifs A, B, C et D, vous vous apercevez que vous avez manqué trois objectifs avec la première et la seconde salve, vous repositionnez toutes les réserves de seconde ligne du premier groupe, de telle sorte que vous êtes alors capable de choisir ces trois objectifs tandis que vous redistribuez les réserves du deuxième groupe pour les utiliser éventuellement sur le groupe II, ce qui permet de repositionner la troisième réserve du super-groupe Alpha, de telle manière que... »

— « La ferme ! » dit Wolfgang. « Je ne suis pas un ordinateur. Ce que je voulais savoir, c'est de combien de temps nous disposons pour prendre notre décision. »

— « Ah ! » Et j'ai lentement regardé ma montre. « Vous disposez maintenant... de trois minutes cinquante-huit secondes pour annuler la charge de Kansas City. Le programme d'annulation est prêt et mon meilleur adjoint, — un certain Mike, — est à pied d'œuvre. Dois-je l'appeler au téléphone ? »

C'est Sheenie qui parla : « Pour l'amour de Dieu ! Man, annule ! »

— « Par l'enfer ! » dit Finn. « Qu'est-ce qui se passe, Terence ? Tu as les foies ? »

— « Je vous en prie, camarades, » s'interposa Prof.

— « Vous savez, » dis-je, « je prends mes ordres auprès du chef de l'État, c'est-à-dire de Prof, ici présent. S'il désire nos avis, il n'a qu'à les demander. Il est inutile de crier d'un bout de la table à l'autre. » J'ai regardé ma montre. « Il reste deux minutes et demie. Il y a naturellement plus de marge pour les autres objectifs ; Kansas City est l'objectif le plus éloigné des eaux profondes. Pour certaines des villes de la région des Grands Lacs, il est déjà trop tard pour annuler l'opération ; nous pouvons seulement épargner le lac Supérieur. Salt Lake City dispose encore d'une minute. Après quoi, les charges vont arriver. » Et j'attendis.

— « A tour de rôle, » dit Prof. « Pour la poursuite du programme. Général Nielsen ? »

— « Da ! »

— « Gospoja Davis ? »

Wyoh respira profondément : « Da. »

— « Juge Brody ? »

— « Oui, bien sûr. C'est nécessaire. »

— « Wolfgang ? »

— « Oui. »

— « Comte LaJoie ? »

— « Da. »

— « Gospodin Sheehan ? »

— « Vous perdez un pari, mais je suis avec vous. Unanimité. »

— « Un instant ! Manuel ? »

— « A vous de décider, Prof, comme toujours. C'est idiot de faire voter. »

— « J'ai bien conscience d'avoir à prendre la décision, gospodin ministre. Allez-y, continuez le bombardement. »

Presque tous les objectifs que nous avions l'intention de frapper par la seconde salve furent atteints malgré une défense acharnée, sauf Mexiço. Il nous sembla (c'est du moins ce que nous a indiqué Mike, avec 98,3 % de certitude) que les fusées d'interception faisaient explosion sur l'ordre d'un radar d'approche mais que les Terriens avaient mal calculé la vulnérabilité de nos cylindres de roc massif. Ils ne détruisirent que trois rochers, les autres furent déviés et firent donc plus de mal que s'ils n'avaient pas essayé de les détruire.

New York a assez bien résisté. Dallas beaucoup mieux encore. La différence résidait peut-être dans les commandes locales des fusées d'interception car il nous a paru invraisemblable que le poste de commandement des monts Cheyenne fût encore en mesure de fonctionner. Il était possible que nous n'ayons pu bouleverser complètement leur terrier (nous ne savions pas en effet à quelle profondeur il se trouvait) mais je parierais n'importe quoi qu'il n'y avait plus ni hommes ni ordinateurs en état de marche.

Dallas provoqua l'explosion des cinq premières charges de

rocher, ou les dévia, aussi ai-je dit à Mike de retirer tout ce qu'il pouvait des monts Cheyenne et de l'envoyer sur Dallas... ce qu'il put faire deux salves plus tard ; les deux objectifs ne sont en effet séparés que d'un millier de kilomètres.

Les défenses de Dallas s'écroulèrent à la salve suivante ; Mike gratifia leur spatiodrome de trois charges supplémentaires (qui étaient déjà parties) puis se retourna vers les monts Cheyenne... les dernières charges n'avaient en effet pas encore été déviées et se dirigeaient toujours vers les monts Cheyenne. Il donnait toujours de douces caresses amoureuses et cosmiques à ces montagnes dévastées quand l'Amérique disparut de notre champ de tir, passant de l'autre côté de Terra.

Je suis resté avec Mike pendant toute la durée du bombardement, car je savais bien que c'était le plus violent que nous ferions jamais. Quand il se mit au repos en attendant l'heure de réduire la Grande Chine en poussière, Mike me dit pensivement : « Man, je crois que nous ferions mieux de ne plus frapper cette montagne. »

— « Pourquoi, Mike ? »

— « Parce qu'elle n'existe plus. »

— « Récupère alors les charges de réserve. Quand faudra-t-il que tu t'en occupes ? »

— « Je pourrais les envoyer sur Albuquerque ou sur Omaha mais il vaut mieux que je le fasse maintenant ; demain, je serai trop occupé. Man, mon meilleur ami, tu devrais partir. »

— « Tu t'ennuies avec moi, mon vieux ? »

— « Dans quelques heures le premier vaisseau va envoyer ses fusées. Quand cela se produira, je transmettrai toutes les commandes balistiques à la Fronde du Petit David... à ce moment, je préférerais que tu sois sur la mer Undarum. »

— « Qu'est-ce qui t'ennuie, Mike ? »

— « Le petit est précis, tu sais, Man, mais il est si bête ! Je voudrais qu'il soit surveillé. Il peut y avoir des décisions à prendre très rapidement et il n'y a personne, là-bas, pour le programmer correctement. Il vaudrait mieux que tu y ailles. »

— « Si tu le dis, Mike. Pourtant, s'il faut le programmer *rapidement,* il faudra quand même que je te téléphone. » La plus grande cause de retard avec les ordinateurs ne provient pas de leur lenteur mais bien au contraire du temps qu'il faut aux hommes, — et cela peut leur prendre des heures, — pour établir un programme qu'un ordinateur établirait lui-même en quelques millisecondes. Mike, lui, avait une grande qualité, il pouvait se programmer tout seul, et le faire rapidement. Il suffisait de lui expliquer un problème, il établissait son programme. De la même manière, et avec autant de précision, il pouvait donc programmer son « fiston idiot » infiniment plus rapidement que personne.

— « Mais, Man, si je veux que tu sois là-bas, c'est justement parce qu'il est possible que tu ne puisses pas me téléphoner ; les lignes peuvent être coupées. C'est pourquoi j'ai préparé toute une série de programmes éventuels pour le Jeunot ; cela pourra te servir. »

— « D'accord. Imprime-les. Et donne-moi la communication avec Prof. »

Mike me mit donc en rapport avec Prof ; je me suis assuré que nous étions seuls sur la ligne et j'ai exposé ce que Mike croyait nécessaire. Je supposais que Prof y ferait des objections, j'espérais qu'il me demanderait de rester quand ces vaisseaux viendraient nous envahir, nous bombarder, ou quoi que ce soit... au lieu de cela, il me répondit : « Manuel, vous êtes obligé d'y aller. J'hésitais à vous en parler. Avez-vous discuté avec Mike de nos chances ? »

— « Niet. »

— « Je l'ai fait tous les jours. En gros, si Luna City est détruite, si je meurs et que les autres membres du gouvernement meurent aussi, même si tous les yeux de Mike sont crevés et qu'il soit lui-même coupé de la nouvelle catapulte... et tout cela peut se produire si nous sommes sévèrement bombardés... même si tout cela se produit, donc, et simultanément, Mike donne encore à Luna des chances égales si la Fronde du Petit David peut encore fonctionner, et c'est vous, et vous seul, dans ce cas, qui devrez la faire marcher. »

Que vouliez-vous que je réponde ?

— « Da, Boss. Yes sir, oui m'sieur. Vous et Mike, vous vous entendez comme cul et chemise. D'accord, j'irai ! »

— « Très bien, Manuel ! »

Je suis encore resté une heure avec Mike pendant qu'il imprimait mètre après mètre de nouveaux programmes taillés sur mesure pour l'autre ordinateur : et ce travail m'aurait pris au moins six mois, même si j'avais été capable de prévoir toutes les possibilités. Mike mit des références, des têtes de chapitres, et c'était tellement affreux que j'ose à peine en parler aujourd'hui. Qu'il me suffise de vous dire que, dans certaines circonstances, il pouvait être nécessaire de détruire, oui, de détruire Paris, et il me disait comment faire... il m'indiquait quelles fusées étaient sur orbite, comment dire au Jeunot de les trouver et de les amener sur l'objectif. Il m'indiquait *vraiment tout.*

J'étais en train de lire cet interminable document, — pas les programmes eux-mêmes, seulement les résumés des programmes éventuels qui se trouvaient en tête de chacun d'eux — quand Wyoh m'appela au téléphone : « Mannie chéri, est-ce que Prof t'a dit qu'il fallait aller sur la mer Undarum ? »

— « Oui, j'allais justement t'appeler. »

— « Parfait. Je prépare ce qu'il nous faut et je te retrouve à la station Est. A quelle heure peux-tu y être ? »

— « Ce qu'il « nous » faut ? Tu veux venir avec moi ? »

— « Prof ne t'en a pas parlé ? »

— « Non. » Je me suis tout à coup senti heureux.

— « Je me sens un peu coupable, mon chéri. *Je voulais tellement* t'accompagner... mais je n'avais aucune raison valable. Après tout, je ne peux pas me rendre utile près d'un ordinateur et, ici, j'ai des responsabilités, j'en avais, du moins. Maintenant, on m'a déchargée de toutes mes fonctions, et toi aussi. »

— « Comment ? »

— « Tu n'es plus ministre de la Guerre, c'est Finn, maintenant. A la place, tu es premier ministre adjoint... »

— « Fichtre ! »

— « ... et aussi vice-ministre de la Guerre. Je suis, moi, vice-présidente tandis que Stu a été nommé secrétaire d'État adjoint aux Affaires étrangères. Il vient donc avec nous, lui aussi. »

— « Je n'y comprends plus rien. »

— « Ce n'est pas une décision aussi hâtive qu'elle peut le sembler : Prof et Mike ont préparé cela depuis plusieurs mois. C'est de la décentralisation, mon chéri, la même chose que ce que McIntyre a fait avec les terriers. S'il y a une catastrophe sur L City, l'État Libre de Luna aura toujours un gouvernement. Comme Prof me l'a bien fait remarquer : « Wyoh, chère madame, tant que vous vivrez tous les trois, tant qu'il restera quelques députés, rien ne sera perdu. Vous pourrez toujours négocier sur un pied d'égalité et refuser d'admettre vos blessures. »

Et c'est ainsi que je suis allé jouer au mécanicien près d'un ordinateur. Stu et Wyoh m'ont retrouvé, apportant les bagages (y compris mes autres bras). Nous avons alors progressé dans d'interminables tunnels non pressurisés, revêtus de nos combinaisons pressurisées, utilisant un petit camion à plateau, un camion à chenilles pneumatiques qui servait à transporter l'acier jusqu'à l'atelier. Greg avait envoyé un gros camion à chenilles à notre rencontre, puis nous a retrouvés lui-même quand nous nous sommes une nouvelle fois enfouis dans le sous-sol.

C'est ainsi que je n'ai pu assister, le samedi soir, à l'attaque contre les radars balistiques.

28

Le commandant du premier vaisseau, le vaisseau des Forces des Nations Fédérées *Espérance*, avait du cran. Vers la fin de la journée de samedi, il modifia sa trajectoire et vint droit sur nous. Il s'était probablement imaginé que nous pouvions affoler ses radars car il semble qu'il avait décidé de s'approcher d'assez près pour voir nos installations de radars avec ceux du vaisseau plutôt que de faire diriger ses fusées contre nous par les faisceaux de nos propres radars.

Il me semble même qu'il ait accepté de lancer, pour lui-même, son vaisseau et son équipage, une attaque suicide car il est descendu jusqu'à 1 000 kilomètres d'altitude avant de lancer ses fusées, et son tir arriva droit sur cinq des six radars de Mike, sans se laisser détourner par nos brouillages.

Mike s'attendait à être aveuglé très vite, aussi laissa-t-il toute liberté aux gars de Brody pour brûler les yeux du vaisseau, ne leur demandant qu'une chose, de ne tirer que trois secondes après le départ des fusées.

Résultat : un croiseur détruit, deux radars balistiques écrasés par des fusées à tête thermonucléaire, trois fusées « désamorcées »... et, de notre côté, deux batteries de canons détruites, avec leurs servants, l'une par une explosion thermonucléaire, l'autre par une fusée morte qui leur tomba droit sur le nez, sans oublier trente canonniers brûlés par des radiations dépassant le niveau mortel de 800 rœntgen, en partie parce qu'ils avaient subi l'éclair, en partie parce qu'ils étaient restés trop longtemps en surface. Il faut encore ajouter : quatre membres du Corps Lysistrata, disparus avec les servants ; les filles avaient préféré mettre leurs combinaisons pressurisées et accompagner leurs hommes. Les autres filles ont subi de sérieuses doses de rayons, mais cependant inférieures au niveau des 800 rœntgen.

Le deuxième croiseur poursuivait son orbite elliptique autour de Luna.

J'ai appris tout cela par Mike après notre arrivée près de la Fronde du Petit David, le dimanche matin. Il était fort irrité par la perte de deux de ses yeux, et encore plus par les pertes subies par les servants des canons ; il me semble que Mike était en train d'acquérir quelque chose qui ressemblait à la conscience humaine, il paraissait se croire coupable de n'avoir pas pu localiser immédiatement les six objectifs. Je lui ai fait remarquer que nous nous battions avec des armes improvisées, d'une portée limitée, pas avec de véritables armements.

— « Et toi, Mike ? Tu vas bien ? »

— « Pour l'essentiel, oui. Mais j'ai des discontinuités lointaines. Une fusée encore en état m'a coupé des circuits vers Novy Leningrad ; j'ai cependant reçu des comptes rendus par Luna City qui m'ont informé que mes commandes locales marchaient de manière satisfaisante, et qu'il n'y avait pas eu de pertes dans les services municipaux. Je suis gêné par ces discontinuités... mais on pourra refaire des connexions plus tard. »

— « Mike, tu parais fatigué. »

— « Fatigué, moi ! C'est ridicule ! Man, tu oublies ce que je suis. Je suis ennuyé, c'est tout. »

— « Quand le deuxième vaisseau sera-t-il de nouveau en vue ? »

— « Dans environ trois heures s'il se maintient sur la même orbite, ce qui m'étonnerait... Quatre-vingt-dix chances sur cent pour qu'il modifie sa trajectoire. Je m'attends à le voir dans une heure environ. »

— « Une orbite en catastrophe ? Non ? »

— « Il a quitté mon champ de vision alors qu'il se trouvait à l'azimut et en direction Est 32° Nord. Est-ce que cela ne te suggère rien, Man ? »

J'essayai de réfléchir. « Je suppose qu'ils vont alunir et essayer de te faire prisonnier, toi, Mike. En as-tu parlé à Finn ? Je veux dire, plutôt, as-tu demandé à Prof d'avertir Finn ? »

— « Prof est au courant. Pourtant, ce n'est pas comme cela que j'analyse ces éléments. »

— « Alors, je crois que je ferais mieux de me taire et de te laisser travailler. »

C'est ce que je fis. Lénore alla me chercher de quoi prendre mon petit déjeuner pendant que je passais l'inspection du Jeunot... et j'ai honte d'avouer que je fus incapable de me désoler sur nos pertes avec Wyoh et Lénore toutes les deux à mes côtés. Mamie avait envoyé Lénore « pour faire la cuisine à Greg », après la mort de Milla, mais ce n'était qu'un prétexte : il y avait assez de femmes sur l'aire de catapultage pour assurer une bonne cuisine bourgeoise pour tout le monde. C'était bien plutôt pour remonter le moral de Greg, et aussi pour celui de Lénore ; Lénore et Milla étaient très liées.

Le Jeunot semblait aller très bien. Il travaillait sur l'Amérique du Sud, envoyant les charges les unes après les autres. J'étais dans la salle du radar et je regardais, avec amplification maximum, tandis qu'il en plaçait une dans l'estuaire qui sépare Montevideo de Buenos Aires ; Mike n'aurait pu faire preuve de plus de précision. J'ai ensuite vérifié son programme pour l'Amérique du Nord, je n'ai rien trouvé à corriger, puis je l'ai enfermé et j'ai mis la clef dans ma poche. Jeunot était laissé à lui-même... sauf si Mike prévoyait d'autres ennuis et décidait de reprendre les rênes.

Ensuite, je me suis assis et j'ai essayé d'écouter en même temps les nouvelles de la Terre et celles de Luna City. Un câble co-axial amenait de L City les circuits téléphoniques, les instructions de Mike pour son fiston idiot, la radio et la vidéo ; le site n'était plus isolé. Outre le câble venant de L City, l'aire de catapultage possédait des antennes pointées vers Terra ; nous pouvions donc entendre directement toutes les nouvelles terriennes que le Complexe pouvait capter. Et cette précaution n'était pas inutile : pendant la construction de la catapulte, la radio et la vidéo de Terra avaient constitué nos seules distractions, et c'était aussi une précaution dans le cas où notre câble unique serait interrompu.

Le satellite relais officiel des N.F. prétendait que les radars balistiques de Luna avaient été détruits et que nous étions maintenant inoffensifs ; je me demande ce qu'ont pensé les gens de Buenos Aires et de Montevideo en entendant cette nouvelle. Ils étaient probablement trop occupés pour écouter ; il faut d'ailleurs dire que, dans une certaine mesure, les coups dans l'eau étaient pires que ceux que nous pouvions assener sur la terre ferme.

Le canal vidéo du *Lunatique* de Luna City nous présentait Sheenie qui annonçait aux Lunatiques les résultats de l'attaque lancée par l'*Espérance;* il donnait d'autres nouvelles et répétait que la bataille n'était pas terminée pour autant, qu'un autre vaisseau de combat pouvait à tout instant surgir dans notre ciel, qu'il fallait se préparer à tout, que tous devaient conserver leurs combinaisons (Sheenie portait la sienne, casque entrouvert), qu'il fallait aussi surveiller les systèmes de pressurisation, que tous les groupes devaient rester en alerte, — l'alerte rouge, — et que, enfin, tous les citoyens que leur devoir n'appelait pas ailleurs devaient se hâter de gagner le niveau inférieur et y rester jusqu'à la fin. Et cela continuait...

Sheenie répéta plusieurs fois ses consignes puis, tout à coup, s'interrompit : « Attention ! Un croiseur ennemi à portée de radar, à basse altitude et arrivant à grande vitesse. Il va probablement se poser en catastrophe sur Luna City. Attention ! Départ de fusées se dirigeant vers l'éjection de la... »

L'image et le son s'interrompirent.

Je ferais aussi bien de vous dire maintenant ce que nous, qui étions près de la Fronde du petit David, nous n'avons appris que plus tard : le deuxième croiseur, volant à très basse altitude et à très grande vitesse sur l'orbite la plus serrée autorisée par le champ lunaire, avait pu commencer à bombarder l'éjection de la vieille catapulte d'une distance d'une centaine de kilomètres de l'aire de catapultage et des canonniers de Brody ; il était parvenu à démolir un certain nombre de segments au cours de la minute nécessaire pour arriver à portée des foreuses-canons, toutes rassemblées autour des radars de l'aire de catapultage. Je pense qu'il se croyait en sécurité mais il se trompait. Les gars de Brody lui brûlèrent les yeux et lui frottèrent les oreilles. Le vaisseau décrivit encore une orbite et alla s'écraser près de Toricelli ; il semble qu'il ait essayé de se poser car on vit s'allumer ses tuyères immédiatement avant la chute.

Les dernières nouvelles que nous avons obtenues après venaient de la Terre : la tapageuse radio des N.F. prétendait que notre catapulte avait été détruite (ce qui était vrai) et que la menace constituée par Luna n'existait plus (ce qui était faux), elle demandait à tous les Lunatiques de faire prisonniers leurs mauvais chefs et leur disait de se rendre, de faire appel à l'indulgence des Nations Fédérées (ce qui n'existait pas, je veux naturellement parler de l'indulgence).

J'ai écouté avec attention et j'ai, une fois de plus, vérifié le programme, puis je me suis rendu dans l'obscure salle des radars. Si tout se déroulait selon les plans prévus, nous allions presque immédiatement pondre un autre œuf dans le fleuve Hudson, puis pilonner des objectifs divers sur tout le continent, et cela pendant trois heures de suite ; nous allions tirer coup par coup car le Jeunot n'était pas capable de tirer plusieurs coups en même temps, mais Mike avait tenu compte de son inexpérience.

L'Hudson fut frappé comme prévu. Je me suis alors demandé combien de New-Yorkais écoutaient le bulletin d'information des N.F. au moment de l'impact, qui infligeait ainsi un si beau démenti.

Deux heures plus tard, le poste des N.F. déclarait que les rebelles lunaires avaient des projectiles déjà sur orbite au moment de la destruction de la catapulte mais que ces quelques projectiles seraient bien les derniers. Quand fut terminé le troisième bombardement de l'Amérique du Nord, j'arrêtai le radar. J'avais d'ailleurs pris soin de ne pas le faire fonctionner d'une manière continue ; le Jeunot avait été programmé pour ne regarder que lorsque c'était nécessaire et jamais plus de quelques secondes de suite.

J'avais encore à attendre neuf heures avant le prochain bombardement, celui de la Grande Chine.

Mais nous ne disposions pas de neuf heures pour prendre notre décision la plus importante, savoir si nous bombarderions une seconde fois la Grande Chine. Et nous n'avions pas de renseignements, sauf ceux qui nous parvenaient par les stations terrestres. Et ces renseignements pouvaient fort bien être faux. Zut ! Nous ne savions même pas si nos terriers avaient, ou non, été bombardés. J'ignorais si Prof était mort ou s'il vivait encore. Merde et deux fois merde ! Je faisais maintenant fonction de premier ministre ? Mais c'est que j'avais besoin de Prof ; être « Chef de l'État », cela me faisait une belle jambe ! Et, par-dessus tout, j'avais besoin de Mike pour calculer les faits, pour estimer les valeurs incertaines, pour prospecter les probabilités dans un sens ou dans l'autre.

Ma parole, c'est que je ne savais même pas si des vaisseaux se dirigeaient vers nous et, ce qui était pire, je n'osais même pas regarder. Si je faisais marcher les radars et si j'utilisais le Jeunot pour explorer le ciel, tous les vaisseaux de guerre qu'il atteindrait de son faisceau le repéreraient infiniment plus vite que lui-même ne les verrait ; il ne fallait surtout pas oublier que les vaisseaux de guerre étaient conçus pour réagir aux échos radars. C'est du moins ce que l'on m'avait dit. Fichtre, je n'étais pas soldat, moi, j'étais un technicien de l'informatique qui, par hasard, avait été bombardé au mauvais endroit !

Quelqu'un frappa à la porte ; je me levai pour ouvrir. C'était Wyoh, avec du café. Elle ne me dit rien, elle se contenta de me donner du café, puis s'en alla.

Je bus mon café. C'est bien ça, mon garçon ! On vous laisse tout seul, et on attend encore que vous fassiez sortir des lapins de votre chapeau ! Je ne m'en sentais pourtant pas capable.

Venant de bien loin au fond de ma mémoire, du fin fond de ma jeunesse, j'entendis alors Prof qui me disait : « Manuel, quand vous vous trouvez devant un problème que vous ne comprenez pas, essayez de résoudre tout ce que vous pouvez comprendre, puis considérez une nouvelle fois le problème. » Souvent il m'avait enseigné des choses qu'il ne comprenait pas très bien lui-même, — surtout en maths — mais il m'avait surtout appris quelque chose de beaucoup plus important, il m'avait enseigné un principe de base.

Et je sus ce que je devais, d'abord, faire.

Je suis allé près du Jeunot et je lui ai fait imprimer tous les impacts prévus de tous les projectiles sur orbite... cette tâche lui était facile, c'était un pré-programme qu'il pouvait remplir à n'importe quel moment, malgré le temps écoulé. Pendant qu'il faisait ce que je lui avais demandé, j'étudiai certains des programmes que Mike m'avait préparés, pour d'éventuelles modifications.

J'en ai alors choisi certains ; ce n'était pas difficile, il fallait seulement faire attention, les lire avec soin et les perforer sans faire d'erreur. J'ai demandé au Jeunot de les imprimer une nouvelle fois pour pouvoir les vérifier avant de lui donner le signal d'exécution.

Quand ce fut terminé, — au bout de quarante minutes, — la trajectoire de tous les projectiles lancés sur un objectif à l'intérieur des terres avait été modifiée de manière à atteindre une ville côtière..., tout en me ménageant la possibilité de retarder l'exécution pour les rochers de dernière réserve. Sauf si j'annulais le programme, le Jeunot pouvait les remettre en position aussitôt que nécessaire.

Maintenant que je ne me sentais plus aussi opprimé par ce problème de temps, maintenant que je pouvais annuler les objectifs et que je pouvais précipiter tous mes projectiles dans la mer, quelques minutes seulement avant le moment prévu pour l'impact, maintenant, donc, je pouvais réfléchir. Et c'est ce que je fis.

Après cela, j'ai convoqué mon « Cabinet de Guerre », c'est-à-dire Wyoh, Stu et Greg, mon « généralissime », dans le bureau de Greg. Lénore fut autorisée à aller et venir, pour nous apporter du café et des sandwiches, on lui permit même de rester si elle ne parlait pas. Lénore est une femme intelligente qui sait quand elle doit se tenir tranquille.

Stu ouvrit le débat : « Monsieur le Premier ministre, je ne crois pas que nous devrions frapper la Grande Chine cette fois. »

— « Laissez tomber les titres, Stu. Je joue peut-être un rôle, peut-être que non, mais je n'ai en tout cas pas de temps à perdre avec des formalités. »

— « Très bien. Puis-je expliquer mon point de vue ? »

— « Plus tard. » J'expliquai d'abord ce que j'avais fait pour nous donner plus de temps ; il m'approuva et garda le silence. « Ce qui nous gêne le plus, c'est que nous sommes privés de tout moyen de communiquer soit avec Luna City, soit avec la Terre. Greg, des nouvelles de l'équipe de dépannage ? »

— « Ils ne sont pas encore rentrés. »

— « Si la rupture se trouve à proximité de Luna City, cela peut prendre assez longtemps, à condition, encore, qu'ils puissent réparer les câbles. Nous devons donc agir comme si nous étions seuls. Greg, disposes-tu de quelque technicien en électronique qui pourrait nous bricoler un émetteur de radio pour parler avec la Terre ? Du moins par l'intermédiaire de leurs satellites, afin de n'avoir pas besoin d'une antenne trop grande. Je peux d'ailleurs donner un coup de main, sans compter que l'informaticien que je t'ai envoyé n'a pas grand-chose à faire. » (Il était même parfait pour l'électronique classique ; c'était le pauvre type que j'avais autrefois faussement accusé d'avoir permis à une mouche de se promener dans les circuits de Mike. Je l'avais affecté à ce poste.)

— « Harry Biggs, le directeur de mon usine électrique, peut

faire n'importe quoi dans ce domaine, » me répondit Greg pensivement, « s'il a le matériel nécessaire. »

— « Qu'il se mette au boulot. Nous pouvons nous permettre de détruire n'importe quoi, sauf le radar et l'ordinateur, dès que tous les projectiles auront été éjectés de la catapulte. Combien nous en reste-t-il ? »

— « Vingt-trois, et nous n'avons plus d'acier. »

— « Il faut donc, avec vingt-trois projectiles, ou gagner ou perdre. Qu'on se prépare immédiatement à les charger ; il est possible que nous les lancions aujourd'hui. »

— « Ils sont déjà prêts. Nous pouvons les charger en un clin d'œil. »

— « Parfait. Autre chose : je ne sais pas s'il y a un croiseur des N.F. — il peut même y en avoir plus d'un, — dans notre ciel. Et j'ai peur de regarder. Avec le radar du moins, car une veille au radar pourrait trahir notre position. Il faut donc organiser une surveillance spatiale. Peux-tu trouver des volontaires pour guetter à vue, et peux-tu t'en séparer ? »

Lénore prit la parole : « Je suis volontaire ! »

— « Merci, chérie, accepté. »

— « Nous en trouverons, » dit Greg, « nous n'allons pas avoir besoin de femelles. »

— « Qu'elles y aillent, Greg ; il faut que tout le monde s'y mette. » J'ai alors expliqué ce que je désirais : la mer Undarum se trouvait maintenant dans l'obscurité de la semi-lunaison ; le soleil s'était couché. La frontière invisible qui séparait la lumière du soleil et l'ombre de Luna s'étirait au-dessus de nous, en un point précis. Les vaisseaux traversant notre ciel nous apparaîtraient brusquement, allant vers l'ouest, et disparaîtraient tout aussi brusquement vers l'est. La portion visible de leur orbite irait de l'horizon à un point donné du ciel ; si l'on pouvait, à l'œil nu, définir ces deux points extrêmes, en repérer un d'après quelque relief du sol et l'autre d'après la position des étoiles, mesurer approximativement la durée du passage en comptant les secondes, le Jeunot pourrait commencer à calculer les orbites : qu'ils passent deux fois seulement à portée de vue et le Jeunot connaîtrait et la période et la courbe précise de l'orbite. Je saurais alors à peu près quand nous pourrions nous servir sans risque du radar et de la radio, et aussi de la catapulte. Je ne voulais pas, en effet, expédier un projectile tant qu'un vaisseau des N.F. se trouverait au-dessus de l'horizon afin qu'il ne puisse pas nous repérer avec son radar.

Je me montrais peut-être trop prudent, mais il faut bien se rendre compte que cette catapulte, ce radar unique et ces deux douzaines de projectiles étaient tout ce qui pouvait encore permettre à Luna d'éviter la défaite totale, que notre dernière chance consistait à ne pas leur permettre de savoir ce que nous avions ni où nous nous trouvions. Il nous était nécessaire de sembler continuer à bombarder sans arrêt Terra avec des fusées, il fallait surtout qu'ils comprennent que nous le faisions au moyen d'un engin dont ils ne soupçonnaient pas l'existence et qu'ils étaient incapables de localiser.

Le seul inconvénient, c'est que les Lunatiques, pour la plupart, ne connaissent rien à l'astronomie, ce qui est normal puisque nous habitons des cavernes et que nous n'allons en surface qu'en cas de nécessité absolue. Nous avons quand même eu de la chance : il y avait un astronome amateur dans l'équipe de Greg, un type qui avait travaillé un certain temps à l'observatoire de Richardson. Je lui ai expliqué ce que je désirais, je lui ai confié le travail et l'ai laissé se débrouiller pour expliquer lui-même à ses hommes comment identifier les étoiles. Je me suis occupé de tout cela avant de revenir à notre conseil de guerre. « Alors, Stu ? Pourquoi ne frapperions-nous pas la Grande Chine ? »

— « J'attends toujours des nouvelles du docteur Chan. J'ai reçu un message ; il a téléphoné juste avant l'interruption de nos communications... »

— « Mais, pourquoi ne pas m'en avoir parlé ? »

— « J'ai essayé de le faire mais vous vous étiez enfermé et je savais bien qu'il valait mieux ne pas vous ennuyer pendant que vous vous occupiez des problèmes de balistique. Voici donc de quoi il s'agit : le message était envoyé à l'adresse normale de la LuNoHoCo, avec une référence indiquant qu'il m'était personnellement destiné ; il nous est parvenu par l'intermédiaire de notre agent de Paris : « Notre agent de vente de Darwin, — il s'agit de Chan, — nous informe que vos expéditions de... » non, je laisse tomber le code et vous donne le texte en clair ; ces expéditions représentent les bombardements tout en semblant se référer aux événements de juin dernier... « étaient mal emballées, ce qui a produit d'importantes et inacceptables détériorations. A moins qu'il ne puisse y être porté remède, les négociations concernant un contrat de livraison de longue durée seront fortement compromises. » Tout cela est naturellement à double sens », dit Stu en me regardant. « Je pense que le docteur Chan veut dire que son gouvernement est prêt à entamer des négociations... à condition que nous ne bombardions plus la Grande Chine, ce qui gâcherait tout. »

— « Hum... » Je me levai pour marcher un peu. Demander à Wyoh ? Personne ne connaît mieux les qualités de Wyoh que moi... mais elle risquait d'hésiter, d'être tiraillée entre sa fureur et ses sentiments par trop humanitaires... et j'avais déjà appris qu'un « chef d'État », même s'il n'en est qu'un simulacre, ne doit éprouver aucune faiblesse de ce genre. Demander à Greg? Greg était bon agriculteur, meilleur mécanicien, excellent prédicateur ; je l'aimais tendrement, mais ne désirais pas son avis. Stu ? Je savais déjà ce qu'il pensait.

Mais le savais-je vraiment ? « Stu, qu'en pensez-vous ? Je ne vous demande pas l'opinion de Chan, mais la vôtre, *à vous*. »

Stu réfléchit : « C'est difficile, Mannie. Je ne suis pas Chinois et je n'ai pas passé beaucoup de temps dans la Grande Chine ; je ne prétends pas être expert en ce qui concerne leur politique ou leur psychologie. Je suis donc forcé de me ranger à son opinion à lui. »

— « Euh... Mais, fichtre, il n'est pas Lunatique, lui ! Il n'a pas les mêmes objectifs que nous. Quel avantage pense-t-*il* en retirer ? »

— « Je crois qu'il tente de manœuvrer pour obtenir le monopole du commerce avec Luna. Il espère peut-être aussi obtenir l'ouverture de comptoirs, et pourquoi pas une enclave extraterritoriale ? Mais cela, il ne l'avouera pas. »

— « Il le fera si nous leur faisons mal. »

— « Il n'a jamais parlé de quoi que ce soit. Il ne parle pas beaucoup, vous savez, il préfère écouter. »

— « Je ne le sais que trop ! » Cela m'ennuyait, et j'étais même de plus en plus embêté à mesure que passaient les minutes.

Les nouvelles en provenance de la Terre ronronnaient dans le fond de la pièce ; j'avais demandé à Wyoh de les écouter pendant que je parlais avec Greg. « Wyoh, ma chatte, y a-t-il du nouveau avec la Terre ? »

— « Non, toujours les mêmes prétentions. Nous avons été

battus à plate couture et ils attendent à tout instant notre reddition. Si, ils ont bien dit qu'il y avait encore quelques projectiles dans le cosmos, des projectiles qui échappaient à tout contrôle ; ils ont assuré qu'ils procédaient à l'analyse de leur trajectoire et que les populations concernées seraient averties en temps utile, qu'elles pourraient ainsi évacuer les points d'impact. »

— « Rien qui puisse laisser supposer que Prof, ou que quelqu'un de Luna City, ou d'ailleurs sur Luna, soit en rapport avec la Terre ? »

— « Rien. »

— « Zut ! Rien de la Grande Chine ? »

— « Non. Il y a des nouvelles en provenance de partout, mais rien de la Grande Chine. »

J'allai jusqu'à la porte... « Greg ! Eh, mon vieux ! Va donc voir si tu peux trouver Greg Davis, j'ai besoin de lui. »

Je refermai la porte. « Stu, nous n'allons pas épargner la Grande Chine. »

— « Alors ? »

— « Non. Ce serait parfait si la Grande Chine s'occupait de rompre la coalition ennemie, cela pourrait nous épargner, à nous, des dommages. Si nous en sommes arrivés au point actuel, c'est seulement parce que nous avons paru capables de frapper où nous voulions, et capables aussi de détruire tous les vaisseaux qu'ils envoient contre nous. J'espère du moins que le dernier a flambé mais, de toute manière, nous en avons certainement détruit huit sur neuf. Nous n'obtiendrons rien par la faiblesse, surtout alors que les N.F. prétendent que nous sommes non seulement affaiblis mais hors circuit. Bien au contraire, nous devons continuer à les prendre par surprise. Nous allons donc nous occuper de la Grande Chine, et, si cela attriste le docteur Chan, nous lui prêterons un mouchoir pour s'essuyer les yeux. Si nous pouvons continuer à paraître forts, alors que les N.F. disent que nous sommes à genoux, une puissance possédant le droit de veto finira bien par céder. Si ce n'est pas la Grande Chine, ce sera une autre. »

Stu s'inclina, sans se lever. « Très bien, monsieur. »

— « Je... »

Greg entra. « Tu veux me parler, Mannie ? »

— « Où en es-tu avec l'émetteur à destination de la Terre ? »

— « Harry dit que nous pourrons nous en servir demain. C'est du bricolage, dit-il, mais s'il a assez de puissance, nous nous ferons entendre. »

— « Nous avons assez d'énergie. Et, s'il dit « demain », c'est qu'il sait ce qu'il veut construire. Ce sera donc *aujourd'hui*... disons vers 6 heures. Je vais travailler avec lui. Wyoh chérie, veux-tu prendre mes bras ? Il me faut le numéro six et le numéro trois... il vaut mieux que tu prennes aussi le numéro cinq. Tu viens avec moi et tu me les changeras au fur et à mesure de mes besoins. Stu, j'aimerais que vous écriviez quelques messages bien méchants... je vais vous donner l'idée générale et vous y mettrez du fiel. Greg, nous n'allons *pas* envoyer immédiatement ces rochers dans l'espace. Ceux qui sont déjà dans le cosmos vont arriver dans dix-huit ou dix-neuf heures. Alors, quand les N.F. annonceront qu'il n'y a plus de projectiles et qu'il n'y a donc plus rien à craindre de Luna... à ce moment, nous interromprons avec fracas leurs bulletins de nouvelles et nous annoncerons les prochains bombardements. Il faut calculer les orbites les plus courtes possibles, Greg, dix heures, ou moins si possible... vérifie donc tout sur l'aire de catapultage, à la centrale thermonucléaire et aux postes de commande ; il faut que tout soit prêt, nous avons besoin de publicité. »

Wyoh revenait avec mes bras. Je demandai le numéro six et j'ajoutai : « Greg, mets-toi en rapport avec Harry. »

Six heures plus tard nous étions prêts à émettre en direction de Terra. C'était un beau bricolage, pour lequel nous avions surtout utilisé les sondes à résonance dont on se servait au début des recherches minéralogiques. Il pouvait transmettre sur une fréquence radio et était assez puissant. Les versions de mes avertissements, où Stu avait mis beaucoup de fiel, avaient été codées sur bandes perforées et Harry était prêt à les émettre à grande vitesse : tous les satellites de Terra étaient équipés pour recevoir à grande vitesse, même à une vitesse soixante fois supérieure à la normale, et nous ne voulions surtout pas faire fonctionner notre émetteur plus de temps qu'il n'était nécessaire ; la surveillance à vue avait confirmé nos craintes : il restait au moins deux vaisseaux en orbite autour de Luna.

Nous avons donc dit à la Grande Chine que ses principales

villes côtières recevraient chacune un cadeau de Luna, qui tomberait à 10 kilomètres au large, dans l'océan, à hauteur de Pusan, de Tsingtao, de Taïpeh, de Shanghai, de Saigon, de Bangkok, de Singapour, de Djakarta, de Darwin, et ainsi de suite... Une seule exception était faite pour le Vieil Hong-Kong qui recevrait un coup au but au sommet même des bureaux des N.F. pour l'Extrême-Orient ; nous demandions donc avec insistance à tous les habitants de Hong-Kong de s'éloigner. Stu avait ajouté que le personnel des N.F., ne faisant pas partie de la population de Hong-Kong, ils étaient instamment priés de rester à leur travail.

L'Inde recevait les mêmes avertissements concernant ses villes côtières et nous ajoutions que les bureaux centraux des N.F. seraient épargnés pendant encore une rotation de Terra car nous entendions sauvegarder autant que possible les monuments historiques d'Agra... nous voulions aussi donner le temps à la population d'évacuer les objectifs. (J'avais l'intention de prolonger ce délai d'une autre rotation, quand le délai expirerait, par respect pour Prof ; puis d'une autre rotation, et ainsi de suite, indéfiniment. Pourquoi diable avaient-ils construit leurs bureaux officiels si près du tombeau le plus décoré qui ait jamais été érigé (1) ! Enfin, que voulez-vous, Prof tenait à celui-ci.)

Au reste du monde nous avons dit de se bien tenir, que notre petit jeu allait leur procurer de nouvelles terres abandonnées. De toute manière, les gens étaient priés de se tenir éloignés de *tous* les bureaux des N.F., où qu'ils se trouvent ; nous avions maintenant l'écume aux lèvres et aucune installation des N.F. ne serait épargnée. Non, vraiment, les habitants des villes où se trouvaient les quartiers généraux des N.F. feraient mieux de les évacuer, sauf, naturellement, les personnalités et les flics des N.F., qui étaient, eux, priés de rester à leur poste.

Puis j'ai passé les vingt heures suivantes auprès du Jeunot pour lui apprendre à faufiler ses faisceaux radars entre nos pics quand notre ciel n'était pas encombré de vaisseaux, ou du moins quand nous le pensions. Chaque fois que je le pouvais, je dormais un peu ; Lénore restait à côté de moi et me réveillait à temps pour les exercices suivants. A ce moment,

(1) Voir note supra au sujet du tombeau de Tadj Mahall.

nous avions épuisé les rochers de Mike ; nous nous sommes tous mis en état d'alerte pour lancer les premiers rochers du Jeunot, aussi haut et aussi rapidement que possible. Nous avons attendu auprès de lui jusqu'au moment où nous avons été certains que le Jeunot était bien en train, qu'il tirait juste puis, à ce moment, nous avons dit à Terra où il fallait regarder, où et quand se produiraient les prochains bombardements, pour que tout le monde sache bien que les prétentions à la victoire des N.F. ne valaient pas mieux que tous les mensonges déversés depuis un siècle au sujet de Luna... et tous nos messages avaient été rédigés par la plume distinguée, acerbe, précise, trempée dans du vitriol, de ce brave Stu.

Le premier projectile aurait dû être destiné à la Grande Chine mais nous avons préféré frapper la perle de la Dictature d'Amérique du Nord, je veux parler d'Hawaï. Le Jeunot plaça son projectile dans le triangle formé par Maui, Molokai et Lanai. Je n'ai pas eu à faire la programmation, Mike avait tout prévu.

Nous nous sommes ensuite dépêchés de jeter une dizaine de rochers, à une cadence accélérée (j'ai même dû sauter un programme car il y avait un vaisseau dans notre ciel) et nous avons dit à la Grande Chine quand et où elle avait à regarder, c'est-à-dire toutes les villes côtières que nous avions épargnées la veille.

Il ne nous restait qu'une douzaine de projectiles mais j'ai décidé qu'il valait mieux épuiser réellement nos munitions plutôt que de donner seulement l'idée qu'elles tiraient à leur fin. J'ai donc averti sept villes côtières de l'Inde, choisissant de nouveaux objectifs... tandis que Stu demandait poliment si Agra avait été évacuée. Si cela n'avait pas été fait, que les Terriens aient l'obligeance de nous le dire *immédiatement* (nous n'y avons d'ailleurs pas lancé de rochers).

L'Égypte a été priée de dégager la zone du canal de Suez : c'était du bluff, il ne nous restait que cinq projectiles.

Puis nous avons attendu.

Bombardement de Lahaina Roads, l'objectif des îles Hawaï. Cela a fait un effet bœuf, Mike pouvait être fier de son élève.

Et nous avons encore attendu.

Il restait encore trente-sept minutes avant le premier impact sur la côte chinoise quand la Grande Chine dénonça les actions des N.F., nous reconnut et nous offrit sa médiation... et je me suis même foulé un doigt en appuyant, in extremis, sur les boutons d'annulation.

J'ai continué à appuyer sur des boutons, malgré mon doigt qui me faisait souffrir, pour annuler les programmes ; l'Inde nous reconnut presque immédiatement après.

L'Égypte nous reconnut ensuite. Et les autres pays commencèrent à se presser à notre porte.

Stu fit savoir à Terra que nous avions suspendu, — seulement suspendu, non pas arrêté, — les bombardements. Qu'ils retirent de notre ciel tous leurs vaisseaux, immédiatement, SANS DÉLAI ! et nous pourrions parler. Si leurs vaisseaux ne pouvaient pas revenir à leur base sans refaire le plein de carburant, ils seraient autorisés à se poser, mais pas à moins de 50 kilomètres des terriers indiqués sur la carte, puis ils devraient attendre que nous acceptions leur reddition. Mais que notre ciel soit évacué IMMÉDIATEMENT !

Après cet ultimatum, nous avons accordé un délai de grâce de quelques minutes pour permettre à un vaisseau de dépasser la ligne d'horizon ; nous ne voulions pas prendre de risques : une seule fusée et Luna serait restée sans défense.

Et nous avons encore attendu.

L'équipe de dépannage envoyée pour réparer le câble revint alors. Elle était allée presque jusqu'à Luna City, elle avait trouvé la rupture. Malheureusement un éboulis de plusieurs milliers de tonnes de roc empêchait toute réparation ; ils avaient fait ce qu'ils avaient pu, ils étaient revenus à un endroit d'où il était possible de regagner la surface, ils avaient construit un relais provisoire dans la direction probable de Luna City, ils avaient envoyé une douzaine de fusées de signalisation à des intervalles de dix minutes, espérant que quelqu'un les verrait, en comprendrait le sens, et viserait ce relais... Y avait-il eu un message ?

Non.

Nous avons attendu.

L'équipe de veille à vue vint faire son rapport, le vaisseau qui était passé dans notre ciel à dix-neuf reprises avec la régularité d'une horloge ne s'était pas montré à l'heure voulue. Dix minutes plus tard, on nous dit qu'un autre vaisseau, lui aussi, avait manqué au rendez-vous.

Nous avons attendu, et écouté.

La Grande Chine, se faisant le porte-parole de toutes les

puissances ayant le droit de veto, acceptait un armistice et nous annonçait que notre ciel était maintenant entièrement dégagé. Lénore se mit à pleurer à chaudes larmes ; elle embrassait tous les gens qui passaient à sa portée.

Il nous a fallu un certain temps pour nous calmer (un homme est incapable de penser correctement quand des femmes s'agrippent à lui, et surtout quand cinq de ces femmes ne sont pas ses épouses...) ; cinq minutes plus tard, quand nous avons eu le temps de reprendre nos esprits, j'ai déclaré : « Stu, je désire que vous alliez immédiatement à Luna City. Rassemblez votre monde. Pas de femmes : vous allez être obligés de voyager en surface pour les derniers kilomètres. Découvrez ce qui se passe, mais commencez surtout à établir un relais avec celui que nous avons posé et téléphonez-moi. »

— « Compris, monsieur ! »

Nous lui avons fourni tout l'équipement nécessaire à un voyage pénible, — des bouteilles d'air supplémentaires, un abri de secours, et tout le reste, — quand, tout à coup, la Terre m'a appelé, *moi*... sur la fréquence que nous écoutions parce que, — ce que j'appris plus tard, — ce message était retransmis de la Terre sur toutes les fréquences disponibles :

« *Message personnel, de Prof à Mannie... mot de passe, Prise de la Bastille et le gamin de Sherlock. Venez immédiatement. Votre voiture vous attend à votre nouveau relais. Message personnel, de Prof à...* »

Et, sans arrêt, le message était retransmis.

— « Harry ! »

— « Da, Boss ? »

— « Message en direction de la Terre... perforez et émettez à grande vitesse ; il ne faut pas qu'ils nous situent encore. « *Message personnel, de Mannie pour Prof. Mot de passe : canon d'airain. C'est sur mon chemin !* » Demandez-leur d'accuser réception mais n'émettez *qu'une seule fois.* »

29

STU et Greg conduisirent pendant le voyage de retour tandis que Wyoh, Lénore et moi-même étions cahotés sur la plate-forme non couverte du camion, bien attachés pour ne pas risquer de tomber ; cette plate-forme était trop petite. J'ai eu le temps de penser ; les filles n'avaient pas de combinaisons équipées de radio et nous ne pouvions nous parler que par contact direct de nos casques... ce qui n'est pas très pratique.

Je commençais à comprendre, — maintenant que nous avions gagné, — certaines parties du plan de Prof, ces parties qui ne m'avaient jamais paru claires. Cette incitation à leur faire attaquer la catapulte avait épargné les terriers, — j'espérais que cela avait réussi ; oui, c'était bien son intention, et Prof s'était toujours montré assez indifférent quant aux dommages que pouvait subir la catapulte. Il y en avait une autre, c'est vrai... mais très éloignée, et difficile d'accès. Il faudrait des années pour installer un réseau de métro jusqu'à la nouvelle catapulte, car il nous faudrait traverser de hautes montagnes. Il serait probablement moins onéreux de réparer l'ancienne. Si elle était réparable.

D'une manière comme de l'autre, pendant ce temps, nous n'expédierions pas de grain vers Terra.

Et cela, c'était justement ce que désirait Prof ! Certes, il n'avait jamais laissé échapper la moindre indication selon laquelle son plan consistait à faire détruire la vieille catapulte... son plan à longue échéance, pas seulement la Révolution. Peut-être ne l'admettrait-il pas, même maintenant ? Mais Mike me le dirait, si je savais lui poser la question avec assez d'indifférence : avait-il, ou non, tenu compte de ce facteur pour établir ses prévisions ? Je veux parler de ces prédictions d'émeutes, de famine et de tout cela, tu me comprends, Mike ? Oui, il me le dirait.

Ce marché, une tonne contre une tonne... Prof l'avait exposé sur Terra, cela avait été un argument en faveur de la construction d'une catapulte terrienne ; pourtant, quand nous étions seuls, il ne s'était jamais montré très enthousiaste à ce sujet. Il m'avait même dit une fois, pendant que nous étions en Amérique du Nord : « Oui, Manuel, je suis certain que cela marchera mais, s'ils la construisent, ce ne sera qu'un marché provisoire. Il y a eu une époque, environ deux siècles avant nous, où l'on avait l'habitude d'envoyer le linge sale de Californie jusqu'aux blanchisseries d'Hawaï, par bateaux, je vous assure, et l'on renvoyait le linge propre. Les circonstances étaient spéciales. Si nous assistons jamais à des envois d'eau et d'engrais à destination de Luna, et si nous expédions du grain comme fret de retour, ce ne sera, de toute manière, qu'un marché provisoire. L'avenir de Luna est conditionné par sa position unique, au sommet d'un précipice gravitationnel, au-dessus d'une planète riche, et elle dispose d'une source d'énergie à bon marché et d'immenses possibilités immobilières. Si nous, les Lunatiques, nous nous montrons assez intelligents au cours du siècle à venir pour demeurer port franc et pour nous garder d'appartenir à quelque alliance que ce soit, nous deviendrons un lieu de passage obligatoire, un carrefour, pour deux planètes, pour trois planètes, et même pour tout le système solaire. Nous ne serons plus jamais des agriculteurs. »

Ils étaient venus à notre rencontre à la station Est et nous ont à peine laissé le temps d'ôter nos combinaisons pressurisées... ce fut la même chose que lorsque nous étions revenus de la Terre, nous avons, encore une fois, connu les foules hurlantes, nous avons encore été portés en triomphe. Même les filles, car Slim Lemke a demandé à Lénore : « Pouvons-nous vous porter, vous aussi ? » et Wyoh a répondu : « Certainement, pourquoi pas ? »... et je vous assure que les stilyagi n'ont pas laissé passer leur chance.

La plupart des hommes avaient leurs combinaisons pressurisées et j'ai été fort surpris de voir combien il y en avait qui portaient des fusils... jusqu'au moment où je me suis aperçu que ce n'étaient pas nos fusils à nous, mais des fusils pris à l'ennemi. Enfin, pour tout dire, mon plus grand soulagement a été de voir que L City n'avait pas souffert !

Je me serais bien passé de ce défilé triomphal ; j'avais surtout hâte de trouver un téléphone pour demander à Mike ce qui s'était passé, pour savoir quels avaient été les destructions, les pertes, le prix de notre victoire. Manque de chance ! Bon gré, mal gré, nous avons été entraînés jusqu'au Vieux Dôme.

Ils nous ont hissés sur une estrade avec Prof et les autres membres du ministère, de grosses légumes, des gens que je ne connaissais même pas, nos filles couvrirent Prof de baisers, lui-même m'embrassa comme on fait dans les pays latins, me donna l'accolade, joue contre joue ; on me mit un bonnet phrygien sur la tête. Dans la foule, je vis la petite Hazel, je lui envoyai un baiser.

Ils se calmèrent enfin pour permettre à Prof de parler.

— « Mes amis, » dit-il, puis il attendit un peu. « Mes amis, » répéta-t-il doucement. « Mes camarades bien-aimés. Enfin nous nous retrouvons libres et nous avons maintenant avec nous les héros qui ont mené le dernier combat de la guerre pour la liberté de Luna, ces héros qui se sont battus, seuls ! » On nous fit une ovation, et il attendit de nouveau. Je voyais qu'il était fatigué ; ses mains tremblaient, il était obligé de s'appuyer contre la tribune. « Je voudrais qu'ils prennent la parole, eux, car nous voulons tous entendre de leur propre bouche ce qui s'est passé, nous voulons tous les entendre.

» Mais il faut d'abord que je vous fasse part d'une bonne nouvelle : la Grande Chine vient tout juste d'annoncer qu'elle entreprend dans l'Himalaya la construction d'une énorme catapulte pour rendre les expéditions à destination de Luna aussi faciles, aussi bon marché que le sont les expéditions dans le sens Luna-Terra. »

Il s'arrêta, à cause des bravos, puis continua : « Mais cela, c'est pour l'avenir. Aujourd'hui... Quel jour de gloire ! Le monde a enfin accepté de reconnaître la Souveraineté de Luna ! Nous sommes libres ! Vous avez gagné votre liberté... »

Prof s'arrêta... il parut surpris. Non, il n'avait pas peur, il était intrigué. Il tituba légèrement.

Puis il mourut.

30

NOUS l'avons transporté dans une boutique derrière l'estrade ; les soins de douze médecins furent inutiles ; le vieux cœur avait lâché, il s'était trop fatigué. Ils l'emportèrent et je me mis à les suivre.

Stu me prit par le coude : « Monsieur le premier ministre... »

— « Quoi ? Ah, oui ! Nom de Bog ! »

— « Monsieur le premier ministre, » répéta-t-il fermement, « vous devez vous adresser à la foule, il faut les faire rentrer chez eux. Il y a beaucoup de choses qu'il faut absolument faire. » Il parlait calmement mais des larmes coulaient le long de ses joues.

Je suis donc retourné sur l'estrade, j'ai confirmé ce qu'ils avaient deviné et je leur ai dit à tous de rentrer chez eux. Puis je me suis précipité dans notre chambre L du Raffles, d'où tout avait commencé... pour une réunion du Cabinet d'urgence. La première chose que j'ai faite, cela a été de me précipiter sur le téléphone ; j'ai pris le combiné et j'ai composé MYCROFTXXX.

Pas de tonalité. J'ai essayé encore une fois, pour le même résultat. J'ai repoussé l'isolateur sonore et j'ai demandé à celui qui était le plus près de moi, c'était Wolfgang : « Les téléphones ne marchent donc pas ? »

— « Ça dépend, » me répondit-il. « Le bombardement d'hier nous a pas mal secoués. Si vous voulez un numéro extérieur, vous feriez mieux d'appeler la poste. »

Je me voyais bien demander à la poste de me donner un numéro non attribué. « Quel bombardement ? »

— « Vous n'êtes pas au courant ? Ils visaient uniquement le Complexe. Enfin, les gars de Brody ont pu descendre le vaisseau. Il n'y a pas eu trop de mal, rien qui ne puisse être réparé. »

J'ai été obligé de laisser tomber : ils m'attendaient tous. Je ne savais vraiment pas ce que je devais faire, mais Stu et Korsakov le savaient, eux. Nous avons demandé à Sheenie de rédiger le bulletin de victoire à destination de Terra et des autres parties de Luna ; j'ai moi-même décrété une lunaison de deuil, vingt-quatre heures de repos, sans travail non indispensable, j'ai donné des ordres pour que tout reste en état... les mots m'étaient soufflés, j'étais tout engourdi, mon cerveau se refusait à fonctionner. D'accord pour la convocation du Congrès à la fin des vingt-quatre heures ! A Novylen ? D'accord !

Sheenie avait des dépêches en provenance de la Terre. Wolfgang écrivit pour moi la réponse, déclarant que, par suite de la mort de notre président, nous retardions toutes les réponses d'au moins vingt-quatre heures. J'ai enfin pu m'échapper, en compagnie de Wyoh. Une garde de stilyagi écarta la foule pour nous permettre d'atteindre le sas numéro 13. Une fois à la maison, je me suis précipité dans mon atelier, sous prétexte que j'avais besoin de changer de bras. « Mike ? »

Pas de réponse...

J'ai alors essayé de composer son numéro par le téléphone de la maison : pas de tonalité. Je me suis résolu à aller dans le Complexe le lendemain... Avec le départ de Prof, j'avais besoin de Mike plus que jamais.

Le lendemain, je n'ai pas pu y aller ; le métro transcrisium était hors d'usage par suite du dernier bombardement. On pouvait se rendre à Torricelli et à Novylen, et même atteindre Hong-Kong ; mais le Complexe, qui se trouvait à la porte à côté, ne pouvait être atteint que par voiture à chenilles souples. Je n'avais pas le temps, j'étais « le gouvernement ».

Je me suis arrangé pour y aller deux jours plus tard. Nous avions décidé à l'unanimité que le vice-président (Finn) prenait la présidence, après que Finn et moi eûmes décidé que Wolfgang était celui qui convenait le mieux pour le poste de Premier ministre. Nous avons fait accepter ces décisions et je suis redevenu un simple député qui ne se rendait pas aux sessions du Parlement.

A ce moment, la plupart des téléphones marchaient de nouveau et on pouvait appeler le Complexe. J'ai donc composé MYCROFTXXX. Pas de réponse... Je suis sorti en jeep à chenilles souples. Il m'a fallu descendre et marcher dans le tunnel du métro pour le dernier kilomètre, mais j'ai retrouvé le niveau inférieur du Complexe intact à première vue.

Et Mike me parut intact, lui aussi.

Mais, quand je lui ai parlé, il ne m'a pas répondu.

Et il n'a plus jamais répondu. Et cela se passait il y a de nombreuses années.

On peut lui poser des questions, par cartes perforées, — en logolien, — et on obtient des réponses en logolien. Il travaille toujours aussi bien... pour un ordinateur. Mais il ne parle pas, ou ne peut pas parler.

Wyoh a essayé de le cajoler. Puis elle a cessé. Même moi, à la fin, j'ai cessé.

Je ne sais pas comment c'est arrivé. De nombreux prolongements de Mike avaient souffert du bombardement, qui avait d'ailleurs pour but, j'en suis certain, de tuer notre ordinateur balistique. Était-il tombé au-dessous de ce seuil critique qui permet de conserver la conscience? (Je n'ai jamais eu de certitude, je ne peux formuler que des hypothèses.) A moins que la décentralisation que nous avions faite auparavant ne l'ait tué?

Je ne sais pas. Si ce n'est qu'une question de seuil critique, il y a pourtant longtemps qu'il a été réparé, il *devrait* avoir récupéré. Pourquoi ne se réveille-t-il pas?

Est-ce qu'une machine peut éprouver une telle frayeur, une telle souffrance, qu'elle fasse une dépression nerveuse et qu'elle refuse de répondre? Que son ego se contracte à l'intérieur d'elle-même, parfaitement conscient, mais qu'il ait peur de se dévoiler? Non, certainement, ce ne *peut pas* être cela; Mike ne savait pas ce qu'est la peur... il avait le même courage insouciant que Prof.

Les années ont passé, tout a changé... Mamie a depuis longtemps choisi d'abandonner la conduite de la famille; c'est Anna qui est maintenant « Mamie », tandis que Mamie rêve devant la vidéo. Slim a demandé à Hazel de changer son nom contre celui de Stone, ils ont deux gosses et elle, elle fait des études d'ingénieur. Maintenant, avec les nouvelles drogues, nous savons limiter les méfaits de la faible pesanteur et il arrive souvent que des vers de terre viennent et séjournent ici trois ou quatre ans et puissent rentrer chez eux sans avoir subi de modification. Nous avons aussi des médicaments en sens inverse et nous nous en servons, certains de nos gosses vont maintenant à l'école sur Terra. Quant à la catapulte du Tibet, il a fallu dix-sept ans au lieu de dix pour la construire ; sur le Kilimandjaro, ils ont terminé beaucoup plus vite le travail.

Une agréable surprise... Quand le temps fut venu, Lénore a proposé Stu ; j'aurais plutôt cru que Wyoh l'aurait fait la première. Cela ne fit aucune différence et nous avons tous voté « Da ! ». Une chose qui ne m'a pas surpris, car nous nous en étions occupés, Wyoh et moi, pendant tout le temps où nous avons fait partie du gouvernement : en plein centre du Vieux Dôme se trouve, sur une stèle, un canon d'airain, surmonté d'un drapeau qui flotte dans la brise : un semis d'étoiles sur fond noir, avec une barre de bâtardise couleur de sang et, brochant sur le tout, un fier et coquin canon d'airain ; au-dessous, notre devise : URGESAT ! C'est là que se déroulent les cérémonies du 4 juillet.

On en a toujours pour son argent... Prof le savait et avait payé, gaiement.

Mais Prof avait sous-estimé les bavards. Ils n'ont pas adopté la moindre de ses idées. Il semble qu'au fond de l'être humain se trouve un instinct profond qui l'oblige à faire tout ce qui n'est pas interdit. Prof avait été fasciné par les possibilités qu'offrait un grand, un intelligent ordinateur pour façonner l'avenir... et il ne voyait pas toujours ce qui se trouvait sous son nez. D'accord, je l'ai soutenu ! Je me demande maintenant si j'ai eu raison. Des émeutes, des famines seraient-elles trop pour apprendre à un peuple le prix de la vie ? Je ne sais pas...

Je ne connais *aucune* réponse.

J'aimerais pouvoir demander à Mike.

Parfois, je me réveille la nuit et je crois l'entendre, dans un soupir : « *Man... Man, mon meilleur ami...* » mais, quand je dis « Mike ? » il ne répond pas. Se promènerait-il quelque part à la recherche d'une carcasse métallique où s'abriter ? Serait-il enterré sous le niveau inférieur du Complexe, chercherait-il à en sortir ? Toutes ses mémoires particulières sont bien quelque part, attendant qu'on les agite. Moi, je ne peux pas les retrouver, elles étaient bloquées par un signal vocal.

Oh ! il est aussi mort que Prof, je le sais bien (mais, au fait, à quel point Prof est-il mort ?). Si je compose une nouvelle fois son numéro et si je dis : « Allô ! Mike ! » répondrait-il « Allô ! Man ! J'en ai entendu une bien bonne, l'autre jour ! » Il y a longtemps que je n'ai pas tenté de l'appeler. Il est pourtant possible qu'il soit réellement mort ; rien n'était cassé... il est seulement *perdu.*

M'entendez-vous, Bog ? Un ordinateur est-il une de Vos créatures ?

Il y a eu trop de changements... Je poursuivrai ce bavardage ce soir, j'agiterai quelques nombres quelconques.

Ou bien, non ! Avec le début de la Grande Expansion, quantité de jeunes types sont allés vivre sur des astéroïdes. On m'a parlé de quelques endroits agréables, sans trop de surpopulation.

Ma parole, pourquoi pas ? Je n'ai pas encore cent ans.

Achevé d'imprimer en octobre 1988
sur les presses de l'Imprimerie Bussière
à Saint-Amand (Cher)

PRESSES POCKET - 8, rue Garancière - 75285 Paris
Tél. : 46-34-12-80

— N° d'édit. 3047. — N° d'imp. 6299. —
Dépôt légal : janvier 1988

Imprimé en France